OMWILLE VAN DE

TOMAS ROSS BIJ DE BEZIGE BIJ

Het verraad van '42
De man van Sint Maarten
Koerier voor Sarajevo
De mannen van de maandagochtend
(met Rinus Ferdinandusse)
Mathilde
De zesde mei
Kidnap
(met Rinus Ferdinandusse)
De dubbelganger
De anjercode
Plaats delict
De hand van God
King Kong
De tranen van Mata Hari
Schuldige plaatsen
De marionet
Het meisje uit Buenos Aires
De tweede verlosser

Tomas Ross

Omwille van de troon

CARGO

2010

DE BEZIGE BIJ

AMSTERDAM

Veel in dit boek is waar, veel zou waar kunnen zijn. Van sommige bestaande personen heb ik vanwege die eventualiteit de namen gewijzigd omdat hun rol nooit helemaal duidelijk is geworden; bij anderen was dat niet nodig. Het is de beperking voor elke fictieschrijver die een roman op de (historische) werkelijkheid ent.

Met dank aan Wim Klinkenberg (†), aan Charles Destree, aan mijn bron bij de vroegere BVD en aan mijn vrouw Dorine.
Tomas Ross

Eerste druk 2002
Zevende druk 2010
Omslagontwerp Studio Jan de Boer
Omslagillustratie Stijn Rademaker/Hollandse Hoogte
Foto auteur Sander Nieuwenhuys
Vormgeving binnenwerk Peter Verwey, Heemstede
Druk Wöhrmann, Zutphen
ISBN 978 90 234 6291 0
NUR 305

www.uitgeverijcargo.nl

Voor Rinus Ferdinandusse

'Wie ben ik dat ik dit mag doen?'
Juliana, 6 september 1948

'In times of war Truth is often so precious
that it is wrapped up in a pack of lies.'
Winston Churchill

Voornaamste Dramatis Personae

Niet-fictief:

Wilhelmina van Oranje-Nassau, koningin van 1898-1948
Juliana van Oranje-Nassau, koningin vanaf 1948
Bernhard van Lippe Biesterfeld, echtgenoot van Juliana
Prinses Armgard von Sierstorff-Cramm, moeder van Bernhard
Kolonel Alexei Panchoulidzew ('Tschuli'), levenspartner van Armgard en stiefvader van Bernhard
Aschwin van Lippe Biesterfeld, jongere broer van Bernhard
Beatrix, kroonprinses, oudste dochter van Juliana en Bernhard
Marijke, jongste dochter van Juliana en Bernhard
Margaretha (Greet) Hofmans, gebedsgenezeres
Johan Willem Kaiser, vriend en leidsman van Hofmans.
Mr. Louis Einthoven, hoofd Bureau Nationale Veiligheid (BNV) en Binnenlandse Veiligheidsdienst (BVD)
Prof. mr. Carl Romme, fractievoorzitter Katholieke Volkspartij (KVP) en politiek hoofdredacteur *de Volkskrant*
Mr. Annemarie M. Tellegen, directeur van het Kabinet der Koningin
Hans Teengs Gerritsen, zakenman, vriend van Bernhard
Rita Pennink, kindermeisje op paleis Soestdijk, gehuwd met:
Baron Walraven Heeckeren van Molecaten, volgeling van Hofmans
Leonie Brandt-Putz, actrice, Duits/Nederlands collaboratrice
Henry Koot, oud-commandant Binnenlandse Strijdkrachten (BS), vriend van Bernhard
Francois van 't Sant, privésecretaris en vertrouweling van Wilhelmina
Dr. Ed. Hoelen, directeur-geneesheer Ursulakliniek
Friso Endt, journalist van *Het Parool*
Claus Jacobi, journalist bij het West-Duitse weekblad *Der Spiegel*
Philip Metman, astroloog, agent van de Russische geheime dienst KGB
F. Mijnssen,vriend van Juliana, beschermheer van Hofmans
Walther Bedell-Smith, hoofd Central Intelligence Agency (CIA)

Fictief:

Julius Vogel, ex-Waffen-ss'er
Gretha Schultz, moeder van Vogel
Wouter Fabius, opsporingsambtenaar oorlogsmisdadigers
Hanneke (Hannah) Fabius, zijn dochter
Dirk Steensma, vriend en superieur van Fabius
Neel Smits, journaliste van Associated Press (AP)
Kenton Delmar, Brits journalist van *The Daily Express*
Sonja Takema, assistente van Fabius
Wim Salters, ex-medewerker van het BNV
Coen Dullens, alias Frits de Ruyter, medewerker van Salters
Nico de Jager, idem
Sem van Houten, fotograaf
Graaf Schimmelpenninck, Grootmeester hofhouding Soestdijk
Reinder Kampman, projectontwikkelaar
Mr. Benno Vis, advocaat
Piet Sybrands, ambtenaar van de BVD
Ab Groen, journalist, collega van Neel Smits

DEEL I

1948

I

Voorjaar 1948

'Crazy. I must have been crazy!'

Hoewel hij alleen was, zei hij het hardop. En hoewel hij Duitser van geboorte was en Duits was opgevoed, zei hij het in het Engels, de taal waarin hij zich al sinds zijn jeugd maar met name sinds de afgelopen oorlog graag uitdrukte.

Staande voor het manshoge, elektrisch geopende raam in zijn werkkamer keek hij somber naar een grote, zonovergoten vijver, waarin zijn twee oudste kinderen met hun kinderjuffrouw aan het roeien waren, Trixje als altijd voorin. Niet ver ervandaan beschreef een zwerm sneeuwwitte duiven een perfecte cirkel rond hun til.

'A bird that flew into the cage.'

Hij grinnikte cynisch. Even zag hij zichzelf met hen meevliegen. Niet voor niets was vliegen zijn lust en zijn leven: de drang te ontsnappen, en niet alleen aan de zwaartekracht.

Hij had haar nooit moeten trouwen. Hoe dom was hij geweest! Dom en begerig, naar aanzien, luxe en macht. Met open ogen was hij een gouden kooi binnengestapt, en de frustratie was dat hij er niemand behalve zichzelf de schuld van kon geven.

Hij had nooit zo stom moeten zijn te denken dat hij werkelijk hogerop zou komen door te huwen met een vrouw die geroepen was tot de troon. Jula. Juliana. 'Mammie.' Koningin bij de Gratie Gods. Zijn vrouw. Moeder van zijn vier dochters. Niet eens een zoon. Niet bij haar, althans.

God almighty, wat was ze veranderd in de afgelopen jaren!

Natuurlijk, wie niet in die vijf oorlogsjaren, hijzelf voorop, maar Mammie spande – hij glimlachte om de woordspeling – de kroon. Dertien jaar geleden, toen hij haar voor het eerst had ontmoet, was ze een naïeve, wereldvreemde jonge vrouw geweest die nauwelijks weet had van de wereld buiten de paleizen van haar moeder. Dat was exact wat hem voor haar had ingenomen, die ontwapenende, vertederende onschuld die ze uitstraalde. Zo totaal anders dan de vele vrouwen die hij in Duitsland, Zwitserland en Frankrijk tijdens zijn studie en werk had gekend. Een vrouw van toen al vijfentwintig, die bij elke informele opmerking had gebloosd en gegiecheld als een bakvis van veertien. En zo ervaren als hij was geweest met die andere vrouwen, zo naïef was hij op zijn beurt als een groentje in de val getrapt.

In de vijver had Trix hem inmiddels gezien. Ze zwaaide zo wild dat het bootje vervaarlijk begon te schommelen. Werktuigelijk zwaaide hij terug, liep naar zijn kleine bureau en pakte zijn glas whisky waarin de ijsblokjes waren gesmolten. Hoe goed herinnerde hij zich die eerste ontmoeting nog. Niet tijdens de Olympische Winterspelen in Garmisch-Partenkirchen zoals pers en volk dachten, maar aan de Amsterdamse Jan van Goyenkade, in het woonhuis van zijn landgenoot dr. Fritze, zomer 1935.

Hij nipte van de whisky en ging met een bil op het bureau zitten. Zelfs Fritze kon hij de schuld niet geven, al had de bankier wel aangedrongen dat hij het contact met de Oranjes moest blijven onderhouden. Wat niet eens nodig was geweest, want Wilhelmina had dat initiatief zelf genomen. Hij had zich dikwijls afgevraagd of zijn schoonmoeder toen al had geweten dat Fritze niet zomaar bankier was, maar in werkelijkheid hoofd van de inlichtingendienst Berlin NW7 van IG-Farben, het chemieconcern waar hij zelf toentertijd in Parijs voor werkte. Waarschijnlijk zou het geen invloed hebben gehad op haar desperate wens haar enige dochter uit te huwelijken. Moeder, zelf ooit enig koningskind op wie de last van een nageslacht voor het behoud van de dynastie toen al zichtbaar drukte, had jaren stad en land laten afzoeken naar een geschikte partner voor haar dochter en opgelucht adem gehaald toen ze met hem aan waren komen zetten. Ondanks dat ze wel had geweten dat hij lid was geweest van de SS. Weliswaar van de Reiter SS, die formeel als een exclusieve sportclub te boek stond, maar toch. Toen ze hem er eens kritisch naar had gevraagd, had Juliana haastig ingegrepen: 'Toe, Mamsie, laten we het nou niet over die verschrikkelijke politiek hebben!'

Juultje ten voeten uit. Toen.

In die eerste maanden erna was ze wel wat losgekomen, en zeker tijdens hun lange huwelijksreis. Mooi was ze niet, maar hij had haar kinderlijke spontaniteit hartverwarmend gevonden. En bovendien was ze intelligent. Die twee eigenschappen waren, zeker in combinatie, zeldzaam geweest bij zijn ritsen vriendinnen op de feesten en partijen van weleer in Lausanne, Berlijn en Parijs. Was hij echt verliefd op haar geweest? Het was, hoe kort ook geleden, onvoorstelbaar. Boven het whiskyglas keek hij tussen alle ingelijste foto's op het bureau naar dat van zijn moeder Armgard die hem toen dezelfde vraag had gesteld.

'Bist du wirklich verliebt, Bernilo?'

Mutti. Hij glimlachte wrang. Ook Mutti was maar al te blij geweest met de verbintenis. Armgard was wat dat betrof nog een echte negentiende-eeuwse aristocrate, die het huwelijk eerst en vooral als een zakelijke 'liaison' beschouwde. En dat was het ook natuurlijk, maar tot zijn eigen verrassing was hij inderdaad verliefd op Juliana geworden, al was ze dan niet mooi, en bovendien onvoorstelbaar preuts geweest. Ondanks haar vijfentwintig jaren was ze nog een kind, opgegroeid achter kille paleismuren, de enige tijd waarin ze iets van het gewone, alledaagse leven had opgesnoven, haar Leidse studiejaren, en dan nog. Hij had het heerlijk gevonden haar mee te nemen, al op hun huwelijksreis, naar plaatsen en mensen waarvan ze geen weet had gehad. Een soort alwetende vader met een ontwapenend naïeve dochter – al was hij zelf ruim twee jaar jonger.

Dat naïeve had ze altijd gehouden, maar dat 'ontwapenen', bedacht hij grimmig, dat kon je zo langzaam aan letterlijk gaan opvatten! Wat was er met haar gebeurd?

Hij keek naar een andere foto. Wilhelmina met Juliana en hem, direct na de verloving. Een nauwelijks verholen triomfantelijk lachje op moeders gezicht, zoals hij dat zo vaak bij haar had gezien in Londen. Wilhelmina had het gewild, en dus was het gebeurd; zoals altijd en met alles. Aanvankelijk had hij daar de grootst mogelijke bewondering voor gehad. Nors en onhebbelijk als ze kon zijn, was ze een vrouw die wist wat ze wilde en leiding kon geven. Net zo koppig als hij zelf, had ze al die opportunistische en serviele hielenlikkers in Londen onder haar duim gehouden. Maar al gauw was haar dogmatische en principiële karakter hem gaan tegenstaan en later had hij begrepen dat ze eigenlijk het tegendeel van de Staatsvrouw was voor wie ieder haar hield. In wezen was ze even bekrompen en argwanend als de meeste Hollanders.

Peinzend stak hij een sigaret op, het beeld van de gedrongen dr. Fritze weer voor zich. Ook Fritze had het huwelijk gewild. Of beter gezegd, Berlijn had het gewild. Wat in die dagen op hetzelfde neerkwam, want wat IG-Farben wilde, wilde Berlijn. Hoe dan ook, altijd was het zijn eigen beslissing geweest, nog altijd was hij zelf vrijwillig deze gouden kooi binnengevlogen, maar de druk op de jongeman die hij was geweest was zeer subtiel en geraffineerd uitgeoefend, dat ook. Wie in zijn positie zou er toen niet gevoelig zijn geweest voor de argumenten en zachte drang van de partijtop, van coryfeeën als Himmler en Von Ribbentrop en zelfs van Hitler zelf?

Enfin, die periode was Gottesdank voorgoed voorbij. Al was

daarmee ook alles waar hij zich nu zorgen over maakte, begonnen. Voor de zoveelste maal vroeg hij zich af hoe anders Jula nu zou zijn als hij in de oorlogsjaren bij haar was gebleven; de jaren dat zij alleen met Trix, Ireentje en Margriet in Canada zat en hij met moeder in Londen. De korte tijd dat de kooi wijdopen had gestaan.

'De enige die echt van deze oorlog geniet, is Bernhard van Lippe,' had Winston Churchill eens schertsend gezegd. En zo was het ook. In Londen had hij eindelijk de idee gehad zijn levensvervulling te hebben gevonden en op zijn juiste merites te worden beoordeeld. Hij had er met de Groten der Aarde geconfereerd, hij had beslissingen genomen die ertoe deden en waar zelfs Wilhelmina naar had geluisterd. Ministers en hoge militairen hadden naar hem geluisterd en hem gehoorzaamd, juist zoals hij zich ten tijde van zijn huwelijk de positie van prins-gemaal had voorgesteld. Maar vooral was hij er vrij geweest. Vrij om te doen en te laten wat hij wilde. Hij had uit kunnen gaan zonder veiligheidsmensen, hij had zich niet hoeven houden aan het protocol of aan de dagindeling van zijn particuliere secretaressen. En hij had Ann ontmoet.

Ann!

Hij zuchtte en kwam van het bureau af, de sigaret tussen zijn lippen, zijn blik starend naar de kleine werkkamer voor zich.

Krap acht vierkante meters die ruimte moesten bieden aan het antieke bureau, het leren bankje, de salontafel, de twee chesterfields, een vitrinekast en een boekenkast. Het gevolg was dat hij tussen de meubels moest laveren om ergens bij te kunnen en zich voortdurend stootte. Maar sinds Marijke geboren was en Juliana gestaan had op een aparte speelkamer voor de vier kinderen, hadden ze allemaal in moeten leveren. Ook dat.

Toen Ann zwanger van hem was, had hij serieus overwogen van Juliana te scheiden. Het zou niet makkelijk zijn geweest, maar het had wel gekund. Toen nog wel. Juul nog kroonprinses en ver weg. Het zou een schandaal zijn geweest, maar dat had hij wel overleefd, zeker als er een goede omgangsregeling voor Trix, Ireentje en Margriet was bedongen. Wat zou er dan gebeurd zijn? Daar had hij vaak over gedagdroomd. Over een leven met Ann en hun twee zoontjes in een 'mansion', hij hoog bij een industrie of een bank. Hij zou zaken hebben kunnen doen die ertoe deden, kunnen reizen waarheen hij wilde, zich vrijelijk kunnen bewegen, kunnen zeggen wat hij wilde, met mensen omgaan die hij zelf had gekozen!

Het was anders gelopen. Omdat hij toen gedacht had dat alles anders zou worden na de oorlog. Moeder had hem voorgehouden dat hem een taak wachtte in het Nieuwe Nederland dat haar voor ogen stond. Een land dat krachtige leiding nodig zou hebben, zoals hij dat bewezen had aan te kunnen die jaren van ballingschap. Het was anders gelopen. Heel anders. Nederland was in die korte tijd van hun afwezigheid totaal veranderd. Er had in die vijf jaar iets ongrijpbaars plaatsgevonden, een soort 'Sturm und Drang', waardoor de oude normen en waarden waren verdwenen. Alsof het verzet meer dan alleen tegen de overheerser was geweest. Mensen van wie hij nooit eerder had gehoord, hadden hoge posities bedongen en zelf hun plannen gekoesterd. Wilhelmina had zich al snel verbitterd teruggetrokken, eerst hier in de andere vleugel, al snel naar Het Loo waar ze zich steeds meer afzonderde en zich aan Christus wilde wijden. Socialisten en communisten leken het roer in handen te nemen en zeker de perikelen in Indië hadden haar murw gemaakt, zodat Juul nu al tweemaal tijdelijk regentes was geweest en straks de troon zou bestijgen.

En hij?

Zevenendertig jaar werd hij straks. Een man in de kracht van zijn leven die binnen enkele maanden wanneer ze koningin werd, helemaal op de achtergrond zou moeten blijven, een marionet die zich tevreden zou moeten stellen met wat ceremonieel vertoon bij de Raad van State, het leger en wat nietszeggende adviseursschappen.

'Crazy!'

Vanuit zijn ooghoek zag hij hoe de kinderjuffrouw Ireentje uit het bootje hielp. Nog even en juffrouw Pennink zou hem roepen dat de kinderen hem verwachtten in de speelkamer. 'Pappa, waar is mamma?'

'Mamma is bij oma op Het Loo.'

'Waarom mogen wij dan niet mee?'

'Omdat oma en mamma met die tante Eleanor moeten praten.'

De Amerikaanse was Eleanor Roosevelt, de weduwe van de president bij wie Juul in de oorlog veel langs was geweest. Een paar dagen hier tijdens haar bezoek aan Europa. Die zou ook opgelucht ademhalen als ze verder mocht. God nog aan toe, al een dag na haar aankomst had Juliana haar uitgenodigd mee te gaan naar Het Loo. 'My mother and I attend a studyclub over there, you see? All sorts of influential people discuss matters of importance there.'

Dat Engels alleen al!

En die arme Eleanor nog opperen dat het een studieclub over staatsaangelegenheden betrof! Studieclubje! Maandelijks kwamen moeder en dochter bij elkaar met een stuk of veertig anderen om er te discussiëren over etherische flauwekul. Over de Goddelijke Vrede waarvan zij dachten dat zij die vertegenwoordigden. Zelfs een vent als Frits Philips liep er nota bene rond! Wel geld verdienen aan de oorlogsindustrie en dan nu z'n geweten in slaap laten sussen. Hoofdschuddend keek hij naar het staatsieportret van zijn schoonmoeder. Er was inderdaad maar bitter weinig over van de Man die ze in Londen was geweest! Of van de naïeve bruid die hij de wereld had laten zien. Juliana die nog onlangs ervoor had gepleit om Marijke nota bene in Moskou te laten opereren! Moskou! Hoe zou hij dat kunnen verkopen aan zijn vrienden in Whitehall en het Witte Huis?

'Pappie, we zijn allemaal schepselen Gods.' Vertel dat aan Stalin en aan zijn miljoenen slachtoffers! Waarom was hij toen verdomme niet gescheiden, toen het nog kon? Waarom niet met Ann verdergegaan? Grimmig schonk hij zichzelf opnieuw in. IJdelheid der ijdelheden.

De gouden kooi was dichtgeklapt. Voorgoed. En hij kon er niets aan doen, hij was tot levenslang veroordeeld. Zelfs zijn adviezen voor de opvoeding en scholing van de kinderen werden genegeerd.

De huistelefoon rinkelde. In de verwachting dat Trixje hem zou vragen nog even naar de speelkamer te komen, nam hij op.

'Ja?'

'Hoogheid, Hare Koninklijke Hoogheid uw vrouw is zojuist gearriveerd.' Zijn particulier secretaris. 'Zij laat weten het diner om zeven uur te gebruiken. Overigens is ook generaal Koot er voor u.'

'Ah.' Hij fronste verrast omdat hij in zijn sombere bespiegelingen vergeten was dat Koot langs zou komen.

'Breng hem maar hier, wil je?'

'Uitstekend, Hoogheid.'

Hij hing op en dronk het restje whisky. Zijn somberheid was verdwenen – hoewel hij wist hoe Juliana zou reageren wanneer hij Koot zou vragen voor het diner. Het kon hem niets schelen: Henry Koot, zijn oude makker betekende altijd een vrolijk gesprek en wie weet konden ze wat afspreken, een jachtpartij bijvoorbeeld of beter nog, een avond samen ergens heen waar dat verdomde protocol niet gold.

Hij doofde zijn sigaret en liep naar de deur. Toen hij die opende, kwam juffrouw Pennink met de kleine Marijke hem tegemoet. Bernhard glimlachte, bracht waarschuwend een vinger tegen zijn lippen voor de gouvernante en ging op zijn hurken zitten.

'Wie komt er in pappa's huisje?'

Marijke lachte en draaide haar hoofdje om te bepalen waar hij was. Het schemerig licht van de muurlampjes weerkaatste in de melkwitte glazen van haar brilletje.

'Kom dan, hummel!'

Op haar kromme beentjes holde ze naar hem toe en kraaide het uit toen hij haar vastpakte en met een zwaai omhoog tilde. Rita Pennink glimlachte vertederd toen ze aan zijn haar trok.

'Pappa paardje!

'Niet nu, lieverd! Pappa krijgt bezoek. Ga maar gauw met Rita naar de speelkamer, ik kom straks.'

Hij kuste haar, zette haar neer op de marmeren vloer en keek verdrietig toe hoe het kind even hulpeloos naar de kinderjuffrouw zocht. Marijke. Omdat Jula verdomme de adviezen van de artsen in de wind had geslagen niet hoogzwanger een marineschip te bezoeken, en rode hond had opgelopen! En nu nota bene haar heil wilde zoeken bij de Roden!

'Marijke?'

Koots stentorstem schalde door de gang, de 'r' dik aangezet als in het Amerikaans. Ditmaal traceerde ze het geluid feilloos want ze draaide zich meteen om.

Koot schaterlachte toen ze haar dikke lipjes al verwachtingsvol in zijn richting spitste. Hij boog zijn gebruinde hoofd voorover en kuste haar. 'Dag prinses van me!'

Haar handjes graaiden naar zijn onderscheidingen.

'Cadeautje!'

'Wat? Aiai! Dat vergeet ik helemaal.' Hij kwam weer overeind en wilde zijn portemonnee uit de achterzak van zijn uniform pakken, maar zag toen de strenge blik in Bernhards ogen.

'Marijke! Foei! Je weet dat je dat niet mag vragen!'

De lipjes trilden een beetje en ze knikte onwillig.

'Zeg dat het je spijt.'

'Welnee, dat hoeft niet, hoor,' zei Koot.

'Het spijt me.'

'Oom Henry,' zei Bernhard.

'Oom Henry,' herhaalde ze gehoorzaam.

Bernhard aaide haar over haar bol. 'Goed zo. En nu, hup, met juffrouw Pennink mee.'

Rita Pennink knikte en pakte haar handje. 'Kom maar, dan gaan we kijken of je zusjes zich al gewassen hebben.'

Bernhard keek hen na tot ze in de bocht van de smalle trap waren verdwenen en draaide zich met een flauwe glimlach naar Henry Koot.

'Disapproving?'

'Je bent nogal streng.'

Bernhard knikte en liet de ander voorgaan de werkkamer in.

'Iemand hier zal ze toch moeten opvoeden.' Hij sloot de deur. 'A drink?'

'Graag.'

Bernhard haalde een schoon glas uit het antieke kabinet en liep ermee terug naar de karaf whisky op zijn bureau.

'Twee vingers as usual?'

Bij wijze van grap hield hij zijn twee vingers verticaal langs het glas, maar toen hij opkeek zag hij hoe Koot verbaasd door het raam keek.

'Dat is waar ook. Jullie hebben mevrouw Roosevelt te gast.'

Bernhard knikte en schonk in.

'Wat doet Jula daar nou?'

Hij keek weer op.

Bij de vijver stond de directeur van Juliana's kabinet, mejuffrouw Tellegen met een van de 'Dames du palais', mevrouw Snouck Hurgronje. Beide vrouwen droegen grote hoeden die hun gezicht beschaduwden, maar desondanks was het wel duidelijk dat ook zij naar Juliana keken. Ze stond enkele meters van hen af tegenover een van de machtige kastanjes die de paleistuin al ruim een eeuw sierden. Zelfs op die afstand zag Bernhard dat ze sprak, haar handen gevouwen, de lage zon fonkelend op haar ringen. Links van haar zat Eleanor Roosevelt op haar hurken en lachte naar de kleine Marijke die voor Trix, Irene en Margriet naar haar toe kwam rennen, maar Bernhard zag dat de Amerikaanse even met een grimas naar Juliana keek voor ze het kind tegen zich aantrok.

Hij beet op zijn lip en liep stijfjes terug om de glazen te pakken, zich maar al te goed bewust van de medelijdende blikken van zijn vriend.

'Cheers,' zei Henry Koot alsof er niets was voorgevallen, dronk en hield zijn glas even op. 'By the way, ik hoorde een wonderlijk verhaal over het dochtertje van Walraven van Heeckeren. Je weet mogelijk dat dat arme kind open tbc had?'

2

Natuurlijk had de arts gelijk: je kon je zorgen en problemen niet zomaar ontvluchten, al hielp het wel om ze af en toe te vergeten. Andere indrukken, andere geuren, andere mensen – hoewel ze aan die laatsten even helemaal geen behoefte had. Godzijdank ook weinig kans op hier. Niemand behalve de arts die haar het pensionnetje had aangeraden wist waar ze deze dagen uithing. Minieme kans dat ze hier ook een bekende tegen het lijf zou lopen. In New York, ja. In Londen, Parijs, Berlijn, Madrid. Overal geweest, overal was ze wel een beetje thuis. Central Park of The Strand, de Hallen en Unter den Linden of de Plaza del Sol, maar ook Harlem of Hampstead Heath, de 'Canarias' of Charlottenburg, overal waren wel collega's. Het was zowel de aantrekkingskracht als de vloek van haar vak, je reisde de wijde wereld rond, je sprak met jan en alleman, maar tenslotte belandde je altijd weer in het kleine cirkeltje van je eigen beroepsgenoten in een of andere internationale persclub of soos.

Als ze nu dood zou vallen – kan niet, Smits! dacht ze meteen, je kunt niet doodvallen, je kunt vallen en daaraan doodgaan, of je bent al dood en dan val je, maar doodvallen kan niet, schrappen dus – als ze hier dood zou gaan, zouden ze op kantoor niet weten waar te zoeken.

'Waar ga je dan heen, Neel?'

'Weet ik nog niet. Ik zie wel.'

New York, Brussel, Amsterdam, en dan tufte ze hier op een Solex over de Veluwe met een fles gazeuse in haar fietstas. Ze zouden het niet geloven. Neel en Gods natuur, geen grotere tegenpolen denkbaar. Zowel God als die natuur. Niemand van hen die zich Neel Smits op beschaduwde bospaden van de Veluwe zou kunnen voorstellen, zijzelf ook niet. 'Een verbitterde, oude vrijster van bijna vierendertig onder een Hollandse zomerlucht tussen de groenende bomen. Ik weet dat ik mezelf voor de gek houd en dat het niets oplost maar so what?'

'Heeft u hobby's?' had de specialist gevraagd. 'U moet zich toch proberen te ontspannen. Anders blijft u maar kniezen.'

Geen hobby's. Haar werk was haar hobby. Lezen deed ze alleen beroepshalve, kranten en tijdschriften, maar ze had uiteindelijk toch twee boeken meegenomen die niets met politiek van doen hadden. Dostojevski's *De Gebroeders Karamazov* uit een schuldgevoel tegenover haar vader, omdat ze het van hem had gekregen maar nooit gelezen, en op aanraden van een bevriende redacteur een boek dat *De Avonden* heette, maar dat ze al na twee bladzijden opzij had gelegd vanwege de deprimerende inhoud. Daar had ze nu wel als laatste behoefte aan.

Daar zag ze toch mensen. Een man en een vrouw op de fiets, een klein kind voorop bij de man. Ze stonden bij een paddenstoel, de man spiedend tussen een fietskaart en het landschap. Het waren de eersten die ze zag die ochtend, afgezien van de vrouw die het ontbijt in het pension had gemaakt en enkele boeren. Een typisch Hollands gezinnetje. Dagjesmensen.

De vrouw had het ploffende Solexmotortje gehoord want ze keek op en zwaaide. Neel stopte, beide voeten op de grond.

'Goedemorgen,' zei de vrouw. Neel taxeerde haar in één oogopslag als joodse, een jaar of vijfentwintig; net als de man, die hoogblond was. Maar het kind, een jongetje, had haar donkere haar.

'Weet u misschien hoe we bij de schaapskooi van Walen kunnen komen?'

'Sorry, geen idee. Ik ben hier zelf vreemd.'

'O. Het staat namelijk niet op de kaart, maar volgens mijn man zou het daar ergens moeten zijn.'

Ze wees naar het bos waar Neel net vandaan was gekomen.

'Het spijt me. Ik heb geen schaap gezien'.

'Schaap!' zei het kind in het kinderzitje.

Neel glimlachte, zette het motortje weer op het voorwiel en duwde de Solex op.

'Vielen Dank,' zei de man vriendelijk. 'Auf Wiedersehen.'

Verbouwereerd keek ze achterom en meteen weer voor zich omdat de twee haar nakeken. Een Duitser? Hier? En wat voor een. Blond, lang en breedgeschouderd, arisch als de pest. Oud genoeg om het Wehrmacht- of ss-pak te hebben gedragen. Een Duitser met een Nederlandse joodse vrouw. Ongelooflijk! Alsof de oorlog al niet drie jaar voorbij was.

Ze keek weer even achterom en zag ze nu wegfietsen in de richting van het bos. Nou ja, het kon. Wie weet hadden ze elkaar in Duitsland ontmoet, zij in een kamp, hij erbuiten. Niet alle moffen waren nazi geweest, zeker niet degenen die voor hun nummer moesten opkomen, al moest je dat nog steeds niet hardop durven zeggen. Ze herinnerde zich een soldaat, een jongen nog, die haar met een tas vol illegale papieren had laten doorgaan hoewel ze er zeker van was dat hij ze gezien had. Misschien hadden de man en de jodin wel een verhouding gehad in een kamp, dat was ook voorgekomen. Misschien had hij haar er wel doorheen gesleept.

De oorlog. Ver weg hier op het zonbeschenen zandpad. Eerlijk gezegd wist ze niets eens of er hier wel gevochten was. Er waren wel veel mensen uit de illegaliteit op de Veluwe ondergedoken. De bossen boden een goede schuilplaats, hoewel de NSB toch een behoorlijk hoge aanhang had gehad in de christelijke dorpen.

Ze schrok op van een kleurige vogel die tussen het groen wegvloog. Wat was het? Ze wist niets van vogels, ook niet van planten en bomen. Elke plant die ze op haar kozijn zette, scheen bij voorbaat ten dode gedoemd en het enige dat in haar kleine achtertuin groeide was de klimop tegen de muur van de buren. De kat had wel eens een mus te pakken.

Ze tufte omhoog over duizenden afgestorven sparrennaalden. Niets blijvends geplant, Smits. Wat had ze dan verwacht? Kenton Delmar en Neel Smits geven mede namens wederzijdse ouders kennis van hun voorgenomen huwelijk?

Ze grijnsde cynisch en ook wel wat verbaasd omdat ze daar nu aan dacht. Hoorde het bij overspannenheid? Ging je dan in je verleden graven? Wat een gezever! Alsof ze daar behoefte aan had, die psychologie van de koude grond. Ze had gewoon te hard gewerkt en te veel van zichzelf geëist. Niks overspannenheid, gewoon oververmoeidheid. Te weinig slaap. En misschien inderdaad wel te weinig ontspanning.

Wat dan? Zo'n gezinnetje? Tuurlijk, als ze eerlijk was, had ze dat wel eens verwacht. Gehoopt. Ooit. Eeuwen geleden.

En blij toe dat het er niet van gekomen was. Stel je voor, geen eigen huisje, geen baan zoals ze die nu had, geen vrijheid om te doen en te laten waar je zelf zin in had. Had wel gekund. Eigenlijk moest ze de hufter nog dankbaar zijn dat hij haar had laten zitten. Vierendertig jaar en bedrogen als de eerste de beste bakvis door een getrouwde man!

Ze glimlachte en sloeg linksaf een zanderig pad in. Maandenlang 'luduvudu'. Liefdesverdriet, gekwetstheid, woede, frustratie, zelfmedelijden. Ze zou het zichzelf nooit meer toestaan. Nog langer had het geduurd voor ze had kunnen aanvaarden dat ze er weer alleen voorstond. Alles weer zelf leren en aanleren, alsof je opnieuw kind was. Je vooral een soort 'savoir-vivre' aanleren waardoor je je geen pest meer aantrekt van alle blikken in de buurt of op je werk. Alleenstaande vrouw. Ouwe vrijster of, erger nog, lesbienne. Een keer had ze een tekening in de bus gevonden, kinderlijk, onbeholpen getekend, twee vrouwen die naakt met grote, opengesperde geslachtsdelen op elkaar lagen. En erboven in hanenpoten 'VUILE HOER!!!' wat ook al niet duidde op kennis van zaken. Enfin, ze had Ab een avond gevraagd te blijven, zijn hoge herenfiets duidelijk tegen haar pui gestald, met hem in het kleine achtertuintje gezeten en hem zelfs gekust toen ze zeker wist dat de buren hen zagen, Ab die zo lief was geweest de nacht over te blijven in het kleine kamertje en haar 's morgens ostentatief bij de voordeur ten afscheid nota bene pal op haar mond had gekust.

Het zandpad voerde haar tussen dichte geurende sparren omhoog en toen ze het hoogste punt had bereikt, zag ze in de verte, achter golvende bossen, een kerktorentje zich aftekenen tegen de bleekblauwe hemel. Hattem? Dat moest haast wel want ze was steeds naar de zon toe gereden, zoals de pensionhoudster had aangeraden. 'U kunt het niet missen.'

Hattem. Ook nooit geweest. Wat moest een mens in Hattem? Gewoon, een punt op de kaart na zo'n twintig kilometer. Als ze geluk had, hadden ze er verse koffie, wie wist zelfgebakken appeltaart of een of andere folkloristische koek want ze had van al die buitenlucht godzijdank honger gekregen. Twee maanden nauwelijks iets gegeten, net genoeg om op te kunnen staan.

Ze grimlachte en stuurde de Solex behoedzaam naar beneden over het hobbelige pad. In elk geval was het nuttig geweest om af te vallen. Ze had zelf gedacht dat het voorjaarsmoeheid was of een of ander virusje dat vanzelf wel weer over zou gaan.

'Neel, of je gaat nu zelf naar een dokter of ik sleep je er persoonlijk heen!' had Joe gezegd. 'Je ziet eruit alsof je net uit Dachau bevrijd bent!'

'Joe, ik zit midden in de zaak Rauter!'

'Rauter hangen ze ook heus wel zonder jou op. Heb je een dokter of moet ik de mijne bellen?'

Tweeënveertig kilo had ze gewogen, op een lengte van 1.74 meter. Dat kon je onmogelijk meer wijten aan rantsoenen op de bon.

'U verwaarloost uzelf, mejuffrouw Smits. Heeft u moeilijkheden op uw werk? Privéproblemen misschien?'

Ze was zich van geen van beide bewust.

'Mag ik u vragen of u uw maandelijkse stonde nog hebt?'

Wat dacht ie dan? Hij moest eens komen kijken als het zover was! Ze gaf zo'n week meer uit aan maandverband dan aan brood of melk!

'Sommige vrouwen beleven de menopauze al heel vroeg. Soms zelfs terwijl ze nog menstrueren. Dat kan gepaard gaan met onbewuste psychische processen.'

Allemaal praatjes voor de vaak van zo'n arts. Aardig bedoeld, maar waarom niet gewoon gezegd dat ze te hard werkte en er eens uitmoest? En het was waar dat ze vaak slecht at of maaltijden oversloeg, te veel rookte, allemaal goed, maar zeg dat dan. Altijd ingewikkeld willen doen en laten zien dat je gestudeerd hebt. Ze voelde zich nu al beter, nota bene nog geen drie dagen hier.

Ze zag nu pas dat ze van het oorspronkelijk pad af moest zijn geweken. Ze stopte abrupt en trok het motortje omhoog. Het was plotseling zo stil in het bos dat ze haar bloed tegen haar trommelvliezen hoorde ruisen.

Waar was ze?

Ze keek achter zich. Het pad waarover ze aan was gekomen, was niet meer dan een karrenspoor; om haar heen honderden stammen waartussen het schemerde, de lucht afgeschermd door sombere, doodse takken, het zonlicht gefilterd op het golvende tapijt van dennennaalden en verder weg op manshoge rododendrons. Geen enkel geluid. Geen wind, geen vogel, geen mens. Hoe ver was ze dan doorgereden?

Ze kon omdraaien maar misschien kon ze ook dat karrenspoor verder volgen want de zon moest gegeven de lichtval nog steeds ergens voor haar staan.

Ze trapte weer en duwde de hendel voor zich naar beneden zodat het motortje sputterend aansloeg. En weer afsloeg.

Ze herhaalde de handeling, maar nu klonk er zelfs geen geputtel meer, alleen een doffe plof. Ze fronste, stapte van de Solex af en begon de bromfiets aan te duwen, het hendeltje van het gas vol open, maar opnieuw gebeurde er niets zodat ze enkele meters verder hijgend stilstond.

Geen benzine? Kon niet. De verhuurder had gezegd dat ze met drie liter gemakkelijk 100 kilometer kon rijden en meer dan zo'n twintig had ze zeker niet afgelegd.

Verdomme! Wat nu? Er zat niets anders op dan met het ding toch terug te lopen tot ze bij het bredere pad kwam en dan gewoon fietsend terug te gaan. Geen koffie, geen koek. Maar wel zin in een sigaret.

Ze zette de Solex tegen een boom en wilde haar leren schoudertas uit de fietstas halen toen ze een auto hoorde afremmen. Verwonderd keek ze in de richting vanwaar het geluid kwam maar zag niets dan bomen en de grote rododendrons. Liep daarachter soms een weg?

Ze liep over de verende dennennaalden naar de struiken, wrong zich tussen de geurende bloesems door en bleef stilstaan. Tegenover haar spiegelde de zon zich in het doodstille water van een meertje. Aan de overkant ervan rees een vierkant, wit landhuis op met een donkerblauw pannendak. De ramen hadden geopende luiken en oranje markiezen die uitstonden. Kennelijk lag er een tuin omheen want ze zag keurig gesnoeide hagen en bomen. De auto stond niet ver van haar vandaan, half achter een lage heg, een crèmekleurig dak en donkere ramen. De reden dat hij daar gestopt was, werd Neel duidelijk, want ernaast stond bij een bruggetje een oudere vrouw. Ze droeg een kort manteltje en haar gezicht ging grotendeels schuil onder een zwarte baret, maar Neel zag een hoekig profiel met een scherpe neus. Even dacht ze dat de vrouw naar het landhuis keek, maar toen realiseerde ze zich dat ze haar handen had gevouwen. Wat deed ze daar? Bidden? Daar leek het wel op want nu strekte ze haar beide armen uit alsof ze iets of iemand wilde zegenen.

Krankzinnig! dacht Neel, ik sta hier met een kaduke bromfiets en dan stuit ik op een of andere gek! Nou ja, het kon hier, de Veluwe was een bolwerk van orthodoxe christenen. Was dat mens de eigenaresse van het landhuis en bad ze nu voor de komende oogst van het gewas?

De vrouw draaide zich om naar de auto. Neel zag onder de baret strak grijs weggekamd haar boven een bleek, mager gezicht. Wat zou ze doen? Toch maar erheen en de weg vragen?

Ze wilde al een pas doen toen een man uit de auto stapte. De zon scheen op een bruin, rond gezicht boven een militaire tuniek. Duidelijk een man uit Indië.

Neel stond roerloos. Hoewel ze zijn naam niet wist, was ze er zeker van dat ze het gezicht eerder had gezien. Een hoge militair want de zon schitterde op zijn onderscheidingen. Waar kende ze hem van? Persfoto's? Polygoon? Oorlog?

De militair stond bij de oudere vrouw. Ze wees naar iets in het water beneden het bruggetje en hij knikte. De vrouw pakte iets uit haar zwarte tas en gooide het over de brugleuning. Even zag ze een zilveren flits. Wat was het? Een munt? Het meertje als wensput? God nog aan toe, wat was dit voor een vertoning?

De militair liep terug naar de auto en hield het portier voor de oudere vrouw open. Verder weg, bij het landhuis, daalde een man van het bordes. Ondanks de afstand kon ze zien dat hij gekleed was als een jager of een boswachter. Onder aan het bordes bleef hij staan toen de auto optrok.

Het weggetje moest vlak langs de rododendrons lopen want als ze gewild had, had ze nu de bovenkant van de wagen kunnen aanraken. Hij reed langzaam langs haar, verdween even achter het groen en draaide toen scherp naar rechts, een beige Amerikaan met glinsterend chroomwerk.

En toen zag ze het nummerbord. Het drong eigenlijk niet eens goed tot haar door. Stomverbaasd zag ze hoe de auto de oprijlaan opreed en daar weer stopte. De militair stapte weer uit. De jager deed het portier voor de oudere vrouw open. Achterin bleek nog een man te hebben gezeten die de jager begroette, maar de afstand was te groot om hen goed te kunnen zien.

Even later waren ze gevieren in het landhuis verdwenen.

Ze stond nog steeds roerloos tussen de rododendrons, haar ogen gefixeerd op de auto. Toen glimlachte ze om haar eigen kinderachtige opwinding. Een landgoed, Neel, mensen van adel dus. Een jager. Dus wat was er dan vreemd aan een auto van het hof die hier kwam? Alsof je die nooit eerder hebt gezien! Waarschijnlijk was dat landhuis eigendom van de Oranjes en waren die mensen leden van de hofhouding van Het Loo dat hier niet ver vandaan lag. Wie weet een feestje of een ontvangst of eerder nog een jachtpartij van Bernhard met zijn kornuiten vanwege die militair. Waar kende ze hem van? Uit Engeland misschien, bij Bernhard?

Hoe dan ook, ze had hem gewoon om hulp kunnen vragen, bakvis die ze verdomme was. Wat nu?

Wrevelig liep ze terug het bos in.

Hoe kwam ze nou met die Solex weer terug? Wat zou ze doen? Gewoon ermee de weg terug en hopen dat ze iemand tegenkwam?

Geschrokken bleef ze stilstaan. Op enkele meters tegenover haar stond een jonge, fors gebouwde man bij de Solex. Hij had kortgeknipt blond haar en droeg een licht kostuum. Om zijn nek hing een fototoestel en ze herkende onmiddellijk een dure Leica.

'Goedemorgen,' zei hij argwanend. 'Is die Solex van u?'

'Ja. Maar hij doet het niet meer.'

'Aha. Zoiets dacht ik al.' Hij had een diepe stem met een noordelijk accent.

Ze lachte en kwam op hem toe. 'Wát dacht u al? Een vrouw in nood die hulp is gaan halen?'

Hij lachte terug en ze zag dat hij ondanks het blonde haar bruine ogen had en mooie, regelmatige tanden. 'Deed u dat?'

'Ja'. Ze draaide haar hoofd even in de richting van de rododendrons. 'Ik hoorde een auto dus ik dacht dat er misschien wel een huis was.'

'En?'

'Ja. Tenminste, een landgoed leek me.' Ze aarzelde weer even. 'Die auto reed ernaartoe.'

'Aha. Zal ik even kijken?'

'O. Nou, als u wilt. Hij start niet meer.'

Hij pakte het stuur en duwde de bromfiets op terwijl hij het motortje naar voren duwde. Er gebeurde niets. Hij reed er mee terug, zakte door zijn knieën en schudde de Solex heen en weer.

'Er zit nog genoeg benzine in,' zei ze defensief.

Hij grinnikte en tastte met een hand achter het motortje.

'Pas op uw pak,' zei ze.

Hij knikte en maakte met de hand een draaiende beweging.

'Oké, nog een keer.' Hij duwde nu harder en terwijl de Solex vaart kreeg, sprong hij behendig op het zadel, trapte en liet het motortje zakken. Tot haar verrassing startte de Solex direct zodat hij onverwacht vooruit schoot. In een opwelling rende ze er lachend achteraan, maar hij verdween knetterend tussen de bomen een helling af zodat ze weer buiten adem bleef staan. Kleine wolkjes blauwe rook dreven als nevels tussen de stammen.

Het geluid stierf weg maar werd enkele minuten later weer achter haar hoorbaar en toen ze zich omdraaide, zag ze de jongeman aankomen, z'n jasje wapperend in de wind. Behendig reed hij omhoog, stopte, maar liet het motortje ronken.

'At your service!' zei hij met een brede lach.

'Wat heeft u nou gedaan?'

'In zijn benzineleiding geknepen. Het kan soms zijn dat er een vuiltje de boel verstopt. Als ik u was, zou ik hem maar aanlaten. U komt hier niet uit de buurt, toch?'

'Is dat zo duidelijk?'

Hij lachte weer. 'Hetzelfde geldt voor mij.'

Ze pakte het stuur over. 'Ik zit in een pension in Hoenderloo. En u?'

'Ik ben hier maar een dagje.' Hij tikte tegen de Leica. 'Ik fotografeer graag. Vogels.'

'Vogels?'

'Ja.' Uit zijn binnenzak haalde hij een kleine veldkijker tevoorschijn. 'En als dat niet lukt, heb ik ze in elk geval gezien.'

'Goh. Ik zag er net een. Geel met zwart maar meer dan een mus herken ik niet, hoor. Nou, bedankt en een prettige dag nog.'

Hij knikte en ze gaf gas, draaide naar het karrenspoor en trapte wat bij om de helling te nemen. Toen ze even achterom keek, stond hij nog steeds op dezelfde plaats en stak zijn hand omhoog. Ze knikte omdat ze geen hand van het stuur durfde te nemen en stuurde de Solex tussen de donkere bomen door.

De jonge man bleef nog een tijdje staan luisteren tot het geronk was weggestorven. Toen liep hij naar de rododendrons maar in plaats van de kijker aan zijn ogen te zetten, haalde hij de perskaart tevoorschijn die hij uit haar tas had gehaald en las met een verbaasde blik op zijn gezicht opnieuw haar personalia.

3

Oppervlakkig gezien bestonden er enkele frappante overeenkomsten tussen de drie mannen die die namiddag door de gerant van Château Bleu met een eerbiedige buiging in een aparte kamer werden binnengelaten. Alle drie waren ze ruim boven de vijftig, zagen er gesoigneerd uit en gingen gekleed in donkere maatkostuums die een kenner met een oogopslag zou traceren als afkomstig uit een van de gerenommeerde herenmodemagazijnen in de Haagse De Hoogstraat of aan het Noordeinde. Alle drie straalden ze het soort naturel, joviaal gezag uit van mensen die gewend waren zonder tegenspraak gehoorzaamd te worden. Alle drie waren ze blijkbaar ook geregelde bezoekers van het chique café-restaurant, want de gerant serveerde hen stilzwijgend elk een gereedstaand al ingeschonken glas, alvorens de deur van het vertrek achter zich te sluiten en er een koperen bordje 'Niet Storen' aan te hangen.

De twee hoge ramen van het vertrek waren afgeschermd met luxaflex, zodat het zonlicht er schemerig binnendrong. Van buiten klonken vaag verkeersgeluiden en stemmen van gasten op de terrassen. Rond een salontafel stonden vier chesterfields. Op de tafel had de gerant een zwart bakelieten telefoontoestel neergezet.

Afgezien van de uiterlijke overeenkomsten verschilden de drie van elkaar wat persoonlijkheid, baan, verleden en politieke voorkeur betreft echter als dag en nacht. De kleinste van hen was de onbetwiste leider van de KVP-fractie in de Tweede Kamer en daarnaast de gezaghebbende staatkundig hoofdredacteur van het katholieke dagblad *de Volkskrant*. Journalisten, kamerleden, ministers en zelfs de premier, die van zijn eigen partij was, haatten hem net zo erg als ze zijn macht en invloed vreesden. Het was meer dan een gerucht dat hij net als zovele katholieke hoogwaardigheidsbekleders een fout oorlogsverleden had, en het was tekenend voor zijn macht en invloed dat hij na de zuivering nog immer als een goed en loyaal vaderlander te boek stond.

Professor doctor Carl Romme dronk een glas vooroorlogse Remy Martin.

Van de man tegenover hem was het oorlogsverleden minstens even omstreden, maar gezien zijn positie als hoofd van de Binnenlandse Veiligheidsdienst BVD, ook even onaantastbaar. Samen met twee andere gezagsdragers had Louis Einthoven in '41 de Nederlandsche Unie opgericht, die weliswaar anders dan de NSB niet met de Duitse bezetter had gecollaboreerd, maar die zich er ook niet tegen had verzet. Hoewel hij vanwege zijn functie zijn politieke voorkeur nooit openlijk uitte, was het geen geheim dat Einthoven tot in zijn vezels liberaal was. Zijn invloed was niet zo publiek bekend als die van de KVP-leider, maar daarom niet minder groot.

Einthoven dronk een glas rode bourgogne uit een fles met het jaartal 1936 en hij dronk als een kenner.

De derde man in het gezelschap heette Witteman. Hij was de oudste van de drie, maar het was aan zijn manier van doen te zien dat hij zich aan hen ondergeschikt achtte, in elk geval aan de KVP-voorman aan wie hij dan ook de eerste keus van een chesterfield liet. Aan Romme had hij dan ook zijn ministerschap volledig te danken. KVP'er Witteman was nog geen maand minister van Binnenlandse Zaken. Hij was Beel opgevolgd, die tot het premierschap was geroepen. Zowel Einthoven als Witteman waren gijzelaars van de Duitsers in het kamp St. Michielsgestel geweest maar Witteman had Einthovens aanvankelijke plannen tot samenwerking met de Duitsers sterk afgekeurd, wat hun huidige verhouding tamelijk moeizaam maakte, aangezien Witteman nu als minister Einthovens directe superieur was. Van huis uit was hij wetenschapper, wat hij eigenlijk ook liever had willen blijven. Maar hij had de pressie van zijn ambitieuze adellijke vrouw en haar vriendschap met premier Beel niet durven weerstaan. In stilte prees hij zich gelukkig dat de aanstaande verkiezingen er niet gunstig uitzagen voor de Katholieke Volkspartij, zodat hij de slangenkuil van zijn departement van Binnenlandse Zaken weer kon verruilen voor de veilige beslotenheid van zijn studeerkamer. Liever, veel liever had hij dan ook deze zaterdagmiddag zijn tijd besteed aan zijn collectie orchideeën in plaats van aan dit onderhoud, maar Einthoven had gezegd dat het een zaak was van grote importantie, waar hij als verantwoordelijk minister bij diende te zijn.

Witteman dronk tonic.

Romme nam een forse teug van de cognac, zette zijn glas op tafel en bracht zijn vestzakhorloge naar zijn bijziende ogen. 'Ik heb helaas slechts een halfuurtje vanwege een bijeenkomst met kardinaal De Jong,' zei hij en haalde zijn sigarenkoker tevoorschijn. 'Ik verzoek u derhalve om meteen terzake te komen. U had het telefonisch over een zaak van uiterste discretie, maar u zult begrijpen dat ik mij het recht voorbehoud de premier in te lichten wanneer zulks mij noodzakelijk dunkt.'

Einthoven knikte.

'Vanzelfsprekend. Met uw goedvinden wil ik de heer Beel ook zelf graag na zijn terugkeer uit Batavia informeren. Evenals vice-premier Drees.'

Hij zette zijn glas neer op de marmeren schouw om zijn sigaretten te pakken. 'Om dan inderdaad terzake te komen: mijn dienst heeft sterke aanwijzingen dat Hare Majesteit de Koningin en kroonprinses Juliana onder invloed staan van mensen wier denken en doen nogal discutabel zijn.'

Romme gaf geen enkele reactie. Niet voor het eerst deed hij

Einthoven denken aan een slapende pad.

'Het zal u bekend zijn dat zowel Hare Majesteit als de kroonprinses een sterke hang hebben naar het spirituele. Ik bedoel daarmee niet zozeer het religieuze, alhoewel dat zeker beide koninklijke hoogheden inspireert, maar het esoterische. Het mystieke als ik het zo mag zeggen.'

De KVP-voorman fronste. 'U doelt op Krishnamurti en dat soort lui?'

'Ook. Vanzelfsprekend behoren die zaken in principe tot het eigen gedachtegoed van Hare Majesteit, en is het niet de taak of bevoegdheid van mijn dienst om zich daarmee bezig te houden.'

'Dat zou ik denken,' zei Romme en haalde zijn sigarenkoker tevoorschijn. 'Ik zou zeggen dat er vrijheid van godsdienst in dit land is. Godezijdank, niewaar?'

Einthoven glimlachte plichtmatig om het flauwe woordgrapje.

'De Koningin en de kroonprinses blijken echter sinds kort regelmatig bijeenkomsten te bezoeken waar ook gesproken wordt over politiek en de herinrichting van de staat. De plaats van samenkomst is doorgaans het landgoed Molecaten nabij het dorp Hattem op de Veluwe, soms ook het jachtslot Het Oude Loo in de kroondomeinen van het paleis van de Koningin. Tot voor kort waren wij in de veronderstelling dat het hier niet anders betrof dan bijeenkomsten waarop binnen- en buitenlandse gasten met eenzelfde religieuze en esoterische interesse als Hare Majesteit met elkaar discussiëren. De eigenaar van het landgoed Molecaten, baron Walraven van Heeckeren van Molecaten, is een goede bekende van de koninklijke familie en een enthousiast en actief lid van de pinkstergemeente, een kerkgenootschap waartoe ook de koningin zich sterk aangetrokken voelt. De gastenlijst van deze studiebijeenkomsten behelst echter recentelijk namen van personen van wie, laat ik zeggen, andere aspiraties bekend zijn.'

Einthoven stak eindelijk zijn sigaret aan en pakte zijn aktetas.

'Onder hen als eerste de heer François van 't Sant, privésecretaris van Hare Majesteit.'

Wrevelig ontpuntte Romme zijn sigaar. 'Oude koeien, Einthoven. Ik ben die verhalen over Van 't Sant spuugzat. De man is een warhoofd en ik weet net als jij dat hij grote invloed heeft op Wilhelmina, maar hij was verrekte goed in de oorlog, dat weet je.'

Einthoven knikte. 'Zeker. Maar zoals u zegt, de heer Van 't Sant heeft een grote overredingskracht waar het Hare Majesteit betreft. Hij heeft bovendien binnen haar kring en die van de kroonprinses inmiddels de generaal buiten dienst Koot geïntroduceerd.'

Romme keek argwanend op. 'Wat is er mis met Koot, afgezien van het feit dat hij een onbetamelijke ijdeltuit is?'

'Generaal Koot is bevriend met de heer Elzenga. Ik hoef u er niet aan te herinneren dat de heer Elzenga twee jaar geleden mogelijk betrokken was bij een poging om gewapend verzet tegen de regering te plegen.'

Romme stak de sigaar tussen zijn lippen. 'Einthoven, ik waardeer het dat je je zorgen maakt over de koninklijke familie. Het is allang bekend dat zowel Hare Majesteit als ook de kroonprinses oprechte gelovigen zijn.' Hij glimlachte even naar Witteman, die ogenblikkelijk serviel knikte. 'Dan wel niet van de Moederkerk, maar zo is per slot onze staatsinrichting, niewaar? Ook Van 't Sant en generaal Koot zijn bij mijn beste weten goede vaderlanders. Koot is bovendien een goede vriend van prins Bernhard. En wat de heer Elzenga betreft, ik ken die verhalen over hem en ik kan je zeggen, afgezien van wat eigenaardigheden heeft de man zich uiterst verdienstelijk gemaakt voor de werkgelegenheid en de sociale zekerheid.'

Einthoven zweeg even en keek naar Witteman, maar Witteman keek naar zijn glanzend gepoetste molières. Schijtluis!

dacht Einthoven, laffe katholieke schijtluis die je bent! Ik licht je al tevoren in en je bent het met me eens! Maar in plaats van me te dekken, denk je alleen maar aan je eigen huid. Ik zou hem direct kunnen stropen, ware het niet dat je me misschien nog van nut kunt zijn!

'Het probleem, beste kerel,' zei Romme, 'is dat die dienst van je soms te ijverig is.' Hij stak zijn sigaar aan met een knol van een benzineaansteker. 'Begrijp mij goed, daar is niets op tegen, maar ik hoef je niet in herinnering te brengen dat Beel en ik je nog geen jaar geleden tegen je eigen mensen in bescherming moesten nemen vanwege de verregaande chaos, paranoia en intriges op jouw kantoor.'

Witteman glimlachte en nam een klein teugje van zijn tonic. Rookwolken verhulden zijn bleke gezicht en kale schedel.

Einthoven nam een grote slok wijn. Alsof hij niet zelf toen de vuile was op straat had gezet en zijn dienst eigenhandig gereorganiseerd! Beel had nog wel iets gedaan, maar Romme was er zorgvuldig buiten gebleven, afwachtend wie er als winnaar zou overblijven conform het opportunisme dat ervoor zorgde dat hij nu al jaren achter de schermen de macht bekleedde.

'En,' zei Romme, 'zolang de Majesteit binnen haar eigen kring van gedachten wenst te wisselen over dit land, is ook dat haar goed recht.' Hij pufte een wolk rook uit en keek weer ostentatief op zijn horloge.

'Er is nog meer,' zei Einthoven en pakte zijn aktetas.

'Dat hoop ik,' zei Romme en keek opnieuw op zijn horloge. 'Hoe is het trouwens met je vrouw, Witteman? Ik hoorde dat ze bij de onvangst van mevrouw Roosevelt mee is geweest naar het Rijksmuseum?'

'Jazeker,' zei Witteman. 'Ze was zeer onder de indruk. Mijn vrouw, bedoel ik. Mevrouw Roosevelt is natuurlijk ook wel een persoonlijkheid.'

Einthoven klemde de sigaret tussen zijn lippen en pakte een

bruine, blanco envelop uit de tas. Hij haalde er drie glanzende zwartwitfoto's uit en legde ze een voor een voor Romme neer op de tafel.

'Het spijt mij van de kwaliteit,' zei hij. 'Maar gezien de omstandigheden heeft de fotograaf vakwerk geleverd. U refereerde zo-even aan de reorganisatie van mijn dienst, en aan de heer Beel. Zoals u weet onderhield mijn toenmalige medewerker Salters contacten met subversieve elementen, onder wie radicale socialisten en communisten. Zijn ontslag had volledig de instemming van premier Beel. U weet ook dat Wim Salters vlak voor dat ontslag honderden dossiers van de dienst ontvreemdde.'

Verontrust keek Romme op. 'Dat is toch in orde gekomen?'

Voor het eerst klonk zijn stem onzeker en Einthoven moest een triomfantelijk gevoel onderdrukken. 'Zeker. Op last van de heer Beel heeft de heer Salters ze uiteindelijk teruggebracht.' Hij zweeg even en inhaleerde. 'Het is echter zeer waarschijnlijk dat hij het merendeel ervan heeft weten te kopiëren.'

Romme zweeg ontsteld en pakte haastig het glas cognac. Witteman keek strak voor zich uit.

'Op de eerste foto zien we de heer Salters bij diens DKW. De locatie is de Amsterdamse Prinsengracht, waar hij een onderzoeksbureautje drijft. U herkent ongetwijfeld de man links van hem, aan wie hij juist een tas overhandigt.'

Romme knikte aarzelend.

'Generaal Koot is nadien naar Het Oude Loo vertrokken, dat daar niet ver vandaan ligt, en waar op dat moment een van de samenkomsten plaatsvond waarover ik het al had. Even tevoren echter bracht hij een bezoek aan baron Van Heeckeren op Molecaten, waar ook de heer Pierson van het bankiershuis aanwezig was, en de heer Elzenga. Zoals u weet zijn de Piersons de bankiers van het koninklijk huis.'

'Nou,' zei Romme, 'je gaat me toch niet vertellen dat een vent als Nicolaas Pierson ook bij de communistische internationale zit, wat?'

Witteman lachte hoofdschuddend. 'Stel je voor!'

Einthoven lachte ook, maar zijn ogen bleven ernstig.

'Zowel de heer Pierson als de heer Elzenga is bevriend met Frits Philips en diens vrouw, beiden zijn ook enthousiaste aanhangers van de Morele Herbewapeningsbeweging van de Amerikaan Frank Buchmann. Volgens gegevens van onze zusterdienst de CIA onderhoudt deze Buchmann nauwe contacten met geestverwanten in de Sovjet-Unie, zoals mijn ex-medewerker Salters.'

Einthoven tipte zijn as af en nam weer een teugje. 'U ziet op de twee andere foto's opnieuw de heer Salters ditmaal met een zekere Johan de Vries, gemeenteambtenaar in het plaatsje Hattem. De Vries was lid van de CPN en is abonnee van *De Waarheid.* Vóór de oorlog was hij bovendien van de SDAP en bevriend met Koos Vorrink.'

Romme knikte langzaam, Einthoven was de afkeurende trek rond diens dikke lippen niet ontgaan. Al mocht hij Carl Romme niet, hij wist dat de katholieke voorman net als hij zelf gebeten was op alles wat zweemde naar socialisme en 'rood'.

'Ook hij is een gast van de bijeenkomsten in Hattem. Het merkwaardige is dat hij op Het Oude Loo werd geïntroduceerd door de heer Van 't Sant. Ik hoef u niet te vertellen dat de heer Van 't Sant bepaald geen sympathisant is van de marxistisch-leninistische leer en voorzover ons bekend behoort De Vries ook niet tot zijn kennissenkring. Generaal Koot is echter met beiden bevriend. Wat meer is...' Einthoven pauzeerde even bewust. 'De heer Van 't Sant, zoals u weet door koningin Wilhelmina gehuisvest nabij Soestdijk om, laat ons zeggen, prinses Juliana en prins Bernhard te "begeleiden", kreeg enkele weken geleden bezoek van de heer Salters.'

Romme keek verrast op. Witteman toonde geen enkele reactie.

'Inderdaad, ook de heer Salters kan allerminst tot de vriendenkring van de heer Van 't Sant worden gerekend. Een van de dossiers die indertijd op mijn dienst werden ontvreemd, betrof mogelijke contacten tijdens de oorlog tussen de heer Van 't Sant in Londen en de Sicherheitsdienst hier in Driebergen. U weet waar ik op doel. Op geruchten die indertijd de ronde deden dat Van 't Sant een rol zou hebben gespeeld in de affaire die naderhand bekend is komen te staan als het Englandspiel, waarbij vierenvijftig van onze agenten aan de moffen werden verraden.'

Romme zat erbij als een wassen beeld. Witteman schoof nu nerveus heen en weer.

'Enkele dagen nadien bracht generaal Koot een bezoek aan Soestdijk, waarbij hij de prins raadde een Amsterdamse gebedsgenezeres te raadplegen over de slechte ogen van Hare Koninklijke Hoogheid prinses Marijke. Deze vrouw, Greet Hofmans genaamd, is een oude bekende van baron van Heeckeren te Hattem en de CPN-sympathisant De Vries uit die plaats. Naar verluidt heeft de prins positief gereageerd en vervolgens poolshoogte laten nemen door de gouvernante van de prinsessen, mevrouw Rita Pennink.'

Nog steeds zei Romme niets. Einthoven besloot zijn laatste troef op tafel te leggen.

'Ook in de indertijd ontvreemde dossiers bevonden zich stukken aangaande veronderstelde contacten in 1942 tussen de prins en zijn stiefvader kolonel Alexei Panchoulidzew, destijds werkzaam voor de geheime dienst van de Abwehr. U beiden bent daar indertijd van op de hoogte gebracht.'

Secondenlang was het doodstil in het vertrek. Buiten riep een vrouw een kind van de schommel te komen. Ver weg klonk het vage geluid van het verkeer op de Benoordenhoutseweg.

Witteman verlegde nerveus zijn ene been over het andere en Einthoven zag verbaasd dat de minister ondanks het lenteweer een lange onderbroek droeg.

'Ik neem aan,' zei Romme toonloos, 'dat je nog geen contact hierover gehad met de Hofveiligheidsdienst.'

Einthoven schudde zijn hoofd.

'En dat je dat ook niet van plan bent?'

'Neen. Ik zei u al dat de heer Van 't Sant, hoewel hij veel op zijn Engelse domicilie verblijft, grote invloed heeft aan het hof van de kroonprinses.'

'Mag ik u herinneren aan uw afspraak met de kardinaal?' vroeg Witteman onderdanig, maar Romme reageerde niet. Hij leunde met gesloten ogen achterover en scheen zelfs niet te merken dat de sigaar tussen zijn lippen was gedoofd.

'Wat is je verzoek, Einthoven?' zei hij ten slotte.

4

Tegen middernacht gebeurde waar hij al een tijd bang voor was geweest. De naald op de snelheidsmeter had toen al minuten lang rond de 60 kilometer per uur geschommeld, hoewel hij het gaspedaal tot op de bodem hield ingedrukt. Hij wist weinig van auto's, maar herinnerde zich vaag iets over bougies, die na lange afstanden los konden trillen. Hoewel de smalle autoweg op dat uur verlaten was, reed hij verder tot aan een zijpad, waar hij de DKW tussen bomen parkeerde maar wel uit voorzorg de pruttelende motor liet draaien.

Al toen hij uitstapte rook hij een branderige lucht. Toen hij vloekend de motorkap opende deinsde hij achteruit vanwege de stank van smeltend rubber. Zenuwachtig tastte hij in het pikkedonker langs de bedrading, toen een lange steekvlam omhoog schoot die zijn handen en gezicht schroeide. Met een kreet van pijn sprong hij achteruit. Nauwelijks een seconde later lekten de vlammen over het motorblok en deden de struiken rond hem gifgroen oplichten. Ondanks de verlammende angst voor een explosie dwong hij zichzelf zijn jas en koffertje van de achterbank te graaien. Hij wilde er als een dolleman mee wegrennen toen hij in paniek aan de nummerborden dacht. Maar de auto stond al in lichterlaaie en de hitte deed hem weer vloekend achteruitdeinzen. Het enige waarop hij kon hopen was dat ook de nummerplaten zouden verbranden. Het maakte ook weinig uit. Het zou waarschijnlijk sowieso tot de ochtend duren voor iemand het uitgebrande wrak zou vinden.

Hij rende weg, over een hobbelig hard land, de inktzwarte horizon als een muur onder de lichte nachthemel. Soms struikelde hij, soms viel hij, een keer met zijn gezicht tegen stenen zodat hij het bloed op zijn lippen proefde, maar hij bleef doorrennen hoewel hij niet wist waarheen. Het was ruim een kwartier geleden sinds hij de grens was gepasseerd. De weg waarover hij was gekomen was nieuw, net als die in het Duitse grensgebied, wat hem had verbaasd omdat de meeste huizen er nog verwoest bij lagen en de straten opgebroken. Het laatste bord waarvan hij zich bewust was, was Nederlands geweest. Het vermeldde een dorp Alden, waar hij nog nooit van had gehoord. Het moest niet ver over de Duitse grens in Brabant liggen. Hij schatte dat hij sindsdien nog zo'n kilometer of tien à vijftien had doorgereden vóór de DKW het had opgegeven.

De nachtwind was kil en rook naar gras en varkensmest. De huid onder zijn linkeroog, waar de steekvlam hem had geraakt, schrijnde pijnlijk en zijn rechterzij begon te steken, zodat hij hijgend zijn pas vertraagde en even pauzeerde. De grond voelde nu zompig en modderig aan en toen hij zich bukte, beroerden zijn vingers nat gras en ijskoud water, een moerasgebied of veen. Hij huiverde en trok zijn jas aan. Voorzover hij kon zien, was er nergens een teken van leven: geen huizen, geen weg, zelfs niet het geluid van vee of een nachtdier. Het vlakke land rondom hem loste zich naadloos op in een donkere, maanloze hemel. Ver voor hem uit doemde vaag bebossing op. Hij streek een lucifer af om op zijn horloge te kunnen kijken en zag dat het iets over half een was.

Hij keek achterom maar zag niets meer van de auto. Als hij al in de goede richting keek, want hij had er geen benul van welke kant hij in zijn paniek op was gerend. Wat zou er gebeuren wanneer iemand de auto zag? De kans was godzijdank klein op dit uur, en in deze uithoek, maar af en toe was hij een vrachtwagen gepasseerd en het bospad had niet ver van de autoweg af gelegen. Misschien was het toch beter geweest als hij in de buurt was gebleven tot het vuur minder was geworden en hij er alsnog de nummerplaten af had kunnen halen... De afspraak tussen twee en drie zou hij immers niet meer kunnen nakomen. Hoewel de douaniers zijn paspoort maar vluchtig hadden bestudeerd, zouden ze zich hem en de DKW na zo'n korte tijd vast nog herinneren.

Zwaar ademend liep hij weer verder, bedacht op muurtjes, plassen of een sloot. Een ogenblik kwam de gedachte bij hem op om terug te keren, de grens over door de bossen, terug naar waar hij vandaan was gekomen. Hij vloekte zachtjes, woedend op zichzelf en nam de koffer in zijn andere hand. De kans van zijn leven verdomme, het klonk verschrikkelijk pathetisch, maar zo was het wel. En geen beter motief voor een man dan wraak. Was dat niet van Shakespeare? *Othello*? Of was het Molière? Hij wist het niet meer, zo lang was het geleden dat hij gespeeld had. Zijn ogen begonnen te tranen, en hij voelde zijn maag opspelen. De koffer hing als lood aan zijn hand en de steken in zijn zij deden hem steeds vaker in elkaar krimpen. Hij besloot enkele minuten te rusten en een sigaret te roken. Het maakte nu niets meer uit en hij wist in elk geval waar hij uiteindelijk heen moest. Misschien zou de man op hem blijven wachten, misschien zou hij ook weggaan, maar ook dat maakte niet uit.

Hij ging op de koffer zitten en trok zijn jas dichter om zich heen. Uit de zak van zijn colbert haalde hij het blikje sigaretten en stak er een op. Gold Flake. Van de man gekregen. Wie hij was, wist hij niet. Een Nederlander, dat was alles wat hij wist, een jaar of veertig, misschien zelfs vijftig.

Een week geleden was hij naast hem komen zitten in het café op de hoek hoewel er tafeltjes vrij waren.

'Meneer Vogel?'

De stem was zacht, maar het voelde alsof iemand hem een mokerslag toebracht. Dit moment had hij al die jaren in zijn angstdromen gevreesd. Hij had zich vast moeten grijpen om niet onderuit te gaan. Geen ontkenning meer mogelijk, zoveel en zolang als hij zich ook op die ene simpele vraag had voorbereid.

Toch geprobeerd.
'Bitte?'
'Maakt u zich geen zorgen. Ik ben hier niet gekomen om u te arresteren.'
Een beschaafde stem, die keurig Nederlands sprak. Een man met een glad geschoren gezicht hoewel het al namiddag was. Een zomerhoed, een keurig kostuum onder een dure overjas. Verzorgde handen die hem een sigaret hadden aangeboden. 'Moet lang geleden zijn dat u Virginia heeft gerookt. Net zolang vermoedelijk als u geen Nederlands hebt gesproken.'
'Entschuldigung, aber ich weiss wirklich nicht was Sie meinen.'
'Wilt u nog wat drinken? Ik moet u bekennen dat ik niet goed weet wat ze hier hebben, dus als u het wilt bestellen?'
Wodka. Zelfgestookte wodka. Wat anders? Maar opnieuw had hij onbegrip voorgewend. 'Sie müssen sich irren, mein Name ist Schulz, Wilhelm Schulz.'
'Ik begrijp uw wantrouwen, meneer Vogel. Ik zou precies hetzelfde voelen, maar misschien dat dit u overtuigt van mijn goede bedoelingen.'
In het blikje sigaretten stak een opgevouwen briefje. Een gewoon gelinieerd velletje papier, geen naam of ondertekening. Het was bij elkaar slechts twee regels handgeschreven tekst, maar hij had het handschrift ogenblikkelijk herkend. De 'a' en de 'g' als drukletters, de krul aan de 'v'. Ze had hem zelf zo leren schrijven.
Er stond een datum boven. Enkele weken geleden. De 18e. Een puntje op de 'een' alsof het 'i' was, zoals ze altijd had gedaan.
'U weet wie dit schreef?'
Hij had alleen maar verbouwereerd kunnen knikken en was blij geweest met de wodka die Helmut hen bracht.
'Ik heb u helaas nooit zien spelen. Ik ben bang dat ik niet zo'n toneelliefhebber ben.' De man moest geld genoeg hebben om

zich een goede tandarts te kunnen veroorloven. Hij had even om zich heen gekeken in het armzalige kroegje. 'Ik neem aan dat er hier nooit iemand aan heeft getwijfeld dat u Wilhelm Schulz bent?'

Hij had van de wodka gedronken alsof hij niet anders deed en gaf hun beiden vuur.

'U lijkt op uw moeder. Ik heb het altijd een justitiële dwaling gevonden. U weet ook wie er verantwoordelijk voor was, neem ik aan.'

'Weet zij dat ik hier ben?'

'Nee. Dat leek ons niet verstandig.' Weer die lach. 'U weet hoe moeders zijn, nietwaar.'

'Hoe gaat het met haar?'

'Wat denkt u? Een moeder die hoort dat haar enig kind nog leeft.'

Met trillende vingers had hij het briefje weer opgepakt.

'Liebster Junge! Ich kann es noch nicht glauben! Der liebe Gott ist gnädig. Ich liebe dich so viel!'

Ze leefde dus nog. Het had hem gekalmeerd, al had hij daar eigenlijk nooit aan getwijfeld. Wat ze haar ook hadden aangedaan, ze was lichamelijk nog jong en te sterk om zich van het leven te beroven. Vaak had hij eraan gedacht haar te bellen of te schrijven, maar angst voor ontdekking had hem daarvan weerhouden. Hij was er trouwens niet zeker van of ze nog op het oude adres woonde.

Plotseling was de gedachte bovengekomen dat iemand haar misschien had gedwongen, maar toen hij geschrokken opkeek, moest de man zijn gedachten hebben geraden. 'Nee, meneer Schulz, wees gerust. Dit is geen valstrik om u hier vandaan te lokken.' Hij had zijn hand in de zak van zijn jas gestoken en er een klein kartonnen doosje uitgehaald.

'Behalve u en zijzelf weet waarschijnlijk niemand anders wat dit betekent. Ik in elk geval niet.'

Het doosje was donkergroen van kleur, en had harde, oude lijmranden. Het was leeg maar ooit had er een papiertje in gezeten waarop hij als kind had geschreven '16 juni 1927. Voor Mutti. Om iets in te bewaren.'

Hij gooide zijn sigaret weg en kwam wankelend overeind, de nachtkou voelend tot in zijn botten, zijn spieren stijf, het bloed bonkend achter zijn slapen zodat hij moeite had te blijven staan. Hij had niet moeten rusten, verdomme. Duizelig bukte hij zich weer, wreef met trillende handen over het natte gras en vervolgens over zijn ogen en de huid eromheen. Hij beet op zijn tanden om het niet uit te gillen van pijn, gromde en pakte de koffer op. Hij liep dezelfde richting uit die hij eerder had genomen en waarvan hij hoopte dat die naar het westen voerde. Als hij het vol zou houden, moest hij toch binnen enkele uren iets van een bewoonde wereld bereiken. Zo groot was Brabant ook weer niet.

Natuurlijk had hij gevraagd hoe de ander hem had gevonden, maar de man had glimlachend zijn hoofd geschud.

Hij schrok op omdat hij een hees geluid hoorde, herkende het opgelucht als het gekwaak van een kikker. Niet veel later kon hij een sloot onderscheiden, die hij besloot te volgen. Sloten liepen ergens naartoe, ergens waar mensen waren, en dus vervoer. Geld had hij genoeg en voor het geval iemand ernaar zou vragen, ook een geldig paspoort. En hij zou inmiddels ver genoeg verwijderd zijn van de auto, als daar nog iets van viel te traceren. Hij zou zich minder op zijn gemak hebben gevoeld in Den Haag of Amsterdam, al was hij er vrijwel zeker van dat ook daar niemand hem zou herkennen. Hooguit zou iemand verwonderd zijn over de gelijkenis met een man die drie jaar geleden was omgekomen, maar zelfs dat leek hem onwaarschijnlijk.

Na enkele honderden meters bleek de sloot uit te komen op een breed kanaal met hoge walkanten. Wat verderop tekenden de contouren van een hefbrug zich af. Hij liep er naar toe en zag een smalle klinkerweg die over de brug naar beneden glooide en aan de andere kant parallel aan het kanaal in het donker verdween.

Hij schrok weer toen hij onder de wind motorgeluid hoorde. Toen hij zich omdraaide zag hij twee dofgele koplampen op zich af komen. Al had hij het gewild, hij besefte dat het te laat was weg te rennen. Dus bleef hij staan. Met z'n ogen samengeknepen tegen de lichten zag hij hoe de wagen enkele meters voor hem tot stilstand kwam. Even meende hij een vrouw uit te zien stappen, tot hij zich realiseerde dat het een geestelijke was: een kleine man met een priesterhoed op en in soutane, die hem nieuwsgierig monsterde.

'Nou, nou! Of u bent verdwaald of u bent op de vlucht. In beide gevallen...' Zijn stem klonk opeens geschrokken. 'Maar u bent gewond!'

'Wat? O ja, 't is niet erg.'

Het Nederlands kostte hem geen enkele moeite. Dat had het ook al niet toen de man hem had opgezocht.

'Mag ik u vragen wat u hier zo laat nog zoekt?'

Ondanks zijn vermoeidheid en verwarring glimlachte hij. 'Ik heb autopech.'

'Ach. U ziet eruit alsof u de hele nacht bent doorgelopen. Waar staat uw auto?'

'Ik weet het niet. Hij vloog in brand.'

'In brand?'

'Ja. Ik weet niet wat het was. Ik...' Plotseling trok er een rood waas voor zijn ogen. Hij probeerde de brugleuning vast te grijpen, maar miste en zakte door zijn knieën toen twee sterke handen hem onder zijn oksels grepen.

'Rustig aan. Blijf ademen.'

Hij knikte. Het brandde achter zijn ogen en zijn benen voelden aan als gelei, maar hij slaagde erin overeind te komen. De priester ondersteunde hem tot aan de auto.

'Het lijkt me beter dat ik u meeneem naar huis.'

Als een kind liet hij zich in de auto zetten.

'Ik haal uw koffer.'

Hij leunde achterover en sloot zijn ogen. Was het verstandig dit te doen? Waarom niet? Als hij zou protesteren zou het alleen maar verdacht lijken. Een man die zichtbaar uitgeput was, moest dankbaar zijn voor een lift en gastvrijheid. Hij hoorde de priester de koffer in de kofferbak leggen. Even later stapte hij in en startte de auto.

'Zit u goed?'

'Ja. Bent u hier pastoor?'

'In Sint Anthonis, hier tien kilometer vandaan. U heeft geluk dat ik nog zo laat op pad was. De vrijdagavonden zijn de vaste schaakavonden van een vriend en mij. Vanavond was het bij hem thuis. De partij duurde langer dan gebruikelijk, vandaar.' De donkere ogen namen hem lachend op. 'Gelukkig won ik wel.'

En je hebt wijn gedronken, dacht hij, want eindelijk wist hij wat hij zo-even ook al had geroken.

'Gaat het weer?'

'Ja. U bent heel vriendelijk.'

'Ach welnee. Waar kwam u vandaan, als ik vragen mag?'

De vraag overrompelde hem zodat hij even verward opkeek maar kennelijk interpreteerde de priester zijn zwijgen als teken van vermoeidheid, want hij drong niet aan en stuurde de wagen langs het kanaal.

'Ik was op bezoek bij mijn zuster in Duitsland.'

'In Duitsland?'

'Ja. Ze is getrouwd met een Nederlands diplomaat daar.'

'Ach. Ja, ja, zo gaat dat weer, hè, nu alles weer normaal is. A propos, mijn naam is Thijssen.'

Het was duidelijk bedoeld om de zijne te horen.

'De Vries,' zei hij. 'Huib de Vries.'

Het was de eerste naam die hem te binnen schoot, de naam van een jeugdvriendje van school.

'En waar moet u naar toe?'

'Naar Amsterdam.'

'Ach.'

De priester zweeg en tuurde naar de donkere straatweg voor hen. Hij moest de weg goed kennen want hoewel hijzelf nauwelijks iets kon onderscheiden, remde de priester steeds af voor gaten in het wegdek of manoeuvreerde daar behendig omheen.

'Wilt u een sigaret?'

Vogel hield het blikje Gold Flake op.

'Dank u. Ik sta mezelf thuis nog een goede sigaar toe.' De auto draaide opeens scherp naar rechts en in het dansende licht van de koplampen doemde een boerderij op. 'Bent u getrouwd?'

Vogel knikte.

'Kinderen?'

Vogel glimlachte en stak zijn sigaret aan. Een dorpspastoor, een aardige man, maar nieuwsgierig. Er gebeurde hier natuurlijk niets, en dan was een vreemdeling zo laat een hele gebeurtenis.

'Drie. Een jongen en twee meisjes.'

Hij had de volgende vraag, die naar zijn geloof, al verwacht, maar Thijssen remde af en draaide opnieuw naar rechts, een smal beklinkerd straatje in. Tegen de nachthemel tekende zich het plompe silhouet van een kerktoren af. Tot Vogels verbazing brandde er straatverlichting. De pastoor parkeerde de auto voor een vrijstaand huis naast de kerk en zette de motor uit.

'Wil ik u helpen?'

'Nee, het gaat alweer.'

'Als u wilt kunt u wel even naar uw vrouw bellen.'

Stijf stapte hij uit en trapte de sigaret uit.

De pastoor haalde zijn koffer uit de achterbak en liep ermee naar de voordeur. De schaduw van de massieve kerk verhulde hem even maar enkele seconden later floepte er licht aan en zag Vogel een schemerige, betegelde gang.

'Zo. Komt u verder.'

Hij liep de gang binnen en keek op zijn horloge. Misschien was het inderdaad goed om te bellen.

'Heeft u honger? Mijn huishoudster slaapt natuurlijk al, maar ik kan kijken of er nog wat is.'

'Doet u geen moeite.'

De pastoor was hem voorgegaan naar een grote woonkeuken. In het lamplicht zag Vogel nu verrast dat hij nog jong was. Hij had zijn brede zwarte hoed afgezet, zijn zwarte haar was kortgeknipt zonder een spoortje grijs.

'In elk geval zal ik u een glas cognac inschenken.' Hij lachte en trok een keukenkast open. 'En mijzelf. Ach, als u eerst wilt bellen, dat kan om de hoek in de gang onder de trap. U moet eerst de K draaien.'

Vogel knikte en liep de gang weer op. Hij hoorde het glasgerinkel in de keuken en haalde het luciferdoosje uit zijn zak waarop hij het nummer had genoteerd. Was het riskant te bellen? Het leek hem niet. Als er iets over zou zijn van de DKW, was er niets dat naar hem leidde, maar zelfs dan zou een eventueel nieuwsgierige politieman niet ver komen met de naam Huib de Vries. De vraag was veeleer wat hij verder zou doen. Ongetwijfeld zou Thijssen hem een slaapplaats aanbieden. De gedachte aan een bed en slaap was onweerstaanbaar, en hij moest hier kilometers verwijderd zijn van de auto. Hij haakte af en draaide de K.

Het duurde even voor er werd opgenomen. In de stilte hoorde hij Thijssen in de keuken scharrelen. Het rook in de gang naar boenwas. Schuin naast de telefoon hing een ingelijste foto van de Sint-Pieter.

'Centrale Den Bosch.'

Ondanks de dichte keukendeur stulpte Vogel zijn hand over het spreekgedeelte van de hoorn.

'Goedenacht. Ik zou graag doorverbonden willen worden met een nummer in Den Haag.'

'Zegt u het maar, meneer.'

Hij las het nummer voor van het luciferdoosje. Achter de keukendeur was het stil. Wat deed meneer pastoor? Nieuwsgierig luisteren aan het houtwerk?

Er klonk geruis in zijn oor, gevolgd door een serie harde klikken en daarna een hoge vrouwenstem. 'Goedenacht, met het Rijnhotel.'

'Goedenacht. Ik zou graag doorverbonden willen worden met kamer 34.'

'Een momentje alstublieft... Ach, bent u meneer Schulte?'

'Ja.'

'De meneer die uw kamer reserveerde is vijf minuten geleden vertrokken. Hij zei dat hij u hier morgenochtend zal bellen.'

'Ach. Eh... ik weet niet of ik...'

Er klonk weer een hevig geruis in zijn oor. Al wachtend staarde hij naar de Sint-Pieter. Voor op het grote plein stonden honderden kleine figuurtjes in lang zwart met hoeden op. Vast en zeker was Thijssen een van hen. De man was dus weggegaan. Waarom? Het was nog geen twee uur. Hij voelde het zweet in zijn nek prikken. Was er iets mis? Was het toch een val, om hem hiernaar toe te lokken?

'Hallo?'

'Ja.'

'Ja. Het spijt me maar het werkt nog niet allemaal zoals het moet. Wat ik zei, die meneer moest weg en hij zal morgenochtend, eh, vanochtend weer contact met u opnemen.'

'Ja. Ik weet niet of ik dat haal. Ik heb pech. Dus als ik er niet ben, wilt u dan zo goed zijn te vragen of hij het later op de dag nogmaals probeert.'

'Zeker. Wilt u dat ik uw kamer dan nog een dag langer vasthoud?'

Hij aarzelde even. 'Graag.'

'Dan zien we u graag morgen, meneer Schulte.'

Hij hing op en haalde zijn sigaretten tevoorschijn. Waarom was de man er verdomme niet?

Zijn vingers trilden toen hij een lucifer aanstreek. Kalm blijven, hield hij zich voor, er zou vast een reden zijn waarom de afspraak niet na kon worden gekomen. Alles was geregeld, de kamer gereserveerd. Misschien was er iets tussen gekomen. Alhoewel 's nachts, om twee uur?

Hij maakte een grimas en stak de sigaret aan. Altijd die paranoia, altijd bang dat er wat is! Wanneer zou dat voorbij zijn?

Hij duwde de keukendeur open.

Thijssen zat met een sigaar aan de keukentafel en keek glimlachend op van boven een krant.

'En? Uw vrouw was zeker wel opgelucht?'

Hij knikte en ging zitten terwijl de pastoor hem een glas cognac toeschoof en het zijne ophield.

'Op uw gezondheid dan maar. U heeft een lelijke brandwond opgelopen, meneer de Vries. Wat gebeurde er eigenlijk?'

Hij voelde de cognac in zijn maag branden en vertelde wat hem was overkomen.

'Lekkende olie. Vermoedelijk een afsluitring die niet goed heeft gezeten.'

Verbaasd trok hij zijn wenkbrauwen op.

Thijssen lachte. 'Mijn vader was automonteur. Ik heb er alle baat bij, hier in de parochie. Wat doet u, als ik vragen mag?'

Hij nam nog een slok. De cognac kikkerde hem wat op, hoewel zijn benen loodzwaar aanvoelden. 'Ik werk bij een textielhandel. Verkoper.'

Thijssen knikte. 'Ik zie dat u moe bent. Ik kan u een bed aanbieden.'

'Maar dat hoeft helemaal niet.'

'Kom, kom, meneer De Vries, het is maar goed dat er hier geen spiegel is! U kunt zich in de bijkeuken wassen. Het bed is niet groot maar er ligt in elk geval schoon goed op.' Hij kwam overeind en liep met de sigaar in zijn mond naar de deur. 'Ik zal eens kijken of er ergens een schone handdoek is.'

Vogel glimlachte moe. 'Is er eigenlijk een station hier in de buurt?'

'In Cuijk. Ik zou u er met alle liefde heen willen brengen, maar helaas wacht me de vroegmis. Er gaat echter een bus.'

Thijssen deed de gangdeur open. 'Als u nog wat cognac wilt, gaat uw gang. Het staat in de kast. Ik ben zo terug.'

Hij hoorde de voetstappen wegsterven in de gang.

Hij zat stil. Hij zou Thijssen kunnen vragen nog eens te mogen telefoneren. Gretha had het briefje geschreven, ze wist nu dat hij nog in leven was. Ze zou hem waarschijnlijk niet kunnen vertellen wie de man was, maar wel of hij werkelijk te vertrouwen viel! Anderzijds, had ze hem anders het doosje meegegeven?

Hij zuchtte en nipte van de cognac en trok de krant naar zich toe. De kop op de voorpagina meldde relletjes in Palestina. Ernaast stond een foto waarop koningin Wilhelmina naast een oudere dame in een gebloemde zomerse jurk was geportretteerd. De tekst eronder meldde dat de weduwe van president Roosevelt enkele dagen te gast was op Het Loo en Soestdijk. Hij wilde verder bladeren toen Thijssen binnenkwam met een handdoek en een groot bruin blok zeep.

'Kijkt u eens. Of wilt u misschien nog wat drinken?'

'Nee, dank u.' Hij kwam overeind en drukte zijn sigaret uit. 'U heeft gelijk. Ik kan maar beter gaan slapen. Ik zou alleen willen vragen of u me vroeg wilt wekken.'

'Natuurlijk. Misschien dat u de vroegmis wilt bijwonen?'

Vogel glimlachte. 'Dat is lang geleden.'

'Des te meer reden, nietwaar?'

Hij liep achter de priester de gang in. De bijkeuken bevond zich in een uitbouw. Er stond een kolossale houten tobbe en over een rek hing wasgoed te drogen. In een hoek was een kleine wasbak. Erboven hing een spiegel waarin het schrale licht van een peertje weerkaatste.

'We hebben helaas alleen koud water. Ik laat u nu alleen. Als u klaar bent: ik ben in de keuken.'

Hij wachtte tot de deur werd gesloten en liep naar de wasbak. Het kale licht deed zijn spiegelbeeld onbarmhartig uitkomen. Onder zijn donkere ogen schemerden diepe wallen en de voren langs zijn neus leken wel kerven van een mes. De brandwond onder zijn oog was een grillige, roze plek alsof hij zijn wang had willen schminken. Toen hij hem even aanraakte, vlamde de pijn tot diep in zijn schedel. Hij trok zijn colbert uit en draaide het koperen kraantje open. Het water was ijskoud, zodat hij naar adem hapte. Hij wreef het zeepblok tussen zijn handen en begon zich te wassen. Links van de spiegel hing een groot ijzeren crucifix, een gipsen voetje van Christus was afgebroken.

Terwijl hij zich waste, rook hij zijn eigen stank. Hij vroeg zich af of Thijssen daarom zo snel een sigaar had opgestoken. Het was een penetrante, zurige lucht. Het duizelde hem even en hij knoopte zijn overhemd los. Een bad in dat hotel was natuurlijk beter, maar hij kon zo moeilijk morgen in een trein gaan zitten. Hij wreef met het zeepblok onder zijn oksels en wilde net de handdoek pakken toen de deur achter hem opengíng.

In de spiegel zag hij Thijssen met een potje naar hem toe lopen.

'Ik heb toch maar wat brandzalf...'

De kleine ogen sperden zich wijdopen, en in dezelfde seconde begreep hij waarom. Onder zijn opgeheven rechterarm zag hij hoe Thijssen in paniek het potje losliet, maar nog voor het kapot viel had Vogel het crucifix al van de muur. En in dezelfde beweging draaide hij razendsnel om zijn as en zwaaide het kruis naar het lijkwitte gezicht. Hij miste. Thijssen gilde hoog en wankelde, maar hij kreeg de tijd niet om te vallen, want hij sloeg opnieuw en ditmaal met al zijn kracht. De zware crucifix trof Thijssen zo hard boven zijn slaap dat de puntige zijbalk van het kruis in het vlees bleef haken. Helrood bloed spoot hoog op en spetterde tegen zijn gezicht. Grommend rukte hij de crucifix los, pakte hem nu met twee handen en hakte als met een bijl op de priester in, die door zijn knieën zakte en opzij viel. Een arm kwam afwerend omhoog. Hij schopte ernaar, haalde weer uit en raakte de priester nu in zijn keel. Een golf bloed stroomde over de soutane en Thijssens hoofd hing plotseling in een vreemde hoek opzij, zijn ogen gesloten in een sneeuwwit met bloedspatten bespikkeld gezicht. Hijgend stond hij stil; zijn spieren verslapten zodat hij zich vast moest grijpen aan de wasbak en de crucifix liet vallen.

Enkele seconden lang perste hij zijn ogen samen en dwong zichzelf diep in en uit te ademen.

Wat had de priester gezegd? Zijn huishoudster lag al te slapen. Waar? Hier in huis?

Godverdomme, waarom was hij ook zo stom geweest zijn overhemd uit te trekken?

Hij keek weer naar de priester. Thijssen lag roerloos, hij maakte geen enkel geluid. Hij graaide zijn overhemd en colbert naar zich toe, stapte over de priester heen en liep de gang op. Daar trok hij het overhemd aan. Het bleef doodstil in het huis.

Hij liep de keuken in en stak zijn lege cognacglas in zijn zak. Hij nam de peuk van zijn sigaret uit de asbak en verfrommelde die boven de sigarenas. Een ogenblik overwoog hij terug te gaan naar de bijkeuken om de autosleutels uit de soutane te halen, maar in plaats daarvan pakte hij zijn overjas en de koffer en liep weer naar de gang, waar hij nog enkele seconden bij de trap bleef staan luisteren.

Vervolgens liep hij geruisloos naar de voordeur en trok die open. Hij zag dat het was gaan regenen. Terwijl hij de nacht in verdween hield hij zijn gezicht op en veegde met de regen naar hij hoopte het bloed van zijn gezicht.

5

'Volgens mij is er niks aan de hand,' zei de blonde jonge man. 'Ze zei dat haar Solex het had begeven en dat ze hulp was gaan zoeken. Dat overkomt zelfs journalisten.'

De gladgeschoren man tegenover hem leek het niet te horen. Hij staarde uit het raam naast zijn bureau naar het propvolle achterbalkon van lijn 1. Kennelijk was er iets mis met een wissel op de Leidsestraat want de trambestuurder stapte uit en schoof met zijn bovenlichaam onder de brede bumper. Op de brug over de Prinsengracht stonden mensen nieuwsgierig stil. Het leek wel, dacht Salters, of de bestuurder door zijn eigen tram was overreden.

'Ze zei dat ze een auto had gehoord en daarom die kant was opgegaan.'

De lange man aan de andere kant van het bureau glimlachte cynisch. Hij was even jong als de blonde man, ergens voor in de dertig, maar oogde wat ouder vanwege een zware baardgroei.

'Toevallig bij Molecaten?'

'Ze was onderweg naar Hattem en was de weg kwijt geraakt.'

'Wat wilde ze dan in Hattem?'

'Niks. Ze maakte een tripje en wilde daar koffiedrinken.'

De lange man keek even naar Salters die nog steeds geïnteresseerd scheen in de tram. 'Een tripje?'

'Dat kan toch?' zei de jonge man. 'Ze had iets te drinken bij zich voor onderweg.'

Hij voelde zich wat ongemakkelijk, niet alleen vanwege de spottende glimlach van zijn collega maar ook omdat deze niet meteen reageerde.

'Ze had geen fototoestel?'

'Nee.'
'Weet je waar ze vandaan kwam?'
'Ze zei dat ze in een pension in Hoenderloo zat.'
'Wat zat er nog meer in haar tas of die fietstas?' vroeg Salters terwijl hij naar de tram bleef kijken waar nu mensen boos van het achterbalkon afstapten om verder te lopen.
'Een vestje en bandenplakspullen. En in haar tas allerlei gewone rommeltjes. Niks bijzonders.'
'Hoe lang was ze weg?'
'Een minuut of vijf. Ik zag haar aankomen en stoppen. Het leek erop alsof ze de weg kwijt was want ze zette de Solex tegen een boom. Ze wilde haar tas pakken toen ze de auto hoorde. Ze liep die richting ook uit.'
'Waar was jij toen?'
'Op de heuvel boven de bomen waar ze de Solex tegenaan had gezet.'
'Dus je kon haar zien?' vroeg de lange man.
'Nee, want ze verdween achter struiken.'
'En ze zei dat ze geen hulp had kunnen vragen omdat de auto reed.'
De jonge blonde man knikte stuurs. Achter het raam kon hij de trambestuurder terug naar zijn cabine zien lopen. Erboven gaf een bordje aan dat de eindbestemming het Surinameplein was.
'Ze zouden die wissels moeten automatiseren,' zei Salters. 'Net als bij de treinen.' Hij wreef over zijn gladgeschoren kin en keek naar de foto's voor zich op het brede bureaublad. 'Maar de auto stond stil.'
De jonge man zweeg, hij wist wat de volgende vraag zou zijn.
'Dus waarom vroeg ze dan geen hulp?'
De jongeman keek ook naar de foto's. Twee ervan lieten de auto zien die bij het bruggetje stond geparkeerd. Schuin erachter stond de oudere vrouw met de baret op. Hij herinnerde zich

weer dat het wel leek alsof ze daar stond te bidden toen hij haar had gefotografeerd. Hij wist niet wie de vrouw was, maar hij wist dat zijn chef en zijn collega hier het wisten.

'Misschien wilde ze die vrouw niet storen.'

'Waarom loog ze dan?' vroeg de lange man. Hij stak een sigaret op en zonlicht vonkte even op een gouden manchetknoop. Buiten kroop de bestuurder onder de tram uit, klopte het stof van zijn uniform en stapte in.

'Ik zou niet weten of ze loog,' zei de blonde man. 'Het kan best dat ze alweer reden toen ze daar aankwam. Ik kon dat niet zien omdat ik toen naar haar Solex toe ben gelopen.'

Hij vroeg zich af waarom de twee anderen zoveel belang in de vrouw stelden en waarom ze haar uitleg wantrouwden. Goed, ze was een journaliste, maar so what? Volgens hem had ze gewoon die Solex niet meer aan kunnen krijgen en al had ze die hofauto gezien, waar maakten ze zich dan druk over? Ze was meteen weer teruggekomen en nadat hij de bromfiets had gestart, weggereden.

'Ze is een verdomd goeie journaliste,' zei de lange man. 'En het gekke, Nico, is dat ze niet verteld heeft op dat kantoor van Associated Press waar ze heen was.' Hij inhaleerde en liet de rook tergend langzaam tussen zijn spierwitte tanden ontsnappen. 'Dat doen verdomd goeie journalisten namelijk niet als ze nieuws ruiken.'

Hij zweeg en keek triomfantelijk naar Salters.

'Dat kan,' zei Salters. 'Het kan ook van niet. Wat denk je? Dat ze hen heeft zien uitstappen?'

'Geen idee.' De blonde man schoof wat heen en weer. Hij kreeg steeds meer het onbehaaglijke gevoel dat er iets mis was en dat hij daar schuldig aan was. 'Toen was ik bezig met die Solex. Maar toen ze weg was, ben ik weer omhoog gerend en zag ik de auto bij het landhuis staan. Dus ik denk dat ze al binnen waren.'

'Laten we het hopen. Net als dat ze daar inderdaad toevallig was. Hoe dan ook, ze heeft je gezien dus Coen hier zal haar de komende weken in de gaten blijven houden.' Hij glimlachte even naar de blonde man. 'Ik neem je niets kwalijk, Nico, integendeel. Je was daar en je hebt het goed gedaan.' Hij pakte de perskaart tussen duim en wijsvinger en keek er even naar.

'Probeer na te gaan of ze aangifte wegens diefstal heeft gedaan.'

6

Drie weken na haar tripje naar de Veluwe besloot Neel weer aan het werk te gaan, hoewel haar huisarts had geadviseerd nog wat langer te wachten.

'Je ziet er prima uit en je zit aardig op gewicht, al vind ik het eerlijk gezegd nog wat vroeg dag. Maar ik kan het je niet verbieden. Doe in elk geval de eerste tijd rustig aan. En ik zal een briefje schrijven zodat je wat extra bonnen krijgt.'

In elk geval was het haar eigen huisarts. Die wist dat ze zich thuis een aap verveelde, dat ze geen krant of kiosk kon zien zonder dat ze de kriebels kreeg en het kleine, drukke kantoortje van Associated Press bij wijze van spreken al róók. Natuurlijk was ze nog niet beter; ze voelde zich nog steeds snel slap en moe. Maar alleen al de gedachte aan haar Remington, de telexen, de persberichten en de telefoontjes maakten dat ze als een uitgelaten kind de deur van haar huis achter zich dichttrok en op haar fiets stapte. Bovendien scheen de zon, na dagen druilerige bewolking.

Ze fietste dwars door de stad, die er op dit vroege uur nog stil bijlag. Een postbode, een vuilniswagen, enkele vroege werknemers zoals zij op de fiets, maar eenmaal op de Nieuwezijdsvoorburgwal was het al drukker met enkele auto's en een tram, die uit de rails was gelopen. Er bestond geen straat ter wereld als de Nieuwezijds, zoals haar hoofdredacteur Joe Kennedy vaak opmerkte en dat zei wel iets want hij had in bijna alle westerse hoofdsteden gewerkt. Natuurlijk bedoelde hij niet de architectuur al was die ook de moeite waard. De Nieuwezijds was de Fleet Street van Nederland, hier waren de meeste grote kranten en persbureaus gevestigd. Den Haag had het met de Parkstraat ook wel, maar de Nieuwezijds ademde Nieuws en Primeurs. Je kon er als het ware de drukinkt ruiken, de telexen horen draaien en de Linotypes horen ratelen. Het kloppend hart van de Nederlandse journalistiek dat na de middagedities een welverdiende versterking ging halen in café Scheltema of in Die Port van Cleve, waar de collega's van het *Handelsblad, de Volkskrant, Het Parool, Trouw* en van het bijna om de hoek gelegen *Vrije Volk* de werkdag afdronken of zich juist opmaakten voor de komende nachtdienst, terwijl de krantenjongens buiten langs raceten. Als redacteur of verslaggever logeerde je thuis en woonde je hier, vanaf de Paleisstraat tot aan de bocht naar het Spui: nog geen tweehonderd meter straat van waaruit heel Nederland werd geïnformeerd. Zelfs sommige journalisten van *De Telegraaf* en *Het Nieuws van de Dag* hingen er dikwijls rond, hoewel hun kranten nog steeds een verschijningsverbod hadden vanwege hun pro-Duitse opstelling tijdens de bezetting en ze daarom door veel collega's met de nek werden aangekeken.

Het kantoortje van Associated Press bevond zich op de eerste etage van een statig achttiende-eeuws pand waarvan de brede stoep fungeerde als marktje voor postzegelhandelaren. Op de begane grond zat een postzegelhandel en op de tweede verdieping was de knipseldienst van Vaz Diaz gevestigd, wat altijd handig was wanneer het eigen archief ontoereikend bleek. Dat kwam nogal eens voor, want AP mocht dan met Reuter en het Franse persbureau AFP een van de belangrijkste persbureaus ter wereld zijn, de Amsterdamse dependance telde slechts vijf vaste krachten van wie één secretaresse/c.q. telexiste. De laatste tijd konden ze het werk nauwelijks meer aan. Nederland was weliswaar niet bepaald een brandpunt in de wereld, maar sinds de perikelen rond Nederlands-Indië draaiden de vier redacteuren overuren, ook al omdat de afgelopen maanden er wereldwijd vraag was naar achtergrondverhalen over het Huis van Oranje met de komende troonwisseling begin september.

Afgezien van de telexiste was Neel de enige vrouw op de redactie – ofschoon sommigen, met een variant op de slogan over Wilhelmina tijdens de Londense ballingschap, zeiden dat ze er de enige man was. Dat waren met name de politici, want Binnenlandse Politiek was Neels portefeuille. Ogenschijnlijk leek dat vreemd, omdat ze er openlijk voor uitkwam dat ze politiek en politici, van welke richting dan ook, wantrouwde als de pest. Maar tegelijk was ze juist daarom geknipt voor haar vak; de meeste hoofdredacteuren en politieke commentatoren volgden gezagsgetrouw de richting die hun partij en hun krant aanhingen en negeerden andere standpunten. Het was een van de redenen geweest dat Neel voor een persbureau had gekozen dat los van ideologieën en partijprogramma's stond. Die drang tot onafhankelijkheid was volgens haar moeder erfelijk bepaald met een grootvader die de spoorwegstaking in 1903 mee had georganiseerd en een vader die tijdens de muiterij op De Zeven Provinciën in de jaren dertig was doodgeschoten. Als jong meisje was ze al lastig geweest, driftig en rebels. Van school gestuurd en door de politie opgepakt, en dat met een weinig zachtzinnige vader, die heilig geloofde in stokslagen en huisarrest. Desondanks was ze een wilde meid gebleven, die nergens voor wilde deugen. Tot de oorlog was uitgebroken.

'De oorlog is mijn redding geweest,' had ze tot voor kort graag gezegd al zou ze dat nu niet meer over haar lippen kunnen krijgen.

Ze was toen, die 10e mei 1940, vijfentwintig jaar oud en ze had nog maar bitter weinig bereikt. Ze was leerling-verpleegster geweest, vervolgens doktersassistente, serveerster in de Rutecks en verkoopster in een manufacturenwinkel, allemaal in Amsterdam, maar geen van die baantjes had ze lang volgehouden. Ze vond het werk saai en geestdodend. De baan in de winkel had ze net de week voor de Duitse inval opgezegd. Dat kon ze omdat haar moeder de afgelopen kerst was overleden en de verzekering haar als enige nabestaande zeventienhonderd gulden had uitgekeerd, wat meer dan haar laatste jaarsalaris was.

Toen ze anderhalf jaar later, na een bijna fatale nachtelijke oversteek van de Noordzee in Engeland aankwam, had ze daar nog ruim vijfhonderd gulden van over, die tot haar woede werden geconfisqueerd door het Nederlands gezag ter plaatse omdat de verdenking bestond dat de moffen haar onder het mom van Engelandvaarster als infiltrante hadden gestuurd. Het had haar wantrouwen jegens de autoriteiten er niet minder op gemaakt. Evenmin had de Hollandse gemeenschap in Londen daar verandering in gebracht. Ministers, ambtenaren, militairen, diplomaten en journalisten: stuk voor stuk vond ze hen zelfgenoegzame slappelingen, snoevers en opportunisten. Alleen minister-president Gerbrandy, die erbij was geweest toen ze, haar goede naam eenmaal gezuiverd, als te doen gebruikelijk bij Engelandvaarders door de Koningin was ontvangen, had indruk op haar gemaakt. Koningin Wilhelmina deed haar daarentegen nog het meest denken aan de leuterende dames die kantjes kwamen bestellen in de manufacturenwinkel in de Beethovenstraat. Veel hadden ze elkaar ook niet te vertellen. Wat ze had meegemaakt in bezet Amsterdam, had de Koningin waarschijnlijk al tientallen malen aangehoord: ze had wat koerierswerk gedaan en niet veel meer dan dat – er was, toen ze vluchtte in de zomer van '41, nauwelijks sprake geweest van verzet, en bovendien was ze een vrouw.

Dankzij de twee mannen met wie ze de Noordzee was overgestoken, kreeg ze een baantje als tikjuffrouw in een kazernecomplex even buiten Londen, waar Nederlandse militairen werden gerekruteerd voor een eigen legerbrigade. Het was nog geestdodender werk dan haar vooroorlogse baantjes, en afgezien van tikken en schuine moppen leerde ze er niets.

Londen was, afgezien van de Blitzkrieg, kortom zo mogelijk

nog saaier dan Amsterdam. Tot ze Ken was tegengekomen. Kenton Delmar, ruim tien jaar ouder dan zij en sterverslaggever bij *The Daily Express*. Ze had hem zomaar ontmoet. Voorjaar 1944. Aan een tafeltje in het restaurantje waar ze soms 's avonds at, meestal alleen, want in haar werk maakte ze maar weinig contacten en de meeste Nederlanders kwamen haar de strot uit met hun poeha. Haar werk op de kazerne was toen al afgelopen, omdat de brigade verplaatst was naar de zuidkust van Engeland en ze had een baantje opgeduikeld als receptioniste bij een Nederlands opvangcentrum in de stad.

'Sorry, is deze stoel nog vrij?'

Neel was, ondanks haar negenentwintig jaar, nog altijd maagd. Ze was dan wel wild geweest en ze was zeker niet lelijk, maar het was er gewoon nog nooit van gekomen. Ze had het die eerste keer met hem niet verteld. Ze had haar tanden op elkaar gezet en gedacht: God zegene de greep. Ken had er niets van gemerkt, of was hij zo diplomatiek geweest niets te láten merken?

In elk geval was het gemakkelijker gegaan dan ze had gevreesd, ze had er zelfs van genoten. Zozeer zelfs dat hij haastig een hand over haar mond had gelegd vanwege de buren in zijn flatje in Hampstead.

Londen was een feest geworden, dankzij Ken. Hij was aantrekkelijk, geestig en adrem, hij wist onnoemelijk veel dat zij niet wist en leek iedereen te kennen. Zo goed als ze begreep waarom ze zo verliefd was op hem, zo onbegrijpelijk vond ze het dat hij het was op haar. Hij was vlak voor de oorlog gescheiden van een Canadese, met wie hij godzijdank geen kinderen had. In het begin zocht ze hem zoveel mogelijk op als hij er was, maar na een paar maanden al had hij haar aangeboden om op zijn flat te komen wonen. Hij leerde haar haar Engels verbeteren, hij nam haar mee naar zijn talloze vrienden en kennissen, hij liet haar een Londen zien dat ze ondanks al die tijd nooit had gekend.

En vooral, en dat was dat rare oorlogsgeluk: hij bracht haar in contact met de journalistiek. Met de geschreven taal. Iets waar ze nooit eerder ook maar een seconde aan had gedacht, de duffe militaire rapporten die ze dagelijks overtikte niet meegerekend.

De eerste keer zou ze, evenmin als die eerste keer dat ze met elkaar naar bed waren gegaan, nooit vergeten. Het was op een avond in het flatje, Ken was laat thuisgekomen van de krant.

'Neel, kun je morgen vrij nemen?' had hij gevraagd.

'Waarom?'

'Omdat ik graag wil dat je meegaat naar Southend. Bernhard is daar.'

Ze was eerst in de veronderstelling geweest dat die Bernhard wel weer een van zijn vele kennissen zou zijn.

'Bernhard, sweety pie! Prins Bernhard. You know? The only German who's not imprisoned in this country.'

'Wat? Wat moet ik daar?'

'Jullie eigen Irene-brigade, sweety. Bernhard gaat er met jullie prime minister naartoe om eens te kijken of ze al kunnen schieten. There's an invasion comin' up soon, you know!'

Hij was inderdaad een kennis van de prins. Sterker, hij noemde hem een vriend die hij al van ver vóór de oorlog en voor diens huwelijk kende uit Parijs, waar Bernhard bij een Duitse firma werkte en Ken destijds correspondent was geweest.

Ken wilde een reportage maken over de Irene-brigade, die naar de tweede dochter van prinses Juliana en Bernhard was genoemd. Hij had haar nodig gehad als tolk voor hem en Gerbrandy, wiens Engels ondanks alle lessen erbarmelijk slecht was. Het had haar verbaasd dat de kleine, besnorde Fries haar had herkend. Het was erop uitgedraaid dat ze de middag met hem had doorgebracht, zodat Ken haar 's avonds had gevraagd om een verslag te schrijven op zijn schrijfmachine. 'Kun je het in vijftig regels samenvatten?'

Vanzelfsprekend had haar naam niet boven het artikel gestaan, maar ze was zo trots geweest als een pauw toen het enkele dagen later in *The Daily Express* was verschenen. Zelfs aan haar Engels had Ken maar weinig hoeven te schaven: 'Je bent een geboren journaliste, sweety!'

Net zoals hij een geboren leugenaar was. Niet wat haar journalistieke gaven betrof, misschien. Maar zeker over zichzelf.

Ze ontsloot de smalle deur naast die van de postzegelwinkel en liep de nauwe, donkere trap op. Ze had nog niemand op kantoor verwacht op dit uur, maar tot haar verbazing hoorde ze iemand boven zich lopen en enkele seconden later een rinkelende telefoon afbreken. Toen ze wat hijgend het kleine redactielokaal betrad, keek Tilly haar verrast aan met de hoorn aan een oor.

'Het spijt me, maar die is er vandaag niet,' zei ze, haar grote blauwe ogen verheugd op Neel gevestigd. 'Waarschijnlijk morgen om een uur of tien. Ik zal het doorgeven, dan belt hij u zo snel mogelijk. Goed! Ja.'

Ze hing op en kwam overeind. 'Neel! Wat een verrassing! Waarom heb je niet even gebeld?'

'Omdat het ook een verrassing moest blijven.' Neel lachte, en haalde uit haar tas de kartonnen doos waarin ze de zelfgebakken appeltaart had gedaan. 'Heb je al koffie?'

'Ja. God nog aan toe, we dachten dat je nog weken weg zou blijven! Je ziet er goed uit, hoor! Waar ben je geweest?'

Neel liep naar het kleine keukentje. 'Op de Veluwe.'

'De Veluwe? Jij?' Tilly lachte ongelovig. 'Wat heb je daar in godsnaam gedaan? Spoorzoeken?'

'Niks. Ja, tochtjes gemaakt. Je zult het niet geloven, Til, maar ik heb er een Solex gehuurd. Ik denk dat ik alles wel drie keer heb afgebromd. De Bedriegertjes, Kröller-Müller, het Jachtslot Hubertus, you name it.' Uit het kastje pakte ze een kopje. 'Wil jij nog?'

'Ja. En ook zo'n stuk appeltaart, want ik draai hier al vanaf vijf uur vanochtend. Wat zei de dokter?'

'Dat hij nog nooit een patiënt had gehad die er weer zo snel bovenop was.' In een kastje zocht ze naar schoteltjes en pakte vervolgens een mes uit een laatje. 'En jullie? Waarom was je hier in 's hemelsnaam zo idioot vroeg?'

Nu pas viel het haar op dat Tilly een nieuwe jurk droeg. En een dure ook. Hemelsblauw met een witte kraag die ver open stond.

'Waarom heb je trouwens zo'n party-dress aan? Je bent toch niet jarig?'

'Vind je 'm mooi?'

Neel knikte, hoewel ze het woord 'overdadig' meer op z'n plaats vond.

'Gisteren gekocht bij Lanzaat in de Kalverstraat. Denk je niet dat hij te simpel is?'

'Simpel? Je ziet eruit alsof je naar de koningin moet!'

Ze sneed twee punten van de appeltaart en legde die op de schoteltjes.

'Moet ik ook,' zei Tilly.

'Wat?'

Tilly lachte nerveus. 'Ja. Ab belde gisteravond, of ik hem vanmiddag wil vervangen. Hij moest zelf vandaag naar een persconferentie bij Philips, en Ruud heeft een interview met Beel die uit Batavia terugkomt, en Joe zit nog tot morgen op het kantoor in Londen. O Neel, ik ben echt hartstikke nerveus! Ik bedoel, ik heb wel eens meer redactie gedaan, dat weet je, maar god hé, ik heb er niet eens een geklede jurk voor!'

'Zeg nou eerst eens wat er is!'

'Een receptie. In het paleis.'

Verbaasd trok Neel haar wenkbrauwen op.

'Op de Dam. Voor het corps diplomatique, nog vanwege 5 mei. Ab dacht dat er misschien wel een nieuwtje te halen is omdat Wilhelmien gisteren heeft meegedeeld dat Juliana weer tijdelijk regentes is. Volgens Ab is dat permanent.'

Neel knikte en liep het keukentje uit. 'Als jij nou de koffie meeneemt?'

Ze wachtte niet maar liep verder naar haar bureau. Het bekende werk. Enkele dagen na bevrijdingsdag werd er een officiële receptie gegeven voor het corps diplomatique. Ze had het wel eens gedaan, een dodelijk saaie aangelegenheid waar alle hotemetoten uit de politiek en hoge ambtenarij zich lieten zien. Meestal was de Koningin er ook, maar dat zou nu wel niet het geval zijn. Ze herinnerde zich iets over de aankondiging van Wilhelmina te hebben gelezen. Het was nu de tweede keer al binnen een jaar, dat de oude Koningin haar dochter als regentes aanstelde. De verwachting was inderdaad dat het ditmaal blijvend zou zijn en dat ze op de 31e augustus, haar verjaardag, definitief zou aftreden, na vijftig jaar op de troon.

Tilly zette de kopjes neer. 'God Neel, ik ben zo zenuwachtig! Ik ben me nou al meer dan twee uur aan het inlezen!'

'Waarom?'

'Iedereen komt daar toch! Drees, Romme, leden van de Raad van State, de fractieleiders, leden van de hofhouding, ambassadeurs! En dan vragen ze mij om dat te coveren!'

Neel schoof de taartpunten op de schoteltjes. 'Je hoeft er toch alleen maar een verslag van te maken. Of dacht je dat je Hare Majesteit mocht interviewen?'

'Nee, maar wel graaf Du Monceau!'

'Wie?'

'Du Monceau. Jee, jíj doet hier toch binnenlandse politiek?'

'Dat zeggen ze. Wie is die Du Monceau dan?'

'De opperstal... Hè, God, zie je wel, zelfs dát kan ik niet onthouden. Opperceremonie... Hè, verdorie!'

'Opperceremoniemeester?'

'Opperceremoniemeester honorair en grootmeester honorair van het Civiele Huis der Koningin.'

Neel knikte. Ze herinnerde zich een vriendelijke, oudere man, met een rood, vlezig hoofd. 'Laat die zich interviewen? Volgens mij mogen leden van de hofhouding niks naar buiten brengen.'

'Nee, nou ja. We krijgen van hem een soort rondleiding na afloop van de plechtigheid door het paleis, een paar journalisten en Ab waren daarvoor uitgenodigd door Voeten van de RVD. Ze zeggen dat Lücker van *de Volkskrant* er komt en Goedhart van *Het Parool!*'

'Was er geen freelancer beschikbaar?'

'Nee. God, Neel, zie je mij daar al staan straks? Ze zullen denken dat ik het koffiemeisje ben!'

Neel lachte. 'Jij? Niet met die jurk hoor!'

'Wat is mis met m'n jurk?'

'Niet gekleed, schat. Je hebt inkijk.'

'O. O ja? God, zie je wel!'

Haastig knoopte ze een knoopje dicht over haar borsten.

'Zo beter?'

'Stukken. Is er overigens nog iets voor me binnengekomen?'

'Ik geloof het niet. Joe heeft zelf het meeste afgehandeld. O ja, die nieuwe man van de KVP heeft gisteren gebeld om te vragen hoe het met je ging.'

'Cals.'

'Ja.' Tilly grinnikte. 'Hij klonk behoorlijk teleurgesteld toen ik zei dat je waarschijnlijk nog wel een tijd weg zou blijven.'

Haar telefoon rinkelde. Tilly liep naar haar bureau om aan te nemen. Achter de glazen wand draaiden de drie telexmachines vellen vol.

Neel ging zitten en hapte van de taart. Cals. Die had als nieuwkomer graag publiciteit. Maar ook nog weinig te vertellen. Een charmeur, had iemand haar al verteld, een katholieke charmeur. Dus maar niet bellen. Ze nam een slokje koffie en schoof haar raam wat open. Heel soms, als niemand van de redacteuren beschikbaar was, verving Tilly hen. Maar nooit bij echt belangrijke gebeurtenissen. Natuurlijk wilde Til dat zíj het over zou nemen, zeker nu ze die eerste dag toch niet veel te doen zou hebben. Maar om nou daar in dat sombere paleis op te moeten zitten en pootjes te geven...

Links en rechts van haar overkapte schrijfmachine lagen stapels papieren en geopende enveloppen. Ze stak een sigaret aan en keek snel de stukken door. Persconferenties, een congres van de ARP, een uitnodiging voor de 4-mei-herdenking van de CPN, een handgeschreven brief van diezelfde Lücker over wie Tilly het zojuist had, waarin hij haar wees op slordigheden in een interview van haar met de voorman van de Algemene Katholieke Werkgeversvereniging, een invitatie voor een politieke discussieavond over Nederlands-Indië met voor- en tegenstanders in Diligentia in Den Haag... Allemaal oud nieuws. Ze keek uit het raam en zag een van haar weinige vrouwelijke collega's aan de overkant haar fiets tegen de pui van *Het Parool* zetten. Jeanne. Een jonge blonde vrouw, die net als zij koeriersdiensten in de oorlog had gedaan, maar hier was gebleven en met enkele anderen *Het Parool* als illegaal blad hadden opgericht. Veel contact hadden ze niet met elkaar. Eigenlijk was er nog steeds sprake van een scheiding tussen degenen die hier tijdens de bezetting waren gebleven, en zij die waren gevlucht. Het werd niet met zoveel woorden gezegd, maar het was wel duidelijk dat de eersten het de laatsten nog altijd kwalijk namen.

Ze keek naar Tilly die aan de telefoon ijverig notities op een blocnote krabbelde. Voor een koffiemeisje zou niemand haar houden. Ook niet voor een secretaresse annex telexiste of verslaggeefster, trouwens. Zoals ze daar nu zat, met haar lange benen over elkaar geslagen, het rokje tot aan haar kanten jarretelles, hoorde ze meer thuis op het terras van het Lido of op het Thorbeckeplein. Aardig voor mannen als Lücker, maar niet bepaald een jurk om serieus vragen te stellen, laat staan serieuze antwoorden te krijgen. Vermoedelijk bedoelde Ab dat ook niet en dacht hij meer een sfeerstukje aan de 'tabloids' kwijt te kunnen.

Ze nam weer een hapje van de taart, keek even naar het verkeer en trok de bovenste lade van haar bureau open waarin ze haar werk had opgeborgen voor ze naar de Veluwe was gegaan.

Haar telefoon ging over.

'Neel Smits.'

'Neel! Ik dacht al dat ik je net zag! So you're back in hell?'

Een jongensachtige stem, waarbij ze meteen het vrolijke, blozende gezicht van Sem van Houten voor zich zag.

Ze lachte en zag Tilly haastig naar het telexvertrek hollen.

'Sem, als dit hier de hel is, waar zit jij dan?'

'Nog erger, schat! Veel erger! Je zult het niet geloven, maar ik zit hier op de redactie van *De Spiegel*.'

'Jezus.'

'Precies. Neel, dus je bent weer beter?'

Ze glimlachte en blies een wolk rook uit naar het halfopen raam. Als Sem haar belde was dat steevast met een duidelijk doel.

'Zeg het eens, Sem.'

'Wat? O. Ja, moet je luisteren, Neel, heb je vanmiddag tijd voor een klusje?'

'Hangt ervan af.'

'Wacht even.. iemand zit hier verdomme op mijn lijn.'

Ze hoorde hem vloeken en vervolgens geruis. *De Spiegel*: christelijk weekblad voor het hele gezin. Niet bepaald haar blad, maar het verdiende goed. Sem fotografeerde er veel voor en soms had hij teksten nodig. Weliswaar was het officieel niet toegestaan dat ze erbij kluste, maar iedereen deed dat. Zolang je eigenlijke werk er niet door in het geding kwam en je zorgde dat je naam niet werd vermeld maakte Joe er geen punt van. En Sem was altijd goed voor een maaltijd waar je een paar dagen op kon teren. Hij had geld zat. Als een van de weinige fotografen kon hij er ruim van leven, mede door zijn vele internationale contacten.

Door het glas zag ze hoe Tilly een nieuwe rol in een van de telexmachines wilde plaatsen maar hem liet vallen zodat het papier er in een meterslange baan van af rolde. Ze glimlachte. God, wat was die zenuwachtig! Net zo zenuwachtig als zij in '44, toen ze bij Gerbrandy geschrokken tot de ontdekking was gekomen dat Ken er met Bernhard vandoor was en de eerste minister haar met dat stugge, noordelijke accent van hem ongeduldig had gezegd: 'Nou, vraagt u maar wat, juffrouw!'

'Ja, ben ik weer. Hallo?'

'Ja'.

'Luister eens Neel, ik moet vanmiddag naar het Paleis op de Dam voor het jaarlijkse diplomatenbal maar er is hier niemand die daarnaartoe gaat, dus omdat ik je zag, dacht ik aan jou, want jij bent goed ingevoerd in die kringen.'

'Nou, ik..'

'Ze hebben alleen wat korte teksten bij de foto's nodig, je kent het wel. Ik kan je er vijfentwintig gulden voor betalen.'

Ze zweeg en keek naar Tilly die op haar knieën het papier terugrolde.

'En een dinertje bij Polen.'

Ze glimlachte en staarde de rook van haar sigaret na die onder het geopende raam naar buiten dreef. Hotel-restaurant Polen, ze was er in geen tijden geweest. Gezellig en goed eten, maar te prijzig voor haar portemonnee en het kwam niet voor op Joe's lijst van declarabele restaurants. Als ze geluk had hadden ze er chateaubriand.

'Hoe laat?'

Sem lachte. 'En dan heb je niet eens de hongerwinter meegemaakt! Half zes bij de hoofdingang, akkoord?'

'Ja.'

Ze hing op en zag hoe Tilly de rol inlegde. Ze vroeg zich af of ze tussentijds naar huis zou gaan om zich te verkleden, maar besloot dat haar mantelpakje er wel mee door kon. Ze bukte zich en pakte haar tas om haar perskaart uit haar portefeuille te halen.

7

Hoewel het nog vroeg in de ochtend was, was het al warm. Wouter Fabius stond zich in zijn onderbroek aan de gootsteen te scheren, terwijl hij met zijn vrije hand steeds een beetje heet water uit de ketel op de koffie goot. Door het keukenraam scheen de zon tussen de huizen aan de overkant hem pal in zijn gezicht. Hij vroeg zich af of zijn dochtertje er wakker door zou zijn geworden. Als dat zo was, dan lag ze nu ongetwijfeld te lezen in het boek dat hij gisteren voor haar uit de bibliotheek had gehaald want ze had het de vorige avond pas na lang dreigen van zijn kant dichtgeslagen en op haar nachtkastje gelegd. Een lezertje, net als haar moeder. Het had hem echter toch verrast dat ze het boek toch al niet na enkele bladzijden had weggelegd, want Karl May had hem niets voor meisjes geleken en zeker niet voor meisjes van tien. Maar de typische meisjesboeken die de bibliothecaresse meestal voor haar uitkoos vond ze allemaal kinderachtig of saai.

Hij goot de koffie weer op en waste de resten scheerschuim van zijn gezicht. Eigenlijk had hij *De Llano Estacado* toch vooral voor zichzelf gehaald, het boek dat hij zich het beste uit zijn jeugd herinnerde. Vooral de afgrijselijke dood van Old Wabble, die door Apachen vastgebonden tussen de helften van een gespleten pijnboom langzaam was doodgedrukt zonder een kik te geven, had indertijd diepe indruk op hem gemaakt. Aanvankelijk had hij niet gewild dat Hanneke het zou lezen: hij wist zeker dat Mirjam het nooit zou hebben goedgekeurd. Maar omdat hij erover verteld had ('Vroeger, toen lazen we pas spannende boeken. Old Shatterhand en Winnetou. En Old Wabble die gevangen wordt door de Apachen!'), had Hanneke net zo lang gezeurd tot hij het dan maar had meegenomen. Ook had hij een boek voor zichzelf meegebracht. Het was Mirjams favoriet geweest: *Vrouw en Vriend* van de schrijfster Anna Blaman. Mirjam had het ademloos uitgelezen en het hem aangeraden, maar ook toen al had hij er niet door kunnen komen en gisteravond had hij het, met een wat schuldig lachje naar Mirjams foto, na een paar bladzijden weggelegd, zo deprimerend en somber had hij het gevonden.

Romans, poëzie, het was niks voor hem. Hij was te ongeduldig om zich te verdiepen in de zielenroerselen van mensen die hij niet kende. Mirjam had dat een gebrek aan fantasie gevonden en het geweten aan zijn beroep. 'Jullie bij de politie zijn zo met feiten bezig dat je je niet voor kunt stellen dat er zoiets als fantasie bestaat.'

Dat was natuurlijk niet waar, want juist bij veel politiewerk moest je nu juist wel je fantasie gebruiken, al was het maar omdat er vaak zoveel feiten of motieven ontbraken, maar hij begreep wel wat ze bedoeld had. Hij was gewoon te nuchter om zich mee te laten voeren in bespiegelingen die niets met de alledaagse werkelijkheid te maken hadden. Goed Hollandse calvinistische nuchterheid, al was hij van katholieken huize. Werken in het zweet uws aanschijns en straf volgt op de zonde. Rechtsfilosofie was dan ook het enige vak waarvoor hij bij het inspecteursexamen was gezakt.

In het spiegeltje boven de gootsteen inspecteerde hij het resultaat van het scheerwerk en greep haastig de aluin toen hij zag dat hij zich gesneden had. Terwijl hij het wondje aanstipte, constateerde hij somber dat er weer meer grijs bij zijn scheiding schemerde. Het scheen per dag erger te worden! Hij moest het meer laten knippen, had een adjudante gezegd, hoofdhaar was zoiets als een ligusterheg; hoe meer je het knipte, hoe beter het groeide en z'n kleur behield. Dat klopte dan niet voor z'n wenkbrauwen, die blond en zwaar boven z'n ogen kromden. De wenkbrauwen van zijn vader. De grijze ogen, het smalle hoekige gezicht en de grote, rechte neus had hij van zijn moeder. Toch was elk gezicht, elk gezicht van ieder mens altijd weer anders. Geen twee van die paar miljard waren hetzelfde, wat statistisch onmogelijk scheen te zijn. Zoals Hanneke het zwarte haar van Mirjam had, en zijn ogen, en toch op geen van hen beiden leek.

Hij draaide het kraantje dicht, stelde de pit wat lager onder de koffiepot en liep zich droogwrijvend met de handdoek de gang in.

'Pap?'

'Ja?'

'Hoe laat is het?'

'Tien over zeven. Je moet eruit, schat. Ben je aan het lezen?'

'Ja. Nog even de bladzij uit.'

Hij liep langs haar kamer naar zijn slaapkamer en tilde behoedzaam de matras van zijn bed. Eronder lag zijn broek, de pijpen in de vouw. Terwijl hij hem aantrok en een overhemd uit de kast haalde, vroeg hij zich af of er nu eindelijk een nieuwe telefoon op zijn werk zou zijn geïnstalleerd. Tot nu toe moest hij zich nog steeds behelpen met een vooroorlogs toestel, dat vaker weigerde dan functioneerde en dat nota bene nog dienst had gedaan op de 'Ortskommandatur' van de SD op het Binnenhof zodat, elke keer als hij de hoorn van de haak nam, hij eraan werd herinnerd dat nog niet lang geleden een mof er bevelen door had gegeven.

Hij knoopte zijn overhemd dicht, spande zijn bretels en maakte een grimas toen hij zag dat er een gat in een van zijn sokken zat. Zijn laatste schone paar. Hij viste de sokken van de vorige dag uit de wasmand en liep er mee terug naar de gang.

'Hanneke! Ontbijt!'

Een halfuur later zette hij zijn fiets tegen een boom aan de waterkant van een smalle gracht, liep een bordesje op en deed een fraai gebeeldhouwde deur van het slot. Naast de trekbel hing een koperen bord met de vermelding dat achter de achttiende-eeuwse gevel de firma 'ATARI N.V. – Patenten & Uitvindingen' was gevestigd. Wie zich de moeite zou nemen om in het handelsregister nadere gegevens te zoeken over Atari N.V., stuitte op de naam W.A. Fabius, geboren op 9 december 1912, als enig eigenaar.

Slechts weinig Hagenaars wisten dat het kleine grachtenhuis tijdens de Eerste Wereldoorlog enkele jaren was bewoond door de vermeende spionne Margaretha Zelle alias Mata Hari, en dan nog had niemand waarschijnlijk kunnen vermoeden dat de naam ATARI van dat oosterse pseudoniem was afgeleid. Nog minder mensen waren ervan op de hoogte dat slechts drie deuren verder vlak voor de Tweede Wereldoorlog een dependance van de Britse geheime dienst was gehuisvest, onder de dekmantel van een bedrijfje dat onder meer in babyzalf handelde, zoals eerder ook de Franse geheime dienst vanuit een huis aan de Nieuwe Uitleg had geopereerd. Ook Wouter Fabius had het niet geweten. Het was puur toeval dat hij het was die nu kantoor hield op het stille, wat achteraf gelegen grachtje in de Haagse binnenstad.

Tijdens de bezetting was het pand woonhuis geweest voor enkele Duitse officieren, maar sinds het voorjaar van '45 had het leeggestaan. Een jaar later was het opgeknapt met het doel er een kleine politiepost voor de binnenstad in te vestigen. Maar nog voor de verf droog was, was dat plan alweer verworpen, omdat een groter en centraler gelegen gebouw vrij was gekomen. Het grachtenpandje had opnieuw ruim anderhalf jaar leeggestaan, tot het een man op Justitie wel geschikt had geleken als kantoor voor Wouter Fabius. Dat was nu ruim een halfjaar geleden, september 1947. Fabius was toen net met Hanneke teruggekomen naar de stad, na meer dan een jaar met haar bij zijn zus en haar man op een boerderij bij het Friese Lemmer te hebben gewoond. Langer dan hij gedacht of gewild had, maar achteraf gezien hard nodig. Niet voor Hanneke, die wonderlijk snel over Mirjams dood heen was gekomen, maar wel voor hem. Met zijn 1 meter 80 had hij nog maar 50 kilo gewogen toen zijn zwager hen september '46 was komen halen. Hij was een levend skelet, het leek alsof hij een van die velen was die uit de Duitse kampen terugkwamen.

Nu was hij zelfs zwaarder dan hij ooit was geweest, wat vast en zeker te danken was aan het buitenleven en boerenwerk dat hij al die maanden had gedaan. Sloten baggeren, maaien, hooi opsteken, koeien melken, biggen slachten, hij had het allemaal gedaan, van 's morgens zes tot hij 's avonds met de anderen om negen uur uitgeput onder de wol kon kruipen. Geen betere therapie om leed en rouw te verwerken dan keiharde fysieke arbeid, zeven volle dagen per week.

Hanneke was naar de dorpsschool gegaan, op klompen, net als haar vier neefjes en drie nichtjes. Na enkele maanden sprak ze Fries alsof ze nooit iets anders had gedaan. Haar bleke, naoorlogse stadskleurtje had plaatsgemaakt voor een gebruinde huid, anders dan de roze wangen van de boerenkinderen of van hem. Dat was Mirjams erfenis, zij was van nature donker getint geweest.

In de zomer van 1947 had Fabius zich geestelijk en lichamelijk sterk genoeg gevoeld om terug te gaan naar Den Haag. Hanneke had gehuild en gesoebat om te blijven, maar dat had hij toch niet goedgevonden. Hij was zelf pas vierendertig jaar oud en ondanks het ruimhartige aanbod van zijn zwager de boerderij samen te beheren, kon hij zich niet voorstellen de rest van zijn leven te gieren en te dorsen. Ook van zijn dochter, nu ze bijna tien was, vond hij dat ze straks naar een HBS of zelfs gymnasium moest en daarvoor een gedegener lagere school moest doorlopen dan het dorpsschooltje dat, hoe leuk ook, slecht was voorbereid op hoger onderwijs. Dus was hij eind augustus alleen vooruitgegaan om een school voor haar te zoeken en, belangrijker nog, een nieuwe woning. Het huis waar Mirjam was gestorven had hij niet lang na haar begrafenis verkocht.

Al de eerste dag had hij een aardig huurhuis aan de Thomsonlaan gevonden, met in de buurt een nette, hervormde lagere school. Hij had toen nog geen werk en wist eigenlijk ook niet goed wat hij wilde. Terug naar het hoofdbureau van politie, waar hij tot '42 als hoofdinspecteur had gewerkt, wilde hij in elk geval niet meer. Daarvoor was er te veel gebeurd tijdens de oorlog.

Hij dacht erover om met het spaargeld dat hij op de boerderij had verdiend een rusthuis te beginnen omdat hij ver voor de oorlog in de verpleging had gewerkt. Niet dat dat zijn ambitie was, maar hij zou toch geld moeten verdienen voor Hanneke en zichzelf en andere diploma's dan in de verpleging en bij de politie had hij niet.

Steensma had hem al op de tweede dag opgezocht. Hij was aan het behangen.

'Leg die stijfselkwast weg, beste Wouter, dan trakteer ik je op een maaltijd in de Trocadero. Je hebt daar in het Noorden natuurlijk alleen maar karnemelkse pap en biest gehad! Al zie je er verrekte goed uit, ouwe jongen!'

'Hoe weet jij dat ik hier ben?'

'Als de grote Fabius terug is, weet de halve stad dat toch?'

Steensma bleek de dag tevoren naar Friesland te hebben gebeld. 'Gewoon om eens wat van je te horen.' Dat kon, maar Fabius had er niets van geloofd. Terecht, zo bleek.

Een zwarte, glanzende Chevrolet stond buiten voor de deur, omringd door nieuwsgierige, bewonderende jeugd. Dirk Steensma was zijn oudste vriend, al vanaf hun eigen lagere school. Met hem was hij tijdens de oorlogsjaren ondergedoken in het Westland en had hij samengewerkt in een plaatselijke verzetsgroep. Steensma was jurist, en al vrij snel na de bevrijding was hij een van de topambtenaren op Justitie geworden, belast met het politiewezen dat net als zoveel andere zaken drastisch aan reorganisatie en vernieuwing toe was geweest.

Trocadero lag aan de Lange Poten, waar ze wat achteraf overdadig hadden zitten tafelen en herinneringen hadden opgehaald. Mirjam kwam niet ter sprake. Hoewel Dirk Steensma haar goed had gekend, vermeed hij haar naam. Fabius was hem er dankbaar voor.

'En wanneer komt Hanneke?'

'Over een week. De school begint op de eerste september.'

'Aha. Dan moet ik jullie beiden namens Anja uitnodigen op de verjaardag van Hare Majesteit te komen eten. Anja snakt ernaar Hanneke weer te zien.'

Anja was Steensma's vrouw. Hanneke was het laatste oorlogsjaar bij haar in huis geweest, toen Mirjam en Fabius gescheiden van elkaar waren ondergedoken.

'Laatste keer dat Willemien als Koningin haar verjaardag viert. De Moeder des Vaderlands is eindelijk moe, en geef haar eens ongelijk. Beel heeft nog hard op haar in moeten praten om de vijftig jaar vol te maken.'

Eens temeer merkte Fabius hoe hij die periode in Friesland verstoken was geweest van nieuws. Zijn zuster en zwager hadden geen krant of radio, en na een tijdje was hij eraan gewend geraakt. Maar nu, in het drukke restaurant met uitzicht op Steensma's departement en het Plein, was hij er net zo hongerig naar als naar de voortreffelijke Lobster Cocktail die twee obers op een bijzettafeltje gereedmaakten.

'Wat ben je van plan te gaan doen?'

Hij had vaag iets gezegd over zo'n rusthuis, maar al halverwege had Steensma medelijdend zijn zware kop geschud. 'Da's toch niks voor jou! Kwijlende oudjes buiten op het terras zetten! Je bent een verdomd goed politieman geweest, Wouter. Ik begrijp best dat je niet terug wilt onder Visser en 't Hof, maar daarom ga je toch geen pispotten en steken legen!'

Visser was burgemeester van Den Haag. Er gingen geruchten dat hij met de bezetter had geheuld, hoewel hij in '44 ontslagen was. Bij Van 't Hof, hoofdcommissaris, ging het echter om meer dan geruchten.

'Weet je dat Einthoven zijn Bureau Nationale Veiligheid heeft moeten opheffen?'

Dat had hij ook al niet geweten.

'Kon natuurlijk ook niet uitblijven met gereformeerden en socialisten onder één dak. En dan al dat rapalje dat daar werkte! Je herinnert je toch wel dat zijn adjudant Wim Salters ervandoor ging met al hun dossiers?'

Dat had hij natuurlijk wel geweten, want als hoofdinspecteur had hij zelf tevergeefs huiszoeking bij de man gedaan. De dossiers waren later wel terugbezorgd, maar het verhaal ging dat Salters ze eerst op microfilm had gezet. Het waren dossiers die vooral betrekking hadden op het oorlogsverleden van veel prominente vaderlanders; de voornaamste taak van het BNV was geweest de naoorlogse samenleving van nazistische en NSB-elementen te zuiveren.

'Wat doet Salters eigenlijk?'

'Een eigen zaakje in Amsterdam aan de Prinsengracht. Adviezen voor beveiliging enzo. Enfin, wij en Binnenlandse Zaken zijn de laatste maanden betrokken geweest bij de opzet van een nieuwe inlichtingendienst voor Einthoven, die zich nu tooit met de naam Binnenlandse Veiligheidsdienst.'

De aap kwam uit de mouw na de kreeft, bij de koffie met echte Franse cognac.

'Die BVD van Einthoven gaat zich nu toeleggen op contraspionage en vooral op de invloed van de communistische wereld en de Vijfde Kolonne. Het is absoluut nodig, als je weet hoeveel invloed die lui hebben. Zie zo'n stuk vreten als De Groot met de CPN. Je zou toch denken dat de mensen inmiddels wel weten wat de Russen beweegt, met al dat gedonder om Berlijn! De oorlog heeft wat dat betreft vreemde gevolgen, ouwe jongen. Enfin, nu zitten wij op Justitie met het probleem dat ze ons met de zuiveringen opzadelen.'

Fabius had z'n wenkbrauwen gefronst. 'Nu nog? Ik dacht dat we dat achter de rug hadden.'

'Officieel wel. Zelfs *De Telegraaf* mag binnenkort weer verschijnen en eerlijk gezegd lijkt me dat ook wel goed. Maar juist gezien die chaos op Einthovens oude club is er een en ander blijven liggen. Ik hoef je niet te zeggen dat er nog een hoop van dat NSB- en SS-schorem straffeloos rondloopt of zich schuilhoudt.'

Dat kon hij inmiddels alleen maar beamen. In de enkele maanden dat hij nu op de parterre van het grachtenpandje voor het departement werkzaam was, had hij succesvol opsporings- en arrestatiebevelen uit kunnen doen gaan voor zo'n vijftig oud-NSB'ers en Waffen-SS'ers. De meesten waren kleine vissen, maar er was ook een enkeling bij die méér op zijn geweten had dan alleen het lidmaatschap. Natuurlijk trokken de al lopende zaken tegen de grote jongens als de SS-Polizeiführer Hanns Rauter en de V-mann Anton van der Waals de aandacht van het grote publiek, maar dat was, vond Wouter, alleen maar handig; zijn werk was gediend bij geheimhouding en onbekendheid. Niet alleen daarom overigens heette het kantoor voor de toevallige voorbijganger de handelsonderneming ATARI; er waren nog steeds groepen en groepjes, vooral ook in Den Haag, die hun verleden wilden afdekken en daarom allerlei wraakacties ondernamen. Binnen het oude gebouw van het BNV in Scheveningen was een opsporingsbeambte neergeschoten en zo was ook een Officier van Justitie op klaarlichte dag op het Spui door gemaskerde mannen geliquideerd.

Veel van Fabius' aanwijzingen kwamen uit de oude mappen van het ontbonden BNV, veel ook uit vaak anonieme tips die bij de politie en bij Justitie binnenkwamen. Een groot deel daarvan betrof persoonlijke afrekeningen, rancuneuze zwartmakerijen, pesterijen en misplaatste grappen, maar alle werden nagetrokken en enkele bleken goud. Zo was het een huisvrouw in de Vogelwijk opgevallen dat een ouder echtpaar dagelijks meer eten kocht dan het zelf nodig had. Hun zevenentwintigjarige zoon, een voormalig Waffen-SS'er, zat al bijna vier jaar binnen op hun zolderkamer. Fabius had hem persoonlijk gearresteerd. Net als de meesten werd hij veroordeeld tot enkele jaren.

Toen hij het kantoortje binnenstapte, rook hij de geur van verse koffie. Zijn assistente Sonja was zoals gebruikelijk al om acht uur begonnen. Sonja was even oud als hij, een slanke vrouw die voor de oorlog agente was geweest maar bij een motorongeluk haar nekwervels zodanig had beschadigd dat ze ongeschikt was voor actieve dienst. Na enkele jaren van revalidatie was ze documentaliste geworden op het politiearchief, maar toen Wouter haar gevraagd had of ze zin had in een nieuwe baan, had ze geen moment geaarzeld. Haar haat tegen de moffen en NSB'ers was nog groter dan de zijne. Haar twee broers waren verraden en vervolgens door de Duitsers onthoofd.

Sonja was geen mooie vrouw, integendeel zelfs. Ze had dun pluizig haar en een te grote neus en als gevolg van het ongeluk met de motor liep ze mank, maar ze was perfect in haar werk en vormde een prima koppel met de wat slordige en impulsieve Wouter. Ze was nooit getrouwd en woonde op kamers in bij een nicht. Haar grote hobby was koorzang, ze scheen een goede eerste sopraan te zijn in een bekend filharmonisch koor. Uit beleefdheid had Wouter een keer een concert van haar bijgewoond, maar daarna had hij telkens een smoes verzonnen. De zware orgelmuziek deed hem te veel denken aan de urenlange kerkdiensten uit zijn jeugd. Hij hield meer van jazzmuziek, zoals van Glenn Miller en Sidney Bechet.

Sonja kwam achter haar schrijfmachine vandaan. 'Goedemorgen. Koffie?'

'Graag.'

Hij zette zijn tas neer en trok zijn colbertje uit toen zijn oog viel op een grote, bruine envelop op het vloeiblad van zijn bureau. Er zat geen postzegel op. Hij herkende het stempel van Justitie.

'Die werd daarnet door een koerier van het departement bezorgd,' zei Sonja.

Fabius fronste wrevelig toen hij het oude bakelieten telefoontoestel zag. 'Is er al gebeld door de PTT voor een nieuw toestel?'

'Nog niet, maar het is nog vroeg.'

Ze liep de gang op naar de keuken.

Hij ging zitten en pakte de envelop. De klep was met dik tape dichtgeplakt. Voorop stond in blauwe vulpeninkt geschreven : 'ATARI N.V. Persoonlijk te overhandigen.' Links onderaan stond een kleine paraaf: R.F., de initialen van de vaste contactman op het ministerie.

Waarschijnlijk weer enkele anonieme brieven, dacht Fabius en trok de tape los. Vrijwel elke dag kwamen er zowel van het politiebureau als het ministerie brieven binnen, waarin buren of familieleden elkaar beschuldigden van de meest gore, maar onware oorlogspraktijken. Het gaf in elk geval een saillant beeld van de medemens.

Tot zijn verwondering bevatte de envelop echter een andere, kleinere waarop het stempel van de Rijksrecherche in 's-Hertogenbosch prijkte. Erin zaten enkele in tweeën gevouwen vellen papier, die met een paperclip aan elkaar zaten. Toen hij ze losmaakte, gleden er drie foto's op het bureau.

'Gatsiedarrie!' zei Sonja geschrokken achter hem. De koffie in het kopje voor hem schudde heen en weer.

De drie foto's waren mat afgedrukt en zo groot als ansichtkaarten. De bovenste liet het gezicht en bovenlichaam zien van een kleine man die, zag Fabius ogenblikkelijk, dood moest zijn getuige de starre blik in een oog dat pal naar de camera van de fotograaf was gericht. Waar het andere zich zou moeten bevinden, zag je een rafelig gat ter grootte van een mannenvuist, tot aan de haargrens boven de slaap. Er moest kunstlicht zijn gebruikt bij het maken van de foto, want het schijnsel ervan had in dikke ribbels geronnen bloed weerkaatst.

'Gatsiedarrie!' zei Sonja weer, nu fluisterend. 'Zie je dat? Het is een katholieke priester!'

Fabius knikte langzaam. Onder de puntige, stoppelige kin stak een priesterboordje af tegen het zwart, helwit en bizar genoeg zonder door het bloed besmeurd te zijn, alsof het de dode man later was omgedaan.

Hij pakte de tweede foto, waarop de priester uit een andere hoek was gefotografeerd. Hij lag half op zijn buik, zijn soutane hoog boven een lange onderbroek, maar dat ontging Fabius. Gebiologeerd keek hij naar de planken vloer naast de schouder van de dode man. Hij begreep waarom de fotograaf hem juist vanuit die hoek had genomen. De rechterhand lag plat, de wijsvinger zwart als een pijpje houtskool, de top ervan tegen een van de twee met op het hout geschilderde letters. Hoewel ze streperig en vlekkerig waren, herkende Fabius verbijsterd ook zonder de loep die hij toch maar erbij pakte, de letters SS.

De telefoon ging over, maar hij scheen het niet te horen. Hij tuurde door het vergrootglas naar de letters. Het leek overduidelijk dat de dode ze met zijn eigen bloed had geschreven. Het huiveringwekkende tafereel wekte intuïtief beelden in zijn hoofd op van de gekruisigde Christus in wiens zij de Romeinse spies doordrong en bloed met water deed opwellen, en van de pastoor in zijn eigen jeugd die de gouden kelk ophield: 'Dit is mijn bloed.'

'Ja,' hoorde hij Sonja zeggen. 'Kan hij u straks terugbellen?'

De derde foto was een close-up van een grote, ijzeren crucifix waaraan een Christusfiguur aan een armpje hing en van wie een voet was afgebroken. Inderdaad had de maker bloed bij zijn zij boven de lendendoek geschilderd, maar Fabius wist wel zeker dat de donkere vlekken op de ingevallen borstkas, het witte gezicht en het gekrulde smeedijzer geen verf waren.

Hij ontvouwde de vellen papier. Ze waren gelig van kleur, het oude oorlogspapier, dichtbetikt met schrijfmachineletters waarvan de 'g' steeds enkele millimeters lager stond, alsof die toets niet meer recht stond.

Het rapport was opgesteld door een zekere P.F. Janssen, hoofdinspecteur van de rijksrecherche Oost-Brabant. Fabius dronk van zijn koffie en las.

In de vroege ochtend van de 20e april was pastoor Alfons Petrus Antonius Maria Thijssen, geboren de 12e april 1917, dood door zijn huishoudster aangetroffen in de bijkeuken van zijn pastorie in het dorp Sint Anthonis, in het oosten van Noord-Brabant. De dorpsarts had de dood geconstateerd, als zijnde veroorzaakt door 'hevige slagen tegen de schedel en het gelaat met bloedingen als gevolg'.

Twee plaatselijke politiemannen hadden de pastorie afgesloten en contact opgenomen met het hoofdbureau van de rijksrecherche voor de regio in 's-Hertogenbosch. De bevindingen van de hoofdinspecteur Janssen en zijn adjudant stonden op het tweede en derde vel in een ander machineschrift.

Pastoor Thijssen was die avond na het diner met zijn auto, een Ford 4 Tudor, omstreeks 19.30 uur naar een vriend gereden, een vijftigjarige pater-jezuïet in het internaat Stevensbeek op 11 kilometer afstand. Elke twee weken op vrijdagavond schaakten ze samen. Volgens de pater-jezuïet was Thijssen later dan gewoonlijk weggegaan omdat de partij lang had geduurd en ze na afloop nog enkele glazen wijn hadden gedronken. De pater schatte dat de pastoor omstreeks half, kwart voor een was vertrokken. Dat kon kloppen omdat de huishoudster wakker was geworden rond één uur, toen ze de Ford had gehoord. Ze was meteen weer in slaap gevallen.

Thijssen had, zo leerde de reconstructie, zich nog een slaapmutsje cognac gegund en een sigaar. Naar schatting van een politiearts moest de dood tussen half twee en twee uur zijn ingetreden. Omdat er geen spoor van braak was gevonden, maar vooral omdat er in de Ford op de vloer van de plaats naast de bestuurder moddersporen waren aangetroffen die correspondeerden met die in de gang, woonkamer, keuken en bijkeuken van de pastorie, had Janssen aangenomen dat Thijssen iemand bij zich had gehad. Iemand die hij ontmoet moest hebben na het afscheid van de pater-jezuïet.

'Wil je nog koffie?'

Hij knikte en stak Sonja zijn lege kopje toe. 'Wie moet ik terugbellen?'

Ze schonk het kopje vol.

'Die hoofdinspecteur Janssen uit Den Bosch. Hij had Justitie gebeld. Hij wilde weten of we zijn rapport al hadden ontvangen.' Ze kneep haar toch al kleine ogen geërgerd samen. 'Hij had nog iets, zei hij, maar dat wilde hij niet tegen mij zeggen.'

Fabius glimlachte terwijl ze suiker in zijn koffie deed. De meeste mensen beschouwden Sonja als zijn telefoniste en secretaresse, en dat was ze natuurlijk ook, maar vooral was ze een assistente met wie hij op voet van gelijkheid werkte en aan wie hij met een gerust hart vele zaken over kon laten.

'Wat denk je? Dat hij er zijn moordenaar mee aan wilde duiden?'

'Ja. Volgens de recherche daar is hij, zijn naam was Thijssen, hij was dorpspastoor, 's nachts laat iemand tegengekomen die hij in zijn auto mee naar huis heeft genomen.'

Sonja pakte fronsend de foto van de crucifix op. 'En die hem hiermee heeft doodgeslagen.'

'Dat lijkt er wel op.'

'Wel een mooie dood voor een pastoor.'

Fabius glimlachte weer. Ondanks haar koor, dat vooral religieuze werken in kerkgebouwen ten gehore bracht, vond Sonja alle geloof flauwekul.

De telefoon rinkelde weer en hij begreep uit Sonja's woorden dat het een privégesprek was.

Hij las verder. Uit de sporen had de rijksrecherche geconcludeerd dat, gezien de kracht van de slagen een man voor de hand lag. En zeker als het met de SS van doen had, dacht Fabius, want vrouwen konden geen lid worden van Hitlers elitekorps. Als de letters inderdaad naar de SS verwezen. Want ook Janssen meldde dat ze weliswaar ongeveer op de klassieke, rune-achtige wijze op de vloer waren geschreven, maar dat er rekening mee werd gehouden dat ze desondanks op iets of iemand anders konden duiden. Hij pakte de loep en keek weer naar de tweede foto. Kon het zijn dat de moordenaar de letters had geschreven om de aandacht af te leiden? Met de wijsvinger van de priester? Het leek hem vergezocht.

Dorpsonderzoek had gegeven dat laatnachtelijke uur niets opgeleverd. De bevriende pater-jezuïet had geen ander alibi dan zijn verhaal dat hij was gaan slapen, maar er was geen reden om aan zijn betrouwbaarheid te twijfelen. In de pastorie waren vingerafdrukken aangetroffen die door het gerechtelijk laboratorium in 's-Hertogenbosch waren onderzocht. Dat verklaarde waarom hij de stukken nu pas, meer dan veertien dagen later, had ontvangen. Het kraantje van de gootsteen in de bijkeuken bleek door dezelfde persoon te zijn aangeraakt als de crucifix. Janssen nam aan dat dat was geweest om het bloed van zijn slachtoffer af te wassen. Maar waarom dan de bijkeuken? dacht

Fabius. Hij keek naar de ruwe schets op het tweede vel. De bijkeuken lag achter de keuken, waar toch ook een kraan moest zijn. De crucifix had volgens de huishoudster in die bijkeuken gehangen, dus waren moordenaar en slachtoffer daar samen geweest. Waarom? Voor zover hij nu kon beoordelen moest de moord spontaan zijn gepleegd. Niemand lokt een slachtoffer met opzet naar een bijkeukentje om hem daar met een crucifix dood te slaan terwijl er boven hen een huishoudster ligt te slapen. Het moest zijn gebeurd in een opwelling, temeer omdat de moordenaar zich zo weinig moeite had gegeven zijn sporen uit te wissen.

Tenzij er een reden was die hij niet kende.

Sonja hing op en draaide zich naar haar schrijfmachine. Fabius las verder in het rapport.

De gevonden vingerafdrukken waren onbekend. En er werd niets vermist in de pastorie. Hij fronste toen hij las over een gebroken potje brandzalf, dat niet ver van het gootsteentje was gevonden. Had dat er al gestaan?

Janssen had ook nog genoteerd dat voorzover mogelijk alle kennissen van pastoor Thijssen waren ondervraagd of nog ondervraagd werden, wat veel tijd nam gezien zijn uitgestrekte parochie. Dat was nodig, natuurlijk, maar ook dat leek Fabius onvruchtbaar. Alles leek erop dat Thijssen een vreemdeling in huis had gehaald. Hoewel. Evengoed kon de dader de pastorie wel gekend hebben, en om de een of andere reden juist daarom de bijkeuken hebben gekozen.

Was de priester doodgeslagen omdat hij iets met de SS te maken had? Een vereffening van een nog openstaande rekening uit '40-'45?

Hij las het derde vel, waarop een kort curriculum van de pastoor werd gegeven. Hij zocht naar de oorlogsjaren en even ervoor. Thijssen was in 1935, drieëntwintig jaar oud, tot priester gewijd en hulpkapelaan geworden in het Zuid-Limburgse Eijsden. In '38 werd hij kapelaan in Roermond, waar hij ook tijdens de oorlog verbleef. Er stond niets meer vermeld over de oorlogsjaren. Begin '46 was hij overgeplaatst als pastoor naar Sint Anthonis. In de kantlijn krabbelde Fabius een aantekening voor Sonja om er nadere gegevens over op te vragen.

Hij leunde achterover en keek naar zijn bakje 'In'. Een dikke stapel dossiers. Weliswaar geen urgente zaken, maar waarom zou hij prioriteit geven aan een moord in Brabant? Toch moest hij zichzelf toegeven dat de zaak hem intrigeerde, en hij wist ook waarom. De dossiers in het bakje betroffen mensen die verdacht werden van landverraad en collaboratie tijdens de oorlog, drie jaar geleden. Het was belangrijk hen op te sporen en voor het gerecht te slepen, maar deze katholieke priester was vermoord, en nog geen drie weken geleden. En al was zijn formele titel dan ambtenaar, Fabius was politieman in hart en nieren geweest en als hij eerlijk was, was hij dat nog steeds. Hoe boeiend hij dit werk ook vond, het was en bleef bureauwerk, waarbij anderen op zijn aanwijzingen de echte zaken klaarden.

'Heb je het nummer van die hoofdinspecteur in Den Bosch?' vroeg hij Sonja.

'Ja.'

'Wil jij het draaien? Ik kan niet met die telefoon overweg.'

Ze glimlachte en trok het zware toestel naar zich toe.

'Ik zou ook graag willen dat je informatie opvraagt over die pastoor van vóór en tijdens de oorlog.'

Ze knikte en draaide het nummer.

Fabius stond op en rekte zich uit. Achter de hoge ramen lag het grachtje er doodstil bij. Een fraaie zaterdagochtend in mei. Hij zou eens iets met Hanneke moeten doen, dat was te lang geleden. Ze zou straks na school naar Mirjams vader en moeder gaan, zoals elke zaterdag. Misschien dat ze morgen een fietstocht zouden kunnen maken naar Meijendel. In de krant had gestaan dat een deel van het duingebied geschoond was van Duitse granaten en ander wapentuig en nu vrij was gegeven.

'Een moment alstublieft,' zei Sonja en hield de hoorn op.

Fabius pakte hem aan en schoof met een bil op het bureau. Hij zag dat Sonja een brief schreef namens hem aan het ministerie van Oorlog en herinnerde zich de aantijgingen tegen een marineman die ervan verdacht werd een ondergedoken joodse collega te hebben aangegeven.

'Fabius.'

'Goedemorgen, met Fons Janssen van de rijksrecherche. Fijn dat u zo snel terugbelt. Heeft u mijn rapport inmiddels kunnen lezen?'

Een aardige stem, met veel zachte 'g's en 'r-en'.

'Ja. Zojuist.'

'Aha. Wat denkt u?'

'Nog niet veel. Ik geef u gelijk dat de letters waarschijnlijk op de Schutzstaffel slaan, maar zeker weten doe ik het niet.'

'Dat begrijp ik. Ik kreeg uw nummer van meneer Vermeulen van Justitie. We hebben hier namelijk vanochtend vroeg twee dingen doorgekregen die de moeite waard kunnen zijn. Het eerste is dat er vanuit de pastorie die nacht nog is getelefoneerd.'

Fabius zweeg en staarde naar Sonja's ratelende vingers.

'En wel om één uur veertien. Er blijken vingerafdrukken op de hoorn van het toestel te staan die corresponderen met die op de crucifix. We hebben dat nagetrokken. Om die tijd is er vanaf dat abonneenummer aan de centrale hier in Den Bosch verbinding gevraagd met een hotel daar bij u. Eh... het Rijnhotel aan de Rijnstraat.'

Fabius fronste. Hij kende het hotel wel: simpel, bedoeld voor doorgaande reizigers bij het Staatsspoor maar met een goede keuken. Eén uur veertien, dacht hij, dus voor de geschatte tijd dat de priester was gestorven. Hij zwaaide met zijn vrije hand naar Sonja en beduidde haar hem een potlood en blocnote toe te schuiven.

‘Ik heb daar nog niet naartoe gebeld, omdat ik u eerst wilde informeren.’

‘Ja.’ Fabius schreef.

‘Het tweede is dat er enkele dagen geleden niet ver van de Duitse grens hier een uitgebrand autowrak is gevonden. Er is weinig van over maar we weten wel dat het een DKW moet zijn geweest. Volgens de douane passeerde een DKW de nacht van 20 op 21 april de grens bij Tilten. De bewuste douanier kon zich dat herinneren omdat hij in zijn vrije tijd auto’s opknapt, en hij hoorde dat de motor van die wagen, zoals hij het noemt, schuurde.’

Fabius knikte. Hij wist wat dat betekende, zeker als die DKW wat verderop in brand was gevlogen. Als er een ringetje van de oliepomp fout lag of was doorgesmolten, hoorde je dat aan de lagers.

De brandzalf! dacht hij opeens, kon die brandende DKW het gebroken potje brandzalf verklaren dat in de bijkeuken was gevonden?

‘Het is wel ver van Sint Anthonis, maar niet van de plaats waar de schaakvriend van pastoor Thijssen woont, Stevensbeek. We hebben in de buurt van die DKW een sigarettenpeuk gevonden, niet ver van de weg die de pastoor naar huis reed. Op het lab hier bleek dat de sigarenas in de asbak in de pastorie vermengd was met sigarettentabak van dezelfde samenstelling als die peuk.’

‘Zo!’ zei Fabius geïmponeerd en toch ook wel wat jaloers.

‘Volgens het lab is het Virginia-tabak, maar daar kunnen we natuurlijk niet veel mee.’

‘Nee.’

‘We denken dus dat de dader pech kreeg en is gaan lopen, en toen door pastoor Thijssen een lift kreeg aangeboden. Het verklaart ook de moddersporen en de brandzalf die we vonden. Volgens de huishoudster stond die gewoonlijk in een medicijnkastje in de keuken.’

'Hij kan gewond zijn geraakt toen die DKW in brand vloog.'

'Ja.'

'Is er geen paspoortcontrole geweest?'

'Jawel, maar er worden sinds een paar maanden geen nummers meer genoteerd van inreizenden uit Duitsland. En u moet niet vergeten dat er al bijna veertien dagen voorbij waren toen we erachter kwamen. Het is al heel wat dat die douanier zich de DKW herinnerde.'

'Waar is die wagen nu?'

'Bij de technische recherche hier. Ze proberen nog of ze het chassisnummer kunnen achterhalen. De nummerplaten zijn onherkenbaar en het is...'

De lijn begon plotseling te kraken. Fabius maakte een grimas.

'Sorry, ik versta u niet!'

'... dat het helaas een gangbaar model is.'

'Ja.' Fabius dacht even na. 'Weten jullie eigenlijk al waarom ze in die bijkeuken waren?'

De lijn ruiste nu alsof de bliksem was ingeslagen. Een paar seconden later werd het doodstil, op een hoge fluittoon na.

Fabius vloekte en kwam van het bureau af.

'Niet slaan!' zei Sonja.

Hoofdschuddend gaf hij haar de hoorn, die ze op de haak legde en weer luisterend opnam.

'Dood als een pier.'

'Dus kun je de PTT ook niet bellen!'

Hij zuchtte en scheurde het beschreven blaadje van het blocnote. 'Ik ben even naar het Rijnhotel.'

Verbaasd knikte ze en keek toen in de grote bureauagenda. 'Vergeet je niet dat je een afspraak met meneer Steensma in de Wiener Konditorei hebt om tien uur?'

Hij fronste weer.

'Ik combineer het wel.' Hij trok zijn colbertje aan en liep al naar de gang toen er werd gebeld. Toen hij opendeed zag hij er een man in een overall met in rode lettertjes PTT op de borstzak, in beide handen een grote kartonnen doos.

'Bent u van ATARI?'

8

Beroepshalve was Neel enkele malen eerder in het Paleis op de Dam geweest, en elke keer vond ze het weer even lelijk. Een naargeestige klomp steen die in plaats van de Dam op te fleuren, de zon ervandaan hield en de smalle straten ernaast en erachter wegdrukte. De logge vierkante vorm paste niet bij de sierlijke trapgevels en bruggen van de stad, de grauwe steensoort evenmin en de frivoliteit die de architect zich met enkele tierelantijnen zoals de Atlas met zijn wereldbol had veroorloofd, vond ze even lachwekkend als een tiara op het hoofd van een oude, lelijke vrouw. Ze hadden er een palazzo neer moeten zetten of een paleis als Buckingham Palace. Wat je ook kon zeggen van de Engelsen, gevoel voor grandeur hadden ze wel. Het was hier altijd zo benepen en bekrompen, zelfs als het om het koningshuis ging, zeker met Wilhelmina. De eerste keer dat ze binnen in het paleis was geweest, enkele maanden na terugkeer van de Koningin, had ze de wat armoedig aandoende entourage nog geweten aan de voorbije oorlogsellende. Maar ook een receptie ter gelegenheid van de geboorte van prinses Marijke, twee jaar later, had meer weggehad van een kneuterig onderonsje met koffie en speculaas dan van een koninklijk festijn.

De laatste keer dat ze hier was geweest was dezelfde gelegenheid als nu, de jaarlijkse viering van de bevrijding voor de buitenlandse diplomaten en hun gades.

Hoewel ze haar perskaart niet had kunnen vinden, had het geen moeite gekost binnen te komen. Sem had een uitnodiging voor twee personen en een van de bodes had haar van gezicht herkend. Ze was toch tussen de middag terug naar huis gegaan om de kaart te zoeken, en had zichzelf gehaat vanwege de troep die ze zuchtend was gaan opruimen. De kaart was echter spoorloos. Ze had gebeld met het pension in Hoenderloo maar daar wisten ze van niets, ze moest hem ergens verloren zijn.

Ondanks de tafels met drank en hapjes, de vlaggen en decoraties stemde ook het interieur van het paleis haar somber, maar denkend aan het beloofde dinertje in Polen had ze manmoedig de verplichte programma-onderdelen ondergaan, variërend van een veel te lange toespraak door de minister van Buitenlandse Zaken, baron van Boetzelaar van Oosterhout, een veel te traag gespeeld Wilhelmus, een speech in onverstaanbaar Engels door de nieuwkomer in het diplomatiek gezelschap, de ambassadeur van Guatemala en Mexico, en een slaapverwekkend ceremonieel om koninklijke onderscheidingen op revers en tunieken te prikken zoals het Hare Majesteit behaagd had. Ze werden echter uitgereikt door burgemeester D'Ailly, want er was niemand van het Koninklijk Huis, zelfs Bernhard niet. Dat verbaasde Neel, want hij liet spreekwoordelijk geen gelegenheid voorbij gaan om zich als inspecteur van de strijdkrachten in gala-uniform te kunnen vertonen, zoals ze zelf ettelijke malen in Londen had kunnen ervaren. Het gerucht ging dat zijn moeder prinses Armgard wel in de stad was en misschien haar opwachting zou maken, maar dat leek Neel onwaarschijnlijk. Verhalen over Armgards pikante jaren in Berlijn waren er legio, net als over haar nazi-sympathieën en het was publiek geheim dat Wilhelmina haar haatte en haar verboden had vast domicilie in Nederland te kiezen. Ook ging het gerucht dat dat de reden was van de verwijdering tussen de Koningin en haar schoonzoon, en zelfs van die tussen de kroonprinses en hem.

Het interesseerde Neel niet in het minst. Als kleinkind van een anarchistische grootvader vond ze het koningshuis een achterhaald instituut, al moest ze toegeven dat Wilhelmina goed werk in Londen had verricht. Ze waakte er echter zorgvuldig voor die mening uit te spreken, zelfs aan de borreltafel. Nog maar enkele maanden geleden had de hoofdredacteur van *Trouw* de perskaart van een van zijn verslaggevers ingetrokken die zich badinerend over Juliana had uitgelaten, en ze kende een collega bij het ANP die drie maanden op non-actief was gezet omdat hij beweerd had dat Wilhelmina mogelijk door een kamerheer van haar moeder Emma was verwekt.

Na de formele plechtigheden was het grote gezelschap uitgewaaierd over de zalen en vertrekken die waren vrijgegeven, en was het vooral zien en gezien worden. Sem had haar gevraagd om 'zoveel mogelijk adel, uniformen en toiletjes'.

Al was de koninklijke familie dan afwezig, de Nederlandse aristocratie was er in ruime mate vertegenwoordigd, net als de militaire staf en landelijke politici. Ze had een praatje gemaakt met vice-admiraal Fürstner, met de consul van de Verenigde Staten, met de vrouw van minister Lieftinck, met de commissaris van de Koningin in Noord-Holland De Vos van Steenwijck en met mevrouw d'Ailly, de vrouw van de burgemeester, tot ze opgelucht Sem had zien gebaren dat hij genoeg plaatjes had geschoten en nu zelf wel eens aan de champagne wilde.

'Over een kwartiertje buiten, ja?'

Opgelucht had ze haar blocnote weggeborgen. Ze voelde zich doodmoe en wilde dat ze naar de huisarts had geluisterd die had aangeraden dan in elk geval met halve dagen te beginnen.

In een eivol vertrek achter de Burgerzaal was ze de aangeschoten schrijver/journalist Jacques Gans tegen het lijf gelopen die haar had mee willen tronen naar de bierhal van Scheltema om, zoals hij lispelend zei, haar een aanbod te doen dat ze niet zou kunnen weigeren.

'Tenzij u uw maandelijkse stonde hebt, in welk geval het aanbod pas over een week in zal gaan.'

Ieder ander zou ze op zijn gezicht hebben getimmerd, maar niet Gans die ze bewonderde om zijn non-conformisme, hoewel ze nooit had begrepen hoe hij als rabiaat communist en medewerker van *De Waarheid* het plan had opgevat voor de foute *Telegraaf* te willen schrijven.

Godzijdank was Tilly op dat moment binnengekomen, rood van opwinding. 'O Neel, weet je met wie ik zojuist heb gesproken? Meid, je zal het niet geloven, met prins Bernhard!'

'Bernhard? Is hij er dan wel?'

'Hij kwam net binnen door een zij-ingang toen ik op zoek was naar de toiletten. Ik schrok zo ontzettend! Hij trouwens ook hoor, maar hij was heel vriendelijk en vroeg wie ik was. Ik stotterde als een klein kind! Zo jammer dat een van zijn lijfwachten hem meenam. God nog aan toe, de prins! Hij gaf me zelfs een hand!'

'Controleert u even of u uw ringen nog bezit, mevrouw!' had Gans gezegd, een en al oog voor Tilly's boezem. 'Ach mevrouw Smits, doet u mij een genoegen en introduceert u mij bij deze bekoorlijke dame, wilt u?'

Onder het smoesje een drankje te halen was ze hen beiden ontsnapt. Ze was juist op zoek gegaan naar de damestoiletten op de eerste verdieping van het paleis, toen ze vanaf de trap beneden zich plotseling de jonge man meende te herkennen die haar op de Veluwe met de Solex had geholpen. Heel even twijfelde ze, maar toen hij onder het licht van een kroonluchter doorliep, stond ze stomverbaasd stil. Hij was in het gezelschap van een grote, rijzige man in smoking met een oranje sjerp rond zijn middel die kennelijk veel in de melk had te brokkelen, want toen hij wenkte, schoot een lakei ogenblikkelijk toe en knikte gehoorzaam.

Neel stond roerloos in de schaduwen van het trappenhuis en keek neer op het blonde, kortgeknipte haar van de jonge man. Hij leek hetzelfde pak te dragen als toen. Nu pas drong het tot haar door hoe ongerijmd het eigenlijk was geweest dat iemand in zo'n kostuum ergens op de Veluwe vogels bestudeerde. Wie was hij? De twee hadden kennelijk expres dit stille deel opgezocht. Ze spraken zachtjes met elkaar en zwegen telkens wanneer iemand hen passeerde.

Een oudere vrouw in avondtoilet kwam de trap op. Neel deed alsof ze een kous vast moest maken. Tegenover haar hing een donker schilderij waarop een man met een pruik streng op haar neerkeek. Tussen de spijlen door zag ze de lakei weer aankomen. Hij boog en zei iets tegen de oudere man, waarop ze gedrieën de gang inliepen.

Ze vergat haar volle blaas en holde de treden af. Beneden zag ze de jonge man nog net om een hoek verdwijnen. Ze glimlachte naar een ouder echtpaar dat haar verwonderd opnam, en liep de stille gang in. Bij de hoek stond ze stil en deed opnieuw of ze haar kousen vastmaakte. In schemerdonker zag ze een kleine zijgang die bij een zware deur eindigde. In de gang achter haar klonk gelach en ze slipte het zijgangetje in. Ze aarzelde weer. Wat deed ze eigenlijk? Waarschijnlijk was die blonde man bij de veiligheidsdienst van het Hof, en was hij daarom bij dat landgoed geweest. Natuurlijk zou hij zichzelf dan niet als zodanig aan haar hebben voorgesteld. Toch drukte ze de massief koperen klink al naar beneden en wilde de deur zachtjes openen toen de wind hem met een klap weer deed dichtslaan. Dodelijk geschrokken stond ze stil, de weeïge lucht van benzine in haar neusgaten en zag in paniek de deur weer opengaan zodat ze zich stijf tegen de muur drukte. Maar de deur bleef op een kier alsof iemand hem aanhield. Ze wilde al wegrennen toen ze iemand hoorde zeggen: 'Schiet een beetje op, die vrouw van Associated Press loopt hier rond met een fotograaf.'

De tintels schoten over haar ruggengraat. Ze stond stokstijf, de knokkels van haar hand rond de klink spierwit. Hoewel ze doodsbang was drukte ze haar oor tegen het houtwerk, maar ze hoorde niets meer behalve de wind en ver weg het geratel van een tram.

Opeens hoorde ze hoesten. Ze rende het gangetje in, terwijl ze de deur achter zich hoorde openen. Ze durfde niet om te kijken en holde tussen de verwonderde mensen door op zoek naar Sem, terwijl ze zich plotseling realiseerde waar haar perskaart was gebleven.

9

Omdat het Rijnhotel onverwacht gesloten bleek wegens brand, had Fabius er pas drie dagen nadat hij het politierapport over de vermoorde priester had ontvangen, terechtgekund. Hij had Sonja in de ochtend laten bellen voor een afspraak rond het middaguur. Zoals steeds wanneer hij 'buiten' opereerde, noemde hij zich hoofdinspecteur van Recherche, wat hij in feite altijd nog was, al luidde zijn rang formeel Hoofdcommies A van Justitie. Bij het laatste moest hij van alles uitleggen, terwijl 'Hoofdinspecteur' wel zo simpel was en bovendien sneller deuren opende. In dit geval was dat trouwens sowieso niet moeilijk omdat hij een geregelde bezoeker van het restaurant was. Het lag op loopafstand van het kleine kantoor aan de Nieuwe Uitleg en daar lunchen betekende niet alleen een fraaie wandeling langs het Malieveld en de Koekamp, maar vooral een voortreffelijke lunch tegen een nog vooroorlogse prijs. Bovendien was het een welkome afleiding, omdat veel treinreizigers van het nabij gelegen Staatsspoor de gezellige drukte in het hotel boven de muffe stationsrestauratie prefereerden.

Toen hij binnenkwam snoof hij hongerig de geur van gebakken biefstuk op, de andere reden van de drukte.

'Goedemiddag,' zei hij tegen de receptioniste. 'Ik heb een afspraak met de directeur de heer Lukas. Mijn naam is Fabius, hoofdinspecteur Recherche. Er is gebeld.'

Ze knikte geïmponeerd. 'Meneer Lukas komt zo, hoofdinspecteur. Hij is even in de dependance aan de overkant. Wilt u iets van het huis gebruiken?'

Hij vroeg om een koffie en liep naar de gelagkamer aan de

Rijnstraat. Buiten tegen het grote raam stond een ladder, waar een schilder met een verfpot tegen aan klauterde. Al toen Fabius aan was komen lopen had hij de geblakerde muur op de eerste verdieping gezien. Van de leestafel pakte hij *Het Vaderland* van de afgelopen zaterdag en ging ermee in een hoekje zitten. Twee nieuwsberichten domineerden de voorpagina, het eerste de aankondiging van koningin Wilhelmina om het Koninklijk Gezag opnieuw tijdelijk neer te leggen, het tweede ging over de doodstraf die tegen de landverrader Anton van der Waals was geëist. Met professionele belangstelling las hij het laatste artikel, maar toch ook wel wat afgunstig. Rauter, King Kong, Van der Waals, Van Dijk, het waren cynisch gezegd de 'grote vissen' onder de oorlogsmisdadigers en landverraders, die hij graag zelf gevangen zou hebben. Maar de eer ervoor kwam toe aan het Bureau Nationale Veiligheid, dat hen meteen na de bevrijding had opgepakt. En inmiddels was bijna niemand meer gebeten op verdwenen NSB'ers of SS'ers. Dat was begrijpelijk na vijf jaar bezetting en ellende, maar maakte zijn taak er niet makkelijker op. Hoeveel tips er ook nog binnenkwamen, de meeste mensen, en zeker de autoriteiten niet, waren niet of nauwelijks geïnteresseerd, evenmin als in feiten over de oorlog zelf, die ze liever zo snel mogelijk wilden vergeten.

Hij dronk van de koffie en zag Lukas de drukke Rijnstraat oversteken. In feite heette het hotel ook naar zijn vader, Hotel Lukas, maar al decennialang werd het Rijnhotel genoemd, naar de oude naam van het station, het Rhijnspoorstation.

Lukas verontschuldigde zich omstandig. Hoewel de brand niet veel te betekenen had, had de politie hem gedwongen tot drie dagen sluiting, vertelde hij.

'Ik heb er niets mee te maken,' zei Fabius glimlachend.

'O, maar, ik bedoelde daar ook niets mee!'

Gasten waren zoveel mogelijk ondergebracht in de dependance en in andere hotels, de reden dat hij nu wat te laat was.

'Kan ik u een maaltijd aanbieden, hoofdinspecteur?'

'Nee, dank u. Het klinkt verleidelijk maar ik zou het liefst zo snel mogelijk terzake komen. Nog een kop koffie zou echter welkom zijn.'

'Maar natuurlijk!'

De oude man, als altijd als een dandy in een wit kostuum gekleed met een rode roos op de revers en een grote vlinderdas die hem in combinatie met zijn witte kuif wel aan Maurice Chevalier deed denken, ging hem voor naar zijn kantoortje achter de receptie.

Fabius vertelde over de moord op de Brabantse priester, vanuit wiens pastorie om bijna kwart over een een telefoontje naar het hotel was gepleegd.

Lukas vertrok geen spier. Hij knikte van tijd tot tijd. Toen Fabius klaar was, trok hij aan het bellenkoord.

De receptioniste bracht op zijn verzoek de telefoonlijst van de maand april en het gastenboek.

Inderdaad had iemand die nacht om 01.18 uur gebeld. De reden stond in een keurig handschrift achter het tijdstip: '34. Hr. Schulte. Kamer nog een dag aanhouden.'

Fabius zat stil. Schulte. Een alledaagse naam, die hem niets zei. Was het een valse naam?

Lukas had inmiddels zijn lorgnet tevoorschijn gehaald en de betreffende datum in het gastenboek opgezocht: 'De kamer werd ook op die naam gereserveerd.'

'Hoe?'

'Telefonisch. Een week van tevoren.'

'Een week?'

'Ja.'

'U weet niet of die meneer Schulte zelf de kamer heeft laten reserveren?'

'Nee, het spijt me. Maar hij is ook niet gearriveerd.'

Fabius keek verbaasd op van boven zijn koffie. Lukas knikte

naar het gastenboek. Hij zag een kruisje in rode inkt in de kantlijn staan.

'Heeft hij afgezegd?'

'Nee. Hij is gewoon niet gekomen.'

Niet gekomen. Waarom niet? Waarom eerst een kamer nog een dag verlengen en dan toch niet komen? Omdat hij de moord pas na het telefoontje had gepleegd?

Peinzend nam hij een slok.

'Er is dus ook niet afgerekend.'

'Jawel,' zei Lukas, 'althans wel voor de eerste nacht. Dat staat hier genoteerd. Zes gulden vijftig contant.'

'Hoe kan dat dan?'

'Ik heb geen idee. Een moment alstublieft.'

Lukas stond op en liep door de tussendeur naar de receptie. Fabius draaide het gastenboek naar zich toe. Hij zag dat vrijwel alle kamers die betreffende nacht verhuurd waren geweest. De meeste gasten waren Nederlanders, maar hij zag ook een Brits echtpaar, een Belg en een Noor. Tot zijn teleurstelling was er geen Duitser bij, al zei dat eigenlijk niets. De moordenaar was dan mogelijk met die DKW de Duitse grens gepasseerd, maar daarom hoefde hij nog geen Duitser te zijn, en de naam Schulte klonk goed Nederlands. Als het al de echte naam was. Zuchtend haalde hij zijn blocnote tevoorschijn en noteerde na te laten gaan of er een Schulte in de kennissenkring of de parochie van Thijssen voorkwam, toen hij Lukas terug zag komen in het gezelschap van een dikke, jonge vrouw, die kennelijk had zitten eten want ze had inderhaast de witte servet in de kraag van haar jurk laten zitten.

'Dit is juffrouw De Leeuw,' zei Lukas. 'Juffrouw De Leeuw deed die nacht de receptie. Ga daar maar zitten, Ada.'

De vrouw nam nerveus plaats tegenover Fabius en merkte toen pas de servet op, die ze haastig wegtrok en als een prop in haar hand hield.

Lukas liet haar de telefoonlijst zien. 'Herinner je je dat deze man belde om kamer 34 nog met een dag te verlengen?'

Ze fronste en knikte toen. 'Ja meneer.'

Fabius trok zijn wenkbrauwen op, verbaasd dat iemand zich dat na zoveel weken nog herinnerde.

'Er was namelijk een gast voor hem,' zei ze. 'Een zeer beschaafde heer.'

'Voor meneer Schulte?'

'Ja. Hij kwam hier vlak voor dat telefoontje waar u het over heeft, om te zeggen dat hij een afspraak niet na kon komen en die meneer in de ochtend wel zou bellen.'

Fabius kneep zijn ogen samen. 'Zei hij zijn naam?'

'Ik geloof het niet, maar dat weet ik niet zeker.'

'U zei dat hij er beschaafd uitzag. Hoe bedoelt u dat?'

'Dat hij keurig gekleed was in een wit kostuum. En, wat ik gek vond omdat het al zo laat was, hij was gladgeschoren, alsof hij dat net nog had gedaan.'

'Kunt u hem verder beschrijven? Hoe oud was hij bijvoorbeeld?'

'O. Nou...' Ze giechelde wat. 'Meestal let ik niet zo op heren, hoor! Maar ik zou zeggen, rond uw leeftijd, misschien iets ouder. Nog geen vijftig, dunkt me. En hij droeg een licht kamgaren kostuum met een bijpassende hoed.' Ze lachte weer, Fabius zag wittige etensresten op haar voortanden. 'Het spijt me.'

Hij knikte. Een signalement dat op honderden mannen sloeg. Op duizenden. Hij voelde toch een soort irritatie dat de vrouw hem ouder schatte dan hij was.

'En hij betaalde de kamer.'

Ze knikte.

'Sprak de man die u belde Nederlands?'

'Ja,' zei ze verbaasd.

'Wat zei hij? Denkt u alstublieft goed na, want het is erg belangrijk.'

Ze keek wat twijfelend, de prop servet tussen haar handen in haar schoot. 'Het spijt me, meer dan ik zei weet ik niet. Het was geloof ik ook maar kort. Ik vroeg hem of ik de kamer moest vasthouden en toen zei hij van ja. O ja, hij had pech. Dat was de reden. Hij wist ook niet of hij in de ochtend al zou komen.'

Pech. De DKW. Dus toch!

'Is er wel toen voor hem de volgende ochtend gebeld?'

Ze haalde haar schouders op en keek naar Lukas. Lukas tuurde door zijn lorgnet naar de telefoonlijst. 'Ja. Om 11.10 uur werd er gebeld voor de heer Schulte.'

'Heeft u dat toen ook aangenomen?'

De vrouw schudde haar hoofd.

'Nee,' zei Lukas. 'Degene die dat deed is er vandaag niet.'

Nieuwsgierig keek hij op naar Fabius, maar deze staarde nadenkend voor zich uit. Alles wees er inderdaad op dat de moord op de priester in een opwelling moest zijn gebeurd. De man die zich Schulte noemde werd ongeveer op dat tijdstip hier verwacht. Hij had pech gehad. Dat kon je met des te meer reden zeggen van die pastoor Thijssen. Maar de vraag naar het waarom bleef even groot als hij was geweest. Waarom was die Schulte gekomen? Waarom als hij inderdaad een SS'er was, zo'n risico genomen? Omdat een oudere man hem verwachtte. En waarom was dat?

Fabius knikte naar Lukas dat de vrouw kon gaan.

'Dank u wel. U bent heel behulpzaam geweest.'

Ze boog haar hoofd, kennelijk teleurgesteld dat hij haar niet langer nodig had.

'Wilt u misschien nog iets gebruiken?' vroeg Lukas.

'Nee, dank u.' Fabius kwam overeind. 'Ik heb nog een andere afspraak.'

Buiten liep hij langzaam langs het volle terras van het Staatsspoor en keek naar de reizigers die zich in de zon koesterden alsof hij hoopte er twee te herkennen. Een van hen een man van wie hij niets, maar dan ook helemaal niets wist, een ander een wat oudere man in een wit pak en met een gladgeschoren gezicht.

De vogels waren gevlogen. Waarnaartoe?

10

Vogel probeerde een sigaret met zijn rechterhand aan te steken, maar toen hij de lucifer af wilde strijken schoot een vlammende pijn door zijn arm zodat hij het doosje vloekend liet vallen. De pijn trok als een gloeiend heet spoor vanuit zijn oksel naar zijn elleboog en leek al zijn spieren te verlammen. Secondenlang hing de arm stijf en gevoelloos, toen slaagde hij erin voorzichtig zijn vingers weer te bewegen.

'Het duurt enkele dagen,' had de arts gezegd. 'Probeer de arm en de hand te ontzien en niets te forceren.' Maar natuurlijk hield hij dat niet vol. Verdomme, hij had geen hulpje dat de knopen van zijn broek voor hem dichtknoopte of z'n nagels knipte!

Mismoedig streek hij de lucifer met zijn linkerhand aan en zoog de rook diep naar binnen. De wond was redelijk genezen, dat wel, maar de tatoeage was diep geweest, zo diep dat hij de scalpel ondanks de verdoving diep in het zachte vlees onder zijn oksel had gevoeld.

'Helemaal weg krijg ik het niet,' had de arts gezegd, 'de kans is te groot dat ik de lymfeklieren raak. Het is jammer dat u van nature zo licht behaard bent.'

Het zou toch goddomme niet waar zijn! dacht Vogel ongerust. Stel je voor dat dát het is! Dat hij wél iets geraakt heeft! Een arts die al sinds de oorlog niet meer had gepraktiseerd! Voorzichtig probeerde hij zijn vingers te bewegen. Opgelucht constateerde hij dat dat in elk geval moeiteloos ging. Ook de pijn was weggetrokken, zodat hij zijn arm ophief naar de kleine spiegel. Al had hij wel veel lichaamshaar gehad, dan nog: je moest het kunnen zien en dus zat het ss-teken niet verstopt in de oksel maar even eronder. In de spiegel was daar nu een grijs-rossige plek te zien, die je op het eerste gezicht voor een grote moedervlek of wijnvlek zou kunnen houden. Nog een geluk, dacht Vogel, dat hij zich er niet toe had laten verleiden om er een Totenkopf of een swastika onder te laten tatoeëren, zoals sommige anderen hadden gedaan.

In zijn hemd liep hij naar het kleine fornuis en zette water op voor thee. Hij herinnerde zich de partijen in de villa van Müller waarop laat, na het dansen, de mannen dronken en uitgelaten waren gaan zwemmen. Naakt, waarbij ze elkaar de loef afstaken met hun spieren en geslachtsdelen maar ook met de tatoeages. Meestal waren daar ook vrouwen bij geweest, hoeren en minnaressen, maar ook de eigen vrouwen en iedereen had geweten hoe het feest zou eindigen: in een massale orgie, buiten of binnen in een van de vele kamers. Zelfs Müller deed eraan mee, hoewel hij eigenlijk vrouwen verafschuwde. Hij zag het voor zich: Müller die dronken en kronkelend als een paling onder een zwetende struise blondine schreeuwde: 'Soldaten! Ich mache Soldaten für den Führer!'

Van Müllers tatoeage was niets meer over. Hij had geluk gehad dat de villa was geëxplodeerd vóór de Russen er waren. Vogel had verhalen gehoord dat ze sommige officieren levend hadden gevild alleen om hun tatoeages.

Hij legde de sigaret op de rand van het aanrecht en zocht in het keukenkastje naar het busje thee. Hij wist niet wie de eigenaar van het kleine appartement was, maar in elk geval was het geen vrouw. Een vrouw zou orde hebben gebracht en hoewel alles er keurig bij stond, had hij aan de inrichting, de manier waarop de meubels waren neergezet, waarop het servies was weggeborgen, onmiddellijk geweten dat een man dat had gedaan.

Het kleine appartement lag in een buurt die hij niet goed kende. Een nieuwbouwwijk aan de zuidkant van het Zuiderpark, waar in zijn herinnering ook in het begin van de oorlog geen huizen hadden gestaan. Den Haag bouwde in hoog tempo. Dat was hem, hoewel hij maar zelden buiten kwam, wel opgevallen. En het was hard nodig ook, want, ook dat had hij gezien, huizen en hele straten en stratenblokken lagen nog in puin.

Toen hij die ochtend op het Staatsspoor was aangekomen, had hij al in de trein niet geweten wat hij zag. Langs de Schenkweg en wat later bij de Bezuidenhoutseweg tot ver bij het Haagse Bos had hij bergen baksteen en ruïnes gezien, met hier en daar slechts een ongeschonden huis of een kerktoren. Het station zelf was ook ongedeerd gebleven. Ondanks zijn nervositeit had hij de verleiding niet kunnen weerstaan om op het houten terras naast de ingang een kop koffie met een saucijzenbroodje te bestellen. Niemand die op hem had gelet, al zag hij er tamelijk armoedig en verfomfaaid uit. Maar dat deden meer mensen, al was het hier duidelijk beter dan in Duitsland. En hij had geld, zodat niemand hem aan kon zien voor een landloper. Honderd gulden in diverse biljetten die de gladgeschoren man hem veertien dagen geleden in Helmuts café had gegeven. Hiemstra, zo had hij zich genoemd, Jaap Hiemstra – maar Vogel wist wel zeker dat dat niet zijn echte naam was.

Schuin tegenover het terras was een kapper waar hij zich had laten scheren. Net als op het terras had hij ook vanuit de kappersstoel de Rijnstraat en het hotel scherp in de gaten gehouden. Niet alleen met het oog op politie, maar vooral op Hiemstra.

Natuurlijk was hij niet naar het hotel gegaan, hoezeer hij ook snakte naar een echt bed. Hij had zich de gevolgen van zijn telefoontje bij die priester pas gerealiseerd toen hij vroeg in de ochtend uitgeput Cuijk had bereikt en er gewacht had op het eerste licht en de eerste trein in de richting van het westen. Het was toen net zes uur geweest. Hij wist dat de huishoudster de moord inmiddels ontdekt moest hebben, omdat de priester het immers over de vroegmis had gehad. Weggedrukt in de derdeklasse-coupé had hij zich geprobeerd voor te stellen wat zich op dat moment af zou spelen in het huis van de priester. Hij had niets achtergelaten, daar was hij zeker van. Het lege cognacglas had hij onderweg weggegooid, maar al zouden ze zijn vingerafdrukken vinden, op de gootsteen, op de crucifix, dan nog hoefde hij zich geen zorgen te maken. Alleen dat verdomde telefoontje was hij vergeten. Maar wat had hij eraan kunnen doen? Ze zouden zeker nagaan met wie de priester die nacht nog contact had gehad. Als ze de gesprekken na zouden trekken, zou de centrale bevestigen dat er een telefoongesprek met het hotel was aangevraagd.

'Een akelige brandwond, meneer,' had de kapper gezegd. 'Als ik u was, zou ik er een dokter naar laten kijken.'

Hij goot water op de thee en bekeek zichzelf opnieuw in de spiegel. Net als de plek onder zijn arm kleurde de brandwond roze. De arts had er een zalf opgesmeerd en hem de tube meegegeven. Hij inspecteerde zijn wenkbrauwen die hij weer had opgekleurd met waterstofperoxide, net als zijn hoofdhaar. Het werd na al die jaren dat hij dit deed steeds bleker maar godzijdank niet dunner, hoewel de haargrens bij zijn voorhoofd en slapen wel hoger lag. De kapper had er niets van gezegd, maar diens wat spottende lachje naar zijn collega aan de andere stoel was Vogel niet ontgaan.

Hij trok zijn lippen van elkaar en tastte met zijn vinger langs zijn kunstgebit. Dat was het enige dat hij altijd nog betreurde: dat hij zijn tanden en kiezen had laten trekken. Maar alle anderen die hij gekend had hadden dat ook laten doen. Ontkennen hielp niet wanneer ze je gebitsgegevens hadden, zeiden ze.

Iemand had hem zelfs verteld dat Reichsleiter Martin Bormann nog in de bunker in de Invalidenstrasse zijn tanden had laten trekken en die op zijn vlucht had achtergelaten in de hoop dat men zouden denken dat hij dood was.

Hij keek op zijn horloge. Het was bijna half acht. Boven de flatgebouwen aan de overkant kleurde de hemel paars. Nog een klein uur voor het donker zou worden.

Hij schonk zich een mok thee in en ging op de bank zitten. Hoe wist Hiemstra van de brief? Wie was hij? Hoe had hij hem gevonden? Hij had het nogmaals gevraagd maar opnieuw had de man zijn hoofd geschud. 'Geloof me, meneer Vogel, het is beter dat u dat niet weet. Later misschien.'

Hij grinnikte en trok aan de sigaret. Zo had hij op zijn beurt niets verteld over de priester. Ze wisten al genoeg van hem! En de kans die Hiemstra hem bood, wilde hij niet riskeren. De kans om voorgoed weg te komen en zich nooit meer zorgen te hoeven maken.

Hij doofde zijn sigaret en dronk van de thee.

'Waarom bent u niet naar het hotel gegaan?'

Hij had de halve waarheid verteld. 'Omdat uw auto verdomme in brand vloog! Niet ver voorbij de Duitse grens in Brabant.'

Dat viel onmogelijk te ontkennen met de brandwond op zijn gezicht.

'Ik ben gaan lopen.'

'En de auto?'

'Heeft u er iets over gehoord?'

'Nee.'

Hoewel hij daar eigenlijk al zeker van was geweest, had die mededeling hem toch gerustgesteld. Als de politie de nummerborden had kunnen traceren, hadden ze Hiemstra ernaar gevraagd, als de DKW tenminste op zijn naam stond, maar dat was dus niet gebeurd.

Hiemstra had in de ochtend naar het hotel gebeld. Dat had Vogel ook in de kapperstoel bedacht. Hij had zelfs overwogen het hotel toch binnen te gaan en te vragen of er een boodschap was achtergelaten voor de heer Schulte, maar hij had het niet aangedurfd. Daarentegen was hij de stad ingegaan en had in een herenmodemagazijn in de Venestraat een overhemd, stropdas en kostuum gekocht, waarbij de verkoper hem verwonderd had aangekeken toen hij wilde afrekenen. 'Heeft u geen textielpunten?'

Dat had die Hiemstra verdomme vergeten te zeggen!

'Ik ben hier niet meer geweest sinds de meidagen van '40.'

Het had hem twee gulden extra gekost, die de bediende ongetwijfeld in zijn eigen zak had gestoken. Schoenen bleken echter net van de bon en hij had een paar prachtige Italiaanse, echt lederen molières gekocht. Vervolgens had hij zichzelf in een lunchroom op een uitsmijter getrakteerd, nota bene in de Wagenstraat, pal tegenover het Scala-theater, waar hij zijn eerste rollen had gespeeld. Het theater en de kassa waren gesloten, maar tussen de pilaren stonden borden beplakt met affiches die *De twee wezen* aankondigden van Willem Goossens Volkstoneel. De namen van de acteurs zeiden hem niets, maar het stuk wel. Daar had hij zelf met Boubers Ensemble vlak voor de oorlog in gestaan.

'Ik moet u helaas verzoeken uw moeder niet te bezoeken,' had Hiemstra al bij hun eerste ontmoeting gezegd. 'Ik begrijp dat dat zeer veel gevraagd is, maar u zult begrijpen hoe riskant dat zou zijn. Zeker voor u. Ik zal kijken of ik binnenkort iets kan arrangeren.'

Maar Gretha was nu nog de enige mogelijkheid om met Hiemstra in contact te komen.

Ze stond gewoon in de telefoongids, onder haar eigen naam: 'G.M. Schultz'. Hij had lijn 3 genomen tot aan de kruising van de Laan van Meerdervoort met de Fahrenheitstraat. Hoe graag hij ook het huis waarin ze nu woonde wilde zien, hoe graag hij háár had willen zien, Hiemstra had natuurlijk gelijk.

Achter op haar eigen briefje had hij geschreven: 'Hiemstra/ Formosa, 17.00 uur', en het toen dichtgevouwen door een jongetje tegen een stuiver bij haar in de bus laten duwen. Daarna was hij teruggelopen naar de stad en had zich afgevraagd waar hij de nacht door zou brengen in het geval Hiemstra die dag niet zou reageren.

Al om half vijf had hij bij de kiosk op het Buitenhof gestaan, een krant voor zich, met uitzicht op het zonovergoten terras van Formosa. Hiemstra was aan komen lopen precies op het moment dat de Grote Kerk vijf slagen liet horen, hetzelfde kostuum, dezelfde hoed als toen in Duitsland. Hij was op de hoek met de Hofweg blijven staan tot hij Vogel zag.

Boven de flatgebouwen kleurde het inmiddels paars donker. Verder weg kon Vogel nog vaag de landerijen zien, het laatste licht op de tuinderskassen.

Hij kwam overeind, zette de mok in de gootsteen en liep naar het halletje, waar hij de sleutel van de fietsenbox pakte. Hij deed de voordeur op het nachtslot en nam de binnentrap. De fiets was een vooroorlogse Raleigh in donkergroene legertinten. Het was lang geleden dat hij had gefietst, maar na enkele minuten al had hij het vertrouwde ritme te pakken. Het was stil op straat en al donker, hoewel de straatverlichting nog niet aan was. Hij fietste langs het voetbalstadion en herinnerde zich hoe hij er als jongetje zonder te betalen naar de tribunes was geglipt, honderden jaren geleden in zijn herinnering. Aan de andere kant van het Zuiderpark waren de huizen langs de kade afgebroken, het silhouet van een hoge hijskraan als van een reusachtige dinosaurus tegen de avondhemel. Zelfs hier rook de lucht naar zee en naar zout.

Hoewel hij de buurt niet kende, wist hij de richting naar Scheveningen wel en na enkele minuten herkende hij de contouren van de gasfabriek. Van de meeste huizen waren de gordijnen gesloten, maar soms kon hij naar binnen kijken en zag hij mensen de krant lezen of bij de radio zitten onder de schemerlamp. Het was hem even te moede alsof hij nooit weg was geweest, alsof er nooit een oorlog had gewoed. Hij vroeg zich af hoe lang hij hier zou blijven. Hiemstra had gezegd dat het appartement maar zeer tijdelijk was en dat het niet lang zou duren voor hij weer weg zou kunnen, mét de pas en het geld. Veel geld. Het ging in elk geval om de brief, dat stond buiten kijf. De brief was belangrijk. Hij wist ook wel waarom, maar niet wat Hiemstra ermee aan wilde. Chantage, dacht hij. Nee, hóópte hij. Dus in feite wat hij nu zelf ging doen. Hoe dan ook, het moest iets van zeer groot belang zijn als ze hem hadden gehaald en zoveel geld in het vooruitzicht stelden. Ze. Natuurlijk: Hiemstra deed dit niet alleen, dat was wel duidelijk.

Hij stak door naar de Scheveningseweg. De straatverlichting was nu aan en er was meer verkeer, het meeste in de richting van Scheveningen. Wat later lag het Kurhaus badend in een zee van licht voor hem. Hoewel hij deze buurt goed kende aarzelde hij even, sloeg toen linksaf en zag even later het huis schuin voor zich. Een hoog huis met houten balkonnetjes op elk van de drie verdiepingen en een uivormig zinken torendakje haarscherp tegen de nu donkere lucht. Op de beletage achter de struiken in het kleine voortuintje brandde licht. Hij zette de fiets tegen een boom en huiverde even in de kille zeewind. De hoge ramen schuin voor hem waren afgeschermd met vitrages. Plotseling opgewonden herinnerde hij zich hoe ze samen in haar Amsterdamse huis ervan hadden genoten om met de gordijnen open te vrijen.

De wind voerde flarden muziek aan vanaf de terrassen op het Gevers Deynootplein. Hij wachtte bij de boom tot een man met een hond hem was gepasseerd en vroeg zich af wat zij zou zeggen als ze de deur opende. Ze zou waarschijnlijk niet geloven dat hij het was, niet alleen omdat hij er anders uitzag, maar vooral omdat ze natuurlijk al die jaren gedacht had dat hij dood was.

Hij liep het voortuintje in en nam de drie houten treden. Ook zonder te kijken wist hij dat de bel rechts van de deur zat, met eronder het kleine naambordje: L. Brandt-Putz.

Het duurde vrij lang voor hij haar voetstappen hoorde. Ook die herkende hij ogenblikkelijk.

Maar in de vrouw die hem in de deuropening verwonderd opnam zag hij aanvankelijk niets wat hem bekend voorkwam, zodat hij haar even verward aankeek. Hoewel hij er rekening mee had gehouden, oogde ze veel ouder dan hij had verwacht. Haar ogen, die hij wel eens begeesterd tegenover zijn kameraden had vergeleken met vijvers waarin je reddeloos verdronk, stonden moe en flets en haar destijds ravenzwarte haar vertoonde grijze strengen. Maar ze was het wel, zag hij nu. Hij produceerde een glimlach. 'Dag Leonie,' zei Julius Vogel. 'Mag ik binnenkomen?'

II

Het schuldgevoel kwam niet zozeer doordat hij tijdens de pinksterdagen niets met Hanneke ondernam, het was veel meer omdat hij eigenlijk blij was dat niet te hoeven. Ter vergoelijking hield hij zich voor veel aan haar te denken en zich zorgen te maken of ze het zou redden op het padvinderskamp. Ze was pas tien, kon je dan al vijf dagen van huis? Dat zou wel, als men zoiets voor meisjes van haar leeftijd organiseerde, maar helemaal gerust was hij er toch niet op. Hanneke was een eenling en een teruggetrokken meisje. Dat was juist de reden geweest om haar bij de kabouters te doen, maar de enkele keer dat hij een zaterdagmiddag was wezen kijken, had ze steevast alleen gezeten. Net als in de bus, waar hij haar al vroeg die ochtend heen had gebracht. Er waren een hoop ouders en kleine meisjes in beige rokjes en bloesjes met insignes, die allemaal druk schreeuwend en lachend meteen achter in de bus waren gekropen. Behalve Hanneke, die helemaal voorin was gaan zitten met *De Llano Estacado* opengeslagen op haar schoot, en die alleen heel even een handje had opgestoken toen ze weg waren gereden naar de kampeerboerderij in Elten.

Ze zou het wel redden, dacht hij. Welk meisje van tien pakte nu al haar eigen spullen in, en welk meisje van tien kon haar eigen strozak aan elkaar stikken? Dat kwam natuurlijk ook omdat hij totaal geen sjoege van naaien of naaimachines had, maar toch. Alles had ze keurig en ordelijk gepakt en steeds afgestreept op een lijstje. Het was vertederend maar ook een beetje eng, temeer daar ze hem zo ontzettend sterk aan Mirjam had doen denken. Of zouden alle moederloze meisjes met werkende vaders al zo vroeg zo eigengereid en zelfstandig zijn? Hoe het ook zij, het was goed voor haar om eens met een paar volwassenen en een hoop leeftijdsgenootjes vijf dagen weg te zijn, samen te koken, te spelen en te slapen. Ze kon in elk geval over Old Wabble vertellen! En als ze zich alleen zou voelen, dan wist hij nu al dat ze dat beter aan zou kunnen dan hij, want al meteen deze zaterdag had hij niet goed geweten wat te doen. Hij had de boodschappen gehaald en vervolgens de afwas gedaan van de vorige avond en de drie kamers gestofzuigd. Daarna had hij een bedlampje gerepareerd dat al tijden kapot was, thee gezet en de krant gelezen. Toen was het nog geen elf uur geweest en na enige aarzeling was hij op zijn fiets gestapt en alsnog naar het kantoortje aan de Nieuwe Uitleg gereden, terwijl hij zich onderweg had afgevraagd hoe het met zijn kleine meisje zou zijn.

Hij deed dat wel vaker, ook als ze thuis was, gewoon omdat hij niet goed wist hoe ze in elkaar stak of de dingen aanvoelde. Over het algemeen maakte ze een gelukkige indruk. Ze was weliswaar stil en teruggetrokken, maar ook opgewekt en behulpzaam. Op school was ze, afgezien van gymnastiek, een van de betere leerlingen, al had ze dan nauwelijks vriendinnetjes. De meeste kinderen verveelden haar al snel. Fabius vroeg zich dikwijls af of dat kwam door het gemis van haar moeder. Of kwam het omdat zijn werk hem maar weinig tijd vrij liet voor haar? En dan nog, omdat hij dan niet erg goed wist wat te doen? Zo verstandig als ze was voor haar leeftijd, echt praten met haar kon hij niet. En omdat ze geen moment liet blijken zich te vervelen of verdrietig te zijn, liet hij dat ook maar zo. Maar altijd bleef het vage gevoel knagen dat hij ergens tekortschoot. Hij had het er wel eens over gehad met Steensma's vrouw Anja, die Hanneke dat laatste oorlogsjaar had verzorgd. Anja had gezegd dat hij zich dat alleen maar inbeeldde, juist omdat hij er alleen voor stond, en dat er geen normaler kind dan Hanneke bestond. En zo zei zijn schoonmoeder het ook. Het klonk logisch, maar het nam toch zijn twijfels over haar en zichzelf niet weg.

Met de enkele andere kennissen die hij had, sprak hij er niet over. Hij was toch van nature al geen prater.

Dit waren de momenten waarop hij Mirjam meer dan ooit miste – ook nu nog, ruim anderhalf jaar na haar dood. Aan de andere kant, zo hield hij zichzelf voor: wie hem toen, eind augustus 1946, gezegd zou hebben dat hij nu een eigen huishouden zou runnen met Hanneke én een baan, zou hij niet hebben geloofd. Alleen Hanneke was de reden dat hij er zelf geen einde aan had gemaakt. Mirjam was alles geweest voor hem, vanaf zijn zes- en haar vijftiende, al verliefd toen ze samen op school zaten. Mirjam was joods. Ze had de oorlog overleefd maar een jaar later, drieëndertig jaar oud, overleed ze alsnog aan de gevolgen van de paratyfus die ze op haar laatste onderduikadres had opgelopen. Drie maanden lang had ze zich samen met twee andere vrouwen schuilgehouden in de kelder van een onbewoonbaar verklaarde woning, terwijl hijzelf op nog geen tien kilometer van haar af in het Westland zat, en Hanneke bij de Steensma's. De tyfusbacil was waarschijnlijk afkomstig van het water uit de oude leidingen.

Het bizarre was dat ze er maanden lang geen last van had gehad en zelfs sterker en gezonder was geweest dan voor de oorlog. Maar in twee maanden tijds was ze niet veel meer geweest dan een skelet, dat hij met één hand had kunnen optillen wanneer hij haar waste. Hij wist dat Hanneke dat beeld van haar in haar hoofd moest hebben, al had ze het zelden of nooit over Mirjam.

Anja Steensma had geopperd dat hij eens uit zou moeten kijken naar een andere vrouw. 'Ik weet het, Mirjam is onvervangbaar, Wouter. Je hoeft ook niet opnieuw te trouwen, maar het zou ook goed voor jou zijn als er een andere volwassene in je leven zou zijn.'

Wat ongetwijfeld waar was. Hij had het zelf gezien aan zijn

schoonvader toen diens vrouw, Mirjams moeder, kort voor de oorlog was overleden. Een jaar nadien was hij hertrouwd met een vroegere buurvrouw en op een verrassende manier bijna weer de oude, goedlachse man geworden die hij was geweest. Mirjam had het toegejuicht, en hij ook wel. Maar toen al had hij gezegd dat zelf nooit te kunnen als het hem zou overkomen. 'Wacht maar!' had ze spottend geantwoord. 'Ik weet dat je in je hart veel meer van blond houdt dan van zwart!'

Hij glimlachte wat wrang, ook al omdat dat een beetje waar was, al was het niet belangrijk. Hij ontsloot de deur van het kantoortje en raapte de post op. Omdat het Pinksteren was, had hij besloten ook Sonja vrijaf te geven, wat haar goed uitkwam met koorrepetities voor de komende feestdagen.

Binnen zag hij dat ze de vorige avond nog moest hebben doorgewerkt. Alle dossiers waren teruggezet in de kasten en de stapels papieren keurig gerangschikt. Ze had ook nog gestofzuigd en het keukentje aan kant gebracht. Naast een excellente assistente was Sonja ook nog eens een ordentelijke huisvrouw.

Huiverend schudde Fabius zijn hoofd en zette water op voor de koffie. Vast en zeker zou Sonja een schat van een vrouw zijn maar hij moest er niet aan denken met haar naar bed te gaan, zelfs al was de nood nog zo hoog. Waarom verkozen mannen toch altijd een mooie, aantrekkelijke vrouw boven een lieve en toegewijde, terwijl ze toch beter konden weten? Vrouwen hadden dat veel minder, dacht hij. Je zag soms de mooiste vrouwen getrouwd met onooglijke mannekes, en ze waren nog gelukkig ook.

Terwijl hij terugliep naar het kantoortje speelde de gedachte door zijn hoofd om Linda te bellen om met haar de avond door te brengen. Als ze tenminste geen dienst had. Linda de Klerk was een van de weinige politievrouwen, weduwe van een jongen die door de Duitsers was gefusilleerd wegens het gebruik van een geheime zender. Ze had zijn naam aangehouden en werkte op het hoofdbureau waar Fabius haar had ontmoet. Ook zij was nooit hertrouwd, niet zozeer uit piëteit voor haar overleden man, maar meer omdat ze aan haar werk bij de kinderpolitie verslingerd was en het niet op had willen geven. Ze was enkele jaren jonger dan hij, aantrekkelijk en blond en ze had, anders dan de meeste politiemensen, veel interesses.

Enkele maanden geleden was hij met haar naar bed geweest, een woeste, wilde vrijpartij van twee mensen die dat lichamelijk op dat moment nodig hadden gehad. Sindsdien zagen ze elkaar een paar keer per maand, wanneer Hanneke bij zijn schoonouders verbleef.

Fabius ging achter zijn bureau zitten en pakte de post.

Enkele enveloppen van Justitie met kopieën van dossiers waar hij om had gevraagd, maar die geen urgentie hadden. Een fiattering van een declaratie. Een verzoek van een advocaat om nadere gegevens ten behoeve van een cliënt die in het NSB-kamp Duindorp vastzat. En een bruine envelop van het ministerie van Oorlog, waarin hij het antwoord vermoedde op zijn vraag naar de naam Schulte, in verband met het lidmaatschap van de Germaanse SS of de Waffen-SS. Zijn eigen documentatie was redelijk up-to-date, maar niet helemaal en toen hij de naam Schulte door Sonja had laten natrekken, was die niet in hun bestand of dat van Justitie voorgekomen. Fabius vermoedde nog steeds dat de man een valse naam had gebruikt. Als hij tenminste een reeds gezochte oorlogsmisdadiger was. Niemand in de kennissenkring van de vermoorde priester had ooit van de naam Schulte gehoord. Toch, omdat hij niets anders had, had hij aan elk hoofdbureau van politie en aan de Binnenlandse Veiligheids Dienst inlichtingen verzocht met als enig detail dat de man in kwestie mogelijk een litteken of littekens had ten gevolge van brand. Het was natuurlijk uiterst mager, maar meer was er niet. Voorzover dat nog vastgesteld kon worden, vertoonden de scherven van het potje brandzalf niet dezelfde vingerafdrukken als op de hoorn van de telefoon of de crucifix, wat erop leek te wijzen dat de moordenaar de priester had gedood toen de laatste de zalf had gebracht. Wat was er gebeurd? Had de pastoor hem herkend? Dat was heel goed mogelijk, maar aan de andere kant was het wel verdomd toevallig dat Schulte net op dat uur een bekende zou zijn tegengekomen. Tenzij hij uit die streek afkomstig was. Maar waarom zou een voortvluchtige SS'er, waar Fabius voorlopig toch maar vanuit ging, vanuit Duitsland het risico nemen juist terug te gaan naar een plaats waar men hem kende?

Van de DKW was alleen bekend dat het om een F-7 uit de zogenoemde 'Meisterklasse' ging en dat het een Sedan moest zijn geweest. Hij had Sonja naar Bonn laten telegraferen om gegevens over elke mogelijke eigenaar en elke gestolen wagen van die soort, maar maakte zich daar gegeven de chaotische toestand in Duitsland geen illusies over.

Fabius wilde de bruine envelop al openen toen hij nog een andere brief eronder zag liggen: een kleine witte, met het stempel van de Rijksrecherche in Den Bosch. Hij ritste hem open en trok er een vel betypt papier uit, ondertekend door de hoofdinspecteur Janssen. De paar regels las hij tweemaal. Janssen meldde dat de vroege ochtend na de moord een treinkaartje enkele reis derde klasse naar Den Haag Staatsspoor aan het station in Cuijk was verkocht aan een man met sluik, lichtblond haar en een brandwond op de linkerwang. De man was ongeschoren en had er armoedig uitgezien. Hij had Nederlands gesproken en met een rijksdaalder betaald. De lokettiste was er niet zeker van hoe oud de man was, maar erg oud was hij niet. De trein was stipt op tijd om 06.23 vertrokken. De man had voor Den Haag tweemaal moeten overstappen, in Den Bosch en in Utrecht.

Fabius zat roerloos. Als hij niet onderweg was uitgestapt, was de man dus toch naar Den Haag gereisd. Alleen was hij niet naar het hotel gegaan – waar iemand anders voor hem had gereserveerd.

Een niet al te oude man met sluik, lichtblond haar en een brandwond van nu bijna drie weken oud: dat hielp niet erg veel in een stad met bijna 400.000 inwoners. Hij stond op om koffie te halen. Schulte was niet in het hotel op komen dagen. Maar hij was wel naar het Staatsspoor gereisd. Om de man die had gereserveerd daar te ontmoeten of opgepikt te worden? Dat was wel een aanwijzing, al besefte hij dat een man, zelfs met een brandwond, in de ochtend op een druk station allerminst zou opvallen.

Hij zocht in de atlas Noord-Brabant op. Cuijk lag niet ver van dat Sint Anthonis. Schulte had de afstand met gemak kunnen lopen om een eerste trein te halen. Staatsspoor. Hij zou daar naar zijn contact hebben kunnen bellen. En dan?

Hij opende de bruine envelop en zag in een oogopslag dat ze ook op 'Oorlog' de naam Schulte niet thuis konden brengen. Dat had hij ook niet verwacht. Wel kenden ze een Schuld, een Schulting en een Schultz. Schuld bleek veroordeeld en al voorjaar '47 vrijgelaten, waarna hij naar Amerika was geëmigreerd; Schulting was geboren in 1892 en zat vast in Amersfoort. Schultz was een vrouw, Gretha Magdalena Schultz. Zij was geen lid van de SS geweest, maar een ordinaire moffenhoer, die veroordeeld was omdat zij en haar zoon hier in Den Haag een joodse familie hadden verraden. Ze was in Duitsland geboren maar als sinds 1912 in Nederland. De zoon, Julius Vogel, genoemd naar zijn vader, was wel lid geweest van de Waffen-SS, maar in het voorjaar van '45 omgekomen in Fürchtenwald, ten oosten van Berlijn. Van Schuld en Schulting bestond een dossier, maar bij de naam 'Schultz' stond in de kantlijn met potlood gekrabbeld: 'Dossier onder beheer van Justitie.'

Dat was vreemd, dacht Fabius. 'Onder beheer' betekende niet-toegankelijk dan na toestemming van de minister. Het kwam slechts zelden voor. Wat was zo bijzonder aan een moffenhoer met een zoon die waarschijnlijk door de Russen was afgemaakt?

Schultz. Een zoon die zich naar zijn vader had genoemd. Gescheiden ouders dus. En de vrouw woonde in Den Haag. Hij aarzelde en trok toen in een impuls de telefoon naar zich toe. Hij draaide het bureaunummer van Dirk Steensma, in de hoop dat die geen vrije zaterdag aan het pinksterweekeinde had vastgeplakt.

Hij kreeg Steensma's secretaresse, die hem een ogenblik geduld vroeg. Fabius wachtte en dacht aan Schulte die ergens tegen het middaguur op het station was aangekomen. Als hij niet in Den Bosch of Utrecht de trein had verlaten.

'Wouter. Dirk. Wat dacht je? Jezelf voor de Pinksteren uit te nodigen?'

Fabius lachte. 'Nou?'

'Dan moet je mij niet hebben, beste kerel, je weet wie er de baas in huis is. Hanneke is natuurlijk al hoog en breed ter plekke?'

'I hope so. Dirk, ik zou iets over een beheerdossier willen weten.'

'Aha. Wat is het, jong? Ontdekt dat Van 't Sant geheime connecties met de Führer had?'

'Ja. Nee. Luister eens, ik ben benieuwd waarom een vrouwelijke collaborateur hier in Den Haag in jullie geheime bakken zit. Het heeft geen haast.'

'Zeg het maar.'

'Haar naam is Schultz. Dat schrijf je op z'n Duits want zo te zien komt ze daarvandaan. Dus met een "z". Voornamen Gretha Magdalena. Geboren op 8 augustus 1896 in Koblenz.'

'Ach doch!'

'Ze woont hier in de Franklinstraat nummer 3.'

‘En wat beweegt hoofdinspecteur Fabius?’

Fabius glimlachte, omdat hij dat eigenlijk zelf niet goed wist. ‘Wat ik zei. Ik vroeg me af waarom een ordinaire moffenhoer onder beheer zit.’

‘Ja, ja. Eh... luister, ik heb nu een gesprek, maar ik doe mijn best. Zit je gewoon tot één uur op kantoor?’

‘Ja.’

‘Goed. Dan bel ik tegen die tijd. En doe me een plezier en bel Anja, wil je? Ik hoorde haar iets zeggen over familiebezoek, en alles beter dan dat. Zelfs jij.’

Fabius grinnikte, hing op en keek even naar het gloednieuwe, glanzende toestel. Het oude had Sonja meegenomen, zodat ze nu zelf telefoon op haar kamers had.

Hij keek op zijn horloge. Het was bijna half twaalf. Buiten scheen de zon in het donkere water van het grachtje, hij vonkte in de koperen kan van de melkboer die aan de overkant melk uitschonk voor twee vrouwen.

Fabius kwam overeind, blies in het keukentje de oliepit onder de koffiepot uit en liep naar de voordeur.

Een kwartiertje later zat hij met betere koffie en een sprits in het zonnetje op het smalle, houten terras van het Staatsspoor, opnieuw turend naar de drukte in de Rijnstraat. Veel reizigers met bagage, gezinnen met fietsen die een trein naar de Veluwe of Limburg namen om daar bij familie de Pinksteren door te brengen. Omgekeerd was dat ook het geval, kon hij zien, want bij het Rijnhotel en de tegenoverliggende dependance stopten taxi’s, waar mensen met koffers uitstapten en door het personeel werden geholpen.

Wat had Schulte hier die ochtend gedaan? Het contact was via het hotel gegaan. Bang dat de politie op dat moment al zou hebben geweten van zijn telefoontje uit de pastorie had hij niet hoeven zijn, maar toch had hij blijkbaar niet het risico willen lopen om later door het personeel herkend te worden. Hij had ook kunnen beredeneren dat de lokettiste in Cuijk zich hem zou herinneren: ongeschoren, een brandwond, armoedig gekleed. Was hij hier in Den Haag opgewacht door de ander?

Fabius zat stil, het kopje aan zijn lippen. Schuin tegenover hem stak een roodwit beschilderde stok met een vergulde knop schuin vooruit naast een spiegelende etalageruit, waarop in sierlijk witte krulletters stond geschilderd: 'Stationskapper.'

Een man die een nacht heeft gelopen, waarschijnlijk doodmoe. Hij had wel geld gehad. Fabius legde de twee kwartjes neer en stak tussen twee trams over.

In de kapperszaak werd een klant geknipt, een ander loste een kruiswoordpuzzel op in *De Uitkijk*. Het rook er naar haarlotion. De kapper was een jongen van een jaar of achttien die hem vriendelijk toeknikte. 'Goedemorgen meneer.'

Fabius knikte. 'Ik zou graag met de eigenaar willen spreken.'

De jongen fronste. 'Meneer Schmalen zit als het goed is hiertegenover in het Rijnhotel, aan de koffie.'

'Schmalen?'

'U herkent hem zo. Hij mist een oor.'

'Freddie hier heeft op hem geoefend,' grijnsde de man in de stoel.

Fabius glimlachte, bedankte en stak weer over.

Er zat nu een andere receptioniste in de lobby van het hotel, die verwoed bezig was de gasten in te schrijven. Fabius liep naar de gelagkamer en zag een man aan het raam een sigaar roken. Hij was kaal en op de plaats waar zijn linkeroor had gezeten, liep een lang rood litteken. Toch aarzelde hij even. 'Meneer Schmalen?'

De kapper keek vragend op. Fabius liet hem de kaart van Justitie zien met zijn pasfoto erop, in rood het stempel 'Bijzonder Opsporingsambtenaar'.

De kapper schrok zichtbaar. 'Wat is er gebeurd?'

'Niks met u van doen. Ik heb alleen maar een vraag. We zijn op zoek naar een man die drie weken geleden hier op het Staatsspoor is geweest.'

Fabius ging tegenover de man zitten, zich verbazend hoe een kapper zo kaal kon zijn.

'Bent u elke dag in uw zaak?'

'Jawel.'

'De man die wij zoeken is niet al te oud. Het kan zijn dat hij zich heeft laten scheren of knippen omdat hij lang onderweg was. Mogelijk had hij een of meerdere brandwonden.'

Schmalens kleine, omwalde ogen lichtten op. 'Een man met sluik en opgekleurd blond haar?'

Fabius zweeg even overrompeld. 'Ja!' zei hij toen. 'Heeft u hem gezien?'

'Ik heb hem geschoren, zoals u zegt.' De kapper grinnikte en trok aan zijn sigaar. 'Ik had net zo goed de stofzuiger d'rop kunnen zetten, want als je dat een baard noemt! Klopt, hij had een gemene brandwond op z'n wang, pal onder z'n oog en ik zei nog tegen hem dat hij er beter mee naar een dokter kon gaan. Wat is er met hem?'

Fabius voelde de opwinding in z'n keel. Hij trok zijn blocnote en vulpen tevoorschijn. 'Kunt u hem verder beschrijven?'

'Wat ik zeg. Hij kleurde zijn haar en wenkbrauwen met waterstofperoxide. Zoals acteurs wel doen. Die knip ik wel meer. Volgens mij was hij ook van de verkeerde kant, hoewel hij daar niet naar gekleed ging.'

'Hoe was dat dan?'

De kapper kneep een oog dicht. 'Ik weet alleen nog dat het maar een armoedig kloffie was en het stonk ook. Maar hij had wel geld.'

Fabius zweeg gespannen.

'Hij vroeg tot hoe laat de winkels in de stad open bleven, dus hij zal zich wel in het nieuw hebben willen steken.'

'Hoe oud schatte u hem?'

'Nou...' Het andere oog werd nu ook samengeknepen. 'Wat zal ik zeggen? Ergens tussen de dertig en de veertig. Hij zei niet veel. O ja.'

'Wat?'

'Hij wilde per se in de stoel naar de straatkant zitten, en ik moest hem telkens zeggen dat hij stil moest zitten... Schichtig, weet u wel.'

Fabius keek langs de kapper uit het raam. Schuin ertegenover zag hij de kapperszaak. Het leek erop dat Schulte het hotel in de gaten had willen houden.

'En toen?'

De kapper schudde zijn hoofd. 'Niks. Hij ging weg. Het was druk. Bovendien heb ik het persoonlijk niet op de verkeerde kant.' Hij grinnikte weer . 'Wat heeft ie op zijn kerfstok?'

'Heeft u gezien of hij naar dit hotel ging?'

'Nee. Dat zou me zijn opgevallen. Wat ik zei: hij zal wel naar de stad zijn gegaan. Wat heeft ie gedaan?'

'Waarschijnlijk heeft hij iemand vermoord.'

De kapper maakte een grimas. 'Dat hoor je wel eens hè, dat ze mekaar om zeep helpen! Dan maar liever gewoon getrouwd, zeg ik altijd maar. Hier in Den Haag?'

'Nee. Is u niets anders opgevallen? Neus, ogen? '

'Nee, ik geloof het niet. Ik knip.'

'Sprak de man gewoon Nederlands?'

De kapper knikte verbaasd.

'Geen accent?'

'Accent?'

'Een Duits accent bijvoorbeeld?'

'Jezus! Was het een mof soms? Heeft het met de oorlog te maken?'

Fabius kwam overeind en stak het blocnote weg. 'Mag ik u vriendelijk bedanken? U heeft me erg geholpen.'

Toen hij buiten kwam, zag hij de kapper nog verbluft naar hem kijken. Hij stak weer over, passeerde de kapperszaak en bleef staan op de hoek van de Herengracht. Schulte was hier drie weken geleden geweest. Hij had gewacht en zich in de tussentijd blijkbaar laten scheren. Daarna was hij vermoedelijk de stad ingegaan. Wat? Een signalement viel niet te maken op basis van wat hij nu wist, maar de brandwond kon anderen evengoed zijn opgevallen als de kapper. Maandag zou hij meteen bijstand vragen aan de politie. Hij vloekte zachtjes: dat was tweede pinksterdag. Dinsdag dus. Maar wat dan nog? Hooguit zou hij bevestigd krijgen dat Schulte kleren had gekocht. Dat kon helpen, maar inmiddels waren er al drie weken voorbij. De kapper was een toevalstreffer geweest, een man die beroepshalve op haar en uiterlijk lette, maar de vraag was of een winkelbediende zich na al die tijd nog zou kunnen herinneren aan wie hij wát verkocht had. Als die Schulte hier sowieso nog was.

Hij had geld bij zich gehad. Nederlands geld. Bij de priester was niets ontvreemd, dus moest hij dat al bij zich hebben gehad. De DKW was niet lang tevoren de grens gepasseerd en al zou er daar een wisselkantoor zijn geweest – wat niet zo was – dan was het toen allang gesloten. Nederlandse valuta waren heel moeilijk te krijgen in Duitsland, en in ieder geval moest je je daar uitgebreid voor identificeren. En oud geld van tijdens de oorlog kon het niet meer zijn, nu met de nieuwe bankbiljetten van Lieftinck. Het lag dus voor de hand dat de man eerder in Nederland was geweest. Of had iemand anders het hem gegeven? De beschaafde, gladgeschoren man die eerder ook in het hotel was gesignaleerd?

Gefrustreerd wandelde Fabius terug naar de Nieuwe Uitleg. Hij had niet eens genoeg gegevens om een tekening te laten maken en die aan winkeliers, taxichauffeurs en tramconducteurs te tonen. Hij zou hoe dan ook navraag laten doen, maar eigenlijk wist hij al hoe vruchteloos dat zou zijn.

Een ss'er. Als dat zo was. Ergens ondergedoken, zoals zijn slachtoffers nog geen vier jaar eerder. Zoals Mirjam en hij. Alleen waren er nu schuilplaatsen zat.

Op het moment dat hij somber zijn kantoortje binnenging, rinkelde de telefoon. Even was hij in de war omdat hij het geluid ervan nog niet herkende.

'Fabius!'

'Wouter, Dirk hier.'

'Zo, dat is snel!'

'Ja. En dat heeft alles met dat beheerdossier van doen. Weet je er werkelijk niets van?'

'Wat? Nee.' Hij staarde naar de foto van Mirjam en de kleine Hanneke op zijn bureau. Wat bedoelde Dirk?

'*Bon.* Luister, het is nu even over twaalf. Doe me een lol en kom hiernaartoe, wil je? Je kent de weg.'

Steensma hing op. Verwonderd liep Fabius de gang weer in, naar de voordeur. Wat was er met dat dossier? Een opwinding maakte zich van hem meester terwijl hij het grachtje nu snel de andere kant afliep. Kon het te maken hebben met de man die hij zocht? Schulte afgeleid van Schultz? Was het zo simpel? Het was vergezocht, maar aan de andere kant leerde de ervaring dat de meesten een valse naam kozen die dichtbij de oorspronkelijke lag zodat ze zichzelf niet zouden vergissen. Maar waarom een beheerdossier van een vrouw die met moffen had geheuld?

Hij stak door naar het Herenstraatje, langs de nachtclubs in de richting van het Plein, waar Justitie was gevestigd. Vanuit de vitrines namen schaars geklede stripteasedanseressen hem breed lachend op, hun gestifte monden vol beloften, de gleuf tussen hun borsten afgeplakt met zwarte tape – wat juist daarom des te suggestiever was. Hij dacht weer even aan Linda en de avond dat ze voor het eerst hadden gevreeën. Hij had op het punt gestaan naar huis te gaan. Aan de deurknop aan de binnenkant van de wc had ze een zwart kanten beha gehangen.

'Ach, je hebt hem gevonden! Wat lief van je.'

Hij grinnikte hoofdschuddend en besloot haar te bellen zodra hij thuis was.

Tegenover hem tekende het fraaie negentiende-eeuwse bouwwerk van Justitie zich af tegen een strakblauwe hemel, erachter net nog zichtbaar een stukje van het Binnenhof. Boven de enorme gebeeldhouwde deur hing de Nederlandse driekleur. Fabius herinnerde zich nog als de dag van gisteren de lange baan met de Swastika. Pinksteren: dat was het ook al bijna geweest toen de moffen waren binnengevallen: een bloedwarme Pinksteren. Waarom had Dirk zo geagiteerd geklonken?

Hij liet zijn kaart aan de portier in de loge zien en liep door, het schemerige gebouw in. Dirk Steensma zetelde als alle topambtenaren op de vierde en hoogste etage, een riante werkkamer met een prachtig uitzicht op het pal erachter gelegen Binnenhof.

'Koffie?'

'Graag.'

Steensma liep naar de open tussendeur, die toegang gaf tot de kamer van zijn secretaresse. 'Astrid, een koffie graag.'

Hij sloot de deur meteen en liep terug naar zijn bureau waarop Fabius naast de telefoon het typerend gemarmerde dossier van 'Beheer' zag liggen. Eronder lag een donkergroene kantoormap.

Fabius ging zitten en wachtte tot Steensma zijn pijp uit zijn tabakszak had gevuld en aanstak. De secretaresse kwam binnen met de koffie, groette zwijgend en verdween weer.

'Oké, Wouter, jij eerst. Waarom?'

Hij vertelde over de moord op de priester en de lugubere letters in bloed, de uitgebrande DKW, de brandwond, het telefoontje en de man die de kamer voor een zekere Schulte had gereserveerd, waar geen gebruik van was gemaakt. En ten slotte over de kapper. Zo nauwgezet en gedetailleerd mogelijk, alsof hij eigenlijk niet aan Steensma maar aan zichzelf rapport uitbracht, in de hoop op die manier een nieuw aanknopingspunt te vinden.

Steensma luisterde zwijgend, het enige teken van leven was de wolk rook die af en toe tussen zijn lippen ontsnapte.

Ten slotte zei Fabius: 'Dat is het.'

'En je denkt niet dat Schulte zijn echte naam is?'

'Nee.'

Steensma pufte de rook in wolkjes voor zich uit, knikte en sloeg toen het gemarmerde dossier open. Fabius zag een stapel geponste vellen, bijeengehouden door een metalen klem. Bovenop waren er twee pasfoto's met paperclips aan gehecht waarop hij het gezicht van een blonde vrouw kon onderscheiden. Steensma zette zijn leesbril op. In dat gebaar deed hij Fabius denken aan de jongere Churchill: hetzelfde ronde, kalende hoofd, de vlezige wangen, het hoge voorhoofd en de tuitmond onder de knopneus waarop de bril steeds langzaam afschoof. Niet voor niets had hij Steensma in het verzet de codenaam 'Winston' gegeven. Steensma op zijn beurt had Fabius 'Fred' genoemd, omdat hij wel iets weghad van de acteur Fred Astaire.

'Mevrouw Gretha Magdalena Schultz. Geboren in 1896 zoals je zei, in Koblenz. Eenvoudig milieu, vader gesneuveld aan de Somme maar toen zat zij al hier in Den Haag, waar ze in 1912 een verblijfsvergunning van het hoofdbureau kreeg om een dienstje te nemen bij een familie Patijn in de Surinamestraat. Enfin, niet belangrijk, maar wel dat ze dat niet lang bleef doen, omdat ze in 1916 al danste in de Apendans.' Steensma keek even guitig boven de brilleglazen. 'Zo kun je het ook noemen.'

Fabius glimlachte verrast. De Apendans was een zijstraatje van het Herenstraatje dat hij zo-even was gepasseerd en dat minstens even berucht was om zijn obscure uitgaansgelegenheden, maar hij had niet geweten dat dat ook toen al zo was geweest. Werkte Gretha Schultz toen in een danshuis, een nachtclub, wie weet een bordeel...?

'Een jaar later treedt ze onder haar eigen naam op in revues in het Scala hier aan de Wagenstraat. Wat je noemt dus een promotie, al zullen het wel rijkelijk gedecolleteerde stukken zijn geweest, want ik herinner me dat mijn vader ons verbood daarheen te gaan.' Steensma grinnikte en trok aan zijn pijp. 'Enfin, nu komt ie, mijn beste Wouter, want Gretha had een bewonderaar in die dagen en niet zozeer om haar prestaties op de planken als wel tussen de lakens. Zijn naam is Hendrik van Mecklenburg.' Hij tastte naar de lucifers. 'Ons aller Heintje dus.'

'Zo!' zei Fabius.

'Ja,' zei Steensma. 'Heintje lustte er wel pap van, dat zal je bekend zijn. En van beide kanten, dat zul jij ook wel weten. Maar ja, wat wil je ook als echtgenoot van Willemien.' Hij pufte rook uit, zodat zijn ronde gezicht even achter rookwolken schuilging. 'Je weet ook dat er twee onbevlekte ontvangenissen in de historie zijn? Jezus en Juliana.'

Fabius glimlachte, toch wat verward. Een minnares van prins Hendrik, die later de hoer had uitgehangen naar de moffen!

'En niet alleen minnares,' zei Steensma en sloeg een pagina om, 'maar ook nog eens moeder van een van zijn bastaarden, want ze beviel in '18 van een zoon, Julius, voor wie Hendrik de kosten op zich nam. Althans, zo staat het hier wat bedekter. Ik geloof dat Heintje toen en later er nog zo'n tiental bij heeft gefokt, in elk geval weet ik van een zekere Mien, bij wie hij er zeker drie kreeg. Hoe die dat allemaal heeft kunnen bekostigen, is ook een van die koninklijke raadsels. Wilhelmina zal het niet geweten hebben en zoals je weet moest ie zowat op z'n knieën wilde hij een stuiver krijgen om tabak te kunnen kopen... Enfin.' Hij las weer even. 'Gretha woonde met dat kind eerst in de

De Ruyterstraat, maar na Hendriks dood in '34 was het duidelijk afgelopen, ook met dat Scala en de revues. Bijna veertig ook, dus tja... Even zien... Vanaf '35 woonde ze met haar zoon aan de Nieuwe Haven. Nou, dan weet je het wel.'

Fabius luisterde gefascineerd, terwijl hij door het raam naar enkele dagjesmensen beneden op het stille Binnenhof keek.

'Ze ging werken in een fabriekje waar ze lampenkappen maakten, eigendom van een zekere Abraham Cohen, die aan de Bierkade woonde. Cohen werd met zijn gezin, vrouw plus drie dochters maart '43 afgevoerd naar kamp Westerbork en vervolgens naar Auschwitz, en jij mag raden waar Gretha Schultz vanaf dat moment woonde.'

Fabius knikte alleen maar. Het was het bekende verhaal.

'Maar dat was niet alles. Mevrouw was al of werd opnieuw, dat is niet duidelijk, minnares en weer van een Duitser, de geachte Obersturmführer Karl-Heinz Schönfeld, die "Verwalter" werd van Cohens fabriekje. Haar zoon was toen trouwens ook acteur. Hij speelde kleine rollen bij Bouber, die bij de "Kulturkammer" zat.'

'Acteur?'

'Dat staat hier. Zal wel via mamma zijn gegaan.'

Steensma keek weer in het dossier. Fabius zat roerloos.

'Goed, Gretha werd al eind mei '45 gepakt.' Hij schudde zijn hoofd en pakte een fiks aantal pagina's tussen duim en wijsvinger. 'Dit zijn brieven die ze vanuit de gevangenis aan Wilhelmina schreef. Je begrijpt het natuurlijk. Ze wilde dat Wilhelmina haar vrij zou laten vanwege haar relatie met Hendrik. Eerst soebatten, dan dreigen. Ik geloof niet dat er één brief ook werkelijk bij Het Loo in de bus is gegooid. Je moet maar durven. Nou ja, toch kwam ze wel vrij... eens even kijken...'

'Sorry,' zei Fabius. 'Die zoon. Die Julius. Hoe noemde hij zichzelf ook alweer?'

Steensma bladerde terug: 'Vogel. Julius Vogel. Genoemd naar

een vent met wie die Gretha omging toen Hendrik nog in het spel was. Waarschijnlijk kreeg die man er geld voor om die jongen wettelijk te erkennen.'

'Weet je wat zijn seksuele geaardheid was?'

Steensma keek verrast op. 'Waarom vraag je dat?'

'Ik wil het graag weten.'

De helblauwe oogjes knepen zich samen achter de brillenglazen: 'Is de man die jij zoekt van de verkante keer?'

'Het kan.'

Steensma schudde zijn hoofd, maar hij legde het dossier opzij en sloeg de donkergroene map open. Zijn pijp was gedoofd, maar hij scheen niet te merken. Snel las hij de enkele aan elkaar geniete pagina's.

'Godverdomme,' zei hij toen zachtjes.

'Wat?'

Steensma grinnikte ongelovig. 'Aardje naar zijn vaartje. Net als Hendrik van twee kanten. Lees zelf maar, dan kan ik even naar de wc. Hij is trouwens wel dood, hoor, die jonge Vogel, dus wat dat betreft, zit jij helaas ook verkeerd! Wil je nog koffie?'

Hij grijnsde en beende de kamer door naar de tussendeur en verdween erachter.

Fabius zat even stil. Ergens van achter het Binnenhof klonk het getingel van een tram. Hoog tegen de blauwe hemel weerkaatste de zon op een vliegtuig. Een acteur. De kapper die van het gebleekte haar had gezegd dat acteurs dat wel deden. Of homoseksuelen.

Of voortvluchtige ss'ers! dacht Fabius grimmig, die hun uiterlijk wilden veranderen. Even flitste de gedachte door hem heen dat de moord op Thijssen misschien te maken had met homoseksualiteit, maar verwierp dat meteen weer. Het klopte niet met de man die de hotelkamer al eerder had gereserveerd.

Hij pakte de map. Ook hier zaten aan de eerste pagina twee

fotootjes met paperclips bevestigd van Julius Vogel. Een en face, een en profil. Beide gemaakt in '41. Vogel was toen 23 jaar oud geweest. Een magere jongeman met wat lang, donker haar en felle ogen onder dunne, half gebogen wenkbrauwen. Een rechte neus en een brede mond boven een wat vooruitstekende kin. Geen bijzonder opvallend gezicht, vond Fabius. Hij probeerde het zich voor te stellen met gebleekt haar en wenkbrauwen.

De secretaresse bracht hem koffie in een nieuw kopje en zei dat Steensma even was weggeroepen maar zo weer terug zou komen. Fabius las verder. Julius Vogel had tot het voorjaar van '43 bij het gezelschap van Herman Bouber gespeeld. Toen was hij in contact gekomen met een zekere dr. Joachim Bergfeld, een man van wie Fabius nooit had gehoord maar die blijkbaar namens Seyss-Inquart de scepter had gezwaaid over het collaborerende Nederlandse culturele wereldje. Via deze Bergfeld had Vogel kennisgemaakt met een SS-Gruppenführer Arthur Müller, die hem uitgenodigd had om in Duitsland te komen spelen, wat Vogel, die tweetalig was, ook had gedaan. In juni '43 was hij naar Duitsland afgereisd met de rang van 'Rottenführer' in de Waffen-SS, een lage functie in de hiërarchie en natuurlijk de Waffen-SS omdat hij Nederlander was. Ondanks, dacht Fabius cynisch, twee van origine Duitse ouders al was dat vaderschap dan geheim. Gruppenführer Müller was een notoire homoseksueel, met wie Vogel intieme banden had. Hij woonde bij Müller in het plaatsje Fürchtenwald ten zuidoosten van Berlijn en had daar ook theater gespeeld. Maar voornamelijk speelde hij rollen in films waar Fabius nooit van had gehoord, maar die getuige de titels vooral de glorie van het Deutsche Reich en zijn Führer als onderwerp hadden. Fürchtenwald was door de Russische troepen op 12 april 1945 ingenomen, waarbij ruim een kwart van de inwoners om het leven was gekomen. Aangenomen werd dat een klein SS-contingent, onder wie Arthur

Müller zelf en Julius Vogel, collectief zelfmoord had gepleegd door Müllers villa op te blazen voor de Sovjets er binnen konden dringen.

De stoffelijke resten of wat daarvan over was, waren als te doen gebruikelijk door de Russen in een massagraf gegooid. Ook dat van Waffen SS-Rottenführer Julius Vogel.

Fabius haalde zijn blocnote tevoorschijn. Hij bladerde terug in de map. Vogel had in de tijd dat Hendrik zijn moeder nog betaalde, het gereputeerde Haganum-gymnasium bezocht, waar hij een klas had gedoubleerd. Toen Hendrik stierf in '34 was de jongen zestien jaar oud, naar de Dalton-HBS gegaan wat, dacht Fabius, niet alleen met zijn leerprestaties maar natuurlijk ook met de financiën te maken had gehad. Toch moest Gretha Schultz er alles aan hebben gelegen haar zoon de school af te laten maken, want in '37 had hij het eindexamen HBS-A gehaald. Vervolgens had hij toelatingsexamen gedaan aan de Amsterdamse toneelschool, waar hij was afgewezen. Hij woonde toen nog bij zijn moeder aan de Nieuwe Haven. In het voorjaar van '38 had hij een baantje als assistent van de toneelmeester van het Scala-theater en niet veel later speelde hij er een eerste rolletje in een stuk *Het kind van de buurvrouw*.

Vogel had een strafblad met een aantekening. Hij was in '36, toen hij achttien jaar was, veroordeeld tot drie maanden voorwaardelijk en een boete van *f* 25,– wegens tegennatuurlijke handelingen met een zekere Jacob Carelse.

Fabius schreef ook die naam op. Hij fronste verbaasd toen hij wat verderop las dat Vogel bij het uitbreken van de oorlog samen had gewoond met een actrice Leonie Reina in Amsterdam. Inderdaad dus, zoals Steensma had gezegd, een aardje naar zijn vaartje. De naam Reina bleek een pseudoniem want een regel eronder werd de vrouw Leonie Brandt-Putz genoemd. Die naam zei hem iets, al kon hij niet thuisbrengen wat. Dat hij die kende uit de theaterwereld leek hem sterk; net als met de meeste romans verveelde hij zich snel bij toneel en hij kon zich de dag niet heugen dat hij een voorstelling had gezien, laat staan dat hij zich een acteur of actrice zou herinneren. Toch kende hij die naam. Iets met de oorlog?

'Dat was Anja,' zei Steensma die door de tussendeur binnenkwam. 'Ze is inkopen aan het doen voor de Pinksteren en ze laat je groeten. Je bent morgen van harte welkom. Ze rekent erop dat je blijft eten.' Hij zag het blocnote en stak spottend een wijsvinger op. 'Je weet dat je geen gegevens uit een beheersdossier mag gebruiken, hè?'

'I know,' zei Fabius. 'Dirk, zegt de naam Leonie Brandt je iets?' Hij wees er met zijn vinger naar. 'Leonie Brandt-Putz om precies te zijn?'

Steensma fronste verrast. 'Jazeker,' zei hij. 'Zeker wel. Een hele goeie. Een meid die door de moffen gearresteerd werd en naar de hel van Ravensbrück werd getransporteerd.'

'Verdomd,' zei Fabius want hij wist het weer. 'Ze is toch zelf een Duitse? Putz, dat moet wel.'

'Is ook zo. Ze was toch actrice voor de oorlog?'

'Ja. Ze noemde zich toen Reina, Leonie Reina.'

Steensma knikte. 'Ik heb haar nog wel eens zien spelen. Ik geloof dat ze hier al heel lang was...' Hij fronste even. 'Ik denk dezelfde tijd als die Gretha Schultz. Nou, dat was andere koek daar in Ravensbrück, Leonie Brandt was een van de weinigen die het na kan vertellen.' Hij ging zitten en begon zijn pijp leeg te krabben. 'Ze werkte trouwens in onze branche, beste jongen.'

'O ja?' zei Fabius verrast.

'Jawel. Voor Einthovens Bureau van Nationale Veiligheid. Je weet dat hij niet zo dol is op vrouwen...' Steensma keek even op en knipoogde. 'In het werk dan. Chantage, verliefd, dat soort flauwekul, maar met haar was hij zeer in zijn nopjes. Hij heeft haar eruit gelazerd na die affaire met Salters, hoewel ze daar niks mee te maken had. Ze had geloof ik een relatie gehad met Salters. Als ik me goed herinner, was ze bij dat BNV nogal voor zichzelf bezig. Maar ja, wie niet toen? En wat heeft dat met jouw voortvluchtige moordenaar van doen?'

12

Een week na de receptie in het Paleis op de Dam belde Sem haar over de foto's.

'Neel, Sem. Luister eens lieverd, eindelijk heb ik die verdomde afdrukken dus ik stuur ze nu op. Als je dan wat tekstjes erbij kunt maken voor de komende week, ben ik je dankbaar.'

'Oké. Zeg Sem, heb je nog gedacht aan die man naar wie ik je vroeg?'

'Welke man lieverd?'

Ze glimlachte. Sem was al aangeschoten geweest voor ze in Polen aan tafel waren gegaan.

'Een blonde jonge man in een licht zomerkostuum.'

'O. Ja. Nee.' Sem lachte schor. 'Wat is het, Neel? Heeft hij geld of krijg je het nog van hem?'

'En die man in smoking en met een sjerp rond zijn middel?'

'Wat?'

Ze herhaalde de vraag maar dacht eigenlijk dat hij het antwoord schuldig zou blijven. Het was trouwens ook niet meer belangrijk.

'O. Ja. Die wel. Gek trouwens dat je 'm niet kent, want het is een schrijvende collega van jullie.'

'Een collega?' Neel was verbaasd.

'Nou ja, zoiets. Wacht even, ik heb z'n naam ergens opgeschreven... Ja. Vent heet Van Maaswijk. Gerrie van Maaswijk en hij is hoofdredacteur van de *Gun Pen*, een geïllustreerd weekblaadje voor onze jongens.'

'Onze jongens?'

'De strijdkrachten, lieverd. Nou ja, wat er nog aan rondloopt hier, want het zal wel niet in Indië worden bezorgd. Waar had je die man nou ook alweer voor nodig?'

'Wat? Niks. Ik dacht dat ik hem uit Engeland kende, maar het zegt me niks. Nou ja, in elk geval bedankt.'

'Oké. En sorry dat het zo lang duurde, maar het is nog steeds hetzelfde gelazer om aan een beetje christelijk fotopapier te komen. Christelijk, snap je wel!' Hij lachte weer. 'Wil je ze thuis of daar?'

'Doe maar hier. Ik bel je wel als ik zover ben.'

'Ai ai. Doe die mooie collega van je mijn hartelijke groeten.'

Ze hing op en staarde naar de naam op de blocnote. Gerrie van Maaswijk. Nooit van gehoord. Hoofdredacteur van een blaadje voor soldaten. Wat deed zo'n man in smoking in het paleis? Wat had hij te maken met de blonde man die haar perskaart had gepikt? Want daar twijfelde ze eigenlijk niet aan: hij moest de kaart uit haar tas in de fietstas hebben gepikt toen ze hulp was gaan zoeken, toen op de Veluwe.

Ze dacht al te weten wie en wat hij was. Geen vogelaar, maar een lijfwacht of een man die bij de beveiliging van het hof werkte en daar bij dat landgoed op de uitkijk naar pottenkijkers had gestaan. Dat leek haar het meest logisch, gezien die hofauto. Daarom had hij niet gezegd wie hij in werkelijkheid was. En net zo vanzelfsprekend was het geweest dat hij had willen weten wie zij was. Hij zou wel opgekeken hebben toen hij de perskaart had gevonden. Wat had hij gedacht? Dat ze met opzet de Solex had neergezet, een nieuwsgierige verslaggeefster? Maar nieuwsgierig naar wat dan? En al zou hij haar hebben geloofd, dan was het trouwens natuurlijk wel erg toevallig dat zij dan ook weer net op die receptie was.

Allemaal logisch. Alleen, wat was er dan zo bijzonder geweest aan die receptie? En waarom waren hij en die Van Maaswijk dan zo schielijk naar buiten verdwenen door een zij-ingang?

Ze stond op vanachter haar bureau en liep naar Joe's kamer, waarvan de deur als gewoonlijk openstond. In tegenstelling tot

10 JAAR
CARGO
CARGO VIERT FEEST!
Acht absolute bestsellers voor € 10,-.
Gratis exclusieve thriller van Karin Slaughter
bij aankoop van twee actietitels
Elizabeth Gilbert
ETEN BIDDEN BEMINNEN
CATHERINE HALL
GRACE
James PATTERSON
Bikini
ELIZABETH GILBERT
Toewijding
MONALDI & SORTI
IMPRIMATUR
LARS KEPLER
HYPNOSE
WILLEM ASMAN
WONDERMANS EINDSPEL
DONNA LEON
GEZICHTSVERLIES
JO NESBØ
De roodborst
KARIN SLAUGHTER
Versplinterd
ALICE SEBOLD
DE WIJDE HEMEL
PATRICIA VAN MIERLO
DE NAMEN VAN MARIA
PETER TEMPLE
DE KWADE DAG
KARIN SLAUGHTER
VERBROKEN
KARIN SLAUGHTER
Genesis
GEEST
ROBERT HARRIS
ANITA TERPSTRA
MICHAEL ROBOTHAM
GEBROKEN
JUSTIN CRONIN
DE OVERSTEEK
ANNE HOLT
TESS CALLAHAN
April & Oliver
PETER DE ZWAAN
VOORTVLUCHTIG
JULIE BUXBAUM
Na jou
JASON GOODWIN
DE KAART VAN BELLINI
DAVID PEACE
BEZETTE STAD
Lori Lansens
De zusjes
VALS
10/25

Gratis exclusieve thriller van Karin Slaughter bij aankoop van twee actietitels!
KARIN SLAUGHTER
ONGEZIEN
10 JAAR CARGO
JAMES PATTERSON & LIZA MARKLUND
PARTNERRUIL
De grote bestseller, nu verfilmd
ELIZABETH GILBERT
ETEN, BIDDEN, BEMINNEN
MICHAEL ROBOTHAM
DE VERDENKING
TOMAS ROSS
Omwille van de troon
GRATIS NIEUWE SLAUGHTER
10,-
BIJ AANKOOP VAN TWEE ACTIETITELS
JO NESBØ
De sneeuwman
Paolo Giordano
De eenzaamheid van de priemgetallen
KARIN SLAUGHTER
Genesis
RUPERT ISAACSON
De PAARDEN JONGEN
Meer informatie: www.uitgeverijcargo.nl
10/25

bijna elke minuut van de dag zat hij nu eens niet aan de telefoon, maar rammelde met tien dikke vingers over het toetsenbord van z'n Royal alsof hij hem stuk wilde hebben. Links en rechts van de schrijfmachine stonden vier asbakken en in alle vier lagen peuken, plus een tussen Joe's lippen, die onophoudelijk bewogen op het ritme van het geratel. Op de rug van zijn overhemd naar haar toe vormde zich een grillige donkere plek van zijn transpiratie en z'n kalende hoofd glom van het zweet. Tegen de muur boven zijn bureau hing een foto van hemzelf tussen Patton en Eisenhower ergens op Utah Beach, Normandië, juni '44.

'Joe?'

'Yes honey?'

Hij tikte gewoon door terwijl hij opkeek.

'Sorry, maar ken jij een zekere Van Maaswijk? Gerrie van Maaswijk?'

De machine rinkelde en de wagen werd met een klap naar rechts geslagen.

'Sure. A sucker.'

Hij tikte nog een regel en draaide toen rond op zijn pianokruk. Zijn lichtblauwe ogen namen haar onderzoekend op. 'Why?'

'Niks bijzonders. Ik doe wat tekstjes voor foto's van Sem van Houten en daar staat hij op. De jaarlijkse receptie voor diplomaten op de Dam.'

'Hij is ook niks bijzonders. Hij doet een of ander blad voor soldaten.'

'Weet ik. De *Gun Pen.*'

'That's it. Blaadje van Bernhard.'

'Van Bernhard? Prins Bernhard?'

Joe knikte en propte de peuk in een walmende asbak.

'Daar heeft hij het van. Een van Bernhards tienduizend goeie vrienden. Ik geloof dat hij kapitein was in het Nederlandse leger tijdens de oorlog. Wel goed, maar een slijmbal. Nou ja, het type waar Bernhard van houdt. Bernhard wilde een blad als een mark of honour...'

'Eerbetoon.'

'Ja, aan de soldaten. Slijmblaadje, niks met journalism te maken. Ik geloof dat de RVD het betaalt, en anders het ministerie van Oorlog.'

'En hij is een vriend van de prins?'

'Wie niet?' Joe haalde een nieuwe sigaret uit zijn borstzak en draaide weer terug naar zijn machine. 'Sorry honey, ze wachten bij *Life*. Zet maar onder die foto iets van: de grootste slijmbal op twee benen.'

Neel liep terug, de stille redactieruimte in. Een vriend van Bernhard. En volgens Tilly was de prins er die avond geweest. Joe had gelijk. De prins stond bekend om zijn vele vriendschappen, maar met een man die een of ander blaadje maakte? Een legerkapitein?

Ze ging weer aan haar bureau zitten en staarde naar het blanco vel papier in haar schrijfmachine. Uit de hofauto bij dat landgoed was ook een militair gestapt, een man die ze meende te herkennen. En een oudere vrouw, die in gebed verzonken scheen te zijn en later wat in het water had geworpen. De jonge blonde man was op beide plaatsen aanwezig geweest, daar op de Veluwe en hier in het Paleis.

Ze herinnerde zich nu weer dat ze daar even de penetrante lucht van benzine in het zijgangetje had geroken. Hadden ze iemand weggebracht naar een wachtende auto?

Bernhard? Want niemand die Bernhard daar had verwacht en niemand anders had hem ook gezien, behalve Tilly en Tilly had gezegd dat dat per ongeluk was en dat de prins haast had.

Wie weet ging het om een van zijn avontuurtjes, want evenals vrienden scheen hij hier net als in Londen veel vriendinnen te hebben. Zoiets zou het wel zijn, en die jonge man was dan ook verklaarbaar. Hij had alleen zo aardig kunnen zijn om haar perskaart terug te sturen, anoniem, dan had ze nu geen nieuwe pasfoto's hoeven laten maken.

Eigenlijk maar goed dat ze er die avond aan het dinertje in Polen niets over aan Sem had verteld; ze had alleen gevraagd of hij zich die Van Maaswijk herinnerde, maar Sem had zoveel mensen gefotografeerd en was bovendien flink aangeschoten.

'Wat moet je dan van 'm?'

'Niks. Ik dacht dat ik hem tijdens de oorlog in Engeland had gezien.'

Dat was als smoes altijd goed. Iedereen had in Londen iedereen gezien of ontmoet.

Ze was lang niet in Polen geweest, hoewel het café naast het restaurant tamelijk favoriet was bij veel van haar collega's. Maar misschien wel juist daarom, want afgezien van Scheltema hield ze niet erg van de journalistencafés waar ieder opschepte over zijn primeurs dan wel veroveringen, en klaagde over de salariëring of de onkostenvergoedingen. Wat dat betreft vormden verslaggevers de meest kleinzielige en egoïstische beroepsgroep die ze kende. Volgens Ken kwam dat omdat ze de godganse tijd bezig waren met anderen, met groot nieuws en grote gebeurtenissen. 'Elke journalist is een mislukte staatsman, een mislukte schrijver, een mislukte acteur, sweety. Dat is zijn frustratie. Hij weet van alles een beetje, maar niet genoeg. En dus moet hij altijd maar weer luisteren en knikken en andermans mening opschrijven, terwijl hij zo graag zou willen dat ze naar hém zouden luisteren. Dus als hij dronken is, en dat is hij vaak, dan heeft hij het over zichzelf.'

Het was wel een beetje waar, al vond ze dat niet op zichzelf van toepassing. Maar voor Sem gold het zeker. Tijdens het diner – een overheerlijke Chateaubriand – had hij het eigenlijk alleen maar over zichzelf gehad. Daar was ze trouwens wel blij om geweest want anders was ze vast en zeker, zelf ook aardig aangeschoten, over zichzelf begonnen en dat was wel het laatste wat je moest doen bij Sem.

Na het restaurant waren ze naar het cafégedeelte aan de zijde van de Kalverstraat gegaan voor koffie met een cognacje. Daar was ook de eigenaar, meneer Pistor, even bij hun tafeltje gekomen om te vragen of het allemaal naar wens was. 'Dat is lang geleden, mevrouw Smits!'

Pistor was een kleine, allerbeminnelijkste man die echter een ijzeren regime over het hotel-restaurant voerde. Hij kwam even bij hen zitten en had met zijn eigenaardig hoge stem een paar anekdotes verteld waar ze hartelijk om hadden moeten lachen. Zoals dat de Duitsers de naam van het hotel hadden veranderd in het 'Paleishotel' omdat Seyss-Inquart had verordend dat Polen niet meer bestond, dus ook geen gelegenheid die ernaar was vernoemd. Ze had meer gedronken dan ze had gewild en pas de volgende ochtend weer aan de jonge blonde man gedacht.

In elk geval had ze nu een wat geflatteerdere pasfoto dan op haar oude perskaart. Ze pakte de telexen, die Tilly in een keurig stapeltje voor haar klaar had gelegd. Er was weinig bij dat ze kon gebruiken. Veel nieuwtjes over de komende Kamerverkiezingen in juli, waarbij verwacht werd dat de sociaal-democraten fors zouden winnen evenals de communisten, maar dat kon wachten. Over de beëdiging van kroonprinses Juliana als regentes had ze al diverse stukken geschreven. Het wachten was op de definitieve troonsafstand door Wilhelmina, die vermoedelijk eind augustus of begin september zou plaatsvinden. Ook dat de rooms-katholieke bisschoppen voor politieke eenheid onder hun volgelingen pleitten, vond ze niet interessant, evenmin als de voortslepende onderhandelingen tussen Nederland en Soekarno in Djokja of de zoveelste verhandeling over wel of niet de doodstraf voor oorlogsmisdadigers, naar aanleiding van het proces-Rauter en de geëiste doodstraf tegen de Nederlandse landverrader Van der Waals. Ze zuchtte en nam de zogenaamde kleine berichtjes door. Brand in Paleis Noordeinde, de haringvloot had zee gekozen, een moord in Rotterdam op een prostituee, de verwachting dat komende maand ook de melkdistributie zou worden opgeheven, oud nieuws over een gruwelijke moord op een pastoor ergens in Brabant. Het was allemaal niet erg de moeite waard.

Ze keek op omdat Tilly met Ab de redactie binnenkwam. Tilly was opnieuw gekleed in een jurk die maar weinig te raden liet, hoewel Ab dat onverschillig zou laten. Hij was een van de weinigen die er rond voor uitkwam dat hij homoseksueel was en samenwoonde met een vriend. Hoewel hij alom bekend stond als een briljant eindredacteur, had geen hoofdredacteur hem na de oorlog willen hebben, behalve Joe.

'Verlegen om kopij, Neel?'

Ze knikte.

Ab glimlachte. 'Er is straks een filmpremière in Tuschinski. Maar daar wil Tilly ook graag heen. God, die heeft de smaak te pakken na die receptie! Hè, Til?'

Tilly knikte lachend. 'Waarom ga je niet mee, Neel? We hebben twee kaartjes gekregen. En er komen een heleboel bekende Nederlanders! Het schijnt ook echt een hele leuke film te zijn.'

'Wat moeten wij met een film?' vroeg ze.

'Nou,' zei Ab. 'Het leek me wel wat omdat het samen met Engelsen is gedaan. Er speelt ook een meisje in mee dat belangstelling heeft in Amerika. Hoe heet ze ook alweer, Til?'

'Audrey Hepburn,' zei Tilly. 'Ze is geloof ik een Belgische. Magda Janssens speelt er ook in en Wam Heskes. O Neel, vind je dat ik in deze jurk kan of is hij te simpel?'

Neel lachte. 'Ze zullen denken dat je meespeelt, schat.' Ze keek op haar horloge. 'Hoe laat begint die film?'

'Om zeven uur. Je hoeft niet aan eten te denken, want er is een lopend buffet bij.'

Neel keek naar het lege vel in de schrijfmachine. Aan de ene kant had ze weinig zin om straks in een bomvolle bioscoop op te zitten en pootjes te geven, maar aan de andere kant stond een lange avond alleen thuis haar nog veel meer tegen. 'Dan ga ik eerst naar huis voor de kat en om iets anders aan te trekken. Spreken we af om kwart voor zeven bij Tuschinski?'

'Oké. Maar ík schrijf erover, hoor!'

Ze grinnikte en kwam overeind. 'Mens, ik zou niet weten wat ik over een film zou moeten zeggen.'

Ze pakte haar tas en haar jasje en zwaaide naar Joe die rokend aan de telefoon zat.

Buiten op de Nieuwezijds was het ondanks het late middaguur nog stikkend warm. Ze hing haar jasje over het stuur en fietste naar het Spui waar de terrasjes vol zaten. Het was druk op straat. Ze manoeuvreerde tussen de auto's en de tramrails van de Leidsestraat en sloeg linksaf de Kerkstraat in. Al bijna bij haar huis in de Tweede Weteringdwarsstraat herinnerde ze zich dat ze geen brood meer in huis had en dus fietste ze door naar de Vijzelgracht, waar ze een half gesneden bruin bij de Wed. Reekers haalde. Met de fiets aan haar hand liep ze terug, maar toen ze de hoek van haar straatje omsloeg, stond ze geschrokken stil. Voor het bordesje van haar huis zag ze haar bovenbuurvrouw met een agent en een lange man. De agent leek iets te vragen, en de man wees naar de voordeur die wijdopen stond. Bij het keldercafé tegenover het huis stond Bart de barkeeper nieuwsgierig toe te kijken.

Nog voor Neel haastig verder liep, zag de buurvrouw haar. 'O mevrouw Smits! Gelukkig dat u er bent. Er is ingebroken bij u!'

Geschrokken zette ze haar fiets tegen de muur. 'Wat?'

'Deze meneer zag een vent wegrennen. Net een minuut of tien geleden.'

De man knikte. De agent keek haar aan. 'Bent u de bewoonster?'

'Ja.'

'Als u even mee wilt komen? Dan kunnen we kijken of er wat vermist wordt.'

'Wilt u een koppie thee?' vroeg de buurvrouw. 'Mens, mens, op klaarlichte dag! Ze worden ook steeds brutaler.'

Verdwaasd ging Neel de agent voor. Samen liepen ze het bordesje op naar de deur.

'Gewoon een loper,' zei de agent. 'Heeft u waardevolle dingen in huis?'

Ze schudde haar hoofd en liep ongerust het halletje binnen. De kat zat klaaglijk miauwend bij de keukendeur. Met de agent achter haar aan liep ze haar drie kamers door. Voorzover ze meteen kon zien was er niets verdwenen, ook niet uit haar juwelenkistje in de kleine slaapkamer. De potjes met huishoud- en kleedgeld in de keukenkast waren onaangeroerd, net als de klerenkast. Het leek alleen alsof iemand in de papieren op haar bureau had gerommeld, maar ze was er niet zeker van, zodat ze aarzelend haar hoofd schudde en toch nog wat bangig naar de vragende agent keek.

'Ik geloof niet dat er iets weg is.'

'Kan het mogelijk een kennis van u zijn geweest, die de huissleutel heeft?'

'Nee.' Beverig stak ze een sigaret aan.

De agent knikte alsof hij dat antwoord wel had verwacht. 'Waarschijnlijk kwam die meneer net op tijd. Hij zat in het cafeetje, zag een man bij u aanbellen en vervolgens de deur openmaken. Uw buurvrouw kwam toen net thuis en hij zei het tegen haar, maar toen ze wilden kijken was er niemand meer.' Hij gebaarde naar de keukendeur. 'Die had u niet op slot?'

'Eh.. nee.'

'Dan is hij dus achterlangs verdwenen toen hij hen hoorde.'

De buurvrouw kwam met twee koppen thee op een dienblaadje de keuken binnen.

'Kijkt u eens, buurvrouw. Lekker sterk, goed tegen de schrik. 't Is me wat!'

Neel glimlachte onzeker. Ze zag hoe haar hand trilde toen ze de kop pakte. 'Heeft u die man gezien?'

'Ja! Ik was blij dat die meneer er was, anders was ik voor geen goud naar binnen gegaan!'

'Mevrouw heeft een signalement gegeven, maar het is maar zeer de vraag of we daar iets mee kunnen...' De agent keek op zijn blocnote.

'Het zou om een nog jonge man gaan met kort, blond haar in een licht zomerkostuum. U dacht ook dat hij donkere ogen had, nietwaar mevrouw?'

De buurvrouw knikte. 'Ja, want dat zie je niet veel hè, bij die blonde types.'

Neel slaagde erin het trillende kopje zonder het te laten vallen op het aanrecht te zetten. Zonder acht te slaan op de verbaasde agent en de buurvrouw holde ze weer terug naar haar kleine werkkamer aan de achterkant en schoof de stapels papieren en paperassen op haar bureau opzij. De perskaart lag ertussen, precies alsof ze hem daar zelf had neergelegd en vervolgens was vergeten. Ze staarde naar haar eigen portret en Joe's onleesbare handtekening en merkte niet op dat de agent weer achter haar stond.

'Mist u toch wat?'

Ze haalde diep adem en schudde haar hoofd. 'Nee. Sorry, ik dacht even dat... nee, het is in orde.'

'Aha. Ik neem aan dat u wel aangifte wilt doen?'

'Eh... ja. Ja natuurlijk.'

'Dat kunt u tot tien uur vanavond op het bureau Lijnbaansgracht of op het hoofdbureau op het Leidseplein.' Hij nam haar even bezorgd op. 'Is alles goed, mevrouw?'

'Ja, ja hoor!'

Hij knikte niet erg overtuigd maar stak zijn blocnote in zijn borstzak. 'Als ik u was, zou ik maar een ander slot in de deur laten zetten. Er zit een sleutelmaker in de Ferdinand Bol die tot acht uur open is.'

'Dank u. Dat zal ik zeker doen.'

Ze volgde hem naar het halletje. Buiten aan de overkant zag ze de buurvrouw met de alerte cafébezoeker en Bart druk in gesprek.

'Als u nog iets heeft, u sprak met brigadier Fels,' zei de agent. Hij knikte nog even en liep toen naar zijn fiets niet ver van de hare. Ze inhaleerde diep en stak toen over. De onbekende man glimlachte naar haar. Hij had een zware baardgroei, krullend zwart haar en donkere wenkbrauwen met eronder aardige blauwe ogen die haar nieuwsgierig opnamen. Hij leek haar een jaar of dertig à vijfendertig en zag er goed gekleed uit.

'Is er wat gepikt?' vroeg Bart.

'Ik geloof het niet. Alles is er nog.'

'Nou dan mag je van geluk spreken,' zei de buurvrouw. 'Ik vertel net hoe ze onderlaatst bij mijn nicht op de Lauriergracht al d'r goud en juwelen hebben meegenomen. Gewoon een bovenlichie gekraakt terwijl ze de hond uitliet!'

Neel glimlachte naar de man. 'Ik wou u even bedanken,' zei ze. 'Kan ik u een drankje aanbieden?'

'Maar dat hoeft niet.'

'Ik zal wat anders vertellen,' zei Bart, 'jullie krijgen een drankje van het huis. D'r is toch nog niemand en je weet wat ze zeggen: een klant trekt andere klanten. Wil jij ook wat, Fie?'

'Nee, dank je,' zei de buurvrouw. 'Ik krijg Freek straks en je weet hoe ie kan zijn als z'n hap niet klaarstaat.'

Ze knikte en liep naar de overkant. Bart daalde het trapje af naar zijn café en duwde de klemmende deur open. Binnen rook het naar chloor.

'Wat willen jullie drinken?'

Neel nam een biertje, de donkere man een oude jenever. Ze gingen tegenover elkaar zitten aan het tafeltje onder het straatraam. Het zonlicht kwam hier in het souterrain nauwelijks binnen, zodat ze in half in de schaduwen zaten.

'Proost.'

Hij dronk en haalde een doosje sigaretten uit de zak van zijn colbert. 'Sigaret?'

'Graag.'

Ze boog zich voorover en pakte er een aan.

'U trilt nog.' Hij lachte. 'U moet maar denken: het is onzin dat misdadigers terug zouden keren naar de plek van het misdrijf. En gelukkig dat er niks weg is.'

Ze boog zich naar het vlammetje van de lucifer. 'Gelukkig dat u langskwam. Woont u hier in de buurt?'

'Nee.'

Hij lachte weer. In het schijnsel van het vlammetje zag ze dat hij rechte, spierwitte tanden had.

'Ik zoek juist iets. Ik was net op weg naar een woningbureau op de Weteringschans toen ik die man zag bij uw deur.'

'Ach.'

Hij knikte en keek het café rond.

Ze dronk weer en voelde zich wat kalmer worden. Ze moest toegeven dat hij aantrekkelijk was, aardig en aantrekkelijk. Hij had lange, slanke vingers en schone nagels. Dure gouden manchetknopen. En geen verlovings- of trouwring, flitste het door haar heen. Ze rookte en maakte zichzelf in gedachten uit voor een bakvis. Wat dacht je nou, Neel? Omdat hij een borrel met je drinkt?

Toen hij zijn hoofd onverwacht terugdraaide, lachte ze betrapt. 'Sorry,' zei ze. 'Ik heb m'n naam niet eens genoemd! Neel Smits.'

Hij glimlachte en nam haar hand aan.

'Frits de Ruyter. Die jongen aan de bar vertelde me dat je verslaggeefster bent.'

'Ja.'

'Waar als ik vragen mag?'

'Bij Associated Press, een persbureau hier.'

'Goh. Eerlijk gezegd denk ik bij journalisten altijd aan mannen. Stom natuurlijk.'

Ze lachte. 'Nee hoor, het is ook een mannenvak. Maar er zijn wel een paar vrouwen.'

'En wat doe je zoal?'

'Binnenland. Vooral politiek. Het moet interessant genoeg zijn voor het buitenland, want daar leveren we het meest aan. En jij?'

'Ik? O, veel saaier.' Hij liet haar hand los en nam grinnikend een slokje. 'Ik werk voor de Centrale Dienst In- en Uitvoer in Den Haag. Ze hebben net een dependance hier gevestigd.'

Ze fronste, het zei haar niets.

'Dat zegt je zeker niks, hè? De meeste mensen niet. We werken in stilte.' Hij grinnikte weer en keek naar haar lege glas: 'Wil je er nog een?'

Ze aarzelde.

'Of moet je op primeurjacht?'

Lachend schudde ze haar hoofd. Hij kwam overeind en liep met hun glazen naar de bar. Opeens dacht ze aan Tilly en de afspraak bij Tuschinski. Beter excuus dan een inbraak kon ze niet hebben, dacht ze. Wat had die blonde jonge man bewogen om de perskaart terug te brengen? Schuldgevoel? Dat leek wel erg vergezocht, maar hoe zat het anders? Had hij toch een kijkje willen nemen in haar papieren, of ze ergens mee bezig was dat hem interesseerde? Dat was niet zo. Maar het was wel van een ongehoorde brutaliteit!

Ze schrok op van het glas dat hij voor haar neerzette.

Hij ging zitten en nam haar onderzoekend op. 'Je zat zeker aan die inbreker te denken?'

Ze knikte.

'Dat begrijp ik.' Hij doofde zijn sigaret. 'Mag ik je nog iets vragen?'

Ze knikte afwachtend.

'Heb je wat te doen vanavond?'

'Wat?' zei ze verbouwereerd.

Hij grinnikte verontschuldigend. 'Niet meteen slecht denken, maar de beste manier om dit soort vervelende dingen van je af te zetten is om...' Opeens keek hij geschrokken.

'Sorry! Ben je verloofd, of... misschien getrouwd?'

Geamuseerd door zijn plotselinge verlegenheid hield ze hem haar tien vingers voor. 'De ring met het robijntje heb ik zelf gekocht. Nee. Zelfs geen vriend.' Ze inhaleerde en zei toen: 'Niet op dit moment, tenminste.'

'O. Nou... eh... Zou je me dan het genoegen willen doen om met me te gaan eten?'

'O.'

'Wat betekent 'O'?'

Ze lachte. 'Ja. Best. Je overvalt me een beetje, maar leuk. Ik wil alleen eerst nog langs een sleutelmaker en me ook even verkleden.'

Hij knikte en keek op zijn horloge. 'Dat is geen punt. Misschien is dat kamerbureau nog open en ik had ook nog even naar die dependance gewild om iemand te spreken. Zullen we zeggen dat ik je om zeven uur kom halen? Ik weet nu tenminste waar je woont!'

Ze lachte weer en kwam overeind. 'Leuk. Sorry, ik moet even naar het toilet.'

Hij wachtte tot ze de deur achter zich dichttrok en liep toen naar de bar.

'Ik zou even lokaal willen bellen,' zei hij.

'Achterin,' zei Bart. 'Heb je een duppie?'

'Jawel.'

Hij passeerde de deur van het toilet en hoorde het geneurie erachter. Hij glimlachte en liep verder naar de telefoon.

Het duurde even voor hij verbinding kreeg.

'Met Enisco,' zei een wat hoge mannenstem.

'Met Coen,' zei hij, even achterom kijkend. De toiletdeur was nog steeds gesloten. 'Nou, Nico, dat was verdomme op het nippertje, jongen! Verbind me even door met Salters, wil je?'

13

Gretha Schultz was opvallend nerveus geweest, vond Fabius. Dat zou misschien verklaarbaar geweest zijn als hij zich namens Justitie had geïntroduceerd, maar dat had hij niet gedaan. Natuurlijk: de dood van haar enige zoon kon de emoties weer hebben losgewoeld, wat haar nervositeit kon verklaren, maar Fabius was er eigenlijk zeker van dat hij zich niet vergiste. Nu niet meer!

Hij had verteld Julius van voor de oorlog te kennen en zelf net pas enkele maanden na lange afwezigheid terug te zijn in het vaderland. Als ze gevraagd zou hebben waar hij al die jaren was geweest, zou hij Indië hebben gezegd, maar dat had ze niet gedaan, evenmin als ze had geïnformeerd waar hij Julius dan wel van kende. Wat hij al vreemd had gevonden, net als haar schichtige en afwerende gedrag.

Ze zag er veel ouder uit dan haar tweeënvijftig jaar en hij had haar nauwelijks herkend van de pasfoto's in het beheersdossier op het departement. Haar grijsblonde haar was strak weggekamd en in een knot gestoken, zoals bejaarde vrouwen dat deden. Haar gezicht was ingevallen met scherpe voren langs de neus, en ze had grauwe wallen onder haar ogen. Ze had hem aanvankelijk niet binnen willen laten, een kleine, gebogen vrouw die hem nauwelijks had aangekeken vanuit de deuropening op een slecht verlicht portiek.

'Julius is dood.'

Heel vaag was er een Duits accent hoorbaar geweest.

'Wat zegt u?'

'Al lang geleden. In Duitsland.'

'Ach. Wat spijt me dat! Hoe oud was hij?'

'Net zevenentwintig.'

'Ach jee. Eh... mevrouw Schultz, uw zoon en ik... hoe moet ik het zeggen?'

Het was geen probleem geweest de gegeneerde homoseksuele man te spelen, misschien omdat het hem werkelijk moeite kostte.

'Ik ontmoette hem toen hij in het Scala speelde. Ja, ik niet hoor. Was het maar waar. Nee, ik was bij de voorstelling *Het kind van de buurvrouw.* Hij had daar een kleine rol in.'

Haar doffe ogen hadden even opgelicht. 'Ja, als politieagent. Hij had maar één zin tekst.' Er had zelfs een lachje van afgekund, zodat hij haar slecht onderhouden gebit zag. 'Sta of ik schiet!'

'Ja. Dat weet ik nog goed. Ik heb hem na afloop gecomplimenteerd. U moet weten dat ik veel in de Scala kwam. Speelde u er zelf ook niet vroeger? Zoiets zei hij een keer, geloof ik.'

Zijn gelukje was een buurman geweest, die plotseling naar buiten was gekomen en hun een ronduit minachtende blik had toegeworpen.

'Komt u dan maar even binnen.'

Een kleine, propvolle etage, die muf en zurig rook. In het keukentje had hij een berg afwas zien staan en een rij lege drankflessen. In de kleine woonkamer lagen zeker vijf katten en hij had begrepen waar de zurige lucht vandaan kwam. Ondanks het warme weer waren de ramen gesloten, dikke vitrage ervoor alsof ze bang was bekeken te worden. Op een kaal buffet had ze tientallen ingelijste foto's in slagorde neergezet, op de meeste ervan Julius, van baby tot de leeftijd op de pasfoto's die hij bij Steensma had gezien. Geen enkele in het uniform van SS-Rottenführer, hoewel ze die vast en zeker zou hebben gehad.

Ze bood hem niets aan, ook geen stoel, maar daar was hij alleen maar dankbaar voor want de meubels oogden vettig en smerig. Hij had het zo warm gehad dat zijn overhemd aan zijn rug vastplakte.

'Is hij ook in Duitsland begraven?'

Een nerveus knikje.

'Heeft u hem nog mogen zien?'

'Nee. Het was nog oorlog. Ik... ik kon daar niet heen.'

'Ach ja, natuurlijk niet.' En weer had hij diezelfde schutterigheid ten toon gespreid. 'Hij, eh, heeft me namelijk nog een brief geschreven, in het eerste oorlogsjaar. Nou ja..' Hij had zo innemend mogelijk gelachen. 'Ik ben zelf lid geweest van de NSB, ziet u. Godzijdank dat ik hier niet was, toen in mei, maar ik moet u zeggen dat ik nu soms nog bang ben dat... nou ja, u begrijpt me wel?'

Een kortaf, argwanend knikje was haar enige reactie.

'Ik had hem zo graag nog eens willen zien! Hoe is hij eigenlijk overleden?'

Had ze werkelijk argwaan gehad?

'Ik zou graag willen dat u weggaat, meneer.'

Dat was ook waarom hij haar wantrouwde. Elke alleenstaande vrouw zou toch tenminste naar de naam van een bezoeker hebben gevraagd, zeker als het om een bekende van haar overleden kind ging. Maar zij niet. Ze had helemaal niets gevraagd.

'Natuurlijk! Ik... Het spijt me.'

Toen had het volgende gelukje zich aangediend, al was hij zich daar op het moment zelf niet van bewust geweest. Iemand had aangebeld, en zenuwachtig was ze naar de gang gelopen. God nog aan toe! had hij gedacht. Hoe onvoorstelbaar, hoe ongelooflijk dat dat gebogen, vroegoude mensje ooit, en niet eens zo lang geleden de mannen het hoofd op hol had gebracht, en zelfs dat van Hendrik van Mecklenburg! Pas tweeënvijftig jaar oud, en totaal op! Hij had zelfs iets van medelijden gevoeld, ondanks wat hij van haar wist.

Automatisch was hij naar de wat aanstaande deur gelopen en had gehoord dat een krantenjongen om z'n geld vroeg. Dat deed ze dus nog wel, de krant lezen. Hij stond alweer op zijn plaats toen ze binnenkwam en zenuwachtig een laatje van het buffet opentrok, waaruit ze een grote knip haalde en zonder op hem te letten weer terug schuifelde naar de gang. Het laatje had ze in haar haast open laten staan en in een snelle beweging had hij er tussen de rommel een donkerblauw adressenboekje uitgehaald en in zijn binnenzak gepropt.

'Ik zal u niet langer ophouden, mevrouw Schultz.'

Hij wist zeker dat ze hem vanachter de vitrage had nagekeken toen hij het sombere straatje uit was gelopen, even zeker als hij er toen eigenlijk al van was dat ze loog over haar zoon. In de loop der jaren had hij te veel mensen gesproken en verhoord die logen. Gretha Schultz was een van hen. Maar echt zeker was hij daar pas van toen hij thuis het adressenboekje had doorgenomen. Er stonden maar weinig namen in, geen enkele die hem iets zei. Hij had zich al teleurgesteld afgevraagd of hij het boekje anoniem terug moest laten bezorgen toen hij tussen de achterste bladzijden een opgevouwen briefje had gevonden. Hij had zelfs nog even gedacht dat het een boodschappenlijstje was, een gewoon gelinieerd velletje papier uit een blocnote zoals het zijne.

Aan de ene kant stond in een ouderwets en sierlijk Duits geschreven: 'Liebster Junge. Ich kann es noch nicht glauben! Der liebe Gott ist gnädig. Ich liebe dich so sehr.' Erboven stond: '18. März '48.'

Doodstil had hij aan de eettafel gezeten, de gedachten malend door zijn hoofd. De achttiende maart. Ruim vier weken voor de priester in Sint Anthonis was vermoord. Een briefje dat zij aan haar zoon had geschreven, dat kon bijna niet anders. 'Liebster Junge'. Het leek erop dat ze tot dat moment niet geweten had dat hij nog in leven was. De achttiende. Waar was hij toen? In Duitsland? Waarom was dat briefje dan hier? Had hij haar hier ontmoet, had hij het teruggegeven? Maar waarom dan?

Bijna had hij in z'n opwinding niet opgemerkt dat er ook iets aan de achterkant van het velletje was geschreven. Een korte tekst, in een hoekje dat weggevouwen was geweest. Een sierlijk handschrift, met potlood geschreven: 'Hiemstra/Formosa, 17.00 uur.'

Van Vogel? Hoe was hij dan aan het briefje gekomen? Op dezelfde manier als aan het Nederlandse geld? Had iemand het hem bezorgd?

Of was het niet zijn handschrift? Had Gretha die boodschap dan geschreven op een briefje dat al eerder gebruikt was en had de genoemde afspraak niet met hem te maken? Formosa was een tearoom naast de Cineac, op de hoek van het Buitenhof en de Hofweg. Een rendez-vous? Met iemand die Hiemstra werd genoemd. Was dat dezelfde man die voor hem de hotelkamer had gereserveerd?

'Liebster Junge.'

Het leek allemaal te passen.

Want Julius Vogel was aangekomen maar had de kamer niet durven nemen en dus had hij er waarschijnlijk op gehoopt dat die Hiemstra hem zou zoeken. Hij had zich laten scheren en had het hotel in de gaten gehouden, maar toen hij had gemerkt dat Hiemstra niet op was komen dagen, was hij weggegaan. Misschien wel in paniek. Misschien ook kleren gekocht. In elk geval moest hij nagedacht hebben over een manier hoe hij Hiemstra alsnog kon bereiken. En een boodschap op het briefje van zijn moeder geschreven. Formosa.

Hiemstra, wie het dan ook was, moest Gretha Schultz dus kennen. Had Vogel het briefje haar zelf gebracht? Vermoedelijk had hij ook dat risico niet willen lopen.

17.00 uur Formosa. Ruim drie weken geleden was hij aangekomen. Waar was hij nu? Zou Gretha Schultz dat weten? Een ogenblik kwam de gedachte bij hem boven dat Vogel misschien wel in haar huis verbleef maar dat leek hem absurd en niet alleen omdat de etage te klein was. Vogel zou zo stom niet zijn.

Hij had blijk gegeven rekening met alles te houden en zeker nu kon hij bevroeden dat het onderzoek naar de dood van de priester zijn telefoontje had opgeleverd zou hij op zijn hoede zijn. Vermoedelijk wist Gretha Schultz niet eens waar haar zoon was, alleen dat hij er was. Ergens.

'Ich kann es noch nicht glauben!'

Als Vogel inderdaad niet dood was, waarom was hij dan naar Nederland teruggekomen? Waarom had hij die priester gedood?

Fabius staarde naar de nog zonovergoten straat. Hij kon haar laten oppakken. Zelfs nu meteen. Maar dan? Wat ze ook zou zeggen of bekennen, Vogel kreeg hij er niet mee. Integendeel. Wanneer Vogel zou horen dat ze gearresteerd was, zou hij gealarmeerd zijn. Dat kon zelfs nu al het geval zijn, als hij haar zou spreken en ze hem over zijn bezoek zou vertellen. Een bekende van voor de oorlog die na jaren terug was en zijn vriend van indertijd had willen opzoeken...? Het kon, Vogel zou ongetwijfeld in zijn wereldje toen veel kennissen en vrienden hebben gehad en sindsdien waren er een oorlog en meer dan acht jaar voorbijgegaan. Maar toch... het was riskant.

Beter was het om Gretha Schultz voorlopig te laten observeren. Hij had dat al vanaf de volgende ochtend willen laten doen maar was weer aan de komende pinksterdagen herinnerd toen hij zijn contactman bij de recherche had willen bellen die met vrouw en kinderen naar Zeeland toe bleek en pas maandagavond terug zou komen. Het was toen al zes uur geweest zodat hij geërgerd had opgehangen omdat er niemand meer was met de bevoegdheid hem te helpen. Zijn eigen schuld. Wanneer hij verdomme Linda niet had gebeld en daarna eerst nog inderhaast boodschappen voor de komende twee dagen in huis had gehaald, zou het hem wel zijn gelukt. Hij kon toch moeilijk zelf voor het portiek van Gretha Schultz gaan posten. En Sonja zou hem zien aankomen met een pinksterweekeinde vol cantates en oratoria of hoe ze ook heetten.

Morgenochtend dus. En in elk geval had Linda enthousiast gereageerd op zijn belletje. Zij was nog wel aan het werk geweest. Ongehuwd: dan was je de klos met feestdagen en schoolvakanties.

'Wouter! Wat leuk! Waar?'

'Ik dacht aan Splendid aan de Badhuisweg. Tenzij je ergens anders naartoe wilt.'

'Nee hoor. Altijd lekker. Hoe laat?'

'Zullen we zeggen rond zeven uur daar?'

'Prima.'

Splendid was een van zijn favoriete restaurants. Eigenlijk was het een fameus badhotel op een steenworp van het Kurhaus, maar het had weinig pretenties en het volkse karakter van de plek, tussen alle decadente uitgaansgelegenheden in Scheveningen, trok hem aan. Maar de eigenlijke reden dat hij het restaurant nu had voorgesteld kwam opnieuw door Julius Vogel.

Want Leonie Brandt woonde volgens Justitie in een straat van het Belgisch park, niet ver van het Splendid en dus had hij besloten om, rond etenstijd, eerst bij haar langs te gaan. Hij had haar willen bellen, maar ze stond niet in de telefoongids. Het was wel wat je noemde de ironie van het lot dat Vogel met haar was omgegaan! Julius Vogel die op geen lijst meer voorkwam omdat hij officieel dood was verklaard, zoon van een moffenhoer, bastaardzoon van nota bene de man van koningin Wilhelmina, samen met een vrouw die het concentratiekamp Ravensbrück zou overleven toen hij Rottenführer in de Waffen-ss was! Was het omdat ze beiden van oorsprong Duits waren dat ze zich tot elkaar aangetrokken voelden? De Goede Duitse met de Slechte Mof ? Hoe zou ze reageren als hij Vogels naam liet vallen? Ze zou toch wel gruwen dat ze hem ooit als minnaar had gehad. Zou ze geweten hebben dat hij ook van mannen hield, of was dat normaal in dat toneel- en revuewereldje? Hoe dan ook, en hoe pijnlijk het voor haar ook was, hij wilde toch met haar over Vogel praten. Vogel was dan wel jonger dan zij, maar hij was toen al volwassen geweest, en gevormd. Leonie zou hopelijk kunnen vertellen hoe hij dacht, hoe hij redeneerde, voelde – kortom wat voor man hij was.

Fabius had het altijd belangrijk gevonden te weten wat het karakter van een verdachte of gezochte was; dikwijls waren het irrationele of ogenschijnlijk onbelangrijke details die iemands gedrag en motivatie duidelijk maakten. Bijvoorbeeld hoe Vogel tegenover zijn moeder stond. En eigenlijk, al zou dat stom geluk zijn, hoopte hij erop dat de naam Hiemstra haar misschien iets zou zeggen. De naam was mogelijk even vals als de naam Schulte, maar hij had iets van een signalement en de man kon een oude bekende zijn van Vogel.

Hij waste zich en trok schone kleren aan.

Op het moment dat hij naar buiten wilde zag hij twee buurkinderen aan het tollen op het middenpad. Schuldbewust en bezorgd dacht hij aan Hanneke. Hij aarzelde, sloot toen de deur en haakte de hoorn van het muurtoestel in het halletje terwijl hij in zijn blocnote naar het nummer van de kampeerboerderij zocht. Na lang wachten kreeg hij een van de leidsters aan de lijn, die hem tot zijn opluchting vertelde dat het heel goed met zijn dochter ging en dat ze leuk met de anderen meedeed, maar er niet was omdat de groep op speurtocht was. 'Dan zijn ze straks tenminste goed moe als het donker is.' Hij lachte en vroeg haar vooral niet te zeggen dat hij had gebeld.

Buiten was zijn buurman bezig een wiel van zijn Citroen Traction te verwisselen. Het was de enige auto in de straat en hij was te koop voor *f* 250,–. Fabius zou hem dolgraag willen hebben hoewel hij eigenlijk geen auto nodig had, maar hij had er het geld niet voor. Zijn salaris van Justitie bedroeg 3400 gulden bruto per jaar, en de huur van het huis alleen al was *f* 68,– maandelijks. Toch was hij elke dag weer blij dat de auto er nog stond. Hij maakte even een praatje en stapte op de fiets.

De eerste straten waren uitgestorven, maar in de buurt van Scheveningen was het onverwacht druk. De reden ervan zag hij op grote affiches, waarop voor die avond een optreden van de jazztrompettist Harry James en zijn band in het Kurhaus stond aangekondigd. Hij vervloekte zichzelf dat hij het niet eerder had gezien. Hij was een groot liefhebber van James en had veel van diens platen. Het zou leuk zijn, nu Hanneke er niet was, er met Linda naar toe te gaan. Maar aan de drukte te zien zou hij nu geen enkele kans meer hebben op kaartjes. Hij fietste verder en dacht aan Linda. Het gekke was dat als je het oppervlakkig bekeek, ze uitstekend bij elkaar pasten. Allebei rustige naturen, allebei nuchter en rationeel, met dezelfde smaak op muziekgebied, eten, uitgaan en allebei met dezelfde politieopleiding en -achtergrond. Linda zag er goed uit, ze kleedde zich modieus en vrouwelijk, waar hij van hield, ze was goed met Hanneke en ze was een perfecte partner in bed. Anja Steensma, die haar kende, had het wel eens gevraagd en ook Hanneke: 'Pappa, waarom ga je niet met Linda trouwen?'

Hoe moest je dat aan een kind uitleggen? Zeker als je het zelf niet goed kon beredeneren en Linda blijkbaar ook niet, want ze was niet op haar mondje gevallen en zou daar anders heus wel langzamerhand over zijn begonnen. Waarschijnlijk voelde ze net als hij dat hun relatie, als je twee maal een avond en nacht per maand samen althans zo kon betitelen, juist zo goed ging omdat ze allebei afstand hielden en elk hun eigen leven leidden. Misschien was het ook wel omdat ze zoveel op elkaar leken. Mirjam was zijn absolute tegenpool geweest, pas in de loop van de jaren waren ze wat naar elkaar toegegroeid. Hij had zich altijd voorgehouden dat dat de basis van hun goede huwelijk was: het mysterie van de ander, waar je nooit helemaal bij kwam. Linda was te bekend, te voorspelbaar. En wat meer was, hoe goed ze lichamelijk dan ook bij elkaar pasten, op de een of andere manier wilde hij toch ook niet dat er iemand in zijn geest en herinnering de plaats van Mirjam innam. Nog niet, en misschien wel nooit. Al had Anja gelijk dat dat misschien egoïstisch was, en dat hij ook aan Hanneke moest denken. Ze had het dan wel niet zo duidelijk gezegd, maar hij had wel begrepen dat ze eigenlijk had bedoeld dat Hanneke mogelijk ook daarom zo'n eenzelvig en teruggetrokken kind was. Misschien was dat zo. Maar je trouwde toch niet alleen omdat je dochter een stiefmoeder nodig had?

Hij sloeg rechtsaf, de straat in waar Leonie Brandt woonde. Het huis lag niet ver van de hoek: een fraai hoog, typisch Schevenings luxe huis met veel tierelantijnen, houten balkonnetjes en een uivormig torendakje. Vanwege de gesloten vitrages achter de ramen op de bel-etage kon hij niet zien of er iemand thuis was, maar toen hij zijn fiets neerzette verscheen een vrouw op het bordesje en daalde af naar het voortuintje. Ze droeg een donker hoedje van veren dat als een halve schelp rond haar hoofd zat. De huid van haar gezicht was matbleek en ze had grote, zwaar opgemaakte donkere ogen, die hem nieuwsgierig opnamen toen hij naar het tuinhek liep. In een hand hield ze een brief, zag hij.

'Mevrouw Brandt?'

Ze knikte afwachtend.

Hij nam zijn hoed af, maar wachtte even omdat de blauwe tram op de Badhuisweg knarsend tot stilstand kwam bij de halte.

'Mijn naam is Fabius. Ik werk voor Justitie. Het spijt me dat ik zomaar bij u langskom.'

Verbaasd trok ze haar geëpileerde wenkbrauwen op. Ondanks haar make-up zag hij dat ze wallen onder haar ogen had.

'Heeft u me een halfuur geleden willen bellen?'

Ze had een wat hese stem alsof ze verkouden was.

'Nee,' zei hij verwonderd. 'Dat had ik wel willen doen, maar ik had uw telefoonnummer niet.'

Ze knikte wat nerveus.

'Ik hoop niet dat ik u stoor?'

'Eh... nee.'

'Ik zou u namelijk wat willen vragen.'

Ze knikte weer en hield de brief op. 'Als u een moment geduld heeft.'

Hij keek haar na terwijl de ze straat overstak naar de brievenbus op de hoek. Een prachtige vrouw, dacht Fabius, al was haar gezicht zichtbaar getekend door de oorlog. Ze had een goed, slank figuur en toen de wind haar rok even deed opwaaien zag hij bewonderend een fraai dijbeen tot boven de kousenband.

Ze kwam weer terug en ging hem voor.

'Let u niet op de rommel binnen, maar ik sta op het punt te verhuizen terug naar Amsterdam. Op welke afdeling van Justitie werkt u?'

Vogel stond met zijn rug tegen een hoge heg. De overvolle tram reed rinkelend in het zonlicht naar het Kurhaus verderop. Hij was de enige die bij de halte was uitgestapt maar juist toen hij had willen oversteken, had hij de man achter Leonie haar huis binnen zien gaan. Een lange man met kort, blondgrijs haar en gekleed in een licht zomerkostuum. Wie was hij? Een kennis? Het leek hem niet want de man had zo te zien nogal vormelijk gedaan, en aan de manier waarop Leonie hem het huis had binnengelaten kon hij zien dat ze elkaar niet kenden.

Hij aarzelde wat hij zou doen. De man vormde een streep door de rekening. Zou ze hem gevraagd hebben te komen? Zou ze het gewaagd hebben iemand over hem te vertellen? Nerveus stak hij een sigaret aan. Had het te maken met de DKW, of met die vervloekte priester? Of zag hij spoken, en was het toch gewoon iemand die zomaar langskwam?

Om niet op te vallen liep hij achter wat mensen aan in de richting van het Kurhaus. Aan hun gesprekken te horen gingen ze naar een concert. Vlak voor restaurant Bali stak hij over en liep langs het terras van het Splendid weer terug. Het pistool in zijn binnenzak drukte bij elke stap tegen zijn ribben; zijn oksel stak nog steeds, maar hij kon zijn arm en hand nu zonder pijn bewegen.

Ruim een half uur geleden had hij haar gebeld en meteen nadat ze had opgenomen de hoorn op de haak gelegd. 'Ik hoef je niet uit te leggen waarom het moet gebeuren,' had Hiemstra gezegd. 'Doe het in haar slaapkamer en zet de radio hard aan.' Natuurlijk begreep hij waarom ze dood moest. Al was het maar omdat ze van zijn bestaan op de hoogte was. Maar voor Hiemstra ging het om de brief, de brief die hij hem eergisteren had gebracht. Hiemstra had gezegd twee dagen nodig te hebben om de brief op echtheid te onderzoeken.

'Wat ga je ermee doen?' had hij gevraagd.

'Ik heb je al vaker gezegd dat het beter is dat je het niet weet. Maar wees gerust: hij zal de dag vervloeken waarop hij is geboren.'

Chantage. Wat anders? Zo jammer dat hij dat niet mee kon maken, dat gezicht niet kon zien wanneer het hem zou overkomen!

Leonie had de brief al die jaren onder het vloeipapier in een handschoenendoos bewaard. Met een blik vol haat had ze hem het papier gegeven. Leonie. Overlevende van kamp Ravensbrück. Er waren ook nog maar heel weinig mensen in leven die wisten wat de werkelijke reden was dat ze daar had gezeten. Hijzelf en ss-Obergruppenführer Von Bentivegni, die de brief van Müller had gekregen, maar Müller was dood. Müller had gezegd dat Von Bentivegni de brief persoonlijk aan Himmler zou overhandigen, maar dat was nooit gebeurd en Vogel had geweten waarom: Von Bentivegni had hem gebruikt om Leonie Brandt van de dood te redden. Leonie, die zijn minnares was geweest toen ze al aan het begin van de oorlog in Nederland als agente voor de Sicherheitsdienst werkte. Eens Duitse, altijd Duitse.

Vogel grinnikte. Dat hadden ze voor die oorlog wel eens in bed tegen elkaar gezegd. 'Einmal deutsch, immer deutsch!'

Hij passeerde de straat weer waar ze woonde en hield zijn hoofd wat afgewend. Enkele meters verderop bleef hij stilstaan en stak opnieuw een sigaret aan.

'Tienduizend mark en een nieuw paspoort,' had Hiemstra gezegd. Dat was niet eens nodig, hij deed dit voor zijn moeder en voor zichzelf.

De vraag was niet of hij het kon, hij had het meer gedaan in de oorlog – de vraag was hoe. Met de pastoor was het tot nu toe goed afgelopen, maar hij kon het geluk niet nogmaals zo tarten.

Wie was die man die op dit uur bij haar op bezoek was? Het werd hem steeds duidelijker dat hij dat moest weten, al was het maar omdat de man de laatste zou zijn die haar gesproken had en dus ongetwijfeld door de politie zou worden gehoord. Als hij daar zelf niet bij hoorde. Als Leonie toch niet alsnog besloten had alles op te biechten, al zou dat haar de kop kosten. Want ze was helemaal geen verzetsheldin, ze was naar Ravensbrück getransporteerd omdat ze geprobeerd had zowel de SD als de Gestapo te besodemieteren voor geld. Dat was ongehoord maar wel waar, en hij had het haar kennende ook meteen geloofd. Leonie Brandt was verraderlijker dan een slang. Ze had het geluk gehad dat iedereen die ervan wist dood was toen de oorlog afgelopen was. Behalve hijzelf, en de man die de brief had geschreven. De man die hij er ook persoonlijk verantwoordelijk voor hield dat Gretha was gearresteerd, kaal geschoren, verkracht door zogenaamd goede Nederlanders en als een varken was vastgehouden zodat ze uiteindelijk geestelijk en lichamelijk niet veel meer dan een wrak was.

Mijn God, hoe graag zou hij er zelfs die tienduizend marken voor over hebben om dat gehate gezicht te zien bij de mededeling dat de brief niet vernietigd was maar nog steeds bestond!

Rokend liep hij langs de voortuintjes terug naar de hoek en bleef plotsklaps staan. Schuin tegenover hem kwam de lange man het bordes af, de voordeur boven hem gesloten. De man zette zijn hoed op en liep de Badhuisweg op in de richting van het Kurhaus. In de verte sloeg een kerkklok zeven uur.

Vogel aarzelde een moment, keek nog even naar het huis en besloot toen de man te volgen.

Hoewel het druk was bij Splendid vond Fabius een plekje op het terras. Hij trok zijn jasje uit, hing het over de rotan stoel tegenover hem en ging zelf met zijn gezicht naar de straatkant zitten. De meeste gasten aten een klein hapje in afwachting van het concert. Ze zagen er zomers gekleed en vrolijk uit, veel jonge stellen aan wie je, evenmin als aan het plein tegenover het Kurhaus, niet meer kon zien dat er een oorlog was geweest.

Hij bestelde een biertje en dacht na over Leonie Brandt. Inderdaad een mooie vrouw, maar niet zijn type. Overdreven maniertjes en lachjes die de vroegere actrice in haar verraadden. IJdel. In haar woonkamer had hij vooral foto's gezien van haarzelf toen ze nog speelde en een kolossaal portret van haar boven de schouw.

Toch moest ze wat in haar mars hebben, als ze voor het BNV van Einthoven had gewerkt en de chaos daar na de oorlog had overleefd. Het zou hem niet verbazen wanneer ze het bed daartoe gebruikte, want zo'n type leek ze hem wel. Zich erg bewust van haar uiterlijk. Steeds haar benen over elkaar slaan of net even voorover buigen en met haar ogen knipperen. Hij ademde diep en snoof de frisse lucht op. Bij Leonie Brandt had alles naar parfum en talkpoeder geroken, een benauwde, weeïge lucht, ook al omdat ze ondanks het mooie weer alle ramen potdicht hield. Ze was wel nerveus geweest, zeker toen hij over Vogel was begonnen, maar dat leek hem voor de hand te liggen want net als iedereen had ze aangenomen dat Vogel al jaren dood was.

'Ik heb sterke aanwijzingen dat hij nog leeft en zelfs in het land is.'

'O. Waarom denkt u dat?'

Ze had maar kort met hem samengewoond, volgens haar omdat ze al snel doorhad dat hij Duitse sympathieën koesterde.

'Wist u dat hij biseksueel was?'

'Toen nog niet, dat hoorde ik pas later.'

'Kent u nog mensen uit die tijd met wie hij omging?'

'Nee. Hij was jonger dan ik, en hij hoorde ook niet echt bij het gezelschap.'

'Was hij agressief?'

'O ja. Zeker als hij gedronken had, en dat was vaak.'

'Gewelddadig?'

'Soms.'

'Acht u hem in staat tot zo'n moord?'

Ze had geaarzeld. 'God, dat weet ik niet. Zei u niet dat het in een opwelling moest zijn gebeurd?'

'Dat denk ik. Ik heb geen enkele aanwijzing dat hij die priester kende. Kende u zijn moeder ook?'

'Jawel. Ik heb haar destijds wel eens ontmoet. Ze speelde zelf niet meer, maar natuurlijk kwam ze wel eens om hem te zien, en mensen die ze van vroeger kende.'

'En u heeft hem in de oorlog niet meer gezien?'

Even was ze, daar was hij zeker van, in de war geweest door die vraag. Maar meteen daarop had ze haar hoofd geschud. 'Natuurlijk niet. Wij gingen niet om met mensen die bij de Kultuurkamer zaten.'

'Hield hij van u?'

Ze had cynisch gelachen. 'Geen idee. Wat denkt u: dat hij terug is gekomen uit liefdesverdriet om mij? Ik merk wel dat u hem niet kent, meneer Fabius! Julius Vogel is niet in staat om van wie dan ook te houden!'

Peinzend dronk hij van het koele bier, zijn gezicht naar de

zon, zijn ogen gesloten, van ver de stemmen. Waarom had er toen zoveel haat in haar stem geklonken? Want dat was opvallend geweest, haar mond opeens vertrokken en haar ogen samengeknepen in woede. Ze was toch maar kort met hem omgegaan. Het zou wel te maken hebben met de oorlog. Hij bij de ss, zij naar Ravensbrück, waar diezelfde ss'ers als beesten tekeergingen.

'Juist! Dus dat noemen we werken bij Justitie!'

Hij lachte voor hij zijn ogen opende. Mensen om hem heen keken wat verbaasd op. Linda had inderdaad geen tijd gehad zich te verkleden. Ze droeg haar donkerblauwe politie-uniform, de twee zilveren sterren van haar inspecteursrang fonkelend op de kraag van haar tuniek.

'Ik zoen je niet in functie, hoor!'

Ze lachte en ging tegenover hem zitten. 'Bier! Wat een dag!'

Vogel had ook dorst maar hij dacht er niet aan iets te drinken. De lange man en de politievrouw hadden na een kwartiertje buiten wat te eten besteld, zodat hij had overwogen hetzelfde te doen in de erker van Bali, vanwaar hij pal op het tegenoverliggende terras uitkeek, maar hij had het niet aangedurfd, bang dat ze opeens op zouden staan en weg zouden gaan.

Tussen alle mensen op het Gevers Deynootplein had hij zich veilig gevoeld. Nu was het er rustig. Flarden muziek van het concert bereikten hem af en toe op de golven van de zeewind. De lampen op het plein en de terrassen waren ontstoken, het Kurhaus leek op een verlichte suikertaart waarvan de contouren zich hel tegen de donkere avondhemel aftekenden.

Hij stond nu weer in de schaduwen tegenover het terras waar de twee zaten.

De lange man was dus iemand van de politie. Recherche? Leonie had hem dus verraden, ondanks alle gevolgen die het voor haar kon hebben! God, wat moest ze hem haten!

Straks. Straks kwam Leonie. Nu eerst die twee aan de overkant. Want het was duidelijk. De man die eerst bij Leonie op bezoek was geweest had daar waarschijnlijk die politievrouw gebeld. Ze had een hoge rang, want hij zag twee zilveren sterren. Ze kenden elkaar, en goed. Als hij de man niet met eigen ogen bij Leonie had gezien, zou hij gedacht hebben dat ze gewoon een stel waren, al kusten ze elkaar niet, maar soms hielden ze even elkaars hand vast. Collega's die het met elkaar deden? De vrouw zag er goed uit. Dik blond opgestoken haar, grote borsten onder haar blauwgrijze bloes. De man had hij pas goed kunnen zien toen de lichten op het terras waren ontstoken. Een jaar of veertig, een lang mager gezicht dat hem deed denken aan Fred Astaire.

Toch had hij nog getwijfeld. Het kon nog steeds toeval zijn. De man kon haar ook best om andere redenen hebben opgezocht.

Ondanks z'n zenuwen had Vogel het risico vijf minuten geleden genomen. Hij moest het verdomme weten! Hij was van de andere kant het terras opgekomen waar kelners afruimden. Hij was in de schaduwen stil blijven staan als een klant die niet goed weet of hij binnen of buiten zou gaan eten. Op nog geen twee meter van de man en de politievrouw die met hun gezicht naar de straat zaten.

'Waarom zou hij die pastoor hebben vermoord?' hoorde hij de vrouw zeggen.

Hij had zich vast moeten grijpen aan een tafeltje, zodat een kelner hem verbaasd had opgenomen. 'Voelt u zich niet goed, meneer?'

Hij was teruggerend, de veilige duisternis in. Daar had hij zich moeten bedwingen om niet meteen naar het huis te gaan en Leonie neer te schieten. Straks! Tijd genoeg! Het geld en de pas zou hij toch pas de volgende ochtend krijgen. Eerst die vent en die politievrouw. De man had zojuist afgerekend. De vrouw was met de fiets gekomen. Wat zou hij doen als ze hier uit elkaar gingen?

Godverdomme, hoe wisten ze van die priester? Had hij iets achtergelaten in die pastorie wat hen op zijn spoor had gezet?

Hij verstrakte. Op het terras waren de man en de vrouw opgestaan. De man hielp haar in haar tuniek en trok daarna zijn colbertje aan. Hij zette zijn hoed op en zei iets tegen haar. Ze knikte. Ze liepen samen onder het lamplicht de stoep op en wandelden tot zijn opluchting ook samen in de richting van het plein. Tot hij zich plotsklaps in paniek herinnerde dat er daar een politiepost aan de andere kant was.

Maar ze staken het plein over en lieten het Kurhaus links liggen. Hij holde er achter aan en zag hen tussen mensen een straatje inslaan waarvan hij wist dat het naar de boulevard leidde.

Terwijl hij zo dicht mogelijk langs de gevels schoof, haalde hij het pistool uit zijn binnenzak en stak het slinks tussen z'n broeksband. De zeewind voerde trompetmuziek aan, hoge tonen die plotseling afbraken. Applaus klonk onder het ruisen van de zee die inktzwart voor hem lag. Even wist hij niet waar de twee waren gebleven, maar toen zag hij hen weer in de straal van de vuurtoren die hen enkele seconden als een zoeklicht tussen de hoge strandstoelen bescheen.

'Heb je al iets van Hanneke gehoord?' Linda boog zich weg van de wind om haar sigaret aan te steken.

'Ja,' zei Fabius. 'Het ging prima met haar. Ze waren op speurtocht, dus ze zal hopelijk nu wel uitgeput op haar strozak liggen.'

Linda's sigaret gloeide op in het donker. Even zag hij haar ogen oplichten. De rook dreef weg in de wind, naar het staketsel niet ver van hen in zee dat de wandelpier was geweest. De trompet klonk weer, eronder de sonore uithalen van een trombone, er vrolijk en riedelend een klarinet omheen.

'Goed, hè?' zei Linda. Ze stond stil en luisterde met haar gezicht van hem afgewend, haar borsten scherp afgetekend tegen het bleekgrijze zand in het licht van de vuurtoren.

Fabius grinnikte, zette z'n hoed vaster op z'n hoofd en pakte haar vast. 'Mag ik deze dans?'

Ze lachte en draaide zich naar hem om. In die fractie van een seconde voor hij het oranje vlammetje zag dacht hij zelfs nog dat de knal bij de muziek hoorde; toen zag hij haar mond zich openen en het bloed als een zwarte fontein uit haar slaap spuiten. Ze viel tegen hem aan, terwijl hij haar warme bloed tegen zijn gezicht en handen voelde spetteren. Een tweede knal echode door de nacht. De trompet schalde er octaven hoger bovenuit.

Hij schreeuwde het uit terwijl haar gewicht hem door zijn knieën deed zakken in het rulle zand. 'Linda!'

Toen pas zag hij de man, een inktzwart silhouet even gevangen in de volgende lichtbundel van de vuurtoren. Nog voor de volgende knal had Fabius zich laten vallen, zijn hand op haar borsten.

Pistool! Haar pistool! flitste het wanhopig door hem heen. Zijn hand gleed over haar ribben naar haar middel, zijn ogen samengeknepen naar het pikkedonker voor zich, terwijl achter hem trompet en trombones aan een oorverdovend slot van St. James Infirmary begonnen. Zijn natte vingers raakten de kolf en hij trok het pistool met een ruk onder het riempje vandaan, draaide opzij en rolde weg van haar lichaam, om en om, het pistool in beide handen tegen zijn pompende borstkas aan tot hij een strandstoel raakte, waar hij hijgend stil bleef liggen. Hij trilde over zijn hele lichaam en voelde de tranen in zijn ogen.

Wie was het? Linda's werk? Iemand die haar gevolgd had en nu hier zijn kans schoon had gezien? Een man? Meer? Maar als het om haar ging, waarom was de man dan niet weggerend? Er niet zeker van?

Godverdomme, Linda.

De muziek brak plotseling af. Hij hield zijn adem in. De enkele seconden stilte leken een eeuwigheid te duren. Maar hij was er zeker van dat hij onder het ruisen van de golven iemand had gehoord. Een zacht schuifelen.

Het applaus barstte los als een onweer.

Fabius kwam razendsnel overeind, het pistool nog steeds in beide handen, de pal overgehaald, de loop gericht op de gestalte die vlak voor hem opdoemde.

Hij schoot, achter elkaar, zes maal; hij hoorde de knallen nauwelijks, voelde de terugslag van het wapen in al zijn schouderspieren, de bittere geur van kruitdamp in zijn neus.

Toen hij weer keek was de gestalte verdwenen, zodat hij heel even verward terugdeinsde. Toen streek het zachtgele licht van de vuurtoren over zijn bebloede hand en het strand en zag hij de man op nog geen paar meter afstand van hem op de rug liggen. Nog voor Fabius een stap had gedaan, zag hij verbijsterd onder het door bloed rood gekleurde sluike haar de helpaarse brandplek onder het rafelige gat waar Julius Vogel door een van de kogels was getroffen.

14

Gefascineerd keek Bernhard toe hoe de oudere vrouw met een vriendelijke glimlach naar Marijke toeliep. Zijn jongste draaide haar hoofdje verwachtingsvol in de richting van de voetstappen op het parket. Hij zag hoe Juliana strak in haar fauteuil zat, haar beringde handen gevouwen in haar schoot, haar ogen gefixeerd op juffrouw Hofmans. Aan haar linkerhand zat Rita Pennink, met de wat angstig kijkende Margrietje op schoot en een nieuwsgierige Ireentje op de grond aan haar voeten. Beatrix zat tegenover Bernhard met haar rug in het raamkozijn, naast de hoge boekenkasten, het blozende gezicht ostentatief afgewend van de oudere vrouw die nu zachtjes met beide handen boven Marijkes korte haar cirkelende gebaren maakte. Bernhard glimlachte even om de pruillip van zijn oudste kind. Hij wist hoe ze zich voelde. Nog geen uurtje geleden had hij met haar op haar boetseerkamertje helemaal achterin de vleugel gepraat en voor de zoveelste maal had hij zich zowel verbaasd als verheugd over haar koppigheid.

'Papa, ik wil dit niet!'

'Trix, je kan veel niet willen, maar het moet.'

'Dat mens hoort niet bij ons!'

'Mama wil het ook, lieverd.'

'Mama is gek!'

'Trix, dat heb ik niet gehoord!'

'Mama is gek!'

'Trix!'

'Je zei toch dat je het niet had gehoord!'

Woedend en stampvoetend had ze het paardje van klei dat ze zo-even had geboetseerd van de tafel geveegd. Beatrix Armgard.

Tien jaar oud, en net zo koppig en driftig als Mutti en hij.

Dat ze hem tenslotte gehoorzaamd had en mee was gekomen naar de bibliotheek, was alleen hieraan te danken: Trix, zo jong als ze was, wist wanneer ze zich in moest houden. Voorlopig althans, want voor je het wist kon ze weer losbarsten.

Onder zijn hand voelde hij Martin trillen. De Ierse setter zat rechtop, maar hield zijn kop net als Trix afgewend. Van tijd tot tijd hoorde Bernhard een zacht grommen, bijna precies zoals het geluid dat de hond soms in de bossen maakte wanneer het er doodstil was en niets te zien of te horen viel.

Precies zo stil was het nu Hofmans haar magere handen boven Marijkes hoofdje hield. Koot en Rita Pennink hadden al verteld dat er feitelijk niets bijzonders gebeurde. Op de avond na een receptie in het paleis op de Dam had hij het café gezien waar Hofmans praktiseerde. Daarna hadden zij, Juliana en hij elkaar nog ontmoet in een villa van Pierson in Baarn. Jula had een fotootje van Marijke aan haar gegeven, waarop ze in gebed was verzonken. Minuten later had ze haar vreemde, grijze ogen weer geopend: 'Ik zou haar graag zelf willen zien.'

'Wat doet u dan?' had hij geïnformeerd.

'Zelf doe ik niets, koninklijke hoogheid. Niets anders dan de mensen op te dragen in de genade van de Here Jezus.'

Tot zijn verwondering praatte ze wat plat, een beetje volks, en zo zag ze er ook uit. Maar op de een of andere manier maakte haar optreden zoveel indruk dat je je daar niet aan stoorde. Sterker: ondanks al zijn twijfels moest hij toegeven dat hij zelden iemand had ontmoet die zoveel innerlijke kracht en rust uitstraalde, zelfs naar hem, die toch bekend stond om zijn ongeduld en cynisme.

Ze had zoals ze het noemde, een 'formule' die ze niet mocht vertellen van de Goddelijke Krachten die haar dreven. Hij had het allemaal tamelijk sceptisch aangehoord, hoewel hij wel een beetje dacht te begrijpen wat ze bedoelde. Tijdens zijn vele reizen had hij sjamanen, tovenaars, priesters en medicijnmannen dezelfde dingen horen zeggen en hij had soms ook bizarre dingen ervaren, maar dat was in donker Afrika en Zuid-Amerika, waarvan iedereen wel wist dat de inboorlingen over krachten beschikten die onverklaarbaar waren voor de westerling. Juffrouw Hofmans zag er allerminst uit alsof ze bovennatuurlijke gaven had met haar grijze piekhaar, scherpe neus en hoekig, mannelijk postuur in een vormeloos grijs mantelpak. Het pleitte echter voor haar dat ze dat zelf ook direct had toegegeven.

'Ik probeer mij slechts volledig aan Christus over te geven.'

'Baat het niet, dan schaadt het niet, wat?' had Koot gezegd.

'Laten wij in stilte bidden tot God de Heer of Hij Marijke wil genezen,' zei de oudere vrouw. Ze hield haar ogen nog steeds dicht, haar handen nu gevouwen op Marijkes hoofdje. Ook Juliana sloot haar ogen en Rita Pennink beduidde Margiet en Irene hetzelfde te doen. Beatrix staarde uit het grote raam. Bernhard schudde zijn hoofd en kneep zijn ogen samen tot spleetjes. De hond naast hem leek te slapen.

'U moet u allen volledig aan Jezus geven,' zei Greet Hofmans. Haar stem klonk nu wat hoger en bijna zangerig. 'Luister naar Zijn stem. Neem in een geloof zonder enige twijfel en zonder vragen Zijn liefde tot u.'

'Mamma, ik ben bang,' zei Marijke met een bibberend stemmetje.

Beatrix keek even om en schudde haar hoofd, zodat de strik in haar haar meedanste. Bernhard bracht waarschuwend een wijsvinger voor z'n lippen. Ze maakte een grimas en keek weer woedend strak voor zich uit.

'Amen,' zei Greet Hofmans. Ze glimlachte en deed haar ogen open, ogen die heel even, dacht Bernhard, fel en doordringend op Trix waren gericht, maar meteen daarop zachter werden en zich tot Juliana wendden, die vragend opkeek.

Greet Hofmans deed een stapje naar haar toe en boog haar

magere hoofd in een soort eerbetoon. 'Binnen twee jaar zal uw kind een normaal gezichtsvermogen hebben, als u haar door mij aan God laat opdragen.'

Juliana's ogen verwijdden zich verrast. Rita Pennink lachte blij en zette Margrietje neer om Marijke op te kunnen vangen, die op haar toe kwam dribbelen. Ireentje keek gebiologeerd naar Hofmans, die zich daar plotseling van bewust scheen want ze draaide zich om en nam het meisje scherp op.

'Wat is er?' vroeg Juliana ongerust. 'Is er iets niet in orde, juffrouw?'

'Merkwaardig,' zei de oudere vrouw. 'Ik zag even een glinsterend aura rond het hoofd van uw dochtertje Irene.' Ze hurkte neer en nam Irene's handje in de hare. 'Je weet dat het waar is, hè, dat er stemmen zijn in de bomen en planten?'

Ireentje knikte. 'Ja, want mamma kan ze horen.'

'En jij ook?'

'Soms.'

Plotseling sprong Beatrix van de vensterbank en liep zonder nog om te kijken met grote passen de bibliotheek door naar de gangdeur. Bernhard zag hoe Hofmans even haar ogen samenkneep toen de deur dichtsloeg, zo hard dat de hond naast hem geschrokken overeind vloog.

'Rustig Martin, rustig!' Bernhard kwam overeind en liep naar het drukbelletje naast een van de boekenkasten.

'Tijd voor een drankje! Mejuffrouw Hofmans?'

De oudere vrouw kwam overeind. 'Een glas water alstublieft.'

Bernhard fronste en drukte op het belletje.

'Ik hoorde van uw secretaris dat een van uw paarden ziek is,' zei juffrouw Hofmans.

'Ja!' zei Ireentje. 'NoNoNanette!'

'Dat klopt,' zei Bernhard. 'De dierenarts is geweest, maar weet niet wat het dier heeft. Heel vervelend want het is een van mijn favoriete springpaarden en ik zou volgende week met mijn stiefvader meedoen aan een springconcours, waar ik hem graag zou berijden.'

'Zou ik er eens naar mogen kijken?'

Bernhard grinnikte. 'Kunt u ook paarden genezen?'

'Ik niet, Hoogheid.' Haar dunne lippen glimlachten, maar haar lichtgrijze ogen stonden ernstig. 'God zorgt voor al Zijn schepsels, groot of klein.'

Ireentje sprong overeind. 'Pap, laten we dat doen. Ik vind het toch zo zielig voor NoNoNanette. Hij staat daar maar de hele dag!'

'Ikke mee, ikke mee!' Marijke draafde al naar hem toe. Hij tilde haar op.

'Zo meteen lieverds, zo meteen.'

Vergiste hij zich of keek Marijke hem nu al rechter aan vanachter de dikke brillenglazen?

Met haar tegen zich aan wendde hij zich naar zijn vrouw, die hem vertederd opnam. Verrast betrapte Bernhard zich erop dat hij haar mooi en lief vond zoals ze daar zat in haar blauwe japon, en toen ze overeind kwam en hem spontaan een kus op zijn wang gaf, voelde hij een genegenheid waarvan hij dacht dat hij die al jaren kwijt was.

'O pappie,' zei Juliana vrolijk, 'stel je voor! Wat zou het toch heerlijk zijn als Marijke zou genezen!

'En NoNoNanette!' riep Ireentje zodat ze in lachen uitbarstten. Zelfs, zag Bernhard verbaasd, Greet Hofmans. Haar lichte ogen keken hem zo stralend aan dat hij verlegen Marijke op de grond zette en bijna blij was dat er een lakei vragend in de deuropening stond.

DEEL 2

1952

I

Voorjaar 1952

Hans Teengs Gerritsen – 'Teengs' voor zijn vele vrienden – vond dat er geen kerel op de wereld rondliep zoals Bernhard van Lippe. Een vent uit één stuk, zo zei hij altijd, zoals er maar heel weinig zijn, op wie je rotsvast kon bouwen en met wie je bovendien een hoop lol kon beleven. Ze hadden elkaar, lang voor de prins met Jula was getrouwd, ontmoet op een jaarfeest van de Anglo-American Club in Lausanne, waar Bernhard en zijn broer Aschwin studeerden, net als hijzelf. Bernhard en hij hadden dezelfde vrouw op het oog; een weelderige Amerikaanse met een nietsverhullend jurkje aan. Hij had niet geweten wie Bernhard was en hem gesommeerd op te sodemieteren als hij de kans niet wilde lopen zijn uilenbrilletje kwijt te raken. Bernhard had hem geslagen en hij had Bernhard onderuit geschopt, totdat iemand hem had toegesist of hij gek was geworden. Dat was hij niet, hij was gewoon aangeschoten, net als Bernhard wiens uilenbrilletje trouwens aan gruzelementen lag.

Vierentwintig uur later hadden ze elkaar weer ontmoet op een ander feest, waar Bernhard met dezelfde Amerikaanse was. 'Als u het goed wilt maken, meneer Gerritsen, dan biedt u mij uw appartement voor enkele uren aan, want mijn stiefvader zit helaas met zijn maîtresse op het mijne,' had Bernhard gezegd.

Teengs grinnikte zachtjes om zijn slapende medepassagier niet te wekken en drukte het gaspedaal verder in nu hij de bocht bijna door was. De zware Buick schoot naar voren op de stille autoweg.

'Meneer Gerritsen.' 'Meneer Lippe.'

Dat gedenkwaardige moment had voorjaar 1929 plaatsgevonden: Bernhard was zeventien, hij net achttien. Vanaf dat moment waren ze boezemvrienden geweest, twee jongemannen met dezelfde interesses: sport, geld en vrouwen. Sporten was tennissen, zwemmen, skiën en voor Bernhard vooral paardrijden. Vrouwen waren er in alle soorten, leeftijden en maten. Alleen het geld was voortdurend een probleem geweest, net als overigens hun studieresultaten.

Bernhard was begin 1930 door zijn moeder Armgard naar Parijs gestuurd om verder te studeren. Daar ging hij bij een oom en tante wonen, die hem in toom moesten houden. Ook daarna hadden ze nog wel contact gehouden maar dat was pas weer frequent geworden toen Bernhard Jula tegen het lijf was gelopen. Hij werkte toen bij het Duitse chemieconcern IG-Farben in de Franse hoofdstad en het lot had het zo gewild dat hij, Hans Gerritsen, net begonnen was bij GS III, de Nederlandse militaire inlichtingendienst met de taak om juist vertegenwoordigers van dat IG-Farben in de gaten te houden.

'Wat vind je van haar, Teengs?'

Juliana was idolaat van Bernhard geweest en Bernhard van haar, dus wat hij had kunnen doen? Hij had gezegd wat hij had moeten zeggen, ook al was hij Bernhards beste vriend. Of misschien juist daarom. Want ook toen al had hij op z'n klompen aangevoeld dat de twee niet bij elkaar pasten. En zo trouw en loyaal Bernhard aan zijn vele vrienden was, zo ontrouw was hij zijn vriendinnen. Maar het was goed gegaan en Bernhard was van de ene op de andere dag Prins van Oranje met een familiefortuin dat bij benadering niet eens viel te schatten.

'You're a lucky asshole, Benno!' had hij gezegd.

Maar nu niet meer, dacht Teengs. Allang niet meer. Bernhard zat dik in de stront! Veel gelachen, veel gedronken, veel gejaagd, veel feesten, veel zaken en vooral ook veel vrouwen.

'You know His Royal Highness quite well, don't you Hans?'

Dezelfde vraag die ze hem nu weer hadden gesteld, vorige week op het Department of Foreign Affairs in Washington. Hij had gedacht dat de uitnodiging te maken had met de aanschaf van de nieuwe Lockheed Neptune voor de Marine Luchtvaartdienst. Want dat waren zijn zaken geworden, vliegtuigen. Al als jongen was hij, net als Bernhard, daarin geïnteresseerd geweest. En na de oorlog waren vliegtuigen 'big business' geworden, zeker in West-Europa en de Verenigde Staten – waarbij de vriendschap met Bernhard hem een unieke en exclusieve alleenvertegenwoordiging voor de Lockheedfabrieken had opgeleverd.

Op het departement was hij tot zijn verbazing echter voorgesteld aan twee mannen die niets van doen hadden met de vliegtuigindustrie – al droeg een van hen wel een generaalsuniform. Zijn naam was Bedell Smith. Ze hadden elkaar al eens eerder ontmoet, op Soestdijk, in de zomer van 1945. Bedell Smith was bevelhebber geweest van een Amerikaanse eenheid tijdens de invasie en een bekende van Bernhard. De andere man had een minstens even klinkende naam: Allen Dulles, een belangrijk Amerikaans ex-diplomaat die zojuist tot de top was toegetreden van de geheime dienst CIA.

'Meneer Gerritsen... Of mag ik Teengs zeggen?'

Dulles liet meteen blijken goed geïnformeerd te zijn, want zijn moedersnaam Teengs had hij nog niet zo lang aan de zijne toegevoegd.

'Laten we open kaart spelen, meneer Teengs. Natuurlijk bent u een gewaardeerd partner voor Lockheed, maar u was voorheen ook een zeer gewaardeerd medewerker van de Nederlandse inlichtingendienst.'

Teengs keek even in zijn spiegel en zag dat Einthoven nog steeds sliep, zijn grote vierkante hoofd naar de zon gedraaid, zijn mond wat open. Louis Einthoven kende hij uit de oorlog. Einthoven had hem, gezien zijn vele buitenlandse contacten en reizen graag op de loonlijst gehad. Maar dat hele BNV was een zootje geweest, vooral door toedoen van de Chef Opsporing Salters, die een coup tegen Einthoven had willen plegen. Teengs was nog steeds blij zelf opgestapt te zijn.

'And you're one of Prince Bernhard's best friends, if not his best.'

Dat was nog steeds waar, al hadden ze elkaar de laatste tijd vanwege zijn zaken niet veel meer gezien. En elke keer was hij geschrokken. Want Bernhard was erg veranderd. Hij was somber geworden, gedeprimeerd en nog meer opvliegend dan hij al van nature was. Teengs wist wel waarom. Bernhard voelde zich geïsoleerd en veel te beperkt in zijn doen en laten, nu de oorlog geschiedenis was geworden. 'Londen, old boy,' had Teengs hem wel eens cynisch gezegd, 'heeft je uitstel van executie gegeven, maar nu ben je wat altijd de bedoeling was: Jula's schaduw. Je bent prins-gemaal, ouwe jongen, met de nadruk op "gemaal".'

Teengs draaide de Buick naar links om een tractor in te halen. Aan de overkant van de rivier kon hij het silhouet van Arnhem zien, de Eusebiustoren zwart tegen de lichte hemel. Automatisch dacht hij aan honderden door het zonlicht beschenen parachutisten die naar beneden kwamen zweven.

'Wij maken ons al enkele jaren zorgen over uw koningshuis, meneer Teengs,' had Dulles gezegd. 'Niet over uw en onze vriend de prins, maar wel over zijn vrouw.'

Juist omdat hij de laatste tijd nauwelijks op Soestdijk was geweest, had hij niet begrepen wat ze bedoelden.

'Via onze ambassadeur in Den Haag bereiken ons de laatste tijd steeds meer berichten dat uw Koningin evenals haar moeder er theorieën op nahoudt die zich slecht verhouden met de banden tussen onze beide landen en het Atlantisch Pact. Heeft de prins u daarover nooit aangesproken?'

'Nee.'

'Onze informatie,' had Bedell Smith bezorgd gezegd, 'wijst erop dat koningin Juliana sterk neigt naar de zogenaamde neutraliteitsgedachte. Om niet te zeggen: een anti-Atlantische en anti-Amerikaanse gedachtestelling.'

Verbluft had hij het aangehoord. Jula! Jula was dol geweest op de USA, al die jaren had ze in Canada verbleven; daar was ze bevriend geraakt met de weduwe van Roosevelt en de vrouw van Truman. Wel wist hij ook dat ze diep was geschokt over alles wat nu zo langzamerhand bekend werd over de oorlogsgruwelen. Smalend had Bernhard het wel eens over een 'debating clubje van haar en Wilhelmina' dat regelmatig bijeenkwam op het jachtslot achter paleis Het Loo. 'Ze wil de zwaarden tot ploegscharen omsmeden, Teengs! Moet je nagaan: Jula! Ze kan nog niet eens met een naaimachine overweg!'

Juliana was altijd al geïnteresseerd geweest in mystiek en religie. Al voor de oorlog was er een wichelroedeloopster ontboden om de juiste plaats aan te wijzen waar Beatrix' wiegje moest komen te staan. Juliana had Teengs vaak lastiggevallen met haar theorieën zodat Bernhard hem uit de netelige situatie had moeten redden: 'Mammie! Hans is een zakenman, die dient de Mammon, ja?'

Arnhem verdween uit zijn spiegel. Onder het zachte geronk van de Buick kon hij zo nu en dan het snurken van Einthoven opvangen.

Het zat anders wel in de familie van de Oranjes. Ondanks haar krijgshaftige opvoeding had Wilhelmina gedweept met hindoeïsme en boeddhisme. Haar man Hendrik had ze indertijd laten behandelen door een zekere Felix Kersten, die zich 'Manueller Heilkundiger' noemde en later nota bene Heinrich Himmler had gemasseerd. Volgens Bernhard vroeg zijn schoonmoeder zelfs 's avonds de portretten van haar voorouders om raad! Maar Bernhard zelf was er ook niet helemaal ongevoelig voor, want ooit had hij in Afrika een tatoeage van een slang laten aanbrengen, om lichamelijk en geestelijk onheil te weren. En herhaalde malen had hij een zekere Gerard Croiset, paragnost, aan het Hof ontboden.

Maar dat was maar flauwekul, die hem net als dat studieclubje een tamelijk onschuldig tijdverdrijf toescheen, en zeker geen reden tot de bezorgdheid zoals Bedell Smith en Dulles die hadden geuit. Ook niet het feit dat mensen als de gebroeders Pierson, de familie Van Heeckeren of Frits Philips en diens echtgenote lid waren van die club. Zelfs Juliana's directeur van haar kabinet mr. A. Tellegen prijkte op de lijst, die Teengs toch kende als een spijkerharde dame die als een van de weinige vrouwen premiers als Beel en Drees rustig durfde tegenspreken. Hij begreep de zorgen wel, maar aan de andere kant leek het hem toch een staaltje van typisch Amerikaanse paranoia, zoals die steeds meer in dat land om zich heen greep. De lijst namen bleek echter door Einthoven persoonlijk opgesteld en ondertekend en had Washington via haar ambassadeur in Den Haag bereikt.

'Het gedachtegoed van uw Koningin en haar aanhangers is vanzelfsprekend in de grond ongevaarlijk en naïef, maar u begrijpt de implicaties, meneer Teengs. Zeker gezien de huidige ontwikkelingen en de situatie in Korea en Indo-China.'

Natuurlijk begreep hij het ook wel. De laatste jaren was er ook in Nederland sprake van een groeiende antipathie tegen Amerika, er waren zelfs mensen die om wat voor reden dan uit het bondgenootschap wilden stappen. Hij had gedacht dat het doorgaans ging om de zogenoemde Derde Weggers, slappe intellectuelen en doorgedraaide theologen. Maar de namen op Einthovens lijst waren van keurige, soms invloedrijke burgers – en dat was inderdaad meer verontrustend.

Zo goed als de Amerikanen waren geïnformeerd, zo slecht waren ze echter op de hoogte van Benno's positie. Wat vast en zeker, dacht Teengs geamuseerd, mede door Bernard zelf was veroorzaakt, want hij was nou eenmaal een opschepper. Maar aan de andere kant was het natuurlijk ook niet leuk om tegen je vele hoge Amerikaanse vrinden toe te moeten geven dat je uniform slechts ceremonieel was.

'Hoe kunnen wij zijn positie aan het hof en in het kabinet versterken?' hadden beide Amerikanen hem gevraagd.

Niet, had hij gezegd, u zou hem hoogstens een plezier kunnen doen door hem meer te betrekken bij zaken van militair-industrieel belang, maar politiek is uitgesloten.

'Heeft een van u hierover met de prins gesproken?' had hij op zijn beurt gevraagd.

'Nog niet. Het dunkt ons beter ons terughoudend op te stellen.'

'Weet hij wel van deze namenlijst?'

'De heer Einthoven zal hem benaderen. Wij zouden graag willen dat u daarbij bent, gezien uw langdurige vriendschap met de prins.'

Vanzelfsprekend wilden of durfden Bedell Smith en Dulles zich niet in Bernards huwelijk te mengen. In dit geval kwam dat immers neer op staatszaken. Even vanzelfsprekend had hij toegestemd; hun belangen waren immers de zijne. En die van Bernhard wiens blazoen hij, zoals hij wel eens spottend, maar daarom niet minder gemeend had opgemerkt, al eens eerder 'anjerwit' had gehouden. Niet eens zozeer wat de dames betrof, hoewel Bernhard zich daar ook wel eens mee in de nesten werkte, maar met vuige aanklachten en roddels over een nazi-verleden.

De schok was pas gekomen toen Einthoven hem had verteld dat het daar ook mee van doen had. Het was een krankzinnig verhaal, maar hij had niet kunnen ontkennen dat het, absurd en ongelooflijk als het was, een verklaring gaf voor Bernhards vreemde gedrag enkele dagen tevoren. Want hij had niets willen horen over de gebedsgenezeres die nu nog steeds in de buurt woonde en door Juul enkele malen per week werd bezocht.

'Benno, weet je wie dat mens om zich heen heeft verzameld?'

'Hans, het kan me niet schelen, zeg ik je!'

'Ook niet dat er mogelijk communistische elementen bij zitten?'

'Hoe kom je daarbij?'

'Einthoven.'

'Einthoven? Laat me niet lachen! Einthoven kan niet eens zijn eigen tent runnen! En al was het Stalin zelf! Het zijn zwevers, Hans, ze hebben geen enkele invloed. Ik heb dat mens de deur uitgezet en daarmee basta!'

Ondanks zijn gebruikelijke bravoure, was Bernhard bang geweest, dat voelde hij. Zo had Teengs hem niet eerder meegemaakt. Bernhard werd zelfs niet bang toen er een panter uit de bomen ergens in Katanga vlak voor hen was gesprongen. Zelfs de dragers waren alle kanten uit gerend, maar Bernhard had het dier met twee schoten omgelegd en daarna rustig een pijp opgestoken, alsof het de kermis was.

Volgens Einthoven zat Wim Salters achter Greet Hofmans, en dat was zo mogelijk nog een grotere schok geweest. Teengs stak een Chesterfield tussen zijn lippen en duwde de aansteker in. Salters! Een rooie rat, die destijds bij het BNV al had gesuggereerd dat Bernhard pas 'goed' was geworden na de geallieerde overwinningen bij Stalingrad en El Alamein.

Volgens Einthoven had Van 't Sant Salters erover geïnformeerd. Salters en Van 't Sant! dacht Teengs bitter en stak de sigaret aan. Two of a kind. The wrong kind. Want als er nou iemand wel fout was geweest, dan was het de oude François van 't Sant, die ook in Londen nog steeds contacten met de moffen had onderhouden, maar desondanks Wilhelmina's vertrouweling was gebleven, en zelfs die van Bernhard.

'Je weet dat Salters toen dossiers stal. Daar zaten zowel stukken bij over Van 't Sants rol inzake het Englandspiel als over Bernhard. Salters gebruikt ze als chantagemateriaal. Iemand binnen het hof dreigt Bernhard met belastend materiaal als hij zich nog verder verzet tegen die Hofmans en haar groep.'

In elk geval was Van 't Sant loyaal want hij had de chantage huilend opgebiecht aan Einthoven.

Een brief! Hoe godverdomme kon Bernhard zo stom zijn geweest die te schrijven? 'Ook onder invloed van Van 't Sant', had Einthoven somber gezegd. 'Vergeet niet dat hij voor de oorlog nauw samenwerkte met de Duitsers. Onder meer met Bernhards stiefvader Panchoulidzew, die toen bij de Abwehr zat.'

Dat had hij wel geweten. Het was de reden dat Wilhelmina, terecht natuurlijk, Bernhard geen toestemming had gegeven om zijn moeder Armgard met Panchoulidzew huisvesting te geven in Nederland, hoe graag Bernhard en zeker Armgard dat ook wilden, vanwege zijn kinderen, die dol op de Duitse oma waren.

Was het waar? Bestond er werkelijk zo'n brief?

'Er is maar een manier om erachter te komen, beste Teengs.'

'Je dacht toch niet dat Panchoulidzew dat wil toegeven? En als hij het doet, dan Armgard zeker niet!'

'Wel als we hun iets kunnen bieden.'

'Wat?'

'Wat dacht je van de lang gekoesterde wens in de buurt van de kleinkinderen te kunnen wonen?'

'Hoe wou je dat in godsnaam voor elkaar krijgen?!'

'Ik heb zo mijn contacten, beste Teengs. Wat dacht je van Beel?'

Dat Einthoven de meest invloedrijke politici tot zijn vrienden rekende, was hem bekend, maar zelfs Beel, de man die wel de 'onderkoning' van Nederland werd genoemd?

'Beel deelt de zorgen van ons en onze Amerikaanse vrinden.'

Natuurlijk zou vooral Armgard het willen, maar dan nog! dacht Teengs somber. Hij remde af voor enkele auto's die voor de Nederlandse douanepost wachtten. Als die brief werkelijk bestond, dan zou ze gek zijn toe te geven dat hij door haar zoon was geschreven! Hij rookte bezorgd en zag toen verrast in zijn spiegel dat Einthoven hem geamuseerd vanaf de achterbank opnam.

'Aan je gezicht te zien', zei Einthoven, 'zit je te denken dat we op een heilloze missie zijn, nietwaar?'

Hij glimlachte en bracht zijn massieve bovenlichaam wat overeind. 'Ach, kijk, Duitsland. Lang geleden, Teengs, lang geleden. Benieuwd hoe de boel erbij ligt.'

Hij bracht een hand tussen de revers van zijn jasje en Teengs meende dat hij zijn paspoort zocht, maar in plaats daarvan haalde Einthoven een envelop tevoorschijn die hij hem toestak.

'Wat zeggen ze wel eens, Teengs? Make them an offer you can't refuse?'

Hij haalde z'n sigaretten tevoorschijn en keek nieuwsgierig naar buiten. 'Maak maar open.'

Bevreemd haalde Teengs enkele vellen papier uit de blanco envelop en las, maar al na enkele seconden keek hij verbijsterd op. 'Jesus Christ, Louis! Trix?'

'Niet meteen, beste jongen. Eerst Bernhard... Trek even op, wil je, we kunnen verder.'

Prinses Armgard staarde uit het grote raam naar de grijsgrauwe weilanden, waarachter de Rijn zich in lussen door het vlakke land slingerde. Aan de overkant van de rivier doemden de contouren op van het stadje Obersdorf, grijs en streperig in de regen als een gearceerde potloodtekening. Een aak voer langzaam voorbij en verdween in de schaduwen van de kapotgeschoten hangbrug, die naar het stadje voerde. Ze kneep haar ogen wat toe en probeerde zich voor te stellen hoe het beeld eruit had gezien toen ze nog jong was en hier met haar ouders had gelogeerd. Lange, warme zomervakanties, zorgeloos flaneren langs de terrasjes en de uitspanningen aan de oever waar nu slechts troosteloos geknakte, dode bomen stonden; lange avonden waarop haar moeder haar mee uitnam naar een Bal Masqué in Hotel Adlersdorf of Das Vierwartel. De dansavonden waarop de Pruisische officieren en adel zich in vol ornaat lieten zien, hongerig naar avontuurtjes, die doorgaans eindigden in een luxe suite of onderin een speciaal compartiment van een plezierboot. Strijkkwartetten en orkestjes die romantische muziek speelden onder geïllumineerde slingers in de bomen aan de waterkant.

Hoe lang was dat geleden? Het maakte niet uit, niet meer. Het was geweest en verdwenen. Net als nadien Berlijn, het Berlijn van even na de eeuwwisseling, de keizerlijke residentie waar de 'Stimmung' heerste en waarover de grote Stefan Zweig zo lyrisch had geschreven. De bridgeavonden, de party's en recepties in ambassades en luxe hotels, de cabarets, casino's en café-dansants op Unter den Linden zoals zelfs Parijs ze niet kende, de diners in Der Tiergarten, de mysterieuze rendez-voushuizen, de feesten en partijen in de landhuizen even buiten de stad.

Haar eerste, kortstondige huwelijk met Bodo, graaf van Oeynhausen, die haar de stad had leren kennen. Bodo die zich meer tot de gepoederde jongens aangetrokken had gevoeld, zoals zij zich tot de jonge gardeofficieren van het Keizerlijk Regiment.

'Tolle Lola', wie kende haar toen niet?

'Alles verschwunden, vergangen, vernichtet.'

Zonder te kijken pakte ze het glas port van het Chinese tafeltje en nipte eraan, in gedachten alweer ver weg, zowel in tijd als plaats.

Haar tweede huwelijk was met de prins zur Lippe geweest, die haar had meegenomen naar Brandenburg, naar het landgoed

Woynowo nabij de Poolse grens. Ver van Berlijn, tussen de boeren en Pruisische horken, die niets liever deden dan zich bezatten of op reebokken en wilde zwijnen schieten. Net als haar man. Ze was te jong geweest om zich te verzetten tegen de eis van haar ouders, die gemeend hadden dat Lippe een grootse toekomst voor zich had. Naïef had ze dat zelf aanvankelijk ook gedacht, maar de schellen waren haar al snel van de ogen gevallen. Vernis was het, een dunne laag vernis. Haar man was niet veel meer dan een verarmde en onbeduidende 'Junker', laf en kleinzielig, ondanks zijn leeftijd nog onder de plak van zijn heerszuchtige vader, die hem had aangezet militair te worden. God, wat had ze gehoopt op de boodschap van het front dat hij was gesneuveld! Dat ze, net als al die andere duizenden weduwen, zich had kunnen tooien in het zwart en hem achter zijn baar op zijn laatste reis had kunnen vergezellen! Het was waar wat ze zeiden, 'der liebe Gott' riep eerst degenen die Hij liefhad. Maar niet haar man.

Ze had er Hem zelfs in haar gebed om gesmeekt. 1914: 'Bernilo' al drie jaar, kleine Aschwin net geboren. Maar Bernhard sr. was teruggekomen, niet dood, niet eens gewond, maar onderscheiden met de Gekruiste Zwaarden en het IJzeren Kruis I en II.

'Armgard, Liebste?'

Ze draaide zich niet om, wist dat handen zo meteen liefdevol op haar fragiele schouders zouden rusten.

'Was ist, Tschuli?'

De handen raakten haar aan. Onder de geur van haarlotion rook ze de paarden.

'Waar wil je de heren ontvangen? Ik dacht aan de salon, maar misschien prefereer je de serre hier.'

Nog altijd, na al die jaren, sprak haar minnaar gebroken Duits met een zwaar Pools accent. Het ergerde sommige mensen, maar haar vertederde het nog steeds. Zijn rechterhand gleed van haar schouder af en streek even langs haar wang.

'Hier is goed.'

'En wat denk je? Zal ik Lotte opdracht geven de Hollandse jenever te halen?'

Ze draaide zich naar hem om en glimlachte naar de donkere ogen recht tegenover de hare. 'Wou je de heren loslippig zien te krijgen, Alexei?'

Zijn dunne lippen krulden: 'Wanneer zulke belangrijke mannen uit Nederland de moeite nemen prinses Armgard zur Lippe Biesterfeld te bezoeken, is gastvrijheid wel de minste tegenprestatie.'

Alexei Panchoulidzew zei het zonder een spoor van ironie, maar in zijn ogen zag ze dat hij het wel zo bedoelde. Tschuli was nooit erg onder de indruk van Nederlandse gezagsdragers. Evenmin als zijzelf.

'En wat zou het beste dan zijn wat wij hen kunnen bieden?'

'Dat hangt van de reden van hun bezoek af, denk je niet?'

Ze nipte van de port. 'Als *der Hans* erbij is, moet het vanzelfsprekend met Bernilo te maken hebben.'

Zijn ogen lichtten verrast op. 'Zou Bernhard ons dat dan niet zelf komen vertellen?'

'Niet als hij het niet weet.'

'Wat bedoel je?'

Ze zuchtte: 'Wilhelmina haat mij, Tschuli. Ze heeft me uit Nederland en weg van mijn zoon verdreven. Ze is dan wel geen koningin meer, maar iedereen weet dat ze grote invloed heeft op Jula. En hoe ze Bernilo is gaan haten, zeker met die krankzinnige ideeën van haar. De arme jongen heeft niets te vertellen, niet eens naar welke school Trix en Ireentje gaan. Hij had haar nooit moeten trouwen!'

Somber draaide ze zich weer naar het raam.

'Wilhelmina weet heel goed dat de kinderen dol op mij zijn, meer, veel meer dan op haar.' Met een bittere glimlach nipte ze weer van de port. 'Ik vermoed, mein lieber Tschuli, dat de heren ons moeten meedelen dat ik mijn kleinkinderen niet zo frequent meer zal mogen zien.'

'Dat kan ze zich niet permitteren!'

Armgard staarde naar de brug, waarvan de bovenbouw als de nek van een aangeschoten zesender voorover hing in de rivier. Ze herinnerde zich dat ze onder de brug, bij een van de pijlers in een roeibootje op een nacht de liefde had bedreven met twee jonge officieren van het 11e garderegiment huzaren dat zijn standplaats hier in Obersdorf had, en waarvan haar man niet veel later bevelhebbend commandant was geworden. Wie weet waren die twee jongens net als de meesten van het regiment gedood door de Amerikanen die eind april 1945 hier de rivier waren overgestoken, de brug hadden opgeblazen en Obersdorf in de ruïne hadden herschapen die het nog steeds was.

'Natuurlijk kan ze zich dat wel permitteren. Das Weib denkt dat ze die Stellvertreterin van God zelf is. Net als Jula. Das weisst du doch genau wie ich, Tschuli!'

Er werd geklopt en mannenstem riep: 'Kolonel Panchoulidzew?'

'Ich komm doch.' Panchoulidzew deed een stapje naar haar toe en kuste haar op de lippen. 'Ik moet even naar de stallen. Drink niet te veel, Liebchen. Je windt je te veel op; je weet wat de arts gezegd heeft.'

'Ja, ja! Regel die jenever nou maar met Lotte.'

Ze keek hem na, hoe hij op zijn glanzende laarzen over het glanzende parket naar de deur toeliep. Een kleine, schriele man, met een voor zijn leeftijd nog energieke tred. Zijn leeftijd! Hij was zeven jaar jonger dan zij! Al zo lang waren ze samen, zij en kolonel Alexei Panchoulidzew. Al van vóór Bernilo's geboorte!

'Tschuli?'

Ze wierp hem een kushandje toe, dat hij glimlachend retourneerde alvorens de gang op te verdwijnen. Ze schudde haar hoofd. Paarden. Het enige dat hij aan zijn hoofd had, waren zijn paarden. Kon ze maar net zo denken als hij!

Ze zette haar bril af om over haar ogen te wrijven. De laatste tijd kreeg ze steeds meer last van trillingen in haar zicht. Haar arts had gezegd dat het een normaal ouderdomsverschijnsel was, waarover ze zich geen zorgen hoefde te maken. Hij bedoelde het natuurlijk goed, maar hij was nog jong en dus begreep hij niet dat ouderdom nu juist bij uitstek zorgen opwekte. Zorgen en angst. 'Tolle Lola. Alles vergangen.'

Tschuli had gelijk. Ze wond zich ook te veel op. Maar ongetwijfeld was het aangekondigde bezoek uit Den Haag bedoeld om Alexei en haar nog meer te isoleren dan ze hier toch al waren. Al vóór de oorlog had Wilhelmina haar alleen geduld omdat ze Bernilo's moeder was – Bernilo die nodig was geweest om Juliana de status van gehuwde kroonprinses te geven en het voortbestaan van de Oranjes te verzekeren. Maar ook toen al had Wilhelmina haar niet binnen het Hof toegelaten. O, *das Weib* had het slim gedaan! Zij met haar onmetelijke fortuin was zogenaamd zo goedwillend geweest de schulden te voldoen op het Pruisische landgoed, zodat Tschuli en zij er hadden kunnen blijven. Nein! Afgedwongen was het! Weliswaar heel subtiel gebracht door Wilhelmina's vertrouweling Van 't Sant, maar in feite een strikte eis, waartegen ook Bernhard zich niet had kunnen verzetten.

Alles kwam door de oorlog. Alles! Zoals Obersdorf daar tegenover haar nu nog jaren na de nederlaag kapot was, zo was ook haar leven dat.

'Het is ons bekend, prinses Armgard, dat u en uw zonen toenadering zochten tot Berlijn.' Hoe had Van 't Sant dat geweten? Tschuli had het geweten. Natuurlijk, Alexei had als medewerker van de Abwehr het plan zelf ontwikkeld en daarbij ook Wilhelmina's vertrouweling Van 't Sant betrokken. Die laatste had immers lang voor Duitsland gewerkt. Der Lump! Hoe had hij haar kunnen beschuldigen van collaboratie? Het was een goed plan geweest, het zou ontelbaar veel levens hebben gespaard!

Bewijzen waren er niet, had Tschuli haar gerustgesteld. Zeker niet tegen Bernhard. Trouwens, Van 't Sant zou hem ook niet durven beschadigen.

Dat was ook een reden waarom Wilhelmina Bernhard was gaan haten. Hij was de lieveling van het volk. Hij was het symbool van de strijd en de vrijheid geworden en Wilhelmina was doodsbenauwd dat dat ten koste zou gaan van Juliana. Bernhard die aan het hoofd van de strijdkrachten had gestaan, háár Bernhard, die bevriend was met Eisenhower en Dulles. Daarom ook had Wilhelmina zijn taken en bevoegdheden ingeperkt. Daarom had ze Juliana zo beïnvloed dat die lieve Bernilo niets eens zijn dochters mocht opvoeden zoals hij dat wilde. Hij had het haar zelf gezegd: 'Mutti, ik kan niets en ik mag niets.'

Wilhelmina was bang en jaloers. Godsdienstgek was ze geworden daar op Het Loo. En Juliana had ze meegesleept, in de ban van de meest bespottelijke theorieën, de een nog dwazer dan de ander. Dat hadden moeder en dochter al langer gehad, maar nu gingen de geruchten dat ze ook pacifisten en zelfs communisten ontvingen!

Bernhard was wanhopig. 'Mutti, ze wil dat we Marijke laten opereren in Moskou' had hij gezegd. Marijke, haar lievelingskleinkind! Juliana had gehoord dat de Russen de beste oogspecialisten hadden. De Russen! Alexei, die het weten kon, was in een bulderend gelach uitgebarsten: 'Het enige wat ze daar kunnen met ogen is ze uitsteken!' Godzijdank had Bernilo eindelijk met z'n vuist op tafel geslagen, hij die de beste artsen hier in Duitsland en in Amerika kende! Maar nee, natuurlijk niet in het land van de voormalige vijand, al kwamen die verdammte Oranjes er zelf vandaan! En ook niet uit Amerika dat hen nota bene bevrijd had en miljoenen per jaar gaf. Moskou! Alsof Stalin niet vele malen erger was dan de Führer ooit was geweest!

Al die krankzinnige verhalen over Hitler. Het was zo makkelijk nu te zeggen dat hij een oorlogsmisdadiger was geweest. De lafaards: ze hadden hem al die jaren bewonderd. Zij ook. En terecht: Hitler had immers Duitsland uit het moeras van Versailles getrokken en de oude grenzen hersteld. Hij had het Duitse volk zijn eergevoel teruggegeven, werk en welvaart, en ze hadden hem allemaal gesteund, Bernhard en Aschwin ook. Natuurlijk! Hitler had als eerste het Rode Gevaar ingezien. Terwijl de rest van de wereld lafhartig had afgewacht, had hij Stalin aangevallen en hadden honderdduizenden dappere Duitse jongens hun leven gegeven om de communisten te bevechten. Ook voor het Westen. En toen Duitsland uiteindelijk had moeten opgeven, toen hadden ze Hitler aangevallen. En Stalin en zijn trawanten hadden in hun vuistje gelachen.

En nu? Nu hadden al die zogenoemde bevrijders toe moeten staan dat Duitsland in tweeën was gehakt en dat Stalin zich de helft van Berlijn had toegeëigend. Haar Berlijn! En nu huilden ze krokodillentranen in Washington en Londen, nu schreeuwden ze opeens over het Rode Gevaar.

Bernhard had al in Londen geprobeerd die stijfkop Churchill te overtuigen, toen Hess naar Engeland was gekomen, maar in plaats van hem dankbaar te zijn hadden ze hem genegeerd. En nu waren er idioten die hem zelfs nadroegen dat hij lid van de Partij was geweest en bij de SS! Wat hadden zij dan gedaan?

Zelfs kleine Beatrix wist het. Trix was de enige die zich tegen Wilhelmina en Juliana verzette. Maar ach, Trix was pas een kind van veertien jaar. Ze wist heel goed dat het huwelijk tussen haar ouders slecht was. Ze zag dagelijks dat haar lieve vader naar zijn eigen vleugel ging, naar zijn eigen slaapkamer. Trix die haar woedend had gezegd: 'Omi, het komt allemaal door dat enge mens! Mamma en grootmoeder zijn weg van haar, ze denken echt dat ze door God is gezonden en dat ze Marijke kan genezen. Maar ze is een toverkol! En ze wil dat mamma pappa's

Amerikaanse en Engelse vrienden eruit gooit!'

Dat laatste had Bernhard tenminste geweigerd.

'Bernilo, mein Liebster, warum lässt du dich nicht scheiden? Du lebst doch bereits von Tisch und Bett getrennt!'

'Mutti, ik kan toch Trix en de anderen niet daar alleen laten?'

Bernilo. Lieve Bernilo. De tranen stonden haar in de ogen, zodat ze ze moest wegvegen met een kanten zakdoekje.

Ze dacht aan Hans Teengs. Zoveel vrienden als Bernilo had, er was er maar één die hij werkelijk kon vertrouwen en dat was Teengs. Maar ook Teengs stond machteloos tegenover de Oranjes en hun kliek.

'Als het u niet ontrieft, Hoogheid, dan wil ik u gaarne met enkele anderen komen bezoeken.'

Ze kende geen van die anderen persoonlijk of van naam, maar ze wist wel dat ze niet tot het hof of het Nederlandse kabinet behoorden. Ook dat verraadde de hand van das Weib, dacht ze bitter. Want al was Juliana dan nu al enkele jaren Koningin, de werkelijke macht lag nog immer in dat sombere en armoedige paleis Het Loo. En door het tweede echelon te sturen, liet Wilhelmina eens temeer blijken hoe ze dacht over de moeder van haar schoonzoon. Ze voelde de woede weer omhoogkruipen. Wilhelmina nota bene, dochter van een Waldeck Pyrmont en weduwe van een Von Mecklenburg, beide kleine, verarmde adel! Een halve Duitse, vorstin van een voormalig deel van het Duitse Rijk, die haar, Armgard zur Lippe, Freiin von Sierstorff-Cramm, openlijk had vernederd door haar huisvesting in Nederland te ontzeggen. En nu zelfs haar vier kleinkinderen! Haar smalle handen trilden toen ze het glas weer bijvulde uit de karaf, hoewel ze wist dat het haar bloeddruk geen goed zou doen.

Ach, Bernhard... Het had haar zo mooi toegeschenen toen hij, vrolijk en zwierig als hij toen was, op Reckenwalde was komen vertellen dat hij zich wilde verloven met de Hollandse kroonprinses.

'Bist du wirklich verliebt, Bernilo?'

Hij had gelachen en geknikt. Was Bernhard ooit niet verliefd? Wat dat betreft aardde hij naar haar. Maar zij was een vrouw, en vrouwen waren wat dat betreft minder naïef dan mannen.

'Stem je ermee in, Mutti?'

Natuurlijk had ze dat gedaan. Welke moeder zou haar kind het huwelijk met de geliefde kunnen ontzeggen? Kon ze zich het aanrekenen dat ze zich daarin had vergist? Tschuli vond dat quatsch en hij had gelijk. Niemand had kunnen bevroeden hoe het was gelopen. Juliana, dat schuchtere, naïeve koningskind, was in de jaren dat Bernhard in Londen zat en zij in Canada totaal veranderd. En haar moeder Wilhelmina nog meer!

In de tuin zag ze Alexei te paard naar de hekken toe galopperen. Ondanks haar tranen moest ze lachen om zijn jongensachtige bravoure. Hij stapte af en trok de ijzeren toegangsdeuren open, zo ver dat de auto erachter tussen de pilaren door kon.

Heel even keek Armgard toe hoe haar Tschuli weer op de schimmel klom en de auto voorging, tot ze uit haar blikveld verdwenen. Ze zette het lege glas neer op het tafeltje en haastte zich naar haar boudoir om de sporen van haar verdriet weg te werken.

2

Nu de jaren vijftig waren begonnen, leek het wel alsof iedereen de oorlog zo snel mogelijk wilde vergeten. Je zag het dagelijks om je heen aan de winkels en kleding, aan het feit dat er geen bonnen of punten meer waren; aan de mode, de nieuwbouw, de kleuren, aan het verse fruit en groente die nu heel gewoon waren. Je merkte het aan de nieuwe programma's, de muziek en stemmen op de radio, aan de nieuwe gezichten in het theater, de film en in de politiek. Maar vooral omdat er steeds minder over die oorlog werd gepraat en geschreven. Natuurlijk waren er 4 en 5 mei, en je zag ook wel op andere data parades en militairen. En je hoorde en las er ook nog wel over, maar het scheen nu allemaal echt voorgoed geschiedenis; het bepaalde niet langer het dagelijks leven en denken. Alsof er in één keer besloten was dat het nu genoeg was geweest, dat de rouwperiode over en voorbij was.

Het was ook onvoorstelbaar, vond Neel, dat er sindsdien al zoveel jaren waren verstreken. Die vijf oorlogsjaren hadden achteraf gezien een eeuwigheid geduurd, ook in Londen, maar de jaren erna schenen voorbij gevlogen!

Ook op haar eigen vakgebied merkte ze de veranderingen. De Nieuwezijds floreerde nog net als vroeger, dat wel, maar er hing een hele andere sfeer: zakelijker, gehaaster, harder. Voor en direct ná de oorlog deed je je best de krant zo goed mogelijk te maken; nu was het vooral snelheid waarop werd gehamerd. Snelle en kortere nieuwsberichten, meer foto's, meer kaders, ruim gezette 'Ankeilers', grotere koppen. Vroeger zou je het niet in je hoofd hebben gehaald om een kop in Bodoni .48 op te maken, zelfs niet als een staatshoofd was vermoord – nu schaamden zelfs kwaliteitskranten als het *Handelsblad* zich niet het nieuws aan te dikken en op te blazen. En als je soms zag wat *De Telegraaf* en *Het Nieuws van de Dag* zich permitteerden! Je had als persbureau dan wel niets met de opmaak te maken, maar wel met de nieuwsvoorziening en álles leek op die manier wel nieuws, althans het werd zo gebracht. Het ging natuurlijk om geld. Dat was het vooral: het wereldje draaide veel meer om concurrentie en geld dan voorheen.

Misschien werd ze oud, dacht ze en staarde naar de weilanden die voorbij kwamen. Zou dat het zijn? Achtendertig, dat was toch niet te oud voor het vak! Er waren inderdaad veel jongere collega's bijgekomen: leerlingverslaggevers van achttien, negentien jaar, die de vooroorlogse periode nauwelijks bewust hadden meegemaakt. Ze dachten en praatten anders, hadden andere smaken en interesses, dat was natuurlijk waar, maar aan de andere kant: haar eigen generatie en zelfs die boven haar trokken nog steeds aan de touwtjes. En toch was het anders. Ook in Scheltema, waar er tegenwoordig wat van gezegd werd als je je peuk op de grond uitmaakte! En ook AP was veranderd. Niet alleen was de redactie verhuisd van de Nieuwezijds, wat ze al vreselijk had gevonden, maar ook was Joe een jaar geleden teruggegaan naar Amerika om er bij de gezaghebbende *New York Times* te gaan werken, terwijl Ab eerder al naar de parlementaire redactie van de *Haagsche Courant* was vertrokken. Haar terrein dus – maar ook daar was verandering in gekomen. Haar nieuwe hoofdredacteur had aangedrongen op meer human interest, nu het Nederlandse persbureau ANP de concurrentie met Reuters en AP had gewonnen en de voornaamste leverancier voor de vaderlandse kranten was geworden.

Human interest! Ze had niet eens goed geweten wat dat was.

'Neel, de mensen zijn een beetje moe van al dat zware politieke gedoe. Ze horen en lezen al genoeg ellende met Korea en Berlijn en de Russen en Chinezen.'

Wat hij bedoelde was een soort nieuwsvoorziening die Engelse bladen als de *Mirror* hadden of *The Sun*. Populair nieuws, achtergronden op een smeuïge manier. 'Laat nou de internationale politiek en Europa maar over aan de anderen. Dat kunnen ze heel goed, daar hebben ze ons ook niet voor nodig, en voor onze buitenlandse afnemers is dat ook niet interessant. Je zou je misschien wat meer kunnen toespitsen op de royalty, daar zijn ze sowieso gek op. Er gaan geruchten dat Bernhard wil scheiden. En ik hoor ook dat er allerlei politieke zaken worden besproken op de feestjes van vice-admiraal De Booy, wiens vrouw bevriend is met die Van Stikker.'

'Misschien een reportage over de bollen, of onze eeuwige strijd tegen het water?' had ze voor de grap gezegd.

De zakkenwasser was er nog serieus op in gegaan ook!

Over buitenlandse trips zoals ze die meteen na de oorlog zoveel had gemaakt, viel al helemaal niet meer te praten. Alles werd gewoon gekocht van ander persbureaus en kant-en-klaar aangeleverd. Dat was goedkoper en vooral sneller. Het lag aan de radio, zeiden ze: kort en veel actueler en als journalist verdiende je daar wel het dubbele.

Ze pakte haar kaartje en overhandigde het aan de conducteur.

'Een goede reis verder, mevrouw.'

Ook Til was weg. Ze was in de herfst van '49 tegen een rijke Zweed opgelopen die iets deed in machinebouw en nog geen twee maanden later met hem in Malmö getrouwd, waar ze blijkbaar niets anders te doen had dan met die man naar bed gaan en brieven schrijven, want elke week arriveerde er wel een lange brief. Inmiddels was ze ook hoogzwanger. Tilly was weliswaar jonger geweest en eigenlijk geen journaliste, maar net als met Ab had Neel met haar kunnen lachen en waren ze samen begonnen.

Til aan de man, dat had er altijd al in gezeten, maar toch had ze een steek van jaloezie gevoeld. Toen ze het had gehoord had ze zich 's avonds aan de overkant bij Bart bedronken. Waar ze ooit Frits had ontmoet, Frits de Ruyter. Diezelfde avond was ze al hoteldebotel van hem geweest. Wat ze na Kenton niet meer voor mogelijk had gehouden, was in een paar minuten gebeurd: ze was verliefd tot over haar oren geworden. Een man van wie je alleen kunt dromen! had ze tegen Til gezegd. Aardig, voorkomend, aantrekkelijk, charmant en vooral belangstellend.

'En in bed?'

'God, Til! Ik ken hem net drie dagen!'

'Nou en? Volgens mij sta je al jaren droog!'

Het was een droom die nog geen maand had geduurd. En toen een nachtmerrie was geworden, omdat het tot haar door was gedrongen dat ze gewoon gebruikt was. Weer! Ze leerde het nooit! Bakvis! De eerste de beste aantrekkelijke vent met een leuk verhaal liet ze toe in haar huis en tussen de lakens! Tot hij genoeg van haar had gehad. Of een ander had gevonden. Hij was nog te laf geweest om het haar zelf te vertellen. Alleen een briefje had hij haar gestuurd: dat het 'mij helaas niet meer mogelijk is'.

En zij had verdomme nog gedacht dat er iets gebeurd was, dat hem iets was overkomen. Dat ze hem misschien had kunnen helpen, troosten, god mocht weten wat!

Frits had geen telefoon. Enkele dagen na hun ontmoeting had hij haar verteld dat hij in afwachting van een kamer zolang bij een tante op de Archimedesweg kon wonen. Zijn oude kamer in de Haagse Theresiastraat had hij opgezegd, en wanneer hij bij haar bleef slapen, dacht zijn tante dat hij voor zijn werk weer in Den Haag over moest blijven.

Eigenlijk was ze achteraf verbaasd geweest dat er zoiets bestond als een Centrale Dienst In- en Uitvoer in Den Haag. Maar er werkte niemand die Frits de Ruyter heette. En er bestond ook geen nieuwe dependance in Amsterdam.

Zelfs toen, eigenlijk al tegen beter weten in, had ze nog getwijfeld. Toen ze twee dagen later voor haar werk op het Binnenhof moest zijn, had ze toch langs de Theresiastraat gewild. Het nummer dat hij ooit genoemd had bestond niet meer, had ze gezien, evenmin als veel andere. De straat was een lange rij puinhopen ten gevolge van het geallieerde bombardement in voorjaar '45 op het Bezuidenhout.

En toen pas was tot haar doorgedrongen wat ze eigenlijk al geweten had, maar in haar verdriet en wanhoop had ontkend, en had de woede het van de verbijstering gewonnen. Waaróm? Waarom zíj altijd?

Natuurlijk, het had maar krap een maand geduurd. Geen jaren, zoals met Kenton. Maar het was hetzelfde gevoel: de diepe vernedering, die als een scheermes door je ziel ging. De man die je had liefgehad, die je in je had gelaten. Een naam die je verliefd had gefluisterd, die niet eens de zijne was! Tegen wie had je eigenlijk over de meest intieme dingen gepraat? Met wie had je gelachen, gegeten, gevreeën?

Ze had hem nooit meer gezien – wat maar goed was ook! Zelfs nu, bijna vier jaar later, zou ze hem nog met plezier op z'n bek slaan, al was het verdriet eigenlijk maar van korte duur geweest en waren de gekwetstheid en woede daarmee ook snel verdwenen.

Dan maar geen man, al leek het erop, als ze zo om zich heen keek, of elke jonge vrouw tegenwoordig zwanger was! Ook nu hier in de coupé zat er een. Of ging je er gewoon meer op letten met het verstrijken der jaren?

Enfin, het leven begint bij veertig zongen ze op de radio, en als je keek naar de vrouw die ze de vorige week in Brussel bij de Raad van Europa had geïnterviewd, Marga Klompé, dan kon je je als alleenstaande vrouw best redden, en zo niet in de politiek, dan wel in haar eigen vak. Zolang het geen human interest was of voor de redactie van de *Eva* of *Margriet*. En zeker niet *De Spiegel*, waarvan Sem die nog steeds voor Jan en alleman fotografeerde had gezegd dat ze er vrouwelijke verslaggevers en tekstschrijvers zochten. Ze moest er niet aan denken.

Ruud, de enige oude getrouwe die nog bij AP was gebleven, had haar op een advertentie geattendeerd in het keurige liberale Haagse dagblad *Het Vaderland*, in het Engels en Nederlands gesteld. 'Amerikaans persagentschap zoekt in Nederland ervaren onafhankelijk verslaggever voor de verzorging van achtergrondnieuws ter ondersteuning van de eigen nieuwsdienst.'

'Net iets voor jou, Neel.'

'Wil je me weghebben?'

'Nee, dat wil je zelf. Kom nou, Neel, je gaat me toch niet vertellen dat je het hier nog naar je zin hebt?'

'En jij dan?'

'Ik? Ik ben drieënzestig, schat. Nog twee jaar en dan kopen Ans en ik een huisje op Schier. Dan word ik wat ik altijd al had willen zijn, jutter! Dit is je op je lijf geschreven. Als ik jou was, zou ik maar navraag doen.'

Neel vond het een aanlokkelijke, maar ook vreemde advertentie. Een Amerikaans agentschap dat niet met name werd genoemd. Waarom niet? Zoveel waren er nou ook weer niet. En dan die vage omschrijving: 'ter ondersteuning van de eigen nieuwsdienst'. Geen enkel Amerikaans agentschap of krant had hier een permanente nieuwsdienst. Een eigen correspondent was te duur voor zo'n klein landje als Nederland, maar juist daarom maakten Amerikaanse net zo goed als Franse en Britse kranten gebruik van persbureaus als het hunne. En als er werkelijk iets van belang was, stuurden ze tijdelijk een eigen reporter of maakten ze gebruik van Nederlandse journalisten.

Toch vond ze de advertentie intrigerend.

Er had een postbusnummer onderin gestaan, waarheen men binnen een week verzocht werd te schrijven. Twee dagen later had ze een brief klaar waarin ze de nadruk legde op haar Britse ervaringen en bezoeken aan de VS voor AP. Met haar Engels zat het wel goed; ook voor AP moest ze veel Engels lezen en spreken met de Angelsaksische collega's.

Twee dagen later al was er een uitnodiging voor een gesprek gekomen, op een adres aan het statige Haagse Lange Voorhout. De brief was ondertekend door een zekere J. Melville, die zichzelf 'secretary of the Board' noemde. Een naam die haar ook al niets zei. Aan het Lange Voorhout was volgens haar persjaarboek geen enkele persinstelling gevestigd, zodat ze Ab had gebeld op de *Haagsche Courant*.

'Ab, doe me een lol en loop in je lunchpauze eens voor me langs het Lange Voorhout nummer 17.'

'Wat is daar dan?'

'Dat wil ik juist graag weten.'

Een klein uur later had hij teruggebeld.

'Wat betalen ze daar, Neel?'

'Waar heb je het over?'

'The Free Atlantic Press, lieverd. Whatever that may be. Het ziet er in elk geval van buiten uit alsof het van Hearst persoonlijk is.'

Free Atlantic Press. Niemand die ze ernaar vroeg had er ooit van gehoord, maar het stond wel gewoon in de telefoongids van Den Haag, zodat ze er eerst maar eens naartoe had gebeld.

Een man had aangenomen in het Engels. Neel had gevraagd of ze meer informatie kon krijgen over de advertentie en het syndicaat maar de man had geantwoord dat er slechts na een schriftelijke sollicitatie uitnodigingen tot een gesprek werden verzonden waarin die informatie verstrekt zou worden.

Bevreemd had ze ophangen. Free Atlantic Press. Het klonk pretentieus, bijna als een soort ideologische club zoals ze die wel kende uit de Verenigde Staten.

Ze had AP in New York gebeld en vervolgens Joe bij de *New*

York Times maar ook die hadden van niets geweten.

Pas toen ze via via van de Kamer van Koophandel in Den Haag hoorde dat Free Atlantic Press sinds begin van het jaar stond ingeschreven met als hoofdvestigingplaats San Francisco, en toen ook Joe had teruggebeld dat het volgens zijn informatie om een nieuw internationaal tijdschrift zou gaan dat zich wilde richten op de politieke, economische en militaire wederzijdse belangen van de vs en West-Europa, begreep ze hoe het zat.

'Mis je me, darling?'

'Every day, Joe!'

'What about every night?'

Die avond had ze het briefje geschreven en op de bus gedaan.

Het was nu vier dagen later, een regenachtige maandagochtend. De trein kroop knarsend en piepend onder de overkapping van het Hollands Spoor. Den Haag. Dat was ook wat, dacht ze terwijl ze achter de zwangere vrouw aan over het perron liep. Ze kende de stad van haar werk, maar als geboren en getogen Amsterdamse moest ze er niet aan denken er te wonen. De stad met zijn wijdsheid, lage bebouwing en stijve bevolking stemde haar altijd neerslachtig. Mocht het een interessante job zijn die ze zou kunnen krijgen, zou ze als voorwaarde stellen in haar eigen huis te kunnen blijven wonen.

Ze gaf haar kaartje af aan de perronwachter en liep door het hek het stationsplein op. Tot haar ergernis voelde ze zich toch wat zenuwachtig toen ze op het achterbalkon van lijn acht stapte. Het regende niet meer, zodat ze daar bleef staan en een sigaret opstak. Een man naast haar haastte zich om haar vuur te geven. In tegenstelling tot gewoonlijk was ze wel blij met zijn doorzichtige praatjes over het slechte weer. Vervolgens begon hij over de teloorgang van de stad, waarvan hij hoopte dat Reinder Kampman daar een eind aan zou maken nu hij gerehabiliteerd was van vermeende oorlogscollaboratie en zelfs persoonlijk door koningin Juliana was onderscheiden vanwege betoonde moed in het verzet. Neel knikte maar wat. Ze had wel iets over die Kampman gelezen, een rijke ondernemer van wie gezegd werd dat hij zijn fortuin met bunkerbouw voor de moffen had verdiend, maar ze had het niet interessant genoeg gevonden voor AP.

Ze schoof het dubbeltje door het luikje naar de conducteur en stapte even later tot zichtbare teleurstelling van de man af bij de halte Kneuterdijk. De zon scheen en ze moest toegeven dat er wel iets waars stak in de opmerking dat er geen straat in Europa zo mooi was als het Lange Voorhout met zijn bloesemende perken en bomen, zijn negentiende-eeuwse bestrating en lantaarns en zijn statige panden. Een on-Nederlandse allure, die haar deed denken aan Unter den Linden in het Berlijn van voor de oorlog.

Nummer 17 lag enkele panden voorbij de Kloosterkerk. Ze glimlachte toen ze de bekende auteur Jan Greshoff herkende, die in zichzelf gekeerd de hoek naar de Parkstraat omsloeg en vast en zeker op weg was naar het daar gelegen *Het Vaderland* waar hij als medewerker aan was verbonden. Aan de overkant waren twee jongens doende schilderijen uit een vrachtautootje te laden voor Pulchri en langs het middenpad staken twee typisch Haagse dametjes over die ongetwijfeld op weg waren naar een lunch in De Posthoorn. Den Haag.

Ze stond stil en zag wat Ab bedoeld had. Het pand was inderdaad schitterend. Een rijk versierde 18e-eeuwse gevel met een breed bordes, dat naar een fraaie gebeeldhouwde deur tussen kolossale ramen met dichte luiken voerde. Ernaast hing een spiegelend koperen bord waarop in sierlijke letters *The Free Atlantic Press* stond gegraveerd.

Ze aarzelde even, en trok toen aan de koperen bel die achter de deur weergalmde. Ze wachtte en keek om zich heen. Dit was wel even iets anders dan de Nieuwezijds! God nog aan toe. Ze zeiden wel eens dat het nieuws op straat lag, maar híer?

Ze hoorde voetstappen, trok automatisch de nieuwe rok die ze de dag tevoren had gekocht recht en haalde een hand door haar haar.

De zware deur week langzaam, alsof het veel moeite kostte om hem te openen.

Ze wilde al groeten toen haar stem in haar keel bleef steken. Totaal in de war staarde ze naar het gebruinde gezicht met het krullerige bruine haar tegenover haar. Terwijl de man wat onnozel lachte had ze het gevoel alsof ze in een tijdmachine zat en met een ontzagwekkende snelheid jaren terugreisde.

'Hallo Neel,' zei Kenton. 'I'm sorry, love. Maar ik was er zeker van dat je niet zou komen als je wist dat ik hier zou zijn. Please don't walk out. Do come in!'

3

Toen Fabius bij de begraafplaats aankwam begon het plotseling te stortregenen. Haastig stapte hij af, met de fiets aan de hand rende hij onder de bomen naar de ingang. Hij was al doorweekt voor hij er was. Hij vervloekte zichzelf geen jas aan te hebben getrokken en holde het grindpad op naar het portiershuisje om er onder het afdakje te schuilen. De regen vormde een grijs gordijn, waarachter het gebouw van de aula en de eerste zerken schemerden. Boven de hoge bomen kleurde de lucht asgrauw. De regen ratelde als een mitrailleursalvo op het dakje en vormde een kolkend riviertje tussen het grind. Achter de graven op het middenpad zag hij een man en een vrouw komen aanrennen, de man met zijn regenjas boven het hoofd van de vrouw. Een bliksemschicht flitste als craquelé tegen de donkere hemel en de donder deed de vrouw zo hevig schrikken dat ze angstig tegen de man aankroop. De man lachte en trok haar nog dichter tegen zich aan. Ze waren kennelijk hevig verliefd. Wat afgunstig zag Fabius hen in de regen verdwijnen. Een volgende klap daverde pal boven het kerkhof en zette een seconde het gras en de graven in een hel onaards licht, zodat hij onwillekeurig achteruit deinsde tegen de bakstenen muur. In een hand hield hij een bosje witte leliën waarvan de kelken doorbogen onder het gewicht van het water zodat hij ze voorzichtig heen en weer schudde. Hij vroeg zich af hoe het bosje dat hij met Pasen met Hanneke bij Linda's graf had gezet erbij lag. Waarschijnlijk was er niets meer van over.

En zo hoorde het ook, dacht hij, terwijl hij het water ook uit de rand van zijn hoed liet lopen. 'Dust to dust, ashes to ashes'.

Precies vier jaar geleden was Linda hier op Oud Eyck en Duinen begraven, twee dagen na Pinksteren, op een bloedhete middag in mei '48. Een begrafenis waar vrijwel het hele Haagse politiekorps bij aanwezig was en ook de burgemeester en hoofdcommissaris hadden gesproken. Ook toen had hij een bosje leliën bij zich gehad. Het was teloorgegaan in de bloemenzee van de honderden anderen en had Hanneke tot grote ontstemming gebracht. 'Pap, wat ben jij gierig!'

Hij had het niet kunnen maar ook niet willen uitleggen. Ook nu, veertien jaar oud, wist ze niets van de wat vreemde gepassioneerde relatie die tussen Linda en hem had bestaan. Toen, op de begrafenis, net als daarvoor, had hij dat ook aan niemand gezegd. De enige die ervan op de hoogte was, was voorzover hij wist Dirk Steensma, aan wie hij het ooit in een aangeschoten bui had opgebiecht. Het was een bizarre ervaring geweest, daar als anonieme minnaar met een bosje leliën in de rij wachtenden te staan zonder zijn verdriet te kunnen uiten, hoewel iedereen vanzelfsprekend had geweten dat hij de laatste was die haar in leven had gezien, en dat hij haar moordenaar had gedood.

Hoe seksueel de relatie ook vooral was geweest, pas na de shock van haar dood besefte hij het gemis. Het was totaal anders dan indertijd bij Mirjam. Mirjam was vanaf het begin zijn enige grote liefde – Linda was eerst een collega geweest, vervolgens een kameraad en pas toen zijn minnares, van wie hij wel hield maar voor wie hij nooit echt een brandende liefde had gekend. Misschien, dacht hij terwijl hij naar de zwiepende boomkruinen keek, was dat wel de reden dat hij Mirjams graf nooit bezocht; bang voor de confrontatie met de laatste tastbare plek waar hij haar had achter moeten laten. Dat had hij Hanneke wel duidelijk kunnen maken. Haar foto's op zijn bureau en thuis herinnerden aan de vrolijke, levende Mirjam. Het graf op de kleine begraafplaats Ter Navolging in Scheveningen zou, wist hij zeker, alle emoties en verdriet die hij met zoveel moeite had verwerkt, ogenblikkelijk weer oproepen, zodat hij op haar sterfdag en met kerst wel naar het kerkhof wandelde, maar buiten wachtte tot Hanneke terugkwam.

De regen minderde wat. Hij zette zijn hoed op en liep het middenpad op. Linda's graf lag achteraan op het nieuwe gedeelte. Een kleine staande steen met alleen haar naam, geboorte- en sterfdag.

Fabius zag dat er meer mensen waren geweest die aan Linda's sterfdag hadden gedacht, want naast zijn oude bosje lagen witte chrysanten en iemand had naast de leikleurige steen enkele blauwe lobelia's geplant. Hij zette zijn hoed af, bukte zich en schikte de door de regen platgeslagen plantjes, blij iets te doen te hebben. De regen hield op en droop na uit de takken boven hem. Hij pakte een takje en krabde wat vogelpoep van de zerk en probeerde er niet aan te denken hoe ze er daar enkele meters onder hem bij zou liggen.

Ze was begraven in haar politie-uniform, hetzelfde dat ze die avond in het Splendid had gedragen en dat haar alleen uitgetrokken was voor de lijkschouwing. Het bizarre was dat haar lijk samen met dat van haar moordenaar in een ambulance naar het ziekenhuis Zuidwal was vervoerd. Hijzelf was te veel in shock geweest om die avond nog verhoord te worden, maar had wel de naam en identiteit van Vogel kunnen geven. Pas de volgende dag had hij een verklaring op het hoofdbureau afgelegd. Daar hadden ze hem ook de foto's van de naakte, dode Vogel laten zien, en bij één ervan had hij de reden geweten waarom de priester Thijssen moest zijn vermoord. Onder zijn linkerarm, even onder de oksel, had Vogel een tatoeage gehad en hoewel blijkbaar gepoogd was die te verwijderen, zag je nog vaag het ss-teken. Thijssen moest dat gezien hebben toen Vogel zich waarschijnlijk in de bijkeuken had opgeknapt. Geen wonder dat hij er niet aan had gedacht; bijna niemand bij de Waffen- of Germaanse ss droeg zo'n tatoeage; Vogel moest een fanaticus zijn geweest. Ook had hij al zijn tanden laten trekken.

'Je schiet nog goed, Wouter,' had een vroegere collega van hem gezegd. Vier van de zes kogels hadden Vogel geraakt, waarvan twee in zijn hoofd, één in zijn lever en één in zijn onderbuik.

Fabius kwam overeind, tikte bij wijze van afscheid even met een voet tegen de steen, zette zijn hoed op en liep terug naar de uitgang. Waar ze Vogel hadden begraven, wist hij niet en het interesseerde hem ook niet. De man had niets bij zich gehad waaruit bleek wie hij was of waar hij verbleef. Alleen een loper en een leren portemonnee met wat geld. En het pistool waarmee hij Linda had doodgeschoten. Het wapen was een Colt .47, waarvan de serienummers waren afgevijld. Er hadden geen andere vingerafdrukken op gestaan dan die van Vogel. Ze kwamen overeen met die op de crucifix waarmee de priester was doodgeslagen.

Van Vogel waren foto's gemaakt en zowel in Nederland als in Duitsland verspreid, alsmede een geschreven signalement. Enkele weken later was er van de politie in Leipzig bericht gekomen dat een zekere Wilhelm Schulz in die stad had gewoond vanaf voorjaar 1946. Vrienden had hij er voorzover bekend niet gehad, wel wat vage kennissen uit een buurtcafé waar hij veel kwam. Hij had geen werk en het was onbekend hoe hij in zijn levensonderhoud had voorzien, maar volgens de café-eigenaar had hij gezegd een erfenisje te hebben uit Nederland waar hij vandaan kwam. Het lag voor de hand dat hij, net als zoveel anderen toen met het naderend einde in '45, zijn voorzorgen al had genomen. Niets meer was bekend over Julius Vogel, behalve dat de cafébaas zich herinnerd had dat hij niet lang voor hij had gezegd een paar weken weg te zijn, met een buitenlander in het café had gesproken. Het had Fabius niet verbaasd toen hij hoorde dat die man een keurig geklede, gladgeschoren veertiger was geweest. Omdat Julius Vogel alias Wilhelm Schulz of Schulte geen auto had gehad en onderzoek bij garages en verhuurbedrijven niets had opgeleverd, lag het voor de hand dat de man die zich Hiemstra noemde, voor hem de DKW had geregeld. Omdat hij vanwege de tatoeage bij een arts moest zijn geweest, denkelijk een chirurg, was zijn signalement ook naar alle ziekenhuizen verstuurd maar het had niemand verwonderd dat daar geen reactie op binnen was gekomen. Misschien was er veel voor betaald, misschien was de betreffende chirurg zelf fout geweest. De tandarts die al veel eerder zijn gebit had getrokken viel natuurlijk al helemaal niet meer te traceren.

Ook Gretha Schultz was verhoord. Ze had, hevig geëmotioneerd door de dood van al haar eerder doodgewaande zoon, toegegeven dat er een man bij haar op bezoek was geweest die zich Hiemstra had genoemd en haar had verteld dat haar zoon nog in leven was. Hij had haar geld gegeven en gevraagd of ze een persoonlijk aandenken aan haar kind had. Ze had hem een kartonnen doosje gegeven dat Julius als kleine jongen voor moederdag had gemaakt. Dat leek erop te wijzen dat Hiemstra Julius Vogel niet persoonlijk had gekend. Dat had Fabius des te meer geïntrigeerd want het betekende dat Hiemstra hem, Vogel, had weten op te sporen zoals hij, Fabius, dat met anderen deed. Een vakman dus. Het vage signalement dat Gretha Schultz had gegeven was waardeloos gebleken.

Het was alles geweest wat ze hadden. Vrijwel niets dus, behalve dat de moord op de priester was opgelost.

Geen van de andere vragen die Fabius had, was beantwoord. Hoe had Vogel bijvoorbeeld van hem geweten? Want het idee dat de SS'er Linda had willen doden, was absurd. Noch in haar werk bij de kinderpolitie, noch in haar privéleven was ook maar de geringste aanwijzing te vinden dat zij Vogel had gekend. Het moest dus om hem, Fabius, gaan. Vogel had geweten dat hij hem zocht. Hoe? De meest logische verklaring was dat zijn moeder hem had gewaarschuwd, maar Gretha Schultz had Fabius' naam niet gekend of geweten wie hij was. Dat hoefde ook niet: Vogel had haar huis kunnen observeren, bijvoorbeeld omdat hij toch bang was dat de DKW of de moord op de priester hem hadden verraden. Fabius had zich herinnerd dat hij gedacht had dat Julius misschien wel bij zijn moeder in huis had gewoond, maar onderzoek daarnaar had geen spoor opgeleverd en ook de loper in zijn bezit wees erop dat hij elders huisvesting moest hebben gehad. Dat Vogel al die weken bij het Staatsspoor had gepost om te zien of ze hem zochten was een absurde veronderstelling en dus bleef alleen Leonie Brandt als mogelijk aanknopingspunt over, maar ook dat leek onwaarschijnlijk aangezien Fabius zijn komst niet van tevoren had aangekondigd. Het was mogelijk dat Vogel haar als oude geliefde toen net toevallig had willen bezoeken, maar dat verklaarde nog steeds niet hoe Vogel hem kende en waarom hij hem had willen doden.

Het frustrerende was ook dat er ergens – maar waar? – een appartement moest zijn, een huis of een kamer waar Vogel had verbleven, al maakte Fabius zich geen enkele illusie daar dan ook nog maar iets over hem aan te zullen treffen.

Ook Leonie Brandt was gehoord. Daar was hij zelf bij geweest. Ze had herhaald wat ze hem eerder had gezegd: ook zij had gedacht dat Vogel was omgekomen aan het einde van de oorlog. Ze had sinds het begin ervan geen contact meer met hem gehad, noch met zijn moeder. Ze was weliswaar erg nerveus en afwezig geweest en haar handen trilden voortdurend, maar volgens een van de rechercheurs kwam dat doordat ze al jaren stevig aan de drank was als gevolg van Ravensbrück.

De rechercheur had net als zij een jaartje bij het BNV gewerkt. Hij vertelde Fabius dat Leonie een intieme relatie had gehad met de tweede man op het Bureau Nationale Veiligheid, Wim Salters, die haar had laten zitten. Leonie zou Salters daarom nog meer haten dan kamp Ravensbrück en hem in diskrediet hebben willen brengen. Salters zou daarop uit wraak geruchten hebben verspreid dat zij fout was geweest en voor de moffen had gewerkt. Het bekende BNV-gedonder, dacht Fabius.

Enkele weken na de moord op Linda was Leonie Brandt naar Amsterdam verhuisd, zoals ze al tegen Fabius had gezegd. Er was geen enkele reden of aanwijzing haar te verdenken.

Voorzover bekend had Vogel met geen van zijn vroegere kennissen of vrienden in Den Haag of de toneelwereld contact opgenomen. Enkelen van hen hadden wel eens gehoord dat hij een bastaardzoon van wijlen prins Hendrik zou zijn, maar er was weinig geloof aan gehecht, omdat Julius Vogel bekendstond als een opschepper en ijdeltuit. Gretha Schultz had er niets over willen zeggen en het stond ook nergens geregistreerd, al zei dat niet veel, want er waren meer koninklijke bastaarden geadopteerd door een andere vader.

Ook onderzoek naar de naam Hiemstra, waarvan er honderden in Nederland en een tiental in Den Haag voorkwamen, had tot niets geleid. Hoewel de koelbloedige moord op een politievrouw vanzelfsprekend hoge prioriteit had, was de zaak al vrij snel gesloten, met Vogel als enige dader, al waren zijn motieven dan onbekend.

Fabius was er daarentegen nog lang mee bezig gebleven. Gretha Schultz had niet veel later zelfmoord gepleegd en hij had zich opnieuw vruchteloos afgevraagd of ze er toch niet mee te maken had gehad. Julius Vogel, daar was hij van overtuigd, moest een opdracht hebben gehad; een opdracht van Hiemstra. De moord op de pastoor was niet met voorbedachten rade, net als de moord op Linda, maar Vogel had hem, Fabius, bewust willen doden. Waarom? En waarom had Hiemstra zoveel moeite genomen een doodgewaande Waffen-SS'er op te sporen en naar Nederland te laten komen?

De regen had plaatsgemaakt voor uitbundige zonneschijn toen hij terug naar huis fietste. Het was een zaterdag, tegen het middaguur en Hanneke zou al wel thuis zijn van school. Ze zat in de tweede klas van het Zorgvliet-gymnasium, een mager donker meisje dat naarmate ze ouder werd, een steeds sprekender gelijkenis met Mirjam vertoonde, en even pienter was als eigenwijs. Ze was nog steeds wat in zichzelf gekeerd, maar had zich wel tot zijn vreugde uit eigener beweging aangemeld voor de schooltoneelvereniging Thalia, een naam die hij meteen had geassocieerd met een wat duister bioscoopje aan de Boekhorststraat.

'Pappa, wat ben je toch een barbaar. Thalia was een van de negen Muzen van Apollo.'

'Apollo? Ook een bioscoop, lieverd. In de Spuistraat.'

'Pappa!'

Hij grinnikte toen hij zijn straat insloeg. Zelf had hij lang geleden drie klassen gymnasium gedaan, maar was wegens slechte aanleg voor de klassieke talen naar de HBS gestuurd, wat na een jaar MULO was geworden. Toch probeerde hij haar te volgen. Wiskunde, geschiedenis, aardrijkskunde en de moderne talen hield hij op zijn gemak nog bij, maar haar Latijnse grammatica die tot zijn verbazing nog exact dezelfde was als in zijn schooljeugd, deed hem weer duizelen net als toen. Desondanks studeerde hij er 's avonds op, als ze al sliep, zodat hij haar in elk geval kon overhoren.

Hij zag haar van de andere kant aan komen fietsen.

'Pap! Pap!'

'Wat is er?'

'Ik moet meteen weer weg. We hebben een extra repetitie!'

'Hè? Een repetitie op zaterdagmiddag?'

'Nee hé. Voor het stuk!'

'Welk stuk?'

'Hè, hè. De *Medea* natuurlijk!'

'O.'

Hij duwde de deur open en ging haar voor.

'En hoe laat moet je er dan zijn?'

'Over een halfuur!'

'Ik dacht dat we de tuin zouden doen en het kippenhok verschonen?'

Sinds kort hielden ze achterin de kleine tuin vijf kippen en een haan, omdat Hanneke dat graag had gewild.

'Ja, nou dat moet dan maar een andere keer. O en Pap? Kan ik bij Netty blijven eten?'

'Wie is Netty?'

Netty bleek een klas hoger te zitten.

'En omdat ze mijn dienster speelt kunnen we dan nog samen wat extra oefenen want de première is al over twee weken!'

'En waar woont die Netty en hoe heet ze nog meer?'

'En wat doet haar vader? Nou, haar vader is dominee hier in de Westduinkerk. Is dat goed genoeg of juist niet?'

Ze was thuisgekomen om haar boeken te brengen en zich te verkleden en hij had half vertederd, half verbaasd haar behabandjes gezien toen ze opgewonden en zwaaiend weer was weggefietst. Kleine Hanneke, die zich nu Hannah noemde. Met Anja had ze het bustehoudertje uitgezocht en ze was apetrots, hoewel hij haar niet meer mocht zien in de kleine badkamer en ze de deur ervan steevast op slot deed.

Wat ontredderd at hij alleen en nam de weinige post door van de vroege middagbestelling. Hij waste het bordje en de beker om en staarde naar het tuintje en de scharrelende kippen. Vroeger zou hij naar het kantoortje aan de Nieuwe Uitleg zijn gegaan om achterstallig werk in te halen: geen Sonja vanwege haar koor, nauwelijks telefoon, alle rust. Maar van achterstallig werk was al in geen maanden meer sprake, zelfs het alledaagse leverde de afgelopen tijd nauwelijks voldoende werk voor twee personen.

'The war is definitely over,' had Sonja gezegd, en dat werd elke dag meer bewaarheid. Er waren maar weinig mensen die zich nog druk maakten over al dan niet vermeende oorlogsschandalen of landverraders die de dans waren ontsprongen. Misschien terecht en er was ook wel het een en ander nadien gebeurd zoals alle perikelen rond Indië en de Korea-oorlog, maar Fabius had er toch grote moeite mee dat te erkennen en niet alleen omdat het direct effect had op zijn werk.

Ik word oud! dacht hij spottend. Hij herinnerde zich zijn vader, die hetzelfde had gezegd toen er vanuit het verre Den Haag een nieuwe gouverneur in Batavia was gekomen met verregaande voorstellen om de inheemse intelligentsia bij het bestuursapparaat te betrekken.

Hij tapte een emmer water en liep naar het schuurtje om er een borstel te pakken. De kippen kakelden in de verwachting al eten te krijgen.

Zelfs Sonja had te kennen gegeven over een andere baan na te denken. Hij kon het haar niet kwalijk nemen. De dossiers in het kantoortje werden steeds stoffiger en er kwam nog zelden een tip of aanwijzing door die tot iets leidde. En dan nog was arrestatie en vervolging nog maar de vraag want ook op Justitie stonden ze niet meer te springen. Integendeel zelfs: de laatste jaren waren steeds meer zaken blijven liggen of geseponeerd. De klap was eigenlijk de schandalige rehabilitatie van de onroerendgoedman Reinder Kampman geweest, die nota bene door Juliana persoonlijk was onderscheiden met de Bronzen Leeuw wegens betoonde moed tijdens de bezetting. Er was zelfs overwogen hem de Militaire Willemsorde uit te reiken.

Goddomme, Kampman die schatrijk was geworden door met de SD samen roofovervallen te plegen, allerlei dubieuze connecties met hooggeplaatste Duitsers en foute Nederlanders onderhield en betrokken was geweest bij de aanleg van de Atlantikwall! Hij was vrijgekomen dankzij dubieuze advocaten, smeergelden, z'n katholieke vrienden in en rond Het Binnenhof, die soms evenveel boter op hun hoofd hadden én diefstal van voor hem belastende dossiers.

Het was allemaal buitengewoon teleurstellend. Dan konden ze in de pers en de politiek wel roepen dat het tijd was voor een frisse wind, dacht Fabius bitter, maar het was dezelfde stinkende putlucht als die van voor de oorlog onder Colijn. Gekonkel en gefoezel in achterkamertjes.

Sonja had uitzicht op een goedbetaalde baan op het hoofdkantoor van de KLM en hij zou haar niet tegen kunnen of willen houden. Steensma had het afgelopen jaar wel eens langs z'n neus weg geïnformeerd of Fabius niet iets anders ambieerde, een baan bij hem op het departement bijvoorbeeld, maar dat had hij meteen weggewimpeld. 'Dirk, zie je mij in de ambtelijke hiërarchie?'

Het had altijd ver weg geleken en toen hij met het kantoortje was begonnen, had hij er nooit bij stilgestaan, maar het leek er nu echt op dat het eind van zijn werk in zicht kwam.

En dus?

Hij joeg de haan en de kippen het nachthok in en begon met een schep het stinkende stro uit het hok te scheppen. Hij kon altijd terug naar Friesland, maar nog afgezien van het feit dat het boerenwerk nou niet bepaald zijn ambitie was, kon hij het Hanneke onmogelijk aandoen nu ze eindelijk haar draai begon te vinden in Den Haag.

Terug naar het korps kon altijd als hij wat cursussen zou doen, maar ook daar zou hij net als in de ambtenarij al snel tegen de muren oplopen. Hoe dan ook, hij zou zo langzamerhand naar iets anders moeten uitkijken.

Hij goot de emmer water leeg over de kale planken en begon te schrobben. Over enkele maanden werd hij veertig. Als hij in de spiegel keek zag hij rimpels die er niet eerder waren geweest en kalende inhammen bij zijn slapen.

En nog steeds geen vrouw. Sinds de dood van Linda had hij niemand meer gehad. Twee keer in die jaren puur uit lichamelijke begeerte naar een prostituee gegaan. Beide keren waren onbevredigend en teleurstellend. Hij had zich geschaamd en besloten het nooit meer te doen.

Uit de schuur haalde hij vers stro en strooide het uit. Hij vulde de waterbak, liet de kippen de ren weer binnen en besloot eerst thee te zetten alvorens aan het nachthok te beginnen toen de telefoon in de gang overging.

'Fabius.'

'Wouter, Dirk hier. Heb je wat om handen?'

'Kippenstront.'

'Pardon?'

'Ik ben het kippenhok aan het verschonen.'

Steensma grinnikte en tot zijn verwondering hoorde Fabius het hem tegen iemand herhalen. Anja die hem en Hanneke uitnodigde op de thee?

'Luister eens Wouter, wat zou je zeggen van een borrel straks in Château Bleu?'

Fabius fronste verwonderd want Dirk Steensma's favoriete gelegenheden waren meestal volkse cafés en zeker niet het chique Château Bleu. Maar voor hij iets kon vragen, zei Steensma: 'Half vijf, akkoord? En vergeet die kippenstront niet onder je nagels vandaan te halen, beste kerel!' Hij grinnikte weer. 'A propos, als je met Hannah omhoog zit, dan bel ik Anja wel even.'

'Nee nee, ze is er niet tot vanavond.'

'Aha! De ontaarde vader! Dan kunnen we een hapje eten.'

Vlak voor hij ophing kon Fabius nog de karakteristieke klokslagen van de Grote Kerk horen. Nog wat verbaasd keek hij op zijn horloge en zag dat het drie uur was. Dirk belde dus van het departement. Op een zaterdagmiddag.

Château Bleu. Hotel, restaurant, theetuin, dancing, uitspanning. Alles op minder dan een steenworp van paleis Huis ten Bosch. Het was een plaats waar ministers elkaar troffen en de jongelui van de betere standen zaterdagsavonds dansten rond 'de hooiberg', een grote strobedekte koepel in de lommerrijke tuinen waar altijd wel donkere plekjes waren te vinden, maar het was ook de plaats waar de oudere Haagse chic zijn kopje thee nuttigde, de aristocratie zijn recepties en jubilea hield en de Wassenaarse elite exclusieve 'swimming pool party's' organiseerde of filmavondjes in het bioscoopje. Naar verluidde kwam ook Juliana met haar hofdames er wel eens na een dag in haar werkpaleis.

Geestig! dacht Fabius terwijl hij thee dronk in de woonkamer, want nog niet lang geleden had hij gehoord dat Kampman het gekocht zou hebben. Kampman kocht alles, ook politici, zodat er niet gevraagd werd naar de herkomst van zijn kapitaal.

Wat wilde Dirk Steensma? Ging het om iets dat in verband stond met de oorlog? Het moest belangrijk zijn, want ondanks zijn joviale stem had er een onmiskenbare aandrang in door geklonken. En hij had iemand op bezoek gehad.

Geïntrigeerd, maar toch ook wat geërgerd omdat hij de reden niet kende, liep hij terug naar de tuin en zag dat hij vergeten had de ren te sluiten, zodat de kippen zijn net aangelegde moestuintje hadden vernield.

Dirk Steensma zat alleen in de bar toen Fabius binnenkwam. Hij dronk zijn favoriete drankje, whisky-soda, en toonde grote interesse in twee jonge vrouwen die op de nabijgelegen baan een partijtje tennisten.

'Wouter! Fijn dat je kon komen. Ga zitten. Je ziet dat ik me net bezighoud met het wonder van Gods schepping.'

'De dames of de whisky?'

'Beide, beste kerel, beide. Bob?'

De barkeeper haastte zich naar hem toe.

'Tweemaal van hetzelfde graag. Waar is Hannah by the way?'

Fabius nam plaats aan het tafeltje en vertelde over het toneelstuk.

'Aha ja, *Medea*. Iets met het Gulden Vlies, als ik het me goed herinner. Enfin, ik geloof dat Anja en ik al uitgenodigd zijn. Komt trouwens goed uit dat je de tijd hebt, want ik heb een tafeltje in de eetzaal gereserveerd. Ze serveren hier deze weken een verdomd goeie Homard à la Cardinal. Ah, kijk aan.'

Hij kwam overeind en lachte breed naar iemand achter Fabius.

'Dag meneer Schimmelpenninck! Ik zou zeggen, just in time, Bob is al doende met onze bestelling.'

Fabius draaide zich om en zag Steensma de hand schudden van een kleine, corpulente zestiger met een goedlachs, kogelrond gezicht. Hij droeg een sportief colbert boven geruite plusfours en een grote kleurige vlinderstrik die half schuilging onder een serie onderkinnen. Zijn wangen waren dooraderd, net als zijn enorme neus, aan weerszijden waarvan twee blauwe oogjes Fabius vorsend opnamen. In de linkerrevers van het jasje zag Fabius geïmponeerd het lintje van de Militaire Willemsorde steken.

'Graaf Schimmelpenninck... De heer Wouter Fabius.'

Fabius was al opgestaan en drukte wat verwonderd de uitgestoken hand. Hij wist zeker dat hij de ander ergens van kende, maar kon hem niet thuisbrengen.

'Fabius. Hoe maakt u het?'

Schimmelpenninck was zeker twee koppen kleiner dan hij, niet veel groter dan Hanneke. Een roze verbrand schedeldak, omkranst met zilvergrijs haar.

'Excellent, dank u. Een genoegen u te ontmoeten.'

'En daar heb je Einthoven ook al,' hoorde Fabius Steensma zeggen. Verrast draaide hij zich om en zag de massieve gestalte van de BVD-chef op hen toekomen, als altijd gekleed in een onberispelijk maatkostuum.

'Beste Louis, je hebt meen ik Wouter Fabius wel eens ontmoet.'

'Zeker, zeker!' Einthoven stak een hand uit die Fabius wat

overrompeld aannam. 'En altijd betreurd dat de heer Fabius de rijen van mijn dienst niet kwam versterken. Hoe maak je het?'

Einthoven was nog steeds een boom van een man, met een gezicht waarop de jaren geen vat schenen te hebben.

'Ik heb de kleine suite hiernaast gereserveerd,' zei Steensma. 'Dat praat toch wat makkelijker.'

Schimmelpenninck knipoogde naar Fabius, met een hoofdknikje naar de tennissende vrouwen. 'Eerlijk gezegd, Steensma, lijkt me dit ook een uitmuntende plek.'

Ze lachten en liepen achter Steensma aan naar een deur schuin achter de bar. Erachter bevond zich een klein gelambriseerd vertrek, waarvan de twee hoge ramen waren afgeschermd met luxaflex. Rond een salontafel stonden vier chesterfield-fauteuils. Boven een marmeren schouw hing een schilderij waarop volgens een bijschrift Willem I in 1813 na terugkeer uit Engeland van zijn paard afstapte bij een boerderij te midden van een dicht bos. Tussen het geboomte waren de karakteristieke contouren van het paleis Huis ten Bosch zichtbaar.

'Wat nu Château Bleu is,' zei Schimmelpenninck tegen Fabius. 'Die boerderij lag toen hier en heette Boschhek. We bevinden ons wat ons koningshuis aangaat dus op een historische plaats, meneer Fabius.'

Fabius knikte. Het koningshuis! dacht hij. Schimmelpenninck was iets hoogs bij het hof. Hij zag de kleine, joviale man opeens weer voor zich in ceremonieel uniform naast de Gouden Koets ergens op een Prinsjesdag van enkele jaren terug, toen hij met Hanneke was wezen kijken. Dicht bij die koets. Dus hoog.

De gerant zelf bracht de whisky-soda's en nam Schimmelpennincks en Einthovens bestelling op. Beiden namen een rode bourgogne.

Einthoven presenteerde sigaretten, maar Schimmelpenninck haalde zijn sigarenkoker tevoorschijn, Fabius bedankte.

'Merkwaardige geschiedenis met die SS'er trouwens, indertijd,' zei Einthoven. 'Hoe heette hij ook alweer?'

'Vogel,' zei Fabius. 'Julius Vogel.'

'Ik moet je zeggen dat ik het toen niet erg goed heb gevolgd. Afgrijselijk, die politievrouw die hij doodschoot. Een kennis van je, nietwaar?'

Hij stak de sigaret zorgvuldig in een pijpje. Schimmelpenninck en Steensma stonden bij de schouw en spraken kennelijk verder over het schilderij in afwachting van de wijn.

'Ik had destijds wel wat anders aan mijn hoofd en bovendien, dat hoef ik jou niet te vertellen, was mijn dienst niet of nauwelijks meer betrokken bij de opsporing van oorlogsmisdadigers.' Hij stak de sigaret aan. 'Hij was een bastaard van Hendrik met een Duitse, nietwaar?'

'Dat werd gezegd, ja,' zei Fabius.

Einthoven glimlachte. 'Ik begreep dat het dossier gesloten is.'

Fabius knikte verbaasd. Ging deze bijeenkomst om Vogel, of was dit gewoon een praatje voor de vaak?

De gerant kwam terug met glazen en een fles bourgogne die hij aan Einthoven liet zien en vervolgens geroutineerd ontkurkte. Enkele minuten later zaten ze gevieren rond de salontafel. Van buiten drongen vaag de verkeersgeluiden van de Benoordenhoutseweg door.

'Wie eerst?' zei Schimmelpenninck en zette zijn glas neer om zijn sigaar te pakken. 'Einthoven?'

'Graag,' zei Einthoven en wendde zijn blik naar Fabius. 'Allereerst wil ik benadrukken dat al hetgeen we hier bespreken strikt confidentieel is. Graaf Schimmelpenninck is zoals je zult weten Grootofficier van het Civiele Huis van de Koningin. Hij en wij delen onze grote zorgen ten aanzien van paleis Soestdijk.'

Hij glimlachte omdat Fabius' verbazing hem niet ontging.

'Ik licht dat zo nader toe, maar laat ik je eerst dit zeggen: de man die Julius Vogel hiernaartoe haalde, de man die jij kent onder de naam Hiemstra, heeft te maken met onze zorgen.'

Verbijsterd keek Fabius naar Steensma, die even knikte boven zijn whisky. Schimmelpenninck scheen te slapen, het gefilterde zonlicht op zijn ronde gezicht. Dus toch! dacht Fabius en nam een slokje van z'n whisky.

Einthoven blies een wolk rook naar het balkenplafond.

'Hiemstra, mijn beste Fabius, is een van de namen waarvan mijn voormalige medewerker Wim Salters zich tijdens de oorlog bediende. Naspeuringen onzerzijds hebben uitgewezen dat Salters medio april '48 met een DKW de Nederlands-Duitse grens is gepasseerd, maar een dag later per spoor terugkeerde. Het spijt me dat ik je dit nu pas kan vertellen. Er zijn, neem dat van me aan, goede redenen voor.'

Fabius zweeg perplex. Steensma glimlachte geruststellend.

'Je weet waarschijnlijk,' vervolgde Einthoven, 'dat ik in de zomer van 1946 gedwongen was zowel Salters als mevrouw Brandt-Putz te ontslaan. Salters moest vertrekken omdat hij nauwe contacten onderhield met socialisten en zelfs communisten, maar vooral ook omdat hij een splijtzwam was geworden binnen mijn dienst. Nog vóór zijn ontslag wist hij echter tientallen confidentiële dossiers te stelen. Premier Beel en ik hebben hem gesommeerd die terug te geven, wat hij ook heeft gedaan, maar we weten dat hij ze heeft laten kopiëren. Enkele van die dossiers hebben betrekking op prins Bernhard.' Einthoven hief een hand op, alsof hij een interruptie verwachtte. 'Ook daar kom ik zo op terug. Wat mevrouw Leonie Brandt betreft, je hebt haar ontmoet?'

Fabius knikte aarzelend.

'Natuurlijk wilde ik Leonie na de bevrijding graag bij mijn dienst hebben. Ze had al vóór de oorlog bruikbare inlichtingen over de Duitsers aangeleverd en bovendien had ze een smetteloos verleden.' Hij glimlachte wrang. 'Ik kwam er echter achter dat zij niet vanwege verzetsdaden naar Ravensbrück was gedeporteerd, maar omdat zij twee van haar broodheren bedroog: de Sicherheitsdienst en de Gestapo.'

'Wát?'

Einthoven knikte. 'Sterker nog, ook binnen Ravensbrück bleef zij werken voor de SD, wat ervoor zorgde dat zij het kamp overleefde.'

Het was even stil. Totaal verward dronk Fabius van de whisky en keek naar Steensma, die met samengeknepen ogen voor zich uit tuurde. Dus Leonie Brandt was even fout als Vogel was geweest! Maar als Einthoven dat wist, waarom liep ze dan nog vrij rond? Had het te maken met de opdracht die Salters vier jaar geleden aan Julius Vogel had gegeven?

'In een van de dossiers waarover ik het had, wordt melding gemaakt van een vredesinitiatief door de stiefvader van prins Bernhard, kolonel Alexei Panchoulidzew eind '42. De kolonel woont, zoals je zult weten, al jaren samen met Bernhards moeder Armgard en werkte vóór en tijdens de oorlog voor de geheime dienst van de Abwehr. Naar zijn zeggen had hij genoeg van Hitler en de oorlog en zou hij een vredesregeling namens een groep vooraanstaande Duitsers hebben willen voorstellen. Eén van hen was Rudolf Hess, plaatsvervanger van de Führer die in '41 daartoe naar Engeland vloog. Een missie, zoals bekend, die mislukte omdat Churchill niets wilde weten van een overeenkomst met Duitsland.'

'Terecht,' zei Schimmelpenninck. Hij had zijn ogen weer open en nipte van de wijn. 'Het zou Hitler maar de vrije hand tegen de Russen hebben gegeven.'

'Zeker,' zei Einthoven. 'Maar Bernhard en anderen meenden dat de groep in Duitsland toch gesteund moest worden om Hitler terzijde te schuiven, zodat werkelijke vrede haalbaar zou zijn. Ik heb het nu over de zomer van '42. Prinses Armgard en Panchoulidzew hadden vanuit nazi-Duitsland via de diplomatieke kanalen een vrij intensief en ongestoord contact met

Bernhard in Londen. Ze vroegen hem om een, laat ik zeggen, intentieverklaring...'

Hij zweeg even alsof hij niet goed wist wat verder te zeggen, maar Schimmelpenninck nam over.

'De prins is een man van vele kwaliteiten, meneer Fabius. Hij is echter ook een naïef man, wat misschien ook wel een kwaliteit is... Enfin. Hij blééf het dus oneens met Churchill. In samenspraak met de privésecretaris van koningin Wilhelmina, de heer Van 't Sant, schreef de prins een brief, waarin hij zich openstelde voor vredesvoorstellen vanuit Berlijn. Die brief werd voorzover wij weten via de ambassade in Lissabon aan de Duitse officier Arthur Müller bezorgd.'

'Müller?' vroeg Fabius verrast. 'De SS-Gruppenführer Müller?'

'Klopt,' zei Steensma. 'De latere beschermheer van jouw Julius Vogel in Fürchtenwald.'

De gedachten maalden door Fabius' hoofd. Het duizelde hem weliswaar maar van één ding was hij met een grimmige voldoening zeker: hij had inderdaad gelijk gehad dat Vogel niet zomaar was teruggekomen!

'Müller zou de brief aan zijn superieur Obergruppenführer Von Bentivegni hebben gegeven, die hem weer aan kolonel Panchoulidzew moest overhandigen. De kolonel op zijn beurt aan Himmler...'

'Himmler?!'

'Jazeker,' zei Schimmelpenninck. 'Zo absurd als het nu klinkt, ook Himmler wilde vrede. Ongetwijfeld was het uit eigenbelang, maar wat maakte dat uit? Met Himmler viel te praten, met Hitler niet, zo eenvoudig lag het. Enfin, de Reichsführer ontving de brief nooit, simpel omdat Von Bentivegni hem, laat ons zeggen, voor eigen gebruik achterhield.' Hij zuchtte even, en nam een teug van de bourgogne.

'Dit speelt na Stalingrad en El Alamein, meneer Fabius.

Obergruppenführer Von Bentivegni begreep dat de geallieerden geen voortijdig vredesbestand zouden willen, evengoed als hij voorzag dat de dagen van het Reich geteld waren. Hij hield de brief achter en meldde via de diplomatieke kanalen dat hij vernietigd was bij een bombardement. Dit was maanden later. Eisenhower en Montgomery waren toen al bezig met de voorbereidingen voor een invasie.'

'De brief was chantagemateriaal,' zei Fabius zachtjes.

'Natuurlijk. Hoe goed de intenties van de prins ook waren, het was vanzelfsprekend ongehoord dat hij buiten het opperbevel om rechtstreeks wilde onderhandelen met de nazi's.'

'Kent u de inhoud van de brief?'

'Nee. Als gezegd weten we alleen ongevéér wat erin staat. Zelfs Van 't Sant kent hem niet.'

Het besef drong als een bliksemschicht tot Fabius door. 'Maar Leonie Brandt wel!'

Einthoven glimlachte wrang. 'Heel goed, Fabius.'

'En Vogel?'

'Geen idee. We weten alleen dat Von Bentivegni in de oorlog in contact stond met Brandt. Zij werkte immers voor de moffen, ook in Ravensbrück. Dankzij mevrouw Brandts verraad zijn daar tientallen vrouwen geëxecuteerd. Obergruppenführer Von Bentivegni was haar minnaar. Of één van hen. Hoe het precies in zijn werk is gegaan, weten we niet, maar wel weten we dat Von Bentivegni in april '45 onder raadselachtige omstandigheden om het leven kwam en dat mevrouw Brandt vervolgens terugkeerde naar Nederland, bejubeld als heldin.' Hij maakte een grimas. 'Ook door mij.'

'En zij had de brief.'

'Waarschijnlijk. Maar ook dat wist niemand toen. De weinigen die van het bestaan op de hoogte waren, meenden dat hij vernietigd was. De prins was daar natuurlijk maar al te blij om, want je begrijpt ongetwijfeld welke consequenties het voor hem maar ook voor het koningshuis zou hebben als achteraf bekend zou worden dat hij onderhandelingen met Berlijn had gewenst. Bernhard, van wie toch al beweerd werd dat hij connecties met de nazi's had...' Einthoven pakte de fles bourgogne en zag dat hij vrijwel leeg was. 'Willen wij nog wat bestellen?'

Steensma knikte en kwam overeind om aan het schellenkoord bij een van de ramen te trekken.

'In mei '46 meldde Salters mij dat Leonie Brandt voor de Gestapo en de SD had gewerkt. Ik interpreteerde dat toen als de bekende rancune en roddel. Salters had een verhouding met haar gehad, en hij wist hoe wraakzuchtig zij was. Maar er was nog iets. Leonie was ervan op de hoogte dat ook Salters contacten met de bezetter had onderhouden, en later met communisten. Hij was altijd al het rode ideaal toegenegen.' Einthoven wilde nog iets zeggen, maar zweeg omdat een kelner na een klopje binnenkwam. Hij droeg een zilveren dienblad met daarop een ontkurkte bourgogne, een sifon en de fles Johnnie Walker Black Label. Hij was nog jong en duidelijk onervaren want hij morste wat wijn en spoot te veel soda bij de whisky.

Ze zwegen tot hij weer was verdwenen.

'Nou,' zei Steensma en depte met zijn pochet wat sodawater van de tafel. 'Ik moet je zeggen, ik kom hier toch allang maar dit heb ik nog niet eerder meegemaakt. We zullen maar denken dat het komt door de groeiende arbeidsmarkt. Proost!'

Einthoven hield zijn glas even op en nam keurend een teugje. Toen keek hij Fabius aan.

'Ik heb begrepen van Dirk Steensma dat jullie straks samen dineren. Hij zal je dan nog een en ander vertellen. Het voornaamste nu is dat graaf Schimmelpenninck hier de indruk heeft dat de prins bedreigd wordt. Of wie weet gechanteerd.'

Fabius zat doodstil.

'Toen ik Leonie Brandt aan wilde geven, dreigde zij met onthullingen. Ik moest die wel serieus nemen, nadat ik er met Van 't Sant over sprak. Van 't Sant vertelde me over de brief. Ik kan daar nu niet uitvoerig over zijn, maar de heer Van 't Sant maakte zich natuurlijk grote zorgen. Je weet misschien dat de oude Koningin hem nog een tijdlang op Soestdijk heeft laten wonen om een oogje in het zeil te houden op Juul en Bernhard...' Hij glimlachte wat bitter. 'Wilhelmina was bang dat beiden zich met verkeerd volk zouden omringen. Je zou haast zeggen dat ze een voorgevoel moet hebben gehad...'

Hij nam een slok. Fabius fronste verwonderd maar zweeg.

'Van 't Sant kreeg begin '48 bezoek van Salters, die hem vroeg naar de brief. Van 't Sant ontkende het bestaan ervan, maar Salters als minnaar van Leonie Brandt wist natuurlijk al hoe het zat. Salters, beste Fabius, haat niet alleen mij, maar ook Bernhard, omdat de prins in het conflict tussen hem en mij mijn kant koos. En ook jouw Julius Vogel haatte de prins.'

'Vanwege zijn moeder Gretha,' zei Fabius zachtjes.

'Ja. Gretha Schultz heeft vanwege haar liaison met Hendrik herhaaldelijk een beroep op de prins gedaan om haar na de oorlog niet te vervolgen. De prins is daar vanzelfsprekend nooit op ingegaan. Salters moet op de een of andere manier achter Vogels bestaan zijn gekomen. Ook moet hij hebben geweten dat Vogel pressie op Leonie Brandt kon uitoefenen om de brief af te staan. Vogel kon bewijzen dat zij al die jaren voor de moffen heeft gewerkt; hij kende immers Von Bentivegni via Müller. We nemen aan dat hij haar in opdracht van Salters bedreigde om de brief in handen te krijgen.'

'En Leonie Brandt ontkent dat.'

'Ja. Je hebt haar zelf gehoord. Ze weet dat ze veilig zit na Vogels dood.'

'En de brief?'

Einthoven schudde zuchtend zijn hoofd en keek naar Schimmelpenninck.

'We hebben geen idee, meneer Fabius. Uit hoofde van mijn

functie weet ik slechts één ding: Bernhard voelt zich bedreigd en is angstig; dat is wat iedereen om hem heen opmerkt. Maar hij weigert er iets over te zeggen en ontkent alles, zelfs tegenover zijn moeder Armgard of zijn beste vriend Teengs Gerritsen. Het is ook duidelijk dat er zich binnen de muren van het paleis iets afspeelt dat met hem en de Koningin te maken heeft. De heer Steensma zal u straks infomeren over een zekere Greet Hofmans, die zich gebedsgenezeres noemt en van wie we dankzij Einthoven weten dat zij in contact staat met de heer Salters.'

Fabius fronste verwonderd, vanwege de plotselinge ommekeer in het gesprek.

'Mijn aanwezigheid als Grootmeester heeft daar natuurlijk mee van doen.' De kleine man lachte schuchter. 'Ik wil u mede namens de heer Einthoven het verzoek doen een opdracht te aanvaarden.' Nu lachte hij niet meer, maar keek Fabius plotseling doordringend aan met zijn helblauwe oogjes. 'Omwille van de troon.'

Wim Salters zat achteraan op het drukke terras, in de schaduwen van hoge, bloeiende rododendrons. Hij tuurde naar de twee tennissende vrouwen vóór hem en stelde zich voor hoe het zou zijn om met allebei tegelijk in bed te liggen, de blondine met haar grote borsten schrijlings op zijn borst zodat hij er met zijn mond bij zou kunnen, de kleine donkerharige achter haar met hem in zich. Hij glimlachte en nam een slok van zijn bier terwijl hij zich afvroeg of dit soort gedachten ooit overgingen. Hij hoopte vurig van niet, al hadden vrouwen in de afgelopen jaren voor een hoop gelazer gezorgd.

Ook dat deelde hij met Vorrink, bepeinsde hij cynisch. Koos Vorrink, die maar een paar fraaie benen in nylons hoefde te zien of hij was al van zijn à propos. Het enige voordeel van die verdomde oorlog, zei Koos vaak, was dat die hele verstikkende puriteinse deken tenminste was weggeslagen, en zo was het ook.

De spanningen, maar ook het langdurig van huis zijn, leven in een soort apocalyptische sfeer, altijd het idee dat de volgende dag je laatste kon zijn, maakte dat je het ervan nam. Hij had ook toen vrouwen gekend, meisjes soms nog, die totaal lossloegen wanneer ze terug waren van een operatie of een riskante koerierstocht. Maar ook dat was drastisch veranderd na de oorlog. Hoewel: die blondine?

Salters grinnikte en hief zijn glas bier even groetend naar haar op. Ze lachte en schudde haar haren terwijl haar partner de bal in de struiken zocht. Ze stond er gewoon klaar voor, dacht hij opgewonden, met die forse dijen onder dat rokje wat uit elkaar. Geen gesodemieter nu, Salters! hield hij zich voor. Denk aan je lieve vrouw, en aan Vorrink, die het ministerschap misliep vanwege de meiden!

Om z'n opwinding te onderdrukken zocht hij naar zijn sigaretten en keek tegen de zon in naar het hotel-restaurant, waarvan het met blauwe pannen bedekte dak fonkelde tussen het helgroen van de bomen. Ergens daarbinnen zat Einthoven. Hij zou er goud voor overhebben om te weten met wie. Einthoven was alleen gekomen, via de zijentree, geen van zijn rechercheurs bij zich, zoals hij zelden of nooit zijn medewerkers bij iets belangrijks betrok. Daarom had Salters het aangedurfd hier zelf te komen, al bleef hij in de schaduwen op het drukke terras. Einthoven, arrogant, eigenwijs, te zelfverzekerd, drie slechte eigenschappen voor een hoofd van een inlichtingendienst. Hij had er nog veel meer, dacht Salters verbitterd.

Hij sloot zijn ogen en luisterde vaag naar de gesprekken om hem heen en het klappen van de tennisbal tegen de rackets. Hoe lang de oorlog ook voorbij was, nog steeds voelde hij zich teleurgesteld en verbitterd over de loop die de geschiedenis, maar ook zijn eigen leven erna had genomen. Zelfs nu, zeven jaar later, met de sociaal-democraten in het kabinet onder een socialistische premier, met meer dan een kwart van de honderd Tweede-

Kamerleden PvdA'ers, met nog eens acht zetels voor de communisten, maakten Kerk en Kapitaal toch nog steeds de dienst uit. Zelfs een man als Drees, voor wie hij ooit een mateloos respect had gekoesterd, had willens en wetens oorlogsmisdaden laten begaan om Indië te behouden, en steunde nu ook weer plannen om het land nog sterker binnen de invloedssfeer van Washington te brengen. Drees, maar ook mannen als Lieftinck, Burger en Mansholt, die donders goed wisten dat veel van de mensen die nu zo hartstochtelijk pleitten voor de NAVO en een verharding in de houding tegenover het Oostblok, nog niet lang geleden Hitler hadden bewonderd en met de Duitsers hadden gecollaboreerd. Of De Quay, Linthorst Homan of Romme, die nu als vanzelfsprekend weer aan de touwtjes trokken. En iemand als Einthoven, Einthoven die verdomme met het Duits gezag had geheuld en dat afschermde met z'n gijzelaarschap in St. Michielsgestel, waarvan iedereen toch kon weten dat dat een wassen neus was. En Bernhard. Bernhard van Lippe, van wie wel zeker was dat hij lid was geweest van de NSDAP én van de SS, en die zelfs in Engeland nog plannen had gesmeed voor een samengaan van Hitler-Duitsland met het Westen! En nu? Nu was Einthoven de hoogste baas van de nieuwe inlichtingendienst, en was Bernhard van vroegere nazi-sympathisant voorvechter geworden van een Atlantisch pact en dikbetaalde vriend van wapenfabrikanten, corrupte dictators en machtsbeluste senatoren in de VS, die slechts oog hadden voor hun eigen belangen in het militair-industrieel complex. Onze prins als goodwill-ambassadeur voor het Hollands bedrijfsleven! Nu weer naar Zuid-Amerika. En hij kreeg een zak vol belastinggelden aan steekpenningen en onkosten voor z'n snoepreisjes!

Salters schrok op omdat er mensen aan het tafeltje naast hem kwamen zitten. Als altijd was hij alert op alles en iedereen om hem heen, maar nu zeker. Het was een keurig bejaard stel. Haagse chic, zo te horen, en geld genoeg ondanks de oorlog.

Misschien wel dankzij die oorlog. Er waren er ook buiten de politiek genoeg die de dans waren ontsprongen dankzij geld of hooggeplaatste vrinden.

Hij dronk weer dorstig, veegde wat bier van zijn gladgeschoren kin en dacht aan zijn ouders. Nette, arme mensen, typisch vertegenwoordigers van de arbeidersklasse, zijn vader al jong typograaf en bevlogen antimilitarist na de verschrikkingen van de Eerste Wereldoorlog. Wat had betekend dat hij ook had gebroken met de kerk, en daarom zijn baan had verloren. Desondanks had hij zich opgewerkt tot chef van een magazijn en vervolgens zelfs tot wethouder voor de SDAP.

'Rooie salamander, zak maar in mekander, nooit van m'n leven een rooie aan mijn zij!' Dat zongen zijn klasgenootjes, omdat zijn vader de socialistische idealen aanhing. Eenzelfde tegenstand had hij later ervaren, toen hij al jong de eerste 'rooie politieman' was geworden. Hij was altijd sociaal-democraat geweest en gebleven, in hart en nieren, en hoewel hij niet veel op had met het communisme, moest hij erkennen dat althans de marxistisch-leninistische theorie meer aansloot bij zijn ideeën dan het kapitalisme. Hij had natuurlijk nooit na de oorlog bij Einthovens BNV moeten gaan werken, zoals zijn vrouw toen al had gezegd. Hij, een socialist, in een bolwerk van liberalen en gereformeerden. Destijds had hij nog gedacht dat er andere tijden waren aangebroken.

Hij had de strijd in de slangenkuil verloren. Niet de strijd om de macht, zoals zijn tegenstanders beweerden, maar de strijd om recht en rechtvaardigheid. Dat was misschien te naïef geweest, hoewel hij een verdomd goed politieman was. Maar dat laatste had juist de jaloezie en rancune opgeroepen, omdat hij zo ongeveer de enige was in die troep tuig en hielenlikkers die Einthoven om zich heen had verzameld. Hij had te veel geweten van al die foute vaderlanders die nu weer heer en meester waren, en dus hadden ze hem uitgeschakeld met de meest gore methoden denkbaar. Ze hadden hem beticht van contacten met de moffen, alleen maar omdat hij had gezegd dat er ook goede Duitsers onder waren. Ze hadden hem ervan beschuldigd als politieman onder Duits gezag te hebben doorgewerkt, maar dat gold bijna voor elke politieman en ze vergaten erbij te zeggen dat hij al vroeg voor het verzet had gekozen. Ook hadden ze hem zijn vriendschap met Koos Vorrink verweten, van wie ze zeiden dat hij vanwege zijn socialistische ideeën staatsgevaarlijk was. Net als hij uitgemaakt voor rooie rat, communistenvriend, Derde Wegger, wat niet al. Alleen omdat ze idealen hadden die niet strookten met de gevestigde belangen en orde.

Hij keek op, zag de ober en stak zijn lege glas vragend omhoog. Op de tennisbaan hadden twee jonge mannen zich bij de vrouwen gevoegd, maar ze waren kennelijk niet van plan verder te spelen. De blonde keek toch weer even steels naar hem. Salters glimlachte. Vorrink had wel eens geroepen dat hij 'hem' wilde laten amputeren om van het gedonder af te zijn! Hij wilde dan liever dat gedonder.

Natuurlijk was Vorrink niet opzij gezet vanwege zijn vele avontuurtjes. Maar het was wel een dankbare aanleiding geweest om hem op een zijspoor te rangeren. Zoals ook hij zelf slachtoffer was geworden van een femme fatale... Leonie Brandt-Putz, actricetje en ex van een simpele banketbakker, die hem totaal verblind had met haar kunstjes in bed en haar sterke verhalen over haar kampverleden. Als een gek zo verliefd was hij op haar geweest. De naïviteit van de simpele arbeidersjongen uit Twente, die zelfs niet had durven masturberen uit angst in de hel te belanden.

De ober bracht hem zijn bier en hij betaalde direct, mét een fooi. Het was hem tegen alle verwachting in niet slecht gegaan na zijn gedwongen ontslag. Hij had een pensioentje als hoofdinspecteur en was in '47 in Amsterdam een bedrijfadviesbureau

Enisco begonnen. Dat stond voor een mondvol die nooit naliet indruk te maken: 'Eerste Nederlandse Instituut voor Sociologisch en Criminologisch Onderzoek.' In de praktijk kwam het neer op particulier recherchewerk, waarbij hij zich weer als een vis in het water voelde. Al die tijd echter was hij er zeker van in de gaten te worden gehouden door de politie en Einthovens dienst, die nu Binnenlandse Veiligheids Dienst heette. Einthoven wist immers dat veel van de dossiers die hij indertijd had meegenomen, in kopie op zijn kantoor lagen. De dossiers had hij indertijd niet ten eigene bate gestolen, al zeiden ze dat wel, maar juist om de betrokkenen, al waren ze dan fout, te beschermen. Je moest ze de kost niet geven op het toenmalige BNV die met chantagepraktijken hun ambtelijk inkomen aanvulden! Hoewel ook premier Beel dat wist, hadden ze hem gedwongen de dossiers terug te geven, maar eerst had hij ze bij wijze van levensverzekering gekopieerd, want de bedreigingen aan zijn adres en dat van zijn gezin waren legio geweest. Nu was dat niet meer zo. Al hielden ze hem dan nog in de gaten, ze meenden dat hij onschadelijk was.

Einthoven had een afspraak gemaakt met graaf Schimmelpenninck, dat was het enige dat Van Maaswijk hem had kunnen vertellen. En het was tegelijkertijd ook het meest verontrustende: Schimmelpenninck was na Du Monceau de hoogste functionaris binnen het Huis der Koningin. Het was mogelijk dat Einthoven en hij over iets totaal anders spraken, iets dat niets van doen had met de Groep; de chef van de BVD werd wel meer om advies gevraagd, maar dat was dan steevast op Soestdijk en in samenwerking met de Hofveiligheidsdienst.

Zou Bernhard om deze afspraak gevraagd hebben? Het kon. Bernhard was goede vrienden met Einthoven, altijd geweest, beiden met kilo's boter op hun hoofd, wat de reden was dat ook Bernhard er indertijd alles aan was gelegen dat hij, Salters, verwijderd werd van het BNV. Ook van en over Bernhard waren er dossiers in zijn bezit. Zelfs van zeer recente datum. Van 't Sant was wat dat betrof een uitstekende bron van inlichtingen. Hij moest wel, want ook van Van 't Sant had hij dossiers in zijn bezit.

Zou Van 't Sant Einthoven hebben ingelicht? Het was onvoorstelbaar dat hij dat risico zou nemen, hij met zijn oorlogsverleden! Lijkwit was hij weggetrokken toen hij geconfronteerd was met enkele dossiers.

'Wat wilt u?'

'Ik wil de waarheid over een brief die ZKH Bernhard in '42 uit Londen naar Berlijn zou hebben gestuurd.'

'Waarom, Salters? Waarom laat je het verleden verdomme niet rusten, man?!'

God nog aan toe, dacht Salters, dat had hij als sociaal-democraat vroeger toch nooit kunnen denken: dat hij ooit nog zijn hoop op een vorstin van Oranje zou vestigen. Wat dat betrof voelde hij zich toch weer wel verwant aan Willem Drees, al zou Drees gruwen wanneer hij van de plannen hoorde.

Nooit gedacht, ook dat religie en sociaal-democratie te verenigen waren.

Juliana, dat had hij al geweten, voor hij Van 't Sant onder druk had gezet, was een verlicht vorstin, zeker vergeleken bij haar moeder of echtgenoot, maar dat haar politieke idealen zozeer aansloten op de zijne was toch een schok geweest. Wat hij echter gehoord had van mensen als Van Heeckeren en Van Maaswijk was verbazingwekkend. Daar had die gebedsgenezeres Hofmans niet eens zoveel mee te maken, al sloten beide vrouwen in hun denken perfect op elkaar aan. De Derde Weg. De enige. Juliana was mordicus tegen de machtsblokken die zich nu weer in de wereld vormden, en tegen elke Nederlandse betrokkenheid zoals de christelijke en liberale partijen in het kabinet die nastreefde. En Bernhard. Juliana en ook Wilhelmina, zelfs Wilhelmina!, wilden een neutraal Nederland, los van het westers militair-industrieel complex waar Bernhard zich zo sterk voor maakte. Natuurlijk was het waard dat te steunen. Alsof er niet genoeg oorlog was geweest! Het maakte niet uit of zij en anderen dat vanuit een diepreligieuze overtuiging wensten dan wel een pacifistische zoals Pierson en Philips, het was hetzelfde ideaal als dat wat zuivere sociaal-democraten als hij nastreefden, alle esoterische flauwekul van zo'n Hofmans ten spijt. Niets voor niets had Juliana binnenskamers haar afkeuring en afschuw uitgesproken tegen het wapengeweld van Den Haag in Indië, zodat de overdracht al een jaar na haar troonsbestijging een feit was.

En dus had hij volmondig 'ja' gezegd toen ze hem om zijn diensten hadden gevraagd. Aanvankelijk om de eigen gelederen door te lichten, want als geen ander wist hij hoe Einthoven en Bernhard de zaken op het Hof wilden controleren. De brave Koot had dan wel onwetend op Bernhards gemoed als vader ingespeeld, maar toen al was duidelijk dat het nooit lang kon duren voor Bernhard zich zou realiseren dat zijn positie en belangen werden ondermijnd, en dat hij hulp zou zoeken. Bij zijn vrinden in politiek Den Haag, bij het bedrijfsleven dat alle baat had bij een leger en oorlogen en de Grote Amerikaanse Broer, en dus ook bij die Grote Broer zelf. Want zo klein als Nederland was, het was toch een vitale bondgenoot, met zijn wereldhaven en strategische ligging binnen het bondgenootschap. Bernhard kon dan wel binnenslands niet veel als prins-gemaal, maar hij was bevriend met de presidentskandidaat Eisenhower, met Allan Dulles en met topmensen van de CIA.

Had Van 't Sant toch gepraat?

Van 't Sant, die sluwe oude vos, gepokt en gemazeld in het inlichtingenwerk, al meer dan dertig jaar Wilhelmina's vertrouweling, was als een klein kind door de knieën gegaan bij de confrontatie met zijn betrokkenheid bij het zogenaamde 'Englandspiel.' Bijna huilend had hij het ongelooflijke verhaal bevestigd: hoe een verbitterde Bernhard de brief in Londen had geschreven en die via Lissabon naar nazi-Duitsland had verzonden.

'Er is slechts nog één man in leven die mevrouw Brandt kan dwingen de brief af te staan. Zij heeft de brief al die jaren in haar bezit als troefkaart om niet vervolgd te worden vanwege haar SD-verleden,' had Van 't Sant gezegd.

Salters had nooit eerder van de man gehoord. Julius Vogel. Doodverklaard na de Russische inval. Een bastaardzoon van Hendrik van Mecklenburg die, zelf een vroegere minnaar van Leonie, via haar bevriend was geraakt met een van haar vele Duitse minnaars, een zekere Obergruppenführer Von Bentivegni. Op last van Bernhards stiefvader – in een van de dossiers was er zelfs sprake van het biologisch vaderschap – Alexei Panchoulidzew die de brief tenslotte aan Berlijn had moeten geven, was Von Bentivegni verhoord. Hij had niet alleen bekend wie Leonie Brandt in werkelijkheid was, maar ook dat zij hem de brief had ontstolen om haar eigen veiligheid. Naspeuringen van Panchoulidzew, die vanwege de familierelatie zelf nooit vervolgd was, hadden opgeleverd dat de enige die Leonie Brandts dubbele oorlogsverleden kon aantonen, Julius Vogel was en dat Vogel zich al jaren ergens in het oosten van Duitsland schuilhield onder de naam Wilhelm Schulz.

De opdracht was een kolfje naar zijn hand geweest, vlekkeloos uitgevoerd, met als enige foutje dat hij een van zijn verzetsnamen had gebruikt; een schoonheidsfoutje dat godzijdank geen gevolgen had gehad.

Hij keek op zijn horloge en zag dat het tegen half zes liep. Einthoven en Schimmelpenninck waren nu bijna een uur binnen. Salters vroeg zich af of hoe het zijn medewerker daar verging. Hij zou, mocht het nog later worden, het aan kunnen laten komen op een telefonische rapportage, maar bij voorkeur niet want hij vertrouwde de telefoon niet, op zijn kantoor noch thuis.

Aanvankelijk had hij niet begrepen waarom Vogel de politievrouw op het Scheveningse strand had doodgeschoten. Een zekere Wouter Fabius, wiens naam hij wel kende uit het vooroorlogse politieapparaat, bleek daarop Vogel uit noodweer te hebben gedood – wat eigenlijk een geluk bij een ongeluk was geweest, want Vogel was daardoor in elk geval definitief de mond gesnoerd. Hoewel Salters voldoende materiaal had om de oud-ss'er stil te houden, was hij toch nooit zeker geweest of hij de man na de opdracht zou moeten laten gaan. Maar Vogel was er dus niet in geslaagd Leonie Brandt te doden. En enkele dagen na de schietpartij had hij tot zijn verbijstering vernomen dat Fabius geweten had wie Julius Vogel was, en hem verantwoordelijk hield voor de dood van een dorpspastoor in Noord-Brabant.

Hoe kon dat? Ondanks al zijn contacten en navraag naar Fabius, had hij daar niet achter kunnen komen. Evenmin als waarom Vogel die priester had vermoord, en hoe hij had geweten dat die Fabius achter hem aanzat.

Als eerste, maar dat zou hij sowieso hebben laten doen, had hij een medewerker naar het appartement gestuurd om Vogels weinige spullen op te halen en al diens sporen uit te wissen.

Vervolgens had hij voorzichtig zijn voelhorens uitgestoken. Tot zijn opluchting had hij na een tijdje begrepen dat de zaak Vogel gesloten was. De brief lag toen al in de kluis bij de bank, net als de tienduizend gulden en de pas die Vogel als beloning had zullen krijgen.

Dat probleem was daarmee uit de wereld. Net als indertijd zijn zorgen om die journaliste van Associated Press. Ze had zijn bureau heel wat manuren bezorgd maar tenslotte was hij tevreden geweest: het was niet anders dan toeval geweest, dat zij een paar keer opdook.

De grote vraag was nu wat Bernhard zou doen. Of hij zou berusten. Alle tekenen wezen daar tot nu toe op, maar des te verontrustender was het dat graaf Schimmelpenninck nu hier met Einthoven confereerde en wie wist met nog anderen. Met die verdomde Teengs? Want Teengs zou de eerste zijn bij wie Bernhard raad zou vragen. Teengs was bovendien de laatste tijd weer in gezelschap van Einthoven gesignaleerd, nota bene onder anderen met Reinder Kampman, een vent die zo fout als de pest was geweest maar die bovendien ook een kennis was van Van 't Sant.

En dus?

Salters staarde naar het restaurant en vroeg zich opnieuw af wat zijn medewerker in godsnaam uitspookte.

De blondine en haar gezelschap schoven babbelend en lachend aan een tafeltje niet ver van hem. Weer keek hij even steels naar haar benen, die ze over elkaar sloeg.

'Meneer?'

Hij draaide zich om.

'Had u nog wat willen bestellen?'

Nico, als altijd onberispelijk, zelfs in het kelnersuniform, schoof hem een notitieblaadje toe terwijl hij deed alsof hij met zijn doekje het tafeltje afnam.

'Nee,' zei Salters. 'Dank u.'

'Uitstekend meneer.'

De blonde jonge man liep alweer weg, hoewel een metgezel van de blondine hem ook wenkte. Salters keek naar het blaadje onder zijn hand, toen zag hij hoe Nico het restaurant binnen wilde lopen maar inhield vanwege enkele gasten die naar buiten kwamen. Einthoven was er niet bij, maar de kogelronde, kleine gestalte in de plusfours was onmiskenbaar de Grootmeester van Juliana.

Salters zat roerloos, maar zijn hand verkrampte op het velletje papier toen hij achter de man die Schimmelpenninck de hand drukte, een tweede man zag; de man wiens foto en personalia hij vier jaar geleden had opgevraagd, nadat Julius Vogel was neergeschoten. Roerloos wachtte hij, zijn gezicht in de schaduwen, tot Schimmelpenninck om de hoek naar de parkeerplaats verdween en beide mannen weer het restaurant inliepen.

Toen tilde hij zijn trillende hand wat op en las wat zijn medewerker had genoteerd.

4

Wat had ze dan moeten doen? Hem op zijn gezicht slaan? Met haar nagels op hem af? In z'n gezicht spuwen? Koeltjes 'bastard'! zeggen, omdraaien en weglopen?

Het gekke was, ze had het zich al die jaren zo vaak voorgesteld wat ze zou doen als ze hem weer zou ontmoeten, en ze had het zeker geweten dat ze van alles zou doen – behalve wat ze nu in werkelijkheid had gedaan. Al had ze wel 'bastard!' gezegd, maar pas enkele minuten geleden, toen hij haar had meegenomen naar het Vieux Doelen op het Toernooiveld waar de lichtjes al aan waren.

'You know Ken, you're a real bastard!'

'I know, love, I can't help it.'

Kenton leek niets veranderd. Nog steeds hetzelfde bruine, krullende haar zonder een spoortje grijs (al zag ze nu in het lamplicht tot haar vreugde toch wat zilverkleurige haren bij zijn bakkebaarden), en z'n bruine ogen dezelfde half cynische, half geamuseerde blik, de wat scheve neus en de brede mond die altijd een beetje scheen te lachen. Dezelfde stem ook, wat hoog, helder.

'Please do come in, will you?'

Ze had alleen maar wat dwaas geknikt en toen 'Hallo Ken' gezegd alsof ze elkaar nog de vorige week hadden gezien. Toen was ze langs hem heen naar binnen gelopen, een hoge marmeren hal in, en had gewacht tot hij de zware deur had gesloten.

Zevenenhalfjaar hadden ze elkaar niet gezien en toch het gevoel alsof er geen dag voorbij was gegaan. Toch had ze godzijdank haar zelfbeheersing niet verloren.

'Je bent niets veranderd, Neel. Nog even mooi als toen.'

'Dank je. Jij ziet er ook niet uit alsof het je slecht gaat.'

Eigenlijk had ze natuurlijk willen zeggen: 'Godverdomme, klootzak, je liegt nog net hard als vroeger!'

Hij had gelachen. 'Okay, nou, daar zijn we dan. Welkom op The Free Atlantic Press.'

Hij was haar voorgegaan, een brede, kale trap op en had gezegd dat het pand voor het grootste gedeelte leegstond. The Free Atlantic Press zat op de eerste verdieping, twee enorme, vrijwel lege kamers-en-suite met het originele lofwerk, schouwen en prachtig glas-in-lood maar ze had er geen oog voor gehad.

'Wat stelt dit voor?'

'Wat? O, dit.' Met een jongensachtige grijns had hij om zich heen gebaard naar het enige bureau, een dossierkast en twee kolossale lederen fauteuils. 'Dit is het. Sorry, het is nog niet...'

'Dat bedoel ik niet. Wat wil je?'

'Wat er in de advertentie staat. We willen...'

'Ken, stop the rubbish! Waarom ik?'

'Omdat je de beste bent, Neel.'

'De beste waarvoor?'

Toen drong het tot haar door. 'Godverdomme! Ab! Je hebt dit met Ab Scholten bekonkefoezeld!'

'Natuurlijk. So what? Je wilde iets anders. Nou, ik kan je iets anders bieden. Koffie bijvoorbeeld. Nog steeds zwart met suiker? '

Terwijl hij grinnikend de gang op verdween, had ze verdwaasd door de hoge ramen naar de achtertuintjes van de Kazernestraat gestaard. Ken had Ab ontmoet in het kleine Haagse perswereldje, en natuurlijk had hij verteld over AP. Toen was zij ter sprake gekomen en had Ab gezegd dat ze wel weg wilde. Ze voelde dat haar benen en handen trilden. God nog aan toe, ze moest de klootzak ongezouten vertellen wat voor een hufter hij was. In plaats daarvan stond ze hier met slappe knieën als een bakvis te wachten tot meneer koffie kwam brengen!

'Wat was er eerder? Die advertentie of je gesprek met Ab?' vroeg ze nu.

'Allebei tegelijk. Ik was ermee bezig toen ik hem tegenkwam in café Reuter...'

'Ruiter. Ken. Uu-ie is in het Nederlands UI, hoe vaak heb ik je dat nou verteld?'

Hij grijnsde en wees op de wijnkaart zijn keuze aan voor de ober. 'Een Saint-Emilion Grand Cru 1947 graag.'

'Zeker, meneer.'

'Je wijnsmaak is er zo te horen op vooruitgegaan. Net als je onkostenpost!'

'Had je ooit klachten?'

'Wanneer Ken? Voordat ik jou kende, tijdens of erna?'

Hij knikte. 'Sorry. Wat zal ik zeggen?'

'Valt er iets te zeggen?'

'Ik ben echt gescheiden.'

'Ach jezus Ken, wat vervelend voor je.'

'Neel, please! Ik weet zelf heel goed dat ik me schofterig heb gedragen, maar ik hield echt van jou en niet van haar!'

'Dat heb ik gemerkt, ja.'

Hij glimlachte pijnlijk getroffen. 'Geloof je me niet?'

'Ken, hou eens op. Wat verwacht je van me? Dat ik begrip zal tonen omdat jij niet van je vrouw af durfde?'

'Nee. Sorry.'

Ze zwegen allebei en nipten van hun aperitief. Buiten lag het Toernooiveld er sprookjesachtig bij onder het licht van de negentiende-eeuwse lantaarns, de kastanjebomen helgroen tegen het donker van de lucht. Zo nu en dan de koplampen van een auto die voor kwam rijden en de portier die zich haastte gasten in en uit te laten stappen.

De ober kwam terug met de wijn en ze zag verbaasd hoe geroutineerd Ken er als een kenner van proefde.

'Waar heb je dat allemaal geleerd?'

'Frankrijk. Ik ben twee jaar correspondent in Parijs geweest voor de *Express*. Ik heb zelfs nog een artikel van je in handen gehad over Eleonor Roosevelt, die eerst hier bij Juliana en Bernhard was en toen naar het Elyssee kwam.'

Ze knikte en herinnerde zich het stuk.

De ober stak de kaarsen op tafel aan.

'Heeft u uw keus al kunnen maken?'

Ze namen allebei de Coq au Vin met kerrierijst en champignons. Ze wachtte tot hij de wijnglazen had volgeschonken en het zijne toostend ophield. 'Mag ik wel zeggen dat ik blij ben dat ik je terugzie?'

'Wat is The Free Atlantic Press precies?'

Zijn ogen knepen zich samen: 'Dat heb ik je verteld. Een nieuw bureau dat...'

'Ken, ik vroeg: precies. Ik heb namelijk wat navraag gedaan, zie je? Niemand kent het. Dat zegt nog niks, maar waarom zou een syndicaat in de VS in godsnaam hier, uitgerekend hier, naast Reuter, AP en AFP nóg eens een persbureau op willen zetten? Molens? Klompen? Dijken?'

Hij lachte en dronk en weer had ze een fractie van een seconde het gevoel dat de tijd jaren geleden stil was blijven staan en dat ze samen zaten in het kleine restaurantje in Charlotte Street, Soho waar ze zo vaak Indiaas hadden gegeten. Dolverliefd. Sneller eten dan je wilt omdat je naar huis wilt om te vrijen.

'No. You're right. Er is geen noodzaak om hier nog een persbureau te beginnen. Dat zijn we ook niet in die zin van het woord.'

'We?'

'Ja. Heb je wel eens gehoord van Joseph Retinger?'

Ze schudde haar hoofd.

'Doctor Joseph Retinger. Pool. Hij was tijdens de oorlog ook in Londen. Een beer van een kerel. Hij werd begin '44 met een baar geld voor het verzet daar 's nachts door de RAF boven Polen gedropt. Bij zijn landing raakte hij verlamd aan beide benen maar toch slaagde hij in zijn missie. Hij is god mag weten hoeveel maal onderscheiden en bevriend met Eisenhower, Montgomery, De Gaulle, de paus, Adenauer en ook met prins Bernhard, die hij nog uit Londen kende.' Ken boog zich wat naar voren en pakte haar hand. Hoewel ze instinctief de neiging voelde hem terug te trekken, deed ze het toch niet.

'Ik vergat je vanmiddag te vragen wat je stemt?'

'Stemt?'

'Politics. Labour? Tory?'

Ze lachte verrast. 'Ik stem niet. Ik vind dat journalisten niet moeten stemmen.'

'Right, maar als je geen journaliste zou zijn? Je hebt me eens verteld dat je grootvader anarchist was?'

'Jezus Ken, wat is dit?'

'So?'

'God. Geen idee. Het probleem is dat ze allemaal hun voors en tegens hebben.'

'De communisten?'

'Nee zeg! Dank je feestelijk! Ik ben een keer voor AP naar de heilstaat geweest en dat was genoeg.'

Hij glimlachte, dronk maar liet haar hand niet los.

'Neel, is het je opgevallen dat er steeds minder sympathie in Europa bestaat voor Amerika? Kranten, politieke partijen, andere opinion leaders, zelfs sommige kerkgenootschappen spreken openlijk hun twijfel uit of het wel verstandig is om aansluiting te houden met Washington of binnen NATO. Nogal merkwaardig, vind je niet? Zeven jaar na Utah Beach en Okinawa?' Hij keek even om zich heen, naar de luxe inrichting, de kroonluchters, de schilderijen aan de wand. 'Wat zou hiervan terecht zijn gekomen zonder Marshallhulp? Of heeft Stalin het betaald?'

Ze gaf geen antwoord, zich de lange gesprekken herinnerend die ze in Londen hadden gehad. Ken was altijd al rechts geweest. Ze had zich er wel tegen verzet en gezegd dat hij als journalist wat onafhankelijker moest denken, maar ze moest toegeven dat ze zelf toch ook wel veranderd was door de oorlog. En dat de ideeën van het Gebroken Geweertje van voor die oorlog, of wat ze nu de Derde Weg noemden, doorzichtig en naïef waren gebleken.

'Kijk naar wat de Sovjets in Duitsland doen. In Polen, op de Balkan. Kijk naar de communisten in Italië en Frankrijk. Ik las hier gisteren nog dat er in Amsterdam een demonstratie was tegen de Amerikanen in Korea. Waarom demonstreerden ze dan niet op 6 juni '44?'

'Dat is niet hetzelfde.'

'Nee, okay, maar het kan er wel toe leiden.'

Een soldate van het Leger des Heils kwam naar hen toe en Neel zocht al in haar portemonnee naar een dubbeltje.

'Dus?' vroeg ze alleen maar.

'Joseph Retinger wil meer aandacht en begrip kweken, wederzijds. Van Europa naar de vs en van de vs naar Europa.'

'Propaganda.'

'Nee, nee.' Ken grinnikte. 'The Free Atlantic Press, met de nadruk op dat "Free". Je kunt wel onafhankelijk zijn en toch voorlichting geven.'

'En wat doe jij daar als volbloed Engelsman bij?'

'Europeaan, love. En ik ken Retinger. En Bernhard.'

Ze fronste. 'Wat heeft die ermee te maken?'

'Zijdelings. Retinger en Bernhard hebben afgelopen maand overleg gevoerd in Washington om te komen tot een soort commissie of werkgroep van belangrijke politici en industriëlen om de relaties tussen de vs en West-Europa te verbeteren.'

'En jij moet daarover berichten?'

'Als het interessant is.'

De ober kwam langs. 'Nog een minuut of tien, mevrouw, meneer.'

'Prima. En nog graag zo'n flesje,' zei Ken. Ze fronste weer. Wat wilde hij? Haar dronken voeren? Hij kwam overeind. 'Sorry, zo terug.'

Ze keek hem na terwijl hij naar de toiletten liep. Een slungelachtige man van achtenveertig jaar, geen onsje vet te veel. Gescheiden. Nu echt. Neel! dacht ze. Je zit hier weer en je loopt weer met dichte ogen in de val. Denk er niet aan. Eet lekker, laat hem betalen en zeg dat je het leuk vond maar dat je de baan niks lijkt en dat je hem nog wel eens zult bellen. En drink geen wijn meer, want daar kun je niet goed tegen!

Ze zuchtte en staarde naar buiten. Het was ongelooflijk. Je reflecteert op een advertentie, je gaat erheen en daar staat de man die je leventje niet alleen die paar jaar die je met hem deelde totaal beheerste maar ook al die jaren daarna door je hoofd spookte, hoe je je best ook deed om hem te vergeten. Een man die de boel vernachelde en je liet zitten. En vervolgens zegt hij poeslief: Ga je mee? en je gaat mee en je lacht tegen hem en als je eerlijk bent, dan hoop je er eigenlijk op dat hij straks aan je vraagt of je nog een afzakkertje bij hem thuis wilt komen drinken!

Een baan waar hij haar voor wilde hebben. Een dijk van een salaris waar ze op AP alleen maar van kon dromen. En een riante reiskostenvergoeding. 'Omdat ik jou ken en jij de beste bent.'

Vleier.

Maar toch...

Ken zou steeds twee dagen per week uit Londen overkomen, zodat ze in haar eentje het kantoortje zou runnen. Ze kon een eigen secretaresse in dienst nemen en de boel inrichten zoals zij wilde. Ook het pied-à-terre dat hij op de bovenste verdieping had betrokken. Geld was geen probleem. Dollars. Geen roebels.

Ze keek naar de inktzwarte hemel boven de bomen en gevels en stelde zich voor dat haar vader en grootvader daar ergens afkeurend met hun hoofd zaten te schudden, zoals ze dat ook gedacht had toe ze bij AP in dienst was gekomen. Ook niet voor niets wel eens American Press genoemd. Wat had ze dan moeten doen? Bij *De Waarheid* gaan werken en klakkeloos de eindeloze toespraken van Paul de Groot of Gerben Wagenaar citeren?

'A penny for your thoughts.'

Ken had de nieuwe fles zelf meegenomen en trok de kurk eruit.

'Ik vroeg me af hoeveel minnaressen je sinds je scheiding van Helen hebt gehad.'

'O, niet veel. Niet meer dan twintig.'

Ze lachte en knikte toen hij vragend naar haar glas keek.

'Ik moet nog wel de laatste trein zien te halen.'

'Ik breng je.'

'Wat?'

'Natuurlijk. Het is lang geleden dat ik in Amsterdam was, en eerlijk gezegd ben ik benieuwd hoe je woont.'

'Nou, 't is geen Lange Voorhout.'

'Nee?'

Hij schonk haar in, daarna zichzelf en ging zitten.

'Zeg, heb je wel eigenlijk ooit iets over het hof geschreven?'

'Het hof?'

'Paleis Soestdijk.'

Bevreemd schudde ze haar hoofd. 'Niet echt. Hoezo?'

'Nou, ik vroeg me af of...' Hij nam een slokje en glimlachte. 'Als je het aanbod tenminste aanneemt, maar stél, dan zou het een goed idee zou zijn om daar aandacht aan te besteden. Trumans vrouw komt hier deze zomer tijdens een trip naar Europa, dus dat is sowieso wel aardig voor de Amerikaanse lezer...'

Neel knikte, ze had zelf het bericht over het komende bezoek van de Amerikaanse presidentsvrouw enkele dagen geleden bewerkt.

'En verder schijnen Juliana en Bernhard dit voorjaar naar de States te reizen, een soort dankbetuiging vanwege de Marshallhulp. Je weet zelf hoe dol de Amerikanen zijn op royalty en Juliana is nog nieuw.'

'Kun jij dat niet beter doen, als bekende van Bernhard?'

'Hij is er niet, hij is een paar weken naar Argentinië, voor jullie bedrijfsleven.' Hij grinnikte. 'En voor Evita natuurlijk. Bovendien, Bernhard mag niks vertellen.'

'Evita? Evita Perón?'

'Sure. Wat is er, Neel? Je weet toch wel dat het huwelijk tussen hen niet zo denderend is?'

'Nee,' zei ze verbaasd. 'Tussen Juliana en Bernhard?'

'Jezus,' zei Kenton. 'Snap je nu waarom wij liever onze eigen mensen hier naar toe sturen? Het lijkt wel alsof wij het echt beter weten dan jullie! Bernhard en Juliana wonen al een tijdje gescheiden, love, weliswaar samen op het paleis, maar Bernhard in de ene vleugel en zij in de andere, snap je?'

'Hoe weet je dat?'

'Van een vent die ik nog uit de oorlog ken en die bevriend is met Bernhard. Hij had trouwens ook een raar verhaal over een of andere gebedsgenezeres die door Juliana het paleis is binnengehaald om de ogen van Marijke door handoplegging te genezen. Dat zou de reden zijn dat Bernhard des duivels is. Kom, hoe heet die vent nou? Een kapitein in het leger. Hij heeft me wel eens een stukje gevraagd voor een blaadje dat hij maakte, iets over gezamenlijke oefeningen van het Britse en Nederlandse leger.'

'De *Gun Pen*?'

'Verdomd.' Ken merkte niet hoe verbluft ze was, omdat hij zijn zakagenda tevoorschijn had gehaald en door de inhoud bladerde 'Even kijken... Hier, that's him. Maaswijk, Gerrie van Maaswijk. Hij heeft me nog uitgenodigd om die gebedsgenezeres aan het werk te zien want hij was zelf ook tamelijk onder de indruk...' Hij bladerde alweer verder. 'Niet op het paleis natuurlijk, maar in een of ander dorp waar dat mens woont... ja. Hettem. Ken je dat?'

Hij keek op. 'Wat is er?'

Achter hem kwamen twee obers elk met dienbladen. Neel was blij dat een van hen kuchte om de aandacht te trekken. Ken draaide zich om. 'Ah... good! Delicious!' Lachend keek hij weer naar haar. 'Nou, maakt niet uit of je... What's wrong?'

'Niks,' zei Neel moeilijk. Ze slaagde erin een glimlach terug te produceren. 'Het is geen Hettem maar Hattem en ja, ik ken het.' Ze kneep haar ogen wat samen, de glimlach nog steeds om haar lippen. 'Kenton, waarom ben je nu echt hier? En kom nou niet weer aan met dat praatje over de Amerikaans-Nederlandse betrekkingen!'

5

'Het spijt me, Uwe Koninklijke Hoogheid, maar ik krijg net uit de cockpit door dat het zo'n tien graden in Nederland is en dat het regent.'

Bernhard maakte een grimas en pakte het glas whisky aan dat de purser hem serveerde. 'Laten we hopen dat mijn vrouw een paraplu bij zich heeft.'

De purser lachte en verdween achter het gordijn. Bernhard nam een teugje, strekte zijn benen en kwam met een pijnlijk vertrokken gezicht wat overeind in de leren fauteuil. Hij had zojuist twee uur aan de knuppel van de Super-Constellation gezeten. Al na een kwartier had hij last gekregen van zijn oude rugkwaal, maar het verdomd er iets over te zeggen. Niet tegen een piloot die ouder was dan hij – al zou de man het misschien wel weten want tegenwoordig smeet de pers al je privégegevens op straat.

Regen in Holland. Of course. Alsof er al niet genoeg tegen was om terug te keren. Als een blok had hij er de afgelopen dagen tegenop gezien, terug naar Soestdijk, terug naar de grijze middelmaat en de ellende van het dagelijks ceremonieel en protocol. Juliana met een paraplu. Het was maar zeer de vraag of ze er zou zijn, en áls dat zo was, dan met grote tegenzin en vast en zeker gepusht door de minister-president en de directeur van de Rijksvoorlichtingsdienst, zodat het volk straks weer in krant en Cineac kennis mocht nemen van het gelukkig en herenigd koninklijk paar.

Ze moesten eens weten! Afgelopen jaar had Juliana nog geweigerd hem te bezoeken in het Academisch Ziekenhuis te Utrecht. Toen ze uiteindelijk toch was gekomen had hij zich slapend gehouden, zodat ze hem woedend met haar tas had geslagen tot ontsteltenis van het verplegend personeel. 'Ik weet dat je wakker bent!' Dat was nooit bekend geworden. Wat dat betreft was de pers in Holland godzijdank nog keurig en amateuristisch.

Hij haalde zijn pijp tevoorschijn en stopte die terwijl hij naar de wolkenmassa's beneden zich keek. Vier weken Uruguay, Argentinië en Chili, ze waren voorbij gevlogen. Het was fantastisch geweest, sinds lange tijd had hij zich niet zo jong en energiek gevoeld. Weliswaar was hij omringd door Hollandse zakenlui, journalisten en veiligheidsmensen, maar soms was hij er toch in geslaagd aan hen te ontsnappen.

'De Prins voelt zich niet in orde.'

Hij had zelfs enkele dagen rust genoten in hotel Llao Llao bij San Carlos met enkele oude vrienden. Dat mocht ook wel, want afgezien van alle banketten, partijen en bals had hij vrijwel onafgebroken zakengedaan. Het mooiste was natuurlijk het contract met Juan Perón, voor de levering van wagons en locomotieven door Werkspoor ter waarde van 258 miljoen dollar. Perón zou ongetwijfeld via andere kanalen smeergeld hebben ontvangen. Zo werkte het nu eenmaal in Zuid-Amerika, al zou iemand als Drees dat nooit begrijpen. Maar Drees zou het ook niet horen, wat dat betreft was het altijd goed zakendoen met de liberalen en de KVP. Daar dacht hij ook al anders over dan Jula, die net als de PvdA geloofde dat politiek idealistisch moest zijn in plaats van realistisch.

Hij stak de pijp aan en dacht aan alle vrienden en vriendinnen die hij de afgelopen weken had ontmoet: de oude Catalina von Pannwitz, Alfredo Hirsch, Lili Collas-Gutmann en vooral Ursula von Pannwitz, de mooie dochter van Catalina op wie hij voor zijn huwelijk zo lang verliefd was geweest. En natuurlijk Evita, de vrouw van Juan Perón.

Waarom ging hij eigenlijk nog terug? Omdat hij anders de

kinderen kwijt zou zijn, geen twijfel mogelijk. Je mocht ze verwekken, je mocht hun wettige vader zijn maar ze waren Oranjes en geen Lippes, evengoed dat je zelf jaren toegejuicht werd als prins van Oranje maar nooit dezelfde rechten had. Hij had zijn schoonvader Hendrik nooit gekend, maar wel had hij van oudere leden van de hofhouding vernomen hoe Wilhelmina al geregeld had dat Juliaantje na een eventuele scheiding tot haar eenentwintigste geen enkel contact met haar vader mocht hebben. Vast en zeker zou ze dat Jula ook aanraden en al waren zijn dochtertjes dol op hem, ook zij, prinsessen van Oranje-Nassau, zouden niets in te brengen hebben, zelfs Trix zijn lieveling niet, koppig als ze was. Trix, pas veertien jaar oud, had al meer gevoel voor de realiteit en de politieke verhoudingen dan zijn schoonmoeder en vrouw samen! Nog niet lang geleden had hij een hele avond met haar gediscussieerd in de vroegere bibliotheek van Soestdijk, waarbij ze een verrassend inzicht voor de oostwestproblematiek aan de dag had gelegd. Dat had hij in elk geval kunnen doorzetten, niet die zweverige vrije school maar een gewoon goed lyceum.

Hij nipte dagdromend van de whisky. Trix zou een excellente koningin zijn, zo ongeveer als zijn schoonmoeder voor en tijdens de oorlog was geweest. Hard maar rechtvaardig en met een gezonde kijk op al het politieke gedoe, de vleiers en de charlatans. Ze was zelfs zo ver gegaan in haar kritiek op Jula, dat hij zich gedwongen had gevoeld zijn vrouw toch te verdedigen.

'Pappa! Je bedoelt het goed, dat weet ik, maar mamma snapt het gewoon niet. Ze weet gewoon niet hoe ons soort mensen is!'

Hij glimlachte en dacht even aan zijn moeder Armgard, die hetzelfde had gezegd en Jula een volksvrouwtje had genoemd. Maar zo was het toch niet helemaal. Juliana vereenzelvigde zich alleen te veel met het volk, en daardoor was ze nu juist níet de Koningin die het land nodig had. 'Een koningin, Mammie, staat boven de partijen en dus boven het volk.' Zoals ze zich voor het karretje had laten spannen van de voorstanders van een onafhankelijk Indonesië had menigeen al de wenkbrauwen doen fronsen. En onlangs had ze zelfs gezegd gratie te overwegen aan Duitse oorlogsmisdadigers!

Het was niet toevallig dat ze dat soort idiote theorieën koesterde sinds dat mens Hofmans binnen het paleis was gekomen. Die had ervoor gezorgd dat Jula als nieuwe particulier secretaris Van Heeckeren van Molecaten had genomen, nota bene Hofmans' beschermheer! Ook Rita Pennink en zelfs Annemarie Tellegen, directeur van Jula's kabinet, die toch altijd een verstandige vrouw was geweest, waren inmiddels regelmatige bezoekers van de studieclub op het Oude Loo. Rita die, keurige weduwe als ze was, zich zodanig had laten inpakken door Walraven van Heeckeren dat ze zelfs met hem was gehuwd. Met Juliana als getuige!

Het was een kliek waarvoor Einthoven hem indertijd had gewaarschuwd, wat hij toen nog lachend in de wind had geslagen. Einthoven had het zelfs over 'een Raspoetin' gehad.

'Kom, kom, Louis! Jullie zien overal complotten, beste jongens. Zolang ze het daar alleen maar over reïncarnatie hebben en de beukenbomen om raad vragen, lijkt de staat me niet in gevaar!' had hij gezegd. Integendeel, had hij toen nog gedacht, want hij had er zelfs wat meer de vrije hand door gekregen, in zaken én in de opvoeding van de kinderen. Het had ook geschenen alsof Juliana en hij weer wat naar elkaar toe waren gegroeid in hun zorg voor Marijke. Juliana had er zelfs mee ingestemd dat Armgard en zijn stiefvader Panchoulidzew nu eindelijk toch in Nederland konden gaan wonen. Ook daar had vooral Trix op aangedrongen, dol als zij en haar zusjes op 'omi' waren, net als op zijn broer en hun oom Aschwin, in tegenstelling tot oma Wilhelmina, voor wie zelfs Trixje bang was.

Dat was tenminste iets. Maar niet lang daarna was Juliana standpunten en meningen gaan verkondigen waarvan je alleen maar blij mocht zijn dat ze zich tenminste nog haar grondwettelijke positie als staatshoofd realiseerde, en er niet mee naar buiten trad. God almighty, de meest krankzinnige pacifistische theorieën over wapenbeheersing en vermindering van het defensiebudget had Juliana naar voren gebracht. 'Welja,' had hij spottend gezegd, 'laten we dan alleen nog geld besteden aan telefooncellen langs de grens met instructies in het Russisch zodat de Sovjets kunnen bellen dat ze langskomen!'

Alles was de schuld van dat Hofmans-mens.

En hij had haar nota bene zelf geïntroduceerd! Koot was erover begonnen, en hij had het geloofd. Dat kind van Van Heeckeren kon ook gewoon zijn genezen. In elk geval had Hofmans in al die jaren niets bereikt bij Marijke. 'Binnen twee jaar zal uw kind een normaal gezichtsvermogen hebben als u haar door mij aan God laat opdragen!' Waanzin was het. Marijke zag nog even slecht als toen. De artsen die hij in het geheim had geconsulteerd hadden ook geen spoor van verbetering geconstateerd, maar Jula bleef heilig geloven in een wonder. 'Het komt door jou, Pappie! Je weet wat Greet gezegd heeft. Als je het niet gelooft, als je je niet volledig overgeeft aan Christus, dan kan ze het niet.'

Ze kon het inderdáád niet. Ze had voor zijn zieke paard nota bene een vleesdieet laten samenstellen. Vlees! Voor een paard! Natuurlijk was het arme dier alleen maar achteruitgegaan, maar volgens Juliana kwam dat omdat Trix en hij storende elementen in het helingsproces waren. Ook Hofmans zei dat soort dingen voortdurend: 'U moet u volledig aan Christus geven. Neem in een geloof zonder twijfel en zonder vragen de bevelen in ontvangst die Hij u zal geven. Dan wordt U het instrument Gods en zult U Zijn wil tot heil van Uw land en van de mensheid vervullen.'

God almighty! Zonder vragen de bevelen in ontvangst nemen! Niet van God, maar van Hofmans waren de bevelen gekomen, voor wie in het paleis plotsklaps woonruimte moest worden gevonden, juist toen vanwege de troon de secretariaten moesten worden uitgebreid en er meer personeel binnenkwam. Zelfs de bibliotheek, zijn favoriete plek, moest eraan geloven. Die was tot huiskamer omgebouwd, waar Jula samen met Hofmans de invitaties voor de studiebijeenkomsten in het oude Loo opstelde of er in kleine kring discussieerde over de meest zweverige zaken. Zelf was hij daar niet meer bij, zijn spullen, zijn personeel en adjudanten waren inmiddels verhuisd naar de andere vleugel van het paleis, waar hij tegenwoordig ook sliep. Het contact met Jula beperkte zich nu tot het meest noodzakelijke. Alleen voor de kinderen en het volk hielden ze de schijn nog op, hoewel Trix alles wel doorzag. Dankzij Trix was Juliana echter wel door de knieën gegaan toen hij had geëist dat Hofmans en haar kliek het paleis zou verlaten. Niet dat het ook maar een zier had geholpen: Hofmans woonde nu op een paar honderd meter afstand aan de Regentesselaan, in het tuinhuis van een vent die ook al tot de kliek behoorde, een vriend van die Kayser die Hofmans onderhield net als Philips en Pierson. Een paar keer per week fietste Jula er 's avonds heen via een bospaadje door de achtertuinen.

Des duivels was hij geweest toen hij daarachter kwam, totaal buiten zinnen, in staat tot alles!

En in staat tot niets. Want die ochtend, een sombere regenachtige ochtend, zat de kopie tussen zijn post die zijn secretaris als elke ochtend op zijn bureau had klaargelegd.

Het was een dichte envelop, geen postzegel, slechts getypt het opschrift 'Zijne Koninklijke Hoogheid, de Prins der Nederlanden'.

Het was een kopie, maar er bestond geen enkele twijfel dat het om dé brief ging. Als verlamd had hij daar gezeten, onmachtig om zich ook zelfs maar te verroeren. De brief waarvan hij had aangenomen dat hij vernietigd was zoals zijn stiefvader hem had bezworen. Hoe kon het? Wie?

Van 't Sant!, had hij toen meteen gedacht. François van 't Sant was de enige die van de brief had geweten en nu nog in zijn omgeving was. Maar Van 't Sant had niet geweten wat hij, Bernhard, toen precies had geschreven! En Van 't Sant kon het ook niet zijn, omdat hij er indertijd zelf bij was betrokken. Bovendien zat hij al weken in zijn Engelse huis. Tschuli dan, zijn stiefvader? Onmogelijk, Tschuli zou dat nooit doen, hij had er geen enkel belang bij, integendeel, hij zou zichzelf en Armgard liever ophangen! En Tschuli was er zeker van dat de brief niet meer had bestaan.

Wie dan? Er had een klein briefje bij gezeten, getypt, maar voorzover hij had kunnen nagaan niet op een van de schrijfmachines in het paleis. Wat nog niets zei, want op het landgoed stonden enkele villa's waar ook hofpersoneel werkzaam was. De envelop moest door iemand van het hof zijn binnengebracht, dat kon niet anders. De interne beveiliging had de strikte opdracht elk binnenkomend pakketje en elke brief te controleren, sinds er in '47 een was bezorgd waarvan het papier door een gek was ingesmeerd met fosfor.

'Laat af van mej. Hofmans!!'

In paniek had hij beide velletjes verbrand, alsof hij ze daarmee had kunnen doen vergeten. Had hij ze aan Jula moeten laten zien? Nooit!

Wist ze ervan? Dat kon hij zich niet voorstellen. Jula werd evenzeer misbruikt als hij.

Het hof. Iemand aan het hof.

Het hof bestaat uit zeker dertig mensen, het lagere personeel niet meegerekend!

Machteloos had hij de maanden erna, de jaren inmiddels, moeten toezien hoe Juliana steeds meer in de ban van Hofmans en haar kliek was gekomen. Einthoven was nogmaals langs geweest, onlangs ook zijn beste vriend Hans Teengs en zelfs Stikker, minister van Buitenlandse Zaken, die hem omzichtig en serviel, zoals alleen Stikker dat kon, had verzocht tegenover Jula te willen bemiddelen voor een gesprek over het staatsiebezoek aan de USA.

De pers wist godzijdank niets van de hele affaire. Maar tot zijn verrassing was hem verteld dat zijn vrienden in Washington er dus wel van op de hoogte waren! Walter, van wie gezegd werd dat hij, als Eisenhower zou winnen, directeur van de CIA werd, had hem zelfs openlijk gevraagd of de kans bestond dat Juliana stappen zou ondernemen die een wig in het Atlantisch Pact konden veroorzaken.

'We horen dat er zeer invloedrijke mensen bij die beweging zitten. Industriëlen, bankiers, politici.'

'Je overschat haar macht, Walter. She's only the queen.'

Maar natuurlijk had Walter gelijk. Net als Dulles en Retinger. Nederland, van vitaal belang voor het bondgenootschap. Als zelfs een man als Frits Philips opriep om het IJzeren Gordijn op te halen. Alhoewel, dacht hij grimmig, Philips was handelsman genoeg om eerst aan een afzetmarkt en dan pas aan dat soort dwaasheden te denken.

'My dear Bernhard,' had Retinger gezegd. 'We weten hoezeer je de Atlantische gedachte en de westerse verworvenheden bent toegedaan. We willen je daarin steunen, hoezeer je positie ook ingeperkt is.'

Wat had hij moeten antwoorden? 'Beste Joseph, ik word gechanteerd?' En dan?

Mismoedig dronk hij de whisky op en zag uit het raampje dat de Constellation aan de landing was begonnen. Een loodgrijze Noordzee, loodgrijze duinen.

'Kun je in jouw positie als prins-gemaal wel net zo'n studieclub opzetten als je vrouw?'

'Wat bedoel je?'

Allengs was hij enthousiaster geworden, niet alleen omdat hij zich gesteund voelde door de Amerikanen maar vooral ook omdat hij na jaren opeens weer het gevoel had iets zinnigs te kunnen doen, een belangrijke rol te kunnen spelen.

Het was inderdaad een gevaarlijke ontwikkeling, te zien hoe, nog maar zo kort na de bevrijding, het anti-Amerikanisme om zich heen greep, hoe sterk en sluw de communisten daarop inspeelden. Hoewel hij niet direct politiek kon opereren, kende hij toch veel invloedrijke mensen die hetzelfde dachten.

'Onze ambassadeur in Den Haag weet ervan en zal contact opnemen. In ieder geval zien we je hier weer tijdens het staatsbezoek van Juliana en jou volgend jaar.'

Ook daarom was hij teruggegaan, in de wetenschap dat hij er niet alleen voorstond, én dat hij eindelijk weer een missie had te vervullen.

Het gordijn ging wat opzij en de jonge copiloot groette onderdanig.

'Wilt u zelf de landing maken, Koninklijke Hoogheid?'

'Absoluut,' zei Bernhard. Hij kwam overeind en merkte tot zijn blijdschap dat zijn rugpijn over was. Hij liep achter de copiloot door het gangpad en groette links en rechts, terwijl hij zijn vliegerbril opzette. In de cockpit zag hij het vlakke land ver onder zich, slierten wolken erboven. Hij schoof in de leren kuipstoel, zette zijn koptelefoon op en gordde zich vast terwijl hij geroutineerd zijn ogen over de tientallen meters liet glijden. Regen kletterde tegen de ramen.

In zijn oor klonk de metaalachtige stem van de toren op Schiphol. Hij meldde vrolijk zijn code en positie.

'Welcome back home, your Royal Highness. We hope you had a good journey.'

'Thanks.'

'Er is een boodschap van uw vrouw de Koningin. Zij betreurt het u niet te kunnen ophalen vanwege dringende staatszaken.'

'Aha. Jammer. Zijn mijn kinderen er wel?'

'Zeker, Hoogheid. Premier Drees laat zich en leden van het kabinet vanwege dezelfde staatszaken verontschuldigen. Namens de Tweede Kamer zijn er de voorzitter, de heer Kortenhorst, en de heer Romme. Uw particulier secretaris de heer De Graaf is er ook.'

'Heel goed. Laat hem ervoor zorgen dat er iets bij de koffie wordt geschonken!'

'Ik moest doorgeven dat hij dat al heeft geregeld, Hoogheid.'

Bernhard grinnikte, net als de copiloot. Toen keek hij op de hoogtemeter en duwde de stuurknuppel langzaam van zich af. In zijn koptelefoon klonk geruis en gekraak. Een seconde later hoorde hij de hoge stem van zijn secretaris.

'Hoogheid, allereerst een behouden landing gewenst. Ik kreeg zojuist het verzoek door of u de Britse journalist Kenton Delmar vandaag nog te woord zou willen en kunnen staan.'

Kenton! Dus hij was in Nederland!

'Eh, zeker, zeker. Waar is hij?'

'In Den Haag, Hoogheid. U kunt hem daar bereiken.'

'Aha. Zeg dat ik dat zal doen zodra ik op het paleis ben.'

'Zeker Hoogheid.'

De copiloot naast hem gebaarde iets. Hij begreep het stilzwijgende verzoek om weer wat op te trekken.

Kenton. 'Bernhard,' had Walter gezegd toen hij hem uitgeleide deed op het militair vliegveld van Washington, 'ik wil je niet beledigen, maar het is ons allemaal duidelijk dat je iets verzwijgt, old boy. Je vriend Hans Teengs die hier vorige week was voor Lockheed, heeft dezelfde indruk. Heeft het zin om Kenton Delmar met je te laten praten?'

6

De stukken werden ruim een week na het onderhoud op Château Bleu bij Fabius thuis afgeleverd door een koerier van Justitie. Het was een zomerse namiddag en drukkend warm, zodat hij met de papieren in de tuin ging zitten. Hanneke was op school gebleven voor de laatste repetitie van de *Medea* en zou pas tegen het avondeten terugkomen.

Er zaten vier dossiers in de verzegelde envelop. Als eerste een dunne, blanco kantoormap die slechts drie dichtbetypte vellen papier telde zonder nadere aanduiding, datering of ondertekening. Boven aan de eerste pagina stond onderlijnd de naam 'MARGARETHA HOFMANS'.

Al tijdens hun dinertje na het gesprek met Einthoven en graaf Schimmelpenninck had Dirk Steensma hem verteld over de Amsterdamse gebedsgenezeres die haar intrek op paleis Soestdijk had genomen. Fabius had nooit van haar gehoord; als nuchtere oud-politieman was hij wars van alle spirituele filosofieën en stromingen. Ook daarin had hij verschild van Mirjam, die, hoewel ze niets van kerkelijke richtingen moest hebben en zeker niet van het orthodoxe jodendom, altijd zeer geïnteresseerd was geweest in religie en filosofie. Ze had er ook op aangedrongen dat Hanneke christelijk onderwijs zou volgen, waar hij mordicus tegen was omdat hij van mening was dat onderwijs en godsdienst geen fluit met elkaar te maken hadden. Hij had het pleit gewonnen, zodat ze naar een openbare lagere school was gegaan, maar na Mirjams dood had hij Hanneke uit een vreemd soort schuldgevoel alsnog ingeschreven op een christelijke school en vervolgens ook naar het christelijk gymnasium laten gaan. Het was hem nog meegevallen: veel meer dan psalmen zingen en de topografie van het Heilige Land leren hield het niet in, en de klassieken zoals de tragedie *Medea* hadden tot zijn vreugde de overhand boven de bijbel.

Er was nog een andere reden dat de naam Hofmans hem niets zei. Steensma had gezegd dat alle geruchten rond de gebedsgenezeres sinds ze bevriend was met het koninklijk paar werden afgeschermd.

Hij verschoof zijn stoel zodat de schaduw van de achtergevel op het rapport viel, dronk van z'n thee en las het dossier.

Margaretha Hofmans was geboren in 1894, als oudste kind in een kleinburgerlijk milieu in Amsterdam. Haar vader had allerlei los werk, van schuitenvoerder tot beambte en werkman en zelfs sportleraar terwijl hij in zijn vrije tijd aan beeldhouwen deed. Een andere dochter, Lies, had als zwemlerares de jeugdige prinses Juliana de zwemkunst in Apeldoorn bijgebracht. Greet begon al jong met werken als dienstbode in Amsterdam. Ze had van jongsaf aan grote belangstelling voor muziek, poëzie en theosofie. Fabius fronste onwetend en begreep vervolgens sceptisch dat onder theosofie een occult mengsel van boeddhisme, hindoeïsme, islam, joodse geheimleer, mythologie, spiritisme, westerse spiritualiteit en christendom moest worden verstaan. De leer bleek eind negentiende eeuw ontwikkeld door een Russin, Helena Blavatsky, en had als voornaamste uitgangspunt de relatie tussen de mens en de kosmos.

Fabius nam nog een slok thee en staarde naar de kippen, die loom in de zonovergoten ren zaten. Mirjam zou hiervan hebben genoten en vast en zeker naar de bibliotheek zijn gehold om er meer over te weten te komen. Hij zuchtte en liet zijn ogen weer over de regels gaan. Reïncarnatie, karma, goddelijke bron, meditatie, yoga, goddelijke meesters. Het was, bedacht hij, allemaal steeds hetzelfde, de mens had niet genoeg aan zichzelf en creëerde uit wanhoop, uit verlangen, uit schuldgevoel 'or whatever' een eigen universum om letterlijk in godsnaam maar een doel en een troost te hebben. Hij had het als jongen ook al op Java gezien en niet alleen onder de inlanders: het ging vrijwel altijd om mensen die de echte wereld om zich heen op de een of andere manier niet aankonden. Wrevelig sloeg hij de pagina om en zag de naam Krishnamurti staan. Dat zei hem wel wat. Want Krishnamurti was nieuws geweest in Nederland, ergens in de jaren twintig en dertig. Een jonge hindoe die door de theosofen gezien werd als de reïncarnatie van Christus en om wie een cultus op nota bene een landgoed in het Overijsselse Ommen was ontstaan. Fabius' interesse werd, indachtig het verzoek van graaf Schimmelpenninck, weer gewekt toen hij las dat ook Wilhelmina en Juliana met Krishnamurti kennis hadden gemaakt en dat ook Greet Hofmans een vaste bezoekster was geweest van de bijeenkomsten in Ommen.

Hofmans bleef in die dagen geen leed bespaard: haar moeder was jong gestorven, vervolgens haar vader en lievelingszuster, terwijl haar verloofde het ook nog eens uitmaakte waardoor ze fysiek en psychisch instortte. Geen wonder dus! dacht Fabius cynisch en herinnerde zich hoe hij zelf, toen de artsen Mirjam hadden opgegeven, op zijn knieën was gezakt en de God waarin hij niet geloofde, jankend om hulp en genezing had gesmeekt.

'Is mamma nou in de hemel?'

'Ja lieverd.'

Wat had hij daar dan op moeten antwoorden?

Hofmans' rol tijdens de oorlog was niet erg duidelijk. Er werd beweerd dat ze samen met haar broer onderduikers had geholpen, maar tegelijk had samengewerkt met de Duitsers juist om effectiever hulp te kunnen verlenen. Dat kon waar zijn, Fabius kende verschillende voorbeelden van dergelijke constructies, maar er waren ook vele leugenaars tussen. Ogenblikkelijk flitste de naam Julius Vogel door zijn brein. Had Hofmans Vogel mogelijk gekend? Hij schudde zijn hoofd en keek even naar een vliegtuigje tegen de strakblauwe hemel. Als je niet oppaste, zag je in dit werk overal samenzweringen en complotten!

Tijdens de oorlog had Hofmans in Amsterdam een zekere Johan Willem Kayser leren kennen, een werknemer bij de Stoomvaart Maatschappij Nederland die al zijn vrije tijd aan het occultisme wijdde en voor een obscuur blaadje, *Uitzicht*, regelmatig artikelen schreef over theosofie. Van enige politieke interesse was bij hem, evenmin als bij Hofmans geen sprake; geen van beiden had een strafblad of een 'aantekening van onmaatschappelijk gedrag'.

Ergens in 1946 zou Hofmans bij zichzelf paranormale, genezende gaven hebben ontdekt nadat ze een stem in haar hoofd had gehoord. Die stem zou van een zekere Exler afkomstig zijn, een dode homoseksuele kippenfokker uit het Veluwse plaatsje Hattem. Fabius schoot verbaasd in de lach en keek weer naar de kippenren. Een homoseksuele mediamieke kippenfokker! Snip en Snap hadden het niet kunnen verzinnen in de *Bonte Dinsdagavondtrein*! God nog aan toe, waarom wilden de mensen toch altijd bedrogen worden? Hij haalde een vliegje uit zijn thee en herinnerde zich zijn leraar Duits die graag Goethe aanhaalde: 'Wij worden niet bedrogen, wij bedriegen onszelf.'

De prins werd bedrogen, had Schimmelpenninck gezegd. Hij had zich zeer naïef laten inpalmen door de gebedsgenezeres Soestdijk binnen te halen, uit vaderlijke zorg voor prinses Marijke.

Fabius, hoewel niet uitzonderlijk koningsgezind, had geschokt gereageerd toen Schimmelpenninck verteld had hoe grondig de sfeer in het paleis was verpest, net als het huwelijk.

'Sinds Greet Hofmans er is, is er een scheiding der geesten, meneer Fabius, en die gaat dieper en verder dan een scheiding van tafel en bed, kan ik u verzekeren.'

Rond en achter de gebedsgenezeres bevond zich een groep mensen van wie sommigen zeer invloedrijk waren, een van hen baron Walraven van Heeckeren van Molecaten, die inmiddels particulier secretaris van de Koningin was. Molecaten was een naam die herhaalde malen in het dossier-Hofmans voorkwam. Het was het landgoed van Van Heeckeren ten zuiden van Hattem, waar Hofmans met Kayser zich in '47 had gevestigd in het oude huis van de kippenfokker. Hier vormde zich een kring gelovigen die steeds meer in haar ban kwamen. Het rapport noemde namen van gefortuneerde en invloedrijke mannen en vrouwen die Kayser en Hofmans ook financieel steunden: aristocraten, topmensen uit het bedrijfsleven, artsen, andere academici. Verbaasd las Fabius de namen van Frits Philips, Nicolaas Pierson, Johannes Mees en van andere prominente Nederlanders. Vastgeclipt aan de pagina zat een opname van Hofmans waarop ze bij een reusachtige boom stond samen met een wat kalende, gebogen man. Ze deed Fabius wat aan een oude tante van hem denken voor wie hij als een jongetje doodsbang was geweest: een schonkige oudere vrouw met een scherp, mannelijk gezicht, het grijze haar strak naar achteren gekamd, gekleed in een grijs, vormloos mantelpak. Hoewel het een wat onscherpe foto was, viel Fabius meteen de fanatieke blik in de ogen van de man op. Hij bleek Johan de Vries te heten en was wat ouder dan Hofmans, gemeentebode te Hattem. In het bijschrift stond dat er een separaat dossier van hem op de BVD was aangelegd, aangezien hij al jaren abonnee was van het communistische dagblad *De Waarheid* en mogelijk sympathisant van de CPN. Fabius las nu echt geconcentreerd, want ook Steensma had die naam genoemd. De Vries zou al vanaf 1946 grote invloed hebben op de gebedsgenezeres. Openlijk had hij er herhaalde malen in woord en geschrift voor gepleit dat alles anders moest, dat de oude machtsstructuren dienden te verdwijnen, de machtsblokken in de wereld opgeheven en oorlog moest worden uitgebannen. Sinds hun ontmoeting zou Greet Hofmans steeds meer politieke uitspraken hebben gedaan.

Ook De Vries kwam veel op het landgoed Molecaten, net als

Hofmans' beschermheer Kayser, én een intimus van prins Bernhard wiens naam Fabius ook kende: de generaal buiten dienst Henry Koot. Voorjaar '48 zou Greet Hofmans op Molecaten een zeventienjarig meisje door handoplegging en gebed genezen hebben van open tbc. Koot had de prins daarop geattendeerd, waarna Bernhard Hofmans in Amsterdam had ontmoet.

Zowel hij als Juliana hadden haar vervolgens enkele malen bezocht en in de zomer van '48 was ze ontvangen op het paleis. Inmiddels woonde ze daar niet meer maar had ze een pied-à-terre op enkele honderden meters ervandaan, in een huisje haar ter beschikking gesteld door een andere bemiddelde geestverwant en vriend van de Koningin. Voorzover bekend, luidde de laatste zin, was er in al die jaren geen noemenswaardige verbetering opgetreden in de toestand van prinses Marijke maar geloofde de Koningin nog steeds rotsvast in Hofmans' gaven, in tegenstelling tot de prins die juist op haar verwijdering uit het paleis had aangedrongen.

De tweede map was nog dunner dan de eerste: twee pagina's waarin kort afspraken en contacten van Greet Hofmans en Kayser met een zekere Gerrie van Maaswijk, toenmalig hoofdredacteur van het militaire blad de *Gun Pen* werden opgesomd. In de kantlijn stond met potlood genoteerd: '3-III-'51 – G.v.M. sinds begin dit jaar Buitengewoon Kamerheer van de Koningin.' Onder aan de laatste pagina, in andere opmaak en corps, werd sinds voorjaar '50 een relatie geconstateerd tussen Van Maaswijk en Einthovens voormalige medewerker Wim Salters. Er werd bovendien gerefereerd aan contacten van Salters met François van 't Sant, de vroegere privésecretaris en huidige thesaurier van prinses Wilhelmina en vriend van de generaal b.d. Koot.

De derde map bevatte nog meer stukken over Wim Salters, kennelijk overdrukken uit het oude archief van het Bureau Nationale Veiligheid. Fabius las eerst een korte biografie, waaruit weliswaar onomstotelijk bleek dat Salters 'goed' was geweest in de oorlog, maar ook dat hij net als Hofmans en haar broer contact had onderhouden met de bezetter. De zuiveringscommissie had direct na de bevrijding eenduidig verklaard dat Salters geen enkele blaam trof, waarna Einthoven hem als chef Opsporing had aangesteld. Bekend was toen al dat Salters een sociaaldemocraat in hart en nieren was. Hij was bevriend met de PvdA-voorman Koos Vorrink en net als hij een enorme rokkenjager. Fabius las dit alles met meer dan gewone belangstelling, niet alleen omdat hij nu wist dat Salters de geheimzinnige Hiemstra was geweest die Julius Vogel destijds naar Nederland had laten komen, maar ook omdat hij zelf in de hier beschreven periode in Friesland op de boerderij van zijn zwager had gewerkt en weinig nieuws had vernomen. Wel had hij achteraf gehoord over de chaos die indertijd binnen de veiligheidsdiensten en -dienstjes heerste, waar er toen letterlijk tientallen van bestonden, vaak gerund door lieden van bedenkelijk allooi. Collaborateurs, chanteurs of gewone penoze, die in de laatste oorlogsmaanden hun slag hadden geslagen en handelden in van de moffen ontvreemde persoonsdossiers.

Salters had in de korte tijd dat hij voor Einthoven werkte, de meeste van die clubs opgerold of ze binnen het BNV gehaald. Zo ook Leonie Brandt-Putz, met wie hij kort een intieme verhouding had gehad. Voorjaar en zomer 1946 was op het BNV een ware machtsstrijd losgebarsten. Een bijna religieuze richtingenstrijd, leek het wel. In die periode was de aandacht van de dienst verschoven van de oorlogszuiveringen naar het gevaar van het communisme; ook de sociaal-democraten werden gezien hun linkse opstelling verdacht gevonden.

Dat laatste had Einthoven de kans gegeven van de lastige en eigenzinnige Salters af te komen. Ook de beschuldigingen van Leonie Brandt tegen haar vroegere minnaar droegen daartoe bij: zij beschuldigde Salters van pro-Duitse en ook communistische contacten. Salters had zich vervolgens tientallen dossiers uit het BNV-archief toegeëigend. Er werd niet bij vermeld dat een of enkele van deze dossiers betrekking hadden op prins Bernhard, zoals Einthoven had gezegd. Wel dat Salters al eerder aangedrongen zou hebben op een 'intern onderzoek' naar het eventuele lidmaatschap van Bernhard van de NSDAP en/of de SS, alsmede naar zijn relatie met Christiaan Lindemans, alias King Kong, in verband met het falen van de geallieerde luchtlandingen bij Arnhem, september '44.

Fabius kende uit hoofde van zijn eigen werk beide geruchten en wist dat ze uit de lucht waren gegrepen. Weliswaar was de prins inderdaad lid geweest van de SS, maar slechts van de 'Reiters', wat usance was voor de Duitse adel, en zijn NSDAP-lidmaatschap had hij al vóór zijn huwelijk met Juliana opgezegd. De idee dat Bernhard, nota bene bevelhebber van het Nederlandse contingent voor de geallieerde strijdkrachten aan een schoft als King Kong de plannen voor Market Garden zou hebben verraden, was te bespottelijk voor woorden. Maar het tekende wel, overwoog hij, de sfeer van die dagen, en ook de rancune die Salters tegen de prins koesterde. Louis Einthoven was een vriend van Bernhard en hem kon je moeilijk verdenken van socialistische sympathieën. Wat bewoog Salters? De man dacht in zijn paranoia natuurlijk dat ook Bernhard achter zijn ontslag had gezeten! Hij was voor zichzelf begonnen met een partner in Amsterdam, een recherchebureautje met de weidse naam Eerste Nederlandse Instituut voor Sociologisch en Criminologisch Onderzoek dat inmiddels Instituut voor Marktonderzoek heette en gevestigd was aan de Nicolaas Witsenstraat.

Fabius leunde achterover met gesloten ogen naar de zon.

Salters had Vogel naar Leonie Brandt gestuurd om haar een brief af te dwingen die de prins vanuit Londen naar Berlijn zou hebben geschreven met een vredesaanbod. Einthoven, noch

Schimmelpenninck kende de precieze inhoud van die brief. Ze hadden erover gesproken met Wilhelmina's privésecretaris en vertrouweling François van 't Sant die indertijd het contact met Bernhards stiefvader kolonel Panchoulidzew in nazi-Duitsland had gelegd. Maar ook Van 't Sant wist niet wat de prins exact had geschreven. Daarop was Einthoven met een van Bernhards beste vrienden, Hans Teengs Gerritsen, gaan praten. Volgens Einthoven had Bernhard aanvankelijk geschrokken gereageerd, maar vervolgens op zijn bekende lacherige manier de zaak als een fabeltje afgedaan. Hij zou inderdaad naar aanleiding van de geheime vredesmissie van Hitlers plaatsvervanger Rudolf Hess in '42 overwogen hebben om via Panchoulidzew en zijn moeder prinses Armgard contact te zoeken met tegenstanders van de Führer in Berlijn, maar had daarvan afgezien vanwege Churchill en de ommekeer in de oorlog na El Alamein en Stalingrad. Einthoven en ook Teengs Gerritsen hadden beiden het gevoel gehad dat hij loog.

En dat hij dat deed onder een druk die te maken moest hebben met de gebedsgenezeres Hofmans en haar groep.

Fabius pakte de laatste map en keek naar de bijgevoegde bezoekerslijsten van de twee meest recente studiebijeenkomsten op het jachtslotje Het Oude Loo. Opnieuw las hij de namen van toonaangevende mensen in het land zoals baron van Pallandt, de bankiers Mees en Pierson, het echtpaar Van Riemsdijk, het kamerlid voor de KVP en lid van de Raad van Europa mejuffrouw Marga Klompé, enkele kamerheren en hofdames, de directeur van het Kabinet van de Koningin, mej. mr. M.A. Tellegen maar ook het echtpaar Philips, generaal buiten dienst H. Koot, het echtpaar Kayser, de advocaat mr. B. Vis en het echtpaar Mijnssen, van wie Fabius zich herinnerde net gelezen te hebben dat zij huisvesting aan Greet Hofmans verschafte die zelf als mej. M. Hofmans op de lijsten werd vermeld. Tot zijn verbazing zag hij ook dat baron Van Heeckeren, nu vermeld als particulier secretaris van H.M. de Koningin getrouwd moest zijn met de gouvernante van de prinsessen want zij stond apart vermeld als mevrouw R. van Heeckeren van Molecaten-Pennink. Als gastsprekers hadden gefungeerd rabbijn Soetendorp en de internationaal vermaarde theoloog/filosoof Martin Buber. Bijgevoegd waren korte verslagen. Fabius begreep dat Eint-hoven een van zijn mensen binnen het Oude Loo had weten te krijgen, waarschijnlijk via Schimmelpenninck. Het waren gortdroge verslagen vol filosofische en godsdienstige termen, zodat hij even grinnikte en zich de arme BVD-man voorstelde die al die uren de schijn had moeten ophouden in dat rariteitenkabinet.

De naam van Salters kwam niet voor op de lijsten.

Net toen hij de laatste map opensloeg, schrok hij op van twee handen die voor zijn ogen werden geslagen.

'Wie zijt gij dat gij in de duisternis kunt zien?'

Hij lachte en pakte Hannekes handen vast.

'Mijn naam, o koningin, is slechts bekend aan Jupiter.'

Hij verzon het ter plekke en ze lachte: 'Pappa, hoe kunnen Grieken het nou hebben over Jupiter! Dat is de Romeinse naam, hoor. In het Grieks is het Zeus.'

Ze trok haar handen terug, maar voor hij zich naar haar kon omdraaien zei ze verbaasd: 'Zo hé! Heeft dat te maken met je nieuwe baan?'

'Hannah! Dit is top secret, meisje!'

'Dan moet je het hier niet zo laten slingeren! Wat een namen. Du Monceau! Jonkheer Boreel van Obenaller! Van Tuyll van Serooskerken! Moet je daar kijken...!' Ze giechelde ongelovig. 'Barones A.H.A.R.M.J. Juckema van Burmania geboren jonkvrouw Repelaer van Driel! Hallo! Hoe neemt zo iemand de telefoon aan? Goedemiddag, u spreekt met barones Juckema van Burmania geboren Repelaer van Driel, met wie heb ik het genoegen?'

Hij lachte bewonderend want ze gaf een perfecte imitatie van een Haagse aristocrate. Een actrice in de dop, dacht hij en heel even flitste het beeld van Leonie Brandt door zijn hoofd. Hij klapte de map dicht en kwam overeind. 'Als jij de aardappels schilt, zal ik de peulen afhalen. Hoe ging het op school?'

'Goed. O pap, er stond daarnet een blonde man door onze brievenbus te loeren!'

Hij fronste. 'O?'

'Hij zei dat hij zich vergiste en dat hij bij iemand anders moest zijn.'

'Aha. Nou, dat kan toch?'

'Ja.'

Hij lachte weer en haalde haar even aan. 'Volgens mij ben je inderdaad de dochter van een oud-politieman! Zal ik nog thee voor je maken?'

7

Als het niet zo ongelooflijk was, zou ze gedacht hebben dat Ken haar had voorgelogen. En dat niet alleen. Want hoe weinig hij ook had kunnen vertellen, zijn verhaal leek een verklaring te bieden voor alle vreemde gebeurtenissen van die jaren geleden: de keurige blonde man die in de buurt van dat Hattem haar perskaart moest hebben gestolen; diezelfde jonge man en de man met de sjerp die Van Maaswijk heette in het paleis, en vooral de zogenaamde inbraak in haar huis toen ze Frits had ontmoet.

Frits de Ruyter, een valse naam. Het was geen toeval geweest dat hij daar toen in haar straatje was, besefte ze weer grimmig, al had Kenton haar dat nog moeten uitleggen! Je bent belazerd, meid! En op een heel andere manier dan je dacht!

Ze stak een sigaret op en staarde naar de korrelige foto van een kaalgeschoren man met zware wenkbrauwen in een wat pafferig gezicht. Boven de foto stond in grote letters 'GEZOCHT'. De man heette volgens het onderschrift Sjaak Sakes, wat haar aan een schurkennaam uit een detectiveromannetje deed denken. Sakes werd gezocht wegens pyromanie. Ze herinnerde zich de telexberichten over de paniek in de Jordaan, waar 's nachts brandende lappen poetskatoen in de brievenbussen werden gestopt.

Bruikbare tips om hem te vinden werden beloond met honderd gulden maar dat had kennelijk niets opgeleverd want de laatste brand, herinnerde ze zich uit de kranten, dateerde van nog geen week geleden.

'Hoofdinspecteur Fels komt zo, mevrouw.'

Ze knikte naar de agente die naar een oudere, behuilde vrouw in de wachtruimte liep en haar iets toefluisterde waarop ze beiden de gang opliepen. De vrouw was opgelicht door een scharensliep, die ervandoor was met haar zilveren bestek. Neel was nu nog de enige in het kale vertrek. Boven het halve matglas in de ramen kon ze de beugels zien van de tram buiten op het Leidseplein en de verkeersgeluiden horen.

Ze tipte de as van haar sigaret af en dacht weer aan Ken. Gescheiden. En nu echt. Nog even jeugdig en jongensachtig als bijna tien jaar geleden, en nog even leugenachtig, al was het dit keer dan om bestwil.

'Waarom ik?' had ze gevraagd.

'Neel, dit zul je niet geloven.'

'Ik geloof sowieso niets van wat je vertelt, maar probeer het nog eens.'

Het was net zo ongelooflijk als zijn mededelingen over prins Bernhard.

'Your friend Sem van Houten. Photographer.'

'Sem?! Wat heeft Sem hier mee te maken?'

'Niets, love. Althans... Je weet dat hij een groot fotoarchief heeft? Hij heeft de koninklijke familie ook dikwijls geportretteerd, ook fotoreportages op het paleis. De prins denkt dat die Van Maaswijk ermee te maken moet hebben.'

'Waarom?'

'Omdat hij van de ene op de andere dag Juliana's kant koos. Hij is allang geen hoofdredacteur van dat militaire blaadje meer, *but a real businessman. In newspapers. He's a big shot in one of your newspapers here,* De Telegraaf. *In the board of directors.*'

Dat had ze niet geweten. Wie aan de redactionele kant kende nu de directies of raad van commissarissen?

'Hij heeft overal connecties, zelfs in Engeland, onder meer bij *The Sunday Pictorial.* Maar hij was daarvoor bevriend geraakt met Bernhard, die hem in '48, nadat Juliana koningin werd, naar het paleis haalde om de oude hofhouding te reorganiseren. Een hoge functie dus. Het gekke is dat volgens Bernhard hij weg wilde toen die gebedsgenezeres op Soestdijk kwam. Understand? Hij bracht allerlei mensen binnen in de nieuwe hofhouding, hij was erbij toen die Hofmans binnenkwam. Maar niet nadat Juliana hem wegens bewezen diensten de titel van chamberlain gaf.'

'Kamerheer.'

'Yes. Only honorary.'

'Buiten dienst.'

'Ja. Volgens Bernhard bezoekt hij Juliana nog steeds veel als adviseur en is hij ook regelmatig te gast bij die bijeenkomsten met haar en de oude koningin.'

Ook daarover had hij tijdens het etentje verteld, en ze had het opnieuw met stomme verbazing aangehoord. Vooral dat er feitelijk al jaren sprake zou zijn van een scheiding van tafel en bed tussen de Koningin en de prins had haar geschokt.

'Dus die Van Maaswijk zit nu in het andere kamp, om zo te zeggen, en Bernhard denkt dat hij ermee te maken moet hebben.'

Dat was een grotere schok geweest: volgens Ken voelde Bernhard zich bedreigd. En al had hij niet kunnen of willen zeggen waardoor of door wie, Ken had gezegd dat hij Bernhard nog nooit zo gespannen en nerveus had meegemaakt. Bernhard had ook gezegd er met geen van zijn andere vrienden over te willen praten.

'Waarom dan wel met jou?'

'Ai, ai, ai! Zo ken ik je weer, Neel. Altijd achterdochtig, de beste eigenschap voor een goeie journalist! Drie redenen, love. Ten eerste ben ik onbekend in Nederland. Ten tweede vertrouwt hij mij want ik kan, whatever or who-ever, er niets mee te maken hebben. En ten derde steunt de CIA mijn persoontje.'

'De CIA?'

'The Central Intelligence Agency. De opvolger van die goeie ouwe OSS.'

Het had haar geduizeld. 'Wat heeft de CIA er in godsnaam mee te maken? En jij met de CIA?'

'De laatste vraag is makkelijk, love. Ik ken er een paar mensen sinds de oorlog, mensen die toen in Engeland waren. For the rest, I honestly don't know. Ik weet alleen dat ze mij vroegen naar Washington te komen en dat Bernhard mij belde om naar zijn hotel te komen.'

'In Washington?!'

'Yes. Hij was op weg naar Zuid-Amerika, weet je nog?'

Ze zag Fels aan komen lopen door de betegelde gang, doofde haar sigaret en kwam overeind. Hij zag er nog precies zo uit als toen, toen hij haar na de inbraak had aangeraden in elk geval naar een sleutelmaker te gaan, een wat plompe, vriendelijk ogende man in uniform maar ditmaal zonder pet.

'Als u nog iets heeft, u sprak met brigadier Fels.'

Hij was inmiddels dus hoofdinspecteur geworden.

'Mevrouw Smits?'

'Ja.'

Ze zag hoe hij haar onderzoekend opnam en lachte. 'Vier jaar geleden, hoofdinspecteur. Een inbraak in de Tweede Weteringdwarsstraat, tegenover De Zwarte Kat.'

'Ah. Ja! Een man die bijna betrapt werd, was het niet?'

'Ja. Een blonde jonge man in een licht zomerpak en met donkere ogen.'

'Zo!' De onderzoekende blik maakte plaats voor geamuseerdheid.

'Heeft u hem soms weer gezien?'

'Nee, o nee.' Ze glimlachte. 'U?'

'Ook niet. We hadden geloof ik ook niets van een signalement, wel? En was het niet zo dat er niets werd vermist?'

Ze knikte geïmponeerd. 'U heeft een goed geheugen.'

'Dat mag ook wel, mevrouw, in een stad als Amsterdam. Herinner ik me ook goed dat u journaliste bent?'

Ze lachte weer. 'Zeker. Ik zou nog wat willen weten over die inbraak, al is het dan lang geleden.'

Haar vraag leek hem gek genoeg niet te verbazen. 'Komt u maar even verder.'

Ze liepen door een schemerige betegelde gang langs rokerige vertrekken waarin agenten aan het werk waren naar zijn kamer, die niet veel groter was dan een hokje en waarin zijn bureau nauwelijks paste.

'Ze zeggen dat we een nieuw bureau krijgen. In 2000.'

Ze glimlachte en ging zitten in de stoel die hij haar wees.

'Wilt u misschien koffie? Thee?'

'Nee, dank u. Ik wil u niet te lang ophouden.'

'Mevrouw Smits, u bent de eerste normale mens dat ik vandaag ben tegengekomen.' Hij ging tegenover haar aan zijn bureau zitten en schoof haar een asbak toe met het wapen van Amsterdam erin gegraveerd.

'Het gaat me om de man die toen in het café tegenover mijn huis zat, en zag dat die inbreker mijn deur opende.'

Fels knikte. 'Een lange vent met een zware baardgroei, was het niet?'

'Waarom hebben ze u geen commissaris gemaakt?'

'Mevrouw, ik weet het niet, maar ik heb mijn vermoedens.'

Ze lachten. Ze stak hem haar sigaretten toe maar hij schudde zijn hoofd en haalde een pakje zware Van Nelle tevoorschijn. Achter hem, op een plankje aan de muur zag ze naast wat dossiers een ingelijste foto van een vrolijke jonge vrouw. Ze hoopte voor hem dat het de zijne was.

'Ging u niet iets met hem drinken in dat café?'

'Ja. Ik was hem natuurlijk dankbaar. Eh, hoofdinspecteur Fels, wat ik zou graag willen weten, heeft hij zijn naam toen opgegeven?'

Fels likte het shagje dicht en stak het tussen zijn lippen. 'Als ik m'n werk toen goed heb gedaan, moet dat wel. We vragen altijd de personalia van getuigen.' Hij stak het shagje aan. 'Waarom, als ik vragen mag, wilt u die weten?'

'Ik ben bezig met een reportage over de Nederlandse export en exportproducten en hij vertelde me dat hij werkzaam was bij een of ander bureau van de overheid. Iets van Centrale Im- en Export of zo. Het leek me aardig hem daarover te vragen, hij wist er nogal wat van.'

Boven het brandende shagje keek hij haar onderzoekend aan. Even was ze bang dat hij haar doorzag maar al was dat zo, dan liet hij dat niet merken. Hij leunde achterover en blies een kringetje rook uit. 'Dan loog hij dat.'

'Wat?' zei ze verbouwereerd.

'Dan loog hij dat.' Fels grinnikte. 'Om goede redenen, mevrouw Smits, al ben ik persoonlijk niet dol op zijn soort. Hij werkt al jaren voor een particulier recherchebureau hier in de stad, al wist ik dat toen nog niet.' Terwijl hij nog een kringetje blies, pakte hij de hoorn van de haak en draaide twee cijfers zonder acht te slaan op haar verbijstering.

'Jaap? Karel. Zeg, dat bureau van Salters hier, hoe heet dat ook alweer tegenwoordig? Wat? Ja, IVO. Op de Nicolaas Witsenstraat toch? Ja, luister eens, een van die knapen die daar werkt, donkere vent, beetje ladykiller-type, drie keer scheren per dag... Dullens. Verdomd. Coen Dullens. Oké, dank je.'

Hij hing op en grinnikte weer: 'Coen Dullens. Als het niet zo onbelangrijk was, zou ik hem nog kunnen aanhouden wegens het opgeven van een valse naam, want ik ben er zeker van dat hij dat toen deed.'

'O... Waarom denkt u dat?'

'Ja. Dat doet dat soort altijd. Ze willen belangrijk zijn, u moet dat kennen uit uw vak. Enfin, het spijt me, maar ik denk niet dat meneer Dullens u kan informeren over de exportpositie van het vaderland.'

Ze knikte maar wat. 'Nee'.

Nog steeds in de war trakteerde ze zichzelf op een kopje koffie in Reynders tegenover het hoofdbureau. Ken had dus gelijk. Het was allemaal even wonderlijk als krankzinnig en als ze niet zo nuchter was, zou ze geloofd hebben in een of ander bovennatuurlijke macht. Dat Ken Sem had gevraagd naar die Van Maaswijk was niet zo gek, want Sem was nu eenmaal een fotograaf die wel eens op Soestdijk kwam en hij werkte ook veel voor buitenlandse bladen waaronder datzelfde *Sunday Pictorial* waar Ken het over had gehad. Even logisch was het dat als Ken had gevraagd naar die Van Maaswijk, Sem háár naam had genoemd. Misschien had hij Ken zelfs wel afdrukken laten zien van de foto's voor *De Spiegel* die hij indertijd met haar in het Paleis op de Dam had genomen.

Ze sloot haar ogen tegen de zon achter het omhoog geschoven caféraam, het stadsrumoer vaag in haar oren.

Daar was Bernhard geweest hoewel hij niet officieel was verwacht. En volgens haar collega Tilly had hij gehaast en geschrokken gereageerd. Was dat vóór die Van Maaswijk met de blonde jongeman naar buiten was verdwenen? Ja.

De blonde man. Dolgraag had ze de hoofdinspecteur ook naar hem willen vragen, maar dat had ze niet aangedurfd, bang dat hij haar dan op zijn beurt toch tekst en uitleg zou vragen.

In Kens auto onderweg naar Amsterdam die avond had ze hem verteld waarom ze Sem om informatie over de man met de sjerp had gevraagd. En over de blonde man die ze eerst bij dat landhuis had gezien, daarna in het Paleis. Ook vertelde ze over de vermiste perskaart, die na de inbraak weer tussen haar paperassen had gelegen.

'En een andere vent had hem zien binnengaan?'

'Ja.'

'Gaf hij de beschrijving van de inbreker?'

'Wat? Eh... ik geloof van niet. Nee. Dat deed mijn buurvrouw, die kwam toen net thuis. Waarom vraag je dat?'

'Neel, Neel, het is me toch altijd een raadsel hoe jij ondanks al je ervaring toch zo naïef bent gebleven. Die twee knapen werkten samen, don't you understand?'

Naïef. God nog aan toe, Ken moest eens weten! Hoe ze als een tiener verliefd was geweest op de man die haar had belazerd!

Coen Dullens. Van een particulier recherchebureau. IVO. Wat stond voor 'Instituut voor Marktonderzoek' in de Nicolaas Witsenstraat. Had die blonde jongen daar ook voor gewerkt? Of nog steeds? En als dat zo was, wat deed een particulier rechercheur dan met een man als die Van Maaswijk?

Was Van Maaswijk de man geweest die ze toen bij dat landgoed uit die hofauto had zien stappen? Een oudere vrouw had als in gebed verzonken bij een bruggetje gestaan. Het leek erop dat zij dezelfde was als degene die Ken had bedoeld toen hij het had over Bernhards zorgen inzake een gebedsgenezeres die het paleis was binnengehaald vanwege Marijkes slechte oogjes.

'Haar naam is Greet Hofmans.'

Het had haar niets gezegd.

'Volgens Bernhard heeft ze een grote negatieve invloed op Juliana. Misschien weet je dat je Koningin toch al wat zweverig van aard is. Ze noemen die Hofmans haar "Raspoetin".'

Dat had ze ook niet geweten. Wie wist er iets anders van het koninklijk paar dan dat het gelukkig met de vier prinsessen op Soestdijk woonde? Ja, over Bernhard hoorde je wel eens verhalen, over geld, vrouwen, zelfs onechte kinderen maar die had ze toch altijd met korrels zout genomen.

'Bernhard heeft haar zelf binnengehaald en er sinds kort ook weer uitgetrapt, maar ze woont nog steeds in de buurt en ziet Juliana nog regelmatig. Volgens mijn vrienden bij de CIA gaat het om een soort Vijfde Kolonne.'

'Wat?'

'Yes. Hofmans zou gefinancierd worden door communisten en pacifisten. Snap je? Juliana schijnt nogal gevoelig te zijn voor al dat soort idealen en prietpraat over wereldvrede. Je kunt je dus voorstellen hoe ze in Washington aankijken tegen dat staatsbezoek dat ze daar straks af komt leggen. Ook aan de Verenigde Naties. Zie je het voor je? Reken maar dat de Russen en Chinezen zich de handen blauw klappen!'

Dat zou ook volgens Ken de reden zijn van de verwijdering tussen Bernhard en Juliana. En, dat wist ze wel: Bernhard was een enthousiast voorvechter van de NATO en het Atlantisch Pact.

'En hij kan er niets tegen doen?'

'Hij durft niet.'

Van Maaswijk die Juliana's hofhouding had gereorganiseerd. Wat wist die Van Maaswijk van Bernhard dat de prins er zo benauwd voor was dat hij het zelfs niet aan zijn vrienden durfde te zeggen?

'En The Free Atlantic Press?' had ze gevraagd.

'Wat ik zei. Je kunt me geloven of niet, maar het bureau is echt opgezet door die Joseph Retinger om de betrekkingen te verbeteren.'

Bij haar thuis had hij nog een borrel gedronken, maar geen van beiden hadden ze te kennen gegeven dat hij er zou blijven. Had ze dat wel gewild? Hou op, Neel!

Bij het weggaan had hij haar op de wang gekust. 'Denk erover na, maar snel graag. Als ik er niet ben, kun je een boodschap achterlaten op dit nummer...' Hij had haar een kaartje gegeven waarop alleen de naam Philip J. Harris stond met een telefoonnummer in Den Haag. 'O ja, Neel, al zou je besluiten het niet te doen, is er een manier waarop je achter die Frits de Ruyter kunt komen?'

Natuurlijk had Ken allang geweten dat ze het wél zou doen. Anders zou hij haar immers nooit zo uitvoerig hebben ingelicht. Maar toen ze uit nieuwsgierigheid de volgende ochtend al het Haagse nummer had gedraaid, had ze verbouwereerd weer neergelegd na een vriendelijke stem die meedeelde dat ze met de Amerikaanse ambassade was verbonden.

Toen had ze zich brigadier Fels herinnerd.

Ze stond op en liep door het rommelige café naar de telefooncel achterin. De grammofoon speelde een plaat van Juliette Greco. Een kunstschilder die ze vaag kende, stak een hand op en ze herinnerde zich hem geïnterviewd te hebben vanwege de oprichting van een internationale schildersgroep. Ook al een afkorting. Een slangennaam. BOA? Nee, COBRA.

De naam Dullens kwam drie maal voor in de gids, maar geen ervan had de voorletter C of K. Woonde hij niet in Amsterdam? Waarschijnlijker was het dat hij het over een geheim nummer had. Het IVO stond onder de afkorting vermeld en beschikte over twee telefoonaansluitingen. Ze aarzelde, stopte een dubbeltje in de gleuf en draaide het eerste nummer.

'Goedemiddag. Met het Instituut voor Marktonderzoek.'

'Goedemiddag. Mevrouw, ik heb een vraag. Ik ken een rechercheur op uw bureau, de heer Coen Dullens, maar ik ben zijn adres kwijt.'

'Wie kan ik zeggen?'

De naam van de kunstschilder schoot haar te binnen. 'Mevrouw Appel. Maar stoort u hem alstublieft niet, als u mij het adres geeft.'

'Een ogenblikje alstublieft.'

Ze merkte dat ze over haar hele lichaam begon te trillen, hing op en vervloekte zichzelf om haar zenuwen. Verdomme! Verkeerd aangepakt! Ze had moeten vragen naar een blonde jonge collega met donkere ogen. Als die er nog werkte, zou die receptioniste haar misschien met hem hebben doorverbonden en had hij zich misschien met zijn naam gemeld. Hoe kwam ze nu achter het adres? Of wie die jongen was? Ze kon daar moeilijk om zes uur in die Witsenstraat gaan staan wachten! Als dat soort mensen al gewone kantooruren maakte. Frits. Tegen zich aan geklemd, lange wandelingen door het Amsterdamse Bos, voor hem gekookt, hem in vertrouwen genomen, ook over Kenton, zelfs over Ken die haar bedrogen had... en al die weken dat het geduurd had had hij haar net zo hard bedrogen! Nee, het was erger. Hij had haar misbruikt. Ken niet. Ken had werkelijk van haar gehouden en juist omdat hij haar niet kwijt had gewild, had hij gelogen over zijn vrouw. Verzachtende omstandigheden? Ze grimlachte door haar opkomende tranen heen. Sodemieter op, Neel. Alle mannen zijn hetzelfde. Het was een cliché, maar daarom niet minder waar.

Ze vermande zich en rekende de koffie af bij de tap. Greco had plaats gemaakt voor jazzmuziek.

Ze liep het nog zonnige Leidseplein op en vroeg zich af wat ze nu zou doen. In elk geval niet naar kantoor, waar ze gezegd had enkele dagen verlof te nemen. Het had er verdomme op geleken alsof de nieuwelingen daar zelfs blij om waren! Alleen Ruud had haar in het keukentje gevraagd of het wat was geworden bij dat nieuwe agentschap.

'Ik weet het nog niet.'

Ze keek op haar horloge. Het liep tegen half zes. Ze kon naar huis gaan, maar daar had ze de ochtend al ongedurig rondgelopen, niet gewend aan zoveel vrije tijd omdat hoofdinspecteur Fels pas 's middags op het bureau te bereiken was geweest. Ze kon ook naar Scheltema gaan, maar terwijl ze het dacht, stond het idee haar alweer tegen om dezelfde collega's met dezelfde verhalen aan te horen.

'Je wilt naar Den Haag, schat. Je wilt het liefst die hufter weer zien en net doen alsof er niets gebeurd is. Waarom bel je hem niet op en zeg je dat je hem wilt spreken? Bijna tien jaar voorbij, Neel! Zag je niet dat hij wel wilde blijven?'

Ze beet op haar lip en stak over in de richting het Kleine-Gartmanplantsoen en de Weteringschans, de kant van haar huis op, maar ook die van de Nicolaas Witsenstraat. CIA, Bernhard, een gebedsgenezeres, het zou allemaal wel. Ze wilde goddomme weten wie haar belazerd hadden!

8

Natuurlijk zou hij het liefst Leonie Brandt opnieuw hebben bezocht. Als de belastende brief inderdaad nog bestond, dan had zij hem in haar bezit gehad en waarschijnlijk aan Vogel afgestaan. Hoewel dat laatste niet zeker was. Vogel was weliswaar in de buurt van haar Scheveningse huis geweest, maar de grote vraag was of hij de brief al had toen hij Linda op het strand had doodgeschoten. Of liever, de vraag was of die Salters de brief nu had.

Maar Einthoven had duidelijk gemaakt dat Leonie Brandt niet meer bezocht mocht worden. 'Ze weet dat ze goed zit na Vogels dood.'

Een ding was dus wel duidelijk, dacht Fabius grimmig. Leonie Brandt wist nog zoveel meer dat zelfs een machtig man als Einthoven bang voor haar was. Aan de andere kant, zoals hij zich haar herinnerde zou ze het bestaan van de brief net zo glashard ontkennen als ze gedaan had met het bezoek van Julius Vogel, en was er bovendien geen enkel bewijs tegen haar.

Hij remde af bij de kruising Haarlem-Amsterdam en hield links aan. Het was lang geleden dat hij auto had gereden. De eerste tientallen kilometers had hij zich tamelijk onzeker gevoeld aan het stuur van de gehuurde Austin maar allengs kreeg hij er zelfs plezier in. Hoewel het al vijf uur was geweest, stond de zon nog boven de weilanden, die in de verte begrensd werden door de eerste huizen van Amsterdam. Pal voor hem daalde een vliegtuig, glinsterend in het licht, en ondanks de waarschuwende borden langs de weg 'Kijk op de weg, niet in de lucht!', keek Fabius er toch naar en herkende van de krantenfoto's de nieuwe Super-Constellation die de KLM onlangs had aangeschaft. Maar deze was zo te zien van British Overseas Airways Corporation. Bewonderend volgde hij het ranke toestel tot het uit zijn blikveld verdween achter de barakken van Schiphol. Dat was wel even iets anders dan de oude Fokkers en Dakota's waar hij zelf voor de oorlog mee had gevlogen.

Hij draaide mee achter een vrachtauto van Van Gend & Loos aan en zag even later huizen in aanbouw links en rechts van een straatweg. Net als Den Haag was ook Amsterdam zichtbaar in hoog tempo aan het bouwen. Maar het was hier drukker dan in Den Haag en hij had al zijn aandacht nodig voor het verkeer dat kennelijk huiswaarts ging.

Het bureau van Salters lag tegen het stadscentrum, in een klein straatje vlakbij de plaats waar hij als kind het Paleis voor Volksvlijt met zijn ouders had bezocht. Sindsdien was hij niet veel meer in de hoofdstad geweest, maar hij wist dat hij het beste tramlijn 2 kon volgen om in de binnenstad te komen, dus draaide hij mee met de tramrails die vanaf een groot plein naar een smalle winkelstraat voerden.

'Er speelt iets tussen de muren van het paleis, meneer Fabius.'

Zowel Einthoven als Schimmelpenninck en Steensma meenden dat er verband moest zijn tussen de brief en de gebedsgenezeres. Volgens Schimmelpenninck was Hofmans aantoonbaar een charlatan en had Bernhard dat al snel in de gaten gekregen. Juliana leek er blind voor te zijn. Ze was zodanig onder de invloed van deze vrouw dat ze zich woedend had verzet toen Bernhard haar bevolen had de vrouw de deur te wijzen. Dat had een huiselijke ruzie opgeleverd maar inmiddels speelde de zaak ook al binnen het kabinet, tot grote zorg van vooral premier Drees. Steensma wist daar niet veel van – 'Je kent de uitdrukking "Het Geheim van Soestdijk", mijn beste Wouter, en het gekke is dat juist een sociaal-democraat als de oude Willem Drees zich daar erg aan vastklampt' – maar wel was duidelijk dat de Koningin overwoog om de drie meest beruchte gevangen Duitse oorlogsmisdadigers Lages, Kotälla en Aus der Fünten gratie te verlenen, tot wanhoop niet alleen van Drees maar ook van Steensma's minister Wijers, die een volksopstand voorzag. Juliana's overwegingen zouden haar zijn ingefluisterd door Hofmans indachtig de woorden van Jezus Christus: 'Zeven maal zeventig maal zult gij vergeven.'

Het paleis was te klein geweest toen dat Bernhard ter ore was gekomen. En, had Steensma er somber aan toegevoegd, er gingen ook geruchten bij Buitenlandse Zaken dat ze van plan was zonder enige inmenging of ministeriële goedkeuring haar eigen toespraken te schrijven voor het komend staatsiebezoek aan de VS en de Verenigde Naties. Ook daaraan zou ze vasthouden, halsstarrig en koppig als ze was. Ze scheen zelfs tegen Drees en minister Stikker van Buitenlandse Zaken geschreeuwd te hebben dat ze anders zou aftreden! Je hield je hart vast, zei Steensma, want Schimmelpenninck had gehoord dat Juliana ook op staatsrechtelijk en politiek terrein de gebedsgenezeres en haar volgelingen regelmatig om advies vroeg.

Het was ongelooflijk! dacht Fabius. Enkele maanden geleden was hij nog met Hannah naar de Cineac geweest, waar het Polygoon-nieuws een uitgebreide filmreportage vertoonde naar aanleiding van Koninginnedag. Bernhard en Juliana hadden toen het gelukkigste stel ter wereld geleken. Hij volgde de rails en zag het silhouet van het Rijksmuseum opdoemen. Volgens de plattegrond van de stad was hij daar niet ver van dat bureau van Salters. Volgens zijn contactman bij de BVD, Piet Sybrands, een beer van een oudere man, had Salters om half zeven een eetafspraak, zodat hij waarschijnlijk tegen zessen het pand zou verlaten. Sybrands had een Amsterdams politieman ingeschakeld die van tijd tot tijd voor Einthovens dienst werkte, en hoewel Fabius dit liever in zijn eentje zou hebben opgeknapt, had hij moeten toegeven dat het risico te groot was. Al waren er dan vier jaar verstreken, een man als Salters wist ongetwijfeld, al was het alleen maar uit de kranten van die dagen, dat Vogel was neergeschoten door een oud-politieman met de naam Wouter Fabius. Even vanzelfsprekend zou hij navraag naar hem hebben gedaan, al zou hij er geen rekening meer mee houden dat diezelfde Fabius nu opnieuw op zijn spoor was gezet.

De politieman, had Sybrands gezegd, wist niet waar het om ging. Dat paste in de uitdrukkelijke instructies. 'Vóór alles, meneer Fabius, moet ik u wijzen op de uiterste discretie in dezen.'

Salters was de schakel, al was het volgens Schimmelpenninck uitgesloten dat hij Bernhard zelf had kunnen benaderen. Dat was volgens hem door iemand anders gebeurd. Iemand die dus gemakkelijk toegang tot hem moest hebben. Want er had zich vrij plotseling een merkwaardige ommekeer voorgedaan bij de prins. Volgens zijn privésecretaris had hij met echtscheiding gedreigd als de gebedsgenezeres het paleis niet zou verlaten. Juliana zou daarop hebben geantwoord dat hij vooral moest doen wat hij niet kon laten, maar prinses Beatrix zou haar er alsnog van hebben overtuigd door te zeggen dat zij in dat geval met haar vader mee zou gaan. Ook dat had Fabius geschokt. Tot Steensma's geamuseerdheid. 'Wat dacht je, Wouter? Prinsesje Glimlach? Ze schijnt nog erger te zijn dan haar grootmoeder Willemien in haar goede jaren, beste jongen! Intern wordt ze prinses Stampvoet genoemd. Dat wordt nog wat als die Koningin wordt!'

Juliana had ingebonden maar de rapporten zeiden dat Hofmans op nog geen steenworp afstand van het paleis haar intrek had genomen bij een haar toegewijde familie, waar de Koningin en haar gevolg haar nog regelmatig bezochten.

Sinds die dag had Bernhard echter vreemd genoeg niet meer geprotesteerd. Hoewel Einthoven hem bij herhaling nog had gewaarschuwd dat Juliana juist daar en ook op de studiebijeenkomsten bij haar moeder in het jachtslot Het Oude Loo steeds meer onderhevig raakte aan pacifistische, ja zelfs communistische invloeden.

En het merkwaardige was dat zich dit afspeelde al enkele maanden nadat Julius Vogel in Den Haag was aangekomen, voorjaar '48. Het lag voor de hand dat de prins met de brief onder druk was gezet. Volgens Bernhards secretaris had hij indertijd een ongefrankeerde envelop ontvangen waarvan hij de inhoud in zijn asbak had verbrand.

Het betekende ook dat Vogel in zijn opdracht was geslaagd.

Fabius parkeerde de auto aan de overkant van het park waar het Paleis voor Volksvlijt had gestaan en bestudeerde de plattegrond. De Nicolaas Witsenstraat lag nog geen honderd meter van hem vandaan. De kans was klein dat Salters hem hier in de drukte zou herkennen en bovendien was hij ook niet van plan om achter Salters aan te gaan. Op zijn horloge was het vijf over half zes. Hij sloot de auto af en stak over op zoek naar een telefooncel. Even later kreeg hij Hannah aan de lijn.

'Met Hannah Fabius, met wie spreek ik?'

'Hannah, met pappa. Even weten of het goed met je gaat.'

'Ja hoor.'

'Wat ben je aan het doen?'

'Latijn. Wil je soms weten wat?'

Hij lachte, keek over het gladgeschoren gazon naar een terras tegenover hem en voelde een onbedaarlijke dorst opkomen. 'Laat maar zitten! Heb je je eten gevonden?'

'Ja. Lief van je dat je kersen hebt gekocht.'

'Eet ze niet allemaal op!'

'O. Waar ben je eigenlijk?'

'In Amsterdam. Ik probeer om negen uur thuis te zijn.'

'Ja. O pap, die blonde man, hè?'

Hij fronste even. 'Eh ja?'

'Ik zag hem weer, maar volgens mij is hij hier in de straat komen wonen want hij ging een portiek op.'

'O.' Hij glimlachte. 'Ben je toevallig de dochter van een politieman?'

Ze lachte.

'Okay,' zei hij. 'Luister lieve schat, ik ga naar mijn afspraak. Ga lekker eten en werk ze!'

'Jij ook. Tot straks!'

Hij hing op en liep de cel uit, trots op haar omdat ze al zo volwassen reageerde en zo zelfstandig was. Aan de overkant tegenover het terras was een bioscoop met een groot bord waarop een film van Heinz Rühmann werd aangekondigd. Lachen om een Duitser. De oorlog was inderdaad voorbij, dacht Fabius zoekend naar een tafeltje, al was Heinz Rühmann dan goed geweest. Het was vrij vol op het terras maar hij vond toch een plaatsje en bestelde een glas bier. Vanwaar hij zat kon hij naast de bioscoop het straatje zien. Hoe zou de contactman het willen aanpakken?

Ongetwijfeld niet in functie. Salters was er de man niet voor zich te laten imponeren door een politieman. Fabius voelde toch een lichte teleurstelling niets anders te kunnen dan af te wachten. Het was lang geleden dat hij actief was geweest en de jaren die hij zittend aan zijn bureau in ATARI had doorgebracht, deden zijn conditie ook geen goed, gezien zijn beginnend buikje. Hij keek het terras over naar de brede straat waarover zo nu en dan een auto en een tram reden. Hij had geen beschrijving van de contactman gekregen en vroeg zich af hoe hijzelf zou zijn omschreven. 'Een lange man van veertig, wat grijzend blond haar, een donkerblauw kostuum. Heeft een beetje iets van Fred Astaire als je een litteken bij zijn linker wenkbrauw wegdenkt.' Wat anders?

Hij dacht even aan de Duitse bajonet die hem daar had geschampt, toen hem een blonde vrouw opviel aan een tafeltje schuin vóór hem. Ze was alleen en wachtte kennelijk op iemand want ze tuurde steeds nerveus in de richting van de bioscoop. Hij schatte haar iets jonger dan zijn eigen leeftijd. Een aantrekkelijke vrouw, niet echt mooi, maar wel intrigerend met een brede mond en hoge jukbeenderen. Bovendien had ze grote borsten en lange benen. Ze deed hem wel wat aan Linda denken, die op dezelfde bijna sensuele manier aan haar sigaret kon trekken. Nu zag ze hem, een nieuwsgierige blik die meteen weer werd afgewend en vrijwel in dezelfde seconde kwam ze onverwacht overeind en pakte haar tas zodat hij verwonderd dezelfde kant opkeek. Aan de overkant zag hij een lange donkere man uit het straatje komen en links afslaan. Verbaasd zag Fabius hoe de blonde vrouw roerloos bij haar tafeltje stond, toen enkele munten naast haar halfvolle glas legde en de man achterna ging, maar wel aan de overkant van de straat bleef lopen.

'Komt u uit Eindhoven?'

Verrast draaide hij zich om. Tegenover hem stond een kleine, wat plompe man in burger. Fabius knikte.

'Mijn naam is Fels,' zei de man en stak een mollige hand uit terwijl ging zitten. 'Hoe maakt u het?'

'Fabius,' zei Fabius en nam de hand aan.

De man keek waarderend naar de blonde vrouw die nog net zichtbaar was.

'Een lekker ding, nietwaar?' zei hij.

Fabius grinnikte wat betrapt.

'Een journaliste.' Fels wenkte de serveerster. 'En het toeval wil dat ik denk dat ze verliefd is op de vent die daar bij uw heer Salters werkt en die daarnet wegliep. Volgens mij heeft ie haar laten zitten. Wilt u nog een biertje?'

Fabius knikte verbluft en wachtte tot de ander de bestelling had opgegeven.

'Dat denk ik tenminste,' zei Fels en haalde een pakje zware Van Nelle-shag tevoorschijn. 'Het is niet echt interessant, maar vier jaar geleden was die vent getuige van een inbraak bij haar thuis, die ik toen afhandelde. Enfin, die twee gingen tegen de schrik een borrel drinken maar toen al zag ik dat ze gecharmeerd van hem was.' Hij likte het vloeitje dicht en stak het shagje op. 'Staat ze vandaag voor mijn neus met een wat omslachtig verhaal dat ze die man zou willen interviewen voor een verhaal over export of zoiets. Vier jaar later! Enfin... blij dat ik gelukkig getrouwd ben.'

Fabius glimlachte. 'Ik neem aan dat u weet wat ik wil?'

'Ik heb het gehoord ja.' Fels blies een wolk rook uit en knikte naar de bioscoop. 'Ziet u die donkerblauwe Opel daar?'

'Ja. Van Salters?'

'O nee. Salters rijdt duurder. Ik weet niet hoe... Let op!'

Uit het straatje kwam, glanzend in de zon, een zwarte Cadillac aan en stopte bij de hoek. Vanwege de zon in de brede voorruit kon Fabius geen bestuurder zien, maar het was wel duidelijk uit Fels' woorden dat de wagen van Salters moest zijn. Verbaasd vroeg hij zich nog af wat Fels dan kon bedoelen met de Opel toen die plotseling ronkend vooruit schoot, remde en toch tegen de zijkant van de Cadillac botste. Rond hem klonken kreten van schrik en mensen kwamen ontzet overeind. Uit de Opel kwamen twee mannen die naar de Cadillac toeholden, waarvan ze het portier bij de bestuurder opentrokken.

In een flits begreep Fabius de bedoeling.

'Slim!' zei hij zachtjes. Bij de auto's stonden meer mensen. Een van de mannen uit de Opel had een arm rond de bestuurder van de Cadillac geslagen en trok hem voorzichtig uit de wagen. Fabius zag even een glimp van een bleek, gladgeschoren gezicht waarvan de ogen gesloten waren. De andere man, kaal als een biljartbal, stond dicht tegen Salters aan, alsof hij hem wilde ondersteunen en praatte tegen hem aan, maar Fabius kon in de drukte niet zien waar hij zijn handen hield, al had hij wel een vermoeden. De kale man haalde een portefeuille uit zijn binnenzak.

De serveerster zette hun glazen bier neer.

'Ik reken een kwartje extra voor de voorstelling, heren!' zei ze in plat Amsterdams.

Bij de Cadillac was Salters kennelijk weer bij zijn positieven gekomen. Hij zette een witte zomerhoed op en liep hoofdschuddend en keurend om de Cadillac heen.

'Ze kopen het af', zei Fels.

Fabius zag het. De kale man had bankbiljetten uit de portefeuille gehaald en praatte weer druk op Salters in. Salters knikte, keek nog eens naar de zijkant van de Cadillac en pakte de biljetten toen aan.

'Godzijdank,' zei Fels en nam een slok van zijn bier. En Fabius wist wat hij bedoelde. Al zou Salters ook wanneer hij gemerkt zou hebben dat zijn agenda weg was, waarschijnlijk geen verband met de aanrijding leggen, het was toch riskant geweest als hij zijn eigen portefeuille vanwege zijn autopapieren had getrokken. Vermoedelijk wilde hij geen oponthoud met zijn eetafspraak en zo te zien had de Cadillac alleen wat kleine deukjes.

Salters stapte in. De mensen weken achteruit en even later draaide de auto links af de Weteringschans op en verdween uit het zicht.

Fels was al overeind gekomen en stak de weg over. Hij deed alsof hij naar de bioscoop liep, passeerde rakelings beide mannen bij de Opel, bleef even staan en wandelde toen verder naar de vitrines met foto's waar hij even geïnteresseerd bleef staan kijken. Hij kwam weer terug, ging zitten en zei: 'Eerste avondvoorstelling is om kwart voor zeven dus dan moeten we wel opschieten.'

Fabius knikte en legde zijn hand op de kleine, lederen agenda die hem werd toegeschoven. Aan de overkant waren de mannen ingestapt en startten de Opel. Toen ze wegreden, zag Fabius dat de bumper was ingedeukt en een koplamp gebroken. Vakwerk, dacht hij, dronk van zijn bier, stak de agenda in zijn binnenzak en stond op.

'Ik wil even mijn dochter bellen dat ik eraan kom,' zei hij.

Fels knikte en stak zijn gedoofde shaggie aan. 'Als het kan,' zei hij, 'zou ik de agenda in de loop van morgen graag terughebben, zodat we de heer Salters kunnen bellen dat hij hem bij Gevonden Voorwerpen kan bekomen.'

De blonde jonge man bleef stilstaan. Zo'n honderd meter vóór hem stak Coen Dullens zijn huissleutel in het slot en verdween naar binnen. De journaliste kon hij niet zien, maar hij wist waar ze was. Toen ze Coen het bordesje op had zien lopen, was ze als een pijl uit de boog de drogisterij ertegenover binnen gegaan.

Het was krankzinnig! Zeventig kilometer lang was hij achter die Fabius aangereden, helemaal van Den Haag nota bene terug naar Amsterdam en dan had die vent hier een rendez-vous met diezelfde journaliste die godbetert vier jaar geleden zogenaamd pech had gehad met haar Solex! Dus had de chef toen toch gelijk gehad dat het verdacht was en was het ook geen toeval geweest dat ze later in het Paleis op de Dam was gezien. Dat had hij destijds ook al niet geloofd. Hij had dat hele gedoe met die inbraak flauwekul gevonden en typisch iets voor Salters die volgens hem aan paranoia leed. In haar papieren en haar bureau had hij niets aangetroffen, precies zoals hij al had gedacht en het was godverdomme nog nippertje werk geweest omdat een buurvrouw in de deuropening was komen kijken.

Hij week terug achter de hoek, maar zó dat hij de winkeldeur nog kon zien. Voor alle zekerheid was Coen toch nog een tijdje met haar omgegaan. Had hij ook onzin gevonden. Maar Coen natuurlijk niet, die naaide alles wat vrouw was. Net als de chef, al zei Salters zelf dat hij gelukkig getrouwd was.

Ze kwam zo snel achter een klant de winkel uit dat hij haar bijna had gemist. Haastig liep ze dicht langs de gevels de andere kant uit. Hij wachtte nog even en volgde haar toen hoewel hij toch aarzelde of hij Dullens niet zou informeren, maar de kans was groot dat ze nu weer terug zou gaan naar die Fabius. Dat hoopte hij vurig want de opdracht was die vent te volgen, maar het kon niet anders dan dat de chef hem gelijk zou geven haar geschaduwd te hebben. Ze had niet voor niets op het terras tegenover het kantoor zitten wachten. Hij had niet geweten hoe hij het had! Eerst Fabius die zijn auto had geparkeerd in de buurt van kantoor, zodat hij toen al had geweten dat er iets mis was. Heel even hadden de twee naar elkaar gekeken en meteen daarop was ze achter Coen aangegaan. De sukkel had niks in de gaten gehad, hoewel Salters hen tot vervelens toe inprentte bedacht te zijn op alles en iedereen, zeker sinds hij hen had ingelicht over die Fabius: een vroegere politieman die oorlogsmisdadigers opspoorde en die op de een of andere manier achter het bestaan van Vogel was gekomen.

De journaliste stak door naar een pleintje en trok de deur van een telefooncel open. Wie ging ze bellen? Die Fabius? Dat ze nu wist waar Dullens woonde?

Hij bleef staan en vroeg zich af of ze zich hem zou herinneren en wat ze gedacht had toen ze die perskaart weer had gevonden. Hij wou dat hij Dullens kon waarschuwen, maar hij wilde haar niet uit het oog verliezen. Achter het glas van de cel was ze niet veel meer dan een schim. Dat Coen daar bovenop was geweest! 't Zou wel lekker zijn, maar hij prefereerde donkere vrouwen, en jonger. Hij grinnikte en dacht aan het dochtertje van Fabius, en hoe het zou voelen om twee van die onvolgroeide tietjes in z'n handen te houden.

9

Eigenlijk was het krankjorum, dacht Dekker. Hier liep hij nou al een halfuur achter een vent met een aktetas aan zonder dat die er ook maar enige weet van had. In de schaduwen van de huizen, steeds op zo'n vijftig meter afstand. Het leek wel alsof het nog oorlog was! Met dien verstande dat hij de ander dan gedekt zou hebben, en nu schaduwde. En dat hij toen constant alert was op moffen, en nu alleen maar op de man voor hem. Het had wel gekund, want Vis had al vanaf '41 bij een verzetsgroep C-3 gezeten, een groep die boven het IJ opereerde, terwijl hijzelf toen bij de illegale beweging van Vermeer zat in Oost. Niet dat de diverse groepen toen samenwerkten, maar toch... Volgens z'n gegevens had Vis eigenhandig een SD'er gemold en nu volgde hij die vent nota bene alsof het zelf zo'n verdomde mof was! Mr. Benno Vis, een bekend advocaat, maar ook een rooie. Dat was vies fout natuurlijk want iedereen wist wat die communisten wilden, dat zag je vandaag de dag ook weer in Korea, maar ze waren goed geweest in '40-'45 en dat was meer dan je van veel anderen kon zeggen. Vis was zelfs onderscheiden met het Bronzen Kruis wegens verdiensten voor het vaderland. En hij moest ook geld hebben, anders kon hij zich toch geen eigen kantoor permitteren, zou je zeggen. Nota bene in de Van Baerlestraat. Wat moest je dan nog met Marx en Lenin? En dan had hij ook nog een woning aan de Stalinlaan! Dat kon je ook niet verzinnen.

De advocaat had geen moment doorgehad dat hij al vanaf zijn huis was gevolgd. Dat had Dekker ook niet verwacht, al was hij er wel kien op, maar de ander had geen enkele keer achterom gekeken of zijn pas vertraagd. Hij liep gewoon doelgericht ergens naar toe. Op de Ceintuurbaan had hij wel bij een tramhalte gewacht, zodat Dekker zich gelukkig had geprezen dat er wat verderop een taxistandplaats was, maar na enkele minuten was Vis toch weer doorgelopen en rechtsaf geslagen in de richting van het Rijksmuseum.

Nu liepen ze op de Stadhouderskade, Vis aan de kant van de huizen, hij tussen de bomen aan de oever. Het was stil, af en toe een auto, soms een fietser of een wandelaar zodat hij de afstand nog wat vergroot had. Zojuist had hij gewacht in het Leidsebosje tot de ander de Overtoom was overgestoken. De klok van het Americain had toen tien voor negen aangegeven. Waar ging Vis heen? Hij was weliswaar geen lid van de CPN, maar had zich onlangs wel aangemeld, wat op hetzelfde neerkwam; dan geloofde je ook in de communistische heilstaat. Je vroeg je af waarom zo'n klootzak dan niet stante pede naar dat beloofde land vertrok!

'Mir' riepen ze in koor op het Rode Plein en dan geloofden die sukkels dat dat 'Vrede' betekende, wat wel waar was, maar het betekende ook 'de hele wereld' en dat was precies wat die rooien wilden!

Het waren ook altijd nietsnutten en querulanten die geen poot uitstaken voor de maatschappij en zich achtergesteld voelden. Of een bepaald slag intellectuelen zoals die Vis, die als een soort masochist z'n eigen afkomst en stand verloochende. Salonrevolutionairen die in hun eigen praatjes geloofden zolang ze het zelf goed hadden. Ze waren weliswaar in het verzet geweest, maar daarna opeens omgeslagen. Zo een die hardop 'Nooit meer Oorlog' riep, en de zwaarden tot ploegscharen wilde omsmeden. Maar ondertussen!

Bij het Leidsebosje bleef hij even staan en wachtte tot de advocaat de Overtoom over was gestoken. Een lange man met een bleek gezicht en verward grijs haar maar wel keurig gekleed. Het was de tweede avond dat hij Vis volgde, nadat hij de afgelopen week al aardig wat informatie over de advocaat had ingewonnen.

Al direct na de oorlog had zijn oude verzetskameraad Sybrands die voor het BNV werkte Dekker gevraagd of hij er niet voor voelde in zijn vrije tijd wat bij te verdienen door bepaalde staatsgevaarlijke elementen in de gaten te houden. Als rechercheur bij de Amsterdamse politie was het tamelijk gemakkelijk achter bepaalde gegevens te komen en zijn contactpersoon betaalde daar altijd goed en contant voor, ook nadat dat BNV BVD was gaan heten en hij zijn aandacht moest verleggen naar communisten en Derde Weggers. Hij was nog nooit op het BVD-kantoor in Den Haag geweest, kende er ook niemand, maar dat scheen hun manier van werken te zijn: een vaste man als contact. Voor zijn vrouw deed hij gewoon avond- of weekeinddienst – het maakte haar trouwens allang niets meer uit wat hij deed.

Van een collega-rechercheur had hij enkele weken geleden gehoord dat Vis met enkele CPN-mensen bij een demonstratie tegen de oorlog in Korea was gesignaleerd. Twee avonden daarna had hij zelf Vis naar een CPN-bijeenkomst in het Roothaenhuis op de Rozengracht zien gaan. Dus had hij gedacht dat er mogelijk wel wat in zat, en dat was bevestigd toen hij via via hoorde dat de advocaat zich aangemeld zou hebben voor het lidmaatschap van de partij. Hij had zijn contactman nog niet geïnformeerd omdat hij eerst zekerheid wilde, maar als het zo was als hij nu dacht, zou er aardig wat voor hem aan kunnen zitten, dacht Dekker vrolijk.

Hij vertraagde zijn pas. Aan de overkant was Vis stil blijven staan op de hoek van een zijstraat en nu keek hij wel om zich heen, zodat Dekker automatisch zijn hoed wat in zijn ogen drukte en meteen weer doorliep. Het was doodstil op straat, de zon al bijna weg achter de gevels aan de overkant van het water. Op de andere hoek lag een café, de ruit spiegelend in het matte licht. Er stonden enkele fietsen en toen Dekker uit zijn ooghoek de advocaat zag oversteken, zag hij ook hoe een vrouw met een kind het café uitkwam, een meisje met een beugel aan één been, alsof ze polio had. Vis schoof langs haar het café binnen. Café-Billiard De Bosboom stond er in witte letters op de ruit aan de kant van de kade geschilderd.

Enkele meters verder stopte Dekker. De vrouw hielp het meisje in een invalidenwagentje. Even later passeerden ze hem. De vrouw op een fiets, het meisje lachend, haar handen pompend aan de handpedalen.

'Ik was eerst wel even bang, hoor mam!' hoorde Dekker het kind zeggen. 'Maar ze was echt heel aardig.'

Hij zorgde ervoor in de schaduw van een boom te staan en stak een sigaret aan. Achter het grote caféraam zag hij enkele silhouetten, een glanzende biertap, het zachtgele licht boven een biljart waar soms een gestalte langs schoof. Dat de advocaat hier helemaal vanaf de Stalinlaan naar toe was gelopen om een pilsje te drinken leek hem sterk. Het zou dus wel om een afspraak gaan, maar dat kon evengoed gewoon met een bekende zijn. Wie weet met een vriendin, want de vrouw van Vis was invalide, dus het zou er wel niet meer van komen. En zo oud was hij nog niet met zijn zesenveertig jaar. Dekker hield de hoek van het café continu in de gaten terwijl hij aan zijn eigen vrouw dacht, die na drie miskramen op doktersadvies geen gemeenschap meer mocht hebben. Hij had het na lang aarzelen toch voorgelegd tijdens de biecht, niet in hun eigen kerk, maar in De Papegaai. Zijn eigen kapelaan zou hem vast en zeker de een of andere Heilige ten voorbeeld hebben gesteld, maar een collega had gezegd dat de pastoor van De Papegaai er progressieve denkbeelden op nahield. De priester had het in het midden gelaten, alleen gezegd dat zelfbevlekking een zonde was tegen de schepping en dat hij het huwelijk van anderen moest respecteren. En er was een jonge weduwe met drie kleine kinderen niet ver van zijn huis, die het geld hard nodig had.

Hij gooide de peuk in het water en stak over. Hij keek niet naar binnen toen hij het raam passeerde, maar duwde in één keer de cafédeur open en vervolgens het rode gordijn opzij. Zigeunermuziek kwam hem tegemoet.

Het was niet druk. Enkele klanten op de barkrukken, een paar tafeltjes bezet. Hij liep naar de bar waarachter een bleke vrouw hem zwijgend groette.

'Een jonkie,' zei Dekker en bleef staan.

'Dat willen we allemaal,' zei een kale man op een kruk naast hem. 'Hoe jonger, hoe beter!' Hij lachte hoestend en hield zijn lege glas op. 'Doe d'r nog maar een, Jannie, en een pakkie Golden Fiction van tien.'

Dekkers ogen waren nu gewend aan het sombere licht. Hij draaide zich om en leunde met zijn rug tegen de koperen rail. Het café was een lange pijpenla en hij had er nog geen halve minuut voor nodig om te constateren dat Vis er niet was. Hij ging ervanuit dat de advocaat na de lange wandeling naar het toilet had gemoeten, dus draaide hij zich om en nam het kelkje aan, maar zorgde ervoor dat hij de twee deuren achter het lege biljart in de grote spiegel achter de bar kon blijven zien. Boven één ervan hing een verlicht bordje wc. De ander zou wel de toegang zijn tot het woonhuis van de eigenaar. Onder de flessen en glazen in de rekken boven de bar schoof de arm van een pick-up langzaam over een grammofoonplaat. Aan een tafeltje tegen de bar aan zongen twee oudere vrouwen mee met de zanger, hoewel het duidelijk was dat ze geen van beiden de tekst kenden. Een rustig buurtcafé, dacht Dekker, maar geen plek voor een intellectueel, dus wat zocht Vis hier? Misschien een van zijn cliënten? Want hij had zijn tas bij zich. Aan de andere kant, een advocaat die kantoor hield aan de Van Baerlestraat?

Dekker wendde zijn blik weer naar de deuren achterin. Opeens schoot de gedachte door hem heen dat Vis hem mogelijk toch had gezien en via een achteruitgang het pand weer had verlaten. Het zou godverdomme niet waar zijn! Hij zette het lege glaasje neer en wilde al naar het toilet toelopen, toen de deurbel rinkelde. Een oudere man kwam binnen en vroeg aan de barjuffrouw of ze even wilde helpen. Tot Dekkers verbazing stond achter de deur op de stoep opnieuw een invalidenwagen, nu een waarin een jongen van een jaar of zestien zat. Zijn te grote hoofd hing slap tegen de achterkant, hij kwijlde en zijn tong hing uit zijn half open mond terwijl hij steeds hoge kreten uitstootte.

'Kom maar Kees,' zei de vrouw, 'juffrouw Hofmans wacht al op je, hoor!'

Samen met de oudere man en een klant tilde ze de jongen uit het wagentje en droegen hem als een klein kind naar achteren.

De barjuffrouw klopte op de deur naast die van het toilet, en deed hem toen meteen open. Verrast kon Dekker ondanks het schemerige licht een stuk of wat mensen zien. De oudere man en de klant verdwenen met de jongen naar binnen en onder de muziek hoorde Dekker nu ook stemmen. Toen kwam de klant weer terug en trok de vrouw de deur toe maar toen ze naar de bar liep, ging hij weer open en kwamen twee oudere dames naar buiten. Ze zagen eruit, dacht Dekker, alsof ze zojuist naar een kerkdienst waren geweest, met keurige lange rokken en met hoedjes op het grijze permanent. De kleinste van de twee droeg een bril, waarvan één glas zwartgeverfd was. Ze groetten de barjuffrouw en de vrouw met de bril legde een kwartje op de toonbank.

'Tot volgende week, juffrouw en een gezegende zondag,' zei de ander.

'Dank u en insgelijks mevrouw.'

Dekker wachtte tot de deurbel rinkelde. Hij was er zeker van dat hij zo-even de lange gestalte van Vis in het vertrek achter de deur had gezien.

Hij draaide zich naar de kale man: 'Mag ik eens vragen? Wat gebeurt er daarbinnen?'

Hij knikte naar de deuren.

De man grinnikte. 'Spreekuur met God', zei hij met een zware Amsterdamse tongval.

'Pardon?' vroeg Dekker stomverbaasd.

De barjuffrouw kwam weer terug met een leeg glas.

'Jannie verhuurt het achterzaaltje aan een man en een vrouw die de Lieve Heer vragen om je van je koppijn af te helpen. Of van je druiper, al naar gelang.' Hij lachte en hoestte weer met een diep rochelend geluid.

'Toe nou, Dirk,' zei de barjuffrouw. Ze pakte een fles vermout achter zich en schonk het glas vol tot aan de rand. 'Juffrouw Hofmans doet heel goed werk, dat weet je zelf met Annie.' Ze liep met het glas naar de vrouw bij het raam.

'Wat doet ze dan?' vroeg Dekker nieuwsgierig.

'Al sla je me hartstikke dood', zei de man en dronk z'n bier op.

'Het schijnt dat ze haar hand op je legt en dan om genezing vraagt, maar m'n zuster had gewoon brandzalf gebruikt, dus als je het mij vraagt was het dat.'

Dekker had zijn pakje sigaretten tevoorschijn gehaald en hield het op. 'Sigaret?'

'Graag.'

'Zo te zien zijn er nogal wat mensen.'

De man knikte en gaf hun beiden vuur. 'Ze gebruiken het hier als een soort retirade. En 't is ook gratis. Ik geloof dat je wel wat mag geven, maar het hoeft niet. Toch Jannie? Ze doen het toch voor niks?'

'Ja,' zei de barjuffrouw. Ze lachte en begon glazen te spoelen. 'Maar ik niet! Meneer Kayser betaalt altijd keurig op tijd.'

Dekker lachte terug. 'Kan iedereen er zomaar binnen?'

Ze knikte. 'Zeker. Vorige week zelfs de politie omdat ze onbevoegd de geneeskunst zou uitoefenen, maar die kwamen van een kouwe kermis thuis want ze geeft alleen maar adviezen.'

'Aha. Is het dus elke week?'

'Vroeger wel, maar tegenwoordig is het minder. Ze schijnt ergens een rijke pief te hebben. Ergens op de Veluwe. Daar schijnt ze heel chic te wonen.'

'En zijn het altijd dezelfde mensen?'

Ze schudde haar hoofd. 'Een paar wel, maar vaak niet. Laatst hadden we hier zelfs een politicus uit Den Haag. Kom, hoe heet ie nou ook alweer?'

'Nou, Drees in elk geval niet!' zei een magere vrouw aan de andere kant van de bar. 'Want die is van de blauwe knoop!' Ze nam haastig een teug van haar bier.

'Nee, ik dacht eentje van de KVP,' zei de barjuffrouw.

'Volgens mij vernachelen ze de boel,' zei de kale man. ''t Is net zo wat als met die spiritistische seances waar ze je dooie grootmoeder op tafel laten dansen of weet ik veel. Mensen geloven alles vandaag de dag.' Hij stak een hand in de weckfles met gepelde eieren, doopte een ei in het bakje zout ernaast en stak het in z'n geheel in z'n mond.

Een van de klanten ging de wc binnen. De barjuffrouw legde een nieuwe plaat op de pick-up. Even later klonk Caruso's sonore stem. Dekker keek op zijn horloge. Wat zou hij doen? Aan de ene kant zou hij daar wel naar binnen willen gaan, al was het maar uit nieuwsgierigheid; aan de andere kant leek het hem wel duidelijk: een groepje zwevers zoals je er na de bevrijding zoveel had. Mensen die geschift uit de oorlog waren gekomen en zich nu richten op het hemelse. Je kon het ze niet eens kwalijk nemen. Het paste wel bij die vage idealen van al die pacifisten en Derde Weggers. Misschien was Vis zelf wel ziek en zocht hij op deze manier genezing. In elk geval was dit café geen broedplaats van communisten of andere rooien. Half tien. Hij had zijn vrouw gezegd niet op hem te wachten omdat hij avonddienst had. Misschien kon hij straks nog bij Marijke langsgaan. Haar kindertjes zouden al in slaap zijn en het was al bijna een week geleden.

'Doe mij nog een biertje,' zei de man, 'en misschien wil meneer hier nog een pikketanussie.'

'Nee, dank u,' zei Dekker. Hij keek strak voor zich uit: in de spiegel achter de bar zag hij hoe Vis uit het zaaltje kwam. Naast hem liep een man van een jaar of vijftig met een witte kuif. Vis droeg zijn aktetas, de ander hield onder een arm een stapeltje tijdschriften vast. Achter hem liep een blozende vrouw in een gestreepte jurk met een lange jongeman met donker haar, en een oudere man met een witte zomerhoed.

Dekker zat roerloos, een hand snel omhoog om zijn gezicht af te schermen. Wat deed Dullens van Salters' bureau hier? Toeval? Dat kan niet. Dullens geloofde aan god noch gebod! Was hij undercover?

De vrouw knikte glimlachend naar twee dames aan een tafeltje. Uit het zaaltje klonk een vrolijk gelach. De dames kwamen overeind en liepen nerveus naar de deur toe maar wachtten toch kennelijk op de vrouw die zich nu naar de man met de witte kuif richtte.

'Komt u nog terug, meneer Kayser?'

'Jawel. Ik kom juffrouw Hofmans zo halen.'

De vrouw knikte en wilde het zaaltje alweer in. In het spiegelbeeld kon Dekker daarbinnen even een oudere vrouw met wit haar zien. Ze stond roerloos met haar ogen dicht en drukte met beide handen tegen haar slapen alsof ze hevige hoofdpijn had.

'Eh, mevrouw Voorhoeve?'

De vrouw in de gestreepte jurk draaide zich weer om.

'Als de dames daar de laatsten zijn, wil dan zo goed zijn alvast een taxi te bellen, ja?'

'Natuurlijk.'

Ze liet de vrouwen het zaaltje binnen, volgde hen en sloot de deur. Caruso's tenor schalde boven de violen.

De man met de witte kuif ging Vis voor. Dullens was al naar buiten gelopen, achter de man met de witte hoed aan.

De twee liepen zo dicht langs Dekker dat hij de titel van de tijdschriften kon lezen. *Uitzicht.* Boven de twee 'i's waren waaiervormige streepjes getrokken, zoals bij een stralenkrans. Het leek Dekker toe dat ze gestencild waren.

Die Kayser was dus iemand die hier wat in de melk had te brokkelen, de man die de huur aan de barjuffrouw betaalde. En Vis kende hem, waarom anders zou die Kayser hem uitgeleide doen?

Maar door het raam zag hij de reden, want Kayser stond stil bij de enige auto aan de kant van de kade. Een luxe wagen, al kon Dekker niet zien wat voor een. Wel dat er iemand aan het stuur zat. De auto moest net zijn aangekomen, daar was hij zeker van. De zon was nu weg maar in het schemerlicht kon Dekker zien dat Kayser de tijdschriften achter in de wagen legde. De man met de hoed zei iets tegen Dullens en stapte toen voorin naast de chauffeur. Voor wie werd die taxi dan besteld? Voor de vrouw met wie die Kayser hier zaken deed? Ze woonde op de Veluwe, had die barjuffrouw gezegd. Dan zou die taxi wel naar het station moeten.

Naast hem kwam de kale man van zijn kruk. 'Even Jan zonder handjes uitlaten.'

Kayser en Vis schudden handen en Kayser liep terug naar het café. Dekker had al een gulden uit z'n portemonnee gehaald en keek weer even op zijn horloge. Als Vis nu naar huis zou gaan, kon hij nog om tien uur bij Marijke zijn en voor middernacht thuis. En Dullens? Misschien een particuliere opdracht, besloot hij, overspel, dat soort werk. Dat deden ze veel bij Salters. Toch beter dat die Dullens hem hier niet zou zien, dat voorkwam vragen.

Hij schoof het bankbiljet naar de barjuffrouw en kwam van zijn kruk af. 'Ik ga eens op huis aan. Laat u maar zitten.'

'Dank u wel, meneer.'

Toen hij de deur opentrok, kwam Kayser juist binnen, zodat

hij een stapje achteruit deed. De man had verwonderlijk lichte ogen, die Dekker vriendelijk opnamen.

'Goedenavond.'

Dekker bromde wat, liep naar buiten de schaduwen in en stak snel de zijstraat over. Maar halverwege stond hij weer stil. Waar was Vis verdomme gebleven? Was hij ook ingestapt of al weg? In lichte paniek keek hij naar de overkant. De auto reed juist weg, een Cadillac zag hij nu. Dullens stond bij de bomen en keek hem na. In het licht van de straatlantaarn leek het wel alsof hij bebaard was.

Verward keek Dekker achterom naar het café en zag nog net de witte kuif van Kayser langs de bar schuiven. Godverdomme! Hij dwong zichzelf kalm te blijven en stak de kade over. Vis kon nooit ver weg zijn, zelfs niet als hij holde. Maar welke kant was hij opgegaan?

Hij schrok van een vrouw bijna pal tegenover zich. En zij van hem want ze week wat angstig achteruit.

'Sorry, ik zag u niet.'

Dekker gromde weer wat en besloot juist toch de kant van het Leidseplein op te gaan, toen hij Vis weer zag. De advocaat stond schuin tegenover hem bij een geparkeerde auto. Dekker kon zien dat hij de tas die hij droeg aan iemand gaf achter het stuur. Hij kneep zijn ogen wat samen om beter te kunnen zien en sperde ze verbluft weer open toen de bestuurder zich opzij boog om de tas aan te pakken. Vis zei iets, groette en liep langs de wagen in de richting van de Overtoom.

Even nog stond Dekker stil, toen rende hij de weg op naar de auto, waarvan net de lichten werden ontstoken.

'Sybrands! Piet!!'

Hijgend zag hij tot zijn opluchting de lichten weer doven. Hij trok het portier open en zag hoe zijn chef de tas open naast zich had staan.

'Sybrands! Wat doe jij hier?'

'En jij?'

'Ik?' Dekker haalde diep adem en knikte naar de Overtoom waar Vis juist in het donker verdween. 'Ik zit achter die Vis aan voor jullie! Een rooie, Piet!... Godverdomme, ken je hem dan?'

'Hoe weet je dat hij een rooie is?'

'Omdat ik hem al een tijdje in de smiezen houd. Hij heeft zich aangemeld bij de CPN en hij is de afgelopen weken bij twee vergaderingen geweest.' Dekker zweeg even. Zijn verbazing maakte plaats voor teleurstelling. Als Sybrands Vis al kende, zat hij hier verdomme tijd te verspillen!

'Jullie kennen hem bij de BVD, hè? Jezus, Sybrands, werkt hij ook voor jullie dat hij die tas gaf?'

De grote man achter het stuur zweeg even en tuurde langs Dekker naar de stille kade. 'Weet iemand dat je achter hem aan zit?'

'Wat? Nee. Ik wou eerst zekerheid dat...'

Hij zweeg abrupt omdat de grote man plotseling de motor startte.

'Wat ga je doen?'

'Wil je een sigaret?'

'Een sigaret? Waarom?'

Sybrands glimlachte, een hand al tussen de revers van zijn colbert op de kolf van zijn pistool. Toen zag hij de taxi aankomen en zei: 'Stap even in, wil je?'

Vanuit de schaduwen zag Neel hoe Coen Dullens terugliep naar het café, toen de deur ervan werd geopend en de man met de witte kuif weer naar buiten kwam. Ze hield haar adem in toen ze achter hem een oudere vrouw zag opdoemen. Eén seconde lang kreeg ze het beeld van het landhuis die zonnige dag op de Veluwe op haar netvlies. Het was dezelfde vrouw, geen twijfel mogelijk. Ze droeg zelfs, leek het, hetzelfde korte manteltje en baret. Dullens ging haar voor en deed galant het achterportier open. Ze stapte in, even een glimp van knokige benen die zich optrokken. De man met de witte kuif liep achter de taxi langs, terwijl hij een hand groetend naar Dullens opstak. Even later verdween de auto in de richting van de Rozengracht. Dullens draaide zich om en ging het café binnen. Toen raasde er een auto langs en draaide met gierende banden de Bosboom-Toussaintstraat in. Onder het jankende geluid meende Neel geschrokken achter zich een knal te horen. Ze keek achterom. Ook de auto waarnaar de man die zojuist bijna tegen haar op was gebotst was gerend, trok op en passeerde haar op nog geen meter afstand, een forse, kalende man aan het stuur met een sigaret tussen zijn lippen. Tussen de helrode achterlichten zag ze dat de auto een nummerbord had uit de provincie Zuid-Holland. Er kwamen wolken rook onder vandaan, zodat ze begreep dat de knal van de uitlaat moest zijn geweest

Het was duidelijk dat de bijeenkomst in het café was afgelopen. Wat deed Dullens dan nog binnen?

Frits. Hoewel ze er alert op was geweest, was ze desondanks ontzettend geschrokken toen ze hem onverwacht bij Alhambra de Weteringschans had zien oplopen. Ze had het Nicolaas Witsenstraatje zelf niet in gedurfd en was daarom tegenover de bioscoop op een terras gaan zitten, met een vermout en een portie leverworst om haar honger te stillen. De zon had geschenen en het terras was eivol zodat ze zich wat meer op haar gemak had gevoeld, veilig tussen de andere bezoekers, het straatje in haar blikveld.

De kans was groot, zo had ze geredeneerd, dat hij nog op dat IVO zou zijn omdat de receptioniste haar een kwartier tevoren nog met hem had willen doorverbinden.

Maar na een tijdje was ze toch gaan twijfelen. Eigenlijk aan alles. Wat deed ze hier eigenlijk? Ze wist nu hoe hij heette en waar hij werkte. Ze kon er niets meer aan doen en het was jaren geleden. Omdat Ken informatie wilde. So what? Het kon allemaal wel zijn, maar wat had zij ermee te maken? Ze had verdomme gewoon 'nee' moeten zeggen en toen zelf naar huis moeten gaan, in plaats van zich door Ken te laten brengen!

Toch was ze op het terras blijven zitten, zich opeens bewust van de belangstellende blikken van een man schuin achter haar. Een mooie vent, wat ouder dan zij, die haar aan Fred Astaire deed denken. Een wat vermoeid gezicht met een klein, wit litteken op een wenkbrauw, maar het had opeens jongensachtig geleken toen hij naar haar had geglimlacht. Vast en zeker ook weer eentje die getrouwd was, en dacht dat ze makkelijk viel te veroveren!

Toen was Coen Dullens verschenen en was ze hem gevolgd. Hij was op z'n gemak de Weteringschans afgelopen, doorgestoken naar de Ferdinand Bolstraat en ten slotte een huis binnengegaan in de Cornelis Trooststraat, waar hij toch even om zich heen had gekeken zodat ze nog net op tijd een drogisterij was binnengesneld. Ze had het niet aangedurfd bij die voordeur te kijken of hij daar ook woonde, maar de drogist had het beaamd toen ze hem ernaar vroeg.

Vervolgens, omdat ze niet meer wist wat ze nog moest doen, had ze vanuit een cel naar Kenton in Den Haag gebeld.

Ken had bijna gejuicht. Jesus, love. Great! Luister. Als hij weer weggaat, moet je hem verder in de gaten houden en...'

'Jezus, Ken. Ik ben verdomme miss Marple niet!'

'I know, I know. You look younger. Much younger! Maar dit heb je verdomd goed gedaan, love. Ik kom eraan, maar ik zit hier nog een tijdje vast.'

'Wat kom je dan doen?'

'Je belonen.'

'Wat? Hoe?'

'Er is daar toch wel een restaurant dat 's avonds langer open blijft? Ik kan om een uur of tien bij je zijn. Weet je wat? Ga maar naar huis en je mooi maken...'

Op dat moment had ze vanuit de cel Dullens weer uit zijn huis zien komen.

'Ken? Hij komt weer naar buiten! Ik bel je weer als ik weet waar hij naartoe gaat en anders zie ik je om tien uur!'

Ze had opgehangen zonder zijn antwoord af te wachten, ook al omdat Dullens pal op de telefooncel af scheen te komen zodat ze met afgewend gezicht aan de hoorn duizend doden was gestorven. Maar hij bleek linksaf geslagen, het pleintje over. Toen was hij de Ferdinand Bolstraat weer afgelopen, zodat ze dacht dat hij misschien weer op weg was naar zijn kantoor. Hij had zich thuis verkleed in een donker kostuum met bijpassende hoed en de reden ervan werd haar snel duidelijk toen ze hem op de hoek van de Vijzelgracht en de Herengracht restaurant Peking binnen zag gaan. Haar nieuwsgierigheid won het van haar nervositeit en ze was brutaal het drukke restaurant ingelopen. Dullens zat alleen aan tafeltje en ze zag hem een maaltijd bestellen. Idioot genoeg had ze dat als een opluchting ervaren maar zichzelf in het toilet woedend aangekeken in de spiegel. Alsof het haar wat kon schelen als die hufter hier met een vriendin zou hebben afgesproken!

Maar hij at alleen, en ze wist uit eigen ervaring dat dat er meestal op neerkwam dat je elders een afspraak had.

Daarna was hij naar dit café tegenover haar gegaan.

Was hij een communist? In al hun gesprekken had hij eigenlijk nooit enige politieke interesse laten blijken, zoals ze zich achteraf had gerealiseerd dat hij eigenlijk nooit iets over zichzelf had gezegd. Frits, Coen! Het was vooral lol geweest, veel lachen, veel uit eten, veel vrijen en als ze dan wel eens wat vroeg was het steevast: 'Neeltje, ben je me aan het interviewen?'

Maar een communist? Toch had Ken gezegd dat de Amerikanen wisten dat zich communisten rond die Greet Hofmans ophielden. Die Van Maaswijk was het zeker niet, want hij was kamerheer van Juliana en ze wist wel dat elke hoffunctionaris net als belangrijke politici gescreend werden door de BVD. Dat was Abs probleem ook geweest toen hij ooit had gesolliciteerd naar een post bij de Rijks Voorlichtingsdienst waar ze hadden geweten dat hij homofiel was.

Op haar horloge was het tien voor tien. Ze keek naar het café en besloot naar huis te gaan. Ze kon toch dat café niet in om te kijken wat Dullens daar nog deed en ze had honger en dorst. Een restaurant waarvan de keuken nog open was. Ze grinnikte en liep langs de kade in de richting van het Leidseplein. Ze kende er wel een, hier vlakbij. Kempinski was chic en duur en daarom was ze er nog nooit geweest, maar ze had van Joe begrepen dat je er Normandische oesters en een fantastische Cotelette Suisse kon eten. Dat mocht Ken dan betalen. Op kosten van zijn vriendjes bij de CIA!

Ze liep over het drukke Leidseplein en nam de Lijnbaansgracht naar huis. De kat zat klaaglijk miauwend achter de deur en met een schuldgevoel pakte ze hem op.

'Nou, Micky! Waren we jou vergeten? Kom maar mee.'

Ze prakte een oude boterham door de melk, voerde dat aan de kat en trok toen haar jurk uit om het zweet en stof van haar lijf te wassen. In de spiegel nam ze zichzelf kritisch op. Kon het er nog mee door? Rimpeltjes, akkoord, maar ondanks alle vermoeienissen geen kringen en ondanks haar achtendertig jaren geen lijntjes boven haar mond. Heldere blauwgrijze ogen zonder gesprongen adertjes, geen bril nodig en geen spoortje grijs in haar haar, dat ook niet dunner scheen te worden. Mooi was anders met haar wat te lange neus en dikke wenkbrauwen en ze had langer dan voorheen nodig om er 's ochtends een beetje toonbaar uit te zien, maar haar borsten waren niet slap en ze hingen niet. Ze liep nog wat verder achteruit en draaide zich om haar billen en de achterkant van haar dijen te inspecteren toen de bel klingelde.

'O nee!' zei ze geschrokken maar ook wel wat verwonderd:

Ken was een man die nooit op tijd was. Of nu juist wel? Ze schoot in haar ondergoed, maakte haar kousen vast en ritste haar rokje dicht toen de bel weer ging. Met haar haar nog los en geen sieraden om liep ze de knoopjes van haar blouse dichtknopend naar de voordeur en trok hem open.

'Hallo Neel, je vindt het vast niet erg dat ik een vriend heb meegenomen.'

Verbijsterd keek ze op naar Dullens, zag achter hem de jonge man met het blonde haar, maar kreeg de tijd niet om te schreeuwen of de deur dicht te slaan want Dullens duwde haar achteruit zodat ze struikelde en tegen de muur botste.

'Ach sorry schat. Ik ben ook zo opgewonden.'

Hij lachte z'n spierwitte tanden bloot, maar z'n ogen stonden ijskoud terwijl ze met trillende knieën overeind kwam.

'Je ziet er leuk uit, Neel. Is dat voor ons?'

De blonde jongen grijnsde.

'Zullen we binnen gaan zitten? Is toch veel gezelliger dan hier in de gang? Ga jij maar voor. Ik bedoel, ik ben hier natuurlijk wel meer geweest, maar het is jouw huis en Nico hier wil het ook graag nog eens zien.'

Ze voelde de angst diep in haar maag, de gedachten als een maalstroom door haar hoofd. Hoe kwam hij hier? Had hij haar bij dat café gezien? Eerder al? En die blonde man? Ken had gelijk gehad! Ze werkten samen!

Opeens voelde ze hoe angst plaats maken voor woede.

'Wat kom je verdomme hier doen?'

'Nou, nou, Neel! Ben je dan niet blij dat Fritsje er weer is? Zo lang geleden dat je Fritsje zag.' Opeens greep hij haar bij haar pols. 'Of is het Coen? Nou? Wat zeggen we?'

'Sodemieter op!'

'Sodemieter op? Hoor je dat, Nico? Wat een taal! En mevrouw is nog wel journaliste.'

De pijn vlamde door haar arm toen hij die op haar rug wrong.

'Laat me los!'

'Het spijt me, schat. Naar je slaapkamer.'

O God, o nee! Niet dat! Ze probeerde zich tevergeefs los te rukken en trapte achteruit maar raakte niets. Hij lachte en duwde haar de gang op. 'Zal ik je dan maar brengen? Ik weet de weg nog. En niet gillen, hè Neeltje? Want het helpt toch niet, schat. Je buurman werkt en zijn vrouw zit in het café.'

'Ik krijg bezoek!'

'O. Goh, leuk. Man? Vrouw? Liever een vrouw natuurlijk, en jong, want daar houdt Nico eigenlijk meer van, hè Nico?'

Ze hoorde de blonde jongen lachen en voelde een hand in de kraag van haar blouse glijden. Ze gilde en ogenblikkelijk schoot de hand naar haar mond. Ze beet uit alle macht en proefde de weeïge smaak van bloed. Dullens vloekte en sloeg haar tegen de zijkant van haar hoofd zodat ze voorover sloeg tegen de deur van de slaapkamer aan.

'Naar binnen!'

Ze kreeg weer een duw en viel tegen haar bed aan, de tranen achter haar ogen, van woede en vernedering maar ook van pijn en angst. Iemand knipte het licht aan.

'Fijn dat je het gordijn alvast sloot. Kijk, kijk, Nico, dat ziet er toch lekker uit, moet je toegeven?'

Hijgend trok ze haar rok over haar knieën en kneep haar benen samen. Dullens grinnikte en ging op de rechte stoel tegenover het bed zitten. Er zat bloed op de rug van zijn hand en op het manchet van zijn overhemd, maar het scheen hem niet te deren. De blonde jongeman bleef in de deuropening staan. Hij had zijn donkere ogen loerend samengeknepen en leek in niets meer op de keurige man die haar op de Veluwe had geholpen.

'Ga zitten, Neel. Als je meewerkt gebeurt er niets.'

Dullens' stem klonk zacht.

Met bonkende slapen kwam ze overeind. 'Wat willen jullie?'

'Antwoorden. Op een heleboel vragen. Hier, neem een sigaret.'

Duizelig ging ze op bed zitten en boog zich voorover om de sigaret aan te pakken.

'Hoe ken je Fabius?'

'Sorry?'

'Fabius.'

'Wie is ...?' Ze gilde het uit van pijn toen de vlam van de benzineaansteker haar wang schroeide en kroop huilend achteruit op het bed. 'Jezus! Schoft!'

'Ik zal je helpen, Neel. Je zat in de namiddag op het terras van café De Wetering. Waarom?'

Ze staarde hem aan, een hand tegen haar wang. Dus ze hadden haar daar gezien! Al die tijd was de blonde haar gevolgd terwijl zij Coen Dullens volgde! Maar waarom? Hoe wisten ze dan wat ze van plan was geweest? Wie was Fabius?

'Ik zal het je zeggen. Omdat je daar een afspraak met Fabius had.'

'Ik weet niet waar je het over hebt.' Haar stem was niet meer dan een schor gefluister maar schoot omhoog toen de brandende aansteker weer naar haar toekwam. 'Echt niet! Ik ken geen Fabius! Ik zat daar om jou te volgen!'

De aansteker hing stil, de benzinevlam flakkerend.

'Waarom?'

'Om... om...' Ze slikte en snoof. 'Ik wilde weten wie je was. Ik... ik zocht je.'

Hij grijnsde ongelovig. 'Na al die jaren?'

'Ik hoorde van iemand die je had gezien dat je eigenlijk Dullens heette.'

'Wie?'

'Een... een fotograaf met wie ik wel eens werk.'

'Waar had hij mij dan gezien?'

'Mag ik een sigaret?'

'Wat?' Hij knikte en gaf haar er een.

'Steek maar aan. Ik doe je niks.'

Terwijl ze zich naar voren boog, smeekte ze in gedachten dat Ken nu zou komen, maar dan nog... Hij zou aanbellen en denken dat ze er niet was. O God nog aan toe! De hufter Ken! Als hij haar niet gevraagd had, zou ze hier nu niet met die twee schoften zitten!

'Waar had die fotograaf mij dan gezien, Neeltje?'

'Ik weet het niet meer.' Ze trok haar gezicht terug, de angst weer in een golf door haar lichaam zodat haar benen ongecontroleerd begonnen te trillen. 'Echt niet. Luister, ik ben naar die politieman gegaan die hier toen was toen... toen...' Ze keek even naar de blonde jongeman.

'Toen hij hier inbrak.'

'Waarom in godsnaam?' Dullens' stem klonk verbaasd.

'Omdat ik je weer wilde zien!'

Zijn ogen lichtten wat op, toen schudde hij zijn hoofd.

'Leuk bedacht, schat, maar je liegt. Fabius wilde weten wie ik ben. Daarom ontmoette je hem op dat terras en daarom volgde je mij. Vertel het haar maar, Nico.'

Zijn ogen bleven strak op haar gevestigd. Hij klapte de benzineaansteker dicht en borg hem weg.

'Ze liep eerst achter je aan naar je huis. Daarna belde ze in een cel,' zei de blonde man.

'Belde je met Fabius wat je verder moest doen?' zei Dullens.

'Verdomme, ik heb je toch gezegd dat ik niet weet wie dat is!'

Hij haalde zo snel uit dat ze het niet eens zag. Ze viel achterover met haar hoofd tegen het kozijn en voelde hem een seconde later boven op haar, een hand om haar mond terwijl zijn andere hand haar blouse kapot scheurde. Een knie werd tussen haar dijen geperst en ze hoorde zijn hijgende stem bij haar nek. 'Je wilt toch zo graag genaaid worden? Liefst de hele nacht door? Je krijgt het, schatje, van alle kanten, snap je! Je zult niet meer weten hoe je nog moet staan als wij met je klaar zijn!'

De blonde jongeman greep haar bij haar haar en ze schreeuwde van pijn in de hand rond haar mond, die zich vaster klemde zodat ze snuivend en worstelend adem probeerde te halen. Eén hand wrong zich langs haar dij naar boven, een vinger wrong zich als een beitel tussen haar schaamlippen, het gehijg van beide mannen harder en opgewonden terwijl ze de krachten uit haar lichaam weg voelde vloeien. Het bronzen beeldje! dacht ze in haar paniek, probeer het beeldje te pakken! De nagel van de vinger in haar joeg een pijnscheut door haar onderlijf en ze verkrampte maar wist een arm achter zich te krijgen, de hand bij de zoom van het gordijn boven het kozijn waar ergens het bronzen beeldje moest staan dat ze lang geleden in Parijs had gekocht. Iets hards gleed langs haar gezicht en ze kokhalsde toen ze de stank van urine rook. Een hand trok haar beha kapot en toen ze haar ogen opende zag ze walgend het gezwollen lid van de blonde jongeman vlak boven zich, zijn hand pompend eromheen.

'Wat deed je toen op de Veluwe, Neeltje? Was dat ook een opdracht van meneer Fabius?'

Gruwend schokte ze met haar onderlichaam en heel even verminderde de druk rond haar mond.

'En in het paleis op de 5-mei-receptie?'

Ze trapte en draaide, haar hand gleed over het kozijn, haar vingers raakten tegen het koele brons op het moment dat de bel ging.

Heel even was het doodstil op de echo van het geklingel na.

De blonde jongeman stond roerloos, z'n penis nog steeds in z'n hand maar Dullens kwam tussen haar benen omhoog, zijn hand nog steeds als een klem op haar mond.

'Neel?'

Kens stem klonk vlakbij haar van achter het raam.

'Godverdomme, het licht!' siste Dullens. 'Stil!'

Ze lag stil, maar liet haar vingers onder het gordijn tegen het voetstuk van het beeldje opkruipen. Laat Ken het zien! dacht ze wanhopig. Laat hem het zien!

De bel klingelde weer en nóg eens, en vrijwel tegelijkertijd hoorde ze nu Kens stem door de brievenbus roepen. 'Neel?'

'Fabius?' Dullens fluisterde, zijn ogen niet meer dan spleetjes.

Wanhopig schudde ze haar hoofd, zag ontsteld hoe hij een klein pistool tevoorschijn haalde en dat even naar haar richtte terwijl hij haar hijgend losliet en met zijn andere hand z'n broek dichtknoopte.

'Eén kik en Nico hier wurgt je!'

Ze knikte wezenloos en kneep haar dijen instinctief tegen elkaar. Haar hand op de vensterbank trilde zo hard dat ze bang was dat ze het zouden zien maar Dullens was al bij de deur en de blonde jongen trok zijn broek op.

Ze schoof wat achteruit en haar vingers omklemden het beeldje.

'Blijf liggen!'

Dullens verdween de gang op en in de enkele seconden dat de jongen hem nakeek, kwam ze overeind en sprong op hem toe terwijl ze het bronzen naakt naar zijn achterhoofd zwaaide. Het raakte hem boven een oog omdat hij zich razendsnel omdraaide. Hij gilde en wankelde en viel terwijl hij haar vastgreep, maar ze rukte zich los en schreeuwde: 'Ken! Ken! Get away!!' Ze sloeg opnieuw maar miste en de jongen rolde opzij terwijl hij haar vol in haar onderbuik trapte. Ze hapte naar adem en viel tegen de muur. Buiten riep Ken: 'Neel! What's wrong?'

Duizelig hoorde ze rennende voetstappen in de gang.

'Nico! Weg!'

De blonde jongen krabbelde overeind, zijn gezicht en overhemd overdekt met bloed. Even dacht ze dat hij zich op haar wilde storten, maar hij keek haar alleen maar aan met een vreemde glimlach, schudde zijn hoofd bijna meewarig en rende toen de slaapkamer uit.

Doodsbang bleef ze gebogen staan, de pijn dof in haar liezen. In het achterhuis weergalmde de klap van de keukendeur.

'Neel, open up!'

Ze haalde diep adem, liet het beeldje uit haar hand op de grond vallen en strompelde de gang op. De kat kwam haar miauwend tegemoet. Met haar handen steunend tegen de muren bereikte ze de voordeur, trok die met uiterste krachtsinspanning open en zakte door haar knieën op het moment dat Ken naar binnen wilde stormen.

'Jesus Christ!' zei hij verbijsterd en bukte zich om haar op te tillen. Achter hem bij het café zag ze schimmen van mensen en hoorde ze opgewonden stemmen. Ze glimlachte toen hij snel zijn jasje uittrok en over haar naakte borsten hing, sloot haar ogen en voelde hoe hij haar optilde als een klein meisje.

10

'Je wilt zeker wel koffie?' vroeg Sonja.

'Graag,' zei Fabius en hing zijn hoed en jas aan de kapstok.

'Dat dacht ik al,' zei ze. 'Zo te zien is het laat geworden vannacht.'

Fabius knikte. 'Ik was op bezoek bij een oude vriend in Amsterdam. Straks haal ik taart, al weet je dat ik die met lange tanden ga opeten.'

Ze grijnsde en verdween naar het keukentje. Hij liep met zijn tas naar zijn bureau terwijl hij zich afvroeg of ze vermoedde dat hij loog over die vriend. Sonja had een feilloos gevoel voor dingen die niet klopten. Een tijd terug was er bijvoorbeeld een bekend zakenman verdacht van contacten met de Gestapo en SD, zonder dat ze ook maar een spoortje van bewijs tegen hem hadden. Op de vraag naar een alibi voor een avond waarop hij door een getuige in het SD-hoofdkwartier op Het Binnenhof was gezien, had de man triomfantelijk gezegd dat hij op dat moment in een hotel in Utrecht was geweest. Navraag bevestigde dat dat alibi sluitend was. Maar Sonja was erachter gekomen dat de getuige zich in de dag had vergist – iets waar niemand aan had gedacht, behalve zij.

Zo had hij haar ook nooit verteld over zijn intieme relatie met Linda, maar na de fatale schietpartij op het strand en de begrafenis, had Sonja hem en Hannah, toen nog Hanneke, bij haar en haar zus te eten gevraagd. Toen haar zus met Hanneke de afwas was gaan doen, had ze zo veelbetekenend gezegd hoe verschrikkelijk ze het voor hem vond dat hij haar op de man af had gevraagd hoe ze in godsnaam wist dat er meer tussen Linda en hem was geweest.

'Dat voelt een vrouw gewoon, Wouter.'

Hij zou haar missen. Toen hij de vorige avond thuis was gekomen, had Hannah gezegd dat Sonja had gebeld. Ze bleek met ingang van de komende maand aangenomen te zijn bij de KLM, zei ze toen hij haar terugbelde.

'Vind je het erg?'

'Ben je gek! Ik vroeg me al een tijd af wanneer je eens op zou krassen! Al dat Gregoriaans gezang de godganselijke dag!'

Ze had de post al gedaan, afgezien van een kleine envelop met het koeriersstempel van Justitie. Hij scheurde hem open en trok er een velletje uit waarop hij ogenblikkelijk het handschrift van Dirk Steensma herkende. Het briefje was in haast geschreven, met als aanhef 'Beste W'. Steensma bleek van Schimmelpenninck gehoord te hebben dat Bernhard enkele avonden geleden een Britse journalist op bezoek had gekregen in zijn vleugel op Soestdijk. De man in kwestie heette Kenton Delmar en was een bekend verslaggever voor onder meer de populaire Britse krant *The Daily Express*. Delmar kende de prins al van ver voor de oorlog uit Parijs, waar ze toen beiden werkzaam waren. Tijdens Bernhards verblijf in Londen had hun vriendschap zich verdiept. Hoewel het niets hoefde te betekenen, schreef Steensma dat Einthoven toch nader onderzoek gewenst achtte. 'Mocht dat wat opleveren dan hoor je dat natuurlijk van "S".

P.S. Nu pas denk ik eraan dat we elkaar vanavond natuurlijk zien t.g.v. Hannahs optreden!'

Fabius glimlachte en dacht aan zijn dochter die die ochtend uit pure zenuwen behoorlijk last had gehad van een ochtendhumeur. Pallas Athene, de godin der wijsheid, maar ook een godin die snel uit haar slof kon schieten: de rol paste uitstekend bij Hannah.

Hij pakte *De Telegraaf* vanonder de post vandaan op het moment dat Sonja hem zijn koffie bracht.

'Je was toch niet in Amsterdam vanwege die dode politieman, hè?'

'Wat?' zei hij, maar zag tegelijkertijd wat ze bedoelde. Over de volle breedte van de voorpagina prijkte de kop 'POLITIEMAN IN HOOFDSTAD BRUUT VERMOORD!'

'Het lijkt Chicago jaren dertig wel!' zei Sonja. 'Ze hebben die arme man doodgeschoten en gewoon op straat laten liggen. Nota bene een vader van drie kinderen!'

Onder de kop stond een portretfoto van een wat boersig uitziende politieman, die Erik Dekker heette en rechercheur van het bureau Lijnbaansgracht bleek. Zijn lichaam was in de vroege ochtend gevonden bij de Haarlemmerpoort, met twee schoten door zijn hoofd. Zijn portefeuille en portemonnee waren verdwenen, zodat de politie voorlopig aannam dat het om een roofmoord ging. Volgens zijn weduwe had hij die avond dienst gehad, maar de verslaggever schreef dat collega's hadden gezegd dat dat niet het geval was. Eventuele getuigen van de schietpartij of mensen die de rechercheur die avond hadden gezien werd gevraagd zich in verbinding te stellen met het hoofdbureau in Amsterdam. Vreemd, dacht Fabius, want een rechercheur ging niet zomaar alleen op pad. Het leek erop dat de man zijn vrouw voor had gelogen, of wie weet knapte hij iets persoonlijk op, want veel rechercheurs klusten bij voor particulieren.

Hij nam een slok koffie en nam de rest van de krant vluchtig door. Glimlachte even verrast bij een grote foto van prins Bernhard die de zilveren anjer uitreikte aan de sportman Pim Mulier. De prins zag er stralend en gezond uit. De krant refereerde aan zijn recente bezoek aan Zuid-Amerika en de orders die hij daar voor het Nederlands bedrijfsleven had verworven.

Hij las verder. In Rotterdam was een bijpostkantoor beroofd, drieëntwintig oorlogsgewonden waren uit Korea teruggekeerd. Opnieuw het Koninklijk Huis – het koninklijk paar zou enkele dagen op staatsiebezoek naar Luxemburg gaan. Geeuwend realiseerde Fabius zich dat hij dat soort berichtgeving vroeger altijd oversloeg. En dat hij het bericht opeens niet zonder een gevoel van medelijden las.

De telefoon ging over en Sonja nam op.

'ATARI, goedemorgen... Wie? Momentje, ik zal even kijken.'

Ze hield een hand over het spreekgedeelte. 'Een zekere Sybrands.'

Even aarzelde hij. 'Sorry. Vind je het erg om me even alleen te laten?'

Ze schudde haar hoofd, gaf hem de hoorn en knipoogde.

'Die vriend uit Amsterdam?'

Hij grijnsde en wachtte tot ze met haar kopje naar de voorkamer was en de schuifdeuren achter zich dichttrok. Met zijn vrije hand trok hij de tas omhoog en haalde zijn blocnote tevoorschijn.

'Fabius.'

'Met Piet Sybrands. Stoor ik?'

'Nee.'

'Mooi. Ik begreep van Fels dat het gisteravond allemaal van een leien dakje ging.'

'Ja. Keurig werk. Is Salters al geweest om zijn agenda op te halen?'

'Nog niet. Heeft het iets opgeleverd?'

'Nou, eerlijk gezegd niet. Althans, ik heb vannacht een en ander doorgenomen, maar echt veel wijzer word ik er niet van. Hij heeft een nogal korte stijl van noteren.'

Hij keek naar zijn eigen notities en betreurde het weer dat hij niet de beschikking over Salters' agenda van vier jaar geleden had gehad vanwege afspraken met Julius Vogel en wie weet met Leonie Brandt.

'Een hoop afspraken natuurlijk die kennelijk te maken hebben met zijn onderzoeksbureau. Maar ook een serie namen en plaatsen waar ik geen idee van heb. De afgelopen zes maanden overigens een paar keer 's avonds de initialen "F.S.". Die zouden kunnen slaan op François van 't Sant, maar er staan geen telefoonnummers bij of locaties.'

Sybrands grinnikte hoorbaar. 'De ouwe instructies hier.'

Fabius knikte en vroeg zich af of Sybrands hem vanaf de BVD belde.

'Het zou me niet verbazen als er vriendinnen tussen zitten!'

'Ik tref wel de naam Eefje aan,' zei Fabius.

'Vergeet het. Dat is zijn vrouw. Het is zelfs een goed huwelijk, kan ik je melden.'

'O.' Met een wrang lachje streepte Fabius de naam door. Een vent met vriendinnetjes en toch een goed huwelijk. 'De laatste drie weken komt ook het woord of de naam Vis een paar keer voor.'

'Vis?'

'Ja, zoals het dier.'

'Aha. Geen idee. Gaat het om een vaste dag?'

'Nee. Twee keer op een maandag, een keer op een zaterdag, maar ook gisteravond. Dat kan kloppen, want hij had inderdaad een afspraak volgens Fels.'

'We zullen proberen na te gaan waar hij was. Nog meer?'

'Ja. Een telefoonnummer. Maar geen netnummer erbij. Het staat genoteerd op vandaag met erachter 19.00 uur. Nummer is 2541. Plus de letter "M".'

'2541,' herhaalde Sybrands. 'Laat ik subiet natrekken. Nog iets?'

'Voorzover ik kan zien niet. Het is spijtig dat hij er geen adressenbestand bij heeft, maar vermoedelijk zou dat toch niets opleveren.'

Sybrands grinnikte weer. 'Zelfde stramien, Fabius. Adressen en agenda altijd strikt gescheiden houden. Salters heeft bovendien een geheugen als een ijzeren pot.'

'Is er enige kans dat kantoor van hem binnen te komen?'

'We bekijken het. Het probleem is dat het op de eerste en tweede etage gevestigd is, en dat er een geavanceerd alarmsysteem op zit. We denken aan de PTT, ook bij hem thuis, maar ik zal je wat anders vertellen. Heb je de krant vanochtend gezien? Die Amsterdamse politieman.'

'Wat? Ja!'

'Hij werkte voor ons. Arme sodemieter. Hij zat op die Kayser, die vent die de zaken voor Hofmans regelt. Hij is niet ver van het café gevonden waar ze af en toe haar sessies houdt. We weten niet of het ermee te maken heeft, maar wel dat er gisteravond een bijeenkomst was in dat café.'

'Zo!'

'Ja. Nou ja, dat is niet jouw pakkie an. Luister eens, Fabius, iets wat dat wel kan zijn. Ik begreep van Steensma dat hij je er ook over informeerde. Bernhard heeft afgelopen donderdagavond bezoek gehad van een Engelse journalist, Kenton Delmar, die hij nog van voor de oorlog kent.'

'Ik las het net, ja.'

'Volgens onze bronnen was het geen aangekondigd bezoek, als je begrijpt wat ik bedoel. Sterker nog, Bernhard heeft hem meegenomen naar een van die villaatjes op het terrein van het paleis. Delmar staat in Londen in contact met een zekere Lady Ann or Lewis... zegt je niks?'

'Nee,' zei Fabius verbaasd door de plotselinge wending in het gesprek.

'Een adellijk juffie bij wie hij twee zoontjes heeft verwekt tijdens de oorlog. Bernhard. Niet die journalist.'

'Wat?!' zei Fabius geschokt.

Sybrands lachte. 'Wat wil je, Fabius? Hij heeft Juul daar in Canada gedurende die vijf jaar twee of drie keer opgezocht. Die Delmar kan dus een postiljon d'amour zijn.' Z'n toon werd weer ernstig. 'Het kan toeval zijn, want die knaap is hier in Den Haag net begonnen met een Amerikaans persbureau. Maar aan de andere kant weten we dat hij Bernhard vorige maand in Washington ook ontmoette.'

'Wat suggereer je? Dat de prins hem in vertrouwen heeft genomen over die brief?'

'Het zou kunnen. In elk geval zou het minder prettig zijn als een journalist er weet van heeft. Bernhard heeft er een handje van zich met verkeerde vrienden te omringen, en die Delmar is een wat schimmige figuur die voor allerhande blaadjes werkt. Nou ja, journalisten..., ik hoef je niks te vertellen. Dat bureau van hem heet The Free Atlantic Press en zit hier op het Lange Voorhout. We houden het in de gaten, maar je weet dat Bernhard en Einthoven met elkaar bevriend zijn.'

Het duurde enkele seconden voor Fabius begreep waar Sybrands op doelde. Einthoven wilde het risico niet nemen dat de prins erachter zou komen dat hij bespioneerd werd door zijn eigen vriend.

Hij noteerde de naam van de Britse journalist en het adres van het persbureau. Pas nu drong het niet alleen tot hem door hoe gecompliceerd de situatie was, maar ook hoe ernstig.

'Die Delmar woont boven het kantoor. Hij schijnt net een journaliste te hebben aangenomen die van Associated Press in Amsterdam komt. Neel Smits: een pittige tante. Geen idee of ze alleen maar een dekmantel is. We proberen zo snel mogelijk de PTT erheen te krijgen, maar het zou goed zijn als jij er dus aandacht aan besteedt.'

'Ja,' zei Fabius.

'Ik stuur straks iemand langs om je aantekeningen te bekijken. Zodra ik dat telefoonnummer heb nagetrokken, hoor je van me.'

'Als dat wat zou zijn,' zei Fabius, 'dan zou ik graag willen dat iemand van jullie dat afhandelt. Ik weet niet of je ooit van de wraak van Medea hebt gehoord, maar ik kan je verzekeren dat die van mijn dochter vreselijker zal zijn als ik vanavond niet aanwezig ben bij haar toneeluitvoering op school!'

Sybrands lachte hoorbaar cynisch. 'Vertel me niks over de wraak van vrouwen, Fabius. Ik mag nog zeven jaar alimentatie betalen! Ik bel je nog.'

Hij hing op.

Fabius legde de hoorn op de haak en staarde naar de aantekeningen die hij de afgelopen nacht had gemaakt. Hij vroeg zich af of Salters argwaan zou hebben gekoesterd na de vermissing van zijn agenda. Al vroeg in de ochtend was een motoragent langs gekomen die de agenda terug naar Amsterdam had gebracht. Salters zou gebeld worden, met de mededeling dat zijn agenda op de plaats van de aanrijding was gevonden.

Peinzend nam hij een slokje en trok met zijn mond omdat de koffie steenkoud was geworden. Hij kwam overeind en liep met het kopje naar het keukentje toen hij Sonja met een gebaksdoos de gang in zag komen.

'Ik dacht, ik haal het zelf maar,' zei ze. 'Ik heb een moorkop voor je. Ik zal even nieuwe koffie zetten.' Ze zette de gebaksdoos op het aanrecht. 'O ja, er was een telefoontje van de Riva-garage in de Torenstraat, dat je die huurauto voor vijf uur terug kunt brengen. Tenzij je hem wilt verlengen, maar dan moet je voor vieren bellen.'

Ze keek even op. 'Doe ik ook altijd als ik vrienden wil bezoeken, een auto huren. Wel zo makkelijk, toch?'

Fabius grinnikte. 'Son, Son! Hoe kom je toch zo argwanend?'

'Nou, raad 's?'

De telefoon rinkelde weer. Hij haastte zich naar het bureau.

'ATARI.'

'Fabius. Piet Sybrands nog even. Dat nummer van Salters voor vanavond is privé. Z'n zwager. Je hoeft je dus geen zorgen te maken over de wraak van je dochter.'

'Aha. Dank je.'

'Er komt binnen een halfuur iemand langs om je aantekeningen te halen.'

'Dank je.'

'Goed weekeinde!'

Hij hing op en hoorde Sonja in het keukentje zingen. Hoog.

Iets met 'Jesu' en 'Gloria'. Hij huiverde maar bedwong zich om er pesterig Armstrongs *Basin Street Blues* doorheen te zingen. Een privéafspraak van Salters; dat had Sybrands snel achterhaald. Zelfs een man als Salters had natuurlijk z'n familieverplichtingen. Hij kwam overeind en liep naar de dossierkast om er de map weg te bergen die Schimmelpenninck hem als aanvulling op de BVD-stukken had doen toekomen. Een doodgewone, gemarmerde map waarin alle leden van het Kabinet der Koningin, haar civiele en militaire Huis, het Huis van de prins, het huishoudelijk en administratief personeel en dat van de Hofveiligheidsdienst stonden vermeld. Hij deed de kast van het slot toen hij even stil bleef staan en uit het raam keek. Het grachtje lag er stil bij, maar hij was er zeker van dat hij zojuist uit zijn ooghoek iemand buiten had zien stilstaan en naar binnen kijken. Een man, dacht hij. Waar was die dan zo gauw naartoe? Er stond alleen een donkergroene auto wat verder weg geparkeerd, maar door de zon kon hij niet zien of er iemand in zat. Vergiste hij zich? En dan nog, het kon een nieuwsgierige passant zijn die zich mogelijk had afgevraagd wat er nu in het oude woonhuis van de roemruchte Mata Hari gebeurde, dat kwam wel eens meer voor.

Sonja was nog steeds aan het zingen. Hij sloeg de map open alvorens hem in de kast te bergen. Salters zou via iemand binnen de Hofhouding werken. Een van de vele namen in zijn agenda? De map bevatte er nog meer. In totaal ging het om bijna tweehonderd functionarissen, de meesten kamerheren, hofdames en hofdames honoraires. Glimlachend dacht hij even aan Hannahs spot over de namen. Het was ook niet niets wat zich allemaal aan blauw bloed in en rond het paleis ophield! Het gros van de namen werd voorafgegaan door adellijke, dan wel militaire titulatuur, en zelfs de leden van het Militaire Huis hadden een dubbele naam. De meest opvallende de eerste adjudant en chef ervan, een man met een van de meest belaste namen uit de oorlog, schout-bij-nacht Rost van Tonningen. Het navrante was dat Wilhelmina's oude secretaris en oud-inlichtingenman François van 't Sant op verzoek van de oude Koningin behulpzaam was geweest bij het samenstellen van de nieuwe hofhouding toen Juliana de troon besteeg. In het licht van Einthovens shockerende mededelingen over Salters die Van 't Sant zou kunnen chanteren, en op die manier ook de prins, was dat wel een heel wrang detail!

Als het waar was, dacht Fabius, want nog steeds kon hij het niet geloven – zeker niet van de prins. En zelfs als hij inderdaad een vredesinitiatief naar Berlijn had ondernomen, wat was daar, anders dan dat het tegen Churchills wens in was geweest, dan zo belastend aan dat de prins zo in paniek zou zijn? Stonden de initialen 'F.S.' in Salters' agenda inderdaad voor Van 't Sant?

Hij borg de map weg en sloot de kast af. De telefoon ging over toen hij terugliep.

'Hoofdinspecteur Fels van de Amsterdamse politie,' zei Sonja en stak hem de hoorn toe.

'Aha. Dank je.'

'Moet ik weer weg?'

Grijnzend schudde hij zijn hoofd en ging aan zijn bureau zitten.

'Fabius.'

'Hoofdinspecteur Fels, meneer Fabius. Ik wilde even zeggen dat de heer Salters zojuist langs is geweest en zijn dank uitsprak voor de vlotte terugbezorging van zijn agenda.'

'Heel goed. Hij heeft niet alsnog aangifte gedaan?'

'Nee. Heeft u er wat aan?'

'Ik ben ermee bezig. In elk geval mijn hartelijke dank nog.'

'Niets te danken. Ik heb trouwens nog iets wat misschien iets kan zijn. Hij moest hier enkele minuten wachten en was nogal gepresseerd vanwege een afspraak. Hij vroeg aan de wachtcommandant of hij even mocht bellen. Ik heb dat nummer voor de zekerheid toch maar genoteerd.'

'O,' zei Fabius verbaasd.

'Ja. Nou ja, ik dacht als hij toch argwaan had en misschien een advocaat belde, dan ben ik er liever op voorbereid.' Fels lachte even. 'Het gaat om een afspraak in de kasteel De Hooge Vuursche om 19.00 vanavond. Ik heb het nummer hier, 03510 en dan 2541. Misschien is het wat, misschien niet.'

Fabius lachte terug. 'Dank. Nee, ik weet het. Het is het nummer van zijn zwager, dus het zal wel een privéaangelegenheid zijn.'

'Zo,' zei Fels. 'Grote jongen in z'n familie dan, met die Mijnssen.'

'Pardon?'

'Die abonnee. Z'n zwager. Mijnssen, weet u wel. De eigenaar van Providentia, die verzekeringsmaatschappij.' Fels lachte weer aan de andere kant van de lijn terwijl Fabius stil voor zich uit staarde. 'Je zou bijna denken dat het om z'n autoverzekering zou gaan, ware het niet dat hij die afspraak blijkbaar al eerder maakte. Nou ja, het kon wat zijn. Ik moet helaas ophangen, meneer Fabius. U zult het wel gelezen hebben maar we zitten hier met een collega die vannacht is vermoord, dus het is alle hens aan dek.'

'Ja. Mijn deelneming. Tot ziens.'

Hij hing op en zag Sonja binnenkomen met de koffie en twee moorkoppen.

Mijnssen!

'Sorry,' zei Fabius. 'Moment.'

Hij holde terug, ontsloot de dossierkast weer en haalde de map tevoorschijn waarop de deelnemers aan de twee bijeenkomsten op het jachtslot Het Loo werden vermeld en zag direct de naam Mijnssen staan. 'De heer en mevrouw F. Chr. Mijnssen, directeur-eigenaar Algemeene Verzekering Maatschappij Providentia/Baarn.' Erachter stond een asterisk, en toen hij de desbetreffende noot las wist hij het weer. De gebedsgenezeres was na haar vertrek uit paleis Soestdijk in een zomerhuisje gaan wonen op het landgoed van de familie Mijnssen, Regentesselaan 19 te Baarn, een terrein dat pal aan de tuinen van Soestdijk grensde!

Was Mijnssen een zwager van Salters? Dat zou Sybrands dan toch hebben moeten weten! Hij moest zich vergissen – of anders iemand op zijn dienst!

Peinzend liep hij terug en negeerde Sonja's verbaasde blik terwijl hij het nummer van Sybrands op de BVD opzocht in zijn adressenboekje. De telefoon werd niet opgenomen en evenmin het algemene nummer van de dienst en dat van Sybrands' huis. Hij vloekte binnensmonds vanwege de zaterdagmiddag maar nog meer vanwege de *Medea*.

'Ik weet niet wat er aan de hand is,' zei Sonja. 'Maar je koffie wordt koud en je moorkop zakt in.'

Schuldbewust knikte hij en ging zitten. 'Sorry, ja. Heerlijk.' Hij hapte in de moorkop, veegde de slagroom van zijn mond en keek haar aan. 'Lieve Sonja. Ik heb een vraag.'

'O jee,' zei ze. 'Ik voel het al aankomen. Weet je wat ook het voordeel van die baan bij de KLM is? Gewone kantooruren!'

II

Ze werd zo langzaam wakker dat de grens tussen slapen en waken nauwelijks wilde vervagen en het beeld nog op haar netvliezen stond toen het eindelijk tot haar doordrong dat ze in Kens bed lag. De droom had haar teruggevoerd naar haar vroege jeugd, naar Botshol waar ze met haar vader en moeder en haar broertje Bram bijna elke zondag in de zomer was wezen roeien. Alledrie waren allang dood, al zo lang dat ze zich hun stemmen niet eens meer kon herinneren, maar in de droom hadden ze net als toen in die heerlijke onbezorgde dagen gepraat en gelachen. Het gekke was dat ze zo nu en dan geweten had dat ze droomde, ze herinnerde zich dat ze enkele malen aan haar vader had gevraagd of hij het ook droomde. Maar wat hij daarop had gezegd, wist ze niet meer en opeens was ze er ook niet zeker meer van of ze dat wel had gevraagd. Wat was het? De droom als compensatie voor de nachtmerrie van de voorgaande avond? Stervenden hadden dat soms, herinnerde ze zich uit haar verpleegsterstijd in het Onze Lieve Vrouwe Gasthuis: onder helse pijnen beleefden ze soms in hun geest de prachtigste visioenen, waarin overleden geliefden hen opwachten in grazige weiden bij de hemelpoort.

Maar ze was niet gelovig en ook niet stervend, al was het de afgelopen nacht op het nippertje geweest, daar was ze zeker van. Ze huiverde bij het beeld van Dullens' vertrokken gezicht, zijn handen om haar keel, het stijve geslacht van de blonde man vlak voor haar gezicht. Ze kneep haar ogen samen en wilde overeind komen, maar een krampende pijn die door haar onderbuik schoot sneed haar de adem af. Ze beet op haar tanden en dacht: nog een geluk, Smits, dat het moederschap toch al niet voor je was weggelegd! maar voelde tegelijk de tranen achter haar ogen opwellen. Wat had de schoft daar uitgericht? Nota bene hij die als een van de weinige mannen in haar leven precies had geweten wat hij daar moest doen en laten!

Ze moest naar een dokter, al was het maar vanwege infectiegevaar.

Waar was Ken? Ze lag stil en luisterde maar afgezien van een auto die buiten langskwam, hoorde ze niets. Was hij beneden in het kantoor?

Ze herinnerde zich nog dat hij haar huis binnen was gekomen. Ze had met het beeldje geslagen en Kens naam geschreeuwd. Dullens en de blonde jongen die Nico heette waren weggerend.

Ken had haar naar de woonkamer getild, het hele huis gecontroleerd en was daarna aan de overkant bij Bart een fles cognac gaan kopen.

Was de cognac de reden van het doffe bonzen achter haar slapen? Ze voelde de tranen weer opkomen bij de herinnering hoe ze haar op bed hadden gesmeten... Maar opeens kwam ze ontsteld overeind, negeerde de steken in haar buik en liep haastig naar de spiegel boven de schouw tegenover het bed. Ze herademde: de brandwond op haar wang was niet veel meer dan een kleine blaar. Maar bij de haarinplant boven haar voorhoofd zag ze de paarsblauwe plek van een bloeduitstorting. De schoften! In elk geval had ze die Nico goed geraakt: het bloed was uit zijn kop gespoten, dat wist ze nog wel!

Nu pas zag ze dat ze een groot wit overhemd aan had, de knoopjes keurig dichtgeknoopt. Dus Ken had haar hier nog uitgekleed. Ze was naakt geweest onder zijn handen, na zoveel jaren! Maar goed dat ze zo van de wereld was geweest want ze kon zich er niets meer van herinneren, net als van de autorit hiernaartoe, alleen wist ze nog vaag dat hij haar op de achterbank had geholpen. En dat hij haar wakker had gemaakt toen ze midden in de nacht aankwamen.

Had hij naast haar geslapen? Het leek er niet op: het kussen naast het hare leek onbeslapen, het laken boven de deken ingestopt onder de rand.

Ze keek de kamer rond. Een grote hoge kamer met een gestuukt plafond, waaraan een kroonluchter. Voor de ramen waren rode fluwelen gordijnen dichtgeschoven, maar bovenaan kierde daglicht. Van buiten klonk weer motorgeronk. Afgezien van het grote bed stond er alleen een kast, maar ernaast herkende ze haar eigen rieten koffer en haar schoudertas. Dus die had hij ook meegenomen! Had ze zelf ingepakt of had hij er op goed geluk maar iets in gestopt?

Ze liep er al naar toe toen ze achter de deur klaaglijk gemiauw hoorde. Kenton een kat? Ken, de hondenfanaat? Ze trok de deur open en zag tot haar verwondering haar eigen rode kater weggedoken op de bovenste trede van de brede trap.

'Micky!'

Dus daar had hij ook aan gedacht! Hoe hij hem had vervoerd was een raadsel. Ze tilde het dier op en streelde het.

'Ken?'

Haar stem klonk hol in het trappenhuis.

Ze zette de kat weer neer, liep terug en vond haar horloge op het nachtkastje. Tot haar verwondering was het half vijf. 's Ochtends? 's Middags? Ze trok een gordijn wat opzij en keek naar de zonbeschenen groene bomen beneden zich. Op de stoep beneden haar stonden twee meisjes te tollen. Een man met een aktetas op het stuur fietste voorbij.

Het was duidelijk middag. Ze had dus de hele dag geslapen!

Zonder acht te slaan op de steken in haar buik of haar hoofdpijn opende ze de koffer. Verrast zag ze hoe Ken blouses, rok, ondergoed en zelfs extra kousen, schoenen en haar make-uptasje ordelijk onder de linnen banden had gevouwen. Ken, wiens appartement in Londen altijd een grote rotzooi was geweest!

Wat was dit: de consequentie van zijn echtscheiding? Verstand dat met de jaren kwam? Schuldgevoel dat hij haar in deze situatie had gebracht?

Ze koos wat kleren uit. Achter in de gang, naast een kleine keuken, vond ze een wc en een wastafel. Ze waste zich, kamde haar haar en werkte met wat rouge de beurse plekken in haar gezicht zo goed mogelijk weg. Kritisch nam ze zichzelf op, het viel haar nog mee hoe ze eruitzag.

De deur naast die van de slaapkamer gaf toegang tot een even ruime woonkamer met uitzicht op tuinen en hoge achtergevels. Ook hier stonden maar enkele meubelen en zo te zien gloednieuw. Geen foto's of andere persoonlijke zaken, alleen gravures van oud-Den Haag aan de muren, alsof het een hotel was. Ze wilde al naar het keukentje lopen toen de wandtelefoon rinkelde. Ze aarzelde maar nam toen toch aan.

'Hallo?'

'Aha, de schone slaapster is wakker!'

'Ken! Waar ben je?'

'In een of andere tent. Sorry, love, maar ik heb een afspraak die wel laat kan worden. Je bent zeker net op? Toen ik wegging sliep je nog. Hoe voel je je?'

'Gaat wel. Ik heb honger.'

'Ik heb wel brood en melk, maar geen avondeten, sorry. Je tas is er. Heb je geld?'

'Ik denk het wel.'

'Anders liggen er een paar rijksdaalders onder de broodtrommel. Heb je gezien dat je kat er is?'

'Ja. Ken, luister: ik wil naar de politie.'

'Daarom bel ik ook, love. Ik snap best dat je dat wilt, maar het kan niet.'

'Wát?' Ze lachte ongelovig, wat opnieuw een vreselijke pijn in haar kaken veroorzaakte. 'Ze slaan me in elkaar en ze verkrachten me bijna! In m'n eigen huis. Ik durf er verdomme niet eens meer naartoe!'

'I know, love, I know! Maar toch, het zou alleen maar vragen oproepen...'

'Wát voor vragen?' Ze schreeuwde.

'Waarom ze het deden, bijvoorbeeld.'

'Hoe moet ík dat weten?'

'En hoe je hen kende. Waarom ze jou moesten hebben. Snap je?'

'Nee! Ja! Ik zeg toch gewoon dat...'

Ze zweeg. Hij had gelijk. Wat zou ze dan zeggen? Dat ze had zitten wachten tot Dullens uit het kantoor kwam?

'Daar gaat het toch niet om! Ze hadden me vermoord als... Als...!'

'Als ik niet was gekomen. Oké. Ja. Neel, ik heb je toch verteld waar dit om gaat?'

'Wat kan mij dat verdomme schelen! Ik loop hier krimpend van de pijn, alleen omdat jíj zo nodig wilde dat ik achter hem aanging!'

'Jij toch ook? Neel, oké: als ik je dat niet gevraagd had, was het niet gebeurd. Sorry, sorry, sorry. Maar je wilde het zelf ook.'

Ze zweeg, omdat ze besefte dat hij opnieuw gelijk had.

'En als ze doorvragen, Neel, dan moet je uitleggen dat je achter die Dullens aanzat en dan zullen zij...'

'Ja, ja! Ik snap het! Je bent bang dat ze naar je vriendje Bernhard gaan vragen en dat...'

'Neel, toe!'

'Niks toe! Ik wil naar m'n eigen huis!'

Haar stem sloeg over en ze voelde dat ze op het punt stond in huilen uit te barsten.

Het was even stil aan de andere kant, maar ze was zeker van dat ze muziek hoorde. Waar was hij? Een of ander café. Waarom? Waarom was hij niet hier?

'Sorry,' zei hij. 'Ik begrijp heel goed hoe je je voelt, en dat je die schoften het liefst meteen achter de tralies zou willen hebben. Maar je moet geduld hebben, love. Ik ken mensen hier die ervoor zorgen dat je binnenkort gewoon weer naar huis kunt. Vertrouw me alsjeblieft.'

Neel zei niets. Ze keek naar een jonge vrouw die met een baby op de arm in een van de achtertuinen was verschenen.

'Hoe zit het overigens met AP?'

'Wat? O. Ik heb m'n verlof.'

'Goed. Neel, blijf toch maar zoveel mogelijk binnen. Ik bedoel, ik denk niet dat die bastards weten wie ik ben, maar toch. Sorry, maar ik moet opschieten. Ik probeer voor middernacht terug te zijn, dan drinken we een borrel. Oké?'

Ze zweeg.

'Good girl. Ik doe echt mijn uiterste best zo snel mogelijk terug te zijn.'

'Ken, ik wil dat...'

Maar hij had de verbinding al verbroken, zodat ze driftig ophing. Wat dacht hij wel? Allemaal lief en aardig wat hij nu had gedaan, maar het was verdomme wel zijn schuld dat ze hier nu zat! Ze hadden haar in elkaar geslagen en bijna verkracht! Ze waren zomaar haar huis binnengedrongen en ze durfde er niet meer naar toe! Naar haar eigen huis! Haar eigen spullen!

Nijdig liep ze naar het keukentje. Ze vond een half brood in de trommel en sneed er twee boterhammen vanaf. Uit een keukenkastje pakte ze een pot marmelade en een fles gepasteuriseerde melk.

'Micky?'

Ze schonk wat van de melk op een schoteltje voor de kat en at zelf het brood. Daarna zocht ze naar koffie maar vond alleen maar een busje thee, zodat ze dat nam. Ze stak een sigaret op en ging met een kop thee voor het raam zitten. Beneden haar gaf de jonge vrouw haar baby de borst. Even voelde ze een steek van jaloezie. Als alles anders was gegaan, toen, acht jaar geleden in Londen, had ze nu zelf een kind gehad. Begin '45 had het geboren kunnen zijn. Een kind dat nu naar school zou zijn gegaan. Hoe zou haar leven er dan hebben uitgezien? Een moeder ergens in een voorstad van Londen, die wachtte tot vader van de redactie thuis kwam? Er was niks van terechtgekomen. In plaats van een kraamkamer had ze een viezige behandelkamer gezien van een Indiase arts die goud verdiende aan alle buitenechtelijke relaties in oorlogstijd.

Ze wreef zachtjes over haar buik, waarin de pijn inmiddels was gezakt tot een zeurderige kramp.

Hoe had die Nico geweten dat ze Coen Dullens volgde? Frits de Ruyter. Die naam zou dus wel het alias zijn waaronder hij werkte voor dat bureau. De schoft. De smeerlap. Een ijskoude schoft van hetzelfde kaliber als de verraders die voor de moffen hadden gewerkt. Dezelfde methoden. Nog steeds haalde ze de beelden door elkaar, dat van zijn verwrongen gezicht van de afgelopen nacht met dat van jaren geleden, tegenover haar in een restaurant, naast haar in bed.

Die Nico moest haar bij toeval gezien hebben op dat terras waar ze had zitten wachten. Eigenlijk was dat niet eens zo toevallig, hij werkte immers ook bij dat recherchebureau. Iets anders kon ze niet verzinnen. Het was absurd om te denken dat ze haar al die jaren nog steeds in de gaten zaten te houden, dan zou ze dat eerder hebben gemerkt. Het was zoals Ken had gezegd: ze hadden haar gewantrouwd omdat ze pech met de Solex had gehad. Om zekerheid te krijgen was Dullens een tijdje met haar omgegaan, en die Nico had naar aanwijzingen tussen haar papieren gezocht. Waren ze bang geweest dat ze iets wist van die vrouw die ze toen bij dat bruggetje had gezien?

Dullens had hoe dan ook met de vrouw te maken, want gisteravond was hij met haar naar buiten gekomen uit dat café aan de Stadhouderskade. Ze rilde, hoewel de zon door de ruit pal op haar gezicht stond. Die Nico had haar dus toen al in de gaten gehouden. En Dullens en hij waren haar van daar naar haar huis gevolgd.

Ze rookte en staarde naar de vrouw beneden haar die de baby tegen zich aan hield en op zijn ruggetje klopte.

'Hoe ken je Fabius?' Steeds maar weer had Dullens die naam genoemd. Hij had gedacht dat ze hem in opdracht van Fabius was gevolgd. Nico had gezien dat ze iemand had gebeld. Het was Ken geweest, maar dat wist hij natuurlijk niet.

Wie was die Fabius in godsnaam? Een vreemde naam. Een voor- of achternaam?

Had ze Ken erover verteld? Ze kon het zich niet herinneren. Ze doofde de sigaret, pakte haar portemonnee uit haar tas en zag dat ze genoeg geld had. Eten kopen kon natuurlijk niet meer, daar was het al te laat voor, dus ze zou ergens heen moeten. Verdomme, het was toch te gek dat ze nu hier zat en gedwongen was ergens alleen in een restaurant te eten in plaats van gewoon thuis te zijn! Ze kende hier nauwelijks iets of iemand. Ja, De Posthoorn lag hier om de hoek, dat kende ze wel, of dat Vieux Doelen waar ze met Ken had gegeten, maar om daar nou alleen te zitten... Bovendien had ze maar weinig honger na de boterhammen. Er was een journalistencafé om de hoek bij de *Haagsche Courant* bij de Grote Markt.

Ab! dacht ze toen. Ab zit hier in Den Haag. En eigenlijk komt dit allemaal door hem, want als hij die advertentie niet aan Ruud had gestuurd... Zijn nieuwe adres had ze nog niet, maar misschien zat hij nog op de krant. Het was weliswaar zaterdagmiddag maar er zaten daar vast en zeker wat redacteuren met weekenddienst. Ken wilde liever dat ze binnen bleef, maar ze deed al genoeg zijn zin door geen aangifte te doen. Voorlopig tenminste niet.

'Ik ken mensen die ervoor kunnen zorgen dat je weer naar huis kunt.'

Wie? Van de Amerikaanse ambassade over wie hij het had gehad? Kenton Delmar. Altijd de man van de snelle praatjes. Ze moest toegeven dat ze even flink in de war was geweest toen ze hier was gekomen voor dat baantje, maar nu was ze dat niet meer. Hij had haar vannacht uit de rotzooi geholpen, maar had er ook voor gezorgd dat ze erin was beland! Ze was hem niets schuldig. Ze kon voor zichzelf zorgen en dat zou ze ook doen.

Ze zocht in haar agenda naar het telefoonnummer van de *Haagsche Courant* maar zag dat ze alleen het nummer van de parlementaire redactie had genoteerd. Toen ze dat belde, werd er niet aangenomen. Ze hing op en keek om zich heen naar een telefoongids. Waar had hij die? Ongetwijfeld in het kantoor op de eerste etage. Ze liep de brede trap af, Micky achter zich aan. De deur van de voorkamer stond aan en ze zag de telefoongidsen al staan in een lage kast toen haar oog viel op *De Telegraaf* die op het bureau lag. Waarom had hij die? Hij las geen woord Nederlands. Had hij die voor haar gekocht?

Nieuwsgierig pakte ze hem op en verstijfde bij de aanblik van een portretfoto op de voorpagina. Het was een man die haar wat dom lachend aankeek. Erboven prijkte over zes kolommen de kop 'POLITIEMAN IN HOOFDSTAD BRUUT VERMOORD!'

Verdwaasd ging ze aan het bureau zitten en liet haar ogen razendsnel over het bericht glijden, terwijl ze in haar hoofd de man weer voor zich zag opdoemen uit de schaduwen van de bomen. Ze was geschrokken, maar hij had alleen wat gebromd en was doorgelopen, tot hij opeens zwaaiend en roepend naar een auto aan de overkant van de Stadhouderskade was gerend.

Geen twijfel mogelijk! Dezelfde man!

Dekker heette hij, las ze. Rechercheur bij het bureau Lijnbaansgracht. Vader van drie kinderen. Met twee kogels door zijn hoofd geschoten en gevonden bij de Haarlemmerpoort.

Ze kneep haar ogen wat samen en liet het beeld van de hollende man weer terugkomen. De auto waar hij naartoe was gehold, had net zijn lichten ontstoken. De man had een naam geroepen. Een portier ging open, het binnenlichtje aan. Aan het stuur zat een andere man. Ze hadden even met elkaar gepraat en toen was Dekker in die auto gestapt, maar of ze daar waren gebleven of weggegaan wist ze niet, want ze had al haar aandacht toen op Coen Dullens gericht die met de oudere vrouw het café uit was gekomen... Nee! Ze had een knal gehoord!

Ze zat roerloos en herinnerde zich dat ze had gedacht dat het de uitlaat van de auto was die haar had gepasseerd. Achter het raampje een grote kalende man met een brandende sigaret tussen zijn lippen.

God nog aan toe, was de knal een schot geweest? Dan was ze getuige geweest van die moord!

Het moest te maken hebben met dat café! Had die rechercheur net als zij dat café in de gaten gehouden en was hij naar de auto gelokt? Hadden Dullens en die Nico ermee van doen?

Ze las nog even verder en haastte zich vervolgens naar de kast. Ze pakte de gids van Amsterdam en zocht nerveus naar het telefoonnummer van het hoofdbureau van politie, tot ze weer stilzat. En dan? Ze zou vast en zeker een verklaring moeten geven voor haar aanwezigheid daar. Ze had er gewoon kunnen wandelen. Nee, want als ze wisten dat Dullens daar was geweest, was dat al te toevallig. En als ze anoniem zou bellen?

Ze aarzelde, stak een sigaret aan, trok de telefoon naar zich toe en draaide het nummer.

Er werd meteen opgenomen. 'Hoofdbureau van Politie, goedemiddag.'

'Goedemiddag. Ik wil informatie geven over een moord.'

'Wat is uw naam?'

'Sorry, die geef ik liever niet.'

'Het spijt me mevrouw, ik heb een naam nodig.'

'Ook als ik informatie heb over de moord op uw collega Dekker?'

Het was heel even stil op het geruis van de lijn na en het toeteren van een auto. Wat deden ze nu? Hadden ze een apparaat ingeschakeld waarmee ze dit gesprek konden opnemen?

'Een moment graag. Ik verbind u door.'

Ze rookte nerveus en bladerde door de telefoongids naar de 'F'. De naam Fabius kwam niet voor.

'Goedemiddag. U spreekt met hoofdinspecteur Fels. Ik begrijp dat u informatie heeft over meneer Dekker?'

Heel even zat ze als bevroren.

'Hallo?'

Met trillende vingers drukte ze de haak in en staarde vertwijfeld naar buiten. Fels! Dit was krankzinnig! Wat zou ze doen? Toch weer bellen en het hem uitleggen? Maar Kenton dan?

Nerveus kwam ze overeind, ze pakte de gids van Den Haag en bleef staan. Beneden haar op de ventweg langs de bloesemende bomen fietste een man voorbij. Een man met een grijze hoed op en gekleed in een regenjas die snel zijn hoofd afwendde en vervolgens uit haar blikveld verdween. Ze fronste nadenkend omdat ze meende zijn gezicht eerder te hebben gezien. Waar? Misschien begon ze wel overal spoken te zien na al die toestanden. Verward zocht ze het nummer van de *Haagsche Courant* op, terwijl ze zich afvroeg of ze Ab over Dullens zou vertellen.

12

Fabius schrok op van een ijzige schreeuw. Hij zag hoe Medea eindelijk het rubber mes onder haar borst stootte, om vervolgens met een smartelijk weeklagen door haar knieën te zakken en toen waarschijnlijk stierf, want links kwam Hannah als Pallas Athene tussen de gordijnen vandaan en hurkte bij het roerloze lichaam neer.

'Sliep je?' siste Anja Steensma naast hem.

'Wat? Nee.' Fabius onderdrukte een geeuw. 'Ik dacht na.'

Ze glimlachte en keek hoe Hannah weer overeind kwam en haar beide armen uitstrekte.

'O Hades, Gij die over het Dodenrijk heerst, Gij wiens broer mijn vader de Almachtige Zeus is...'

'Niet helemaal conform Euripides,' fluisterde Dirk Steensma aan Fabius' andere kant, 'maar wel reuze indrukwekkend!'

Fabius keek naar zijn dochter en zag ontroerd haar kleine borsten zich aftekenen onder het lange witte gewaad. Het leek hem als de dag van gisteren dat hij haar na de bevrijding, zeven jaar oud maar vanwege de oorlog nog in de eerste klas van de lagere school, bijgespijkerd had met lezen, schrijven en rekenen. En nu stond ze daar als een volleerd actrice die een zaal muisstil kreeg! Als hij zijn ogen wat toekneep, zag hij Mirjam in haar, dezelfde manier waarop ze haar hoofd wat schuinhield, dezelfde manier van bewegen. Bijna al vrouw. Bijna. Godzijdank zou ze nog enkele jaren bij hem blijven. Hij moest er niet aan denken dat ze straks weg zou zijn, ergens op een kamer, studeren. Ook daarin was ze net zo zeker van zichzelf als Mirjam was geweest. 'Pap, ik wil naar Leiden, medicijnen doen.' Veertien jaar oud!

Hij glimlachte omdat hij zich Mirjam herinnerde die hem zijn aarzelingen en besluiteloosheid wel verweet en hem dan spottend naar de Romeinse consul 'Fabius Cunctator' noemde: Fabius de aarzelaar. Dat had Hannah dus niet van hem overgenomen, maar gelukkig weer wel zijn nuchterheid.

Op het podium was nu het koor weer gaan zingen en hij hoopte vurig dat dat de opmaat was tot het slot. De aula was slecht geventileerd zodat het warm was en de sigarettenrook als een nevel bleef hangen. Maar vooral wilde hij snel naar huis vanwege Sonja's beloofde telefoontje. Het was nu bijna negen uur. De afspraak van Salters stond om zeven uur, in kasteel De Hooge Vuursche.

Aan wie had Salters de brief bezorgd? Volgens graaf Schimmelpenninck aan iemand binnen het paleis. De Hooge Vuursche lag niet ver van Soestdijk. Een zeer exclusief hotel-restaurant, dus een perfect rendez-vous voor iemand van de hofhouding die Salters wilde ontmoeten. Mogelijk was dat een zekere Van Maaswijk, een kamerheer buiten dienst van Juliana. Een journalist. Net als die Britse vriend van Bernhard.

Hij sloot zijn ogen, zich nog nauwelijks bewust van het zingen. Op de terugweg van ATARI naar huis was hij langs diens kantoor gefietst, een statig patriciërshuis met een koperen bord 'The Free Atlantic Press.' Het leek gesloten maar even had hij achter een raam op de eerste verdieping het silhouet van een vrouw gezien. De medewerkster die Bernhards vriend uit Londen volgens Piet Sybrands had aangenomen? Hij had toch moeilijk kunnen aanbellen!

Sybrands. Het was uitermate slecht uitgekomen dat hij hem niet meer had kunnen bereiken in verband met de afspraak van Salters: Salters, een man die Bernhard haatte, een man met rode ideeën, mogelijk zelfs communistische. Wat wilde hij? Goud zou hij ervoor over hebben nu niet hier, maar daar op De Hooge Vuursche te zijn! Sonja was weliswaar slim en brutaal en ze had wel eens meer klusjes opgeknapt, maar...

'Wouter!'

Hij schrok weer op, zag verward hoe de gordijnen dicht werden getrokken en kwam schuldbewust omhoog. Enkele seconden later gingen ze weer open en kwam Hannah met de vier andere hoofdrolspelers voor het voetlicht. Hij stond als eerste op en begon trots en hard te klappen.

13

Ze had de man die Fabius haar had beschreven, ogenblikkelijk herkend. Een kleine, magere man van midden veertig met gladgeschoren kaken en felle ogen, die voortdurend heen en weer flitsten. Nu hij zijn hoed afzette, zag ze dat zijn keurig geknipte haar dun was en hier en daar begon te grijzen. Hij gaf de hoed en zijn jas af aan de garderobe, maar hield zijn aktetas bij zich en liep langs het marmeren trappenhuis naar een zaal waarboven in sierlijke letters 'Louis XV' stond.

Sonja wachtte enkele seconden voordat ze hem volgde. Ze voelde zich tamelijk ongemakkelijk, niet alleen omdat ze haar fluwelen koorjurk droeg met het bijpassende hoedje, maar vooral omdat ze hier alleen was. Nerveus was ze niet, ze had in de afgelopen jaren wel eens meer mensen geschaduwd voor Wouter Fabius, maar dan had ze altijd precies geweten waar het om ging. Meestal betrof dat oud-NSB'ers of SS'ers, om na te gaan of ze anderen kenden die de dans waren ontsprongen; soms ook waren het gewone burgers, van wie het vermoeden bestond dat ze zich goederen of geld van weggevoerde joodse buren hadden toegeëigend. Ze genoot daarvan; het deed haar denken aan de tijd toen ze agente was geweest en de vurige ambitie had een van de eerste vrouwelijke rechercheurs te worden tot een motorongeluk een abrupt einde had gemaakt aan haar dromen.

Wouter had haar alleen gevraagd een zekere Salters te volgen en te kijken met wie hij hier een afspraak had. Waarschijnlijk met een man uit Baarn met de naam Mijnssen, maar wie weet ook met anderen. Gezien het tijdstip ging het vermoedelijk om een dinertje.

'Het is al heel wat als je kunt melden met wie hij de afspraak heeft en wat hij daarna gaat doen.'

'Wie is die Salters?'

'Een man die een particulier recherchebureau drijft.'

'Wouter, ik zie aan je gezicht dat je meer weet. Het zou wel zo handig zijn als je me iets meer zou vertellen.'

'Lieverd geloof me, ik zou het graag willen, maar ik ben aan handen en voeten gebonden!'

Het had vast en zeker te maken met zijn vriend Steensma van Justitie en met de BVD, waarvan hij de laatste tijd allerlei stukken ontving. En hoewel ze het niet kon beargumenteren, had ze ook het idee dat het nog steeds te maken had met die afschuwelijke zaak van enkele jaren geleden, waarbij zijn vriendin was doodgeschoten. Typisch Wouter om nooit aan haar te hebben willen toegeven dat hij een intieme relatie met die vrouw had gehad. Zo gesloten als een blok. Behalve als het om zijn oogappeltje Hannah ging. Evengoed was het lastig hier te zijn en helemaal niet te weten waarom. Nog afgezien van die rotjurk en dat hoedje. In elk geval viel ze er niet mee uit de toon, als ze zo de andere dames zag.

Ze probeerde niet mank te lopen en hield even haar adem in toen ze de eetzaal betrad. Ze was er nooit geweest, wat niet zo gek was want De Hooge Vuursche was tot voor kort nog particulier bezit geweest. De luxe inrichting was overweldigend. En dus waren de prijzen om je dood te schrikken. Op de menu's bij het statige bordes had ze gezien dat alleen al een kom tomatensoep, die natuurlijk Crème de Tomates heette, *f* 1,75 moest kosten! En voor het goedkoopste menu telde je buiten de drankjes nota bene *f* 11,– neer. Dat kon ze zich zelfs straks met de salarisverhoging bij de KLM niet permitteren! Enfin, de vijfentwintig gulden die Wouter haar had gegeven was in elk geval meegenomen.

De zaal was in empirestijl ingericht, met grote kroonluchters aan het eikenhouten plafond en langs de gelambriseerde wanden door hoge schotten van elkaar gescheiden tafeltjes, als in de restauratiewagon van een internationale exprestrein. Het was er druk op dit uur, ook aan de met wit damast bedekte tafels in het midden. Tussen de hoge potpalmen liepen obers in rok af en aan en op een half rond podium naast de hoge ramen met uitzicht op golfbanen speelde een orkestje salonmuziek.

Salters had kennelijk gereserveerd want ze zag een ober hem voorgaan naar een van de aparte ruimten.

'Mevrouw?'

Een oudere ober knikte haar vragend toe.

'Ik eh... ik wacht op mijn man. Hij had autopech, ziet u.'

'Ach. Had u gereserveerd, mevrouw?'

'O God, geen idee of hij dat heeft gedaan. De naam is Hermans.'

'Ik zal het even natrekken, mevrouw. U kunt daar wel even plaatsnemen als u wilt.' Hij knikte naar een ongedekt tafeltje niet ver van het orkestje. 'Kan ik u ondertussen iets te drinken brengen?'

'Graag een glas witte martini alstublieft.'

'Zeker mevrouw.'

Ze liep naar het tafeltje en ging zitten. De man aan de piano maakte even een hoofse buiging. Ze glimlachte en zocht in haar tas naar haar sigaretten. Terwijl ze er een opstak, zag ze een forse man in een licht zomerkostuum naar Salters toelopen. Hij had een rood aangelopen gezicht met golvend grijs haar en droeg een leren koffertje. Het licht van een kroonluchter vonkte op een onderscheiding op zijn revers. Salters kwam overeind en ze schudden elkaar de hand. De tafel in de aangrenzende ruimte was leeg maar ze kon zien dat er een bordje 'Gereserveerd' op stond.

De ober kwam weer terug met het glas martini op een zilveren dienblad. Naast het glas lag een rekening in couvert. 'De naam Hermans komt helaas niet voor bij de reserveringen voor vanavond, mevrouw.'

'Ach.'

'Maar ik kan u straks tafel nummer zeventien geven.' Hij knikte naar een tafeltje niet ver van haar, waar een bejaard echtpaar koffiedrinkend naar de muziek luisterde.

'Heel graag...' Terwijl ze het zei zag ze nog drie mannen naar de tafel van Salters toelopen. De oudere ober liep naar het echtpaar en overhandigde het couvert.

De mannen gingen zitten. Een van hen was een lange, bleke man met een aristocratisch uiterlijk en een bos warrig grijs haar; de man naast hem leek haar tamelijk jong en wat verwijfd, een blozend gezicht, een klein zwierig snorretje en lang, krullend zwart haar. Tegenover Salters luisterde een man met een hoornen bril geconcentreerd naar de forse man met het rode gezicht, die hem iets aanwees op de wijnkaart.

Geen enkele kans om hen te beluisteren, dacht ze spijtig, maar in elk geval kon ze hen aan Wouter te beschrijven. Ze zou hier binnen blijven tot ze gingen dineren, om te zien of er nog anderen werden verwacht. Salters was gearriveerd met een prachtige zwarte Cadillac, waarvan ze het kenteken had genoteerd. Ze zou straks buiten op het terras naast de parkeerplaats tot een uur of negen wachten of ook die anderen per automobiel waren gekomen. Negen uur was wat haar betrof de limiet, want ze haatte in het donker rijden en bovendien had ze haar nicht beloofd uiterlijk om tien uur terug te zijn.

'Je hebt toch geen vriend, hè Son?'

Ze kon het goed vinden met haar oudere nicht, maar Suzes angsten voor inbrekers, aanranders en moordenaars en haar nieuwsgierigheid waren soms wel erg vermoeiend. Hermans was Suzes familienaam. Die had ze wel meer gebruikt. Suze zou eens moeten weten!

Het bejaarde stel kwam overeind en de ober wenkte haar al. Ze stond op en wilde juist met haar tas, glas en sigaret naar de tafel gaan toen ze een oudere man met sneeuwwit haar, snor en baardje naar de afgeschermde tafel naast die van Salters en zijn gezelschap zag lopen. Hij nam plaats en haalde vervolgens een boek uit een tas.

Ze ging aan het tafeltje zitten. Salters was nu aan het woord, maar toch keek hij voortdurend om zich heen. Een particulier rechercheur. Wat wilde Wouter van hem? Het leek er het meest op dat de vier zakenmensen waren die hier een overeenkomst bespraken, al kon ze zich dat van die aristocratisch aandoende man nauwelijks voorstellen. Ze keek weer naar de lezende man. Het was duidelijk dat hij hier alleen was. Of wachtte hij op iemand? Een man die een boek las of een krant... Ze grinnikte. Dat waren films en stuiverromannetjes.

Zou ze het wagen? Het was wel gênant als hij zou weigeren, maar ze kende hier niemand en was toch van plan straks buiten te gaan zitten. Ze stond weer op en liep naar hem toe, zich bewust van de blik die Salters even op haar benen wierp.

'Goedenavond,' zei ze. 'Het spijt me u te storen, maar ik heb een nogal vrijpostig verzoek.'

Hij had vriendelijke blauwe ogen, die haar vragend opnamen. Verbaasd zag ze dat het boek dat hij las geschreven was door iemand die Hermans heette. Een goed voorteken! dacht ze.

'Bent u hier alleen?'

'Zeker.'

'Zou ik hier mogen zitten? Ik heb er echt een dringende reden voor!'

'En die wilt u me niet vertellen?'

'Liever niet. Het is nogal pijnlijk.'

Zijn helderblauwe ogen namen haar geamuseerd op.

'Gaat u dan maar zitten. Zolang u het niet erg vindt dat ik lees.'

'O nee! Ik zal u niet storen. Als ik u iets mag aanbieden?'

De lippen tussen zijn witte snor en baardje krulden zich in

een glimlach. ‘Dat hoeft niet. Integendeel, ik zie dat uw glas leeg is.’

Dankbaar glimlachte ze terug en ging zitten. ‘Dank u wel.’

‘Wat mag ik voor u bestellen? Is het witte martini?’

‘Eh... ja. Maar ik kan dat toch niet accepteren?’

‘Ach, ik accepteer u toch ook, nietwaar?’

Hij knikte naar de ober die hem een glas bier bracht. ‘Mag ik ook een witte Martini? Wilt u er citroen bij?’

‘Eh... nee, dank u,’ zei ze verbouwereerd,

Achter het schot hoorde ze een van de mannen zeggen: ‘Het is uitermate riskant. Die Delmar is een bekend verslaggever.’

‘Het hoeft niets te betekenen,’ zei een andere, wat geaffecteerde stem, die ze ogenblikkelijk met de verwijfde man associeerde. ‘Hij is een van de beste vrienden van de prins.’

‘Daarom juist Metman, daarom juist.’

Ze pakte haar sigarettenkoker uit haar tas en keek naar de oudere man die met het glas aan zijn lippen in zijn boek las. De titel luidde *De Tranen der Acacia's* wat haar, evenmin als de schrijver, iets zei, al vond ze het wel een mooie titel.

De ober bracht haar martini.

‘Wilt u de kaart al, meneer Schouten?’

‘Nee hoor, ik weet het wel,’ zei de oudere man en keek haar weer vriendelijk aan. ‘Wilt u misschien ook iets eten?’

Ze aarzelde.

‘Een kleinigheid,’ zei hij. ‘Ik kan u de gerookte paling met toast aanraden, of als u niet van vis houdt, een kalfskroket met huzarensalade.’

Ze glimlachte. ‘Paling graag, maar ik betaal hem zelf.’

Zijn witte wenkbrauwen kromden zich wat spottend. ‘Twee maal de paling graag.’

Ze stak de sigaret aan. Achter haar gaven de mannen hun bestelling op. Terwijl de man zijn boek weer las, nam ze hem tersluiks op. Een jaar of zestig, misschien wat ouder. Een goed verzorgde man met prachtig golvend wit haar, en de huidskleur van iemand die veel buiten is. Geen duur pak, maar wel netjes. Geen das maar een vlinderstrik. Mooie slanke handen. Geen trouwring.

'... zeker in combinatie met die Fabius,' zei een mannenstem achter haar. 'Hij heeft connecties met dat bureau van Einthoven, en zoals je weet is hij een van Bernhards intimi.'

'Einthoven zal niets durven ondernemen!' zei een hoge stem. 'Hij weet dat we de brief hebben!'

'Misschien niet. Maar die Delmar heeft connecties met de CIA, en Bernhard was vorige maand in Washington.'

Ze zat roerloos. De sigaret trilde tussen haar vingers, zodat ze hem in de asbak legde en haar glas pakte.

'Volgens mij heeft Delmar niets met Fabius te maken,' zei de hoge stem. 'Mijn mensen hebben die journaliste van AP naar Fabius gevraagd en ze zijn er zeker van dat zij hem niet kent.'

'Je vergist je opnieuw, beste Salters.' Een nieuwe stem, wat hees. 'Zoals je je al eerder vergiste met die juffrouw Smits, toen bij het landgoed van Van Heeckeren en nadien in het paleis. Die Delmar heeft haar gevraagd op dat persbureau van hem te komen werken. In Den Haag.'

Het was even stil, op de muziek en stemmen in de eetzaal na.

'En dat ze op dat terras zat bij dat ongeluk wat jou overkwam, kan toch ook geen toeval zijn.'

Opeens werd Sonja zich bewust van de nieuwsgierige blik van de oudere man boven zijn boek. Ze glimlachte en hield haar glas wat hoger. 'Op uw gezondheid.'

'Op de uwe.' Hij dronk.

'Is het een mooi boek?'

'Nee. Somber. Cynisch. Het gaat over het verzet en verraad. Niet bepaald opwekkend.' Hij zette zijn glas weer neer. 'Zou ik ook iets mogen vragen?'

'Natuurlijk.'

'Ik zou u graag eens willen schilderen, als dat mag.'

Ze fronste verbluft. 'Schilderen?'

Hij knikte en haalde een kaartje uit de binnenzak van zijn colbert dat hij haar toeschoof. 'Jan Schouten,' las ze, 'kunstschilder.' Eronder stond een adres in Laren.

'Goh,' zei ze onnozel. 'Dat is de eerste keer dat me dat wordt gevraagd. Als het maar niet naakt is!'

Hij lachte en ze zag dat hij mooie, sterke tanden had.

'Vooralsnog ben ik geïntrigeerd door uw ogen. U heeft echt hele bijzondere ogen, maar dat zal u wel meer zijn verteld.'

'Ja', zei ze hoewel ze zich zoiets niet kon herinneren. Een kunstschilder. Hij moest wel aardig verdienen als hij zich kon veroorloven hier te komen. Alsof hij haar gedachten raadde, zei hij: 'Ik ben bevriend met de eigenaar. Er hangt het een en ander van mij hier.'

Hij zweeg omdat de ober hem de paling serveerde. 'Wat zou u denken van een glas droge witte wijn?' Ze knikte beduusd. Schouten bestelde en legde zijn boek weg. 'Eet smakelijk.'

'Dank u. Ik heet overigens Sonja.'

'Ach.'

Achter haar schraapte een man hoorbaar zijn keel. Schouten glimlachte veelbetekenend zodat ze haastig een hapje nam om zijn blik te vermijden.

'Stikker is in alle staten. Hij durft Juliana niet tegen te spreken dus heeft hij dat gedelegeerd aan Boon.'

'Boon?'

'Zijn directeur-generaal. En voor de duvel niet bang. Het wordt veel, Salters! God, man, het is toch duidelijk dat ze jou en je kantoor in de gaten houden!' Het was weer even stil. Het orkestje was verdwenen en alleen de pianist speelde. Rachmaninov, herkende Sonja. Pas nu ze at, besefte ze hoeveel honger ze had.

'Je hebt hem bij je?'

'Ja.'

'Goed. Mijnssen en jij vertrekken zo dadelijk naar Mijnssens kantoor. Geloof me, Piet! Het is het beste. Mijnssen hier is onverdacht en Einthoven zal hem als huisvriend van de Koningin niet lastig durven vallen. We kunnen nu we na jaren zover zijn geen enkel risico lopen! We zijn dit verplicht aan haar!'

De ober kwam langs en serveerde Schouten en haar een groot glas wijn.

'Nog maar eens op je gezondheid,' zei Schouten.

'Wat?' zei ze. 'O. O ja.'

Terwijl ze dronk vermeed ze zijn ogen weer. Ze wist wel zeker dat hij alles kon horen, net als zij. Hij schoof zijn half lege bordje opzij: 'Dit gaat niet om je man, wel?'

'Wat?'

'Je draagt geen trouwring.'

Ze fronste. 'Die kan ik afgedaan hebben.'

Hij glimlachte en wilde nog iets zeggen maar keek plotseling langs haar en toen ze zijn blik volgde, zag ze Salters samen met een van de mannen naar de uitgang lopen.

'Sorry,' zei ze en pakte nerveus haar tas. 'Ik moet even naar het toilet, als u me niet kwalijk neemt.'

Zonder zijn reactie af te wachten schoof ze tussen stoel en tafel, kwam overeind en liep snel tussen de tafeltjes door. Salters en de andere man waren verdwenen. Ze klemde haar tasje tegen zich aan en liep de hal in. Ze zag Salters bij de garderobe staan, de ander stond al buiten op het bordes, het licht van de avondzon scheen in zijn brillenglazen. Wat zou ze doen? Als die man buiten die Mijnssen was, dan zouden Salters en hij naar diens kantoor gaan. Wouter zou absoluut willen weten waar dat was. En waarom ze erheen gingen.

Het ging om iets dat Einthoven van de BVD en een journalist die te maken had met de CIA wilden hebben. Salters had dat en iemand vond dat riskant. Wat was het? Hij had het bij zich, had hij gezegd. In zijn aktetas?

Ze keek op haar horloge en zag dat het bijna half negen was.

Salters had zijn jas aangetrokken en zette zijn hoed op. Even later zag ze beide mannen de treden van het bordes afdalen naar de parkeerplaats. Zenuwachtig haalde ze de autosleutels van de huurauto uit haar tas en wachtte. Op de parkeerplaats opende Salters het achterportier van de Cadillac en legde de aktetas op de achterbank. Hij wilde al instappen toen hij omkeek. Tussen de auto's kwam een blonde jonge man haastig op hem toe. Hij zei iets en gebaarde toen naar enkele auto's voor hen. Het was duidelijk dat Salters schrok. Ze stond stokstijf toen hij achterom keek naar de ingang, daarop weer naar de blonde man en vervolgens aarzelend enkele passen in de richting van de auto's deed. Als verlamd begreep ze de reden. De Austin! Hoe wisten ze daarvan?

Wouter! Wouter was met de gehuurde Austin gisteren naar Amsterdam geweest en had hem daarna voor de deur van ATARI geparkeerd! Wisten ze dus ook dat zij er was?

Dat moest wel, maar aan de andere kant, waarom had die jonge man Salters dan niet eerder gewaarschuwd? Het liefste zou ze weg willen rennen en de auto laten voor wat hij was, maar ze dwong zichzelf te blijven. Zolang zij daar buiten waren, was ze hier veilig! Salters was terug bij de Cadillac en pakte de aktetas weer van de achterbank. Hij zei iets tegen Mijnssen die even verwilderd om zich heen keek. Salters liep al over het grindpad terug naar het bordes. Wanhopig keek Sonja om zich heen. Ze zag de damestoiletten, maar op het moment dat ze erheen wilde, hoorde ze een luide schreeuw en draaide zich geschrokken weer om. Salters rende met de tas het bordes op, achter hem struikelend Mijnssen en op enkele meters van hem af twee mannen, van wie de voorste een pistool vasthield. Bij de garderobe stonden enkele lijkbleke gasten, die in paniek wegrenden toen Salters binnenkwam. Sonja hoorde hem hijgen toen hij langs haar naar de toiletten holde. Buiten stonden beide mannen bij Mijnssen, die wanhopig zijn hoofd schudde. De grootste van hen, een al wat oudere man met een kalend, vlezig hoofd, hield het pistool nog steeds vast. Wie waren ze? Politie? Waarom? Uit haar ooghoek zag ze plotseling achter twee obers de lange man met de warrige haardos de hal binnenkomen. Ze drukte zich plat tegen de muur, maar hij had geen aandacht voor haar. Hij stond stil. De obers keken stomverbaasd naar buiten. Sonja zag dat de kalende man razendsnel het pistool wegstak en realiseerde zich ogenblikkelijk dat hij dus geen politieman kon zijn. Hij zei iets tegen Mijnssen die met een wit en vertrokken gezicht nu het bordes beklom en de hal binnenkwam. In het schijnsel van de kroonluchter parelde het zweet op zijn voorhoofd. Een van de obers schoot hem aan. 'Is er iets, meneer Mijnssen?'

'Nee, nee. Een misverstand!' Hij lachte geforceerd. 'Ik geloof dat de heren me voor iemand anders aanzagen.'

'Zullen we de politie waarschuwen?'

'Wat? O nee... Het was de politie, maar er is niets aan de hand. Alsjeblieft zeg. Breng me liever een glas cognac, ja?'

De ober fronste naar zijn collega die zijn schouders ophaalde. Ze liepen samen de eetzaal weer binnen. Bij de garderobe spraken enkele mensen opgewonden met de garderobejuffrouw. De twee mannen buiten waren verdwenen, net als de blonde jongeman.

De lange man kwam naar Mijnssen toe. 'Waar is Salters?'

'Geen idee. Het zit fout, Vis! Kom mee!'

'Zo. Ik moet even naar het toilet. Verdomme zeg!'

Mijnssen knikte nerveus en liep op een holletje de eetzaal binnen waar het orkest weer begon te spelen.

Sonja stond nog steeds roerloos. Ze zag de lange man naar de deur van de toiletten lopen, maar kennelijk bedacht hij zich want opeens stond hij stil en keek om zich heen zodat ze razendsnel deed alsof ze iets in haar tas zocht. Het volgende moment hoorde ze zijn voetstappen naar haar toekomen en ze voelde haar hart al overslaan maar een enkele seconde later daalde hij tot haar verbazing het bordes af. Tegenover haar ging de deur van de toiletten open. Ze was te laat om zelfs maar haar hoofd af te wenden. Salters blikte schichtig links en rechts, glimlachte toen naar haar en wandelde op zijn gemak naar de eetzaal. Pas toen hij verdwenen was drong het tot haar door dat hij zijn tas niet meer droeg.

De hal was vrijwel verlaten. De garderobejuffrouw was doende met de jassen van twee gasten die de marmeren trap opgingen. Achter de toegangsdeur naar het bordes was geen spoor van de lange man te zien. Waarom was hij naar buiten gegaan? Poolshoogte nemen?

Ze liep naar de toiletten en glipte daar een kleine hal met een wastafel binnen. Het rook er naar lavendel. Salters moest de aktetas hier binnen hebben gelaten. De reden moest wel zijn dat hij bang was dat die twee hem buiten nog opwachtten. Vermoedelijk wilde hij wachten tot de kust vrij was. Wie waren die twee als ze geen politie waren?

Ze staarde naar haar ogen in de spiegel boven de wastafel. Bijzondere ogen, had die kunstschilder gezegd. God nog aan toe. hij zou ze nu eens moeten zien! Was ze bang? Ja! Ze, wie ze ook waren, kenden Wouter en die blonde jongen moest haar vanaf Den Haag zijn gevolgd!

Naast de marmeren wastafel stond een antieke kast. Ze deed de deuren ervan open en zocht tussen de handdoeken, tastte met haar hand achter de krullijst bovenop, ging op haar knieën liggen en keek eronder, voelde met een hand erachter en kwam weer overeind. Waar was die tas?

In de spiegel zag ze dat de herentoiletten zich aan de andere kant van het halletje bevonden. Het leek haar niet waarschijnlijk dat er nog iemand was, want sinds Salters was niemand er binnen gegaan.

Op een holletje liep ze naar de deur toe en opende die. Erachter lag een betegelde ruimte met enkele urinoirs en twee deuren waarvan er een openstond. Waar kon je hier een tas verstoppen? Ze liep een toilet binnen, stapte op de pot en voelde achter de stortbak, hoewel ze wel wist dat die te klein was om erin of erachter een aktetas te verbergen. Achter de pot? Natuurlijk niet. Iedere vent die hier kwam zou hem dan zien. Tegen beter weten in ging ze het andere toilet binnen en kwam na enkele seconden weer nerveus naar buiten. Bijna tegen het plafond aan zat een klein, matglazen raam, maar Salters had daar onmogelijk bij gekund. Ze rende terug en opende de deur van de damestoiletten. Hier waren alleen vier wc's naast elkaar, maar ook weer een marmeren wastafel, de kraan goudkleurig, een spiegel met vergulde lijst erboven. Nog voor ze het leer voelde, had ze intuïtief geweten dat Salters de tas erachter had gehangen, aan dezelfde haak waaraan het touw van de lijst hing. De pijn schoot door haar heup toen ze de zware spiegel loshaakte en hem achter de kraan tegen de betegelde wand plaatste. Met trillende vingers pakte ze de tas en drukte de palletjes van de sluiting naar beneden. Er zat niet anders in dan een opgevouwen *Telegraaf*, maar toen ze die eruit wilde trekken, viel er een blanco envelop op de grond. Ze bukte zich maar verstijfde want vanachter de deur naar het halletje klonk een stem. Een zware mannenstem.

'Het kan niet anders.'

'Kijk of er iemand op het herentoilet is.'

Met ingehouden adem herkende ze de hese stem van een van de mannen bij Salters aan tafel! Stuurde hij nu iemand om de tas te halen?

'Snel! Ik kan niet al te lang wegblijven.'

Haastig kwam ze met de tas en de envelop overeind en holde een van de wc's binnen, hoorde de toegangsdeur opengaan toen ze die van de wc vergrendelde.

'Hallo, is hier iemand?'

De zware stem.

'Ja,' zei ze.

Het was even onheilspellend stil. De haak! dacht ze in paniek, die vent ziet de haak waar de spiegel aan hing!

'O. Het spijt me, mevrouw, mag ik verzoeken zo snel mogelijk de ruimte te verlaten. We hebben helaas een noodgeval.'

'Wat? Ja, ja. Een moment!'

Ze propte de envelop in haar schoudertas, pakte de aktetas, klapte hem dubbel en stak hem achter de pot. Er klonken voetstappen. Naast haar werd een deur opengetrokken. Op van de zenuwen kwam ze overeind en trok door.

Toen ze de deur opende, kon ze tegenover zich in de spiegel een gestalte gehurkt in het toilet naast het hare zien. Hij keek om zodra hij haar hoorde. Verrast herkende ze de grote, kalende man die Salters en Mijnssen op de parkeerplaats had nagezeten.

Hij stond op en kwam me een verontschuldigende glimlach op haar toe. 'Mijn excuses, mevrouw, u zult wel denken! We zoeken een dief.'

'Een dief?'

'Ja. Of beter: wat hij gestolen heeft, want de vogel zelf is helaas gevlogen.'

Ze knikte en bleef ondanks haar angst voor de deuropening staan.

'Wat heeft hij dan gestolen?'

'Tafelzilver.' De man maakte een grimas. 'Het komt meer voor. Heeft u iemand hier gezien of gehoord?'

'Wat? Nee. Is hij dan hier geweest?'

Ze hoorde hoe haar stem oversloeg en hoopte dat de man haar nervositeit aan zijn eigen leugen zou wijten.

'Het kan. Mensen zagen hem hier naar binnen glippen. Waarschijnlijk om de buit te verstoppen.'

Ze wist een glimlach op te brengen en sloot de deur achter zich. 'Nou, dan niet bij mij.'

Hij glimlachte terug maar zijn kleine ogen bleven strak op haar gericht.

'Ik ga maar gauw,' zei ze. 'Mijn man wacht namelijk op me.'

'Vanzelfsprekend mevrouw.'

Hij keek even naar haar tas en de angst schoot door haar heen dat hij haar zou vragen die te openen, maar toen stapte hij opzij. Ze dwong zichzelf kalm te lopen, maar zodra ze in het halletje was rende ze naar de deur. Daar zag ze nog net in de spiegel de lange man met de warrige haardos uit de herentoiletten komen.

Ze trok de deur open en haalde opgelucht adem, omdat er een groepje gasten bij de garderobe stond.

'Benno?'

Een stem weerklonk hol achter haar. Ze wist intuïtief dat de man de tas moest hebben gevonden. Ze trok de deur van het halletje achter zich dicht en rende over het tapijt in de richting van het bordes. Wat zou ze doen? Niet de Austin! Maar wat dan? Maakte niet uit, als ze hier maar weg was! Ze nam de treden met drie tegelijk en holde al langs de auto's toen ze getoeter hoorde.

'Sonja!'

Schuin voor haar stapte Schouten lachend uit een donkerrode sportwagen. 'Ik dacht al dat ik mijn model kwijt was!'

'Wat?'

'Je bleef nogal lang weg.' Zijn witte wenkbrauwen fronsten zich bezorgd.

'Is er iets?'

'Kan ik met je mee?'

'Wat? Ja, natuurlijk! Graag zelfs. Maar...'

Uit haar ooghoek zag ze de kalende man boven aan het bordes staan. Hij tuurde met een hand boven zijn ogen tegen de laagstaande zon in de parkeerplaats af.

Ze rukte het portier open. 'Weg!'

'Wat?'

'Alsjeblieft!'

Ze zat al en dook weg, terwijl ze de open kap vervloekte. Achter de lage voorruit kon ze nu zien dat er iemand bij de kalende man stond. Schouten stapte naast haar.

'Wat is er in godsnaam aan de hand?'

Ze zweeg en drukte haar dijen tegen elkaar aan om haar blaas te controleren. De motor van de sportwagen startte ronkend.

'Waar moet je heen?'

'Maakt niet uit!'

Weer fronste hij, maar knikte toen en schakelde. De lage wagen trok op en draaide scherp, en ze herademde al toen ze de kalende man op het bordes zag zwaaien. In paniek keek ze in de zijspiegel. Achter hen maakte zich een glanzende auto los uit de schaduwen van de bosschages aan de rand van het parkeerterrein.

'Ze zitten achter je aan, nietwaar?'

Ze zweeg, haar ogen strak op de spiegel, waarin de zon op het chroom van de andere wagen vonkte.

'Dan zullen we eens kijken wat ze kunnen,' zei Schouten en tegelijkertijd gaf hij gas zodat ze achterover sloeg. Met brullende motor schoot de sportwagen de lange oprijlaan in. De wind raasde als een storm langs haar. Verstijfd hing ze tegen de leren rugleuning en zag de eeuwenoude kastanjes voorbij flitsen.

'MG-TD!' schreeuwde Schouten, het kleine houten stuur trillend tussen zijn handen. '55 PK en met een beetje geluk 130 kilometer per uur!'

Hij schakelde terug en nam een haakse bocht. Ondanks haar paniek verbaasde ze zich over zijn kalmte en vaardigheid. Schuin tegenover zich doemde een landhuis op, een smalle beklinkerde bosweg erlangs, een kruispunt met een ANWB-wegwijzer die Baarn en Hilversum aangaf. De MG draaide opnieuw, en enkele seconden later leek het wel alsof het plotseling donker was geworden. Boven haar schermden dicht ineengegroeide boomkruinen het zonlicht af. De wind voerde de doordringende geur van hars met zich mee. De naald van de snelheidsmeter zakte naar de 80 en het loeien werd minder.

Ze keek weer in de spiegel. De bosweg achter haar was verlaten, een donkergroene tunnel.

'Wat ben je? Politie? Recherche?'

'Nee.' Ze kwam overeind en knipte haar tas open. Haar vingers trilden nog steeds, net als haar benen zodat ze haar voeten plat tegen de bodem van de wagen drukte.

'Een inlichtingendienst?'

Ze pakte een sigaret uit haar koker en haar aansteker. Wat zou ze zeggen? Wouters orders waren dat ze hoe dan ook zweeg over hun eigenlijke werk, maar jezus, Schouten was zo aardig en zonder hem was ze niet weggekomen!

'Ik doe iets voor Justitie,' zei ze. 'Maar ik kan je niet zeggen wat. Sorry.'

Hij knikte maar schakelde meteen terug in een bocht.

'Verdomme!'

Zo'n honderd meter voor hen draaide een man in een blauwe overall tergend langzaam een roodwitte spoorwegboom dicht.

'De trein van Hilversum naar Baarn.'

Hij remde en keek nu ook in zijn spiegel.

'In elk geval zijn we van die wagen af. Het is zeker ook te veel gevraagd wie dat waren?'

'Nee, maar ik weet het niet.'

De MG kwam tot stilstand. Schouten nam haar kritisch op.

'Waarom kijk je zo?' vroeg ze. 'Denk je dat ik lieg?'

Hij schudde zijn hoofd. 'Ik kijk naar je mond. Monden en neuzen zijn altijd het moeilijkst, weet je.'

Ze zag zichzelf in zijn ogen weerspiegeld. Jeetje! dacht ze, ik zou best verliefd op hem kunnen worden, al kan hij mijn vader zijn.

Hij glimlachte, alsof hij wist wat ze dacht. 'Is het misschien verstandig om eerst naar mijn huis te gaan? Kun je iemand bellen?'

Voor ze antwoord kon geven, hoorde ze het aanzwellend gestamp van een trein. Aan de overkant van de spoorrails draaide de man de andere spoorboom naar beneden. Enkele seconden later klonk een schrille fluittoon en boven de bomen dreven witte wolken stoom. Gespannen keek ze weer in de spiegel en zag tot haar opluchting dat de weg achter hen nog steeds verlaten was. Schouten had gelijk: die auto waren ze kwijt. Wie waren het geweest? In elk geval mensen die ook achter Salters aanzaten. En die lange man in het gezelschap van Salters hoorde bij hen. Was hij Benno? Afgaande op wat ze in de eetzaal had gehoord, heette hij Vis. Ze wisten van Wouter. Hij moest eens weten wat voor geluk hij had dat hij naar Hannahs school had gemoeten!

Ze klemde de tas tegen zich aan, inhaleerde diep en voelde hoe ze langzaam tot rust kwam. Tussen het groen doemde de locomotief op. Aan de andere kant van de spoorbomen kwam een auto tot stilstand, de zon glinsterend op de voorruit. De bel van de overgang begon te rinkelen. Toen kwam de knal, hoog echoënd boven het schurend geratel van de treinwielen op de rails. De eerste donkergroene wagon passeerde hen tergend langzaam, grijzige rookwolken sissend tussen de wielen, de boslucht opeens vol van dieselgeur. Achter een raampje zwaaide een meisje met vlechtjes in haar haar. Sonja zwaaide terug maar fronste toen een tweede knal weerklonk.

'Wat is dat?' vroeg ze. 'Jagers?' Op hetzelfde moment voelde ze warme spetten tegen haar gezicht zodat ze verbaasd opkeek, haar eerste gedachte toch aan regen. Haar schreeuwen ging verloren onder het gestamp en gekraak van de trein. Schouten hing opzij over zijn portier. Waar zijn neus had gezeten gaapte een rafelig zwart gat, waaruit helderrood bloed over zijn witte snor en baard op zijn vlinderdas stroomde. Zijn ogen keken haar aan, zijn mond glimlachte alsof hij op het punt stond haar wat te zeggen. Ze zat stokstijf, totaal verlamd en hoewel er maar nauwelijks iets tot haar doordrong, wist ze zeker dat hij dood was. De trein? Iemand in de trein? De auto aan de overkant! Bevend over haar hele lichaam draaide ze haar hoofd en zag de laatste wagons voorbij komen, ertussen heel even een flits van de wagen.

Ze handelde als een automaat, alsof haar hersens door een ander werden bestuurd. Ze besefte niet eens dat ze huilde toen ze het portier naast hem openduwde, zodat hij naar buiten viel. Ze kroop over de versnellingspook achter het stuur en startte, vloekte jankend omdat ze de pook niet in de achteruit kreeg. De laatste wagon kroop voorbij toen ze de MG veel te hard draaide zodat de neus zich in de struiken boorde. Ze schakelde en rukte als een bezetene aan het stuur dat ze bijna liet glippen. Ze dacht dat de wagen van de weg af zou raken, tot ze voelde dat ze de auto in haar macht had. Hijgend gaf ze gas, haar ogen verblind door tranen, de bosweg nauwelijks zichtbaar door het bloed op de voorruit, in de achteruitkijkspiegel nog even de gesloten spoorwegbomen en het lijk van Schouten als een donkere vlek op het wegdek voor ze de bocht nam.

14

Neel wist dat ze te veel had gedronken, maar het kon haar niet schelen. Dus knikte ze lachend toen een van Abs collega's met een dienblad vol glazen bier, wijn en jenever langskwam. Het was eivol in Café Ruyter, pal om de hoek van het kantoor van de *Haagsche Courant* aan de Grote Marktstraat, stamkroeg van de redactie en ook van journalisten van andere kranten als *Het Binnenhof, De Nieuwe Haagsche* en *Het Vaderland*. De meesten kende ze niet, redacteuren die 'stad' deden of de regio, maar wel de politieke collega's van *Het Vrije Volk* en *de Volkskrant*. Café Ruyter was een totaal ander café dan zijn tegenhanger Scheltema in Amsterdam; gek genoeg was het volkser, wat je juist niet in het keurige, stille Den Haag zou verwachten. Ze waren er pas om half tien aangekomen, na een dinertje bij Tampat Senang aan de Laan van Meerdervoort, ook al zo anders dan de Chinese of Indische restaurants in de hoofdstad, en juist ingetogen Haags.

Ab had nog op de redactie gezeten om een verhaal te schrijven over de nieuwe defensienota, toen ze had gebeld.

'Wat doe je in het Haagje, meid?'

'Dat vertel ik je straks wel.'

'Ken je Tampat Senang?'

'Jawel.'

Hij zou daar een tafeltje reserveren rond zeven uur. Pas toen ze had opgehangen had ze zich afgevraagd hoe ze weer binnen zou moeten komen als Ken nog niet thuis was, maar ook daar bleek hij aan te hebben gedacht, want de huissleutel stak in het slot aan de binnenkant van de voordeur.

Voor ze weg was gegaan, had ze door de ramen van het kantoortje het Voorhout afgekeken en zich erop betrapt dat ze nog steeds bang was. Om half zeven had ze de statige voordeur achter zich dichtgetrokken en was binnendoor naar de Parkstraat gelopen, die ze kende omdat de meeste kranten en het ANP daar waren gevestigd. Steeds had ze achterom gekeken, gespinst op een blonde jongeman of een man met donker haar, en toen een tram bij de Mauritskade optrok was ze haastig op het achterbalkon gesprongen, zodat de conducteur haar in goed Haags een berisping had gegeven. In haar zenuwen was ze twee haltes te ver meegereden, wat gelukkig niet erg was omdat het pas kwart voor zeven was toen ze op de Groot Hertoginnelaan uitstapte. Ze herkende de bioscoop Metropole, waar net de eerste avondvoorstelling begon van de film *Strangers on a Train* van Alfred Hitchcock. Ze liep terug langs een groot statig pand op de hoek van een zijstraat, waar tot haar verbazing allerlei scholieren in feestjurken en kostuums druk stonden te praten. Uit de gesprekken begreep ze dat er een toneeluitvoering voor ouders en genodigden werd gegeven, wat haar even weemoedig deed terugdenken aan de feestjes tijdens haar eigen schooltijd.

Ab had een tafeltje aan het raam gereserveerd. Als altijd zag hij er iets te opgesmukt uit met zijn getailleerde jasje, zijden overhemd en strakke broek met witte Italiaanse schoenen eronder. Ze merkte aan de blikken om hen heen dat gasten zich afvroegen wat de relatie kon zijn tussen een oudere homoseksuele man en haar.

Hij at er meer want het bedienend personeel kende hem en schonk hen de eerste borrel van het huis. 'Wat vind je van een hele gewone rijsttafel met sateh kambing want die is hier voortreffelijk!'

Hij had het zeer naar zijn zin bij de krant, ook al omdat hij er verliefd was geworden op een jonge verslaggever van *Het Vaderland.*

'God!' zei ze. 'Kan dat wel in Den Haag?'

Hij lachte. 'Daar vergist iedereen zich in, meid. Wat dat betreft is Den Haag juist een voordeel; toppunt van burgerlijk liberalisme. Niemand die zich met iemand bemoeit. Zeg, nou zie ik het pas! Hoe kom je aan die brandwond?'

Een kaars, had ze gezegd. Want ze wilde er niet meer aan herinnerd worden, althans niet die avond meer. 'Ik wilde een kaars uitblazen en hij viel uit de kandelaar op mijn gezicht.'

Gelukkig was hij er niet verder op ingegaan en had geïnformeerd hoe haar gesprek met Ken was verlopen.

Hij was hem in Café Ruyter tegen het lijf gelopen, zei hij. Natuurlijk kende hij Ken van naam. Wie niet in het kleine Nederlandse perswereldje dat zo hoog opkeek tegen de Britse pers?

'En? Doe je het?'

'Misschien. Ik ben ook wel een beetje uitgekeken op AP, en zoveel anders is er niet.'

'En je hebt per slot al eerder met hem samengewerkt.'

'Ja.'

Ze had niemand op de redactie behalve Tilly ooit iets verteld over de relatie die ze met Ken had gehad. Ook Ab niet, toen hij die nacht jaren geleden bij haar was gebleven om haar roddelende buren de mond te snoeren. Waarom ook? Ken was een dichtgeslagen boek. Een slecht boek dat ze nooit meer wilde herlezen.

Het gerucht dat hij met The Free Atlantic Press wilde beginnen was al weken gaande en de meeste collega's hier bleken hun voelhorens ernaar te hebben uitgestoken. En dus was er in Café Ruyter, soms afgunstig, uitbundig getoost toen Ab met luide stem had verkondigd dat zij de baan had gekregen.

'Ik weet nog helemaal niet of ik het wel doe!'

'Wat? Je bent gek!'

Ze leunde achterover en dronk terwijl ze naar het geroezemoes rond zich luisterde. Aan de bar werd druk gepokerd en gepraat. Soms schalde er een bulderende lach boven de dixielandmuziek die onafgebroken uit de speakers schetterde. Sigarettenrook kringelde rond de lampen boven haar. Ab was in gesprek geraakt met de aangeschoten adjunct-hoofdredacteur van *Het Vaderland*, die bij hoog en bij laag beweerde dat Hitler nog leefde en zich schuilhield in Vaticaanstad. Neel had hem wel eerder ontmoet: Jaap de Jong, een man van haar leeftijd die veel meer intellectueel dan journalist was en daarom juist bij *Het Vaderland* op zijn plaats was, waar de kolommen traditioneel sinds Couperus en Ter Braak werden beheerst door literatoren als Van Vriesland en Jan Greshoff. Achter haar klonken opgewonden stemmen van mannen die een komende interlandvoetbalwedstrijd bespraken. Vlak naast haar schreef een jonge bebrilde man steeds iets op in een klein notitieboekje, waarna hij weer enkele minuten peinzend voor zich uitstaarde. Soms klonk van buiten het getingel van een tram of het getoeter van een auto. Ze voelde zich loom en moe op een prettige manier, alle gedachten aan de afgelopen dagen ver weg, soezerig van de wijn en de rijsttafel.

'Neel?'

Ze schrok wakker en wist even niet waar ze was. Tegenover haar stond een kleine vrouwelijke man, bijna nog een jongen die haar grinnikend en nieuwsgierig opnam, een arm van Ab rond zijn frêle schouders. Hij droeg een ribfluwelen jasje en had in zijn crèmekleurig overhemd eenzelfde bonte choker als Ab.

'Dit is Eduard. Eduard, Neel Smits, mijn steun en toeverlaat tijdens mijn donkere Amsterdamse jaren!'

Ze glimlachte en schudde de hand van de jongen. 'Leuk je te ontmoeten.'

Hij lachte instemmend en nu pas zag ze dat hij een ragfijn snorretje had, bijna dons. 'Ik heb wel eens berichten van u bewerkt.'

'U? Nou, Neel, je ziet het. Een welopgevoed ventje, niet?'

Ab streek even liefkozend over Eduards sluike haar. 'Wat wil je drinken? Een tic-je?' Zonder het antwoord af te wachten wenkte hij al naar de vrouw achter de bar. 'Wies, mag ik hier nog een rondje plus een tic?' Hij draaide zich weer om naar Eduard, die naast De Jong was gaan zitten met wie hij even fluisterend had overlegd. 'Je bent me toch niet ontrouw geweest, hè?'

Eduard lachte weer, hoog en aanstellerig. Neel voelde een diepe weerzin, niet omdat de jongen zo overdreven koketteerde met z'n homoseksualiteit maar omdat het allemaal zo onoprecht en gespeeld was. Wat was er in hemelsnaam met Ab gebeurd? Ab, die anders zo rustig en kritisch was. Hij leek gewoon te smelten als de jongen al met zijn wimpers knipperde! Hij kon met gemak zijn vader zijn! Of was dát het juist? De compensatie voor de gemiste kans? Heel even drong het beeld van beiden naakt in een bed zich aan haar op zodat ze rilde en op haar horloge keek. Al half elf geweest. Verdomme, ze was gewoon bezig hier dronken te worden! Ze wilde naar huis! Niet naar dat stomme Voorhout, maar naar haar eigen huis. Ze zou dit glas nog leegdrinken en haar peuk oproken en dan een taxi nemen en Micky met haar spullen ophalen. Er was vast en zeker nog wel een trein en anders zou ze die taxi gewoon naar Amsterdam laten rijden. Het was haar huis, verdomme, en ze liet zich er niet wegjagen.

'Eentje,' zei Eduard. 'Want ik wil het eerst uitwerken.'

'Doe niet zo raar, het is pas voor maandag.'

'Ja, maar anders ben ik het vergeten.'

Abs gezicht glom van de transpiratie toen hij zich tot haar wendde. 'Eduard doet cultuur. *Het Vaderland*, hè? Toneel vooral, want Eduardje wilde eigenlijk altijd acteur zijn, niet Eduardje? Wat was het ook alweer?'

'Een toneeluitvoering op het Sorgvlied. En helemaal niet gek voor een schoolvoorstelling. Beter dan wat ik hier soms in het professionele circuit ziet.'

Hij dronk, zag Neel, met een pink los van zijn glas.

'En niet makkelijk, hoor, de *Medea*, echt lappen tekst waar zo'n tut als Myra Ward haar tong over zou breken! Maar ja, die gebruikt haar tong dan ook beter voor andere dingen.'

Weer lachte hij zijn hoge lachje, dronk en keek toen opeens naar De Jong, die nog steeds zat te broeden boven een vel kopijpapier waarop hij met een wirwar van lijntjes de ontsnappingsroute van de Führer uit Berlijn '45 aanschouwelijk had willen maken. 'Zeg, meneer De Jong, ik zag een kennis van u daar, trouwens, die u laat groeten.'

'Ach. Wie?'

'Ja, ik eh ben de naam even kwijt, maar hij zei dat u met hem ondergedoken had gezeten in het laatste oorlogsjaar. Zijn dochter speelde in het stuk.'

'O. Fabius? Wouter Fabius?'

'Ja, dat klopt, dat meisje speelde Pallas Athene. En goed hoor! Ik schat haar nog geen veertien jaar, maar zonder enige hapering.'

'Fabius?' vroeg Neel onnozel.

'Ja,' zei Eduard. 'Ken je hem soms?'

'Nee. Tenminste...' Verbluft nam ze weer een slokje. Fabius. Een naam, maar geen gewone.

'Tenminste wat?' vroeg Ab plagerig. 'O jongens, Neel gaat haar ziel blootleggen!'

De Jong nam haar vriendelijk op boven zijn dikke brillenglazen. 'Misschien dat u zich hem herinnert van die schietpartij indertijd hier op Scheveningen. Hij heeft toen de moordenaar van een politievrouw doodgeschoten. Dat was toen voorpaginanieuws.'

'Ah, was hij dat?' vroeg Eduard. 'Goh, interessante man!'

'Zeker,' zei De Jong zonder een spoortje ironie. 'Oud-politieman. Zijn vrouw is niet lang na de bevrijding jong overleden, nogal tragisch, na ondergedoken te hebben gezeten. Enfin, noem de naam van dat kind van hem maar in je stukje, Eduard. Dat zal hem plezier doen.'

Neel zweeg even. De waas in haar hoofd was verdwenen, en ze voelde zich klaarwakker en opgewonden. Een oud-politieman! Die Salters waar Coen Dullens en die blonde Nico voor werkten, was een particulier rechercheur!

'Ik heb hem wel eens ontmoet,' zei ze zo achteloos mogelijk. 'Is hij niet voor zichzelf begonnen? Particulier rechercheur of detective of zo?'

Ab lachte. 'Zie je wel? Neeltje heeft wel een grote mond, maar ze valt toch altijd voor de mysterieuze held! Dick Bos, Neel!'

'Nou,' lachte De Jong, 'integendeel. Hij heeft wel een en ander gedaan in het verzet, maar hij runt allang een octrooibureau. Patenten op uitvindingen, dat soort werk. Enfin...' Hij keek op zijn horloge. 'Ik ga eens op huis aan.' Hij stond op en knikte naar Neel. 'We zien elkaar dan wel weer, Neel. Ab, tot kijk. Eduard, we zien elkaar maandagmorgen.'

Hij liep naar de bar om af te rekenen. Eduard keek hoofdschuddend naar het volgekrabbelde vel kopijpapier. 'Daar moet je nu voor werken. Als hij geen Verlaine vertaalt, denkt hij wel te weten dat Adolf lid van de Curie is!'

Ab lachte weer. 'Het zou anders wel een primeur zijn, zeg! Urbi et orbi!'

Neel was al overeind. 'Even naar het toilet.' Ze schoof tussen de mensen door naar de bar waar De Jong net zijn wisselgeld terugstak in zijn portemonnee.

'Sorry,' zei ze. 'Mag ik nog even iets vragen? Weet je misschien het adres van die Fabius?'

'Maar natuurlijk. Je weet inmiddels weer waar je hem van kent?'

Ze knikte. 'Ja.'

De Jong haalde een leren agenda uit zijn binnenzak. 'Eens even kijken... Fabius, ja. Thomsonlaan 115. Maar ik heb geen telefoonnummer, ik weet eigenlijk ook niet of hij dat heeft.'

'Geeft niets, dit is al mooi.'

'Aha. Nou, als je hem ziet, doe hem dan mijn groeten.' De Jong glimlachte even. 'Zeg hem maar dat je Paul hebt gesproken.'

'Paul?'

'Mijn verzetsnaam. Van Verlaine. Paul-Marie. De zijne was Fred, naar Fred Astaire want daar leek hij als twee druppels water op. Toen althans. We zijn nu allemaal natuurlijk een jaartje ouder.'

Hij knikte, stak zijn portemonnee in zijn zak en liep naar het roodfluwelen gordijn dat de deur afschermde.

Neel stond roerloos. Op haar netvlies zag ze het beeld van een lange man met grijsblond haar, die niet ver van haar op het terras op de Weteringschans had gezeten. Een aantrekkelijk, wat doorleefd gezicht met een klein wit litteken op een wang. Hij had naar haar geglimlacht, en toen had ze gedacht dat hij wel wat weg had van Fred Astaire.

15

Dullens trok aan zijn sigaret en besloot om elf uur terug te gaan naar Amsterdam. Het was enkele minuten voor elf, en hij had er bijna tien uur op zitten vandaag. Misschien dat Nico meer succes had met die secretaresse van Fabius. Vast en zeker had ze die huurauto van Fabius meegekregen voor een particulier ritje, wie wist naar een of andere minnaar, al zag ze daar niet naar uit. In elk geval was het wat die Fabius betrof een verloren avond. Hij huiverde in de koele avondwind en dacht aan de blondine die hij de afgelopen week in een tent op het Thorbeckeplein had ontmoet. Een vrouw die er niet vies van was! Ze werkte er achter de bar die tot half een open was, dus als hij opschoot zou hij er nog langs kunnen gaan. Hij had wel wat verdiend na vanavond! Eerst had hij een tijdlang op dat grachtje gepost, nadat Nico achter die juffrouw in die Austin aan was gegaan. Vervolgens had hij Fabius naar diens huis gevolgd. En daarna meer dan twee uur buiten die school heen en weer gelopen, tot Fabius met een echtpaar en zijn dochter weer naar buiten was gekomen. Gevieren waren ze in een Morris gestapt en weer naar Fabius' huis hier gereden. Dullens dacht dat de andere twee wel familie zouden zijn die naar dat toneelstuk waren komen kijken. Een halfuurtje geleden hadden ze afscheid genomen en waren met de Morris vertrokken. Voor de zekerheid had hij toch het kenteken ervan genoteerd.

Fabius had een benedenwoning, naast een portiek. Aan de andere kant van het huis lag achter een lage schutting een werkplaats van een juwelierszaak. Ervóór stond de enige auto in de straat, een Citroen Traction waarvan een wiel ontbrak en de as op een omgekeerde groentekist rustte. Fabius had dus geen auto. Daarom had hij natuurlijk die Austin gehuurd, waarin hij de vorige dag door Nico naar Amsterdam was gevolgd. Volgens Salters werkte hij samen met de mensen van de BVD. Dat zou kunnen betekenen dat Neel Smits dat ook deed – tenzij ze alleen voor die Fabius werkte. Eigenlijk kon Dullens dat laatste nog steeds niet geloven want in die paar maanden dat hij met haar om was gegaan, had hij niets opgemerkt wat daar in de verste verte op wees. Geen afspraken, geen vreemde telefoontjes, geen poste restante... niets in haar woning dat duidde op contacten met de recherche of die BVD. Ze kon die natuurlijk via haar werk onderhouden, het kwam meer voor dat journalisten heimelijk voor politie of de inlichtingendiensten werkten, maar voor een journaliste met haar reputatie had hij haar tamelijk naïef gevonden. Ook met andere dingen. En alleen al dat ze hem toen zonder meer had geloofd, leek in tegenspraak met Salters' verdenking. Toch moest hij inmiddels toegeven dat hij zich vergist had. De Solex indertijd, het paleis op de Dam, dat terras tegenover het kantoor en vervolgens het feit dat ze hem naar de Bosboom-Toussaintstraat was gevolgd: het kon onmogelijk nog langer toeval zijn. Maar het meest overtuigend was nog wel dat ze op dat terras bij het kantoor was gaan zitten, juist toen Fabius daar was gekomen. Pure mazzel dat Nico hem in opdracht van Salters vanaf Den Haag had gevolgd! Het gaf ook niet dat Nico ervoor had gekozen Fabius los te laten en Neel was gaan volgen, Fabius had immers duidelijk opdracht gegeven dat zij hém, Dullens, moest volgen. En dat, bedacht Dullens grimmig, had ze dan wel verdomd professioneel aangepakt want hij had er niets van gemerkt totdat Nico hem had geïnformeerd dat ze buiten het café stond te wachten.

Wie was die Ken geweest die hen had gestoord?

'Ken! Ken, get away!' had ze geschreeuwd.

Een Engelsman. 'Neel. What's wrong?'

Ze had het wel eens gehad over een vriend met wie ze tijdens de oorlog in Engeland had samengewoond en die haar had laten zitten. Maar als ze zijn naam al eens had genoemd, dan was hij die vergeten. Zou dat die Ken zijn?

Ze hadden niet durven wachten en Nico had gebloed als een rund, zodat ze hem in het Onze Lieve Vrouwen Gasthuis hadden moeten hechten.

Hij rookte zijn sigaret en keek naar de gesloten gordijnen van Fabius' woonkamer, waarachter schemerlicht brandde. Salters wist veel van Fabius. Een oud-politieman die na de bevrijding oorlogsmisdadigers voor Justitie opspoorde vanuit dat kantoor aan dat grachtje. Fabius had Julius Vogel doodgeschoten, maar volgens Salters had hij niet geweten waarom Vogel naar Den Haag was gekomen. Nico en hij trouwens evenmin. Salters was wat dat betrof gesloten als een boek, maar het zou betekenen dat Neel er al wél van op de hoogte was, want Nico had haar al veel eerder bij het landgoed van Van Heeckeren betrapt. Sindsdien was Salters behoorlijk nerveus. Hij had een extra alarm in het kantoor en ook bij zich thuis aan laten leggen en hij ging niet meer ongewapend de deur uit.

Waar was Neel naartoe gegaan? Thuis was ze niet meer en evenmin op de redactie van Associated Press. Het lag voor de hand dat ze met die Engelsman mee was. En dus had Salters gezegd dat Fabius nu des te belangrijker was en dat hij een 24-uursbewaking op de man wilde. Al was het inmiddels wel duidelijk dat Fabius vanavond vrij had genomen en zich opmaakte om naar bed te gaan.

Dullens trapte de sigaret uit. Hij dacht weer aan de blondine, die al de tweede avond gevraagd had of ze met hem mee naar huis kon. Wel even iets anders dan Neel en haar bakvisgedoe met een kaarsje en een flesje wijn!

Hij draaide zich om en wilde naar zijn auto om de hoek lopen, toen hij opschrok van motorgeluid. Aan de andere kant van het middenpad kwam pal voor Fabius' huis een lage, open sportwagen ronkend tot stilstand. Nog geen paar seconden later stapte een vrouw uit met een hoedje op en in een lange jurk. Dullens stond bewegingloos. Hij had haar al aan haar manke loopje herkend voor hij haar gezicht herkende in het licht van de straatlantaarn. De secretaresse van Fabius! Wat deed ze hier op dit uur? Waarom was ze niet met die Austin? En waar was Nico?

Ze belde aan en keek achter zich en hij zag dat haar gezicht vertrokken stond en was besmeurd. De deur ging open en even zag hij ook hoe Fabius schrok en haar toen snel binnenliet.

Wat was er verdomme aan de hand? Hij drukte zijn hoed wat in zijn ogen en keek links en rechts de straat af alvorens over te steken naar de sportauto. Een MG zag hij, type TD. Duur. Hoe kwam ze daaraan? Verwonderd boog hij zich wat voorover en streek met zijn hand langs de binnenkant van de voorruit. Bloed! Waren dat die vegen op haar gezicht? Wat was er gebeurd? Had ze een ongeluk gehad en kwam ze nu hulp halen bij haar baas?

'Coen!'

Razendsnel draaide hij zich om, zijn rechterhand al automatisch tussen de revers van zijn jas. Op de hoek bij de juwelier stond Nico, zijn blonde haar verward, een pleister als een witte vlek onder zijn oor in zijn nek.

'Heb je haar gezien?'

'Ja.' In vijf passen was hij bij de ander. 'Wat is er verdomme?'

'Ze zat Salters achterna!'

'Wat?'

'Ja!' Nico hijgde. 'In kasteel De Hooge Vuursche. Ze was samen met een oudere vent van wie die MG is. Het zit hartstikke fout!'

'Hoe wist ze dat hij daar was?'

'Weet ik niet! Ik wist het ook niet wat ze van plan was. Ik volgde haar gewoon. Ik schrok me kapot toen ik Salters opeens zag.

Hij kwam met een andere man de parkeerplaats op, en opeens werden ze aangevallen door twee kerels, een van hen had een pistool. Salters en die ander renden terug naar dat restaurant en die kerels verdwenen maar even later zag ik die manke griet met een oudere man in die MG wegscheuren alsof de duivel ze op de hielen zat! Meteen daarna reden die twee erachteraan, dus ik ga naar binnen om Salters te waarschuwen. Volgens hem hebben ze hem bestolen!'

'Waarvan?'

'Een brief.'

'Een brief? Wat voor brief?'

'Weet ik veel. Maar het moet wel verrot belangrijk zijn, want Salters was in alle staten!'

Dullens trok Nico wat in de schaduw, omdat een man met een hond aankwam. Ze wachtten tot hij buiten gehoorsafstand was.

'En toen?'

'Toen? Jezus, je had Salters moeten zien toen ik vertelde dat ze de secretaresse van Fabius was!'

'Waar is die oudere man met wie ze was?'

'Geen idee. Salters riep dat ik erachter aan moest gaan maar ik wist niet waar ze naartoe waren.' Nico grijnsde hijgend. 'Dus ik denk, laat ik maar terugrijden naar jou. Kijken of jij wat weet. En verdomd, ik kom bij Voorburg binnen en ik zie die griet in die MG pal voor me hierheen rijden. En daar ben jij!'

Dullens knikte langzaam en keek naar het huis van Fabius. De etage erboven was donker, net als het huis aan de andere kant van het portiek.

Hij maakte zich geen illusies. Fabius was oud-politieman. En volgens Salters werkte hij voor de BVD. Als die brief, wat er ook in mocht staan, zo belangrijk was, dan moesten ze snel zijn.

Een benedenhuis. De twee ramen van de woonkamer rechts van de voordeur. Waarschijnlijk kamers en suite doorlopend tot aan een tuin waar die werkplaats aan grensde. Een raam links van de voordeur. Een keuken aan het eind van de gang. Dus nog een kamer aan de tuinzijde.

Dullens stak z'n hand weer tussen z'n revers.

'Waar staat je auto?'

Fabius keek op van de brief. Hij zag bleek en zijn ogen stonden ongelovig.

'Heb je hem gelezen?'

Sonja knikte. 'Ik ben twee keer kort gestopt om te kijken of ik misschien nog gevolgd werd.' Ze glimlachte mat. 'Ik wilde natuurlijk ook weten wat erin stond. Vind je het erg?'

Maar Fabius gaf geen antwoord. 'Ongelooflijk!' zei hij zachtjes en keek weer naar de brief in zijn hand. 'Hoe heeft hij ooit zoiets ook maar kunnen overwegen?'

'Kan het een vervalsing zijn?'

Hij schudde zijn hoofd, hoe graag hij ook gewild zou hebben dat ze gelijk had. Het papier was niet alleen oud en vergeeld en hier en daar verkreukeld, maar zo-even had hij tegen het licht in van de lamp het watermerk door het handschrift kunnen zien schemeren. Een blauwe leeuw, met erboven in een halve cirkel de tekst 'Melville House Inc.' Hij kende dat en al zei het niet alles, het kriebelige handschrift en vooral het enkele bruine vlekje in de vouw deden dat wel, net als de wat muffe geur die er van opsteeg. Maar echt zeker was hij natuurlijk vooral vanwege Schimmelpennincks verhaal, en dat van Einthoven. Hoewel hij zich verbijsterd afvroeg of ze ook deze inhoud van de brief zouden hebben verwacht.

De brief was gericht aan de 'Reichsführer SS H. Himmler'. Er stond geen adres vermeld, ook geen aanhef, slechts de datum: 23-XI-'42. Eronder stonden elf zinnen in onberispelijk Duits, handgeschreven en ondertekend. De kenmerkende punt achter de sierlijke B.

Een vredesvoorstel aan Berlijn, buiten Hitler om, zoals Schimmelpenninck toen in Château Bleu had verteld, maar veel compromitterender dan de Grootmeester ooit had kunnen denken. Mijn God! dacht Fabius, je moest er niet aan denken als dit in verkeerde handen zou vallen! Niet alleen zou Bernhards positie onmogelijk worden, maar ook Juliana zou geen keuze hebben! Hoe was de prins er in hemelsnaam toe gekomen dit te schrijven? Dit had niets meer met naïviteit te maken! Hij dacht even aan alle geruchten die hij in de loop der jaren over de prins had gehoord en nooit had geloofd. Lid van de SA, samen met zijn jongere broer Aschwin lid van de SS, spion voor de Abwehr bij IG-Farben. Onwaar en kwaadsprekerij. Bernhard mocht een flierefluiter zijn geweest, en misschien nog steeds, maar hij had de goede kant gekozen en was niet voor niets bevriend met mensen als Churchill en Eisenhower.

Hij glimlachte wat verwezen naar Sonja. Ze zag er wat beter uit nu ze zich wat had gewassen en een glas cognac had gedronken. Net zo ongelooflijk als de inhoud van de brief was het feit dat ze die had weten te veroveren! Gelukkig was ze ondanks alles toch zo verstandig en geroutineerd geweest niet naar de politie te gaan, maar rechtstreeks naar hem toe te komen. En nog belangrijker, ze was er zeker van dat ze niet gevolgd was.

'Kan die kunstschilder er toch iets mee te maken hebben gehad?'

'Nee!'

Verrast door haar felheid keek hij op en zag dat ze bloosde.

'Sorry, ik vraag maar. Ze schoten hem tenslotte dood.'

'Dat was niet de bedoeling. Het ging ze om mij!'

Hij zuchtte. Op de een of andere manier had die man in korte tijd grote indruk op haar gemaakt. Het bleef wonderlijk, een man die haar zomaar mee had genomen, maar hij wilde niet verder aandringen, zeker nu niet. En het kon.

'Wist jij dat die Salters die brief had?' vroeg ze.

'Ja. Maar niet wat hij behelsde. Althans... Je zei dat iemand in zijn gezelschap wilde dat de brief in het kantoor van die Mijnssen zou worden weggeborgen.'

Ze stak weer een sigaret op en inhaleerde zenuwachtig.

'Ja. Ze waren bang dat jij en de BVD hen op het spoor waren. God Wouter, ik schrok zo ontzettend toen ze jouw naam noemden!'

Hij knikte peinzend. Dat was nog het meest verontrustend. Hoe wist Salters van hem? Zijn eerste gedachte was geweest dat de man toch iets vermoed had na het ongelukje met zijn auto en de vermissing van zijn agenda, maar dan nog... Had er iemand uit de school geklapt? Iemand rond Schimmelpenninck? Of nog erger, bij Einthovens dienst?

Hij nam een teugje van de cognac. Hij moest Sybrands zien te bereiken maar het kantoor van de BVD was nu onbereikbaar dus was het het beste om Dirk Steensma te bellen. Sonja mocht er dan zeker van zijn niet gevolgd te zijn, hij zou toch blij zijn als die brief hier zo snel mogelijk weg zou zijn. Wie het ook waren die haar na hadden gezeten, ze deinsden kennelijk nergens voor terug.

Er was nog iets verontrustends in Sonja's verhaal, maar dat hield hij voor zich. Ze was er zeker van dat er een man in Salters' gezelschap was geweest die Vis werd genoemd en wiens voornaam waarschijnlijk Benno was, alhoewel ze daar niet zeker van was. Maar hij wel, nadat ze hem had beschreven. Hij had Vis in de oorlog gekend, een uitmuntend en dapper verzetsman die met Koos Vorrink aan de wieg van de OD had gestaan en naderhand enige tijd bij het Bureau Nationale Veiligheid had gewerkt – in de tijd van Salters. Net als Salters was Vis een vurig sociaal-democraat geweest. Geweest. Want Vis was na de militaire acties in Indië zo teleurgesteld in Drees en de zijnen dat hij uit de PvdA was gestapt. De laatste keer dat ze elkaar hadden gesproken, bij de veroordeling van een oud-SS'er, had Vis serieus gezegd het lidmaatschap van de CPN te overwegen. Wat deed Vis bij Salters? Oude kameraden? Volgens Sonja had hij waarschijnlijk Salters' tas uit de toiletten in De Hooge Vuursche willen halen, maar was hij daarbij gestoord door Salters' aanvallers. Wie waren dat dan geweest? Dezelfden die die kunstschilder hadden neergeschoten? Was er nóg een partij in het geding? Een van de vele particuliere inlichtingendienstjes die voor eigen gewin werkten en hier ook lucht van hadden gekregen?

De man die Salters had bedreigd en Sonja had aangesproken was een forse kalende vent geweest van een jaar of vijftig. Dat zei niet veel. Te oordelen naar wat Sonja in De Hooge Vuursche had opgevangen, waren er inderdaad nog meer mensen bij betrokken, ook die met Bernhard bevriende Engelse journalist over wie Einthoven het had gehad.

Hij fronste even omdat hij geluid meende te horen in het achterhuis. Ook Sonja moest het gehoord hebben, want ze keek geschrokken naar hem.

'Hannah,' zei hij glimlachend. 'Die slaapt nog lang niet na vanavond!'

'O... ja. Ging het goed?'

'Ja. Ze was heel goed. Echt prachtig.' Hij zette zijn glas neer. 'Als jij nu je nicht wilt bellen dat je er aankomt, dan bel ik een taxi voor je, en daarna Steensma.'

Ze kwam al overeind. 'En die arme Schouten? God, Wouter, ik heb hem daar zomaar achtergelaten! Misschien leefde hij toch nog wel!' Hij zag dat ze weer op het punt stond om in huilen uit te barsten en trok haar troostend naar zich toe.

'Je kon niets anders doen, Sonja. Je zei toch dat er een spoorwegman bij die overgang was? Die zal allang de politie daar hebben gealarmeerd. Ik zal Steensma vragen of...'

Hij zweeg abrupt omdat hij een deur hoorde dichtvallen.

'Wat doet ze toch?' Hij liep naar de deur en trok hem open. 'Hannah?'

Het was stil.

'Ik kijk zo wel even bij haar,' zei Fabius. Wat hulpeloos zag hij dat Sonja het nog steeds te kwaad had. 'Zal ik je nicht bellen?'

In Café Ruyter had Neel tweemaal kort achter elkaar naar Kenton gebeld, maar de telefoon werd niet opgenomen. Mismoedig zag ze vanachter het houten schot Ab zich wankelend een weg banen naar het herentoilet. Eduard leunde voorover op tafel en schreef als een schooljongen met het puntje van zijn tong uit zijn mond in zijn blocnote. Met zijn fluwelen jasje, witte gezicht en sluike haar deed hij haar aan de Engelse jongens denken die tijdens de oorlog in de theesalons van Regent Park rondhingen om er diplomaten aan de haak te slaan. Ze vroeg zich af wat ze zou doen, nu Ken nog niet thuis was. Als ze hem aan de lijn had gekregen, zou ze hem over die Fabius hebben verteld. Was het brutaliteit geweest dat hij naar haar had gelachen op dat terras, of had hij zich een houding willen geven omdat ze hem had aangekeken? Waarom had hij haar in de gaten gehouden? Ze pakte haar tas en liep terug naar het tafeltje, maar halverwege al voelde ze zich zo duizelig van de wijn en de sigarettenrook dat ze bijna moest kokhalzen en haastig rechtsomkeert maakte naar de uitgang.

Zo druk als het in het café was, zo stil was het in de Grote Marktstraat. Een man op een fiets. Een auto. Flarden muziek uit het café wanneer de deur ervan openging. Zonder goed te weten wat ze wilde, stak ze over en keek om zich heen. Het massieve gebouw van de *Haagsche Courant* torende vijf etages hoog tegenover haar. Ze keek een tijdje naar de goudgele letters van de lichtkrant op de koepel en las dat de geallieerden grote vorderingen maakten in Korea. De Verenigde Staten wilden Griekenland en Turkije opnemen in het Atlantisch Pact. In Tilburg waren al meer dan veertig pokkengevallen gesignaleerd. Wegens uitblijvende bestellingen werd voor de schoenenindustrie in de Langstraat een wachtgeldregeling overwogen.

Ze haalde diep adem. De koele avondlucht deed haar goed. Ze stak door naar de Venestraat en zag zichzelf weerspiegeld tussen de schemerig verlichte etalagepoppen achter de winkelruit van een modemagazijn.

Wat zou ze doen? Naar Amsterdam? Micky zou ze later kunnen halen, net als haar kleren. Het was toch te gek dat ze zich uit haar eigen huis liet jagen! Verdomme! dacht ze opeens geschrokken, maar als die twee nou eens terug waren gekomen en tussen haar spullen en papieren rotzooiden! Of op haar zaten te wachten?

Ze huiverde en hoorde Dullens' stem weer. 'Hoe ken je Fabius? Had je daar een afspraak met die Fabius?'

Wie Fabius ook was, hij werkte in elk geval dus niet samen met Dullens en die Nico.

Het begon zachtjes te regenen en ze stond stil op de hoek schuin tegenover de Grote Kerk. Rechts van haar verspreidden de lantaarns op het Buitenhof melkwitte halo's. Wat zou ze doen? Via het Buitenhof kon ze langs de Kneuterdijk naar het Lange Voorhout teruglopen. En dan? Als een onbestorven weduwe wachten tot Kenton terugkwam? Ze glimlachte wrang en herinnerde zich van lang geleden de lange, eenzame avonden in het Londense flatje. Ken had altijd wel ergens een afspraak, soms tot in de vroege uurtjes zodat ze soms niet eens had gemerkt dat hij thuis was gekomen. Waar was hij nu? Ken, met z'n verhalen. Ze schrok van de galmende slag van de kerkklok. Kwart over elf. Heel even overwoog ze terug te keren naar het café, maar de gedachte daar wèer doelloos te zitten drinken stond haar tegen.

Fabius. Een oud-verzetsman en een oud-politieman die een octrooibureau runde. Een weduwnaar met een dochter. Vergiste ze zich?

Ze beet op haar lip en trok rillend de kraag van haar vest omhoog. Zaterdagavond, kwart over elf. Zou ze Ab vragen haar erlangs te brengen? Ze schudde haar hoofd. Ab was flink aangeschoten, hij zou waarschijnlijk niet eens snappen waar ze het over had. En dan nog? Wat moest ze dan als ze bij dat huis van die Fabius was? Ze kon er toch moeilijk aanbellen!

Het begon harder te regenen en ze holde al naar de abri van de tram toen ze een auto hoorde aankomen en het verlichte taxibordje zag. Verblind door de koplampen stak ze een hand op. De wagen remde af en kwam naast haar tot stilstand, het portier al open zodat ze kleddernat en hijgend instapte. Buiten barstte met een daverende klap een onweer los.

De chauffeur grinnikte met een uitgedoofd shaggie aan zijn onderlip gekleefd. 'Nou dame, *dzjust in tijm*!'

Ze trok het portier dicht en leunde achterover.

'De Thomsonlaan graag,' zei ze.

Fabius zwaaide de taxi na waarin hij Sonja zojuist had helpen instappen en trok de deur haastig dicht tegen de regen. Hij was doornat na de kap van de MG te hebben gesloten. Hij liep naar de keuken en droogde zich af met de theedoek. Het was doodstil in huis. Hij hoopte erop dat het onweer Hannah niet wakker zou maken en vroeg zich af hoe lang Steensma er met dit noodweer over zou doen hier te komen. Tien minuten geleden had hij hem gebeld, een zeer kort gesprek.

'Dirk? Wouter. Sorry je nog te bellen, maar ik heb de brief.'

Op het geruis na was het enkele seconden doodstil gebleven. Toen had Steensma gezegd: 'Ik zal kijken of ik Sybrands kan bereiken. Ik kom eraan!'

Hij liep terug de gang in en luisterde aan Hannahs deur, maar hoorde niets. Hij glimlachte vermoeid. Ze moest doodop zijn na alle zenuwen en de lange avond. Hijzelf trouwens ook. Het bleef onvoorstelbaar, wat die arme Sonja allemaal was overkomen. Hoe goed ze zich ook had gehouden, het was toch duidelijk dat ze een zenuwinzinking nabij was. Het was ook nogal wat: een moord in koelen bloede, pal naast je! Hij moest niet vergeten Steensma te vragen meteen contact op te nemen met de recherche in de Gooi- en Vechtstreek, want ongetwijfeld waren ze bezig na te gaan waar die kunstschilder was geweest en als ze erachter kwamen dat Sonja bij hem in de auto had gezeten, had je de poppen aan het dansen.

Hij aarzelde en begaf zich naar het keukentje. De regen striemde zijn gezicht toen hij de donkere tuin inliep om Hannahs tuindeuren te controleren. Ze waren dicht. Hij liep haastig terug en deed de keukendeur op de grendel. Pas bij de gang zag hij de vieze voetsporen op het zeil en vloekte zachtjes om de modder aan zijn schoenen. Hij trok ze uit en wilde de woonkamer al binnengaan toen hij stilstond bij de gangkast. Was het overdreven? Misschien wel, maar Sonja was in paniek geweest. En wat meer was: ze kenden zijn naam, dus lag het voor de hand dat ze ook zijn adres kenden. Hij zou blij zijn als Dirk er was en hij hem de brief kon geven!

Het pistool lag achter de doos met schoensmeer. Hij had het in geen jaren bij zich gedragen, een kleine, vooroorlogse Mauser die hij in de oorlog op de kop had getikt. Er was ook in geen jaren mee geschoten, maar er zaten nog wel kogels in al wist hij niet hoeveel. Hij pakte het wapen en stak het in de zijzak van zijn jasje. Toen liep hij de woonkamer in en besloot in afwachting van Steensma en Sybrands tot nog een bodempje van de cognac.

De brief lag open op het buffet. Bernhard had niet zijn aangetrouwde naam Oranje-Nassau gebruikt, alleen zijn eigen familienaam: Zur Lippe Biesterfeld. Stadhouder van de Gouw der Niederlanden onder gezag van Berlijn, was wat hij schreef. De Duitse troepen terug en de Oranjes ongedeerd, maar niet langer op de troon.

Bernhard moest het hebben aangeboden uit zuivere overwegingen, maar in de tijd dat hij dit schreef, zou het hoogverraad hebben betekend, zeker voor Churchill en Eisenhower! En ook nu nog zou openbaarmaking een lont in het kruitvat zijn. Er zou hem niets anders resten dan zich terug te trekken, en daarvan zou ook de Koningin gedwongen zijn haar consequenties te nemen. Wat had Salters gewild met de brief?

Hij nam een slok en dacht aan de dag waarop de Brabantse inspecteur hem jaren geleden op de hoogte had gesteld van de moord op de priester. Een zinloze moord, net als die op Linda. En alles vanwege de brief die daar lag.

Hij schrok op omdat de bel in de gang klingelde, zette zijn glas neer en liep naar de gang terwijl hij op zijn horloge keek. Bijna vijf voor half twaalf. Dat had Dirk dan snel gedaan!

Hij trok de deur open en staarde verbaasd naar een man wiens donkere gezicht glom in de regen, de kraag van zijn jas tegen zijn hoed aan.

'Meneer Fabius?'

'Ja?'

De lippen van de man glimlachten. 'U heeft een brief die ik graag van u wil ontvangen.'

Fabius verstijfde.

'Ik begrijp u niet.'

'O jawel. U had zojuist bezoek van uw secretaresse, die hier met die MG daar arriveerde. Zij gaf u een brief. Die wil ik graag terug.'

De gedachten tolden op topsnelheid door Fabius' hoofd. Sonja was dus toch gevolgd! En die man wist wie ze was en kende ook zijn naam. Hij moest een medewerker van Salters zijn, dat kon niet anders.

'U moet abuis zijn,' zei hij en stak zo achteloos mogelijk zijn hand in de zak met de Mauser. 'Ik weet werkelijk niet waar u het over heeft.'

De man glimlachte nog steeds. Regendruppels glansden op

de stoppels onder zijn neus en op zijn kin.

'Dat weet u heel goed, meneer Fabius. Uw secretaresse ontvreemdde de brief vanavond in kasteel De Hooge Vuursche en de eigenaar wil...'

Hij schrok nauwelijks van de Mauser die Fabius op hem richtte, alleen trok hij heel even een wenkbrauw op.

'Ik wil dat u uw handen boven uw hoofd houdt,' zei Fabius, 'en dat u rustig naar binnen komt. Nu!'

'Wij de brief, u uw dochter terug, meneer Fabius. Dat lijkt me een eerlijke ruil.'

Fabius had het gevoel dat iemand hem een elektrische schok toediende. Hij liet het pistool zakken en voelde het bloed uit zijn gezicht wegtrekken, zijn maag in zijn keel, zijn benen opeens zo slap dat hij zich met zijn andere hand aan de deurpost moest vastgrijpen. Hannah! Het geluid van de keukendeur zoeven! Godverdomme, Hannah!

'Wat?' zei hij schor.

'Ik stel u voor dat u mij de brief overhandigt en dat ik u daarna vertel waar zij is.'

Een waas trok voor Fabius' ogen. Werktuiglijk bracht hij in razende drift de Mauser weer omhoog, maar de man leek er niet van onder de indruk. 'Ik zou u dat afraden, meneer Fabius. Mijn collega kan u zien en weet wat hij moet doen als u onverhoopt onverstandige dingen uithaalt.'

Fabius hapte naar adem, de hand met het pistool weer krachteloos langs zijn zij.

'Laat u het pistool vallen en loopt u rustig naar binnen.'

In de draai van de taxi op de kade had ze verbijsterd de man gezien op het moment dat de chauffeur had gezegd. 'Nou dame, ik zal de stoep maar opgaan zodat u het droog kan houden!'

'Stop!' Haar stem sloeg over, zodat hij verbouwereerd opzij keek maar hij remde wel.

‘Nummer 115 is aan de overkant, hoor.’

Bevend over haar hele lichaam zag ze door het beregende raampje hoe de man als een silhouet onder het binnenlampje in een auto zat waarvan het achterportier wat aanstond. Hoewel ze hem maar even had gezien, was ze er zeker dat híj het was. De regen roffelde op het dak van de taxi. Op de straat achter de voorruit spiegelde het licht van de lantaarns in de plassen.

‘Wilt u er hier uit?’

‘Wat?’

‘Wilt u er hier uit?’

‘Eh.. nee, nee! Rijdt u alstublieft nog even wat verder!’

De chauffeur schudde zijn hoofd en liet de wagen optrekken, de bocht in langs een middenpad met een grote reclamezuil. Neel voelde haar hart in haar keel kloppen. Die Nico was hier! Waarom? Was Dullens er ook? Ze duwde haar nagels in haar handpalmen. Fabius! Hadden ze dan toch wat met hem te maken? Gespannen keek ze in de zijspiegel, maar ze zag niets anders dan de donkere, verregende straat achter hen. De taxi remde weer af.

‘Zo, zo!’ zei de chauffeur. ‘Mooi karretje staat daar. MG-TD. Kost wel een paar rooie ruggen.’ Hij drukte de haak van de meter al naar beneden. ‘Dat is dan een gulden vijfenzeventig, dame. Wilt u een bonnetje?’

‘Rijdt u nog wat door, wilt u?’

Hij fronste z’n wenkbrauwen, het shaggie nog steeds aan z’n onderlip. ‘U moest toch bij 115 zijn?’

‘Zet u me daar op de hoek maar af!’

Ze knikte naar een groot, somber hoekhuis enkele tientallen meters verder.

‘Nou, moeders wil is wet zullen we maar zeggen.’

Hij reed weer verder en minderde toen weer vaart. ‘Komt nog een duppie bij. Bonnetje?’

Ze frummelde de rijksdaalder die achter Kens broodtrommel

had gelegen tevoorschijn. 'Laat u maar zitten.'

Hij grinnikte verbaasd en stak het bankbiljet in z'n borstzak. 'Ik wil u nog wel een blokje rijden!'

Ze was al buiten en duwde het portier dicht. Even later verdwenen de rode achterlichten in de duisternis. De regen doorweekte haar binnen een mum van tijd maar ze stoorde zich er niet aan en liep dicht tegen de gevels terug.

Waarom was Nico hier? Hij wachtte ergens in die auto om de hoek. Op Dullens? Was Dullens dan bij die Fabius? Ze gleed bijna uit en wist zich nog maar net staande te houden toen ze hem vanaf het middenpad zag komen, het schijnsel van de straatlantaarn spookachtig op zijn glimmend gezicht onder de hoed zodat het nu echt leek alsof hij een donkere snor en baard had. Ze drukte zich stijf tegen een blinde muur, haar adem in. Hij liep op nog geen drie meter van haar af langs een portiek en bleef met z'n rug naar haar toe bij een deur staan. Onder het geluid van de wind en de regen hoorde ze hoe hij even floot. 'It's a long way to Tipperary.'

Tussen haar natte oogharen zag ze hem een hand uitsteken naar de trekbel.

Even later werd de deur geopend. Ze kon niet zien wie dat deed maar hoorde wel een stem. Onverstaanbaar onder het gekletter van de regen, net als die van Dullens. Nog steeds hield ze haar adem in, al was daar geen enkele noodzaak toe. Haar longen deden pijn tegen haar ribben. Wat wilde Dullens, als Nico nog om de hoek stond?

Ze zag hem verdwijnen, het huis in, maar het licht uit het halletje viel nog steeds op de natte stoeptegels. Ondanks haar nervositeit schoof ze met haar rug tegen de muur wat verder tot ze bij het portiek was en glipte de eerste treden op. Het licht was nu vlak bij haar. Wat deed Dullens bij die Fabius binnen? De gedachte dat de twee wisten dat zij naar Den Haag was gevlucht en dat ze misschien dachten dat Fabius daar weet van had, deed haar verstijven. Ze dachten immers dat zij hem kende! Was het dat? Ze schrok op van motorgeluid en zag door de regenvlagen twee koplampen die de sportwagen voor Fabius' deur even helrood deden oplichten en vervolgens doofden. De motor werd afgezet en toen een portier openging doemden in het zwakke schijnsel van het binnenlichtje twee mannen op. Een van hen, een forse, kalende man vloekte toen zijn voet in een plas terechtkwam. In dezelfde seconde zag ze Dullens de stoep opkomen. Geschrokken stond hij stil op het moment dat de chauffeur uitstapte.

'Wouter?'

Het ging zo snel dat ze het pistool pas zag toen Dullens het op beide mannen richtte. 'Gaat u de auto weer in!'

'Wat?' zei de chauffeur. Hij had een steenrood gezicht waarin zijn wijdopen ogen ontsteld naar Dullens keken. De andere man was binnen blijven zitten, zijn ene schoen nog buiten het geopende portier.

De loop van het pistool bewoog even. 'De auto in.'

'Doe wat hij zegt, Dirk! Ze hebben Hannah!'

De man met het steenrode gezicht leek te bevriezen.

'Jezus Christus!' zei hij.

'Als u verstandig bent, heeft meneer Fabius zijn dochter binnen een halfuur terug,' zei Dullens.

Neel stond roerloos, haar tas stijf tegen zich aan. Fabius' dochter? Waar? Bij Nico? Waarom komt er niemand langs? dacht ze wanhopig, waarom geen automobilist die ziet wat er gebeurt? Ze zag hoe de man met een vertwijfeld gezicht achter het stuur schoof. Een seconde later verscheen Dullens met zijn rug naar haar toe voor het portiek.

'Gooi de sleutels naar mij toe.'

Ze zag hoe hij een stapje naar de auto toedeed. De kalende man grauwde iets dat ze niet kon verstaan, maar even later kletterden de autosleutels op de stoep. Dullens stak een voet uit om ze naar zich toe te halen en bukte zich, het pistool gericht op de man achter het open portier.

Ze dacht er niet bij na, zette zich af en sprong boven op zijn gekromde rug, haar vingers graaiend naar zijn gezicht. Hij schreeuwde toen ze allebei vielen en ze voelde hoe haar nagels zich in het zachte vlees bij zijn ogen boorden.

'Uw dochter!' riep ze. 'In een auto! Om de hoek!'

Een hand greep de hare en trok die weg. Ze viel ruggelings achterover in de plassen en een vlammende pijn schoot door haar elleboog toen ze de tegels raakte. Een zwart waas trok door haar hoofd en ze hapte kokhalzend naar adem. Van heel ver weg hoorde ze een schot, een stem die iets riep en daarna opnieuw een schot, maar nu pal naast haar zodat het leek alsof haar trommelvliezen scheurden. Een warme brij golfde over haar gezicht en deed haar oogharen aan elkaar kleven. Ze wist al dat het bloed was nog voor ze de weeïge smaak ervan proefde. Ze trok haar ogen open en gilde toen ze het kogelgat in het krijtwitte gezicht op nog geen tien centimeter van zich af zag. Een hand trok het gezicht weg.

'Rustig maar. Alles is goed.'

Naast haar hurkte de kalende man, een zwart glanzend wapen in zijn hand. Ze voelde zijn andere hand in haar nek. 'Blijft u liggen. Er komt zo hulp.'

Ik ken die man! dacht ze. Ik heb hem eerder gezien. Toen in Amsterdam, bij dat café!

'Wouter? Is ze ongedeerd?'

Ondanks de pijn draaide ze haar hoofd. Door de regen zag ze een man opdoemen. In zijn armen droeg hij een kind in een nachtjapon dat met haar zwarte haar tegen zijn kin aan hing, haar armen om zijn nek geslagen. De man wankelde onder haar gewicht en toen hij huilend knikte zag ze weer hoeveel hij op Fred Astaire leek. Ze sloot haar ogen. Ze hoorde nog wel de politiesirene, maar toen verloor ze het bewustzijn.

16

De laatste tijd betrapte Juliana zich steeds meer op de gedachte dat ze het eigenlijk wel prettig vond zoals het er nu aan toeging in huis. Sinds Bernhard naar de andere vleugel was verhuisd was het in elk geval afgelopen met die verhitte discussies die ze zo gênant vond, ook al omdat de muren van het paleis flinterdun waren. Ook de kinderen leken er wel bij te varen. Margriet en Marijke schenen niet eens door te hebben dat hun pappie er 's morgens niet was. Ireentje en Trix natuurlijk wel. Trix, koppig als altijd, zei er niets over, maar Ireentje had gevraagd of 'pappie en mammie' nou gingen scheiden.

'Lieverd! Dat zou je toch niet willen!'

'Trix zegt dat ze dan bij pappie en omi Armgard gaat wonen. Maar ik mag bij jou blijven, hè mammie?'

'Maar pappie en mammie blijven echt bij elkaar, hoor schat!'

Wilde ze dat echt? Ze lachte wat beschaamd naar haar spiegelbeeld. Natuurlijk moest ze zo niet denken. Het huwelijk was van God gegeven, en dus ook de beproevingen die ermee gepaard gingen. Ze zuchtte en schikte een krulletje achter haar oor. Volgens Greet werd een kind van God meer bezocht door rampspoed dan de ongelovigen, juist omdat Hij van je hield. 'Denk aan Abraham en Sarah, Jula. Aan de oude Elisabeth. Aan Job. Aan de Here Jezus hoe Hij bezocht werd door Satan in de woestijn en later in de tuinen van Getshemane!'

Dat was allemaal waar, maar ze was geen Sarah of Job en zeker geen Christus – al mocht ze ook dat niet eens denken. 'Van God gezonden', het was wel zo, maar dat maakte het er niet gemakkelijker op. Ze legde haar pen neer en keek vertederd naar de reeks ingelijste foto's in haar boekenkast pal naast haar kleine bureau. Een foto van haar ouders met haar als kleuter; de officiële bruidsfoto van Bernhard en haarzelf; van hun rijtoer toen ze net verloofd waren; Winston Churchill met Bernhard en haar hier in de tuinen van het paleis; de vier kinderen met haar; Bernhard in zijn favoriete pose als vlieger voor de RAF, Bernhard, zij en de kinderen, Marijke pasgeboren bij haar op schoot.

Wat had ze het graag anders gewild dan haar ouders en voorouders! Ze had het er wel eens over met haar hartsvriendin Tine Roëll. Als je niet beter wist, zou je bijna denken dat er een vloek heerste op de huwelijksverbintenissen van de Oranjes. Tine vond dat onzin. Het lag eraan, zei Tine, dat de partner van het Staatshoofd zich nu eenmaal meer moest weten te schikken dan anderen en dat een koninklijk huwelijk daarom zwaarder was, maar niet per se ongelukkig. 'Kijk eens naar je grootouders, Willem en Emma, die waren toch heel gelukkig samen.' Dat was niet waar, Emma was weliswaar een schat van een grootmoeder geweest maar voor haar grootvader Willem en voor haar moeder Wilhelmina was ze een onuitstaanbare dwingeland. Alleen omdat Willem, ver op leeftijd, zich erbij neer had gelegd leek het huwelijk goed. Maar zijn eerste verbintenis met Sophie was een ramp geweest net zoals het huwelijk tussen haar moeder en vader Hendrik. En zelfs haar overgrootmoeder Anna Paulowna was doodongelukkig geweest met Willem II. Volgens Greet had dat juist weer te maken met die beproevingen. 'Een mens die door God is uitverkoren een volk en een natie te leiden, is nu eenmaal geen gewone sterveling.'

Was ze het maar wel! Een huis, een tuin, een lieve man die 's morgens naar zijn werk ging, uitgezwaaid door haar en de kinderen die naar school gingen, gewoon met alle andere kinderen. En zij?

'Jula! Je ziet jezelf toch niet de was in de bleek zetten of knopen aannaaien, wel?' had Tine geschaterd. Maar waarom niet?

Als je een volk diende, moest je dan niet één van hen zijn? En knopen aannaaien kon ze best!

Ze nam een slok thee en staarde naar de hoeveelheid papieren voor haar op het bureau die haar secretaris klaar had gelegd. Een map krantenknipsels, een uitgebreid verslag van de kabinetsformatie van de afgelopen maanden, afschriften van de belangrijkste besluiten in de Staten-Generaal, het voorlopig rapport van Bernhard over zijn reis naar Zuid-Amerika waarover hij straks verslag aan de ministerraad moest uitbrengen, twee gerechtelijke rapporten over de Duitse oorlogsmisdadigers in Breda met petities van het voormalige verzet, een informatief stuk over de Europese Raad, een map met te beantwoorden correspondentie, een resumé van het staatsbezoek dat zij en Bernhard afgelopen maand aan Luxemburg hadden gebracht – toch samen natuurlijk. Het was niet eens onplezierig geweest; Bernhard was altijd op z'n best bij feestelijke aangelegenheden en ze had hem vaker gezegd dat hij een geboren acteur was.

Eigenlijk was hij altijd een groot kind gebleven. Een jongen die graag opschepte en zichzelf de beste van allen vond. Dat was ook wat haar zo in hem had aangetrokken toen ze elkaar hadden ontmoet, die jongensachtige charme en onbevangenheid die zo schril afstak bij alle deftigheid en protocol waarmee ze tot dan toe was omringd. Wat dat betrof had hij wel wat van grootvader Willem, die ook liever ging jagen of drinken met zijn houtvesters dan vergaderen met de minister-president. En achter de vrouwen aanzat! Ach, Bernhard! Wat had ze van hem gehouden! Ook toen zij met de drie oudsten in het verre Canada zat en haar de verhalen over zijn amoureuze affaires in Londen hadden bereikt. Ze had ze niet geloofd, ze had zich zelfs gestreeld gevoeld. Benno was een mooie, aantrekkelijke man en het was geen wonder dat vrouwen zich tot hem voelden aangetrokken, maar hij was háár man en hij was zich ten volle bewust van de zware plicht die daar op hem rustte. Pas veel later had ze begrepen dat hij haar had bedrogen en het was niet eens zozeer dat feit dat haar had geschokt als wel het besef dat ieder ander het had geweten behalve zij. Zelfs haar moeder! En nóg had ze het hem vergeven, en gedacht dat het alleen maar door de oorlog kwam. Een man in de bloei van zijn leven, die daar alleen was en zijn beste krachten gaf voor het vaderland. De verleidingen waren groot, daar had Greet groot gelijk in, zeker voor een man als Bernhard.

Het was ook niet vanwege zijn avontuurtjes en fysieke verlangens dat ze hem niet meer bij zich duldde. Het was zijn vreselijke oppervlakkigheid. Dat jongensachtige waarvan ze zo weg was geweest, was niet anders dan oppervlakkigheid. Nooit had ze echt met hem kunnen praten over wat haar bewoog, over de zware taak en verantwoordelijkheid die op haar schouders rustte, de twijfel of zij wel degene was die dit aankon.

'Wie ben ik dat ik dit mag doen?' had ze zich hardop afgevraagd naast haar moeder op het balkon van het paleis op de Dam, maar pas sinds Greet er was, was de volle reikwijdte van die vraag tot haar doorgedrongen. En die van de volgende vraag: 'Wat móet ik doen?'

Ze schoof achteruit zodat ze de bureaustoel kon draaien en uitzicht had op haar terras aan de tuin die er stil en verlaten bij lag, nu de kinderen bij Bernhards moeder Armgard waren. Waar Bernhard zelf was wist ze niet, en als ze eerlijk was, interesseerde het haar ook niet. Allang niet meer. Tot voor kort zou ze hem nu hebben kunnen horen in zijn aangrenzende werkkamer of op het terras dat ze samen deelden, maar enkele maanden geleden had hij kortaf gezegd in de andere vleugel te willen wonen, nu die leeg stond sinds haar moeder zich helemaal had teruggetrokken op Het Loo.

Een bittere glimlach gleed rond haar lippen. Het Loo. Trix had het onlangs 'Het Koude Loo' genoemd, met de cynische humor die ze van Bernhard had geërfd. Het Koude Loo in tegenstelling tot het 'Warme Loo', het kasteeltje dat Bernhards moeder Armgard sinds kort met die verschrikkelijke Panchoulidzew bewoonde bij Warmelo. Natuurlijk, ze wist als eerste dat Wilhelmina koel en gereserveerd was, al was ook dat ten gunste veranderd onder de invloed van Greet, maar Armgard was nog veel erger: koud en berekenend. Natuurlijk waren de kinderen dol op haar, ze kregen er alles en hadden nog niet door hoe Armgard hen naar zich toe trok. De aartsintrigante.

Ze zuchtte weer en keek op het gouden klokje dat hier ook al een eeuw geleden in de werkkamer van Anna Paulowna de tijd had weggetikt. Tien over vier. Ze kwam overeind, liep naar de chiffonnière en schonk zich een glas sherry in. Nu al had ze er spijt van ingestemd te hebben met Armgards verhuizing naar Nederland. Ze had het gedaan om Bernhard terwille te zijn, juist in de maanden dat het wel weer goed tussen hen beiden leek te gaan. Bernhard had zich tot haar verrassing zelfs bedacht wat Greet betrof; weliswaar duldde hij haar niet meer ten paleize, maar daar had ze eigenlijk wel begrip voor op kunnen brengen, ook al omdat Trix en Greet niet goed met elkaar overweg konden. Soestdijk, al was het dan familiebezit, was toch het symbool van het Koninkrijk en hoezeer ze ook op Greet was gesteld, haar aanwezigheid zou licht tot praatjes kunnen leiden. Maar dat was Bernhard aanvankelijk niet genoeg geweest. Hij had gedreigd weg te gaan als Greet niet voorgoed zou vertrekken. Nooit eerder hadden ze zo'n ruzie gehad. Ze nipte van de sherry en liep ermee naar het terras. Toen, toen had ze pas werkelijk ernaar verlangd een gewone vrouw te zijn en te kunnen scheiden. Greet had gezegd: 'Wat God verbindt, mag de mens niet scheiden', en ook dat was waar, maar toch gold nog meer haar verantwoordelijkheid als vorstin. Glimlachend herinnerde ze zich het ontstelde gezicht van Drees, toen ze zich toch woedend had laten ontvallen bij Bernhard weg te willen.

'Maar Majesteit...!'

Drees was een lieve man, en vooral ook een weldenkend en deskundig man, maar geen man van de wereld. Al kon ze heel goed met hem van gedachten wisselen over de vraagstukken die haar bezighielden. In wezen, daar was ze van overtuigd, was ook hij als sociaal-democraat tegen alle oorlog en alle oorlogsgeweld, anders dan zijn voorganger Beel, met wie ze ondanks de goede verstandhouding toch altijd disputen had gehad. Drees was ook tegen het ingrijpen in Indië geweest, en had er alleen om politieke redenen mee ingestemd. Zo zag je maar hoe politiek een mens vercorrumpeerde!

Ze zuchtte weer en liep met haar glas terug naar haar stoel. Op het bureaublad lagen naast de paperassen twee vellen papier waarop ze geprobeerd had haar gedachten te formuleren voor de toespraak die ze de komende maand in de Verenigde Naties moest houden. Ze wist nu al dat de heren in het kabinet het er oneens mee zouden zijn, Stikker van Buitenlandse Zaken voorop. Stikker was zo anders dan Drees. Een man die slechts zwartwit kon denken, zoals alle politici. Alleen denken aan hun eigen opportunistisch belang. Stikker geloofde net als Bernhard heilig in het Atlantisch Pact en steunde hem met diens belachelijke plannen om de wereld nog meer te verdelen dan al het geval was.

'Majesteit, met uw permissie, maar het koninkrijk heeft alle belang bij het westers bondgenootschap in de strijd tegen het communisme. Het kabinet zou het op prijs stellen wanneer u dat juist straks in New York en Washington namens het dankbare Nederlandse volk zoudt willen benadrukken!'

Belang! Het waren de belangen van de militairen en de wapenhandelaren! Van de grootindustriëlen en bankiers! Frits Philips en Nicolaas Pierson, nota bene zélf industrieel en bankier, hadden dat zo mooi en duidelijk toegelicht tijdens de studiebijeenkomsten. Het was hartverwarmend om te weten dat al die verschillende mensen daar zich één konden voelen in dat gezamenlijk ideaal van een spirituele eenheid en wereldvrede, precies zoals Greet dat verkondigde. Greet, nota bene afkomstig uit het volk, die geestverwante was van aristocraten als Walraven van Heeckeren en Pierson! Zo moest het toch! Alle mensen waren kinderen van God, arm of rijk, burger of koningin. In plaats van de wapens tegen elkaar op te heffen moesten ze eendrachtig samenwerken om het Koninkrijk Gods en Zijn Vrede op aarde te vestigen.

Ze glimlachte en nipte weer van de sherry. Vanwaar ze stond kon ze de donkere ramen van Bernhards vertrekken in de andere vleugel zien. Enkele uren geleden was hij in zijn nieuwe Ferrari vertrokken. Ze had Schimmelpenninck gevraagd waar hij heen was maar de Opperceremoniemeester had het antwoord schuldig moeten blijven. Een vriendin? Of samen met Teengs naar een of andere partij? Het maakte haar eigenlijk niet uit.

Ze schrok op omdat er geklopt werd.

'Ja?'

De kleine gestalte van de directeur van haar kabinet stond in de deuropening. 'Bent u zover, majesteit?'

'Een ogenblik nog. Ik wil mij nog even wat opkalefateren. Ach Annemarie, wees zo goed om deze tekst te lezen, ja? Ik wil hem zo ook aan Greet en meneer Kayser laten zien, maar wie weet tref je er fouten in aan.'

Annemarie Tellegen glimlachte. 'Ik kan het me niet voorstellen!'

Juliana glimlachte terug en deed de tussendeur naar haar toilet open. 'Lees toch maar. Staan onze fietsen al klaar?'

'Zeker. Ik heb ze zojuist zelf achter het bioscoopzaaltje geplaatst en de wacht geïnformeerd dat u niet meer gestoord wenst te worden.'

'Heel goed.'

Een kleine tien minuten later liepen beide vrouwen door de stille gang langs de verlaten Waterloozaal. Ze namen een deur tegenover de eetkamer die toegang gaf tot een buitentrap naar het paleispark, waar ze bij de uitbouw van het bioscoopje hun fietsen pakten en de lange slingerende laan tussen de kastanjebomen in fietsten, in de richting van het aangrenzende Baarn.

DEEL 3

1956

I

1956

De winter was ongemeen koud geweest, met name januari en februari van het nieuwe jaar. Hevige sneeuwval had wekenlang het autoverkeer en de treinenloop belemmerd, de Waddenzee lag dichtgevroren en het zogenaamde 'uitvriezen' van de bouwvakarbeiders had alleen al in de maand januari het onvoorstelbare steunbedrag van dertig miljoen gulden uit het Risicofonds geëist. Volgens het KNMI was het de koudste winter sinds '42. Nog in maart had schuivend pakijs in de rivieren bruggen en dijken bedreigd, zodat de vrees voor een nieuwe watersnood na de ramp van '53 zich van velen meester had gemaakt. Maar alsof moedertje natuur iets goed had te maken, zette het voorjaar onverwacht in met een lange reeks warme, bijna zomerse dagen.

Net als in het grootste deel van de wereld gebeurde er intussen niet veel in Nederland. Pessimisten legden de relatieve kalmte uit als een windstilte na de Koreaanse oorlog, of soms ook als een stilte voor de storm. Ze wezen op sluimerende brandhaarden in Hongarije en de Balkan, in Egypte en Israël. Of op een onvermijdelijk conflict tussen het Warschaupact en de NATO, met het gedeelde Berlijn als een nieuw Sarajevo. Maar in de Verenigde Staten bereidde Eisenhower zich – na een zware hartaanval – met zijn partner Nixon voor op een tweede ambtstermijn als president, in het besef dat Chroesjtsjov in Moskou toenadering zocht en zich duidelijk had uitgesproken tegen het gebruik van de H-bom. Groot-Brittannië wist zich onderwijl nog immer verzekerd van de steun van haar Commonwealth inzake India en Cyprus. In West-Duitsland was Konrad Adenauer erin geslaagd rust en welvaart te brengen en was zelfs sprake van een 'Wirtschaftswunder', terwijl secretaris-generaal van de Verenigde Naties Dag Hammarskjöld tegen veler verwachting in de Israëli's en de Arabieren rond de conferentietafel had weten te krijgen. Zelfs Mao Tse-Tung verklaarde in het ontoegankelijke Peking bereid te zijn tot toenadering. Het continent Afrika sluimerde nog immer.

De weinige pessimisten die er nu nog over waren zouden, eerder dan zij hadden kunnen denken, gelijk krijgen. Maar voorlopig was het zo dat, op enkelingen zoals de fanatieke communistenjager Joseph McCarthy in Amerika na, de meeste mensen ervan overtuigd waren dat nu, in het midden van de eeuw, na de verschrikkingen van twee wereldoorlogen, de roerige verwikkelingen rond de dekolonisatie en het einde van het Stalin-tijdperk, meer dan ooit een reële kans bestond op blijvende vrede, internationale samenwerking en welvaart.

In Nederland vond – afgezien van die ijskoude winter – dus weinig opzienbarends plaats. Nog immer was Willem Drees premier van een rooms-rood kabinet; de verwachtingen waren dat hij de kamerverkiezingen van aanstaande juni met gemak voor de derde maal zou winnen. Er waren wat aanvaringen met Soekarno's Indonesië, onder andere over Nieuw-Guinea. Ook was er het proces tegen twee Nederlanders, Jungschläger en Schmidt, die van spionage werden beticht. Het waren allemaal rimpelingen vergeleken met de politionele acties uit de late jaren veertig. Kroonprinses Beatrix was de 31e januari achttien jaar geworden en daarmee gerechtigd tot de troon. Het Nederlands elftal won op 15 maart met 2-1 van West-Duitsland, wat niet weinig bijdroeg tot de nationale trots. Er was beroering over de sekte van de voormalige palingboer Lou die aan veelwijverij deed en kinderen medische hulp ontzegde. Dr. Max Euwe werd opnieuw schaakkampioen van Nederland. De Ambonese gemeenschap eiste het recht op van een Vrije Republiek der Zuid-Molukken. De meeste schade die de watersnood drie jaar tevoren had aangericht was hersteld en het kabinet had miljoenen uitgetrokken voor een ingenieus dijken- en dammenstelsel, dat bekendstond onder de naam Deltawerken. Het galadiner ter ere van kroonprinses Beatrix' lidmaatschap van de Raad van State in het paleis op de Dam trok duizenden belangstellenden. Voor de AVRO-radio sprak Hare Majesteit haar oudste dochter bemoedigend toe: 'Je vermoedelijke taak is zwaar maar mooi. Maar nu eerst sociologie studeren!'

En premier Drees, al druk doende voor de verkiezingen van juni, voegde eraan toe: 'Wat er ook moge gebeuren in de wereld en ons land, de verbintenis tussen de natie en het Huis van Oranje zal nooit verbroken worden!'

Ook daar dachten sommigen anders over. En niet alleen de pessimisten.

2

Hoewel er geen spoor van het dier was te zien, geen pootafdruk, geen gebroken takken, geen uitwerpselen en de jachthond doelloos in cirkels tussen de varens rende, was Bernhard er zeker van dat de ever nog in de buurt moest zijn. Hij had te veel gejaagd om zich nog in de luren te laten leggen. Al op zijn veertiende kreeg hij met kerst zijn eerste jachtgeweer en had hij er een volwassen reebok mee neergelegd. Maar een reebok was niet zo slim als een everzwijn. Zelfs de olifant, die er toch om bekendstond dat hij zijn jagers succesvol kon misleiden, was dat niet. De ever zou zich waarschijnlijk aan de rand van het bos schuilhouden. Hij zou het niet aandurven de weilanden te doorsteken, want zijn reukzin had hem allang verteld dat zijn andere achtervolger hem daar opwachtte. En dus zou hij zich waarschijnlijk tussen de struiken verstoppen, met de wind naar hem toe, naar het oosten dus, waar het bos stil en doods was, de stammen kaal tot aan de kruinen wegens gebrek aan zonlicht, maar de bodem begroeid met doornige vegetatie, varens en uitgestrekte bosbesvelden.

The clever bastard! dacht Bernhard vrolijk, terwijl hij van zijn paard afstapte en de teugels met een snelle lus rond een stammetje vastknoopte. Hij trok het dubbelloops Winchester-geweer uit de zadeltas maar stak ook de zware Blackhawk-revolver bij zich, voor het geval hij het dier een genadeschot zou moeten geven. Hij floot de hond die ogenblikkelijk op hem toekwam. 'Rex, lig!'

De Drentse patrijs ging gehoorzaam liggen.

'And stay.'

Bernhard keek niet meer om toen hij het bos inliep, zeker dat de hond hem niet zou volgen. Hij had het dier van jongs af aan getraind en al zag hij het niet veel meer sinds hij het aan zijn stiefvader cadeau had gedaan, de hond begroette hem elke keer weer uitbundig wanneer hij hier op Warmelo kwam. Dieren waren nu eenmaal loyaler en betrouwbaarder dan mensen, ook dat wist hij al sinds zijn vroege jeugd. De mens was agressief en opportunistisch. Dieren waren dat nooit, zelfs roofdieren niet. Nog nooit had hij in al die jaren meegemaakt dat een dier uit zichzelf aanviel. Dat kon je allerminst van de mens zeggen!

Terwijl hij tussen de bomen doorsloop en dankbaar was voor de penetrante harslucht, realiseerde hij zich cynisch de overeenkomst tussen het opgejaagde dier en zichzelf. Geen van beiden die nog een kant uit kon – en de ever zou er nog het best vanaf komen. Het dier kon in elk geval nog vechten, terwijl hij, Bernhard, aan handen en voeten was gebonden. En dan te bedenken hoe blij hij was geweest toen Teengs hem vier jaar geleden de brief had gegeven! Alles zou vanaf dat moment ten goede keren, had hij toen gedacht, nadat hij die verdomde brief prijs had gegeven aan het vuur. Het papier was nog niet verkoold of hij had stante pede naar de andere vleugel gewild, om Jula te pressen het mens Hofmans niet meer te zien.

Teengs had hem gevraagd geduld te betrachten.

'Geduld? Hans, besef je wel hoe lang ik dat mens hier al geduld heb?'

'Ik weet het. Maar wat kun je doen? Je hebt haar het paleis uitgezet, en daar heeft Jula toch mee ingestemd? Het is zoals Drees zei, old boy, dit zijn privéaangelegenheden, ze mag zien wie ze wil, zolang het de staat en jullie huis niet schaadt.'

'Maar verdomme, Einthoven en jij hebben zelf toch ook kunnen constateren wat voor pacifistische waanzin ze uitkraamt? Weet je dat ze godbetert zélf nu al de Troonrede zit te schrijven en afwezigheid van ministeriële inmenging eist? En weet je wat ze het volk gaat vertellen, Hans? Dat we de Russen onze andere wang moeten toekeren, beste jongen! Ik moet daar straks bij zijn, Teengs. Und was soll ich denn sagen?' In zijn opwinding was hij zelfs Duits gaan praten.

'Ik weet het, Bernhard. Maar wees gerust. We proberen het onder controle te krijgen.'

Onder controle! Jula was steeds gekker geworden en geen mens die haar tegen durfde te spreken. Ministers als Stikker en Beyen bibberden al als ze op audiëntie kwamen en ook Drees was een jaknikker, bang voor haar dreigement om te abdiceren of van Bernhard te scheiden. Het was altijd hetzelfde met die verdomde sociaal-democraten: in de kroeg waren ze allemaal tegen het koningshuis, maar tegelijk waren ze als de dood dat zij de verantwoordelijkheid toegeschoven kregen voor een crisis. Goed, Jula's toespraken in New York indertijd waren hem nog meegevallen, alhoewel zijn Amerikaanse vrienden hun wenkbrauwen wel hadden gefronst. Maar toen ze zomaar *out of the blue* gratie begon te verlenen aan Duitse oorlogsmisdadigers had hij massale protesten verwacht en zeker ingrijpen van de regering. Nu was het toch wel duidelijk, had hij gedacht – want tevoren had ze net als Wilhelmina steevast doodvonnissen getekend en voor Lages, Kotälla, Aus der Fünten en Fischer bestonden geen verontschuldigende omstandigheden. Maar op wat rumoer na was de regering gewoon door de knieën gegaan en geen krant die het had aangedurfd kritiek te uiten! Het was niet alleen weer een bewijs hoe onwetend dit volk was, en zeker zijn journalisten, maar ook hoe de maatschappij sluipenderwijs steeds linkser en marxistischer werd.

Eerst had hij nog gedacht dat Teengs achter de brand in Hofmans' huisje op het terrein van de Mijnssens achter het paleis had gezeten – Teengs die hij zelf indertijd bij Einthoven en het BNV had ondergebracht. Nog herinnerde hij zich de vreugde die zich van hem meester had gemaakt die avond dat zijn particulier secretaris hem informeerde dat de heloranje gloed boven de bosschages aan het einde van de paleistuin afkomstig was van Hofmans tuinhuis bij de Mijnssens. Maar het was werkelijk een ongeluk geweest, en Hofmans woonde alweer jaren op dezelfde plek. En inmiddels had zich een kring idioten en halvegaren om haar heen verzameld, onder wie een homoseksuele sterrenwichelaar aan wie Jula zoveel gezag hechtte dat ze voor veel geld de horoscopen van Trix, Ireentje, Margriet en Marijke had laten trekken en meende dat vliegende schotels van Venus kwamen om de mensheid te waarschuwen tegen een naderende atoomramp. Totaal kierewiet! Dat was ze geworden.

In een wijde boog stak hij een open plek over en zorgde ervoor dat de wind hem steeds tegemoet woei. Hij kroop door een overwoekerde brandgang en zag met grimmige voldoening enkele plukjes van het borstelig zwijnenhaar aan de takken. Zo te zien was het een mannetje. Dat had hij al gedacht toen hij Rex erachter aan had zien rennen. Voorzichtig hees hij zich op aan enkele boomwortels en hield het geweer gericht terwijl hij langzaam verder liep.

Met dat 'onder controle' had Teengs niet anders bedoeld dan wat Bedell Smith en Dulles hem indertijd ook al hadden gesuggereerd: de vorming van een tegenwicht tegen de verlinksing en anti-amerikanisering, die zo slim door de communisten en de Russen sedert Chroesjtsjov werd gevoed. Hij geloofde daar ook wel in. De groep invloedrijke zakenmensen, wetenschappers en politici die hij nu enkele jaren geleden in hotel Bilderberg bijeen had weten te brengen was natuurlijk ook belangrijk, en het had zijn ijdelheid gestreeld dat mensen als Gerald Ford, Henri Spaak en Philip van Windsor erbij hadden willen horen. Machtige mannen, elk op hun eigen terrein, net als de Nederlanders Rijkens en minister Beyen. Ook het initiatief van zijn vriend de CIA-man en krantenmagnaat Jackson, om Kenton Delmar hier een propagandabureau op te laten zetten, had hij vanzelfsprekend toegejuicht. Maar nu, na vier jaar en evenzovele conferenties later, was het echter nog steeds gebleven bij onderonsjes en aanbevelingen. Mooie woorden over een federaal Europa en een solidair Atlantisch Bondgenootschap – maar ondertussen boekte de PvdA hier gewoon winst voor de komende verkiezingen en wauwelde Jula ongehinderd haar wartaal met het mens Hofmans en consorten! Laatst nog had ze serieus gezegd: 'Breek me een been, Pappie, en dan zal ik je bewijzen dat Greet over van God gegeven genezende krachten beschikt.' Hij had dat verdomme moeten doen! Nu mocht hij komende week weer glimlachend naast haar op het bordes staan en pootjes geven...

Even stond hij stokstijf, de Winchester ogenblikkelijk in de aanslag, omdat hij meende gekraak te horen. Secondenlang hield hij zijn adem in, zijn goede oor in de richting waar het geluid had geklonken, maar afgezien van de wind hoorde hij niets, zodat hij verder liep en even op zijn horloge keek. Bijna vier uur. Wat zou Tschuli doen, daar aan de rand van het bos? Vast en zeker zou hij nu in dat rare Poolse allegaartje van hem lopen vloeken dat het zo lang duurde, en dat hij 'kalte Füsse' kreeg! En waarschijnlijk zou hij de heupfles wodka al een paar keer aan zijn mond hebben gebracht. Tschuli was een bovenstebeste kerel, geen betere stiefvader dan hij, maar soms zag hij de consequenties van zijn daden niet. Onlangs weer waren er klachten op het hof van de douane hier bij de Duitse grens gekomen dat kolonel Panchoulidzew tabak en boter over de grens had gesmokkeld zodat hij, Bernhard, had moeten praten als Brugman met de commandant van de marechaussee om de zaak te laten rusten.

'Ich soll beichten gehen, ja?'

Grinnikend liep Bernhard gebukt onder laaghangende struiken door. De kolonel en Mutti waren enkele jaren geleden rooms-katholiek geworden om een kerkelijk huwelijk aan te kunnen gaan, zodat hun decennialange buitenechtelijke relatie geen doorn meer in het oog van Jula kon zijn. Van zijn moeder begreep hij dat heel goed. Ze had altijd al een sterk religieuze inslag gehad, maar de enige god die de kolonel kende, was de Mammon. Tschuli in een biechthokje! Je kon hem nog beter vragen af te zien van op de paarden te wedden! In elk geval woonde Mutti nu eindelijk hier, dat was al wat. Weliswaar ver van Soestdijk, maar het was in Nederland en het kasteeltje was een heerlijke plek om te vertoeven en herinneringen op te halen met haar en Tschuli, en soms met zijn broer Aschwin, waar met name Trix van genoot. Zeker als het er vurig aan toe ging, 's avonds na het diner, en de politiek ter sprake kwam. My God, hoe kon zij een kind van Jula zijn? De laatste keer dat ze hier waren geweest had ze zomaar geopperd: 'Als ik straks achttien ben, pappie, zou ik dan niet gewoon aan mam voorstellen dat ze abdiceert, zodat ze zich net als oma Wilhelmina kan wijden aan al haar spirituele interessen?'

Nu hoorde hij het gekraak luider en het was duidelijk dat het geen vogel was of een dorre tak afgewaaid door de wind. Het kwam vanachter hoge varens vandaan. Bernhard stond weer stil, pakte de Winchester over met zijn linkerhand en haalde met zijn ander de Blackhawk tevoorschijn. Eén schot moest voldoende zijn om de ever op te laten schrikken, maar het probleem was dat hij niet wist waar het dier zich precies schuilhield en welke richting het uit zou vluchten. En een woedende ever kon levensgevaarlijk zijn.

De wind ruiste door het gebladerte. Hij schrok op van een snuivend geluid en geritsel achter zich en wilde zich juist omdraaien toen de lange Winchester hem in de weg zat, zodat hij over de kolf struikelde en zijn evenwicht verloor. Met een schreeuw viel hij voorover. Hij liet de revolver los om zijn hoofd te beschermen maar nog in zijn val zag hij in paniek hoe pal tegenover hem een zwarte kolos zich uit de struiken losmaakte en als een tank op hem toekwam, de borstels op de gekromde nek en rug stijf overeind, de kleine oogjes in de enorme kop strak op hem gericht, de slagtanden naar voren. The bloody bastard! schoot het door Bernhard heen. He fooled me! Hij hoorde zijn ribben kraken toen hij tegen de steenachtige grond sloeg. Een misselijkmakende pijn vlamde omhoog achter zijn borstbeen en sneed hem de adem af. Wanhopig probeerde hij weg te rollen, maar zijn benen weigerden dienst. Beelden van lang geleden flitsten met de snelheid van het licht door zijn verdoofde brein: het besneeuwde Reckenwalde, zijn vader die hem hoog boven zijn hoofd zwaaide, de auto waarmee hij in volle snelheid op een ander afvloog, het lachende gezicht van Jula, een winkelruit met in witgekalkte letters 'Für Juden verboten', zijn moeder Armgard te paard.

De eerste knal drong nauwelijks tot hem door, ook al omdat hij het uitgilde toen een slagtand zich in zijn hand boorde. Het gewicht van de ever verpletterde hem, de weerzinwekkende stank van het dier in zijn neusgaten. Heel even zag hij zichzelf weerspiegeld in het zwijnenoog vlak bij hem, toen leek het alsof zijn trommelvliezen scheurden door de tweede knal, die als onweer door de lucht daverde. Het oog leek open te knappen. Een zwarte golf van bloed spoot tegen zijn bril en gezicht, zodat hij het weer uitgilde. Hij hoorde de stem niet die hem verontrust toeschreeuwde, maar herkende ondanks de rode waas voor zijn ogen wel het bleke gezicht dat zich dodelijk ongerust over hem heen boog. Wat for heaven's sake deed Walter Bedell-Smith hier? dacht hij stomverwonderd voor hij het bewustzijn verloor.

3

Het was bijna vier jaar na de dood van de oude kunstschilder toen Sonja zijn moordenaar herkende. Althans, dat dacht ze, want ze had nooit geweten wie het was. Maar nu ze de blozende, verwijfde man met het streepachtige snorretje weer zag, en zijn donkere lange krullende haar, was ze er opeens zeker van dat hij degene was geweest die ze in die paar seconden achter de trein in de buurt van De Hooge Vuursche had gezien.

Toen het gebeurde, bevond ze zich buiten op de wandelpromenade van Schiphol, waar een receptie werd gehouden ter gelegenheid van het kabinetsbesluit om een derde baan aan te laten leggen. Haar hoogste baas, de KLM-topman Van der Beugel, had zojuist een dronk uitgebracht op de Koningin, die vandaag haar zevenenveertigste verjaardag vierde.

'God Son, wat is er? Je ziet zo wit als een doek!' zei een collega ongerust.

'Wat?'

De man verdween beneden de balustrade uit haar blikveld.

'Sorry, ik... ik voel me niet zo goed. Ik denk de zalmsalade.' Ze voelde haar lippen trillen. 'Ik ga even naar de wc.'

Ze zette haar glas neer en liep haastig tussen groepjes lachende en pratende mensen door naar het trappenhuis. Daar stond ze stil, omdat ze de man op de parterre naar een marechaussee zag lopen die hij een kaartje liet zien. De marechaussee knikte gedienstig, waarop beiden een gang insloegen. Sonja haalde enkele malen diep adem om haar zenuwen onder controle te krijgen. Wie was die man, dat hij zomaar toegang kon krijgen? Dit deel van de luchthaven was afgeschermd voor het publiek en alleen toegankelijk voor personeel en hooggeplaatste personen, zoals diplomaten en politici.

Aarzelend daalde ze de trap af. De kleine hal lag er verlaten bij, maar toen ze beneden was zag ze de marechaussee weer uit de gang teruglopen.

'Dag juffrouw Takema. Al genoeg van de drukte?'

Ze glimlachte geforceerd. 'Nee hoor. Maar ik dacht dat ik zojuist een man hier binnen zag komen en ik zag jou niet, dus eh...'

'Ah. Ja. Nee hoor.' De marechaussee maakte even een grimas. 'Hij komt voor een vlucht uit Londen. Amerikaanse ambassade in Den Haag.'

'O.' Ze fronste verwonderd haar wenkbrauwen. 'Is hij dan een Amerikaan?'

'Nee hoor. Gewoon een Nederlander.' De marechaussee tikte grijnzend met een hand op de rug van de ander. 'Een fatje hoor. En als u het mij vraagt van de verkante keer. Zag u dat fluwelen jasje van hem? En hij stonk een uur in de wind naar een of ander smerig parfum.'

Ze glimlachte opnieuw. 'Nou, dan ga ik maar weer.'

'Ja. In elk geval bedankt. En als u straks een borrel voor me mee kunt smokkelen?'

'Ik zal kijken wat ik kan doen.' Ze draaide zich alweer om, en deed alsof ze zich toen bedacht. 'Ik ga even m'n sigaretten uit m'n auto halen.'

Hij knikte ongeïnteresseerd en slenterde terug naar de kleine loge. Ze haalde opnieuw diep adem terwijl ze haastig naar de parkeerplaats liep. Er stonden veel auto's, de meeste waren van gasten op de receptie maar ze herkende de Rolls Royce ogenblikkelijk. Een opvallende crèmekleurig nieuw model sedan waar een jonge militair tegenaan stond met zijn gezicht naar de zon gekeerd. Op de motorkap stonden boven de beide koplampen twee Amerikaanse vlaggetjes. Nerveus liep ze door naar haar eigen Volkswagen, schoof achter het stuur en trok het portier dicht. Vanuit de auto kon ze de gasten als silhouetten tegen de zon in op de wandelpier zien staan. Tegen de grijsblauwe hemel tekende zich een klein vliegtuig af.

Een Nederlander die hier met een Rolls van de Amerikaanse ambassade kwam voor een speciale vlucht uit Londen. Wie was hij? Of vergiste ze zich? Was hij een ander dan de man die ze toen die verschrikkelijke middag in De Hooge Vuursche bij Salters had gezien? Nee, ze wist het zeker! Het was eenzelfde soort jasje, dezelfde aanstellerige manier van lopen, hetzelfde gezicht. Wat moest ze doen? Ze kon toch moeilijk naar de luchthavenpolitie of de marechaussee toe met de mededeling dat er een moordenaar rondliep!

Ze deed haar raampje een beetje open. Met de wind hoorde ze het gezang van de promenade op haar toekomen. 'Oranje Boven! Oranje Boven! Leve de Koningin!'

Ze draaide haar gezicht wat weg van de zon, en zag hoe haar directeur Van der Beugel met de minister naar buiten kwam, met achter hen enkele ambtenaren en enkele persfotografen. Er werden handen geschud. Een donkerblauwe Chevrolet kwam langzaam aanrijden. Een geüniformeerde chauffeur stapte uit en deed het achterportier open. Minister Algra stond nog even stil om een foto te laten maken en stapte toen in. Een van de ambtenaren wees een ander op de Rolls. Ze lachten bewonderend en stapten in de Chevrolet, die meteen daarna keerde en optrok. Van der Beugel wilde juist weer naar binnen gaan toen de verwijfde man naar buiten wilde. Hij deed een stapje terug en liet Van der Beugel met een zwierig gebaar passeren. Op hetzelfde moment dat twee mannen met koffertjes naar buiten kwamen, deed de Amerikaanse militair het achterportier van de Rolls open. Een dikke, gedrongen man in een donker kostuum en kortgeknipt zilvergrijs haar kwam moeizaam naar buiten.

Sonja zat stil. Zou ze het durven? Waarom niet! Het was vier jaar geleden! Haar kapsel zat anders dan toen, ze droeg nu een bril en haar KLM-uniform. Bovendien wist ze vrijwel zeker dat die fatterige vent haar toen niet had gezien.

Ze deed het portier open en stapte uit. Terwijl ze zich dwong niet al te erg te hinken, haastte ze zich met haar tas tegen zich aangeklemd naar het gebouwtje. Vanaf de promenade klonk luidkeels het Wilhelmus en de mannen bij de ingang van het gebouwtje keken even verrast omhoog. Een van hen had een gebruind gezicht dat in een brede grijns vertrok toen hij de dikke man kennelijk herkende.

'Henry, good to see you. You know Kenton Delmar, of course?'

'Of course. How are you, Ken? Sorry, miss.'

De dikke man glimlachte vriendelijk naar haar en stapte opzij.

'Thank you,' zei Sonja. Ondanks haar zenuwen keek ze toch even naar de verwijfde man. Hij knikte even en wendde zijn hoofd naar de anderen.

'Shall we go?'

Een geaffecteerde stem. Dezelfde die ze gehoord had toen ze met Jan Schouten in De Hooge Vuursche aan tafel had gezeten.

Ze voelde haar benen trillen toen ze naar binnen liep, waar de marechaussee net met haar collega stond te praten, die nu ongerust op haar toekwam.

'God Son, ik dacht al dat je naar huis was. Gaat het weer een beetje?'

'Ja hoor. Even wat frisse lucht.'

Ze draaide zich om en zag de verwijfde man als laatste in de Rolls verdwijnen.

'Rolls Royce Silver Wraith van dit jaar,' zei de marechaussee en er klonk een diep ontzag door in zijn stem. 'Kost wel een slordige veertig mille!'

4

Terwijl ze in haar eigen variant van steno noteerde dat de Koningin een donkerblauwe japon met bijpassende hoed droeg, vroeg Neel zich af of ze zo langzamerhand niet te oud werd voor de verslaggeving. Als ze zo om zich heen keek, zag ze wel wat vrouwelijke journalisten, meer zelfs dan een paar jaar geleden, maar ze waren allemaal stukken jonger dan zij. En zo te zien ook een stuk ambitieuzer, want ze renden maar heen en weer en spraken met iedereen die hier wat te betekenen had, of leek te hebben. Het laatste meer dan het eerste, wist ze uit lange ervaring. Maar ja, wat moest ze dan? Als ze nu alsnog in vaste dienst zou gaan, als iemand haar nog zou willen hebben, dan zou dat onvermijdelijk eindredactie betekenen of in elk geval bureauwerk. En zelfs al zou het nog ergens de verslaggeverij worden, dan was ze toch te duur. En bovendien zou er altijd een chef zijn aan wie ze verantwoording moest afleggen, of een directie die vond dat de krant te moeilijk schreef of dat de adverteerders ontevreden waren. Of de kerk. Of de partij. En dus verkoos ze toch haar eigen toko, al was het dan harder werken en al had ze dan nauwelijks pensioen in het vooruitzicht.

Automatisch krabbelde ze neer dat de hoed uit veren was vervaardigd en dat de dubbele parelketting mooi paste bij de grote zilveren broche op de japon en de oorbellen. Er was toch wel iets voor te zeggen om getrouwd te zijn, dacht ze, niet eens cynisch. Al had je niet veel meer aan zo'n man, er was in elk geval iemand thuis tegen wie je iets kon zeggen, aan wie je iets kon laten zien of horen. Gisteren nog had ze zelf een nieuwe jurk gekocht, ook een blauwe die ze nu droeg, en de enige aan wie ze hem had kunnen laten zien was zichzelf, in de passpiegel in haar slaapkamer. Voor wie koop je hem dan, Neel? Voor je werk, lieverd, dat je er een beetje toonbaar uitziet. De pest van het vak, je werkte zo hard dat je agenda bol stond van de namen. Alleen was er 's avonds niemand die je zomaar kon bellen om te zeggen dat je een nieuwe jurk had gekocht.

Ze keek weer op en zag Bernhard in zijn uniform van inspecteur-generaal losjes salueren naar een groep geüniformeerde mannen, die stram, met het gezicht naar hem toe, over het grind langs het bordes marcheerden. Bernhards andere hand was verbonden. Volgens de RVD was hij gewond geraakt tijdens een jachtpartij en had hij ook enkele ribben gekneusd, maar hij scheen er geen enkele last van te ondervinden. Integendeel, hij liep soepel achter Juliana langs en zei lachend iets tegen een hofdame. Bernhard, die ondanks zijn woelige leven alles overleefde. En niet alleen de fysieke ongelukken, dacht Neel: zo te zien was alles hier op het paleis ook weer pais en vree. Zelfs Juliana straalde en zag er jonger uit dan anders. Niet ver van haar werd een groep Scheveningse vrouwen in klederdracht door een lakei in het gelid gezet. Het was duidelijk dat de cameraman van de NTS dat een fraai plaatje vond, want hij beduidde zijn assistent de kabels ernaartoe te rollen. Een fotograaf was kennelijk te dichtbij gekomen naar Beatrix' zin, want ze draaide zich boos om en deed alsof ze een onrechtmatigheid zag op het jurkje van haar zusje Margriet. Bernhard lachte en omdat Juliana dat hoorde, keek ze naar man. Hij knipoogde en pakte haar hand vast. Ogenblikkelijk barstte er rond Neel een spervuur van flitslicht los. Ze keek even achterom en grinnikte verbaasd naar Sem, die als enige werkeloos toekeek, een sigaret onaangestoken tussen zijn lippen.

'Moet je het jong geluk niet vastleggen, Sem?'

Hij grijnsde hoofdschuddend terug. 'Ik mag straks alleen met Max.'

Ze knikte. Natuurlijk. Sem was inmiddels, zoals dat spottend maar ook wat afgunstig rondging, tot heerlijkheid bevorderd en had samen met hoffotograaf Max Koot een uitzonderingspositie. Zij twee zouden straks, als de anderen inderhaast terugraasden naar redactielokalen en doka's, in de achtertuin hun plaatjes mogen schieten.

'Kan ik er een paar krijgen?'

'Waarvoor?'

'*Libelle*.'

Hij fronste even. 'Je kent de prijs, Neel. Als de jongens van de RVD het goed vinden, honderd gulden.'

'Oké. Ik heb ze overmorgen uiterlijk nodig.'

Hij knikte. 'Geen probleem. Drinken we straks wat?'

'Graag! Een uur of vier in Trier?'

Hij knikte lachend en draaide zich naar een collega die hem iets vroeg. Neel keek naar de Scheveningse vrouwen die nu voor het bordes stapten. Ze dacht wel te weten waarom Sem fronste. De *Libelle* was niet bepaald haar soort blad. Ze had dan ook wel getwijfeld toen de hoofdredacteur haar gevraagd had, maar het geboden honorarium was om zo te zeggen vorstelijk geweest, en dat was niet alleen nodig maar had ook haar eer gestreeld. Ze was dus nog steeds 'gefragt' – al was het dan voor een damesblad. De spoeling was de laatste jaren tamelijk dun geworden en de concurrentie hevig. Dat zag je hier ook duidelijk al, hoewel het haar verwonderde dat de buitenlandse pers zo massaal was opgekomen. En niet de minsten in het vak. Ze had zo-even Israël Shenker gezien, de vaste correspondent voor *Time* en *Life* en ook de sterreporter van het Duitse weekblad *Der Spiegel*, Claus Jacobi, die uiterst amicaal met Bernhard omging zodat ze de zware wenkbrauwen van opperstalmeester Bisschof van Heemskerk onmiskenbaar afkeurend had zien fronsen. Ook prinses Wilhelmina was het blijkbaar niet ontgaan, want niet veel later had ze iets tegen Juliana gezegd die daarop Bernhard wat had toegefluisterd en vervolgens was Jacobi gehoorzaam van het bordes naar de club journalisten op het gazon afgedaald. De reden dat de buitenlandse collega's er waren had natuurlijk alles te maken met de geruchten van een tijdje geleden dat Juliana wilde scheiden. Neel was zelf de afgelopen dagen veel gebeld door haar oude contacten: of ze nog iets wist wat mogelijk naar een primeur zweemde. Ze had steeds hetzelfde antwoord gegeven: 'Jongens, ik weet het echt niet. Ik hou me er ook niet meer mee bezig. Maar voorzover ik weet is alles bijgelegd tussen hen.'

Het gerucht ging dat Drees het paar bij elkaar had gehouden. Dat verbaasde Neel niet, want de enkele malen dat ze hem voor AP had gesproken, had het haar verbaasd hoe charmant en overtuigend de toch zo steile sociaal-democraat kon zijn. Je werd natuurlijk ook niet twee maal premier als je die eigenschappen niet had. De verwachting was dat Drees ook de verkiezingen van over twee maanden opnieuw met gemak zou winnen. Volgens de geruchten zou de Koningin hem hebben toegezegd haar privémeningen voortaan voor zichzelf te houden, en zou Bernhard van het kabinet meer armslag hebben gekregen om zich dienstbaar te maken voor het bedrijfsleven. Dat zou dan kloppen met de feiten, want hij was de afgelopen paar jaar meer in het buitenland geweest dan thuis. En Juliana had na haar geruchtmakende toespraken in de VS en de bizarre gratieverlening aan de vier Duitse oorlogsmisdadigers in Breda geen aanleiding meer gegeven tot nieuwe speculaties. De Nederlandse kranten hadden – met uitzondering van *Het Parool* – sowieso nauwelijks iets gemeld over de koninklijke perikelen en de gebedsgenezeres Hofmans. Neel had gehoord dat de hoofdredacteuren daartoe besloten hadden na een gesprek met het paar. Zelf had ze er na alle commotie geen enkele behoefte meer toe gevoeld. Haar Amerikaanse collega Daniel Schorr had haar nog gepolst voor een groot artikel in *Life* toen ze in het Haagse Bronovo lag met een gebroken arm, maar ze had niets willen zeggen. Ook niet gekund trouwens. Niet vanwege haar medische toestand, maar omdat de directeur van de Binnenlandse Veiligheids Dienst het haar had verboden op straffe van intrekking van haar perskaart. Het artikel van Schorr was ook nooit verschenen; volgens sommigen omdat Bernhard zijn connecties in de VS had ingeschakeld. Volgens anderen omdat Juliana het zou hebben afgekocht. Hoe dan ook, over hun huwelijksperikelen noch over die Greet Hofmans hoorde je nog iets. Ze stak een sigaret op en keek sceptisch naar een groep volksdansers die tot groot plezier van Juliana de kleine Marijke meevoerden in een soort wervelende klompendans. Het prinsesje gilde van het lachen en de camera's flitsten weer. De mensen in het publiek wezen elkaar opgewonden Johan Bodegraven van de NCRV aan, die naast een NTS-omroepster nu in zijn microfoon stond te praten. Toen Neel achterom keek zag ze dat Sem verdwenen was. Die zou vast al met Max Koot achter het paleis de zaken doornemen.

Nu ze enkele uren had staan schrijven, voelde ze de stijfheid weer opkomen in haar elleboog. Volgens de artsen zou ze daar altijd last van blijven houden. Vier pinnen waren er die rampzalige nacht ingeschroefd, die er pas na negen maanden uit hadden gemogen.

'Toch nog een soort bevalling, Neel!' had Ab gezegd, die haar na de operatie had bezocht. Ze had gezegd dat ze die nacht op straat was gevallen, wat hem niet had verbaasd. 'Je had hem aardig om, Neel. Zelfs voor jouw doen!'

Ze baande zich al een weg tussen haar collega's naar de oprijlaan, toen ze schrok en haar gezicht afwendde om niet door Mieke Schenk herkend te worden. Niet dat ze de journaliste niet mocht, maar ze had geen zin om het over Kenton te hebben en daar zou het gesprek vast op neerkomen. Mieke liep op met Donald Edgar. Dat verwonderde haar niet, want Edgar had, sinds Kenton tot de hoofdredactie in Londen was gepromoveerd, het correspondentschap voor *The Daily Express* in

Den Haag met Mieke Schenk van hem overgenomen. Ze keek hen na met toch een steek van jaloezie, maar hield zich meteen de opdracht voor die ze de vorige week van *The Times* had gekregen, om naar aanleiding van de verkiezingen een groot artikel te schrijven. Ongetwijfeld had ze dat te danken aan haar reportages over de watersnood voor hetzelfde blad, waarna ze het aangedurfd had om voor zichzelf te beginnen.

Ze liep tussen de hekken door naar de straatweg waar ze wat verderop haar Fiat in de berm had geparkeerd. Nog geen tien minuten later draaide ze de auto de stille parkeerplaats van Hotel Trier op. Ook het beschaduwde terras lag er nog verlaten bij, maar dat zou binnen enkele uren anders zijn, wist ze. Dan zou de horde journalisten zich hier komen laven en nieuwtjes uitwisselen en zich verdringen bij de twee telefooncellen om hun redacties te informeren. Ze ging zitten aan een tafeltje onder een reusachtige kastanje en bestelde een glas bier. Pal tegenover haar, aan de ingang bij de straatweg wapperden twee Nederlandse vlaggen. Aan het hek waren oranje slingers bevestigd. Neel zette haar tas neer, leunde achterover en genoot van de weldadige rust en stilte na al het lawaai in de paleistuin. Een groep zeeverkenners met oranje strikken op hun baretten fietste luidruchtig voorbij. Uit het bos achter haar klonk regelmatig de roep van een koekoek. De zon scheen op haar gezicht en ze soesde wat weg tot ze opschrok van motorgeronk en een lange, blonde man op een scooter voorbij zag rijden. Heel even meende ze een déjà vu te hebben, maar toen wist ze dat de man haar aan Wouter Fabius deed denken. Hetzelfde postuur, hetzelfde kortgeknipte haar, dezelfde manier waarop hij even opzij keek.

De ober zette haar glas neer. 'Kijkt u eens.'

Ze dronk dorstig en zocht toen haar sigaretten. Wouter Fabius. Een aardige man. Een aantrekkelijke man ook. Ze had hem na die afgrijselijke avond nog maar een paar keer ontmoet, de eerste keer in het ziekenhuis waar hij haar samen met zijn dochtertje had bezocht. Een lief, slim kind, dat godzijdank nauwelijks geleden leek te hebben onder de afschuwelijke gebeurtenissen. De tweede keer dat ze elkaar zagen, was enkele weken later, in een herenhuis aan een statige Haagse straat waar hij net als zij persoonlijk ontvangen was door Louis Einthoven. Pas daar had ze gehoord wat er gebeurd was. Weliswaar niet precies, want de BVD-chef was tamelijk zwijgzaam geweest, maar wel voldoende om te begrijpen dat er sprake was van een levensgroot misverstand, en dat Fabius een speciale opdracht had, die met de prins en de gebedsgenezeres te maken had. Einthoven had gesproken over een complot tegen het koninklijk paar en haar vervolgens gevraagd naar haar contacten met Kenton. Salters' naam was ook in verband gebracht met de rechercheur die toen die nacht bij het café in Amsterdam vermoord was. Ze was ook daarover uitgehoord, maar in haar verwarring had ze zich er nauwelijks nog iets van herinnerd. Wel van de kalende man die ze daar gezien had, en die later Dullens had doodgeschoten bij Fabius' huis. Hij bleek een hoge BVD-man te zijn die met Fabius samenwerkte. De vermoorde rechercheur had voor de BVD het café in de gaten moeten houden omdat de verdenking bestond dat zich communisten ophielden in het gezelschap rond de gebedsgenezeres. Het vermoeden bestond dat een van Salters' mensen hem had geliquideerd maar ook in dezen, had Einthoven gezegd, viel niets te bewijzen. Toch was het vreemd, had ze opgemerkt, zoveel aanwijzingen naar die Salters en dan zelfs geen vervolging. Daarop had Einthoven als antwoord alleen maar geglimlacht.

De derde en laatste keer dat ze Wouter Fabius ontmoette, hadden ze op zijn uitnodiging afgesproken in een klein restaurant aan de Haagse Molenstraat. Ze was toen nog steeds niet aan het werk, niet alleen vanwege haar pijnlijke arm, maar vooral omdat ze slaapproblemen had die alles te maken hadden met die afgrijselijke nacht. Ook toen had Fabius niet veel over de zaak kunnen of willen zeggen. Maar wel iets. De man voor wiens kantoor Dullens en de blonde jongen die Nico de Jager heette werkten, Wim Salters, was vrijuit gegaan. Justitie had geen bewijs dat de dode Dullens in zijn opdracht had gehandeld. Nico had gezegd dat Dullens hem privé gevraagd had die avond te helpen bij een akkefietje in zijn familie, door een meisje op te halen dat tegen haar wil werd vastgehouden door haar vader. Het was plat gelogen natuurlijk, maar net als Salters had hij dezelfde gereputeerde advocaat, en de vrijspraak die hij bepleitte werd onder meer toegewezen omdat Nico zich die nacht niet had verzet. Haar verhaal dat de mannen haar in haar huis hadden bedreigd en bijna verkracht was weliswaar meegenomen in de aanklacht, maar ook dat had Nico glashard ontkend. Er waren geen getuigen bij geweest, ook Kenton niet, die hen per slot van rekening niet zelf had gezien.

Fabius had haar echter wel iets verteld over zijn eigen werk voor Justitie en de reden dat hij daar die namiddag op dat terras was gaan zitten.

'Als ik daar niet voor mijn werk had moeten zijn, had ik je vast en zeker iets te drinken aangeboden!'

Ze had gevleid gelachen. 'Hoe kon je er zeker van zijn dat ik daar niet op mijn man of vriend zat te wachten?'

'Om je eerlijk de waarheid te zeggen, zo zag je er niet uit.'

'O, dank je!'

'Nee, nee! Dat bedoel ik niet. Je zag er gewoon niet uit alsof je een afspraakje had.'

'Jezus, let je daar altijd op?'

Hij had wat jongensachtig en schuldbewust gelachen en zijn hoofd geschud.

'Omdat het je werk is, nietwaar?'

'O jee. Is dit een verhoor?'

'Ja. Maar ik heb nog nooit zo'n zwijgzame gesprekspartner gehad. Hoe kom je eigenlijk aan dat litteken? De oorlog?'

'Nee hoor. Een dronken vent die een glas in mijn gezicht drukte toen ik hem wilde arresteren.'

Later hadden ze het toch weer gehad over de vreemde samenloop van omstandigheden die hen samen had gebracht. Fabius had verteld over een gruwelijke moord die hem op het spoor van een ex-ss'er had gezet, en zij had iets gezegd over Kenton, zonder dat een van hen beiden de naam van Bernhard had laten vallen.

'Je hoeft niks te zeggen, maar zit ik er ver naast als ik op mijn beurt zeg dat iemand liever niet heeft dat er verder wordt gezocht?'

Hij had geknikt.

'In de doofpot, vanwege een zeker hooggeplaatst persoon?'

'Ik zeg niks.'

'Andere vraag dan: is de CIA erbij betrokken?'

Even had hij zijn grijze ogen verrast samengeknepen, waardoor ze had geweten dat Kenton gelijk had gehad.

Na het dinertje had hij haar aangeboden nog wat te drinken in een café. Daar had hij iets meer over zichzelf verteld, maar hoewel hij tamelijk veel had gedronken, was het haar opnieuw opgevallen hoe gereserveerd en afstandelijk hij desondanks was gebleven, en niet alleen over zijn werk. Een man die lang alleen was, had ze gedacht, niet gewend zijn gevoelens te uiten of te delen. Maar wel erg aardig en aantrekkelijk. En vooral eerlijk. Waar ze wel aan toe was geweest na Kenton!

Hij had haar naar het Hollands Spoor gebracht voor de laatste trein. Dat was het laatste wat ze van hem had gezien, een lange gestalte die onder overkapping stond en haar nawuifde.

Ze had nog wel eens op het punt gestaan hem te bellen, maar ze was er niet zeker van geweest of hij dat op prijs zou stellen, omdat hij zelf ook niets meer van zich had laten horen. Ze was ook niet meer in Den Haag geweest nadat de pinnen uit haar arm waren gehaald. Kenton was toen al gevraagd toe te treden tot de hoofdredactie van *The Daily Express*. Hij had haar namens zijn Amerikaanse bazen een contract aangeboden om The Free Atlantic Press te blijven runnen onder dezelfde voorwaarden die hij eerder had genoemd.

Ze had gezegd erover na te willen denken, maar toen al geweten dat ze het niet zou doen. Niets wilde ze meer voor Kenton Delmar doen. En dat had ze hem uiteindelijk ook gezegd. Op de een of andere manier leek het hem zelfs op te luchten.

'Neel!'

Ze schrok op uit haar mijmeringen en keek achterom. Op de parkeerplaats stapte een jonge man met vooruitstekende tanden en een blond baardje uit een opvallende Morgan. Hij zwaaide enthousiast naar haar met een blocnote. O no! dacht ze wanhopig. Maar de jongeman kwam al op haar afgelopen. Hij droeg een geruit colbertje boven een te wijde broek die om z'n benen fladderde. Friso Endt van *Het Parool*. Jong, ambitieus tot op het fanatieke af. Een heilig geloof in de journalistiek als de hoeder van de natie. Een jongen die er alles voor over had om een primeur te pakken te krijgen en de top te bereiken. Bovendien stonk hij uit zijn mond. Hij was een plakker die over niets anders dan het vak kon praten.

'Neel, wat doe jij hier?'

Met moeite produceerde ze een glimlach. 'Hetzelfde als jij, denk ik.'

'O. Goh. Ik dacht dat je dit werk niet meer deed. Voor wie?'

'*Libelle*.'

'O. Betaalt zeker goed, dan?'

'Ça va.'

Hij knikte, trok tot haar ergernis zijn jasje uit en hing het over de stoel tegenover haar. 'Goed dat ik je zie. Ik heb je nog geprobeerd te bellen.'

'O?'

Hij ging zitten en wenkte de ober.

'Jij hebt toch Reinder Kampman eens geïnterviewd?'

Ze knikte wat verwonderd. 'Ja, hoezo?'

'Wist je dat hij bevriend is met de prins?'

Ze fronste haar wenkbrauwen. 'Met Bernhard?'

'Ja.' Hij grinnikte. 'Allebei fout geweest, allebei omhoog gedreven.' Hij zweeg omdat de ober bij het tafeltje kwam staan.

Friso wees op haar lege glas.

'Wil je er nog een?'

'Eh... ja.'

Hij bestelde twee bier en haalde uit de zak van zijn colbert een krom, doorrookt pijpje en een tabakszak tevoorschijn.

'Hoe weet je dat van Kampman en Bernhard?'

Hij grijnsde en kneep zijn ogen samenzweerderig samen: 'Omdat ik Kampman uit een Ferrari zag stappen.'

'Een Ferrari?'

'Yep. Een olijfgroene Ferrari 410 Coupe, nieuwste model, nummerbord AA-13. Bernhards nummer, Bernhards favoriete auto, Bernhards lievelingskleur.'

'Waar?'

'Ah, Neel! Je blijft eraf, ja?'

'Waaraf?'

'Ha, ha.' Hij begon de pijpenkop boven het grind leeg te krabben. 'Ze hadden gisteren een bespreking in het Amstel.'

'Bernhard?'

'Dat is niet zo gek hoor, hij komt er wel meer.'

'O. Wat is er dan zo gek aan dat hij Kampman daar ontmoet?'

'Omdat Aschwin er ook was.'

'Aschwin? Zijn broer?'

'Ja.' Friso begon zijn pijp te stoppen. 'Waar blijft die ober? Enfin ik dacht dat de heren mogelijk interessante zaken te bespreken hadden, want die Aschwin is dan wel sinoloog ergens in Amerika, maar het bloed van de Lippes kruipt natuurlijk waar het niet gaan kan. En dan Kampman als onroerendgoedmagnaat. Bovendien, Aschwin. Je weet toch dat Juliana liever niet heeft dat hij er is. Ik bedoel, de geruchten over Bernhard als ss'er zijn overdreven, maar van Aschwin is het tenslotte bewezen.'

Hij zweeg omdat de ober twee glazen bier neerzette.

'Zet maar even op de rekening,' zei Friso. 'Van mij.' Hij knipoogde naar Neel en stak de pijp in de brand.

'Maar goed, het kan wel sinds moeder Armgard hier woont. In elk geval leek het me de moeite waard.'

Neel dronk. 'Had je je verkleed als ober?'

'Wat? Nee.' Hij grijnsde. 'Had ik ook kunnen doen, maar het was niet nodig.' Hij leunde achterover en dronk de helft van het glas leeg. Neel wist dat het geen zin had door te vragen. Het interesseerde haar ook niet erg, al stond Friso Endt bekend om de originele manieren waarop hij aan zijn nieuwtjes kwam. Oké, dan zouden Bernhard en Aschwin zaken bespreken met Kampman. Voorzover ze wist was Kampman zo stilletjes aan goede vrinden met bijna iedereen die wat in het land te zeggen had. Hij kwam er ook openlijk voor uit. Toen ze hem, nog geen jaar geleden, tijdens dat interview in zijn riante kantoor in Scheveningen wat ironisch had gevraagd of dat ook een beweegreden was geweest om zich tot het rooms-katholicisme te bekeren had hij heel serieus met dat bebrilde aapachtige hoofd van hem geknikt. 'Natuurlijk mevrouw, wat is daartegen? Zo sloten de Duitse keizers voorheen toch ook een bondgenootschap met de pausen?'

'Eerlijk gezegd viel het tegen,' zei Friso, 'want ze hadden het over Warmelo, dat kasteeltje waar Armgard met die Panchoulidzew woont en of Kampman interesse had om het te verbouwen, dus ik dacht er al over om weg te gaan. Tot ik C.D. Jackson bij ze aan tafel zag schuiven.'

Ze keek hem afwachtend aan. 'Wie?'

'Je gaat me toch niet vertellen dat je niet weet wie dat is?'

'Nee. Of ja. Wie is dat?'

Friso's waterig blauwe ogen verwijdden zich ongelovig.

'Je hebt toch een blauwe maandag voor dat propagandabureautje van Delmar in Den Haag gewerkt? Kom, hoe heette het? The Free Atlantic Press. Toch?'

'Ja.'

'Nou, dat was van Jackson. Charles Douglas Jackson. Hele grote jongen, hoor! Member of the Board van *Time*, lieve Neel, weet je wel? *Time:* Amerikaans weekblad. Tamelijk bekend, wereldwijd verkrijgbaar, invloedrijk, Richard Nixon belt elke week met de vraag of hij op de cover mag!'

'Friso, ik weet wat *Time* is!'

'Maar Delmar heeft je dus niet verteld dat Jackson zijn financier was.' Hij grinnikte en blies een paar rookwolken uit.

Kenton, dacht Neel woedend, de zak! Ze haalde haar sigaretten tevoorschijn en stak er een op.

'Ik heb altijd begrepen dat The Free Atlantic was opgezet door een Pool die Retinger heet.'

'Klopt, maar Jackson was de financier. Niet gek natuurlijk, want hij is de krantenman.' Friso pakte z'n glas en dronk het leeg. 'En omdat die Joseph Retinger voor de CIA werkt, kun je er gif op innemen dat Jackson dat ook doet. Hij is ook dik bevriend met Bernhard trouwens. En hij zit bij die Bilderberggroep.'

'O.'

'Kom op, Neel, je gaat me toch niet vertellen dat je niet weet wat dat is?'

'Natuurlijk weet ik dat. Ik vraag me alleen af wat jij me nu eigenlijk wilt vertellen.'

Friso boerde en pakte z'n pijp weer: 'Dat de heren daarna werden gehaald door de gerant en met de lift naar één hoog gingen, naar een suite die vanaf vandaag gehuurd is op de naam van een zekere Kenton Delmar.'

'Wat?'

Hij knikt en pakte zijn aansteker weer om de gedoofde pijp aan te steken.

'Dus vroeg ik me af waarom Kenton Delmar, adjunct-hoofdredacteur van *The Daily Express*, hier zou zijn. Niet vanwege deze heugelijke dag, want daar heeft hij immers Edgar en Mieke Schenk voor rondlopen. En dan Jackson erbij, en Kampman met Aschwin zur Lippe.' Hij blies rook uit en boog zich voorover. 'Ik weet niet of het wat is, maar jij kent van toen net zo goed als ik alle geruchten en verhalen over een scheiding tussen Bernhard en Juul vanwege die Greet Hofmans.'

Verbouwereerd begon ze te lachen. 'Jezus, Friso! En jij doet geringschattend over de *Libelle!* Wat een flauwekul. Je weet toch dat dat door Drees indertijd is gesust.'

'Dat willen ze ons laten denken. Maar als je...' Hij zweeg, omdat achter hen een auto toeterend de inrit opdraaide. Nog voor hij werd geparkeerd, werd een raampje opengedraaid en riep een bestuurder. 'Kijk nou, Neel Smits en Friso Endt! Heb ik de primeur van de verloving?'

'O nee,' zei Friso: '*Het Vrije Volk!* Arbeiders aller landen, neem een abonnement en blijf dom!'

De man stapte uit en wandelde lachend naar hen toe.

'Hebben jullie bezwaar dat ik erbij kom zitten?'

'Ja!' zei Friso. 'Hoe raad je het zo, Wigbold?'

De man lachte en legde zijn hoed op een stoelzitting.

'Neel, Neel, hoe houd je het uit? Collgate, beste Friso, absoluut dé remedie tegen slechte adem. Zeg, ik ga even pissen, dus als je de ober ziet, bestel dan een rondje voor twee. Of wil je ook, Friso?'

Ze keken hem na terwijl hij grinnikend het stille restaurant binnenliep.

'Zak!' zei Friso hartgrondig. 'Moet je dat jasje van hem zien! Zeker drie keer gekeerd door moeder de vrouw!' Hij snoof en spuugde in het grind. 'Neel, luister. Zou je wat willen voor me doen?'

'Wat?'

Friso boog zich wat voorover en dempte zijn stem hoewel Neel daar geen enkele reden voor zag. 'Jackson had het over een zekere Metman. Philip Metman. Ken je die naam?'

Ze zuchtte en schudde haar hoofd, hopende dat Sem snel zou komen.

'Een astroloog in Den Haag.'

Ze fronste, toch verbaasd.

'Maar hij werkt ook voor de Russen.'

'Friso, alsjeblieft!'

'Nee echt. Ik heb het uit een heel betrouwbare bron. Jackson had het over hem. En dat Kenton door hem op Schiphol opgehaald zou worden. Luister, Neel, ik betaal je honderd piek als je voor mij met Kenton gaat praten en erachter komt waarom hij die vent moet ontmoeten. Akkoord?'

Neel schudde haar hoofd. 'Sorry, het antwoord is nee.'

'Waarom niet? Je bent toch niet slecht met Kenton?'

'Dat gaat je niks aan. Maar ik heb er geen tijd voor en ook geen zin in. Friso, ik vind je een aardige jongen, maar je laat je nog een beetje te snel gaan. Dit is toch bespottelijk. Kenton komt hier misschien met vakantie, of omdat hij bevriend is met de prins. Net als die Jackson dus. Bernhard houdt van mensen om zich heen. Misschien is er binnenkort wel weer een bijeenkomst van die Bilderberggroep.'

'Daarom juist! Wat doet die Metman er dan bij? Jezus, Neel, ik zei je al, Jackson is een topman van de CIA... En Aschwin!'

Ze keek even op omdat er opnieuw een auto de parkeerplaats op draaide. Opgelucht herkende ze Sems cabriolet. 'Sorry, maar ik heb een afspraak met Sem van Houten.' Ze doofde haar sigaret en haalde haar portemonnee uit haar tas. 'Het spijt me.'

'Die Metman is vaak aan het hof,' zei Friso haastig. 'Bij Juliana. Hij hoort bij die club rond Greet Hofmans. Snap je, Neel? Een vent die voor de Ruski's spioneert, leest Juliana haar horoscoop.'

Ze zat stil, haar hand in haar portemonnee. 'Wat is dat voor flauwekul?'

'Juliana wil uit de NATO. En ze heeft een hoop medestanders. Ze ligt niet voor niets overhoop met Beyen en Luns en Romme. Ze gokt straks op haar populariteit, én op de PvdA. Je weet zelf hoe ze daar denken over de VS. Drees wordt vervangen. Ze houden hem nog even aan om de verkiezingen te winnen, en dan willen ze een volksraadpleging.'

'Doe niet zo belachelijk! Hoe kom je aan die waanzin?'

'Sorry maar ik...'

'Wat heeft onze sterreporter weer voor wereldnieuws achterhaald?' vroeg Sem en keek spottend naar Friso. 'Jongens, jullie moeten niet zo vroeg weglopen want dan mis je altijd de interessante zaken. Je mag het hebben, hoor Neel, iedereen weet het nu toch en het is leuk nieuws voor alle *Libelle*-lezeressen. Het twintigjarig huwelijksfeest van Juul en Benno wordt een nationaal feest. Het stel heeft zojuist stralend aan Bodegraven voor de tv-camera gezegd dat ze gelukkiger zijn dan ooit en dat Juul vast van plan is het record van haar moeder en Victoria te breken, dus daar zitten we nog tot tegen 2000 aan vast! Jongens, ik heb een paar plaatjes van het jong geluk waar ze van Tokio tot aan New York van gaan smullen. Dus het volgende rondje is voor mij.'

Hij keek op en zag Wigbold van *Het Vrije Volk* aankomen. 'Hé Herman!' riep hij, 'Dat duurt dus nog wel even voor de Republiek er is, jongen! Nou ja, kom hier, krijg je een oranjebitter van oom Sem om je verdriet te vergeten! Roep die ober eens!'

Hij lachte daverend en schoof z'n buik tussen tafeltje en stoel. Neel glimlachte naar Friso die opeens overeind kwam en naar het restaurant liep.

'Wat is er?' vroeg Sem. 'Zei ik iets verkeerds?'

'Integendeel,' zei ze opgewekt. 'Luister eens, Sem, ik zou graag een paar foto's exclusief willen en nu je toch flink wat kwijt kan, voor een vriendenprijsje. Ja?'

5

Bechets sopraansax zweeg en de drummer begon aan een solo. Fabius trommelde met duim en ringvinger werktuigelijk mee op het bureaublad, terwijl hij zich tevergeefs probeerde te concentreren op de vuistdikke ambtelijke adviesnota voor zich. Het lag niet zozeer aan de ellenlange, gortdroge zinnen dat hij zijn aandacht niet bij de tekst kon houden, want in de afgelopen jaren had hij wel geleerd daardoorheen te lezen, maar meer aan de twijfel die hem had bekropen zodra hij de nota uit zijn tas had gehaald: of het wel zin had hier nog mee verder te gaan. Niet dat de voorstellen hem niet interesseerden, integendeel, hij was er zelf verantwoordelijk voor en had er de afgelopen twee jaar hard en enthousiast aan gewerkt. Al in zijn tijd als actief politieman had hij de tweedeling binnen de politie een verspilling van tijd en geld gevonden. Met name de competentiestrijd tussen de ministeries van Justitie en Binnenlandse Zaken, waaronder respectievelijk de Rijkspolitie en de Gemeentelijke Politie vielen, leidde tot inefficiëntie en verregaande bureaucratie. Dus toen van hogerhand besloten was om de opsporing van oorlogsmisdadigers niet langer prioriteit te geven en Steensma was aangekomen met het aanbod een studie op te zetten naar de hervorming van het politieapparaat, had Fabius die kans met beide handen aangegrepen. ATARI was voorjaar '53 opgeheven. Twee maanden later was hij benoemd tot hoofdcommies A, weliswaar met een werkkamer op het departement van Justitie, maar onder verantwoordelijkheid van zowel Binnenlandse Zaken als Justitie. Het voordeel daarvan was natuurlijk dat hij zich redelijk onafhankelijk kon opstellen, het nadeel dat hij van beide kanten wantrouwig werd bekeken. Het had hem aanvankelijk weinig gedeerd. Hij had een grote mate van vrijheid gehad en het werk was gevarieerd en allerminst beperkt tot zijn bureau; in die jaren had hij studiereizen gemaakt naar onder meer de Sécurité National in Parijs, New Scotland Yard in Londen en de FBI in Washington. Allengs was hij tot de conclusie gekomen dat voor een klein land als Nederland een nationale politie-organisatie, waaronder ook de inlichtingendiensten ressorteerden, het meest doeltreffend was. Toen al had Steensma hoofdschuddend opgemerkt dat het zijn zegen had, maar dat hij hoopte dat ze beiden nog in leven zouden zijn als het ervan zou komen. 'Ergens begin 21e eeuw of zoiets, beste Wouter, wanneer wij óf al hemelen, óf tandeloos in een rusthuis zijn opgenomen.' Fabius had zich niet kunnen voorstellen dat iemand er ook maar tegen kon zijn, want zijn voorstel betekende aantoonbaar meer efficiency, minder geld en vooral een betere bestrijding van de sterk gestegen criminaliteit. Toen hij wist dat zijn ministers, Beel en Doncker, de een van de KVP, de ander van de PvdA, er beiden in beginsel positief tegenover stonden, had hij geen moment meer getwijfeld aan het resultaat. Tot hij geconfronteerd werd met de ambtenarij, en vooral de macht die ze vertegenwoordigde. En evenzeer met de territoriumdrift van de verschillende organisaties en hun invloed achter de schermen.

Het was verbijsterend. Zijn eigen nota, niet meer dan veertig pagina's, was inmiddels, ruim een jaar verder, door vier ambtelijke commissies met vele rapporten geamendeerd, en daarnaast waren minstens evenzoveel commentaren aangeleverd door de diverse politie-instanties en de inlichtingendiensten. In de adviesnota die nu voor hem lag vond hij slechts een paar van zijn voorstellen terug, geen ervan wezenlijk belangrijk, en toen hij in het begeleidend schrijven had gelezen dat het stuk gezien de komende verkiezingen door werd geschoven naar het volgend kabinet, had hij met moeite de aanvechting weerstaan het woedend in stukken te scheuren.

Hij leunde achterover en keek somber naar de oorkonde en foto die naast elkaar ingelijst boven zijn bureau hingen.

'Wij, Juliana bij de gratie Gods Koningin der Nederlanden, Prinses van Oranje-Nassau, enz; enz; enz;' 17 februari 1953.

Op de voordracht van Onze Minister van Oorlog van 13 februari 1953, DG LA Z 32 HEBBEN GOEDGEVONDEN EN VERSTAAN:

Toe te kennen de Militaire Willemsorde aan

De Heer W. Fabius;

Wegens:

Heeft zich door moedig en beleidvol optreden onderscheiden en daarmee het belang van het Koninkrijk gediend...'

Volgde een plechtstatig stuk over zijn verdiensten voor het verzet. De grote, glanzende foto toonde Prins Bernhard in het uniform van inspecteur-generaal, die hem in het Paleis op de Dam de onderscheiding opspeldde, hij strak als een standbeeld, pink op de naad van de broek die Hannah voor hem had geperst. Van haar, in haar feestelijke jurk, was nog net een stukje zichtbaar op de voorste rij tussen Anja en Dirk Steensma.

Natuurlijk was de brief van Bernhard de werkelijke reden van de onderscheiding. Zijn prestaties binnen het verzet waren hoogstens goed voor het Kruis van Verdienste of de Bronzen Leeuw. Vanzelfsprekend had Bernhard er niets over gezegd, maar Schimmelpenninck en Einthoven hadden verzekerd hoe dankbaar hij was.

Het was en bleef bizar, vond Fabius, dat hij op zijn beurt tegenover de man moest staan die toen in Londen die brief aan Himmler had geschreven. Wat dat betrof, moest hij het haast wel eens zijn met zijn buurman, die hem die ochtend had toegevoegd niet meer te vlaggen. Al ging het gerucht dat Bernhard in woede was ontstoken toen Juliana de Duitse oorlogsmisdadigers gratie had verleend. Maar ook dat was inmiddels jaren geleden en naar het scheen had het koninklijk paar zich verzoend.

Hij keek naar de foto ernaast waarop Hannah haar diploma

gymnasium bèta in ontvangst nam, en herinnerde zich weer de avond dat Sonja geschokt met de brief aan was gekomen. Fabius kneep zijn ogen samen. Hij zag zichzelf weer de voordeur uitrennen, langs Neel Smits die boven op Dullens was gesprongen en riep dat Hannah werd vastgehouden in een auto om de hoek. Sybrands was nog vóór Steensma de auto al uit en schoot, Neel Smits was gillend met Dullens op de grond gevallen zodat de Mauser hem ontglipt was, en hijzelf was met het wapen door de regen de hoek om gerend. De blonde man moest toen al begrepen hebben dat het fout zat en dat hij beter eieren voor zijn geld kon kiezen.

'Niet schieten! Niet schieten! Uw dochter is veilig!'

Het was dat hij Hannah had kunnen zien in het schijnsel van het binnenlichtje, haar wasbleke gezicht, ogen gesloten, tegen de achterbank, anders zou hij de man zonder enig gewetensbezwaar ter plekke hebben neergeschoten.

Natuurlijk was het Salters' opdracht geweest. Maar het was Sybrands die Dullens had gedood, en de blonde man had volgehouden er niets van te weten. Het was nog steeds onvoorstelbaar dat hij slechts een lichte straf had gekregen, en dat Salters helemaal niets ten laste was gelegd. Volgens Einthoven bewees dat eens temeer hoe invloedrijk de kringen rond Salters waren.

Fabius zuchtte en kwam overeind om thee te zetten.

Het was nog een godswonder dat Hannah geen nadelige gevolgen had ondervonden van dit alles. Ze had er zelfs geen nachtmerries aan overgehouden, en was twee dagen later alweer vrolijk op haar fiets naar school gestapt. Was dat zijn nuchterheid die ze had meegekregen? Hij glimlachte omdat hij moest denken aan Mirjams wat cynische verdediging van haar angsten. 'Alle intelligente mensen kennen angst, simpelweg omdat ze hem ondanks die intelligentie niet kunnen verklaren. Dommere mensen hebben daar geen last van, die denken er gewoon niet bij na.' Dan had Hannah wat dat betreft toch nog iets van hem meegekregen – zij het dat je met haar eindcijfers toch ook moeilijk staande kon houden dat ze niet intelligent was!

Aan de andere kant had Sonja, die als politievrouw diverse malen in levensbedreigende situaties had verkeerd en toch ook bepaald niet dom was, wel een behoorlijke klap opgelopen. Ze had zelfs drie maanden ziekteverlof moeten opnemen voor ze bij haar nieuwe werkgever de KLM aan de slag kon. Het had hem niet verbaasd dat ze er vervolgens in korte tijd al gepromoveerd was tot eerste grondstewardess. Ze zagen elkaar nog maar weinig met ieders drukke werkzaamheden, en als ze elkaar zagen dan ging het gesprek over ditjes en datjes. Nooit meer over die dag en avond, hoewel de moord bij De Hooge Vuursche nooit was opgelost. Het tekende Sonja's koppigheid wel dat ze geweigerd had de verklaring bij de BVD tot zwijgen te ondertekenen, zoals hij en de journaliste Neel Smits dat wel hadden gedaan.

IJskoud had ze tegen Einthoven gezegd dat ze weliswaar niets zou zeggen over de brief, maar ook dat niemand haar kon dwingen iets te ondertekenen wat ze niet wilde.

'Mevrouw Takema, inderdaad kan ik u niet dwingen, maar ik vraag u wel te bedenken wat de mogelijke consequenties kunnen zijn voor uw nieuwe betrekking.'

Fabius schonk de thee op en grinnikte bij het beeld van haar vuurspuwende ogen en Einthovens verbijstering. 'Meneer Einthoven, laat ik u dit zeggen. Ik heb zes weken vastgezeten in het Oranjehotel en heb geen woord losgelaten tegen de Duitsers. Maar ja, ik was dan ook geen lid van de Nederlandsche Unie!'

Einthovens vierkante gezicht had zich paarsrood gekleurd, maar hij had niets meer teruggezegd. Later, nadat ze hersteld was, had Fabius Sonja nog wel gevraagd waarom ze niet had getekend. Toen had ze geantwoord dat ze dat in een opwelling had geweigerd, maar hij had geweten dat het vanwege de moord op die oudere kunstschilder was. Sonja wist evengoed als hij dat zijn dood nooit zou worden opgehelderd, gezien de brief en de belangen van de prins. Het was ook de reden dat Salters niet verder was lastiggevallen en dat ook de moord op de Amsterdamse rechercheur eerder dat jaar ergens in een aflegarchief was beland. 'Omwille van de troon,' had Einthoven gezegd. Dat was ook zo – al had Sonja groot gelijk dat je beter kon spreken van 'omwille van de beerput'.

Hij schonk zich een kop thee in. Toen hij ermee terugliep naar zijn werkkamer zag hij dat de vlag door de wind in een knoop was gewaaid. Symbolisch! dacht hij cynisch, maar liep toch naar buiten om hem recht te trekken. Toen hij die ochtend was opgestaan had hij zich pas gerealiseerd dat het Koninginnedag was toen hij al op het punt stond met zijn tas naar het departement te gaan, en buiten de vlaggen had zien hangen. Koninginnedag was voor hem, net als voor veel mensen van zijn generatie, nog steeds de 31e augustus. Hij had zijn tas weer binnen gezet en was de vlag gaan zoeken, terwijl hij zich afvroeg wat hij na toch al een weekeinde in godsnaam met deze vrije dag aan moest. Vroeger was dat geen punt geweest met Hannah. De ochtend al vroeg op om haar in oranje uit te dossen, dan naar buiten voor de spelletjes van de Oranjevereniging, de kermis op de boulevard en ten slotte poffertjes eten op het Malieveld.

Het weekeinde was toch al saai geweest, nu ze niet thuis was gekomen omdat ze een zeilweekeinde van haar dispuut had. Doorgaans kwam ze elke vrijdagavond thuis met een tas vol vuil wasgoed, om pas zondagmiddag weer terug te gaan naar Leiden. De eerste maanden van haar studie medicijnen was ze nog spoorstudente geweest, maar toen een schoonzus van Anja in Leiden weduwe was geworden had hij zich niet langer kunnen verzetten en er ten slotte in toegestemd er een kamer te huren.

Dat was met name onder druk van Anja gebeurd.

'Wouter, wat deed jij dan toen je achttien was?'

Zijn verweer dat het toen crisis was geweest en de omstandigheden dus totaal anders, had geen enkele indruk gemaakt.

'Je weet best dat je dit alleen maar tegenhoudt omdat je haar niet kwijt wilt. Kom op, zeg! Leiden, je kunt het fietsen! Ze is geen kind meer en ze heeft het ook hard nodig. Je bent een prima vader voor haar, maar een jonge vrouw van achttien hoort niet meer thuis bij haar pappa.'

Hij liep terug en grijnsde wat mismoedig naar zijn gezicht in de gangspiegel. Ook nog steeds verbaasd om de snor die hij nu enkele maanden op aanraden van Hannah droeg. Een Anthony-Edensnor. Op een avond had ze hem een foto van de Britse premier in een blad uit de leesportefeuille van het ministerie laten zien. 'Kijk eens, pap, zó een zou je nou goed staan. Echt! Je ziet er al honderd jaar hetzelfde uit! En dit staat gedistingeerd en het maakt dat je die inhammen bij je voorhoofd niet meer zo ziet.'

Ook daartegen was geen verweer mogelijk geweest. Toen de kapper de snor na enkele weken in model had kunnen knippen, had hij moeten toegeven dat het hem goed stond en zelfs wat jonger maakte omdat de snor in tegenstelling tot zijn hoofdhaar geen spoortje grijs vertoonde.

Hij dronk van zijn thee en staarde naar de tuin die er na de koude winter kaal en verwaarloosd bij lag, het kippenhok leeg sinds hij de laatste twee kippen met kerst tot Hannahs afgrijzen had geslacht. 'Lieverd, wie zorgt er dan voor als jij op kamers bent? En voor de eieren hoef ik het niet te doen, die zijn per dozijn goedkoper dan het voer van alledag.'

Een man alleen. Bijna vierenveertig jaar.

'Je zou eens wat moeten dóen, Wouter,' zei Anja vaak. 'Een vereniging of zo. Waarom ga je bijvoorbeeld niet op dansen? Bij Van Lier op de Laan van Meerdervoort zijn speciale clubs voor alleenstaanden.'

Dirk had achterover gelegen van het lachen. 'Zie je het voor je? Wouter die de Sint-Bernhardskruispolka danst? Anja, hou op met dat koppelen, wil je? Alsof het zo leuk is om getrouwd te zijn!'

Fabius glimlachte. Anja bedoelde het goed, maar de vriendinnen die ze omzichtig uitnodigde elke keer als hij kwam eten, waren nou niet zijn keuze. Met één van hen had hij iets geprobeerd, een aantrekkelijke vrouw en ook niet preuts, maar dermate vaag met allerhande theorieën over opvoeding, voeding en de natuur dat hij het Spaans benauwd had gekregen en er meteen een punt achter had gezet.

'Volgens mij,' had Dirk Steensma gezegd, 'is die journaliste wel iets voor jou. Ik zou het wel weten, beste jongen! Waarom bel je haar niet eens op?'

Nooit gedaan. Waarom niet? Want Dirk had gelijk. Neel Smits was dan wel niet echt mooi, maar ze was wel zijn type: bijna net zo lang als hij, blond en fraaie benen, nuchter en niet op haar mondje gevallen. Maar ze was wel afkomstig uit een wereldje dat hem volkomen vreemd was. Weliswaar was hij geïntrigeerd door een vrouw die voor zichzelf zorgde en rookte en dronk als een man, maar tegelijkertijd had hij zich er ongemakkelijk bij gevoeld, onwennig, verbaasd ook dat ze erop had gestaan zelf te betalen, wat hij mordicus had geweigerd. 'Als jij er niet was geweest die avond...'

'Hou op. Ik heb niks gedaan. Ik wou alleen maar weten wie je was. Als je iemand wilt bedanken, dan is het die vriend van je, en die man van de BVD.'

Hij zuchtte en liep naar de woonkamer om de grammofoonplaat om te keren. Het was wat je noemde een hele vreemde samenloop van omstandigheden geweest. En zeker toen Neel tot Sybrands' verbazing had gezegd dat ze hem gezien had in de buurt van het Amsterdamse café, waar die Greet Hofmans toen nog haar gebedsdiensten hield. Volgens Sybrands had de vermoorde rechercheur dat café in opdracht van de BVD in de gaten gehouden, omdat de verdenking bestond dat er communisten onder het gezelschap waren. De politieman had hem rapport uitgebracht en moest niet veel later om het leven zijn gebracht. Neel Smits had daar allemaal niets van geweten. Ze had die Dullens gevolgd om te weten wie hij was en ze had ook gedacht dat hij, Wouter Fabius, bij de club van Salters hoorde.

Hij wilde de plaat pakken toen hij uit zijn ooghoek buiten achter het raam een auto zag parkeren. Tot zijn verbazing zag hij enkele seconden later Sonja uitstappen. Ze had hem ook gezien, het viel hem ogenblikkelijk op dat ze bezorgd keek en hem opgewonden beduidde de deur open te maken.

Ongerust holde hij het gangetje in en trok de deur open.

'Sonja, wat is er?'

Ze hijgde. Haar gezicht was bleek met rode vlekken: 'Ik heb de moordenaar van Jan Schouten gezien!'

Hij zweeg vragend en herinnerde zich toen pas dat ze de oudere kunstschilder bedoelde.

'Net. Een paar uur geleden. Op Schiphol!'

'Jezus! Kom binnen!'

Verbluft sloot hij de deur en ging haar voor naar de woonkamer. Ze hinkte erger dan vroeger, zag hij.

'Mag ik eerst wat te drinken?'

'Ja. Natuurlijk. Thee?'

'Liever wat sterkers! Heb je zoiets?'

Hij knikte. 'Ga zitten alsjeblieft. Ik schenk je ondertussen wat in.'

Ze haalde diep adem en ging op de bank zitten. 'Ik schrok me echt dood! Ik zag hem in het afgeschermde deel van het vliegveld dat alleen voor speciale bezoekers is.'

Fabius pakte de fles cognac uit de kast en een glas waarvan hij meteen zag dat het niet helemaal schoon was, zodat hij het even opwreef tegen zijn mouw.

'En weet je wat het gekke was? Hij kwam met een wagen van

de Amerikaanse ambassade. Een Rolls Royce. Ik heb het nummer opgeschreven trouwens.'

Hij schonk het glas halfvol en gaf het haar.

'Is hij dan een Amerikaan?'

'Welnee! Gewoon een Nederlander. Ik vertelde je destijds toch dat er een verwijfde vent aan tafel bij die Salters in De Hooge Vuursche zat? Nou, die was het.' Ze dronk gulzig, terwijl hij haar twijfelend opnam. Ze bukte zich om haar sigaretten uit haar tas te halen. 'Jezus, Wouter, toen ik die rotkop met dat snorretje weer zag, wist ik meteen ook weer dat hij Schouten had neergeschoten!' Ze keek hem opeens met grote ogen aan, een ongelovig lachje om haar lippen. 'God, nu zie ik pas dat jij een snor hebt! Leuk!'

'O... vind je? Ideetje van Hannah. Ze denkt dat ik erdoor op Anthony Eden lijk.'

Sonja giechelde nerveus. 'Meer op Clark Gable, in *Mogambo*.'

Hij grijnsde terug en vroeg toen: 'Wat deed hij op Schiphol?'

'Mensen ophalen. Twee mannen. En belangrijk ook.'

Ze dronk weer en hij zag haar vingers rond het glas trillen. 'Want het vliegtuig waarmee ze kwamen kwam van Hendon.'

Hij fronste vragend.

'Hendon is een militaire basis bij Londen, waar alleen hele hoge jongens gebruik van maken.' Ze glimlachte een beetje. 'De prins, bijvoorbeeld.'

'O,' zei Fabius.

'Die vent heet Metman. Philip Metman.'

'Hoe weet je dat?'

'Omdat elke bezoeker een pasje krijgt. En ik herinnerde me die naam toen meteen omdat ik die ook in De Hooge Vuursche had gehoord.'

Hij knikte alleen maar, zich realiserend hoe groot de schok voor haar moest zijn geweest.

'Hij kwam samen met een oudere Amerikaan die twee man-

nen ophalen. Eén ervan heet Kenton Delmar.'
'Wat?'
Sonja keek hem ernstig aan. 'Die naam noemde Salters toen ook. Wie is hij?'
Fabius staarde fronsend voor zich uit. 'Een journalist. Een correspondent die hier toen werkte, maar voorzover ik weet allang terug is naar Engeland. Hij was ooit de vriend van die journaliste die hier toen was, die avond dat ze Hannah ontvoerden.'
'O.'
'Ja. Maar bij mijn beste weten hebben ze geen contact meer.'
'En hoe ver gaat dat beste weten?'
'Wat?' Hij keek op en glimlachte flauwtjes. 'Ha, ha. Niet ver. Ik heb haar ook al in geen jaren gezien.'
Hij aarzelde en liep toen naar de kast terug om zichzelf in te schenken.
'Had Delmar iets met die Greet Hofmans te maken?' vroeg Sonja.
'Ik geloof het niet. Ik weet alleen dat hij bevriend was met Bernhard, en dat hij ook afwist van die brief.' Hij dronk peinzend. 'Maar dat is passé.'
'Maar dan blijft het toch krankzinnig dat hij nu opgehaald wordt door de moordenaar van Jan?!'
Fabius beet op z'n lip en knikte weer. Net als toen besefte hij ook nu weer dat ze in die paar uur dat ze de oudere man had gekend meteen iets voor hem gevoeld moest hebben.
'Je kunt je niet vergissen?'
'Nee! Ik weet het absoluut zeker!'
Hij dronk van de cognac en dacht koortsachtig na. Er was geen reden om aan haar verhaal te twijfelen, zo krankzinnig als het klonk. Die Delmar die iets van doen had met een vent die vier jaar geleden in opdracht van Salters een moord had gepleegd. Maar volgens Steensma had Salters zich al snel helemaal teruggetrokken uit het werk, en had hij inmiddels een of ander

bureau opgericht dat zich bezighield met reclame en advertenties. Wie was die Metman dan? Een moordenaar? De Amerikaanse ambassade: wie kende hij die daar contacten had?

'Aangifte doen heeft natuurlijk geen zin,' zei Sonja. 'Ze zien me al aankomen. Maar ik dacht dat jij misschien, omdat je daar nu zit, iets via Steensma zou kunnen doen.'

Hij knikte aarzelend. 'Ik weet het niet. Het is wat je zegt: jouw woord tegen dat van die Metman. Als hij al zo heet. En dan nog. Wat zou Dirk Steensma kunnen doen?' Hij nam nog een slok. 'Het enige dat ik kan doen is die Neel Smits proberen te bellen.'

6

'Wie een kaart opslaat van het Paleis Soestdijk en de naaste omgeving, ziet een krans van groen rondom het punt dat het Witte Huis der Koningin aanduidt...'

Neel aarzelde. Vanachter haar bureau staarde ze nadenkend naar het spitse torentje van het Olympisch Stadion boven de boomkruinen. De zon weerspiegelde in het donkere water van de kade. Van buiten drong vaag het lawaai van de kermis door. Aan de overkant renden kinderen met oranje sjerpen en mutsen joelend achter elkaar aan, en op de stoep tegen de huizen aan zaten mensen op stoelen. Ze nipte van haar thee en keek weer naar het vel papier in de Remington. Het was een stuk lastiger dan ze had gedacht om het artikel te schrijven. Tijdens het avondeten had ze enkele *Libelles* doorgenomen, maar ze algauw weer moedeloos opzij gelegd. Alleen een verhaal van Henriëtte van Eyk was de moeite waard, maar Van Eyk was een schrijfster en had zich dus niets aan hoeven trekken van de huisstijl, die voornamelijk kinderlijk simpel en vooral moraliserend was.

Ten slotte had ze maar besloten om de oude truc toe te passen en gewoon te beginnen met wat toeristische en historische informatie over Soestdijk en omgeving die ze uit de Winkler Prins-encyclopedie naast de machine had gehaald.

'Soestdijk is een van die laatste plekken in ons land waar de tijd stil lijkt te staan. Wie zich de moeite getroost er eens een dagje heen te gaan, kan hier nog ongestoord wandelen in bossen en landgoederen die men niet zo gauw zou verwachten in dit druk bewoonde deel van Nederland. Statige, eeuwenoude bomen markeren nog de oude paden en wegen van weleer en het is een verademing de...'

Ja, de wat?

Ze maakte een grimas, haalde de wagen terug en begon nijdig x'jes vanaf het woord 'weleer' te hameren. God nog aan toe, Smits, je draait je hand niet om voor een stuk over de verkiezingen of een artikel over de export, maar een simpel achtergrondverhaal over Juliana en Bernhard kost je uren tijd en liters zweet! Tweehonderd gulden was het honorarium. Ze had gedacht dat forse bedrag in een avond te kunnen verdienen, maar in dit tempo zou ze er dagen over doen!

Ze zuchtte en stak een nieuwe sigaret aan. Wat dan? Beter meteen met het paleis beginnen? Gebouwd in 1674, las ze, door een zekere Maurits Post, in opdracht van stadhouder Willem III. Terwijl ze las trok ze met haar andere hand het vel uit de machine en draaide er een nieuw in.

'Wie aan het paleis te Soestdijk denkt, denkt welhaast automatisch aan koningin Juliana en haar gezin die...'

Hoe lang woonden Juul en Bernhard daar? 1937, las ze en tikte verder 'sedert 1937 er de vaste bewoners van zijn. Veel mensen weten waarschijnlijk niet dat...'

Haar telefoon in de achterkamer rinkelde, maar ze typte eerst nog dat stadhouder Willem III het paleis had laten bouwen in 1674, voor ze Micky van haar schoot tilde en overeind kwam. Ze liep tussen de open schuifdeuren door en nam op.

'Met Neel Smits.'

'Met Wouter Fabius uit Den Haag.'

Ze zweeg, even totaal van haar stuk.

'Hallo? Neel?'

'Ja. Sorry... Ik eh... Hallo!'

'Stoor ik?'

'Nee hoor.' Ze lachte. 'Integendeel! Ik stond net op het punt me te verhangen!'

'Wat?'

Hij klonk zo ongerust dat ze haastig zei: 'Nee hoor, het gaat prima. Ik zit alleen tegen een stuk over Koninginnedag aan te hikken. Hoe is het met jou?'

'Goed.'

'En met je dochtertje? Sorry, dochter inmiddels, natuurlijk!'

'Heel goed. Ze is eerstejaars medicijnen in Leiden.'

'Zo. Dus ik heb een trotse vader aan de lijn!'

Hij lachte en het klonk inderdaad trots. 'Nou!'

Neel probeerde zich hem voor te stellen in zijn huis, waar ze toen die nacht naar binnen was gebracht.

'Je bent trouwens verhuisd, begreep ik van de PTT?'

'Ja. Ik kon hier een mooi appartement krijgen. En jij?'

'Nee.' Het bleef weer even stil en opeens hoopte ze erop dat hij in Amsterdam was en haar daarom belde. Maar toen ze het wilde vragen, zei hij: 'Ik bel je eigenlijk omdat ik een vraag heb. Nou ja, meer een verzoek...' Hij haperde even. 'Wist je dat Kenton Delmar in Nederland is?'

Verbluft staarde ze naar de kat, die zich nu op haar bureau tegen de typemachine oprolde. Hoe wist híj dat, en waarom vroeg hij ernaar?

'Ja, ik hoorde het. Hoe dat zo?'

'Ik... Herinner je je nog wat ik je toen vertelde over mijn vroegere assistente bij De Hooge Vuursche?'

Ze fronste haar voorhoofd. 'Die moordzaak?'

'Ja. Ze was hier net. Ze werkt nu bij de KLM. Vandaag zag ze de moordenaar opeens op Schiphol. Hij haalde Delmar en nog iemand anders op uit Londen.'

'Kenton?'

'Ja. Met een Rolls van de Amerikaanse ambassade hier in Den Haag.'

Verbouwereerd staarde ze naar haar gezicht in de spiegel naast de telefoon. Ken met een moordenaar? Hij ging altijd al met een heleboel volk om, en dat hij bekend was met mensen op Amerikaanse ambassade wist ze ook. Maar een moordenaar?

‘Denk je dat het te maken heeft met toen?’

‘Geen idee. Maar volgens Sonja kenden ze elkaar wel. De man heet Metman. Philip Metman. Hij is...’

‘Metman?’ Ze hoorde hoe haar stem oversloeg. ‘Sorry, zei je Philip Metman? Een astroloog?’

‘Wat? Ken je die dan?’

Fabius’ stem klonk minstens even opgewonden als de hare.

‘Nee. Maar ik... God, Wouter, dit is absurd! Ik sprak vandaag met een collega die me óók al vertelde dat Kenton er is. Althans: dat hij een suite in het Amstelhotel had gereserveerd vanaf vandaag. Die collega is, nou ja, laat ik zeggen dat hij overal iets achter zoekt. Zeg maar beroepsmatig flink gedeformeerd, snap je?’

‘Ik ken het type.’

‘Ja. Nou... Hij had een heel verhaal dat hij Aschwin van Lippe met die onroerendgoedman Kampman bij het Amstel had gezien en ook Bernhard zelf, althans diens auto, en toen ik zei dat het me geen bal interesseerde zei hij opeens dat Juliana onder de invloed van een astroloog stond die ook voor de Russen werkte.’

‘Voor de Russen?’

‘Ja. En dan astroloog. Dus ik dacht...’ Ze bevroor. Ken! Kenton, die destijds had gezegd dat hij voor de CIA werkte! En Friso die het had gehad over een Bilderberg-vriendje van Bernhard die bij de CIA zat. En dan nu iemand die voor de Russen werkte, en over wie Wouter opeens informatie wilde! Wat was er in godsnaam aan de hand?

‘Wat denk je?’

‘Wat? O. Nee, niks. Echt waanzin!’

‘Wie is die collega?’

‘Een journalist van *Het Parool*. Endt. Friso Endt.’ Ze trok nerveus aan de sigaret tussen haar vingers. ‘En het gekke was dat hij me ook al vroeg of ik met Kenton wilde praten over die Metman!’

'Waarom?'

God nog aan toe, dacht ze, hij klinkt echt als een politieman!

'Ik weet het niet zo goed meer. Hij had iemand die naam horen noemen in verband met Kenton, geloof ik.'

'En wat heb je gezegd?'

'Dat ik dat niet wilde.'

'Vanwege Kenton?'

Ze lachte nerveus: 'O nee, hoor. Omdat ik er geen zin in had, en geen tijd trouwens ook. En ook om wat ik je zei: het leek me echt absurd.'

'Hoe wist die Endt ervan?'

'Hij zei dat hij het van een betrouwbare bron had.'

'Aha. En je weet niet wie of wat?'

'Nee. Het interesseerde me dus ook niet. Kun jij niet naar de politie gaan? Ik bedoel, je hebt daar toch relaties?'

'Jawel, maar geen bewijzen. Niks zelfs.'

Ze nam het laatste trekje en doofde de sigaret. 'Kan die Sonja zich vergist hebben?'

'Nee. Zij had de naam van die Metman al eerder gehoord. Maar ik kom hem niet tegen in de stukken over Salters.'

'Heb je die dan?'

'Mijn eigen aantekeningen wel, ja.'

Ze zwegen weer even.

'Wat wil je?' vroeg ze toen.

Om de hoek van de straat stuitte ze op een oploopje van mensen die zich verdrongen voor de etalage van een televisiezaak. Toen ze hen passeerde, ving ze een glimp op van een televisiescherm waarop Juliana en Bernhard met de vier prinsessen lachend en wuivend in een landauer tussen een dichte haag van mensen reden. Ze glimlachte en liep haastig verder naar de tramhalte. Ze moesten eens weten! Eigenlijk was het nog een wonder dát ze er niets van wisten. Want al was het conflict aan het hof dan kennelijk voorbij, het had toch zeker een jaar of zeven gespeeld. De hofhouding en de Rijksvoorlichtingsdienst waren er verdraaid goed in geslaagd het al die tijd af te dekken. Het had natuurlijk toch ook te maken met de wat oubollige en serviele pers hier. In Engeland of Amerika zou zoiets allang breed zijn uitgemeten.

Libelle, Neel! dacht ze toen meteen cynisch. Alsof jij je steentje aan de onthullingsjournalistiek bijdraagt!

Of was het níet voorbij op Soestdijk? Friso had ze natuurlijk niet geloofd, zeker niet nadat Sem had verteld dat Juliana en Bernhard hun twintigjarig huwelijksfeest hadden aangekondigd en Juliana gezegd had haar moeders regeertermijn te willen overtreffen. Juliana, die medestanders zocht om uit het bondgenootschap te stappen! Alsof dat zomaar kon. Als het al waar was. Aan de andere kant, *Het Parool* waar Endt voor werkte was indertijd onder leiding van zijn hoofdredacteur Koets de enige geweest die het nieuws had gebracht over Juliana's pacifistische toespraken in Amerika, en ook over de Hofmans-groep. Als ze zich het nog goed herinnerde had Koets in zijn hoofdcommentaar zelfs kritiek geuit op zweverige adviseurs van Hare Majesteit die de plaats innamen van politici.

De tram kwam aan, met vlaggetjes versierd bovenop en met joelende, feestelijk uitgedoste mensen op het achterbalkon, zodat ze terugliep en vóór instapte. De receptionist van het Amstel had aan de telefoon gezegd dat de heer Delmar niet gestoord wilde worden. Met een zucht van verlichting had ze opgehangen. Want wat moest ze dan vragen?

'Ken, weet je dat Philip Metman bijna vijf jaar geleden iemand heeft omgebracht?'

Kenton kennende zou hij, of hij er nu iets van wist of niet, geen antwoord geven maar een tegenvraag stellen. Wel méér ook. Waarom ze dat vroeg bijvoorbeeld. Hoe ze de naam Metman kende. Wat ze dan wilde. Wie haar had gevraagd het hem te vragen.

Verdomme! Ze had gedacht dat dit was afgelopen! Uit zichzelf zou ze hem ook niet meer hebben opgezocht. Kenton Delmar was een gesloten boek, dat ze twee keer had gelezen en dat had toch al veel te lang geduurd. Natuurlijk las ze wel eens zijn commentaren in *The Daily Express* en die waren altijd deskundig en bondig, ze was het er zelfs doorgaans mee eens, maar ze had eigenlijk toen hij haar voor The Free Atlantic Press had gevraagd al geweten dat het nooit meer wat zou kunnen worden tussen hen. Zo dankbaar als ze hem was dat hij haar van Dullens en die Nico had gered, zo argwanend stond ze toch tegenover hem. En dat was weer bevestigd door wat Friso die middag in Trier had verteld. CIA. Al had ze het wel geweten, ze voelde zich toch weer gekwetst. Hij had haar gewoon voor zijn karretje gespannen. Kenton, hoe hoog en goed hij ook in zijn vak was, was en bleef een scharrelaar, zowel zakelijk als privé. Maar dat hij willens en wetens met een moordenaar om zou gaan? Dat leek haar toch niet waarschijnlijk.

Ze stapte uit bij de Dam en liep tussen de wandelaars door naar Scheltema. Koninginnedag, de krant was gesloten, maar iemand als Friso werkte altijd, en hij was ook vrolijk aan de telefoon gekomen toen ze naar het café had gebeld.

'Heb je al gegeten?'

'Jawel. Ik wou je alleen iets vragen. Maar niet over de telefoon.'

Friso zat op zijn vaste plek, achterin aan de leestafel. Er waren nauwelijks bezoekers. Appie Scheltema, de eigenaar, groette haar uitbundig. 'Nou nou, Neel dat is lang geleden, meid. Ik dacht al, ze zal toch niet van de blauwe knoop zijn geworden? Kleintje pils?'

Ze nam het glas mee naar de leestafel en zag dat Friso notities maakte uit *L'Express*. Blijkbaar wilde hij niet dat zij dat zag want hij klapte het blocnote meteen dicht.

'En? Heb je Kenton al gezien?'

'Nee.'

'O.' Teleurgesteld stak hij zijn pijpje tussen zijn tanden en streek een lucifer af. 'Ik dacht dat je me daarom wilde spreken.'

'Wil ik ook.'

Zijn blauwe oogjes namen haar verrast op.

'Op één voorwaarde,' zei ze.

'En die is?'

'Ik wil weten wie je betrouwbare bron is van wie je over die Metman hoorde.'

De oogjes knepen zich samen. 'Waarom?'

Ze glimlachte en nam een slokje van haar bier.

'Neel, ben je er zelf mee bezig?'

'Waarmee?'

'Ha, ha! Waarom wil je dat dan weten?'

'Friso, ik vroeg je wat. Of je geeft antwoord, óf je helpt me niet.'

'Ben je echt niet zelf met een verhaal hierover bezig?'

'Ik heb je al gezegd dat ik geen pest geloof van al die onzin over Juliana die gaat aftreden, en over Russische spionnen. Trouwens, ik werk voor *Libelle*, weet je nog? Daar willen ze graag sprookjes.'

Hij grinnikte, maar niet echt van harte en blies een rookwolkje uit, zodat ze haastig achterover leunde.

'Oké,' zei hij. 'Je zult wel een reden hebben, maar ik geloof je. Ik heb het van een collega van *Het Vaderland*. Ook een homo.'

Ze knikte afwachtend.

'Je kent hem misschien wel, want hij is een tijdje het vriendje geweest van je oude collega bij AP.'

'Wat? Die jongen die cultuur doet?'

'Ja. Eduard Vorstenbos. Hij was een tijd lang het liefje van die Metman. Ook geen wonder want hij is helemaal in de soefikringen en de antroposofie, hij doet ook geen Cultuur meer maar een of andere flauwekulrubriek, Geestelijk Leven of zoiets. Nou ja, die Metman is dus astroloog, dus dat sloot wel bij elkaar aan.'

Ze knikte weer en zag Abs toenmalige vriendje voor zich, een vrouwelijk gezicht met wat dons op z'n bovenlip en sluik blond weggekamd haar. Het wereldje van de journalistiek. Iedereen kent iedereen, ons kent ons.

'En zei die Eduard dat Metman voor de Russen werkt?'

'Ja. Hij heeft hem een keer gevolgd omdat hij dacht dat Metman er nog een minnaar op nahield.' Friso grinnikte en wenkte naar Ed. 'Wat dat betreft zijn het net vrouwen! Enfin, Metman liep naar de sovjetambassade en mocht er zomaar naar binnen. Je weet zelf dat dat niet kan als je er niet werkt. En daarna heeft hij hem nog twee maal gezien in de poffertjestent aan het Malieveld, wat een bekende rendez-vous-plek is voor de Russen en hun informanten.'

'En hij zit ook bij de groep van Hofmans en aan het hof.'

'Yep.'

'Hij is dus én soefi én sterrenwichelaar, én communist!'

'Ik weet wat je denkt, maar het is zo. Net als Vis.'

'Vis?'

'De advocaat. Meester Benno Vis. CPN'er, maar hij komt ook op het Oude Loo om naar Martin Buber te luisteren. Samen met Frits Philips en Fentener van Vlissingen en professor Quispel en Graaf de la Noe... Luister Neel, iedereen denkt dat het allemaal koek en ei is en dat die Hofmans en consorten uitgespeeld zijn, maar dat is niet zo. En ze hebben *De Telegraaf* ook mee.'

'*De Telegraaf?*'

'Ja. Via Gerrie van Maaswijk. Ken je hem?'

Ze knikte verbijsterd, meteen zag ze de man even voor zich, toen bij het landgoed bij Hattem en later in het Paleis op de Dam, in gezelschap van die enge Nico.

'Van Maaswijk is kamerheer van Juul en de belangrijkste jongen van de Rotogravure-pers. Hij zit ook in Britse syndicaten als The Sunday Pictorial.'

'*De Telegraaf* is toch fel ánti-Moskou?'

'Ja. Van Maaswijk ook. Juliana ook. Hofmans, Philips, Kayser, de hele reut. Daar gaat het hen ook niet om. Ze geloven heilig in een neutraal Nederland. Nederland als een gidsland en voorbeeld voor de wereld. Alleen kun je je afvragen wat zo'n Metman en Vis er dan bij te zoeken hebben. Begrijp je? En ik denk dat Bernhard daarom als de bliksem zijn vrindjes van de CIA te hulp heeft geroepen!'

'Hoe weet je dat allemaal?'

Friso kneep zijn ogen weer samen, legde zijn pijpje weg en nam een teug van het bier. 'Ga je voor me praten met Kenton?'

'Wat? Ja.'

'Oké. Ik heb het allemaal van Annemarie Tellegen, de directeur van Juuls kabinet. Ze staat wel sympathiek tegenover de plannen, maar ze maakt zich grote zorgen over de linkse elementen met wie Juliana zich omringt. Metman bijvoorbeeld. En Vis. En zo heb je er nog wel een paar. En ik denk dat de CIA dáárom hier is.'

Ze knikte automatisch. Hij glimlachte en pakte zijn pijp weer. 'Ik zie dat je me gelooft.'

Ja, dacht ze, ik geloof je. Maar waarom zou Kenton dan opgehaald zijn door die Metman, nota bene met een auto van de Amerikaanse ambassade?

'Je houdt je kop erover, hè?'

'Ja. Maar ik kan Kenton toch moeilijk vragen wat de CIA hier doet?'

'Nee. Maar je kunt toch zeggen dat je een tip hebt gekregen over die Metman en dan kijken hoe hij reageert?'

Ze zag hem fronsend langs haar heen kijken. Toen ze zich omdraaide zag ze een kleine man het café binnenkomen.

'O jezus!' zei Friso Enters. 'Mondje dicht! Henkie Hofland.

Denk erom Neel, je vroeg me nog wat informatie over de bordesscène van vanmiddag...'

Hij zweeg abrupt en toen ze verbaasd zijn geschrokken blik volgde zag ze achter Hofland de Duitse verslaggever Jacobi lachend met een oudere, gebruinde man binnenkomen. Ze namen plaats aan een tafeltje bij het raam. Hofland verdween naar het herentoilet.

Ze draaide zich naar Friso. 'Wat is er?'

'Jackson,' zei hij zachtjes. 'Die vent bij Jacobi is die Jackson over wie ik je vertelde.'

'Die The Free Atlantic Press financierde?

Hij knikte gespannen maar zei niets en keek met zijn hand tegen zijn wang spiedend naar beide mannen. Appie was naar hen toegekomen, maar Jacobi schudde zijn hoofd en wees op zijn horloge. Appie knikte en liep terug. Achter het raam kwam een taxi tot stilstand. De chauffeur stapte uit en kwam het café in.

'Taxi?'

Jackson kwam weer overeind en pakte zijn tas. Hij zei iets tegen Jacobi, die begon te lachen, en liep daarna naar buiten. Jacobi stond eveneens op en liep naar de bar.

'Neel!' Friso's gezicht glom van de opwinding. Hij schoof twee sleutels aan een ring naar haar toe. 'Neel, doe me een plezier!'

'Wat?'

'Kijk waar hij heen gaat!'

Ze lachte ongelovig. 'Toe nou, zeg! Waarom doe je het zelf niet?'

'Omdat hij me kent! Neel, ik heb je toch al gezegd dat hij bij de CIA zit! En je hebt me toch beloofd met Kenton te gaan praten. Hij is hier niet voor niks!'

'Jezus Friso, moet je luisteren! Ik vind een boel best, maar...'

Ze verstarde. Buiten achter het grote raam was een man achteruit de taxi gestapt en schudde nu de hand van Jackson waarna hij het portier voor hem openhield. Daarna liep hij om en stapte aan de andere kant in.

'Wat is er?' vroeg Friso. Hij boog zich wat voorover om haar blik te kunnen volgen, maar ze was al overeind gekomen, de sleuteltjes in haar hand.

'Waar staat je auto?'

'Hè? Was dat verdomme niet generaal Koot?'

'Waar staat die Morgan van je!'

7

Philip Metman stond inderdaad als astroloog vermeld in de telefoongids. Hij bleek te wonen aan het statige Nassauplein, niet ver van het huis van de Steensma's, zodat Fabius er op de terugweg met de Traction uit nieuwsgierigheid langsreed. Hij remde wat af en keek geïmponeerd naar het hoge herenhuis van vier etages, het dak als een miniatuurkasteel gemarkeerd door twee spitse torentjes. Pal voor de gebeeldhouwde deur stond een goed onderhouden Mercedes 190 SL geparkeerd, het nummerbord nog uit de dagen dat ook de provincie van herkomst werd aangeduid. ZH. Als het Metmans auto was, was dit dan de wagen waaruit de Larense kunstschilder voor Sonja's ogen was neergeschoten? In elk geval was het een dure auto, ettelijke malen duurder dan de Traction die Fabius twee jaar geleden eindelijk had kunnen kopen van zijn buurman. Een astroloog met geld. Hoe? Rijke clientèle? Erfenis? Astrologie. Fabius maakte een grimas. Mirjam had er wel wat in gezien en zelfs Hannekes horoscoop laten trekken na haar geboorte. Er klopte natuurlijk geen donder van, maar op de een of andere manier had ze het altijd zo weten te beredeneren dat het leek van wel.

Hij trok op, maar remde alweer af vanwege de tram op de Javastraat.

Een astroloog die voor de Russen spioneerde. Het leek erg vergezocht, maar de mededeling van Neel dat Metman zich in de hofkringen rond de Koningin bewoog was bijna even verontrustend als Sonja's relaas over de man. Neel. Hij glimlachte omdat hij zich weer het plezierige gevoel herinnerde toen ze hem door de telefoon met 'Wouter' had aangesproken. Alsof ze elkaar allang kenden, en er geen jaren voorbij waren gegaan!

De vrijwel lege tram kwam schurend in de rails voorbij, vlaggetjes voorop en aan de balustrade van het achterbalkon een tros ballonnen wapperend in de wind.

Fabius wilde al gas geven toen hij in zijn achteruitkijkspiegel een man uit het pand van Metman zag komen die de deur afsloot. Fabius draaide de auto naar de kant en wachtte. Nog geen minuut later passeerde de man de Traction en sloeg rechtsaf, de Laan van Meerdervoort op. Dat moet Metman zijn, dacht Fabius. Sonja had hem beeldend beschreven: een wat schriele man met een blozend gezicht en een klein zwierig snorretje. Hij droeg een zwarte dure overjas met een zijden shawl en een lichtgrijze hoed waaronder lang donker haar krulde.

Een ogenblik zat Fabius nog stil. Toen stapte hij uit, sloot de auto af en holde naar de hoek. Metman was overgestoken en liep nu zo'n honderd meter voor hem uit langs de statige witte villa's.

Het was bijna acht uur, zag Fabius op de klok bij de tramhalte. Wat was die Metman van plan? Hij aarzelde. Was dit niet een beetje belachelijk? Metman kon van alles gaan doen. Hij kon in de stad gaan eten, zeker op een dag als vandaag; wie weet zou hij ergens een vriend willen ontmoeten of zomaar een wandelingetje gaan maken. Maar terwijl hij het dacht was hij toch alweer verder gelopen en zag Metman rechtsaf de Sofialaan op verdwijnen. Hij rende tot aan de hoek. Metman deed het kalm aan, als een man die even een luchtje ging scheppen. Hij keek geen moment op of om, maar kuierde op zijn gemak onder de kolossale kastanjebomen door, waarvan de in elkaar verstrengelde kruinen op het dak van een tunnel leken. Het leek Fabius dat hij op weg was naar de binnenstad. Wat, dacht hij, dan sowieso goed uitkwam want zijn maag rammelde na de paar boterhammen die hij haastig na Sonja's vertrek had genuttigd.

Metman stak de Mauritskade over en liep langs het kantoor van het ANP de Parkstraat in. Fabius nam nu wat meer afstand.

De straat was langgerekt en smal en hoewel hij er wel zeker van was dat Metman zich niet gevolgd voelde, wilde hij toch het risico niet lopen dat de ander hem zou zien. Als Metman indertijd bij Salters had gehoord, was de kans reëel dat hij hem zou kennen. Dat hadden die Dullens en De Jager tenslotte ook.

Hij kon zich de naam Metman niet herinneren van de lijsten bezoekers aan de bijeenkomsten van Hofmans of aan het Oude Loo. Maar dat zei niet veel, het waren er nogal wat geweest en het was alweer lang geleden sinds hij ze had bestudeerd. Maar Einthovens zorg over enkele communistische deelnemers stond hem nog goed voor de geest, en al zou die *Parool*-collega van Neel wellicht overdrijven, het kon heel goed dat ook Metman CPN'er was. En in dat geval zou er een dossier van de man kunnen bestaan, bij de BVD of zelfs bij Justitie. Niet dat Dirk daar nu bij zou kunnen, maar als het bij de BVD was, wat het meest voor de hand lag, dan was Steensma's hulp onontbeerlijk – voor gewone stervelingen was het archief van die dienst hermetisch gesloten. Dirk had maar een uurtje tijd gehad omdat hij, zeer tot zijn ongenoegen, met Anja mee moest naar een uitvoering van het Residentieorkest ter gelegenheid van Koninginnedag, zodat ze er morgenochtend op het departement verder over zouden praten.

Op de Kneuterdijk en het Lange Voorhout was het plotseling druk vanwege Koninginnedag. Jongens met vetkuiven raceten voorbij op brommers, meisjes met opwaaiende petticoats gillend tegen zich aangeklemd. Bij Garoeda was het zo te zien stampvol met gasten. Even bekroop Fabius de aandrang Metman te laten voor wie hij was en er binnen een Indische rijsttafel te bestellen. Op de hoek van De Plaats bleef hij weer staan. Hij zag Metman het pleintje oversteken naar de Kabouter-bodega. Fabius kende de bar van naam, het was een gelegenheid voor zakenmensen en vertegenwoordigers. Maar hij wist ook dat het een gelegenheid was waar BVD-agenten hun contacten bij voorkeur ontmoetten. Wat had Metman daar dan te zoeken? Kosmische zaken? Hij grinnikte om het flauwe grapje, keek verlangend naar het cafeetje ernaast en besloot daar een pils met een portie kaas te nemen. Maar op het moment dat hij ernaartoe liep, schrok hij op omdat iemand zijn naam riep.

'Fabius!'

Hij keek opzij en zag tot zijn verrassing Sybrands, die hem wenkte vanuit een geparkeerde auto. Verwonderd liep hij erheen. 'Sybrands! Wat doe jij hier?'

'Ik wilde jou hetzelfde vragen. Stap even in, wil je?'

'Wat?'

'Ik leg het je uit.'

Fabius trok het achterportier open en schoof naar binnen. In de wagen rook het naar zware shag. Sybrands draaide zijn grote hoofd naar hem om, de lippen waartussen het shaggie stak in een glimlach maar zijn ogen stonden argwanend. 'Je gaat me toch niet vertellen dat je hier toevallig een avondwandelingetje maakt, wel?'

'Nee, ik...' Fabius begreep het. 'Hou jij Metman in de gaten?'

Sybrands ogen knepen zich wat samen. 'Ja. En jij?'

Fabius grinnikte en leunde achterover. 'Jezus, dit is wat je noemt toeval! Ja.'

'Hoe weet je van hem?'

'Lang verhaal. Volgens mijn vroegere assistente is hij degene die toen bij De Hooge Vuursche de man doodschoot die haar meenam. Ze zag hem vandaag op Schiphol.'

Sybrands zweeg.

'Hij haalde daar twee mannen op die uit Londen kwamen. Een van hen was die journalist Delmar. Metman kwam met een auto van de Amerikaanse ambassade, zei mijn assistente, maar het gekke was dat ik een paar uur geleden hoorde dat hij een Russisch spion zou zijn die bij die Hofmans-kliek op Soestdijk zou zitten.'

'Van wie hoorde je dat?'

'Van die journaliste Neel Smits. En zij had het weer van een collega van *Het Parool*. Enfin, ik vond het allemaal alarmerend genoeg om Steensma in te lichten...'

'Steensma? Van Justitie?'

Fabius keek op omdat Sybrands' stem plotseling zeer gespannen klonk.

'Ja, sorry, maar ik kon jullie op een dag als vandaag niet bereiken, en omdat hij er toen bij betrokken was leek dat me de aangewezen weg. Hoezo?'

'Niks.'

Fabius glimlachte. Hij meende wel te weten wat de oorzaak was van Sybrands' opwinding. Dezelfde rivaliteit die hij tussen de rijks- en gemeentepolitie had geconstateerd, bestond ook tussen Justitie en de BVD.

'Maar jullie kennen hem dus al,' zei hij.

Sybrands gooide het peukje naar buiten. 'Ja. Al is dat verhaal over de Russen onzin. Maar hij is wel een communist en inderdaad een regelmatig bezoeker van Juuls theekransjes.'

Fabius zweeg even en keek naar de Kabouter-bar, waar twee vrouwen gearmd naar binnen liepen.

'Ik dacht dat het opgelost was tussen Bernhard en Juliana.'

'Wij ook. Maar er zijn de laatste tijd sterke aanwijzingen dat het maar een radiostilte is. Of is geweest. Sorry, Fabius, maar je begrijpt dat ik er niet over kan praten. Het is eigenlijk al buiten mijn boekje dat ik je over Metman informeer, maar goed...'

Fabius knikte. Aan de ene kant was hij razend nieuwsgierig want het was inderdaad wel duidelijk dat Sybrands meer wist dan hij nu losliet, aan de andere kant voelde hij ook opluchting dat Metman dus al verdacht wás.

'Nog een vraag,' zei hij. 'Wisten jullie bij de dienst al langer dat het Metman was die Schouten doodschoot?'

'We vermoedden het, omdat Salters koste wat het koste die

brief terugwilde. Ik weet wat je wilt, Fabius, maar het is ondoenlijk hem ervoor op te pakken, al denkt jouw assistente hem te herkennen. Maar we doen wat we kunnen, zeggen we dan.' Sybrands kneep zijn ogen weer wat samen. 'Nog even dat Schiphol. Wat zag en hoorde ze daar precies?'

'Niet veel. Wat ik zei: krankzinnig natuurlijk dat juist hij namens de Amerikaanse ambassade die Delmar en een andere man op kwam halen. Ze kwamen overigens met een speciale vlucht uit Londen. Volgens die Neel Smits zou Delmar ook hand- en spandiensten voor de CIA verrichten, maar ik neem aan dat jullie daarvan op de hoogte zijn.'

Sybrands glimlachte alleen maar.

Fabius maakte een grimas. 'Wist je het? Dat Metman daar was?'

'Sorry, Fabius.'

'Ja. Akkoord. Goed. Mag ik je wel vragen morgen contact op te nemen met Steensma zodat dat kort wordt gesloten?'

Sybrands knikte en Fabius deed het portier open. Hij stapte uit, maar aarzelde toen en boog zich weer naar binnen.

'Is Metman een dubbelspion? Daarom hier in de Kabouterbar?'

Sybrands keek hem alleen maar aan, met diezelfde wat vage glimlach. Fabius schudde zijn hoofd, sloot het portier en liep zonder om te kijken terug naar de Kneuterdijk.

8

Zo druk als het door Koninginnedag in Amsterdam was geweest, zo rustig was het op de snelweg en dus bleef ze op grote afstand van de taxi. Ondanks de invallende schemering durfde ze zelfs haar lichten niet aan te doen. In de binnenstad viel Friso's Morgan ook wel op, maar twee mannen in een taxi die haar niet kenden zouden er geen aandacht aan schenken. Eenmaal op de grote weg werd het echter zo stil, dat elke auto de aandacht trok. Tot haar geluk was ze al snel door een KLM-bus gepasseerd; daar was ze achter blijven hangen, tot hij bij Schiphol afsloeg. Wat dat betreft was het een geluk dat de linnen kap van de wagen geopend was, zodat ze makkelijk boven en langs de lage voorruit had kunnen kijken. Aan de andere kant was ze daardoor natuurlijk ook goed zichtbaar. Daarom had ze de taxi, een donkerblauwe Ford Fairlane, niet durven inhalen om die later weer te laten passeren.

Ze had er in eerste instantie totaal geen rekening mee gehouden dat de taxi de stad zou verlaten. Pas toen ze de Aalsmeerweg op reden had ze nerveus naar de benzinemeter gekeken, en vervolgens Friso in gedachten geprezen. Friso Endt, 'newsgetter' bij uitstek, tankte vermoedelijk bij elke gelegenheid zijn sportwagen vol, om niet voor plotselinge problemen te komen te staan.

Het vervelende was dat de taxi juist wél had moeten tanken, bij het Caltex-station voor de afslag naar Lisse. Toen was ze uit pure nood wel een paar kilometer doorgereden, tot aan het wegmotel in de bocht van de afslag, waar ze had gewacht tot hij weer voorbij kwam. In de buurt van de Kaag was ze hem echter kwijtgeraakt vanwege een militaire colonne, zodat ze in wanhoop de Morgan op topsnelheid had laten voortrazen. Met een zucht van verlichting had ze uiteindelijk het helrode taxibordje weer zien oplichten. Niet lang daarna was ze gesommeerd door een motorrijder van de Wegenwacht om haar lichten aan te doen. Het was een aardige jongeman, die zichtbaar geamuseerd was zijn vooroordeel over vrouwelijke chauffeurs weer eens bevestigd te zien.

Haar journalistieke interesse had inmiddels de overhand gekregen boven haar nervositeit, en ze voelde zich zelfs bijna vrolijk opgewonden. De trip deed haar denken aan de tijd direct na de oorlog, toen ze als verslaggeefster was begonnen. Het was een periode geweest vol geruchten over van alles, maar vooràl over een mogelijk nieuw staatsbestel. Primeurjacht was hét woord in die dagen, en ze hadden zich allemaal bekreund dat er nog papierschaarste heerste. Het waren de langste dagen en vooral avonden en nachten in haar carrière, waarin ze vaak het gevoel had gehad meer een soort privédetective te zijn dan een journaliste. Maar ze was er góed in geweest, doorkneed als ze was geraakt tijdens die oorlogsjaren in Engeland.

Terwijl ze de achterlichten van de Ford ver voor haar nauwlettend in het oog hield, herinnerde Neel zich opeens een nachtelijke rit, samen met Ken, voorjaar '44, door Zuidwest-Engeland. Ruim driehonderd kilometer hadden ze achter een adjudant van Eisenhower aan gereden, die de gekste sluipwegen had genomen, maar hen toch uiteindelijk bij het hoofdkwartier van Ike had gebracht, dat als veldhospitaal gecamoufleerd in de glooiende heuvels van Dorset lag. Eisenhower had het prachtig gevonden. Hij had hen het enige interview uit die dagen toegestaan, op voorwaarde dat ze met de publicatie ervan zouden wachten tot de invasie een feit was.

'En wanneer zal dat zijn, generaal?'

'Als het een feit is, mevrouw!'

Dát was pas journalistiek geweest, de jacht op de primeur.

Toen, meer dan tien jaar geleden, was ze nog geen dertig geweest, ambitieus als de pest. Én verliefd. Ze huiverde even, omdat ze zich die andere achtervolging herinnerde, van veel recenter datum, te voet achter Coen Dullens aan door Amsterdam – een tocht die haar bijna fataal was geworden. En grimmig besefte ze weer dat, al had ze dat toen niet geweten, het toen om precies dezelfde zaak had gedraaid als nu. Nog steeds!

Maar ondanks haar aanvankelijke opwinding begon haar na nog een minuut of tien op de snelweg toch steeds meer twijfel te bekruipen, of wat ze nu deed wel zín had. Bovendien begon ze het steeds kouder te krijgen. Waar ging die taxi verdomme heen? Richting Rotterdam en Den Haag, maar evengoed kon hij doorrijden naar Brabant, of wie weet België. Neel keek weer naar de benzinemeter. Ze nam zich voor om te keren wanneer de pijl halverwege zou staan, al wist ze eigenlijk wel dat ze dat waarschijnlijk toch niet zou doen.

Wat deed een Amerikaanse krantenmagnaat in godsnaam met een man die bij die Greet Hofmans hoorde? Volgens Friso was die Jackson lid van de Bilderberggroep, de invloedrijke vriendenclub van Bernhard. Had de prins hem te hulp geroepen? Misschien via Claus Jacobi, die ook een goede bekende van hem was en die middag nog op het bordes een onderonsje met Bernhard had gehad? En wat had Kenton ermee te maken? Volgens Friso werkte die Jackson ook voor de CIA – en Kenton had indertijd in contact gestaan met de ambassade...

Maar het grootste raadsel was natuurlijk de man die Jackson bij Scheltema had opgepikt – de reden dat zij hier nu rond reed.

Het was een wat plompe, oudere man. Een Indischman, en al had hij geen uniform gedragen, het beeld van zo lang geleden was haarscherp doorgekomen: het donkere bos, het landgoed, de oudere vrouw bij het bruggetje en deze man niet ver haar vandaan, bij een auto die daarna was doorgereden naar het landhuis. Een hofauto.

Koot: generaal buiten dienst Henry Koot.

Toen die keer bij Hattem had ze al gemeend hem te herkennen. Wat niet zo vreemd was, want generaal Koot was een nationale figuur, een man die bekend was van het verzet en die direct na de bevrijding het bevel over de Binnenlandse Strijdkrachten had gevoerd. Maar het vreemde was dat ook hij een intieme vriend van Bernhard was. Wat had hij dan, nu bijna acht jaar geleden, in het gezelschap van die Greet Hofmans bij dat landgoed gedaan?

Ze liet de Morgan vaart verminderen toen de achterlichten zo'n honderd meter voor haar naar rechts draaiden, en tussen donker geboomte verdwenen. In het schijnsel van haar koplampen doemde een ANWB-paal op. Ze realiseerde zich dat de taxi de smalle weg naar Wassenaar nam. Waarom? Moesten ze daar zijn, of hadden ze haar toch gesignaleerd? Ze voelde de nervositeit weer opkomen en gaf van de weeromstuit te veel gas toen ze de bocht nam.

Het was aardedonker op de met bomen omzoomde kronkelige weg, zodat ze nu niet harder dan twintig durfde te rijden. Ze kende Wassenaar nauwelijks. Het was weliswaar de woonplaats van veel politici en industriëlen, maar hen sprak je op het Binnenhof, in hun kantoren of in gerenommeerde gelegenheden als Royal of Des Indes. Zo nu en dan passeerde ze de gesloten hekken van een oprijlaan, een hoge muur, soms een groot verlicht huis, maar ze concentreerde zich op het rode bordje van de taxi dat als een vuurvlinder in de duisternis voor haar bleef gloeien. In elk geval was er geen kans dat ze hier in deze verlaten contreien per ongeluk achter de verkeerde aanzat.

De weg eindigde zo onverwachts bij een T-kruising dat ze het pas op het allerlaatste moment doorhad en in paniek het stuur omgooide. De Morgan vloog met jankende banden rakelings langs een straatlantaarn linksaf en boorde zich even later aan de overkant in een dichte haag. Secondenlang hing ze verdwaasd tegen het stuur, haar ogen gesloten, haar hart bonkend tegen haar ribben. Toen opende ze haar ogen en staarde duizelig naar het licht van de koplampen achter de bladeren. Een brandende pijn in haar elleboog bracht haar weer bij haar positieven. Ze schakelde het contact uit. Het was plotsklaps doodstil, alleen de nagalm van de ronkende motor in haar oren.

Verdomme! Had ze wat opgelopen? En hoe was het met de auto? Ze haalde diep adem, knipte het binnenlampje aan en keek naar haar gezicht in de spiegel. Het was bleek, maar dat kon ook door het zwakke schijnsel komen. Ze zag wel een blauwe plek bij haar wang, hoewel ze daar gek genoeg geen pijn voelde, maar zo te zien bloedde ze niet. Ze kwam wat omhoog, stapte uit de auto en leunde hijgend tegen het portier. De weg voor en achter haar lag er uitgestorven bij. Nu merkte ze pas hoe ze trilde. Met een grimas bewoog ze haar armen en benen om het beven onder controle te krijgen. Verdomme! Woedend trok ze haar jurk recht en liep om de wagen naar de motorkap. De neus had zich diep in het gebladerte geboord, maar het leek er godzijdank op dat de auto geen schade opgelopen. Driftig liep ze terug en pakte haar tas voor haar sigaretten. En nu? Daar stond ze nu, ergens in het niemandsland van Wassenaar. Alles voor niets! Ze stak de sigaret aan en inhaleerde enkele malen diep achtereen. Voorzover ze kon zien was er geen huis in de omgeving, hoewel dat moeilijk te zeggen viel met de hoge bebossing en de bochtige weg. Eigenlijk was dat nog een geluk, anders zou ze maar tekst en uitleg hebben moeten geven. Het was ook doodstil, zelfs geen wind of vogel te horen. In elk geval deed de Morgan het nog. Het was maar het beste om gewoon de weg terug te rijden. 'Tant pis.' Ze kon Friso nu al horen grinniken! 'Je bent ook te oud voor dit soort akkefietjes, Neel!'

Op het moment dat ze het portier alweer opentrok, hoorde ze een zoemend geluid achter zich en keek geschrokken om. Bij de kruising doemden twee goudgele koplampen op, als de ogen van een reusachtig nachtdier. Kennelijk remde de auto af want heel even bleven de lichten op dezelfde plaats. Toen kwamen ze bijna geruisloos weer naderbij. Nog in de draai rechtsaf vonkte het schijnsel van de lantaarn op een zilveren engel en de letters RR, op een crèmekleurige motorkap.

Het drong pas tot haar door toen de wagen de bocht al om was en verdween. Heel even stond ze nog stil, toen schoot ze de Morgan in, reed achteruit, remde, draaide en reed met het zweet op haar rug achter de Rolls aan. In haar hoofd hoorde ze de stem van Fabius. 'Kenton Delmar werd op Schiphol door die Metman met een Rolls van de Amerikaanse ambassade opgehaald.'

Kon het? De Rolls waarvan de achterlichten tussen de inktzwarte bomen ver voor haar bloedrood oplichten, voerde een CD-nummerbord! Dat was weliswaar niet zo ongewoon hier in Wassenaar, maar toch. En het kon toeval zijn, maar de Rolls was dezelfde richting uitgegaan als de taxi.

Ze glimlachte. Ook de Amerikaanse ambassadeur woonde hier in Wassenaar, daar hoefde ze de *Who is Who?* niet voor op te slaan! Vastberaden klemde ze haar handen rond het houten stuur, terwijl ze haar ogen samenkneep om de bochtige weg te volgen. En die Jackson was een Amerikaan!

Ze schrok toch nog toen ze de wagen plotseling zag opdoemen. Hij reed zo'n honderd meter vóór haar maar in plaats van de weg te volgen, draaide hij langzaam rechtsaf. Toen ze hem passeerde, zag ze hoe hij in slakkengang een met grind bedekte oprijlaan was op gereden. Zonder gas te minderen reed ze enkele tientallen meters door, remde en parkeerde de Morgan aan de kant. Toen ze de motor uitzette en het portier opende, voelde ze haar jurk aan haar rug plakken van het zweet. Ze rilde even van de avondkoelte.

Ze pakte haar vest en tas en liep haastig terug naar de oprijlaan. Haar elleboog stak weer, en bij elke stap schoot een scherpe pijn door haar linkerknie. Schuin tegenover de oprijlaan viel haar nu pas een telefooncel op. Toen ze dichterbij kwam, kon ze in het blauwige schijnsel lezen dat het cel nr. 4 was, aan de Duinlustweg. Het zei haar niets. Ze stond stil en trok haar vest aan, terwijl ze focuste op de tuinlampen aan de overkant. Ook hier was geen geluid te horen, ook niet van de Rolls, hoewel de oprijlaan toch naar een huis moest leiden. De ambtswoning van de Amerikaanse ambassadeur?

Ze wilde de smalle weg al oversteken, toen ze opnieuw een auto hoorde naderen. Instinctief dook ze achter de telefooncel in elkaar. Vanaf de oprijlaan doemde een wagen op, remde af en passeerde de cel op nog geen meter afstand. Door het glas kon ze de Amsterdamse taxi in het duister zien verdwijnen.

Even zat ze nog roerloos, toen kwam ze moeizaam overeind en liep naar de pilaren van het hek. Uit de linker pilaar stak een koperen trekbel, maar er was geen naambordje. Ze glimlachte gespannen. Plotseling schoten haar beelden van jaren geleden te binnen. Beelden van de villa van professor Romme in Overveen, waar ze niet lang na de bevrijding had staan posten, urenlang, totdat de katholieke staatsman had gemeend dat de kust veilig was en zich naar een hotel bij Bergen had laten brengen, waar hij een geheim onderhoud met Schermerhorn en Beel had gehad. Ze had er een zware verkoudheid door opgelopen, maar er ook de primeur aan overgehouden van de eerste rooms-rode coalitie na de oorlog.

Ze was al over het grind op het gras van de border gestapt. In de veilige schaduwen volgde ze het spoor van de tuinlampen dat als een guirlande glooiend omhoog liep tussen hoge struiken. De stank van de uitlaatgassen van de auto's maakte plaats voor de geur van versgemaaid gras. Boven de zwarte boomkruinen hing een lichte wolk als een aura rond de bleke, bijna volle maan. Na enkele minuten maakte de oprijlaan een flauwe bocht, en begon te dalen. Verrast stond ze stil. Pal beneden haar lag, badend in licht, een kolossaal landhuis met een rietgedekt dak. Niet ver van een breed bordes stond de Rolls Royce als een pronkjuweel naast een stuk of tien andere auto's op een rond parkeerterrein. Achter de hoge ramen van het huis op de parterre brandde zacht licht. Vaag hoorde ze een klarinet spelen. Ze meende Benny Goodman met 'Goodbye to that all' te herkennen.

Wat was dit? Een feest? Waren Koot en Jackson hier alleen om een partij te bezoeken? Net als de inzittende van de Rolls? Het zou toch niet waar zijn! Helemaal uit Amsterdam hierheen gereden, alleen voor een feestje bij een of andere rijke stinkerd! Ze kneep haar ogen samen en keek om zich heen. Het huis moest niet ver van zee liggen, want niet alleen kon ze de zilte lucht ruiken, maar ook ontwaarde ze vaag achter de donkere bebossing de glooiende lijn van de duinen.

Bij de klarinet had zich een trompet gevoegd. Nu zag ze ook waar de muziek vandaan kwam, want achter een gebeeldhouwde balustrade weerspiegelde lamplicht in een open glazen deur. Maar ze zag hem nauwelijks omdat ze plotseling hoog in de gevel de naam van het huis in sierlijke, smeedijzeren lettering kon onderscheiden: Rust en Vreugde. Ongelovig staarde ze voor zich uit, terwijl in haar geheugen de man opdoemde die hier woonde. Een man die lang was verdacht van collaboratie met de Duitsers, maar ten slotte was vrijgepleit en zelfs een verzetsonderscheiding had gekregen, die hij trots in zijn revers had gedragen toen ze hem in het hoofdkantoor van zijn bouwmaatschappij had geïnterviewd. Verbijsterd herinnerde ze zich ook hoe de man haar net zo trots had verteld dat hij een oud landgoed in Wassenaar had gekocht, dat hij in zijn oorspronkelijke luister wilde herstellen. Het was een landgoed met een lange historie, waar zelfs koningin-moeder Emma indertijd haar oog op had laten vallen. Alleen had ze niet over de gelden beschikt het te laten restaureren.

Maar Kampman wel.

De trompet schalde opeens veel harder, alsof iemand het volume van een grammofoon op volle sterkte had gezet. Ze keek weer naar het landhuis. Achter de ramen van de benedenverdieping schoven enkele silhouetten voorbij.

Reinder Kampman. Een man met een meteoorachtige carrière in de bouwwereld en met relaties binnen de politiek die tot binnen de muren van het Binnenhof reikten.

Friso had hem bij het Amstelhotel uit een auto van Bernhard zien komen, en met Aschwin von Lippe en de Amerikaan Jackson horen praten!

Ze keek naar de Rolls. Was het inderdaad de auto van de Amerikaanse ambassadeur? Kampman stond bekend om zijn vele soirees en partijen waarop prominente Nederlanders zich graag vertoonden. Maar de Amerikaanse ambassadeur? Of iemand als Koot? Ze wilde dat ze een sigaret kon roken. Wat in 's hemelsnaam zocht een oude verzetsheld als generaal Koot hier? Opeens realiseerde ze zich dat ook Kenton hier mogelijk kon zijn. Hij logeerde immers in het Amstelhotel, en ook al had de receptioniste gezegd dat hij niet gestoord wenste te worden...

Ze verstijfde want ergens in het donker achter haar bij de oprijlaan had een stem geklonken! Iemand hoestte opeens. Terwijl ze in paniek naar de struiken holde, hoorde ze voetstappen op het grind kraken. Ze hurkte neer tussen de bladeren, haar dijen samengeknepen. Tegen het licht van de lampen zag ze twee silhouetten naderbij komen.

'... taxi terugnemen,' zei een wat geaffecteerde mannenstem. 'Want op een dag als vandaag en zeker op dit uur kun je een garage wel vergeten.'

'Ja.' Een zware stem, ook van een man. 'Ik laat hem wel halen. Ik ben bezorgder over die Morgan.'

'Kan het niet ook een pechvogel zijn?'

'Misschien. We zullen het navragen.'

Neel voelde weer hoe ze begon te beven. Haar hoofdhuid

prikte en het zweet liep over haar rug. Hoewel ze instinctief overeind wilde komen en weg wilde rennen, dwong ze zichzelf naar de mannen te kijken die nu achter elkaar afdaalden naar de parkeerplaats. De achterste van de twee was tenger en droeg een paars colbert van zachte stof. Hij had donker krullerig haar, tot over z'n kraag. De man voor hem torende boven hem uit, het licht glanzend op zijn kalende schedel. Toen hij even achterom keek naar de ander, herkende Neel hem met een schok. Wat deed hij hier? Ze wist zijn naam niet meer, maar hij had zich aan haar voorgesteld toen die avond bij het huis van Wouter Fabius. De man die Coen Dullens had doodgeschoten. Een man van de Binnenlandse Veiligheids Dienst, die indertijd ook bij dat café aan de Bosboom-Toussaintstraat was geweest. Waarom was hij hier? Ook een relatie van Kampman? Ze fronste. Of had het met Wouter Fabius te maken? Fabius had immers ook van die Rolls geweten. Verward keek ze tussen de takken naar de mannen die nu het bordes bestegen. Maar dan nog. Want Wouter Fabius had juist gezegd dat Kenton én een ander door een man waren opgehaald die verdacht werd van moord, en die volgens Friso tot de kring rond Juliana en Hofmans hoorde. Het lag voor de hand dat Wouter zijn contact bij de BVD daarvan op de hoogte had gesteld, maar wat deed die man dan hier nu bij Kampman?

De Morgan! De twee hadden ergens pech gehad en de Morgan gezien. Ze bewoog voorzichtig haar pijnlijke arm. Ze zouden er binnen navraag naar doen. Dat alleen al was vreemd, want welke gast bekommerde zich nu om een geparkeerde auto, al was het dan een bijzonder type? Natuurlijk zou het kenteken genoteerd zijn. Het zou niet moeilijk zijn voor zo'n man van de BVD om achter de eigenaar te komen. Wat zouden ze denken als ze hoorden dat de wagen van de journalist Friso Endt was?

Op het moment dat beide mannen op het bordes bleven

staan, ging de voordeur open. Een man in een livrei bleef in de deuropening wachten tot ze langs hem naar binnen liepen. Maar in plaats van de deur weer te sluiten, daalde hij de treden af en liep in haar richting, zodat ze weer stil zat en het bloed in haar slapen hoorde bonken.

De man liep haar haastig voorbij en verdween achter de lampen. Ze realiseerde zich met een schok dat hij waarschijnlijk op aanraden van de twee bezoekers nu al op weg was om naar de Morgan te kijken.

Koortsachtig dacht ze na. Lag er iets in de auto dat op haar duidde? Haar tas had ze hier, net als de contactsleutels, haar vest had ze aan. En wat als de man terug zou komen en ze zouden het niet vertrouwen en gaan zoeken? Hoe dan ook, ze moest weg en zo snel mogelijk. Naar huis, en dan mocht verdomme Friso er een draai aangeven! Nerveus bracht ze haar polshorloge bij haar ogen. Ze zag dat het nog geen tien uur was. Ze zou ook naar Wouter Fabius kunnen gaan. Die had ze wel wat te vertellen! Over de Rolls, maar ook over dat ex-vriendje van Ab, over wie Friso had verteld dat hij een affaire had gehad met die astroloog die voor de Russen zou spioneren.

Ze kon Wouter zelfs eerst bellen om te kijken of hij thuis was. Er stond immers een telefooncel. Als ze die tenminste zou kunnen bereiken!

Ongerust keek ze weer naar het huis. Zou iemand als Kampman er geen beveiligingspersoneel op nahouden? Dat zou je toch denken, met een man in zijn positie en met zo'n pand, maar dan zou je weer niet verwachten dat er een butler op pad werd gestuurd om naar een vreemde auto te gaan kijken.

Haar gedachten stokten, want achter de halfopen voordeur floepte licht aan. Een man stapte het bordes op. Ze kon hem niet goed zien, ze zag alleen dat hij lichtblond haar had en in hemdsmouwen liep. Even later flakkerde het vlammetje van een aansteker op en zag ze even een glimp van een gebruind gezicht. Meteen daarop verscheen een tweede gestalte in de deuropening.

'Een journalist! John belt net van beneden. In die Morgan ligt een brief aan een zekere Endt, een journalist van *Het Parool* in Amsterdam.'

'Oké. Laat John daar blijven.'

De woorden klonken helder en duidelijk in de avond.

O God, dacht ze in paniek, het dashboardkastje! Friso had daar spullen in liggen die naar hem verwezen. En die butler staat natuurlijk beneden bij de telefooncel en blijft daar!

'En laat Fred lampen halen en de hond.'

De tweede man verdween weer naar binnen. De ander stond nog even bij het bordes, maar draaide zich toen ook om en liep achter hem aan.

Wanhopig keek ze achter zich, maar ze zag niets anders dan struiken en geboomte. Mannen met lampen, wie weet zelfs gewapend en met een hond en zij in haar lange jurk op onbekend terrein...

Ze zat stil en keek weer naar de ramen en de tuindeuren. Bing Crosby en Grace Kelly zongen nu 'True Love', en ze kon duidelijk horen dat er mee werd gezongen. Zou ze het wagen? In elk geval had ze er de jurk voor aan: de nieuwe blauwe, speciaal voor het defilé van vanmiddag gekocht!

Ze rende over het grind en schoot aan de overkant van de oprijlaan weer in de schaduwen van een grote ligusterhaag waarlangs ze afdaalde naar de geparkeerde auto's, haar ogen steeds gericht op het bordes. Hijgend bukte ze vlak bij de Rolls. Vanuit haar positie kon ze nu ook het zijraam van een erker zien. Erachter stond een kleine, vroeg kalende man in smoking. Hij hield een glas op naar een vrouw in een rode avondjurk, die lachend het hare vervolgens naar zijn mond bracht.

Ze schoof verder langs de Rolls, maar zat weer stil bij het achterspatbord omdat ze geblaf hoorde. Door het achterraampje kon ze enkele gestalten met een grote hond aan de lijn de treden van het bordes zien afdalen en naar de oprijlaan lopen. De hond blafte opnieuw en liep toen kwispelstaartend voor hen uit omhoog.

Ze rende naar de open tuindeuren en drukte zich hijgend tegen een met klimop begroeide muur ernaast. Een zaklantaarn cirkelde, zodat ze het gebladerte van struiken gifgroen zag oplichten. Een gestalte bukte zich. Dodelijk geschrokken hield ze haar adem in. Was ze iets verloren? Maar tot haar opluchting strikte hij zijn veters en kwam overeind, waarna hij de anderen met de hond de duisternis in volgde.

De kleine man achter het raam kuste de vrouw op het moment dat Crosby en Kelly 'And a kiss to you, and a kiss to me' zongen. De vrouw lachte weer en schudde haar hoofd. 'Norbert, Norbert! Denk aan het Zevende Gebod!'

'Voortdurend, lieveling, voortdurend.'

De man draaide zich om en even kon Neel zijn gezicht zien. Een rond, glad gezicht met een vrouwelijke mond en een kleine haakneus. Norbert? dacht ze verrast. Norbert Schmelzer? De nieuwe protégé van Romme! Een jonge, katholieke econoom uit het zuiden die door Romme gepusht was voor een staatssecretariaat straks als de KVP weer in de regering kwam. Waarom was hij hier?

Hoewel de klimop in haar nek kriebelde bleef ze doodstil staan. Ergens uit het bos achter haar klonk een schorre vogelkreet. De maan was nu verdwenen, de hemel een pikzwarte, sterreloze koepel boven haar. De muziek zweeg. In haar ooghoek zag ze Schmelzer en de vrouw verdwijnen. Ze wachtte, maar er klonk geen geluid meer van binnen. Waren de twee daar alleen geweest? Vast, anders zouden ze elkaar niet gekust hebben. Het Zevende Gebod: dat kende zij zelfs, als dochter van een atheïst. 'Gij zult niet echtbreken.'

Was die erker de plaats waar de muziek werd gedraaid waarop

de gasten in de andere kamer dansten?

Ze waagde een stapje naar voren op het moment dat ze stemmen bij het bordes hoorde. Van schrik liep ze ijlings de erker binnen en botste tegen een tafel. Erop stond een stapelgrammofoon, de laatste plaat stil glanzend op de draaischijf, de arm in de laatste groef, een platenrek ernaast. Er was niemand, maar toen ze voetstappen hoorde greep ze haastig het halfvolle glas bij de grammofoon en boog zich voorover om de arm terug te trekken.

'Aha. Te laat!'

Ze voelde haar hart in haar keel kloppen en draaide zich langzaam om. Een jongeman in een gestreepte blazer nam haar met een spijtig lachje op. 'Sorry, maar ik dacht: nu is het mijn beurt! Is er iets bij wat een beetje meer swingt? Al dat sentimentele gedoe!' Het lachje ging over in een verlegen grimas. 'Of was "True Love" uw keuze?'

'Nee, nee. Ik kom hier net hetzelfde doen.' Op goed geluk trok ze een plaat uit het rek en keek naar het label. 'Earl Bostic?'

'Juist ja. Wat is het?'

'Eh... "Mystery Eyes"...'

'Heel goed.'

Ze glimlachte en gaf hem de plaat. Achter hem zag ze tussen half open schuifdeuren mensen staan en zitten maar ze durfde niet goed te kijken uit angst dat Kenton er zou zijn of dat Sybrands haar zou herkennen.

'Bent u net binnen?'

'Eh, ja. Hoe zo?'

'Ik heb u nog niet gezien. En u heeft uw vest nog aan.'

'Ach. Ja! Ja, ik kom net aan.' Ze glimlachte weer. 'Goed dat u me erop attent maakt. Weet u misschien waar het toilet is?'

Hij knikte naar een gelambriseerde deur tegenover hen. 'Meteen op de gang eerste deur links. Een badkamer als een balzaal.'

'Aha.' Ze liep naar de deur en deed hem open. Erachter lag

een hoge gang, met aan de muur ingelijste oude topografische kaarten van Friesland. Ze herinnerde zich dat Kampman zich erop beroemde een rechtstreekse afstammeling te zijn van de Friese piraat en vrijheidsstrijder Grote Pier.

Ze stond stil en luisterde naar het geroezemoes onder het schorre geluid van Bostics saxofoon. En nu?

Want daar naar binnen in de suite was onmogelijk. Wat zouden de mannen doen als ze onverrichterzake terug zouden zijn? Zou iemand aan het huis denken? Nog een geluk, dacht ze grimmig, dat ze dan naar een man zouden zoeken! Of zouden ze Friso proberen te bellen? Het was niet waarschijnlijk dat hij thuis was; vermoedelijk had hij bij Scheltema gegeten en zou hij nu wel ergens in Americain of op de Kring zitten. Maar als ze hem wel bereikten, wat dan?

Hoe dan ook, ze moest hier zo snel mogelijk weg zien te komen. Ze keek de gang door. Links, een meter of twintig van haar af, schemerde zacht licht door glas-in-loodramen en ze vermoedde dat daarachter de hal lag met de voordeur. Naar de andere kant verwijdde de gang zich en voerde langs een hoog, schemerig verlicht trappenhuis naar een deur. Ze was er al naar op weg, toen de deur werd geopend en een dienstmeisje met een dienblad met volle glazen de gang in liep. Achter haar blonk een groot fornuis. Ze stond stil toen ze Neel zag en nam haar vragend op. 'Kan ik u van dienst zijn, mevrouw?'

'Eh ja. Ik voel me niet zo goed, dus ik wilde eigenlijk wat water drinken.'

'O. Ja. U kunt wel even in de keuken. Het spijt me, ik moet bedienen, ziet u, maar er is daar wel iemand die u helpen kan.'

'Natuurlijk. Fijn. Dank je wel.'

Het meisje passeerde haar en Neel liep al naar de keuken maar bleef vlakbij de drempel staan. Tot haar verwondering zag ze het meisje de trap op gaan. Wie waren er dan boven? Ook gasten van Kampman?

Ze keek weer even om, en zag een man met een koksmuts gebukt staan bij een oven. Voor hij overeind kwam was ze alweer terug in de gang. Het meisje was verdwenen. Ze holde naar de trap, dankbaar voor het scheurende geluid van de saxofoons, en nam de eerste paar treden tot aan een bocht. Schuin boven haar kon ze door de spijlen een overloop zien, en nog net de lichtval uit een deur.

Ze aarzelde en dacht er juist over weer terug te keren toen ze beneden haar de hond hoorde blaffen en een woedende mannenstem hoorde roepen: 'Sacha, hou verdomme je kop!' Een deur kierde en een andere stem zei: 'Het lijkt me het beste dat jij hem haalt.'

'Oké. Hou jij die hond dan vast.'

Ze hoorde voetstappen haar richting uitkomen, dus wachtte ze niet langer en rende de trap verder op. Haar voet bleef haken achter een tree, ternauwernood slaagde ze erin zich aan een van de spijlen vast te grijpen, haar lippen stijf op elkaar om het niet uit te schreeuwen van de pijn in haar elleboog. Op handen en voeten kroop ze verder en trok zich op aan de leuning. De gang was identiek aan die op de parterre, hoog en schemerig verlicht door een kroonluchter. In haar ooghoek doemde een schaduw op langs de muur beneden haar. Ze wilde al naar de volgende trap rennen, toen het dienstmeisje met het lege dienblad in de deuropening verscheen. Maar op het moment dat Neel als vastgenageld aan de grond stond, riep iemand in de kamer: 'O, Charlotte?'

Het meisje draaide zich om.

'Ja meneer?'

Met haar billen tegen de balustrade schoof Neel voetje voor voetje zijwaarts in de richting van de trap naar de tweede verdieping.

'Als dokter Hoelen arriveert, wil je hem dan meteen hier brengen?'

'Zeker meneer.'

Neel stapte op de eerste tree en dook in elkaar achter de grote pilaster van de leuning. Het meisje wilde de deur alweer sluiten toen de gebruinde man de gang opkwam.

'Laat maar open.'

Ze knikte en verdween langs hem terwijl hij even op de deur klopte.

'Sorry dat ik u stoor, meneer. Ik zou graag even meneer Sybrands willen spreken.'

Neel stond roerloos. Sybrands was de naam van die BVD-man. Liet Kampman zijn huis dan beveiligen door de BVD? Was hij zo invloedrijk?

Langs de pilaster zag ze de grote man de gang opstappen en de deur achter zich toetrekken, zijn kalende schedel spiegelend in het zachte licht van de kroonluchter.

'En?'

'De Morgan is van een journalist van *Het Parool*. Een zekere Endt. We hebben hem gebeld, maar hij is niet thuis. We zijn aan het zoeken, maar tot nu toe hebben we niets. Het probleem is dat we niet weten hoe hij eruitziet.'

'Endt?'

'Ja. Friso Endt.'

Sybrands zweeg even, deed toen onverwacht de deur weer open en richtte het woord tot iemand erachter.

'Sorry Vis, wil je even komen?'

'Wat is er aan de hand?'

De stem van Kampman, onmiskenbaar, hard, snauwend.

'Er is vermoedelijk een journalist in de buurt.'

'Hoe kan dat? Stuur hem weg!'

'Anything wrong?' Een raspende stem, knauwerig Amerikaans. Jackson? Iemand van de ambassade?

'Wat?'

Een andere stem, hoger, ongerust.

'Maakt u zich geen zorgen, we hebben het onder controle. Het is alleen beter als de...'

De rest van de woorden werden overstemd door een stoel die werd verschoven. Vervolgens klonken voetstappen.

Neel voelde hoe ze dreef van het zweet. Op het moment dat ze van de gelegenheid gebruik wilde maken de donkere trap op te sluipen, zag ze een lange, bleke man met een bos warrig grijs haar de gang opkomen. Sybrands trok de deur weer toe.

'Vent heet Endt, Friso Endt van *Het Parool*. Ken je hem?'

Het bleke gezicht vertrok in geschrokken grimas. 'Jezus! Waar is hij?'

'Weten we nog niet. Hoe ziet hij eruit?'

'God nog aan toe, als hij me hier ziet!'

'Daarom. Jij en Metman moeten hoe dan ook weg. Luister Vis, hoe ziet die Endt eruit?'

'Eh... Blond, stroachtig haar, vooruitstekende tanden, een jaar of dertig, misschien wat jonger. Hij stinkt uit zijn mond. Verdomd, ik had het kunnen weten! Hij rijdt inderdaad in zo'n sportauto!'

Maar Sybrands luisterde niet meer naar hem. Hij knikte naar de gebruinde man. 'Oké. Het huis en de tuinen. En de bijgebouwen. Alles!'

De gebruinde man holde al naar de trap.

Sybrands deed de deur open en zei iets wat Neel niet kon verstaan, want van de benedenverdieping snerpte plotseling weer saxofoonmuziek. Ze sloop omhoog tot voorbij de bocht van de trap, maar bleef halverwege weer trillend van de zenuwen staan. Ze snakte naar een sigaret.

Die Vis had ze eerder gezien. Met Sybrands. Ze was er absoluut zeker van, al had ze er toen in de consternatie na de aanval van Coen Dullens niet meer aan gedacht. Ze had er ook niet op gelet toen, tussen de bomen aan de Stadhouderskade tegenover het café. Ze kneep haar ogen samen. Hij was net vóór die vermoorde rechercheur naar de auto van Sybrands was gelopen. Ze zag het nu voor zich: die lange, bleke man met zijn warrige haar die met een man met een witte kuif en Greet Hofmans naar een taxi waren gelopen. Maar Vis was doorgelopen. Met een aktetas. En die tas had hij afgegeven aan Sybrands in diens auto.

Maar Benno Vis was een communist! Volgens Friso hoorde hij bij de groep rond Hofmans!

Wat was dit allemaal? Ze haalde even diep adem. Dan zou het dus ook waar zijn wat ze al had gedacht: dat Sybrands zich voor de BVD had ingewerkt. Dus dan hoorde die Vis bij hém. Maar wat deden ze dan hier bij Kampman? En met een man als Koot? Zou Kampman ook al bij de Hofmans-groep horen? Dat was absurd, zeker met mensen van de CIA en de Amerikaanse ambassade erbij!

Ze dwong zichzelf tot kalmte. Denk verdomme na, Neel! Je moet hier weg, dat is het eerste! Ze zoeken wel naar Friso, maar die Sybrands ként jou.

Wat zou ze doen? Ze keek achterom, waar ze de treden boven zich in het donker zag verdwijnen. Niet omhoog. Nooit. Zonder het goed te beseffen daalde ze enkele treden af en keek schichtig over de leuning. De gang lag er verlaten bij. Ze kon nu zien dat er vijf deuren op uitkwamen. Alleen onder de deur waar de mannen uit waren gekomen, kierde licht. Als ze het huis gingen doorzoeken, zouden ze waarschijnlijk op de parterre beginnen. Zou er een kans zijn om het huis aan de achterkant ongezien uit te komen? Een balkon? Een veranda? Een brandtrap?

Waanzin, Neel! Je bent inderdaad te oud voor dit soort akkefietjes! Je kunt veel beter naar beneden lopen en daar wachten. Voorlopig zoeken ze Friso, en zolang je maar oplet dat niemand je herkent, zit je goed. En trouwens, wat dan nog? Dan ben je hier ongenodigd, oké. Wat zouden ze je kunnen doen? Je bent een journaliste!

Ze liep al langs de kier licht onder de deur, toen ze een silhouet in het trappenhuis beneden haar zag. Opnieuw sloeg de paniek toe. Ze rukte aan de klink van de deur ernaast, trok hem open en glipte erachter. Hijgend sloot ze hem, precies op het moment dat de muziek weer stopte.

Het was aardedonker rondom haar. Ze hoorde het dienstmeisje zeggen: 'Dokter Hoelen is er, meneer,' en daarop de stem van Kampman. 'Aha. Ed. Kom binnen, beste kerel.'

Een deur klapte dicht. Ergens onder haar klonk vaag mandolinemuziek.

Ze liet haar adem beetje bij beetje ontsnappen, kwam overeind en negeerde opnieuw de pijn in haar elleboog. Waar was ze? Nu haar ogen wat gewend waren aan het donker kon ze smalle kieren licht onderscheiden. Ze liep er naar toe en stak haar handen er tastend naar uit. Haar vingertoppen raakten glas en ze begreep dat het een raam was waarvoor de luiken waren gesloten. Ze week wat achteruit en stootte met haar bil tegen iets hards. Ze schrok, maar het bleek een groot bureau dat achter haar stond. Ze streek langs het kozijn, vond de hendel en wilde het raam al openen toen ze gelach hoorde. Een vrouw? Het geluid kwam pal achter haar vandaan. Toen ze zich omdraaide, zag ze een glanzende deurknop. In twee stappen was ze erbij en drukte haar oor tegen het houtwerk.

'De kroonprinses is nog niet op de hoogte. De prins wil haar zo min mogelijk involveren.'

'Natuurlijk. Het beste is dat prinses Armgard dat doet.'

Een doffe stem.

Neel voelde de rillingen over haar rug glijden. Friso! Friso die had gezegd dat Bernhards broer Aschwin met Jackson in het Amstelhotel over kasteel Warmelo had gesproken. Hij had gedacht dat Kampman dat zou verbouwen. Warmelo, waar Bernhards moeder prinses Armgard woonde!

'Wie wordt de bron naar Jacobi en Delmar?'

Weer die vrouw, een oudere vrouw, daar was ze zeker van.

Haar trillende hand beroerde de deurknop en ze trok er zachtjes aan. De lucht van lavendel prikkelde haar neusgaten, zodat ze verwonderd haar wenkbrauwen fronste tot ze zag dat er een diepe klerenkast achter de deur was.

'Het lijkt het verstandigst dat dat de prins zelf zal zijn. Alle andere mogelijke bronnen kunnen in twijfel worden getrokken, maar in zijn geval zal niemand dat doen.'

Een stem van een man. Een autoritaire stem. Neel wist vrijwel zeker dat het die van Einthoven was.

'Het is ook het verstandigst dat hij daar eerlijk in is. En dus ook onvermijdelijk dat generaal Koot hier wordt genoemd.'

'Wat zou ik dan moeten zeggen?'

Een zware, onzekere stem met een heel licht Indisch accent. Koot?

'De waarheid, beste Koot. Niets is beter. We zouden via de RVD een exclusief interview kunnen toestaan aan *de Volkskrant*, van professor Romme.'

Neel sperde haar ogen open. Romme?

'Waarin je toegeeft dat je toen al, in '48, onder de indruk kwam van de genezende gaven van mejuffrouw Hofmans en haar bij de prins aanbeval vanwege prinses Marijke. Precies zoals het in werkelijkheid is gegaan. Je kunt vervolgens refereren aan je ongerustheid nadien vanwege de veranderingen die je in het denken en het gedrag van Hare Majesteit de Koningin signaleerde, waarvan je de prins deelgenoot maakte.'

Iemand anders zei nu iets wat Neel niet kon verstaan. Ze schoof wat tussen de dikke rij kostuums en overhemden door.

'We wachten met de eerste publicaties in *Der Spiegel* van Jacobi, en van Delmar in *The Daily Express* als gezegd tot de aanstaande verkiezingen.'

'Waarom overigens niet ook meteen de Nederlandse pers inlichten?'

Neel herkende het noordelijk accent van Kampman. Iemand lachte. 'God, Reinder, nooit geweten dat je daarmee zoveel op hebt!'

Ook de anderen lachten.

'Sorry?'

De knauwende Amerikaanse stem.

In zeer goed Engels antwoordde de vrouw: 'De vraag, mister ambassador, was waarom we het nieuws eerst aan *Der Spiegel* en *The Daily Express* geven. Het ligt voor de hand dat te doen omdat de prins zijn vrienden hier, zoals u en mister Jackson, te hulp heeft geroepen. De angst van de prins dat veel vaderlandse bladen zeer links zijn geïndoctrineerd is niet geheel ten onrechte. Aan het hof hebben we bovendien de afspraak met de hoofdredacteuren om uiterste terughoudendheid inzake de berichtgeving over het Huis te betrachten. En ten slotte is het juist wat de heer Teengs Gerritsen al eerder zei: buitenlandse publicaties, zeker van *Der Spiegel*, zullen een veel groter effect sorteren. Zowel de heer Jacobi als Kenton Delmar zijn autoriteiten op hun gebied. De vaderlandse pers zal die niet betwisten, zeker wanneer zij het direct van prins Bernhard hebben.'

'En de medische rapporten?'

'Ik acht dat niet opportuun. Het is ook niet gebruikelijk bij het Huis. We kunnen volstaan met de mededeling dat eerdere onderzoeken, zowel in de Ursula-kliniek als ook door onze eigen artsen aan het hof, bevestigen dat de Koningin geestesziek is.'

Het drong nauwelijks tot Neel door. Verbijsterd staarde ze tussen de kleding naar het duister. Geestesziek? Juliana? En wie was die vrouw? Ze sprak over het hof alsof ze er zelf werkzaam was.

'Mevrouw Tellegen heeft gelijk,' zei de autoritaire stem weer. 'Misschien dat we meer klaarheid zullen bieden wanneer Bernhard regent is, of misschien zelfs wanneer Beatrix volgend jaar de troon bestijgt.'

Tellegen! Mr. Annemarie Tellegen! Directeur van Juliana's kabinet! Heregod, wat gebeurde er daar in die kamer? Juliana opnemen wegens geestesziekte, Bernhard regent, en dan Beatrix koningin?! Geschokt herinnerde ze zich dat Friso haar in Scheltema had verteld dat Tellegen zich zorgen maakte over de Koningin. Maar dit was nog wel even iets anders!

'Belangrijk dunkt me ook de timing waarop het Witte Huis en Downing Street zich uitspreken, nietwaar?' Het steenkolen-Engels klonk luid en duidelijk. Neel had het idee dat ze ook deze stem kende. 'Ik zou wat dat betreft graag aandringen op onmiddellijke bekendmaking door de BVD van de arrestatie van de heren Metman en Vis, en wie weet zelfs een openlijke schuldbekentenis.'

Nu lachte ook de vrouw. Neel huiverde, hoewel het warm en benauwd in de kast was. Wouter! dacht ze. Ik moet Wouter inlichten!

'Je bent toch niet bang voor de CPN?' vroeg Kampman sarcastisch. 'Ik geloof dat het ANP hun verlies op vier zetels schat!'

'Nee, nee. De vrees is meer dat Drees mogelijk nog nader onderzoek zou wensen. En zeker van ons eigen departement ben ik ook niet.'

Ons eigen departement, dacht Neel: wie is die man?

'Ook wanneer medisch onomstotelijk vaststaat dat de enige mogelijkheid was om Hare Majesteit op te nemen?'

'De heer Drees vormt geen enkel probleem,' zei de vrouw. 'Er is overleg geweest tussen hem en baron Schimmelpenninck van het hof. Schimmelpenninck heeft hem op de hoogte gesteld van het medisch rapport. Hij schrok natuurlijk, dat is begrijpelijk. Maar hij gaf toe dat hij zich al sinds zijn bemiddeling vier jaar geleden ernstige zorgen maakt. Minister Beyen zal dat kunnen bevestigen. Bovendien mag u niet vergeten hoe zeer het Witte Huis zijn bezorgdheid uit zal spreken naar aanleiding van haar uitspraken...'

Pas nu hoorde Neel ergens achter zich een geluid en toen ze omkeek, zag ze door de kier van de kastdeur licht branden.

'Ben je hier al geweest?'

'Nee.'

'Oké. Ik ga met John naar boven.'

'Volgens mij is die vent allang weg.'

De angst kneep haar keel toe. Als ze haar hier zouden aantreffen zou de conclusie voor de hand liggen. Zeker met wat ze gehoord had, zouden ze niet aarzelen haar... Haar gedachten stokten, omdat ze voetstappen naar de kast toe hoorde komen. Doodsbang drukte ze zich tussen de jassen en kostuums. Ze zag een gestalte scherp afgetekend tegen het licht. Hij snoof en deed een stapje naar voren. Neel rook de weeïge lucht van sigarettenrook. Hij stak een hand uit en duwde die tussen de kleren pal naast haar. Ze had geen andere keus: ze sprong tevoorschijn met de bundels kleren in haar armen en sloeg die om de gestalte heen, zodat hij wankelend tegen de deur klapte en onderuit ging. Ze struikelde omdat hij haar voet greep, maar in haar hysterische angst en wanhoop trapte ze in zijn gezicht met alle kracht die ze kon opbrengen. De man rochelde, en ze zag het bloed uit zijn neus spuiten. Huilend sprong ze over hem heen de kamer in en rende naar de open deur. Ze hoorde iemand van de bovenverdieping roepen, nam de trap naar beneden met drie treden tegelijk en holde in het wilde weg tussen enkele stomverbaasde mannen in smoking de muziekkamer door naar de open tuindeur.

Ze keek niet op of om maar rende hijgend langs het grindpad omhoog. Haar elleboog leek wel verlamd en haar zij begon te steken, maar ze klemde haar tanden op elkaar en holde verder tot ze struikelend en buiten adem de pilaren van het hek bereikte. Daar stond ze kokhalzend stil. Er klonk geen geluid, geen licht was te zien. De hemel was een tint lichter dan de bebossing, de struiken hel verlicht door de tuinlampen.

Ze stond voorover gebogen, en probeerde haar adem onder controle te krijgen. Had de man haar gezien? Wisten ze nu dat het om een vrouw ging? Het maakte niet uit. Niet meer! Ze was veilig! Het was onvoorstelbaar, maar Friso had gelijk gehad. Al wist hij nog niet de helft. Bernhard regent, om het pad voor Beatrix te effenen! Omdat Juliana geestesziek zou zijn, beïnvloed door Hofmans. Wat het een coup? De CIA? De bezorgdheid van het Witte Huis. Om wat? Om communistische elementen. Maar Vis en die Metman waren daar geweest, de een had ze zelf gezien, de naam van de ander gehoord, en Sybrands had ogenblikkelijk gewild dat ze zouden vertrekken!

Wat moest ze doen? Want met de Morgan durfde ze niet, als er daar al niet iemand op haar wachtte. Ze holde naar het zwakke schijnsel van de telefooncel, maar keek toch nog steeds nerveus achterom.

Ze moest Wouter Fabius bellen. Of niet? Ze aarzelde bij de deur van de cel. Was Fabius dan wél te vertrouwen? Hij werkte immers samen met die Sybrands!

Ze schudde haar hoofd en trok de deur open. Toen pas besefte ze dat ze haar tas niet meer had. Ze vloekte, terwijl ze bijna weer in huilen uitbarstte. Verdomme! Haar tas, met álles erin. Haar geld, haar sleutels, ook de sleutel van de Morgan. Maar het ergst van alles: haar perskaart met haar pasfoto, naam en adres!

9

Tot Fabius' verrassing kwam Dirk Steensma tegen half elf nog langs.

'Zo! Mocht je wel weg van Anja?'

'Man, die was alleen maar blij! Ze kwam een jeugdvriendin tegen op dat concert en daar is ze wat mee gaan drinken. Wilde je al naar bed?'

'Nee. Ik was wat rommel van Hannah aan het opruimen en stond net op het punt nog een toost op Hare Majesteit uit te brengen. Dus het komt goed uit.'

Steensma volgde hem naar de woonkamer. Hij lachte toen hij de trompet van Louis Armstrong hoorde. 'Kijk, dat is wel even wat anders dan Mahler en Bach! Soms, ouwe jongen, benijd ik je echt dat je het helemaal alleen en zelf kunt uitmaken!'

'Soms?' Fabius grijnsde en liep naar de kast. 'Wat mag ik je inschenken?'

'Wat jij neemt.'

Fabius pakte de fles cognac en twee glazen.

'Kom je zomaar langs?'

'Ja. Even behoefte aan wat anders.'

'Dat komt dan goed uit, want ik had je eerlijk gezegd nog willen bellen.'

'O? We hadden toch een afspraak over die astroloog, of wat was het ook alweer?'

Fabius zette de ingeschonken glazen neer en ging zitten.

'Philip Metman. Ja, maar ik zag hem vanavond.'

'Wat?' Steensma keek op. 'Waar?'

Fabius glimlachte wat onnozel. 'Hij woont niet ver van jullie vandaan en omdat ik toch in de buurt was...'

'Aha. Het bloed dat kruipt.'

'Ja. Maar nu het gekke. Of gek... Piet Sybrands wist er al van.'

Steensma verstrakte. 'Sybrands? Hoe dan?'

'Geen idee. Ik zag Metman uit zijn huis komen en ben hem achterna gelopen... Proost, trouwens!'

Ze hieven de glazen en dronken.

'Metman ging naar de binnenstad, naar de Kabouterbar op De Plaats. Die ken je waarschijnlijk.'

Steensma knikte, maar zweeg toen afwachtend.

'Dat vond ik toch al vreemd, want per slot van rekening is die bar een bekend rendez-vous voor BVD-mensen en hun contacten. Dus als het waar zou zijn dat die Metman voor de Russen spioneert... Enfin, toen Metman de bar binnen was en ik niet zo gauw wist wat te doen, riep iemand mijn naam. Het bleek Piet Sybrands te zijn, die daar tot mijn verbazing in een geparkeerde auto zat.'

Fabius nam nog een slokje en leunde achterover.

'Hij wilde natuurlijk weten wat ik daar deed.'

'Je had die informatie van die Amsterdamse journaliste toch?'

'Ja. En van Sonja natuurlijk. Ik zei trouwens toch maar dat ik jou al had gevraagd om nadere informatie, omdat ik hem niet had kunnen bereiken. Je begrijpt dat hij daar niet erg happy mee was.'

Steensma glimlachte en haalde zijn pijp tevoorschijn.

'Waarom hield Sybrands die Metman in de gaten?'

'Dat zei hij niet. Althans, niet duidelijk. Maar wel dat het alsnog te maken had met verwikkelingen aan het hof. Zoiets had die Neel Smits ook al van een collega gehoord. Ja, journalisten hè... maar Sybrands bevestigde dat min of meer.'

'Wat?'

'Dat ze bij de dienst weten dat Metman en nog een paar CPN'ers nog steeds bij die studiebijeenkomsten van Hofmans zitten. Ik dacht echt dat dat allang over en uit was.'

'Ja.' Steensma stopte z'n pijp. 'Typerend dat ze daar dan geen overleg met ons over voeren.' Hij schudde zijn hoofd, en stak de pijp tussen zijn lippen. 'Het is altijd hetzelfde gelazer met die Einthoven. Goeie kerel, maar wel eentje die denkt dat hij buiten de wet staat. Wat dat betreft had Salters, denk ik, wel gelijk – al kon die er zelf ook wat van. Nou ja, dat weet jij maar al te goed.' Hij stak de pijp aan en leunde achterover. 'Dat alles laat natuurlijk onverlet dat jij die Metman graag voor die moord van indertijd de bak in zou willen zien draaien. Maar zoals ik je zei, daar zal weinig kans op zijn.'

'Volgens mij,' zei Fabius, 'is die Metman een dubbelagent. Toen Sybrands ernaar vroeg, wilde hij...'

Hij zweeg omdat de telefoon in de gang rinkelde en kwam meteen ongerust overeind.

'Geen zorgen!' zei Steensma glimlachend. 'Als het Hannah is, dan is het om te zeggen dat ze vanavond de ware heeft gevonden!'

Fabius grinnikte betrapt en liep de gang op.

Toch wat nerveus haakte hij af.

'Fabius!'

'Wouter! Met Neel Smits! God, wat ben ik blij dat je thuis bent!'

Hij glimlachte ongelovig naar zijn gezicht in de kapspiegel naast de telefoon. 'Neel! Waar zit je?'

'In Wassenaar!'

'In Wassenaar? Goh. Waarom kom je niet even langs? Ik heb hier...'

'Wouter, luister. Alsjeblieft! Ze zitten me achterna!'

Zijn ogen vernauwden zich geschrokken. 'Wie?'

'Die Sybrands!'

'Sybrands?'

'Ja. Sorry, als ik als een idioot overkom. Ze beramen een coup tegen Juliana! Ik weet het, het klinkt krankzinnig! Luister. Ik heb...'

Ze brak even af. Ontsteld dacht hij dat hij haar hoorde huilen. Wat was er gebeurd?

'Waar ben je?'

'Ik zit in een cafeetje hier ergens aan de Rijksstraatweg. Ik heb geen geld. Ik heb mijn tas verloren in de villa van Kampman.'

'Wat?'

Verbouwereerd als hij was zag Fabius dat Steensma in de deuropening stond, en hem bezorgd opnam.

'Wat deed je bij Kampman?' vroeg hij. Achter één hand siste hij vrijwel tegelijkertijd. 'Die journaliste!'

Steensma schrok zichtbaar.

'Ik...' Ze haalde hoorbaar diep adem, toen ze weer begon te praten klonk ze wat rustiger. 'Er was een bijeenkomst. Ik weet niet precies wie er waren. Einthoven in elk geval, en Sybrands ook. Ze noemden de naam van Romme, maar ik weet niet zeker of die er ook was. Wel Annemarie Tellegen, de directeur van het kabinet van de Koningin.'

Ze zweeg weer.

'En wat deed jij daar?' vroeg hij verbijsterd.

'Je vroeg toch of ik die Friso Endt van *Het Parool* wilde vragen waar hij de informatie over die astroloog vandaan had? Dat kreeg hij door van een Haagse journalist die ik ook wel ken, en die een relatie met die man had. God, Wouter, sorry, ik... Je kent natuurlijk generaal Koot...'

'Wat?'

'Hij was er ook. Hij heeft dat mens Hofmans toen bij Juliana geïntroduceerd! Wouter, Sybrands en Einthoven en de Amerikanen willen Juliana in Ursula-kliniek laten opnemen, zodat Bernhard regent wordt voor Beatrix! Er was daar ook een arts die Hoelen of Hoeben heet of zo. Ze hebben zelf expres communisten binnen die groep gebracht! Die Metman is één van hen. En ook een Amsterdamse advocaat, Vis. Kun je me hier komen halen?'

De overgang was zo plotseling dat hij het in zijn verwarring niet begreep. 'Wat?'

'Kom me alsjeblieft halen! Ik ben bang!'

'Ja! Natuurlijk! Hoe heet dat café?'

'Eh... Zonnelust. Het zit aan jouw kant van de weg als je bij Wassenaar bent. Vlak bij die Ursula-kliniek. Kom je nú?'

Haar stem klonk smekend.

'Nu meteen. Een minuut of twintig.'

Hij haakte af en staarde in het spiegeltje naar Steensma.

'Krankzinnig!' zei hij toonloos. 'Neel Smits beweert zojuist dat ze in de villa van Kampman heeft gehoord dat Juliana zal worden opgenomen als geestesziek, om Bernhard regent te maken!'

Steensma maakte een grimas. 'Wat is dat voor flauwekul?'

Fabius schudde zijn hoofd en liep de kamer in. 'Zo klonk Neel niet. Ze was doodsbang. Sybrands en Einthoven zouden ermee te maken hebben, zei ze.' Hij trok zijn jasje aan en nam haastig een slokje van de cognac. 'Ik ga haar halen.'

'Ik ga met je mee,' zei Steensma. 'Een seconde.' Hoofdschuddend pakte hij zijn pijp en stak hem in zijn mond. Fabius zag hoe ongerust hij keek. 'Wat deed ze in 's hemelsnaam bij Kampman?'

'Geen idee.' Ze liepen de deur uit en stapten in de Traction, Nerveus startte Fabius de motor. 'Ik had haar gevraagd bij een collega dat verhaal over die Metman te checken, en toen begon ze opeens over generaal Koot.' Hij draaide zijn lampen aan en reed veel te hard de stille Thomsonlaan in. 'Volgens haar zouden Sybrands en Einthoven samen met de Amerikanen communistische infiltranten binnen de groep van die Greet Hofmans hebben gezet. Metman was er ook bij.' Hij keek even grimmig naar het strakke gezicht van Steensma. 'Een vreemde coïncidentie, nietwaar? Ik volg die Metman naar de stad en zie daar Sybrands, en Neel ziet beiden niet veel later bij Kampman...'

Steensma liet kleine rookwolkjes uit zijn mond ontsnappen. 'Had ze nog andere namen gehoord?'

Fabius draaide de Laan van Meerdervoort op en gaf gas.

'Einthoven dus. Dat kan heel goed. Ze heeft hem na die avond met Hannah ontmoet. En ze had het over de directeur van het kabinet van de Koningin...'

'Tellegen.'

'Ja. En een arts. Hoelen of Hoeben. Ze had het over de Ursula-kliniek daar in Wassenaar, die Juliana wilde opnemen. Dat is toch het hospitaal voor het Koninklijk Huis?'

Steensma knikte. 'Pas op de tram,' zei hij toen.

Fabius schoot erlangs en joeg de Traction de Javastraat in. 'Als dit waar is, Dirk... Jezus jongen, als dit waar is...! Dit verzin je toch niet!'

'Laten we eerst maar eens horen wat Neel precies te zeggen heeft.'

'Ja.' Fabius zweeg enkele minuten. De Wassenaarseweg lag er uitgestorven bij, de meeste huizen waren al donker. Aan het einde ervan draaide hij naar rechts en vervolgens de Rijksstraatweg op. Er was maar weinig verkeer op de door hoge bomen omzoomde weg

'Café Zonnelust,' zei hij. 'Vlak bij de Ursula.' Hij zweeg weer even en zei toen zachtjes: 'God nog aan toe!'

'Wat?'

'Hoelen! Ik meende al dat die naam me wat zei. Ed Hoelen, dat is inderdaad een arts! En bevriend met Kampman, al van vóór de oorlog. De naam komt voor in Kampmans dossier uit de oorlog. Hoelen zou met hem hebben samengewerkt om joods geld te roven.' Verbijsterd schudde hij zijn hoofd. 'Wat doet een man als Koot dan bij hen?'

Hij keek weer opzij.

'Bernhard? Generaal Koot is een vriend van Bernhard! Zou Koot samenwerken met een vent als Kampman om Bernhard...'

'Daar!' zei Steensma. Hij wees met zijn pijp naar een schemerig wit laag pandje tussen het geboomte. 'Nou, het is niet erg druk beklant, zo te zien.'

Fabius remde af, draaide de ventweg op en bracht de Traction voor de deur tot stilstand. Erachter en achter de grote ruit schemerde licht.

'Mooi dat ze telefoon hebben,' zei Steensma. 'Dan bel ik eerst Anja even, want die zal zo langzamerhand wel denken.'

Fabius stapte uit. Hij voelde hoe gespannen hij was toen hij als eerste de deur opende en opgelucht Neel achterin het verlaten café van een tafeltje overeind zag komen. Ze lachte, maar aan haar ogen kon hij zien dat ze inderdaad bang was. Toen ze vlak bij hem stond zag hij dat ze een blauwe plek op haar voorhoofd had.

'Wouter!'

Ze omhelsde hem en zoende hem zo hartstochtelijk dat hij wat gegeneerd naar de oudere vrouw aan de bar keek, die hem vragend opnam.

'Rustig maar,' zei hij wat verbouwereerd. 'Je kent Dirk Steensma nog wel, neem ik aan? Hij was toevallig bij mij thuis.'

'Wat? O. Ja. Ja. Hallo.'

Ze reikte Steensma de hand, die hij zwijgend aannam.

'Ben je gewond?' vroeg Fabius.

'Wat? O. Nee. 't Is niks. Wouter, ik...'

Ze zweeg, omdat ze Steensma naar de bar zag lopen.

'Wat gaat hij doen?'

'Even zijn vrouw bellen. Maak je geen zorgen. Laten we gewoon even gaan zitten.'

'O God, je moet die vrouw betalen als je wilt. Ik heb echt geen geld. Ik heb een borrel genomen, sigaretten gekocht en naar jou gebeld!'

'Wat wilt u gebruiken?' vroeg de vrouw vanachter de bar.

'Ik wil eigenlijk het liefste weg,' zei Neel.

Hij glimlachte bemoedigend. 'Je ziet er anders uit alsof je nog wel een hartversterkinkje kan gebruiken. Bovendien heeft ze je krediet gegeven. Wat was het? Een jonge?'

Ze knikte gespannen.

'Doet u maar twee jonkies,' zei hij en liep achter Neel aan naar het tafeltje.

'Je hebt trouwens een prachtige jurk aan.'

Neel glimlachte onzeker. 'Dank je. Jezus Wouter, wat denk je? Smits is gek geworden, zeker!'

'Nee.'

Steensma verdween achter een van twee deuren. Boven de andere brandde een bordje 'wc'.

Ze schudde haar hoofd en pakte een sigaret uit het pakje Golden Fiction. Hij zag dat er vier met lippenstift besmeurde peuken in de asbak lagen.

'Ik zag die Metman ook vanavond,' zei hij. 'En Sybrands.'

'O. O ja?' Ze wilde de sigaret aansteken maar keek hem opeens weer aan. 'Ik hoorde alleen die naam van Metman, maar Sybrands heb ik gezíen. En, Wouter, hij was met een man die Vis heet, en die ik toen in Amsterdam ook samen met hem heb gezien!'

Vragend fronste Fabius zijn wenkbrauwen.

'Toen, die avond dat ik achter Dullens aan was! Bij dat café, waar die Hofmans praktiseerde, aan de Stadhouderskade. Ik zei toen toch al dat ik die vermoorde politieman bij Sybrands had gezien?'

Hij knikte en herinnerde zich dat de dode rechercheur inderdaad een van Sybrands' informanten was geweest.

'Ik was het in al die rottigheid toen met Dullens bij jou thuis totaal vergeten, maar toen ik die Vis vanavond weer zag, wist ik alles weer.'

'Wat?' zei Fabius.

'Dat die Vis toen uit dat café kwam en een tas naar de auto

van Sybrands bracht. Het was vlak voor die politieman naar hem toeging... Ik lette wel op Dullens, maar ik weet het zeker. Het is een man die je meteen herkent als je hem ziet: lang, ongezond bleek en met een bos uitstaand grijs haar als een artiest. Toen ik hem vanavond... Wat is er? Je gelooft me niet, hè?'

Maar Fabius gaf geen antwoord. Hij merkte zelfs niet dat de vrouw twee kelkjes jenever bij hen neerzette. Het was alsof hij plotsklaps teruggeslingerd werd in de tijd, vier jaar terug om precies te zijn, naar een warme ochtend in het kleine kantoor van ATARI.

Hij had Sybrands om informatie gevraagd over een telefoonnummer in Salters' agenda. Sybrands had gezegd dat dat nummer van Salters' zwager was, maar wat later had hoofdinspecteur Fels gezegd dat het een nummer van kasteel De Hooge Vuursche was. Daar waren toen enkele mensen met Salters samengekomen, onder andere ook die Vis. Maar Sonja had later ook gezegd dat ze ondervraagd was door een grote, kalende man. Natuurlijk had hij toen niet aan Piet Sybrands gedacht. Was het Sybrands geweest? Metman was er toen wel! En Metman was volgens Sonja degene die de oude kunstschilder had doodgeschoten! En Sybrands was volgens Neel vanavond in gezelschap van diezelfde Metman geweest. Sybrands, die eerder in een geparkeerde auto op De Plaats had gestaan en overduidelijk was geschrokken toen hij was opgedoken. Sybrands zou toch zeker na de avond waarop die Dullens Hannah had gekidnapt en hij de brief in ontvangst had genomen, hebben gezegd dat ook *híj* bij De Hooge Vuursche was geweest! Of niet?!

'Wat is er nou?'

'Sorry. Waar precies zag je Sybrands vanavond?'

'In de tuin van Kampman. Ik had een afspraak met Friso Endt, die collega van *Het Parool* in Amsterdam en hij wees me een Amerikaanse krantenuitgever aan, een man die Jackson heet. Die man zou volgens Friso bevriend zijn met Bernhard en voor de CIA werken...' Ze trok zenuwachtig aan de opgestoken sigaret. 'Hij was ook degene die toen dat persbureautje hier voor Kenton financierde. Ik zag hem met generaal Koot in een taxi stappen. Heb ik je indertijd verteld hoe ik die Greet Hofmans voor het eerst zag?'

Hij knikte aarzelend.

'Daar was Koot toen bij. Alleen kon ik me zijn naam niet herinneren. Maar toen ik hem in Amsterdam in een taxi met die Jackson zag stappen, ben ik ze in Friso's auto gevolgd. Ze reden hier naar Wassenaar. Naar het huis van Kampman. Sybrands zag die auto van Friso staan, een oude Morgan, en hij dacht dus dat Friso er was...' Ze nam een teugje van de jenever. 'Nog een geluk, want ze zochten dus niet naar een vrouw. Er was beneden een partij, maar boven op de eerste verdieping was die bijeenkomst. Sybrands was daar ook. Ik hoorde zijn stem, net als die van Einthoven. De Amerikaanse ambassadeur was er ook bij. Ik dacht zelfs ook Romme te herkennen, en iemand had het over Beyen, de minister!'

'Hoe kon je hun stemmen herkennen?'

Ze grijnsde even jongensachtig, en ondanks de spanning drong het opnieuw tot hem door hoe aantrekkelijk hij haar vond.

'Ik zat in de klerenkast.'

'Hè?'

'Ja, ik weet dat het idioot klinkt!' Haar mond trok weer strak. 'Ze zochten het huis af en ik wist niet beter dan me daar te verstoppen. Wouter, ik weet het zeker! Ze willen tegen verkiezingstijd straks in juni dat *Der Spiegel* en *The Daily Express* publiceren dat Juliana geesteszieк is! Ze hebben medische rapporten die dat bewijzen, vervalst of niet! De CIA zit erbij omdat Bernhard en Einthoven dan buiten schot kunnen blijven, maar ze hebben die Vis en Metman als overlopers! Zodat het aantoonbaar is dat Juliana onder invloed staat van communistische elementen! Precies wat Einthoven toen zei toen hij met ons sprak, weet je nog?'

Fabius zat stil, de gedachten tollend onder zijn schedel. Steensma kwam uit de deur en liep naar de bar.

'Er is nog meer,' zei Neel. Haar stem klonk nu veel rustiger en zekerder. 'En dat was wat Friso eerder moet hebben gehoord, maar toen niet kon begrijpen. Ze hadden het over prinses Armgard op Warmelo die voor Beatrix zou zorgen. Snap je? Bernhards broer Aschwin, zijn moeder Armgard, wie weet zelfs die Poolse minnaar van haar, en Bernhards vrienden bij de CIA en de BVD. Wouter, ze zetten Juliana af omdat ze die toespraken hield voor de VN! Het is bekend dat ze niets moet hebben van de NAVO en dat ze grote ruzies heeft gemaakt met Beyen van Buitenlandse Zaken. En Het Witte Huis steunt dat straks vanwege hun belangen hier in het Westen en...'

Ze zweeg omdat Steensma met een biertje aan tafel kwam zitten.

'Alles oké?' vroeg Wouter.

'Ja. Het maakte niet uit. Ze is er ook wel aan gewend.' Steensma lachte naar Neel. 'Mijn vrouw,' zei hij, maar meteen keek hij haar ongerust aan net als Fabius want ze was wit weggetrokken, haar ogen wijd opengesperd. 'Is er iets met u?'

'Neel, wat is er?' Fabius boog zich bezorgd naar haar toe.

Ze slikte en schudde haar hoofd. 'Sorry. Het is... Sorry, ik voel me doodop. Ik ga even naar het toilet.'

Ze kwam overeind maar greep zich weer vast aan haar stoel. 'Wil je me even helpen? Ik ben zo duizelig!'

Fabius was al opgestaan en pakte haar bij een arm. 'Laten we maar naar huis gaan,' zei hij tegen Steensma. 'Ik denk het toch beter is om een arts even te laten kijken.'

Steensma knikte. 'Ik zal meteen even afrekenen.'

Fabius schoof een arm om haar middel en trok haar voorzichtig omhoog.

De vrouw achter de bar maakte al aanstalten om te komen helpen: 'Moet ik een dokter bellen? Ik vond toch al dat mevrouw er ziek uitzag.'

'Dank u wel,' zei Fabius. 'We gaan zo naar huis.'

Neel hing tegen hem aan terwijl ze langs de tafeltjes naar het toilet liepen.

Hij trok de deur open. 'Gaat het?'

'Wouter!' Ze fluisterde maar keek niet naar hem op. 'Kijk niet achterom. Steensma was daar ook!'

'Wat?'

'Bij Kampman. Hij zei iets over Drees en over zijn eigen departement. Hoe ze zouden reageren.' Ze leunde nu zwaarder tegen hem aan, alsof ze niet meer op haar benen kon staan. 'We moeten hier weg!'

'Neel, je vergist je. Je bent flink in de war. Je moet rusten.'

'Nee. Ik weet het zeker! Waar was hij dán, vanavond?'

Uit zijn ooghoek zag hij Steensma opstaan en zijn pijp bij zich steken.

'Op een concert met zijn vrouw.'

'Hoe komt hij dan bij jou?'

'Omdat zijn vrouw een vriendin ontmoette en...'

'Hoe laat kwam hij bij je?'

'Wat doet dat er nou toe?'

Steensma liep naar de bar op het moment dat de deur openging en twee mannen binnenkwamen. Fabius kon hen niet goed zien, maar wel dat ze meteen doorliepen naar de bar.

'Hoe laat, verdomme!'

'Om half elf.'

Opeens keek ze hem aan met een trieste glimlach, haar gezicht vlak bij het zijne. 'Hij was daar, Wouter! Bel zijn vrouw!'

'Neel, luister!' Ondanks zijn opwinding hoorde hij zelf hoe schor zijn stem klonk. 'Dirk is een oude vriend. Hij en ik...'

'Bel haar! Alsjeblieft!'

Haar ogen vulden zich met tranen. Voor hij het besefte was ze het toilet in en trok de deur dicht.

'Gaat het, beste kerel?'

In de grote spiegel achter de bar nam Steensma hem vragend op, terwijl hij zijn portemonnee opende. De twee mannen stonden met hun rug naar hem toe. De vrouw tapte bier.

'Wat? Ja. Ik geloof het wel.'

Fabius grijnsde ongelukkig. Jezus, Dirk! Neel wist niet wat ze zei! Dirk Steensma, oude makker uit het verzet, de peetvader van Hannah, de man die hem door dik en dun had gesteund, hem na de dood van Mirjam had opgevangen. Dit was idioot. Idioot!

Hij duwde de deur van het telefoonhok al open. 'Dirk, ik bel even.'

'Wie?'

Steensma's stem klonk onverwacht scherp en toen Fabius zich naar hem toedraaide, zag hij dat ook de twee mannen hem in de spiegel opnamen. Hij voelde zijn maag samenballen.

'Een dokter. Ik wil toch dat ze daar eerst heen gaat.'

'We rijden wel langs Bronovo.'

'Nee,' zei hij. 'Ze wil naar die arts die haar toen ook behandeld heeft bij mij.' Verbaasd over het gemak waarmee hij loog, glimlachte hij naar Steensma en keek toch weer even naar de mannen, maar geen van beiden had zo te zien nog interesse in hem.

Steensma knikte onverschillig. 'Oké.'

Fabius stapte het hokje binnen en sloot de deur achter zich.

Sybrands, dacht hij, Sybrands en Steensma! Toen, die avond vier jaar geleden, toen Hanneke werd ontvoerd, waren ze allebei precies op tijd gearriveerd. Hij had dat toen in de shock niet vreemd gevonden. Steensma was gekomen om de brief op te halen. Maar waarom had hij dan eerst Sybrands opgepikt? Begon hij nu verdomme ook spoken te zien?

Met trillende vingers wurmde hij het dubbeltje in de gleuf en draaide Steensma's nummer thuis. Naast hem op het toilet was het stil. Wat deed ze? Luisterde ze soms? Luisterde er iemand aan de deur?

Het duurde lang voor er werd opgenomen.

'Met mevrouw Steensma.'

Fabius boog zich wat voorover. 'Wouter.'

'Wouter! Nou, je treft het, ik kom net thuis. Dirk is er niet, hoor.'

De tintels vlogen over zijn schouderbladen.

'Kan ik hem ergens bereiken?'

'Ik denk het niet. Hij moest onverwacht plotseling naar een vergadering. Nota bene op Koninginneavond...' Ze lachte. 'Hij zal het wel leuker vinden dan dat concert.'

Fabius staarde verwezen naar de stapel telefoongidsen. Dus toch! Een vriendin die ze tegen was gekomen, Dirk die blij was ertussenuit te kunnen! Een vergadering...

In zijn verwarring begreep hij even niet waar het gestommel vandaan kwam. Hij keek geschrokken om en hoorde toen Neel gillen. 'Wouter! Wouter! Nee!'

Met een sprong was hij bij de deur en schoof de knip weg, maar toen hij hem wilde openen, kwam er geen beweging in. Hij trapte ertegen en de deur kraakte in z'n sponningen. Erachter riep iemand iets, er klonk opnieuw een gil.

'Neel! Dirk! Doe godverdomme open!'

Buiten zwol opeens het ronkend geluid van een automotor aan, portieren klapten, banden piepten over grind. Het ijskoude zweet prikte in zijn nek, en hij wierp zich uit alle macht tegen de deur die openvloog, zodat hij het café in struikelde en viel.

Toen hij opkeek, zag hij Steensma vlak voor zich, de pijp in zijn mond. De avondwind uit de open voordeur deed zijn jaspanden fladderen. In de deuropening stond Sybrands, een ondoorgrondelijke uitdrukking op zijn grote, steenrode gezicht.

'Waar is Neel?!'

Steensma glimlachte vermoeid. 'Ze is oké, ouwe jongen. Naar een dokter, zoals ze wilde.'

Fabius krabbelde overeind. De mannen en de vrouw achter de bar waren verdwenen. Op de donkere Rijksstraatweg achter Sybrands draaide een jeep van de politie.

'Jezus Christus! Je was bij Kampman!'

Steensma knikte, de glimlach week geen moment van zijn lippen.

'Waarom?'

'Het spijt me verschrikkelijk, Wouter, geloof me. Ga zitten, wil je?'

'Waar is Neel?'

'Ga nou eerst zitten. Ik zal een borrel voor je halen. Ik denk niet dat ze het hier erg vinden als we aan zelfbediening doen. Piet, wees zo goed en sluit die deur voor we kou vatten.'

'Waarom?' vroeg Fabius weer, terwijl hij verdwaasd aan een tafeltje ging zitten en Sybrands de deur zag sluiten. Steensma liep achter de bar en keek keurend langs de rij flessen bij de spiegel. Sybrands schoof zwijgend aan het tafeltje.

'Juffrouw Smits is in goede handen. Het is helaas nodig dat ze dat ook een tijdje blijft.' Steensma trok een fles tevoorschijn, keek er even keurend naar en pakte toen drie glaasjes waarmee hij terugliep en tegenover Fabius plaatsnam.

'Waarom vraag je.' Hij staarde een tijdje voor zich uit, ontkurkte toen de fles en schonk de glaasjes keurig tot de rand vol. 'Ik ben me ervan bewust dat het nogal plechtstatig klinkt, ouwe jongen, zeker gezien de omstandigheden, maar het beste antwoord wat ik je kan geven is: omwille van de troon.'

Hij keek op en glimlachte weer. 'Waar zei de lieve Anja dat ik was?'

10

De affaire 'Greet Hofmans' heeft niet alleen een uniek en nooit opgehelderd verloop gehad, maar vooral ook een bizar, evenmin ooit werkelijk onthuld slot.

Inderdaad publiceerde op 13 juni 1956 de journalist Claus Jacobi in het vooraanstaande West-Duitse politieke weekblad *Der Spiegel* een coverstory van bijna zes pagina's over de crisis en het conflict op Soestdijk onder de titel 'Staatscrisis, de Gebedsgenezeres'. Niet voor niets, zoals commentatoren toen al wel begrepen, in verkiezingstijd. Op last van 'hogerhand' werd het weekblad niet in Nederland gedistribueerd en werd met de Nederlandse pers de afspraak gemaakt dat er niet uit of over zou worden gepubliceerd, een afspraak waar elk persorgaan, zelfs het anders zo onwillige *Het Parool* zich aan hield, met uitzondering van het communistisch dagblad *De Waarheid*.

Enkele zinsneden uit het gewraakte artikel mogen illustratief zijn voor de chaos, verwarring en vooral de crisis die nationaal en internationaal de gemoederen bezighield. De inhoud ervan, die nooit is weerlegd, zou niet alleen de thrillerauteur, maar vooral ook historici en publicisten vandaag de dag moeten inspireren tot veel diepgaander onderzoek dan tot nu toe is gebeurd:

'Zoals eens de legendarische monnik Raspoetin aan het hof van de Russische tsaar, zo exploiteerde in paleis Soestdijk de 61-jarige Greet Hofmans de ziekte van een koningskind om invloed op vorstin, in politieke en privéaangelegenheden, te verwerven...'

'De Amerikaanse geheime dienst in Den Haag, die in opdracht van zijn chef Allen Dulles dit geval observeert, staat weer eens voor een Europees raadsel: een zaak die schijnt voort te komen uit een obscuur geloof in wonderen bedreigt in het atoomtijdperk de binnenlandse stabiliteit van een NAVO-staat.'

'...terwijl de Koningin de mysterieuze gebedsgenezeres beschermt en zelf de pro-Hofmansgroep aan het Hof van Holland aanvoert, staat de prins-gemaal, gesteund door de regering van de socialistische premier Drees, aan het hoofd van de anti-Hofmansgroep.'

'Bovendien ondernam het Hof in de laatste maanden drie stappen die op het terrein van de regeringspolitiek lagen en die naar het inzicht van kabinetsleden terug te voeren zijn op aansporingen van de Hofmanskliek. Zo gaf de Koningin onlangs bij verrassing de ministers opdracht bij haar rekenschap af te leggen in hoeverre zij hun beloften tijdens de verkiezingscampagne hebben ingelost...'

'... menen verscheidene ministers (...) dat de bij het Hof reeds vast in het zadel zittende Hofmanskliek gebruik wil maken van de kabinetsformatie na de parlementsverkiezingen van a.s. woensdag om een poging te doen op politiek terrein strategische posities te verwerven.'

Pas veel later werd openbaar gemaakt dat prins Bernhard zelf de nodige gegevens aan de West-Duitse reporter Claus Jacobi voor dit artikel heeft verstrekt en evenzo aan met hem bevriende journalisten van het Britse *The Daily Express*.

Het opnieuw hevig opgelaaide conflict tussen Juliana en Bernhard werd echter, anders dan zowel de intriganten in die Hofmanskliek als ook de binnen- en buitenlandse vrienden van Bernhard wilden, buitengewoon kundig opgelost door premier Drees, die ongetwijfeld er als socialist niet verantwoordelijk voor wilde zijn dat Juliana, zoals de plannen inderdaad lagen, wegens 'geesteziekte' zou aftreden ten gunste van respectievelijk Bernhard als regent en Beatrix als nieuwe koningin. Veel later zou overigens de ook socialistische premier Den Uyl dezelfde overwegingen hebben naar aanleiding van de Lockheedaffaire.

Een commissie van Wijze Mannen stelde een rapport op en overlegde uitvoerig met het koninklijk paar, waarbij een intens beroep werd gedaan op de verantwoordelijkheid voor de natie en de monarchie.

Op 24 augustus van het jaar 1956 bracht het paar gezamenlijk als zijn conclusie naar buiten dat alle misverstanden waren opgelost en dat 'thans met vertrouwen de toekomst tegemoet wordt gezien.'

Er werd vervolgens 'grote schoonmaak' binnen de Hofhouding van Soestdijk gehouden. De plannen van de Bernhard-getrouwen waren daarmee definitief mislukt.

Wat was de reden? Gaven de plannenmakers het zelf op? Werd het plan op het laatste moment alsnog verhinderd? En door wie dan? Was het Bernhard zelf die het toch niet aandurfde?

De plannen hebben bestaan, dat staat buiten kijf. De voormalig journaliste en biografe van Juliana, Mieke Schenk, en later de historicus J.G. Kikkert beschreven ze in respectievelijk *Juliana, vorstin naast de rode loper* (1968) en *Crisis op Soestdijk* (1996, Papieren Tijger) als volgt:

'Daarom was in de schoot van de Bernhardpartij een vijfjarenplan ontwikkeld. In die periode zou de publieke opinie langzamerhand tot het besef moeten worden gebracht dat de Koningin niet in staat was te regeren en vervangen zou moeten worden.' (Kikkert, p. 105)

Hoe dan ook, ook het streven van de mensen rond Juliana werd nooit bereikt. Nederland bleef onder haar een trouw en loyaal bondgenoot van het Atlantisch Pact, zodat in Washington en

Brussel opgelucht werd herademd. Gesteld wordt dat het appèl op het 'Nationaal Belang' beide tegenstanders met elkaar verzoende, maar het resultaat was wel dat Bernhard en zijn vrienden in hun opzet slaagden. Dus toch.

II

In oktober 1956, drie maanden nadat Neel Smits was vrijgelaten uit een haar onbekende, bewaakte locatie, reden zij en Wouter Fabius met vakantie door Somerset in het zuidwesten van Engeland. Daar, verliefd en gelukkig, namen ze hun intrek in een idyllisch hotelletje waar ze de volgende ochtend aan het ontbijt het Engelse boulevardblad *The Sunday Pictorial* aantroffen. Erin stond een groot, geïllustreerd en sensationeel artikel van een verslaggever Victor Sims, die alsnog had getracht het 'Hofmans-mysterie' te ontraadselen. In Nederland had hij contact gelegd met de voormalige kamerheer van Juliana, mr. dr. I.G. van Maaswijk, bij wie hij was geïntroduceerd door baron Walraven van Heeckeren van Molecaten, oud-secretaris van H.M. de Koningin en gehuwd met de ex-gouvernante van de vier prinsessen, mejuffrouw Rita Pennink.

Van Maaswijk vertelde Sims tijdens een autotocht van het bekende Hotel Trier tegenover Paleis Soestdijk naar Den Haag over een samenzwering binnen kasteel Warmelo, woonplaats van prinses Armgard en haar man Alexei Panchoulidzew, waarbij met medeweten van Bernhard en diverse veiligheidsdiensten gepland zou zijn om via de geneesheer-directeur van de Ursula-kliniek te Wassenaar, dr. Ed Hoelen, intiem vriend van de projectontwikkelaar Reinder Zwolsman, de Koningin permanent op te nemen in een daartoe al gereedgemaakte 'koninklijke suite' binnen de Ursula-kliniek, zomer '56, waarmee diverse politici op zeer belangrijke posten hadden ingestemd en waarna Bernhard enkele maanden zou fungeren als regent, tot de achttienjarige Beatrix de troon zou bestijgen.

De achterliggende reden zou zijn de verregaande invloed van

de Greet Hofmansgroep op koningin Juliana, waarbij ook sprake zou zijn van communistisch getinte gedachten.

Het verhaal, maar dat begrepen Neel en Wouter Fabius pas nóg later, werd bevestigd door een journalist van *Het Parool*, Friso Endt, die achter de auto aan was gereden en daarna met zijn Engelse collega de aantekeningen had doorgenomen voor publicatie.

Wouter Fabius keek op naar Neel en streek met een vinger onder zijn neus. Sinds enkele dagen had hij zijn snor afgeschoren, omdat Neel die niet mooi vond.

Ze glimlachte, vouwde de krant dicht en kwam net als hij overeind. Hand in hand liepen ze de ontbijtzaal uit, nagekeken door enkele vertederde oude Engelse dametjes, die het pas waagden de krant te pakken toen ze uit hun gezichtsveld waren verdwenen.